POCHES ODILE JACOB

si 7 = 0

QUELLES MATHÉMATIQUES POUR L'ÉCOLE ?

Stella BARUK

si 7 = 0
QUELLES MATHÉMATIQUES POUR L'ÉCOLE ?

Odile Jacob
poches

15, RUE SOUFFLOT, 75005 PARIS

www.odilejacob.fr

ISBN 2-7381-1765-1
ISSN : 1621-0654

Avertissement

Comme le veut l'usage, les prénoms des élèves apparaissant dans ce livre ne sont pas les leurs, à trois exceptions près : Amélie, Capucine et Camille, avec l'accord de leurs parents.

Mais, contrairement à l'usage, ne figurent pas les références des textes de problèmes ou d'exercices analysés ici, pour plusieurs raisons.

La plupart du temps, je ne les connais pas : il est courant aujourd'hui de voir dans les cahiers des textes de problèmes découpés et collés, d'origine inconnue ; comme l'est celle des nombreux envois qui me sont adressés sans référence autre que le niveau de la classe, par enseignants et parents, à des fins de discussion ou de clarification des sujets précis qu'ils mettent en question.

D'une manière générale, pour ce qui est des documents utilisés, y compris ceux dont la provenance m'est connue, je souhaite qu'ils n'impliquent en aucune façon des personnes, mais un mode de fonctionnement institutionnel : celui de l'enseignement des mathématiques que, de façon explicite ou implicite, propose l'école élémentaire. Si l'école est aujourd'hui l'objet d'un débat national, c'est bien parce qu'il y a lieu de repenser ses buts et les moyens qu'elle se donne de les atteindre. À partir de cas d'élèves dits « en difficulté », j'ai donc souhaité montrer pourquoi et comment l'école est en difficulté, l'examen du microscopique ayant pour objectif d'amener à repenser le macroscopique. J'espère donc que, transcendant les cas particuliers, de la confrontation aux documents analysés, on ne déduira que le souhait d'engendrer un débat d'idées.

INTRODUCTION

Comment des lycéens parvinrent à « ébouriffer » un académicien

Mathématiques. C'est à l'article du même nom[1] que je disais, il y a quelques années de cela, le désintérêt bien connu de la plupart des *mathématiciens* pour la pédagogie, et comment ce seul mot les faisait fuir. D'où la singularité de quelques-uns, chercheurs, qui aimèrent non seulement comprendre, mais faire comprendre, et se passionnèrent aussi pour leur enseignement. J'avais ainsi évoqué la personnalité exceptionnelle d'Henri Lebesgue[2], ou, plus près de nous, de Laurent Schwartz[3].

Sans doute est-ce cette citation qui me valut d'être à ses côtés lors d'un colloque au titre un peu provocateur, *Les Mathématiques : science royale ? discipline impérialiste ?*, et qui suscita en effet un débat des plus animés[4].

Il se trouve que ce soir-là Laurent Schwartz raconta une « aventure pédagogique » qui avait dû le marquer puisqu'il la raconta à nouveau en une autre occasion[5] — j'étais cette fois dans le public —, toujours aussi étonné de ce qu'il avait vu et entendu. Cette histoire, je l'ai à mon tour plusieurs fois racontée car elle est significative de ce à quoi des milliers d'enseignants sont quotidiennement confrontés. Qu'elle ait été attestée par une telle personnalité est bien sûr un témoignage précieux. La voici.

Il s'agit d'un exercice donné à une classe de première, consistant à trouver les solutions d'une équation du second degré. Peu importe que vos souvenirs de cette classe soient lointains ou inexistants. Ce dont cette équation fut la cause est accessible à tout public.

Tous les élèves constituèrent d'abord le classique « discriminant », et calculèrent « $b^2 - 4ac$ », pour trouver ce qu'il fallait, c'est-à-dire 7. Et c'est alors que la moitié de la classe se mit en devoir de « discuter ». Je laisse la parole à Laurent Schwartz[6].

> « ... Alors six ou sept ou cinq élèves ont fait la réponse qu'on leur a donnée dans le cours : si 7 est positif il y a deux racines, si 7 est négatif il n'y a pas de racine, si 7 est égal à zéro il y a une racine double. »

Et au milieu des rires homériques qui se déchaînèrent dans l'assistance, Laurent Schwartz poursuivit :

> « Ils avaient appliqué mécaniquement une règle, ils ne cherchaient pas à savoir si elle avait un sens. Ce qui manquait à ces six élèves, c'est qu'ils cherchaient à appliquer mécaniquement une règle... mais des élèves de première, quand même, c'est ébouriffant, je ne vois pas comment le professeur pouvait imaginer qu'il aurait eu cette réponse... c'est quelque chose d'exorbitant... »

Et se tournant vers moi, parce que je venais d'en parler :

> « Ça correspond à la même chose que l'"âge du capitaine", mais à la puissance je ne sais pas combien... »

Rires de l'assistance.

> « ... mais il y a là quelque chose d'ébouriffant, on se demande comment on peut écrire "si 7 égale zéro..." »

Effectivement. Car ce que ne pouvait restituer ce récit, depuis la tribune, c'était sans doute le choc produit par l'*écriture* de

$$7 = 0$$

sorte d'excroissance qui, même emprisonnée dans les carreaux du papier quadrillé d'une copie d'élève, ne pouvait dissimuler sa monstruosité, nullement adoucie par le « si » la précédant ; sachant que *si* on arrivait quelque jour à quelque affirmation de ce genre, ce serait pour signifier la fin des mathématiques.

Petit cauchemar diurne dont on pourrait imaginer qu'il a de quoi dégoûter à jamais un mathématicien de la pédagogie ; et de quoi décourager durablement qui voudrait enseigner des mathématiques. Quel pouvait être l'état d'esprit de celui qui, recevant un membre de l'Académie des sciences, se voyait infliger un tel camouflet ? *Si sept est égal à zéro...*

« Ébouriffant », « exorbitant », « ébouriffant ». En fait, les « êtres » que semblait découvrir Laurent Schwartz, en répétant, effaré, que ces élèves « appliquaient mécaniquement une règle », étaient, pour moi, ces très vieilles connaissances qu'il y a près de trente ans j'avais appelées des *automathes*[7] ; dont il faut bien convenir qu'ils se manifestaient ici de façon particulièrement voyante.

Il se trouve que leurs exploits sont encore et toujours innombrables. Voici cette fois un « petit ». Il s'appelle Lucien. Il a neuf ans. Il est en CE2. Les francs sont dans leur dernière année, et il doit « résoudre » le problème suivant :

> J'ai 286 F dans ma tirelire.
> Combien me manque-t-il pour acheter un appareil photo qui vaut 425 F ?

Solution :

> Il me manque : 425 × 286 = 121 550 F

Comme j'ai patiemment attendu qu'il finisse, et que je ne dis ni oui ni non, il a un sourire charmant, et qui se veut charmeur. C'est pas ça ?

Voilà. Ils étaient « dans la multiplication ». Si par chance, ils avaient été « dans la soustraction », il aurait eu « bon ». Combien sont-ils comme lui, qui répondent à partir de données non écrites, comme par exemple la dernière activité en classe, la dernière phrase entendue, l'air de la question — par opposition aux paroles — ou quelque déduction échappant à une rationalité ordinaire. Lucien a justement ceci de remarquable qu'il n'a pas réagi au « marqueur » langagier — combien me *manque*-t-il — qui bien souvent peut faire croire que le sens de la soustraction est « acquis », mais lui a préféré l'actualité plus fraîche de la dernière chose apprise.

Par ailleurs, il est tout aussi remarquable qu'étant catalogué « en-difficulté », son produit de deux nombres de trois chiffres soit juste. Une fois félicité pour cette prouesse — des « tables » sues, un algorithme en place ! — il s'est trouvé un peu coi sur les raisons qui l'avaient fait multiplier, et sur l'ordre de grandeur des économies nécessaires qui, accumulées pièce à pièce, supposeraient un cochon tirelire grandeur nature. À vrai dire, rien de tout cela ne l'avait affecté.

Peut-on avancer une explication du genre « rupture massive de contrat didactique », ainsi qu'on l'a souvent fait pour expliquer que tant d'enfants normaux puissent « donner l'âge du capitaine » ? En supposant que la notion même de « contrat didactique » ait un sens, sa rupture était présumée avoir pour cause un énoncé qui, lui, n'en avait pas. Mais ici ? Avec un énoncé on ne peut plus raisonnable, où trouver la raison de cette déraison ?

Avec une intensité que le temps qui passe rend de plus en plus aiguë, est donc encore et toujours posée la question dont on pourrait s'étonner qu'elle ait seulement lieu d'être posée : pour qui les mathématiques de l'École ont-elles du sens ?

Écrire « 7 = 0 » ne s'improvise pas. En comprendre les raisons non plus. Tout au plus peut-on, dans un premier temps, se demander comment dix années de pratique mathématique antérieure ont fait qu'on en soit là, face à ces *automathes* « ébouriffants » ; et penser que, si ça se trouve, c'est au collège — volontiers qualifié de « maillon faible du système éducatif » — que pour ces lycéens, les choses ont mal tourné.

Mais il n'est, je suppose, de collégiens qui n'aient préalablement vécu six années d'école primaire. Il ne semble donc guère possible d'analyser quelque parcours que ce soit en court-circuitant ces six années antérieures, ce qui aurait autant de sens que de vouloir comprendre la survenue d'une guerre à partir de sa déclaration.

Avant celles du collège ou du lycée, il y a donc les « mathématiques » de l'école primaire. Seulement rien n'étant jamais simple, et étant bien entendu qu'on ne peut expliquer ce qui se passe au collège en voulant ignorer l'école, il se trouve que l'on ne peut expliquer non plus ce qui se passe à l'école en voulant ignorer le collège, le lycée, voire l'université. En effet. Durant tout ce temps où les déclarés « pas doués » avaient comme alternative de se déclarer littéraires ou nuls, ou de courageusement entreprendre de « potasser » le cours, autrement dit de l'apprendre par cœur, juste pour pouvoir obtenir le minimum de points requis afin de ne pas échouer aux examens, c'est au sommet de l'édifice éducatif que furent conçues la plupart des réformes, d'abord destinées à améliorer les performances des populations accédant à ce sommet lui-même.

La première réforme qui a vu grand, horizontalement et verticalement, a été celle dite « des maths modernes » ; réforme qui a voulu redéfinir la *matière* des mathématiques et la *manière* de les enseigner, pendant *tout* le cursus scolaire, avec comme — excellente — idée directrice que devaient être mis en place dès la maternelle des *éléments* que non seulement l'université ne pourrait désavouer, mais qui seraient les invariants d'un savoir définitif ; lesquels, renforcés d'année en année, y mèneraient sans rupture, donc sans douleur.

On sait ce que fut la courte vie de cette réforme. On oublia tout de suite les nouveautés apportées à la *matière*, quelles qu'aient pu être les convictions qui en avaient justifié l'introduction. En revanche, étant beaucoup plus accessibles, et jouant le rôle flatteur d'innovations, les innombrables prescriptions pédagogiques accompagnant la *manière* se trouvèrent être durables. Les mathématiques dites « modernes » une fois désavouées, le changement amorcé dans la conception de l'enseignement par leur présence éphémère devint paradoxalement, avec le temps, de plus en plus considérable.

C'est que, chemin faisant, on aurait, paraît-il, tiré les leçons de l'échec de cette réforme qui elle-même voulait corriger l'échec des mathématiques dites, depuis, « traditionnelles ». Leurs méthodes d'enseignement ayant été considérées comme autant de carcans inhibant toute activité mathématique véritable, un retour en arrière devenait impossible. On peut donc voir aujourd'hui, indépendamment des strictes questions de contenus, que plus grand-chose ne subsiste de la présentation classique du cours de mathématiques et de la plupart de ses finalités. Le problème, en particulier, pièce maîtresse de toute initiation vraie, a subi de telles métamorphoses à l'école qu'il faut parfois un œil particulièrement exercé pour savoir à quelle discipline appartient un énoncé.

À ce sujet, revenons brièvement sur un autre événement, venu se greffer sur le complexe de tous ceux que la réforme avait suscités. Il s'agit donc de ce désormais fameux problème de l'« âge du capitaine » auquel faisait allusion Laurent Schwartz en le disant analogue du « si 7 = 0 » qui l'avait à ce point « ébouriffé ». Et en effet, en proposant à des enfants de l'école primaire : *Sur un bateau, il y a 26 moutons et 10 chèvres. Quel est l'âge du capitaine ?*, il a été tout aussi « ébouriffant » de les voir répondre que puisque : 26 + 10 = 36, le capitaine avait 36 ans[8].

Au premier abord, bien que les réponses fussent dans les deux cas dénuées de sens, l'analogie pourrait ne sembler que partielle : un *énoncé* est « nonsensique », et l'autre pas. Ce qui permet par exemple de se rassurer, nous l'avons vu, en parlant de rupture de contrat ; dont l'une des parties serait d'ailleurs bien en peine de savoir où et quand elle l'aurait signé.

« On » s'émut donc de ce manquement grave à une déontologie brusquement apparue comme essentielle. Et plutôt qu'analyser les raisons profondes et anciennes de cet état de fait, « on » s'avisa de vouloir protéger les petits, en les avertissant des pièges qu'on allait désormais multiplier sous leurs pas, et les plus grands en les débarrassant au fur et à mesure de ce qui semblait difficile ou hors de leur portée.

Avec d'autres, j'ai ainsi pu voir se désagréger progressivement ce qui, au collège ou au lycée, fait la spécificité des mathématiques. Quant aux petits des écoles, confrontés, par exemple, à :

> Marie a 8 ans, son frère pèse 2 kilos de plus qu'elle, et il possède 150 francs dans sa tirelire[9],

il faut qu'ils répondent « possible » ou « impossible », de peur que, non prévenus, ils se précipitent sur l'appétissante somme d'années, kilos et francs qui pourrait les tenter.

Rien n'aurait changé dans les résultats traditionnellement observés en mathématiques — réussite de quelques-uns, et rejet par les autres, assorti d'humour, d'indifférence, ou de colère — que ce serait déjà grave, car cela témoignerait de l'insuffisance des analyses et de l'inefficacité des remèdes. Mais il se trouve que les choses ont empiré : les élèves sont-ils petits, ils continuent de « donner », sous une forme ou une autre, l'« âge du capitaine » ; grands, d'émailler les copies de propositions telles que « 7 = 0 ».

Tous ceux, et il y en a, qui, à l'école, au collège, au lycée arrivent à donner du sens à ce qui n'en a pas, sont à canoniser. Ils me font penser à cette réflexion désabusée d'une amie très chère qui, voyant le déploiement — et la perte — d'énergie requise par certaines prescriptions de certains dirigeants, disait : « Il y a des portes, et on nous oblige à passer à travers des murs. » Mais paradoxalement leurs efforts, leur énergie, leur courage dans des situations devenues parfois inextricables, avec bien souvent un quart d'heure utile sur une heure de cours, permettent à l'illusion de perdurer. Alors que tant de conditions d'un enseignement efficace sont cruellement manquantes, les élèves qu'ils arrivent à « sauver » font tautologiquement penser que si les autres n'arrivent pas à s'en tirer, c'est qu'ils sont *en difficulté*.

On prétend mettre l'élève au centre du système éducatif. En fait, il n'est au centre que du système explicatif de l'échec d'un enseignement de masse. À la moindre « alerte », se fondant sur des évaluations à petite ou grande échelle, l'institution détecte dès le CP, voire de la grande section de maternelle, des élèves en difficulté, difficulté qui n'a plus qu'à croître et embellir jusqu'à produire ce qu'on peut voir au collège.

Car piégée en partie par son impuissance, en partie par les discours tenus sur l'enfant/élève orné de tous ses paramètres psychologiques, sociologiques, voire médicaux, l'institution semble perdue aujourd'hui pour ce qui est de la définition qu'elle doit donner de l'élève tout court. Et à force de voir des résultats « ébouriffants » croître en genre et en nombre, elle a fini par abandonner indifférence et déni devenus intenables ; elle a donc inventé, officialisé, et légiféré sur le statut de l'élève-en-difficulté. Ce qui l'a contrainte à produire au fil des ans des « remèdes », appelés « remédiations ». Sans s'interroger *vraiment* sur les raisons pour lesquelles avaient pu échouer tant de médiations.

Ce sont déjà un certain nombre de ces raisons que j'analysais dans *Échec et maths.* Parmi les nombreuses réactions qu'elles suscitèrent, et pour atténuer la responsabilité du système dans la fabrication de l'*automathe*, il me fut souvent avancé qu'« on ne pouvait pas mettre un précepteur derrière chaque élève », ce à quoi je n'avais évidemment jamais pensé. Il me semblait au contraire que ce qu'il est possible de comprendre des effets d'un enseignement par un travail de laboratoire sur des individus peut et doit fournir des éléments de réflexion pour celui qui se fait pour un groupe, dans une classe.

Il est donc assez paradoxal pour moi de constater que le travail de l'institution est allé exactement en sens inverse du mien. Plus je croyais pouvoir affirmer qu'en prenant à bras-le-corps la question du sens, sans chercher à l'éviter en s'engageant dans toutes sortes de processus de fuite, il était possible, sinon de faire disparaître, du moins de considérablement réduire les échecs, plus « on » passait de l'idée de petits groupes à celle de modules, de pédagogie différenciée à celle de remédiation.

À ce propos, je voudrais évoquer les travaux d'un colloque qui n'avait d'ensoleillé que son décor, puisque, s'étant tenu dans l'île de Rhodes, il avait déjà pour sujet la prolifération des « assistances de tous ordres » pour pallier l'insuffisance des structures nationales assurant en quelque pays que ce soit l'enseignement des mathématiques[10]. Il y a dix ans, on parlait donc déjà de problématique « mondiale », ce qui voulait dire caractéristique des pays développés. Les « leçons particulières », « maths-secours » et autres « maths-assistance », y furent donc évoquées[11], mais aussi les structures inventées par les enseignants eux-mêmes pour préparer certains élèves aux grandes écoles ; toutes entreprises ne pouvant que mettre en évidence, comme on continue de le déplorer beaucoup aujourd'hui[12], l'inégalité flagrante dans le « soutien » que peuvent ou non apporter, selon les moyens dont ils disposent, des parents à leurs enfants[13].

En pareille situation, il est certain que l'initiative consistant à vouloir faire « remettre à niveau » par l'institution elle-même les élèves en difficulté ne peut, en apparence, que paraître généreuse. Et aujourd'hui voici donc qu'à partir du slogan « l'école doit être son propre recours », « on » en arrive à considérer que c'est au sein de l'école, bien sûr, et pris en charge par elle que doit « aller en soutien » tout élève reconnu en-difficulté. Mieux encore : « L'aide à l'élève, c'est-à-dire le cours particulier ou en petit groupe pour les élèves en difficulté, c'est la base de la démocratie[14]. »

Base bien chancelante parce que, pratiquement, si comme on le verra sont réellement pris en compte le temps, le travail à la loupe, la patience, et la spécialisation que finit par requérir ce travail de remédiation, on comprend mal comment, dans les conditions et avec le temps qui leur sont impartis, c'est, par exemple, au collège que les professeurs devraient réparer *cinq années* de manque à gagner. Plus que jamais les inégalités subsistent ; et à part quelques menues et ponctuelles améliorations dans la moyenne de quelques élèves, les « remédiations » ne semblent pas avoir fait la preuve de leur efficacité. Au contraire. D'une part, tous ceux, et ils sont légion, aux mauvaises notes desquels elles ne remédient en rien, sont confortés dans l'idée que leur nullité est insurmontable. D'autre part, on peut, par exemple, se dire qu'ayant fait tout ce qu'on pouvait pour ces élèves-en-difficulté, leur nullité est effectivement insurmontable, et que le responsable de tous ces ennuis est le collège unique, qui leste les classes de trop d'élèves qui n'ont rien à y faire.

Et voilà donc comment, pour vouloir réparer, remédier, mais sans se demander *pourquoi* il faut absolument que tant d'élèves soient depuis si longtemps en situation d'échec, une idée généreuse peut arriver à en combattre une autre. Que des milliers d'élèves soient aujourd'hui en difficulté est évidemment incontestable. Mais qu'ils aient pour la plupart été inventés dans l'œuf par le système l'est tout autant, même si la chose a moins d'immédiate évidence. Si tel était le cas, ce que je crois avoir nombre de fois démontré, il faudrait donc que la recherche de remèdes prenne en compte une *situation de fait* qu'il faut affronter, avec ses éclopés, ses blessés, ses exclus ; mais aussi que l'analyse de ses causes rende possible l'élaboration d'un mode d'accès au savoir qui se passe de la trop commode explication de l'élève-en-difficulté.

L'élève-en-difficulté est la grande difficulté de l'enseignement d'aujourd'hui. Il n'est plus nulle part question de contester son existence. Et il est dramatique de constater qu'aucune réflexion efficace ne fait en sorte que tous ceux qui-ne-sont-pas-encore-en-difficulté, c'est-à-dire qui commencent leur scolarité, soient à l'abri de cette grande ombre portée sur l'idée que l'on se fera d'eux au moindre manquement. C'est dire mon étonnement d'apprendre, ou de constater, qu'avec d'excellentes intentions de jeunes enfants étaient parfois groupés dans leurs classes en forts, moyens et faibles, ou que l'on venait chercher, en plein travail du groupe, tel ou tel enfant qui avait besoin d'être « soutenu ». Quoi, déjà ? En grande section, en CP, en CE1 un enfant pouvait être, pour son bien, désigné à la collectivité comme étant « en-difficulté » ?

Au contraire de l'institution qui institutionnalise l'échec en voulant le réparer, qui se suffit de son insuffisance en la posant pour ainsi dire comme proposition initiale et incontestable, au point d'être entérinée comme « phénomène de société », c'est dans l'immédiat qu'il faut refuser que la réparation soit un recours, que la « remédiation » soit un cache des raisons pour lesquelles a échoué la médiation.

Profondément inscrite dans le matériau humain, l'inégalité des vingt-quatre petits sujets que l'école met côte à côte dans leurs premières années de confrontation au savoir n'est ni axiome ni hypothèse de travail. Le plus élémentaire des principes de réalité la montre à l'œuvre, évidemment dans les disparités dites « socioculturelles », mais pas seulement. Issus d'un même « milieu », voire d'une même famille, nourris des mêmes aliments matériels ou intellectuels, ou des mêmes carences, les réponses des vingt-quatre petits sujets aux demandes scolaires de tous ordres seront on ne peut plus diverses. Parler de l'hétérogénéité des classes de collège est ouvrir bien tard les yeux sur celle qui est un donné constitutif de la maternelle.

Analyser les raisons pour lesquelles, allant à l'encontre de sa vocation, de sa définition même, l'école non seulement n'arrive pas à en atténuer les effets, mais les fait parvenir en quelques années à une sorte d'assomption, se doit de sortir des tautologies sociologiques et des bonnes intentions qui trouvent à l'arrivée ce qui était mis en place au départ. Examiner les milieux familiaux et enseignants, leurs relations, leur état d'esprit est intéressant et louable. Mais aucune de ces analyses macroscopiques ne pourrait expliquer pourquoi, par exemple, un enfant pour lequel tous les voyants familiaux, psychologiques, sociologiques, scolaires sont au vert, est cet élève qui donne l'âge du capitaine ou propose « si 7 = 0 ». Car, au-delà de ces apparences, on a bien affaire à la même chose. Proposer un énoncé sensé ou insensé importe peu puisque c'est *au départ* que ces élèves, grands ou petits, *ont renoncé au sens*.

Il est grand temps de dire que l'École obligatoire et laïque est en soi une grande merveille. Ce qui fait que, passé une ou deux décennies, qu'elle ait été plus ou moins chahutée ou harmonieusement menée de la maternelle au collège par une éducation *nationale*, la première scolarité de chacun se mue en folklore commun. La modernisation n'a pour l'instant rien changé aux « bijou, caillou, chou, genou, hibou, joujou, pou » de notre enfance. Ni aux délicieuses comptines qui font les souris vertes et les escargots tout chauds... Une journée « portes ouvertes » et les émotions affluent : ces salles de classe qui, même vides, palpitent d'une vie qui est celle de l'enfance du savoir, avec leurs murs chargés de dessins, de couleurs, de tableaux : des lettres, des sons, qui en se combinant vont livrer toutes les histoires du monde ; des chiffres qui en se juxtaposant vont donner la mesure du monde ; des lignes, des formes, qui en s'assemblant vont décrire le monde.

Bien sûr, l'école est irremplaçable. Et comme vous, elle m'émeut, j'y suis d'ailleurs quasiment née. Mais il est clair qu'à l'aube de ce XXIe siècle, cette école souffre et fait souffrir. Et dans le domaine que je crois bien connaître, elle fait incontestablement des dégâts. D'autant plus tragiquement absurdes qu'une énergie et un travail considérables sont dépensés par ses enseignants, que les petits élèves ne demandent qu'à s'approprier des savoirs, et que tout le monde veut leur bien.

Mais s'est-on interrogé sur la pérennité des réponses insensées ? S'est-on demandé si ceux que l'on appelait des « cancres » et que l'on coiffait de bonnets d'âne ne donnaient pas, en calcul, rebaptisé aujourd'hui « mathématiques », à leur manière et à l'encre violette, l'âge du capitaine ? Il se trouve que l'école, lieu de toutes les nostalgies, ne faisait pas mieux à ses débuts, pour ce qu'on appelle encore « compter », qu'aujourd'hui ; et l'erreur consiste à penser que les défauts qu'on lui reconnaît sont dus à un enseignement de masse. Il se trouve que ce sont les mêmes qu'autrefois, et que la masse, à l'origine de bien des difficultés spécifiques de cette énorme entreprise qu'est l'Éducation nationale, n'y est en l'occurrence pour rien. Elle leur sert simplement de révélateur.

Mais pour ne rien vouloir en savoir, désarmée face à tous ces échecs, l'institution n'a su que se prendre au piège des innovations. Ce qui fait qu'aujourd'hui, fort comme toujours d'excellentes intentions, le système n'a malheureusement fait qu'ajouter, aux défauts de la tradition, ceux de ces innovations ; dont il y a trente, puis vingt ans je ne pouvais pas savoir ce qu'elles seraient ; mais je savais ce qu'étaient les méfaits de la tradition, et je crois avoir prévu et prévenu dans la mesure de mes moyens ce qu'ils seraient si on ne la repensait pas radicalement[15].

Il importe d'affronter les causes de cette renonciation au sens qui est un tribut exorbitant que l'École croit devoir payer à l'enseignement de masse, supposé être à l'origine de bien des maux. Croit-on vraiment que renoncer à comprendre puisse se faire sans dommages, pour l'élève d'abord, pour son entourage, pour l'École, pour le pays enfin ? Renoncer au sens en mathématiques ! Les assimiler, au mieux, à des savoir-faire restituant des pratiques apprises par cœur, au pire à un supplice qu'il faut subir pour passer de classe en classe, n'est-ce pas au mieux un grave manque à gagner dans l'exercice d'une intelligence, au pire un discrédit porté sur une certaine forme de rationalité ? Quel crédit auront une méthode scientifique, un raisonnement mathématique ?

Fort heureusement, ne sont pas que les mathématiques ou les sciences pour exercer son intelligence ou raisonner. Mais sans tomber dans le travers de ceux qui prétendent que l'on ne peut pas vivre sans mathématiques, ce qui est évidemment démenti par l'observation la plus élémentaire de tous ceux de nos contemporains pour qui elles sont restées un savoir étranger ou opaque, mais qui sont bien vivants, il est certain que vouloir faire l'impasse sur une initiation aux mathématiques est doublement préjudiciable. L'individu aura été privé d'un mode d'exercice de son intelligence et d'un outil d'intelligibilité du monde qui l'entoure ; au-delà d'un plaisir, voire d'un bonheur attesté par ceux qui, hors espace scolaire, font partie de clubs de mathématiques, s'abonnent à des publications spécialisées, participent à des rallyes ; la société sera en manque — elle l'est déjà — des scientifiques dont elle a de plus en plus besoin pour soutenir les défis mondiaux[16].

En mettant hors de cause compétence et qualité humaine des enseignants, et toutes les explications centrées sur l'*enfant,* il y a donc lieu de se demander, le plus sereinement possible, pourquoi tant d'*élèves* arrivent perdus au collège, sans la moindre idée du moindre calcul, s'empêtrant dans les formules, confondant aires et périmètres, mélangeant les quadrilatères, improvisant des déplacements de virgule, ignorants du sens des opérations.

Et pour cela, seul le microscopique peut nous éclairer.

Mon intervention à Rhodes s'intitulait *Comment passer du particulier au général,* et posait que si l'on veut bien convenir que la masse est une entité discrète, c'est-à-dire constituée par du un, plus un, plus un, on peut comprendre quel peut être l'intérêt d'avoir travaillé avec des individualités ; *mais* pour en faire bénéficier le groupe, l'entité qui est la classe. Composée d'êtres singuliers, elle reste entité inscrite dans d'autres entités — l'école, le quartier, le village ou la ville, le pays — et a pour vocation de socialiser chacun des élèves qui lui sont confiés à partir de valeurs, de savoirs communs.

Avant d'arriver à « si 7 = 0 », il y a donc ces années essentielles passées à l'école. Or il est d'autant plus pathétique de voir cette merveille qu'est l'école, soutenue par d'innombrables vocations d'enseignants faillir à sa mission, quand on sait ce qu'il en est aujourd'hui de ses résultats. Si l'on songe à tous ceux que cela désespère, si l'on pense à toute cette énergie perdue, à toute la souffrance accumulée par les élèves en situation d'échec, on peut se dire qu'il y a là une situation dramatiquement absurde.

Je décrivais il y a presque vingt ans les malheurs de Sophie : il y a aujourd'hui ceux d'Amélie ; je montrais les désarrois de Thierry, Christian, Lisa aux prises avec un savoir qui ne pouvait que chanceler faute de fondements assurés : il y a aujourd'hui Gilles, Capucine et tous les autres. Entre ceux qui hier donnaient *L'Âge du Capitaine* et ceux d'aujourd'hui, embarqués à leur tour sur le bateau du savoir qui semble tanguer aussi ou plus dangereusement qu'hier, il y a une génération d'écart. Or, si l'on veut *vraiment* une école qui prenne en compte chaque sujet pour lui-même et tous à la fois, pour que soient entreprises des actions justes, il faut des analyses justes ; et si elles le sont sur du microscopique, elles ne peuvent qu'aboutir au macroscopique. On verra donc que l'enseignement de masse est seulement révélateur de fragilités ou d'inadéquations du système qui lui préexistaient ; et que nombre de valeurs de ce système se doivent d'être, non réformées, mais refondées.

Ce sont donc ces analyses que j'ai tentées et que l'on trouvera ici, ainsi que des propositions dont je souhaite qu'elles puissent contribuer aux débats sur l'École, si nombreux aujourd'hui. Depuis la parution de *L'Âge du capitaine,* elles se sont enrichies de très fécondes expériences de recherche et d'enseignement à l'école[17], d'échanges avec des responsables d'entreprises d'enseignement, publiques, privées, de formation, d'adaptation, de réadaptation, d'enseignement ordinaire ou spécialisé, et de travail de laboratoire auprès d'élèves en situation plus que difficile. Parallèlement à cette pratique de terrain, l'écriture de nouveaux livres, dont la longue, difficile et passionnante aventure du *Dictionnaire*, a nourri une réflexion qui m'a confirmé le rôle capital que joue la langue d'un savoir dans la transmission de ce savoir, et en a diffusé l'idée.

Peut-être est-il donc temps, laissant de côté réactions corporatistes ou propension à accuser parents ou enseignants, de s'accorder sur les modalités qui feraient sereinement reconsidérer contenus et méthodes, ou, comme me le fait préférer leur assonance, *matière* et *manière*. Et peut-être que donner *l'âge du capitaine* ne sera plus que connivence entre navigateurs avertis et sachant par eux-mêmes voguer efficacement sur l'océan du sens.

CHAPITRE I

Des fractions selon Gilles
ou
des fractures du sens

Sans doute sont-ils nombreux, ceux qui traversent paisiblement de bout en bout leur scolarité mathématique : bons élèves, voire excellents, certains incarnent cette graine de mathématiciens qui s'épanouit en une « école mathématique française » riche de succès et de distinctions[1].

Ce ne sont évidemment pas de ceux-là qu'on peut attendre quelque éclaircissement sur les raisons pour lesquelles rien ne va, ou si peu, pour tant d'autres. Au contraire. Leur existence — agréable aux professeurs qui voient au moins leurs efforts couronnés de quelques succès — a toujours été à l'origine de cette question : puisqu'il y en a qui comprennent, pourquoi les autres, soumis au même enseignement, ne comprennent-ils pas ? Et c'est alors que s'engouffrent dans l'espace ainsi constitué toutes sortes d'hypothèses mettant en jeu l'histoire du sujet défaillant, son profil psychologique, ses aptitudes intellectuelles, son appétit scolaire, ses relations avec ses parents, les relations de ses parents l'un avec l'autre, ou l'un sans l'autre, leur appartenance socioculturelle, leur comportement vis-à-vis de la scolarité de leur enfant et des enseignants, et j'en oublie...

L'*enfant* est un sujet neuf dans la façon dont l'école le considère aujourd'hui. Celle d'antan ne cherchait pas à comprendre pourquoi un enfant réussissait ou échouait. C'était l'un ou l'autre, et voilà tout. Bien sûr, il y avait ceux que l'école élevait « au-dessus de leur condition ». Mais c'était bien parce qu'elle avait su reconnaître le mérite de l'*élève*. Seulement aujourd'hui, au lieu que l'élève serve de cache à l'enfant, c'est l'enfant qui sert de cache à l'élève ; et ce, pour expliquer pourquoi il est « en difficulté ». Je ne suis pas sûre que l'un ou autre y gagne.

Idéalement, l'école devrait, me semble-t-il, accueillir en maternelle un petit enfant qu'elle libérerait d'éventuelles lourdeurs, voire de souffrances familiales, en les ignorant. Réduit à soi-même, le petit sujet est alors plus libre de s'accomplir dans une école riche de relations spécifiques et fécondes, nouées à travers le savoir que lui dispensent des pédagogues bienveillants ; et de découvrir les prémisses d'une socialisation qui, si elle commence par diviser ses contemporains en gentils et méchants, s'affinera rapidement en indispensables amitiés et inévitables inimitiés. De toute façon, l'école représenterait un monde en soi, et à soi.

> « Ici, je suis en sécurité. Des lois que tous doivent respecter me protègent. Tout ce qui m'arrive ici ne peut dépendre que de moi. »

C'est Nathalie Sarraute, témoignant autant de cette liberté que lui avait apportée une école résolument étrangère au lourd climat familial que du bonheur d'apprendre, l'école lui donnant le sentiment qu'il n'y aurait rien qu'elle ne parviendrait pas à connaître[2]...

Il n'est pas question de revenir à l'école d'antan, mais nous verrons que certaines de ses valeurs sont à retrouver ; d'autres sont à découvrir, ou inventer. En attendant, si la relation d'un élève aux racines carrées ou identités remarquables me paraît difficilement réductible à des éléments de psychologie, en revanche, la situation *de fait* déterminée par de mauvaises notes nombreuses et renouvelées a une influence évidente sur la vie scolaire d'un sujet et donc sa vie tout court. Lequel, de l'enfant ou de l'élève, a mal au ventre le jour d'une interrogation ou composition de mathématiques ? Bien malin qui le dira, tant le destin de l'un et de l'autre, depuis les premières années de maternelle, sont étroitement tissés.

C'est bien pourquoi l'élève malheureux n'est pas dissociable de l'enfant malheureux, dont toute la famille sera contrainte, de gré ou de force, en y prenant plus ou moins part, de subir les déboires.

On pourrait donc, théoriquement, penser qu'une « remédiation » consisterait à expliquer à l'élève ce qu'il n'a pas compris. Et voici qu'on rencontre l'enfant, devenu adolescent, et blessé non seulement par son propre échec, mais par ce qu'il ne peut ignorer des alarmes, tracas, voire angoisses que cela entraîne autour de lui. Situation rendant combien difficile l'accomplissement du projet initial : lui donner à comprendre, pour l'aider à réussir.

Gilles. Mois de janvier, classe de 4e. Un regard qui a dix ans de plus que la rondeur de ses joues, et qui nonobstant manifeste d'emblée entre lui et ce que je représente une distance en apparence infranchissable, genre *je viens, mais je désapprouve toute cette aventure en bloc, les mathématiques j'aime pas, j'aimerai pas, je suis obligé d'y passer, mais comptez pas sur moi pour vous aider…* Et il est clair, dès les premiers échanges, que je ne serai pas aidée. Mais cette première fois, l'acuité des objections qui sont l'essentiel des réponses, leur agressive rapidité, montre une très fine intelligence et, malgré d'évidentes et considérables « lacunes », me permet de penser que « ça devrait aller ».

Devant le regard interrogatif de sa maman qui l'a attendu, je dis donc que je pense que « ça devrait marcher ». Et c'est là que je commets une erreur inhabituelle, que j'avais faite une ou deux fois à mes débuts, et dont j'avais depuis longtemps compris la maladresse. Oubliant donc une prudence devenue naturelle, et ce, non vis-à-vis du pronostic, qui me paraissait tout à fait favorable, mais de celui ou de celle à qui il s'adresse, me tournant vers Gilles, je lui dis : « tu vas voir, tu seras bientôt fort en maths. » La réponse a claqué : « *Ça m'étonnerait, je ne crois pas* » ; avec, tout de même, ce qui me console de mon imprudence, une petite onde de plaisir qui, en rosissant un peu plus les joues, semble faire apparaître des taches de rousseur supplémentaires.

Évidemment, il ne faut surtout rien dire devant ces enfants-là de leurs potentialités. Ils ont décidé — enfin en leur âme et inconscience, ce n'est pas concerté, ça se trouve être ainsi — de ne pas ou plus se faire piéger par ce système, donc, surtout pas de sentiment, pas de pathos. Et puis, c'est vrai qu'ils n'y croient pas. Peut-être que les maths, ils aimaient ça, mais les faits, là, sont formels, qui viennent démentir toute projection dans un avenir mathématique heureux. *Trois sur vingt, cinq sur vingt, deux sur vingt* : faites le compte, il n'y a pas de quoi se payer beaucoup d'espoir. Donc, c'est comme un amour déçu, ça fait mal, et il ne faut surtout pas essayer de consoler avec des discours qu'ils pourraient croire gratuits. Et c'est donc bien le genre de propos que, sauf cette malencontreuse fois-ci, je ne tiens plus jamais avant que soient déjà ressenties par soi-même ses propres possibilités de comprendre, peut-être même assorties du bonheur de comprendre. Encore faut-il qu'il soit possible, d'une part, de faire éprouver ce bonheur à l'élève, et d'autre part que l'enfant veuille bien en convenir. Et c'est parfois bien difficile en raison des verrouillages défensifs déjà évoqués. Je me voyais désormais prévenue.

Une séance suit, tendue, sur des « règles de priorité[3] ». Gilles est non seulement sur la défensive mais traîne les pieds au point qu'il me paraît que je ne pourrai peut-être pas prendre la responsabilité de le remettre à niveau, entre ce qu'il y a à affronter du présent, et à rattraper du passé.

Troisième séance. Affichant toujours aussi peu d'enthousiasme, il a à faire des exercices sur les fractions ou plutôt à les refaire, après une interrogation catastrophique *et* sa correction faite en classe.

Calculer les expressions suivantes :

$$A = \left(\frac{5}{4}+\frac{3}{4}\right)\div\frac{7}{4} + \left(\frac{3}{4}+\frac{9}{4}\right)\div\frac{7}{4}$$

$$B = \frac{5}{11}\div\left(\frac{3}{33}+\frac{6}{33}\right) + \frac{5}{11}\div\left(\frac{3}{22}+\frac{1}{22}\right)$$

$$C = \frac{2}{5}\times 4 - \frac{3}{5}\times 7\div\frac{2}{3}$$

$$D = \frac{5}{3}\times\frac{3}{2}\div\frac{5}{4} - 1$$

$$E = \left(3{,}1-\frac{5}{2}\right)\times 3 - 2$$

$$F = \frac{3}{4} + \frac{9}{5}\times\frac{3}{2} - 1$$

Il les entame et j'assiste, en silence, à des lignes de calculs corrects pour A et B ; la seule chose qu'il attend de moi étant clairement de lui dire si c'est juste ou faux. Et puis, curieusement, le calcul de C l'arrête ; j'attends, ça ne vient pas. — Il y a quelque chose que tu ne comprends pas ? — *Je me souviens plus de la règle.* — Quelle règle ? — *Comment on divise par une fraction.*

Un peu étonnée, parce qu'il vient de le faire à quatre reprises, je le lui dis.

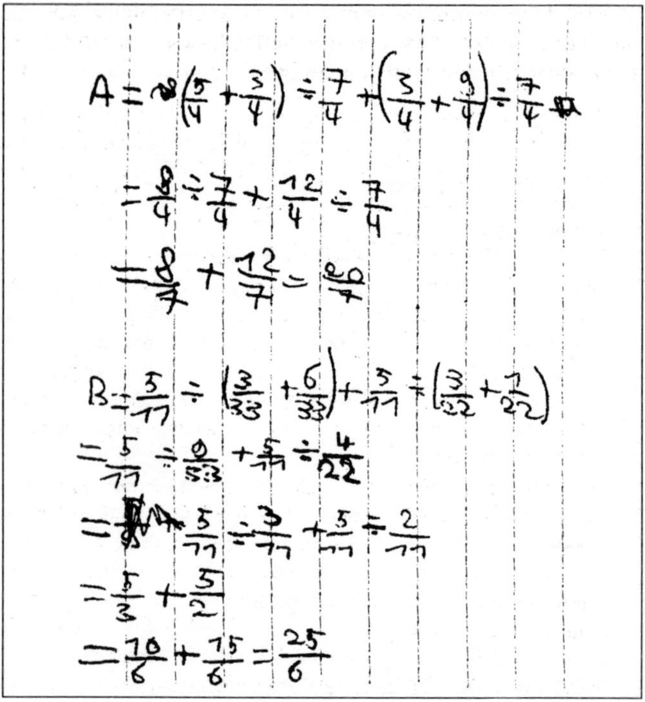

Sa mine persistant à signifier qu'il ne voit pas le rapport, je regarde de plus près les énoncés de A et B, pour constater que la liste déjà très longue des *automathismes*[4] que je connais pour les avoir répétitivement vus à l'œuvre vient de s'enrichir : depuis la correction de l'« interro », Gilles croit qu'il sait diviser des fractions quand elles ont le même dénominateur. Il s'est donc aperçu qu'en pareille occurrence, elles le perdaient toutes les deux, et que par exemple

$$\frac{5}{11} \text{ divisé par } \frac{3}{11}, \text{ ça faisait } \frac{5}{3}$$

et c'est bien pourquoi, comme ils ne mettaient en jeu *que* des fractions de même dénominateur, les calculs de A et de B s'étaient déroulés sans encombre.

> Puisqu'on va avoir affaire au *quotient* de deux *fractions*, il me paraît que s'impose enfin la nécessité d'une incursion dans cette forêt touffue de significations entremêlées où vivent ces êtres numériques tous différents, et tous issus d'une même génitrice protéiforme, appelée « division ».
> Il arrive en effet toujours, à quelque niveau que ce soit, et plus ou moins rapidement, un moment où il faut procéder à une élucidation essentielle au sens de tout le complexe numérique ; celle de la différence entre une *opération* et un *calcul*. L'opération est la manière dont, à partir de deux nombres, on va en constituer un troisième ; le calcul, quand il est possible, transforme ce résultat[5]. Cette distinction est, nous le verrons, cruellement manquante à l'école, voire au collège.
> En parlant de la « division », je parle donc de *l'opération*. Par exemple, si l'on veut savoir combien de fois 37 sont dans 35 705, la réponse est 35 705 : 37. Ce composé de deux nombres, qui est leur *quotient*, est le *résultat* de la division. Le *calcul* de ce quotient — dont le processus tel qu'il était encore récemment enseigné à l'école[6] défie l'entendement le mieux constitué — consisterait à dire « combien ça fait », et pourrait être confié à une calculette (ça fait 965).
> Mais ici l'opération est desservie par l'article au singulier qui la précède. Qu'en est-il *des* divisions, de longueurs par des nombres, de longueurs par des longueurs, d'aires ou de volumes par des longueurs, de volumes par des volumes, de volumes par des nombres, de nombres par des nombres, etc., sans oublier l'opération de partage, ou celle de répartition[7] ? Quotients, rapports, fractions ?

Revenons à Gilles ; manifestement, il ne veut rien savoir d'aucune explication. J'imagine encore pourtant que je vais pouvoir, avec un peu d'obstination, faire en sorte qu'il comprenne pourquoi ses divisions de fractions ont « marché » lorsqu'elles avaient le même dénominateur, et pourquoi il est bloqué lorsque ce n'est plus le cas.

En répondant parcimonieusement à mes questions, il finit par sembler m'accorder ceci : si, par exemple, on cherche le quotient de 15/7 par 3/7, c'est-à-dire **combien de fois** 3 *septièmes* sont contenus dans 15 *septièmes*, cela consiste à chercher **combien de fois** « 3 certaines unités » sont contenues dans « 15 de ces mêmes unités », c'est-à-dire à diviser 15 par 3, opération qui peut se prolonger par un calcul sensible, puisque 5 fois 3 font 15. Donc :

$$\frac{15}{7} : \frac{3}{7} = 5$$

Et maintenant, si se présentait un cas tel que 10/7 : 3/7, c'est-à-dire s'il fallait trouver « en 10 *septièmes* combien de fois sont 3 *septièmes* », comme 10 n'est pas un multiple de 3, on se « débarrasse » de la question du quotient de fractions en la transférant sur un quotient tout court : 3 *septièmes* sont en 10 *septièmes* autant de fois que 3 en 10. Le quotient de 10/7 par 3/7 égale donc celui de 10 par 3 ; ici plus de calcul sensible, puisque ce quotient restera quotient de 10 par 3 ; soit

$$\frac{10}{7} : \frac{3}{7} = \frac{10}{3}$$

Gilles semble finir par comprendre les raisons de ce qu'il a fait : si deux fractions ont *même dénominateur,* leur quotient est celui de leurs numérateurs. Il faut donc maintenant en arriver au cas général, celui de deux fractions de dénominateurs quelconques ; je lui propose alors le calcul de 3/4 : 5/7.

Changement brutal de climat. — *Je me souviens plus de la règle*. — Mais il n'est plus question de règle ! Tu n'as qu'à te demander ce qu'il suffit de faire pour que nous nous retrouvions dans le cas précédent… Mutisme. — Écoute, nous sommes sur le point de la retrouver, la règle. Et si tu la trouves à partir de ce que tu as maintenant compris, tu la retiendras bien plus facilement ! Mutisme. — Donc, si on veut procéder comme tout à l'heure, quelle forme il faudrait donner à 3/4 et 5/7 pour pouvoir *dire* ce qu'est leur quotient ? — *Je me souviens plus de la règle*. — Je te répète que *pour l'instant,* il n'est pas question de règle. Quand nous l'aurons retrouvée, tu pourras l'apprendre par cœur si c'est ça que tu veux. Et je te redis qu'il est bien plus facile de la retenir, « la règle », si tu la comprends ! Mutisme. Je ne suis pas encore découragée. — Allons, on n'en est pas loin, maintenant. Alors ?

Tête secouée, visage fermé, il me répète : *Je me souviens plus de la règle.* Il est clair, si je ne l'avais pas encore compris, que le crédit d'explication qui m'avait été accordé est épuisé. Je jette un coup d'œil à la copie : « *Les règles ne sont pas sues.* »

C'est le moins qu'on puisse dire.

Il suffit de regarder un peu plus en détail ce que Gilles a fait par exemple pour diviser 8/4 par 7/4, ou 11/4 par 7/4 :

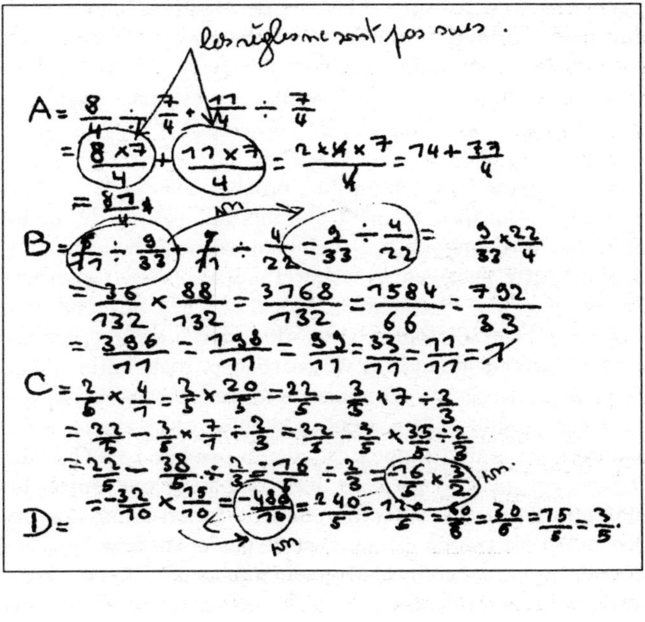

Il a multiplié leurs numérateurs et gardé un dénominateur « commun », soit :

$$\frac{8}{4} : \frac{7}{4} = \frac{8 \times 7}{4} \text{ et } \frac{11}{4} : \frac{7}{4} = \frac{11 \times 7}{4}$$

On a là un beau et inhabituel concentré d'opérations : division proposée, multiplication effectuée, avec mixte d'addition[8], par conservation du dénominateur commun.

La correction faite en classe, du fait des données particulières en A et B — en A des quarts divisés par des quarts, puis des septièmes plus des septièmes — a dû lui suggérer quelques règles plus simples que celles qu'il a ainsi inaugurées. Je comprends donc que tout ce qui précède n'a servi qu'à les conforter ; si deux fractions ont *même dénominateur,* elles le perdent par division ; et si, en plus, ça a l'air de me faire plaisir de croire l'avoir convaincu que ça a du sens, eh bien soit ! Quant à la règle utilisée pour des fractions de dénominateurs différents, elle ne lui est pas restée en mémoire, c'est tout.

Nous paraissions pourtant proches du but ; ce qui m'amène à lui tenir un petit discours que j'essaie de rendre minimal, discours obligé, et combien fréquent dans son obligation à être tenu, sur la forme d'aliénation que représente le fait d'exécuter des tâches auxquelles on ne comprend rien. Qu'il y a bien sûr toutes sortes de contraintes que l'on est tenu d'accepter quand on vit en société, mais enfin, est-ce que tu accomplirais n'importe quel ordre sans avoir à y redire... — *Non.* — Bon, alors, je suppose qu'en classe, on t'a expliqué pourquoi, et que c'est allé un peu vite... — *On nous a pas expliqué...* — Eh bien, c'est que pour une raison ou une autre on a procédé différemment. Ici on a une possibilité qu'on n'a pas en classe, c'est de passer du temps sur les choses que tu ne comprends pas. Et tu es là justement pour ça... pour comprendre ce que tu ne comprenais pas... À nouveau, visage fermé. — *On nous dit d'appliquer la règle, mais je m'en souviens pas. Je sais qu'il faut retourner une fraction, mais je me souviens plus laquelle.*

C'est du béton. Je fais alors celle qu'une telle détermination a vaincue. Je lui explique très sèchement que, décidément, il semble que nous ne pourrons plus continuer comme ça, que nos conceptions de la façon de travailler en mathématiques sont incompatibles. Mais que puisqu'il nous reste du temps... — Bon, alors je vais te la dire la règle. Il faut effectivement renverser une fraction : la première ; puis tu la multiplies par la deuxième, mais avec un numérateur double, et un dénominateur triple... Saisissement... — Eh ben, vas-y ! 3/5 divisé par 4/7 ça fait donc... 5/3... multiplié par... Alors, qu'est-ce que tu attends ? Premièrement, on renverse 3/5, deuxièmement, on multiplie 4 par 2 et troisièmement 7 par 3... Il ne bouge pas... Alors j'écris, moi, ce que je viens de dire, en ajoutant : mais je ne comprends plus... Tu voulais la règle, je t'ai donné la règle[9] ! Alors, et cette fois complètement impliqué. — *Mais pourquoi il faut multiplier par 2 et par 3 ?*

— Ah, tiens tiens ! Tu te demandes *pourquoi* il faudrait multiplier par 2 et par 3, mais pas *pourquoi* il faut renverser une fraction, et plutôt l'une que l'autre ?

J'ai essayé de ne pas laisser passer trop de triomphe dans ma voix. Mais malin, et beau joueur, il esquisse un léger sourire qui signifie que là, c'est d'accord, j'ai marqué le point. En acceptant de continuer de répondre à mes questions, il va donc me faire la grâce de me laisser l'amener à comprendre pourquoi on renverse une fraction, et laquelle[10].

Avec cette fraction, c'est aussi le cours des choses qui s'était provisoirement inversé. Implicitement, nous nous sommes quittés ce jour-là sans qu'il soit plus question d'interrompre les cours. Mais gagner une bataille n'était pas, loin de là, gagner la guerre. À plusieurs reprises, le fil ténu qui semblait lentement se tisser *en mathématiques* entre Gilles et moi manqua d'être rompu ; parce que constater qu'était chaque fois remise en question l'aide à comprendre que je lui proposais, rendait, à force, notre travail impraticable.

Pourtant, en théorie, c'est-à-dire à froid, il ne m'était guère difficile de comprendre son attitude, qui était celle de tant d'élèves, voire d'adultes, qui m'avaient dit n'avoir jamais rien compris aux fractions ; ou mieux, être dans l'incapacité structurelle d'y comprendre quoi que ce soit ; ou, variante, être sûrs que, quel que soit le mode d'explication qui leur serait proposé, ils n'y comprendraient *jamais* rien. Étant donné le passé de Gilles vis-à-vis des fractions, le « passif » devrais-je dire, je ne pouvais qu'admettre qu'il tente de se constituer un mode de protection, hélas dérisoire. De la même façon que des progrès en dictée, qui font passer de trente fautes à dix maintiennent la note à zéro, en mathématiques gagner le sens de tel ou tel point de détail, gouttes d'eau dans un océan d'incompréhension, ou réussir à intégrer des idées nouvelles, mais avec des résultats que compromettra la première erreur de calcul venue, peut augmenter le sentiment que comprendre ne sert à rien. Surtout quand il y a bien longtemps qu'il n'est pas demandé de comprendre, mais d'appliquer des règles, c'est-à-dire de faire.

Revoyons par exemple ce banal contrôle sur les fractions. Pas *un* résultat juste, et un fouillis inextricable d'écritures, qui découragent la correction. Des « non » émaillent la copie, des erreurs sont entourées, des résultats barrés. Comment, au point où en sont les choses, pourrait-il en être autrement ?

Mais, dans le travail que nous faisons ensemble, je ne peux évidemment rien laisser passer. *Tous* les processus menant d'une ligne à une autre, d'une expression à une autre se doivent d'être analysés, et quand ils sont inadéquats, détectés, discutés, évacués.

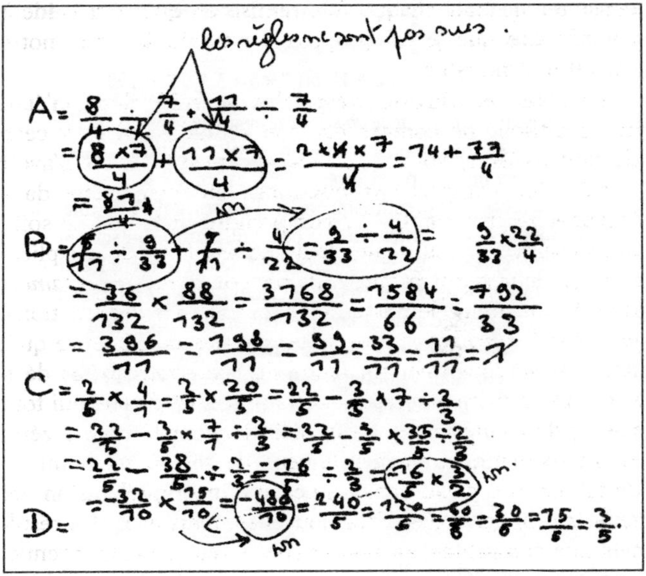

À partir de A

Puisque nous nous sommes mis d'accord sur « comment on divise par une fraction », il est bien entendu que la première ligne d'écriture, soit :

$$\frac{8 \times 7}{4} + \frac{11 \times 7}{4}$$

n'est pas l'expression de A. Mais comme ce pourrait être une expression proposée pour elle-même, et que c'est à partir d'elle que le calcul de Gilles se poursuit, il faut donc savoir la traiter ; désignons-la par A'.

Cela commence par une façon de procéder maintes fois rencontrée au collège, mais héritée de l'école. À l'école, en effet, il arrive bien souvent que, par exemple pour le calcul de 7 + 5 + 3, ou de 7 × 5 × 3, on voie

$$7 + 5 + 3 = \mathbf{12} = 15 \text{ ou } 7 \times 5 \times 3 = \mathbf{35} = 105$$

tant l'accent est mis sur le *calcul* et non sur le sens de l'écriture. Le signe « = » se trouve ainsi en bien mauvaise posture, à ne signifier que des « ça fait... » provisoires...
Gilles semble comprendre qu'égaler l'expression A' à une partie d'elle-même ne se fait pas, et que cela fait perdre son sens au signe « = » ; moyennant quoi le remplacement de la première fraction par 14 est correct. Puis on en arrive au calcul de 14 + 77/4, où Gilles ne semble pas gêné d'avoir « compté ensemble » des entiers et des quarts, c'est-à-dire 14 + 77, pour trouver — avec une erreur de retenue dont il convient volontiers — **81** au lieu de 91, soit donc **81**/4. Seule « règle » qui semble préservée dans ce naufrage du sens, la simplification.
Hélas ! il suffit de regarder la suite.

À partir de B

Essayons de comprendre, ou plutôt de suivre la façon dont Gilles est arrivé

$$\text{de } \frac{5}{11} : \frac{9}{33} + \frac{5}{11} : \frac{4}{22} \text{ à } 1$$

Comme il n'a pas échappé à sa perspicacité que 5/11 « se répète », il va donc **simplifier** par 5/11 : souvenir soit d'une simplification d'équation, qui serait du genre

$$5/11\ (...) = 5/11\ (...)$$

soit de toute autre pratique dévoreuse d'écritures superflues.

La sorte de lévitation dans laquelle sont contraintes de se tenir les fractions restées en place ne le dérange pas. On peut aisément imaginer ce qu'il *voit* dans sa tête en faisant abstraction de ces 5/11, soit :

$$: \frac{9}{33} + \quad : \frac{4}{22}$$

Successeur d'un terme disparu, 9/33 devient alors celui qui précède 4/22 et l'abondance des signes de division l'emportant sur le petit « + » qui ne fait plus le poids, l'incitation à diviser l'emporte. Gilles effectue alors *correctement* 9/33 divisé par 4/22 (multipliant par l'inverse, ce qui fait tout de même une règle à ce moment-là, sue) ; mais après, obtenant

$$\frac{9}{33} \times \frac{22}{4}$$

il réduit au même dénominateur (des 132e).
Seulement, trouvant sans doute que multiplier 22 par 33 est moins commode que par 4, il trouve **88**/132 (au lieu de 726/132) puis effectue le produit de ces deux fractions **en leur conservant le même dénominateur** ; ce qui est évidemment une compression de règles sues et non sues.

$$\frac{36}{132} \times \frac{88}{132} = \frac{3\,168}{132}$$

Il se met alors en devoir de simplifier la fraction obtenue. Nous savons déjà qu'il va arriver à 1 ; mais comment ?
Eh bien, on va voir ici à l'œuvre une simplification à l'attrait indéniable et maintes fois avéré, car issue de l'entrecroisement de pratiques scolaires et du rôle culturel que jouent doubles et moitiés. C'est la simplification[11] par 2. Donc, en simplifiant deux fois par 2, Gilles arrive correctement jusqu'à 792/33 ; mais cette fois le dénominateur est impair ; peu importe. Il est visiblement divisible par 3 : Gilles va donc le simplifier par 3, tout en simplifiant le numérateur par 2 ; nous voici rendus à 396/11 ; fraction qui **égalera** sa moitié, puis la moitié de sa moitié. Nous en sommes à 99/11 ; cette fois, l'appel des deux 9 est tel que Gilles simplifiera par 3, posant que cette fraction **égale** son propre tiers, puis le tiers de ce tiers ; ce qui nous amène à 11/11 ; lesquels, incontestablement, égalent 1.

Et voilà le travail ; car c'est assurément du travail. Que peut-on en faire ? Il est bien évident que corriger dans le détail, c'est-à-dire défroisser un tel César[12] d'erreurs est une mission strictement impossible dans le cadre scolaire. Tout autant que l'est celle qui consisterait à y *remédier*. Double impuissance qui n'a d'autre recours que de se traduire par l'évidente constatation que *les règles ne sont pas sues*.

Pourtant, pour ce qui est des règles non sues, il est clair qu'elles ont été apprises puisqu'il arrive à Gilles de les avoir correctement appliquées. Mais quelle est la durée de vie en mémoire d'une prescription dénuée de sens ? C'est plus ou moins rapidement que se délite la phrase porteuse, et que n'en surnage que le souvenir d'actions qui, faute d'avoir du sens, ont frappé un sens ; par exemple, ici, la vue. Ce qui est retenu, c'est que quelque chose est renversé. Quoi et pourquoi ?

Élise, par exemple, en classe de 3e, serait bien en peine de dire pourquoi. En revanche, elle pensait avoir retenu quoi, deux fois plutôt qu'une. Emportée en plein brevet blanc par une ardeur quasi religieuse, le calcul proposé de

$$B = \frac{7}{33} : \frac{49}{11}$$

lui fait renverser *les deux* fractions, et obtenir

$$B = \frac{33 \times 11}{7 \times 49}$$

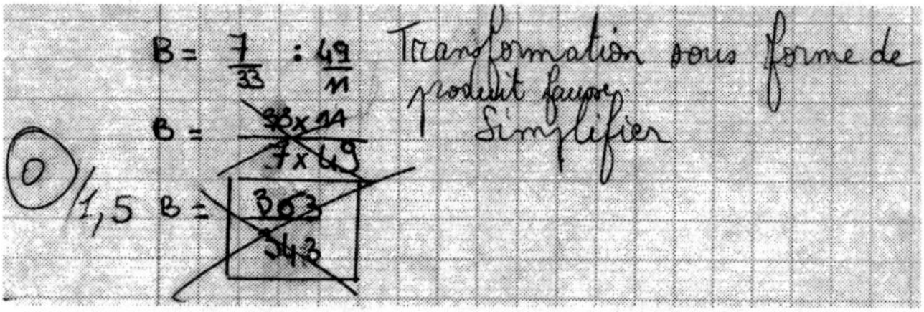

À la suite de quoi Élise ne semble s'être trouvée que sous l'effet du dernier mot du commentaire destiné à l'inciter à plus de modération : *Transformation sous forme de produit*

fausse. Phrase sibylline s'il en est, puisqu'elle a avoué ne plus savoir quoi renverser.

Et puis cette curieuse injonction : *simplifier.* Simplifier *quoi* ? Ce qui aurait *dû* être, mais qui *n'est* pas ? *Si* Élise avait correctement renversé ce qui devait l'être, elle aurait obtenu ces simplifications offertes par des nombres choisis dans ce but :

$$B = \frac{7}{33} : \frac{49}{11} = \frac{7}{33} \times \frac{11}{49} = \frac{7 \times 11}{3 \times 11 \times 7 \times 7} = \frac{1}{3 \times 7} = \frac{1}{21}$$

Mais comment pourrait-elle simplifier ce qu'*elle* a obtenu ? L'exercice joliment fabriqué pour donner un joli résultat est malheureusement resté dans les limbes, et Élise, si elle s'interroge sur cette simplification demandée, sera plus que jamais plongée dans la perplexité.

Et voici Ariane, sa sœur d'infortune, à la mémoire tout autant blessée. On la voit, en B, traduire une division par 9/4 par le *renversement* de la fraction ; mais en A, une multiplication par 7/8 *aussi*.

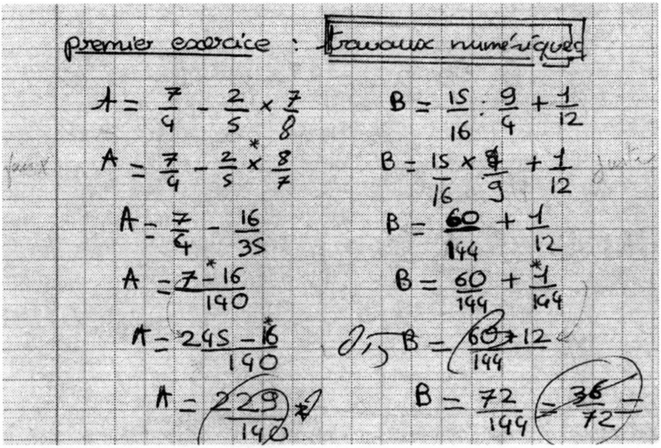

Il est ici intéressant de constater que bien souvent ce ne sont pas les processus ou procédés les plus faciles ou évidents qui sont retenus, mais, au sens propre, les plus impressionnants. La multiplication de deux fractions est la seule des quatre opérations qui se traduit directement par la même opération sur numérateurs et dénominateurs ; elle pourrait donc vivre sa vie avec le minimum d'histoire(s) ; lui fabriquer un destin hors du commun comme l'a fait Ariane montre que pour elle, comme dans bien des cas pour beaucoup d'autres, le sens étant de toute façon inaccessible, une manœuvre simple n'est souvent pas crédible. On s'en remet donc plus volontiers à un procédé qui donne le sentiment de *faire* quelque chose.

Oui mais ici, un coup c'est bon et un coup non. Petit mystère additionnel : pourquoi sont barrés les 36/72, justes ? Parce que cela peut encore se simplifier[13] ? Comment Ariane pourrait-elle s'y retrouver[14] ? Comment ne perdrait-elle pas le fil ténu qui la relie « aux compétences exigibles relatives aux techniques opératoires[15] » ? Labyrinthe sans issue, cette activité numérique est devenue l'angoisse même. Comme elle l'est pour Gilles, et pour tant d'autres.

Combien de fois a-t-on ici l'équivalent de « 7 = 0 » ? Combien d'êtres numériques mutilés, difformes, sans queue ni tête voient le jour chaque jour dans les classes ou les maisons sans se soucier du « milieu socioculturel » ou de l'« environnement parental » dans lequel ils font irruption ?

Ils sont, à coup sûr, innombrables, et le resteront tant que Gilles, Élise, Ariane et leurs semblables penseront qu'ils peuvent couvrir des pages et des pages de signes qui ne leur sont rien ; tant qu'ils croiront que tout ce qui est exigé d'eux est l'application de règles dont le sens n'est pas leur affaire.

CHAPITRE II

De quelques enchevêtrements des « quatre règles »

L'école a toujours été, par tradition, le lieu de la règle. Déclinée sur le mode pluriel, en règles de conduite, de présentation, de grammaire, d'orthographe, de calcul, bref de tout ce qui fait la vie scolaire. Si, aujourd'hui, elle ne tape plus sur les doigts, ce qui est heureux, elle a disparu des codes de bonne conduite, ce qui est malheureux ; si elle n'impose plus de blouses grises, ce qui semble à certains regrettable, elle continue, comme pour l'antique « calcul » d'autrefois, de dominer ce qu'on appelle des « mathématiques » aujourd'hui ; ce qui est autant préjudiciable qu'inaperçu.

Le temps de l'école ne digère pas de façon homogène ce qui contribue à sa propre évolution. Sur le mode plaisant, on peut s'amuser de la tranche de folklore scolaire offerte par un cinéaste qui a filmé avec autant de talent que de tendresse une classe unique en Auvergne[1], confiée à un de ces maîtres dont la patience, la bienveillance, la vocation font merveille. Et voici qu'un de ses petits élèves se trouve, lors d'un devoir à faire à la maison, aux prises avec… une multiplication ; et voilà que se pressent autour de lui, parents, voisins, qui tous ont un avis à donner sur la manière dont on « décale » une seconde ligne : « à gauche », « non à droite », « mais je te dis que... », « mais je t'assure que... ».

Voilà, c'est ça, et depuis toujours, les « mathématiques » de l'école primaire : je décale, je mets en dessous, non au-dessus, je mets une retenue, je supprime un zéro, j'ajoute un zéro, je mets une virgule, je barre, etc. Matière que les programmes officiels de 1882 formulaient ainsi :

> Au cours élémentaire (de 7 à 9 ans), en calcul mental « les quatre règles appliquées intuitivement d'abord à des nombres de 1 à 10, puis de 1 à 20, puis de 1 à 100 » ; au cours moyen (de 9 à 11 ans), l'« application des quatre règles aux nombres décimaux ».

Les « quatre règles » ? Ce sont simplement les « quatre opérations ».

Mais les « quatre opérations » ne sont, nous le savons, que les « quatre calculs », ceux d'une somme, d'une différence, d'un produit, d'un quotient. Pour ne pas alourdir de guillemets les mots de la tradition, et en attendant que l'on s'habitue à une terminologie plus adéquate, quand je reproduis les mots de l'école, on comprendra selon le contexte si, par exemple, quand il est dit « addition », il s'agit de l'opération/décision de l'esprit, ou du calcul de son résultat, qui est une somme[2].

Qu'on les nomme quatre règles, ou quatre opérations, tradition et folklore ne datent donc pas d'hier ; mais aujourd'hui une règle s'appelle une « consigne », et son champ d'application s'est élargi, puisque l'obéissance à une consigne s'appelle un « savoir-faire ». Les deux mots sont indissociables : le savoir-faire, en effet, n'est pas du savoir, le sens de ce que l'*on fait* en se contentant d'obéir à la consigne étant le plus souvent absent.

Il n'est évidemment pas question de mettre en jugement des enseignants, mais un système, dont on aura compris que j'essaie de montrer que s'il a perduré dans l'enseignement d'une matière d'abord nommée « calcul » puis aujourd'hui « mathématiques », il ne le peut plus à présent. Les personnes ne sont pas en cause, au contraire. À partir des archaïsmes et inadéquations qui se sont perpétués depuis les origines de l'école, il est extraordinaire que des maîtres obtiennent ce qu'ils obtiennent, d'autant que les conditions de travail sont sans commune mesure avec ce qu'elles étaient autrefois, quand les « quatre règles » étaient apprises, recopiées en pleins et déliés avec une première majuscule ornée, et que la parole du maître était à la fois dogme et ouverture sur le monde, facteur essentiel de réussite pour ceux qui réussissaient.

Aujourd'hui encore, une part de l'extraordinaire lien qui se noue entre les enseignants et leurs petits élèves est heureusement préservée. « La maîtresse a dit... » « Le maître a dit... » Il ne fait pas bon dire le contraire. Mais ce métier qui était déjà fatigant, et qui reste le plus beau du monde, est aujourd'hui harassant. Il faut avoir vécu de la vie de ces classes qui, même normales, n'en sont pas moins le royaume de vingt-quatre petits personnages qui vont chacun inéluctablement à un moment donné laisser tomber un cahier, ou un crayon, ou une règle, lesquels supposent évidemment d'être consciencieusement ramassés, en repoussant table, chaise ou les deux, ce qui anime le mobilier scolaire d'une vie comparable à celle que lui insufflerait un séisme léger mais continu, le tout accompagné d'une symphonie de raclements et crissements. Se détachent vigoureusement sur ce fond sonore de musique concrète, elle aussi ininterrompue, et en relation ou non avec ce qui est supposé être la leçon, les apostrophes, prises à partie, réponses à de prétendues provocations, considérations, questions, réponses, réclamations de ceux qu'on dira être « les plus vivants » ; cependant que quelques autres cherchent quelque objet dont ils sont seuls en mesure d'apprécier la nécessité immédiate, à moins que voisin ou voisine, l'ayant reconnu et s'en étant justement emparé, propose abusivement de le restituer à ses conditions ; il y a aussi ceux qui demandent à sortir, ceux qui viennent de rentrer, ceux qui ont mal au ventre, ceux qui sont tristes, ceux qui n'ont pas ce qu'il leur faut, ceux qui... Et qu'une seule personne arrive néanmoins à gouverner ce microcosme, lui faire connaître ces moments de grâce que sont l'observation d'une fleur ou d'une tortue, la magie des contes ; que cette même personne donne vie à des êtres de fiction qui vont se mêler des affaires de tous, s'introduire dans ce qui va se lire, s'écrire, se retrouver sur les tableaux de sons, de mots, de nombres ornant les murs ; qui prépare des cahiers, qui les corrige, qui explique, qui se fâche, qui se réjouit, qui félicite, qui récompense, reste le miracle inégalé de l'école.

C'est en raison même de l'écart entre les résultats qu'elle produit à partir de tant de vocations, de tant de travail, qu'il faut s'interroger. C'est vrai qu'il lui est *aussi* demandé, à partir des résultats en question, de panser toutes les blessures que la société inflige à nos contemporains, petits ou grands. Mais si la demande est abusive, et elle l'est, ce n'est pas une raison pour ne pas se demander ce qui, *de l'intérieur* de l'école, a pu contribuer à ces blessures, et donc ce qui pourrait effectivement, par soustraction du négatif, voire remplacement par du positif, aider à les guérir.

Alors si on crevait l'abcès ? C'est, nous l'avons vu, depuis la réforme manquée des « maths modernes » que l'ancien calcul auquel sont revenus les programmes a été baptisé « mathématiques ». Sans que rien de ce qui caractérise les mathématiques y soit effectif. Ce qui serait un moindre mal si, du moins, les élèves arrivaient au collège avec un bagage numérique qui leur permette de suivre le programme. Or ce n'est pas le cas. Avant d'essayer de comprendre pourquoi, essayons de comprendre comment, grandement aidés en cela par Gilles, et quelques-uns de ses compagnons d'infortune. Car ceux qui obligent à traverser les apparences sont, non pas ceux qui semblent réussir, mais les autres.

J'ai beau avoir l'habitude des réponses *toutes* extravagantes dans des enchevêtrements tels ceux que nous avons découverts, la variété des nœuds obtenus au bout de quelques années d'école n'en finit pas de m'étonner. En particulier avec Gilles, donc, extraordinaire révélateur de toutes ces règles imposées depuis la petite enfance qui n'ont laissé de traces que traumatisantes.

Cette fois — nous sommes en juin — l'entretien pourrait être serein. Le refus de comprendre, non sans à-coup ni marche arrière, s'est mué en résignation ; et, ce jour-là, chose remarquable, il m'a *demandé* de lui expliquer... — Quoi ? — *Quelque chose que j'ai pas compris*. Il s'agit, précisément, des identités remarquables[3].

D'habitude, pour montrer ce que ces produits ont de remarquable, je commence par un produit *non* remarquable. Le calcul de « *a* plus *b* au carré » est en effet un cas particulier de « *a* plus *b* facteur de *c* plus *d* ». Et pour montrer que cette double distribution, qui produira quatre termes à l'arrivée, soit

$$(a + b)(c + d) = ac + ad + bc + bd$$

n'est que la version savante de ce qu'on fait depuis de longues années en multipliant l'un par l'autre deux nombres de deux chiffres, je commence donc par proposer à Gilles de calculer, par exemple, 37 × 21.

Quand, en posant le calcul de la manière traditionnelle on a trouvé ce qu'il faut, c'est-à-dire 777, je le reprends pour montrer qu'en réalité « **vingt** *et* **une** » fois **trente** *et* **sept** a été calculé à partir de **une** fois **sept** et **une** fois **trente**, auxquelles s'ajouteront **vingt** fois **sept** et **vingt** fois **trente** : soit donc **sept**, plus **trente**, plus **cent quarante**, plus **six cents**.

Calcul habituel	*Ce qu'il cache*
3 7	3 7
× 2 1	× 2 1
3 7	7
+ 7 4 .	+ 3 0
7 7 7	+ 1 4 0
	+ 6 0 0
	7 7 7

Ce qui montre donc qu'à l'ordre des termes près[4] on a bien avec ce

$$37 \times 21 = (30 + 7)(20 + 1) = 30 \times 20 + 7 \times 20 + 30 \times 1 + 7 \times 1$$
$$= 600 + 140 + 30 + 7$$

la même chose qu'avec

$$(a + b)(c + d) = a \times c + b \times c + a \times d + b \times d$$

Généralement, cette tentative de relier les sujets de préoccupation d'un(e) adolescent(e) à son passé intellectuel d'enfant joue son rôle de passerelle : il ou elle est ravi(e) de découvrir avoir fait de la distributivité sans le savoir ; et le passage du calcul littéral d'un produit de binômes à sa particularisation au *carré* d'un binôme se fait sans encombre majeur[5].

Le calcul du produit que je propose à Gilles est donc supposé l'éclairer en explicitant une propriété qu'il utilise depuis toujours ; de plus, il n'est pas choisi par hasard puisqu'on peut même remarquer, pur plaisir esthétique, que

$$37 \times 21 = 37 \times 3 \times 7 = 777.$$

Et j'attends pour voir ; et je vois ; ou plutôt je n'en crois pas mes yeux : après les deux produits partiels posés l'un sous l'autre — mais ça, à la rigueur. Voici que la réponse se trouve être… « – 43 » !

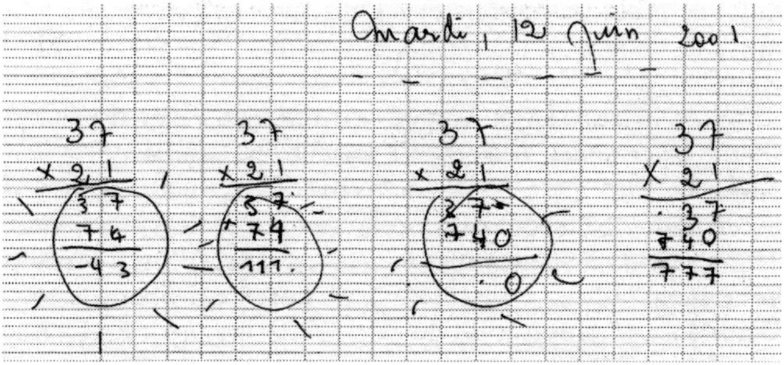

Ayant la chance d'avoir sous la main le producteur vivant et pensant de ce résultat, je lui demande évidemment ce qu'en sont les raisons. Lesquelles sont très simples, bien qu'avancées sur le mode interrogatif : *Y a pas des fois où on soustrait ?* Des fois où on soustrait... Bon sang mais c'est bien sûr ! Je cherchais un peu bêtement dans le champ restreint de la multiplication. Mais c'est qu'il y a d'autres opérations ! Et Gilles, décidément champion du mixage toutes catégories, a donc soustrait, *comme on fait dans les divisions*... Mais il a aussi soustrait comme on fait à l'école quand on observe quelque retenue par rapport à la retenue, précisément : c'est-à-dire « 7 moins 4 », dans le bon sens, puis « 7 **moins** 3 » dans le pas bon ; mais conscient peut-être de ce que 74 est supérieur à 37, et disposant d'un « savoir » qu'il n'avait pas à l'école, c'est-à-dire d'une composante de mixture supplémentaire, il fait de son 43 un nombre négatif. C'est aussi simple que cela.

Nous voici riches de sujets potentiels. Mais, nécessité faisant loi, quelques mots sur la raison d'être de soustractions dans les divisions et la promesse de revenir sur tout cela nous permet de nous concentrer sur le produit de 37 par 21. Eh bien, puisque l'erreur entourée de piquants[6] lui semble ne tenir qu'au fait d'avoir soustrait, cette fois Gilles reproduit ses produits partiels et additionne... 37 et 74, bradant ainsi au dixième de sa valeur le produit de 37 par un 2 qui vaut 20...

Après discussion et analyse du fait que ce qu'il a additionné là, ce sont 1 fois 37 et 2 fois 37 ; et comme 1 et 2 font 3, que ce sont 3 fois 37 qui se trouvent être totalisés en dernière ligne ; et qu'en effet, c'est bien ça, 3 fois 37 égalent 111 ; et qu'il ne s'agissait pas ici de calculer 3 fois 37, l'obligation apparaît de nouveaux piquants et, posée pour la troisième fois, la proposition de calculer 21 fois 37. Après s'être mis d'accord sur le fait que dans « *vingt* et un » le « 2 » vaut « vingt »...

Cette fois, Gilles semblait à peu près sur le point de calculer correctement ce malheureux produit. Mais de nouvelles aventures nous attendaient. Ayant compris qu'il avait affaire à 740 et non à 74, il écrit 740, en effet. Comme on peut le voir[7].

Cette fois, les identités remarquables semblent s'éloigner du lieu où nous sommes à une vitesse tout aussi remarquable. Parce que je ne peux pas laisser passer ça. Les piquants arrivent avant le calcul du total et la discussion reprend, un peu plus âpre, parce que nous sommes tous les deux conscients du temps qui passe. Je tire un trait sous les 37 et 740 superposés, et lui demande, en l'écrivant, si c'est bien un zéro qui se placera sous le zéro du 740. Comme il dit que oui, je lui explique que placer 37 de cette façon-là, c'est lui faire dix fois trop d'honneur. — *Pourquoi ?* — Mais parce que s'ajoutant comme ça au 740, c'est comme si on avait 370 et non 37. — *Mais non,* s'insurge alors Gilles, qui m'explique que *pour que ce soit 370, il faudrait avoir un zéro.* — Oui, et alors ? — *Et alors, c'est pas un zéro qu'il faut mettre au bout de 37, c'est un point.* Et il met son point.

Extraordinaire, Gilles. Qui me remet inévitablement en mémoire une petite aventure arrivée il y a bien longtemps. Invitée à préparer pour le déguster un poisson pêché dans la Seine, et voulant faire plaisir au pêcheur[8], j'avais préparé un court-bouillon ; et mis le poisson dedans. À peine avais-je tourné la tête que la casserole débordait, à gros bouillons... de lessive. C'était le poisson qui dégorgeait sans fin semblait-il tout ce qu'il avait, bien malgré lui, avalé d'indigeste dans sa courte vie de petit poisson qui ne deviendrait jamais grand...

À part le – 43 quand même un peu surprenant, et qui, jusqu'à présent, fait figure d'événement isolé, chacun des écueils rencontrés n'a rien que de banal. Mais ce qui est sidérant, c'est leur accumulation. Tout y passe ; tout. De l'alpha à l'oméga des techniques opératoires, *rien* n'a été compris ; *tout* lui est resté en travers de la gorge ; jusqu'au point mis dans les multiplications quand on décale d'un cran, ou de deux, ou de trois, et qui, ici, par sa place et son interprétation inusitées manifeste son opacité restée en l'état depuis l'enfance...

Avec une certaine obstination, et après avoir fait admettre à Gilles que cette fois, ce serait 30 fois 21 que l'on obtiendrait, je lui propose pour la quatrième fois le calcul du produit de 37 par 21 ; j'écris sur la première ligne 37, et attends la suite. Ayant apparemment épuisé toutes les combinaisons que lui suggérait sa retombée en enfance, il met le 740 en bonne place, et enfin, 777 advient.

Mais ce n'était pas fini. Loin de là. Laissant évidemment de côté la prime esthétique qui attendrait d'éventuels jours meilleurs, avant de me lancer dans l'analogie prévue, et pour être sûre de la qualité de ce résultat chèrement acquis, je lui propose le calcul de 2 341 par 504. C'est ce qui s'appelle « vivre dangereusement ». Et en effet dégringolent sur nos têtes quatre monstrueuses créatures nées de zéro : zéro fois un, **1**, zéro fois quatre, **4**, zéro fois trois, **3**, zéro fois deux, **2**.

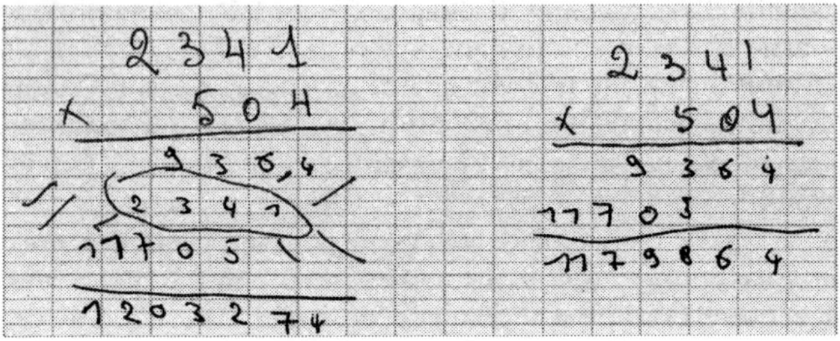

Tout à fait remarquable, en tout cas, est l'impavidité de Gilles face à cette prolifération de piquants. En six mois de temps, il a, j'imagine, compris qu'il ne pourrait faire autrement que comprendre, quels que soient les sujets que nous propose le présent et que nous impose le passé. Le cas de ce « zéro chiffre » est donc examiné, et le dernier état du dernier produit satisfaisant. Le travail à partir du mode d'obtention de 777 peut commencer.

Les identités remarquables ? Pas ce jour-là. Mais la double distributivité littérale qui a enfin pu voir le jour s'est trouvée être tout à fait satisfaisante, et du meilleur augure pour la semaine d'après.

Questions souvent entendues : alors que les quatre opérations étaient au programme du cours préparatoire, pourquoi ce qui marchait autrefois ne marche plus aujourd'hui ? Qu'apprend-on à l'école ? Pourquoi, privés de leur calculatrice, collégiens ou lycéens ne savent plus faire un calcul à la main ?

D'abord, ce qui marchait autrefois ne marchait pas pour tout le monde, loin de là. Je laisse les chiffres aux sociologues[9], aux historiens de l'école, pour rappeler l'image de persécutrice qu'avait l'ancienne arithmétique, avec ses tables de multiplication à savoir par cœur, ses conversions, ses problèmes de trains, de robinets, mais aussi de rentes, de taux d'escompte, ou d'alliages. Ce qui fait que nombre de « cancres » d'antan auraient déjà pu attirer l'attention d'une institution pourtant bienveillante à leur égard sur l'inadéquation de la matière et de la manière. Mais, pour tous ceux que l'école haussait au-dessus de leur condition, il ne pouvait être question de contester la règle. Et ceux qui réussissaient n'avaient aucune raison d'y penser.

Ensuite. Il peut être éclairant pour la confrontation entre l'hier et l'aujourd'hui des quatre opérations de comprendre pourquoi, parmi tous les débats qu'a suscités la calculatrice, celui qui la rend responsable du fait que tant de collégiens et lycéens ne savent plus faire un calcul à la main est un faux débat. Ce n'est pas « à cause d'elle » qu'on ne sait *plus* calculer. C'est parce qu'on n'a jamais, ou rarement, *su*, si l'on veut donner son sens au verbe « savoir ». Les « quatre règles » d'hier sont l'équivalent des savoir-faire d'aujourd'hui, et ce que révèle la calculatrice par son absence, c'est à quelles conditions les unes ou les autres pouvaient et peuvent se survivre à eux-mêmes.

Il en est au moins deux : il faut, d'une part, que règles ou savoir-faire aient été mis en mémoire hors de tout brouillage, autrement dit sans que puissent se produire glissements, condensations ou coagulations de formulations ou de procédures ; et d'autre part, que règle ou savoir-faire soient entretenus par l'usage.

Cette seconde condition, chacun aura pu l'éprouver, pour son propre compte, dans quelque domaine que ce soit : une langue maîtrisée mais non utilisée pendant quelque temps n'est plus disponible, et il en va de même pour des dates en histoire, ou même, en mathématiques, et alors qu'elles sont solidement arrimées sur du sens, pour des formules restées longtemps inutilisées.

C'est l'habitude née de l'entraînement que la calculatrice a fait disparaître ; ce qui, selon ce que sont les sujets et ce qu'est leur histoire — il ne faut pas oublier les incidences familiales —, façonne des techniques opératoires plus ou moins solides. Rien d'étonnant donc à ce qu'une procédure seulement mémorisée comme règle ne reste en mémoire que pendant le temps où elle est utilisée. Et c'est bien ce que peuvent trop souvent vérifier les enseignants quand ils ont le sentiment de régressions pour leurs élèves, et les élèves quand ils pensent avoir tout oublié.

Et puis, évidence dont les conséquences ne sont pas assez prises en compte, les enfants d'hier ne sont pas ceux d'aujourd'hui. Il ne s'agit pas seulement du fait que l'on pouvait, paraît-il, en tenir quatre-vingts à la fois, bras croisés sous l'autorité d'une maîtresse dont ils buvaient les paroles[10] ; mais de ce qu'au contraire des espaces raréfiés d'autrefois, tous ceux dans lesquels se meut le petit sujet du temps présent sont saturés. Profusion et prolifération sont partout : de personnes, d'objets, d'informations, d'images, de prescriptions, de tentations, d'occupations. Monde certes éclaté, morcelé, mais à l'ouverture sans commune mesure avec celui d'autrefois.

Ne pas prendre en compte cette surcharge *ainsi* que les exigences qu'elle fait naître, de cohérence, d'intérêt, de plaisir, continuer de faire comme on faisait autrefois, en croyant être moderne parce que sur les quatre règles on n'en apprend que deux, qu'on les appelle des « procédures expertes », c'est confondre lampe à huile et rayon laser, ou tout simplement sabots et baskets. De toute façon, même si les conditions historiques de naissance de l'école obligatoire permettaient un enseignement surtout fondé sur la mémoire, il apparaît clairement que les conditions de vie d'aujourd'hui ne le permettent plus, et que ce sont d'autres moyens qu'il faut mettre en œuvre, si toutefois on acceptait de renoncer aux « savoir-faire » au profit des savoirs. Renoncement qui aurait pour récompense de comprendre que c'est depuis toujours qu'on aurait dû autrement procéder.

Vouloir comprendre est, par essence, caractéristique du jeune enfant, d'où, parfois, quelque difficulté à devoir affronter un harcèlement de « pourquoi » successifs ou emboîtés. Or, si lui rendre des comptes à propos d'un achat de jouet, ou d'une heure de coucher, si répondre aux questions que posent la vie et la mort sont d'un ordre privé, en revanche, à l'école, satisfaire ce vouloir comprendre dans le domaine qu'elle-même impose paraît s'imposer.

S'intéresser à l'enfant à l'école, c'est-à-dire contribuer à son épanouissement par le truchement de l'élève que très vite il devient, c'est entretenir, nourrir, et satisfaire autant que faire se peut ce vouloir-comprendre. Sans lui, pas de sujet du savoir, pas d'élève au sens noble du terme. De « bons élèves », oui, peut-être, dociles *automathes* qui ont la chance de tomber sur les exercices déjà faits, les leçons apprises, et qui ont surtout appris à les reproduire. Et puisque ça marche, qui irait gratter un savoir qui tient le temps d'une « interro », qui se justifie par le « c'est comme ça qu'on fait », et par l'obtention de la moyenne ou mieux ?

Ce sont donc, nous l'avons vu, non pas ceux qui réussissent, mais les autres, qui contraignent les adultes lesquels, eux aussi, veulent parfois comprendre, à traverser les apparences ; à se demander pourquoi des intelligences en parfait état de marche peuvent produire des réponses insensées. Si quelque jour 7 peut égaler 0, qu'est devenu le vouloir-comprendre enfantin ? Où est passée l'exigence de sens qui, à l'école, a besoin d'être satisfaite, *tout de suite*, et en particulier quand sont abordées des questions mettant en jeu des processus supposés rationnels ? Exigence, donc, contemporaine *au moins* de la lecture/écriture des nombres ; et encore présente, par la suite, pour toute mise en jeu de leurs « combinaisons » : table de multiplication ; soustraction à retenue ; simplifications de fractions ; conversions ; proportionnalité ; et ainsi de suite...

Je sais bien qu'il est aujourd'hui un mouvement d'opinion pour réhabiliter le rôle de la mémoire et rétablir le « par cœur ». Autant retenir des textes dans sa langue est indispensable et enrichissant, autant règles de grammaire et d'orthographe sont essentielles au maniement de la langue, autant apprendre des leçons d'histoire ou de géographie est nécessaire, autant il paraît consubstantiel à la conception d'un enseignement de mathématiques de ne vouloir confier à la mémoire que ce qu'aura établi une démarche rationnellement fondée. C'est la spécificité de la matière qui, de ce fait, n'est réductible à aucune autre. On n'y peut rien. L'arbitraire d'une langue ne se raisonne pas, l'existence de nombres irrationnels oui, et justement dans la rationalité. Sans que pour autant les cautions de la raison étouffent ou freinent les élans de l'intuition, voire de la création, en mathématiques on est dans du raisonnable, du raisonneur, du raisonné, de l'argumenté. Surtout quand il s'agit de les enseigner.

Quoi, même pour la table de multiplication ? Mais oui. Pour elle aussi. Une mémoire défaillante qui fait dire « sept fois cinq **trente** » ou « huit fois sept **soixante-trois** » n'a aucun autre repère qu'elle-même. Or à peine est-on amené à fréquenter les nombres qu'il s'impose de connaître et reconnaître leurs exigences, leurs familles, leurs affinités. C'est donc dès petits que ces contraintes de sens font découvrir les bonheurs de cette forme de rationalité[11], qui n'exclut pas ceux qui procèdent, parfois, de son élégance, voire de sa beauté[12]. Le « par cœur » vient alors fixer des résultats rendus sensibles, qui n'effraient pas le sujet, comme c'est le cas lorsque la mémoire est seule à supporter le poids de règles de plus en plus nombreuses.

Le temps écoulé depuis un siècle et quart n'a pas suffi à imposer l'idée que *vouloir* comprendre et *pouvoir* comprendre étant constitutifs du développement du jeune enfant, ils doivent l'être aussi du développement du jeune élève. Et que l'enseignement par la règle en un lieu où elle n'a à jouer que le rôle modeste de fixateur était *déjà*, il y a plus de cent ans, une erreur pédagogique. Comme elle l'est aujourd'hui.

CHAPITRE III

Ce qu'il advint d'une petite fille et d'un modèle

Regarde le modèle et pose *les additions suivantes.*

Nous sommes au cours préparatoire.

La règle consiste à se conformer au modèle, qui aligne des chiffres en colonnes estampillées *d* et *u*. Pour ceux dont l'enfance est lointaine, il s'agit de dizaines et d'unités.

Il faut donc regarder et faire pareil. Mais la progression est fine puisque, si le modèle est complet avec 24 et 12 « posés » et leur somme calculée dans le premier exercice, 14 et 25 sont « pré-posés » par la maîtresse, et il faut seulement trouver combien ça fait.

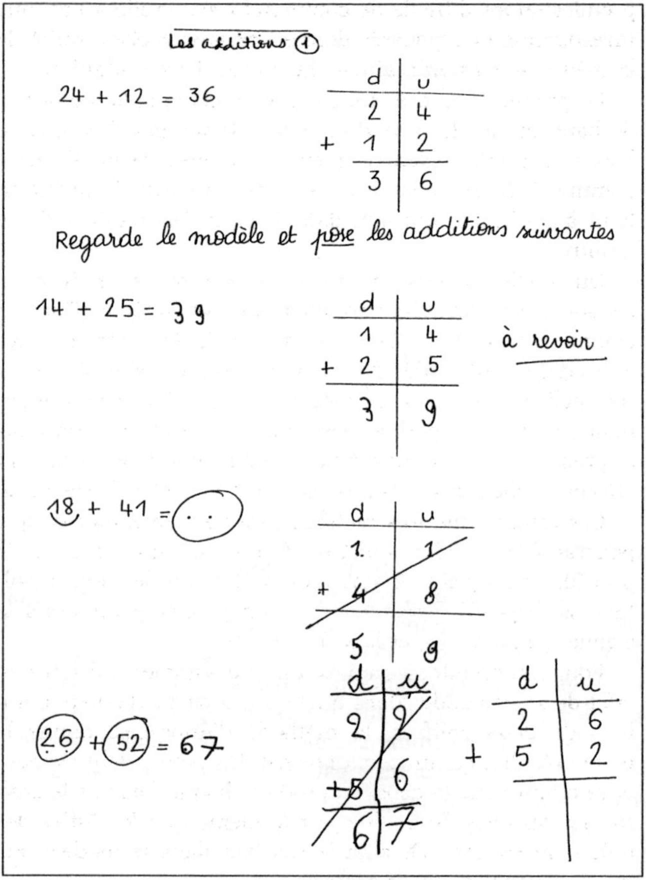

La petite Anne-Lise trouve ce qu'il faut, c'est-à-dire 39. Mais après, entièrement livrée au modèle et à elle-même, elle tente de dis*poser* 18 et 41, puis 26 et 52. S'il est, dans un premier temps difficile de comprendre ce qu'elle a fait, une investigation plus poussée donne à penser qu'elle a traité de la même — extraordinaire — façon ses deux « additions ».

Le premier nombre, 18, est écrit dans la colonne des *u*, de haut en bas, le second dans la colonne des *d* de bas en haut ; 26 et 52 suivent le même sort. Autrement dit, c'est comme si elle remplissait quatre cases à partir de celle d'en haut à droite en tournant dans le sens des aiguilles d'une montre.

Qu'a-t-elle compris en « regardant » le modèle ? Eh bien, ce que vous auriez pu observer par vous-même. Dans la colonne des *u,* il y a les deux chiffres de 24, dans celle des *d,* les deux chiffres de 12. Elle a donc fait la même chose, et rationalisé le tout par un mouvement continu. Chose étonnante, mais en apparence seulement : elle trouve bon dans le premier cas, et c'eût été pareil pour le second, n'eussent été ces malheureux 2 plus 6 égalent **7**, et 2 plus 5 égalent **6**.

Ces erreurs une fois rectifiées, on peut imaginer ce que pourrait être le désarroi d'Anne-Lise voyant que *sa* façon de procéder n'est pas la bonne tout en donnant les bons résultats : la disposition rectifiée que la maîtresse juxtapose à la sienne donnerait 78, et la sienne *aussi*.

Pour comprendre à quoi est dû ce phénomène, il suffit en effet de se demander dans quels cas, à partir de deux nombres de deux chiffres, la méthode d'Anne-Lise donne le même résultat qu'un calcul normal. Un petit calcul élémentaire montre que la chose se produit chaque fois que le chiffre des dizaines du *premier* est le même que le chiffre des unités du *second*[1]. Or c'est le cas tant dans le modèle que dans les deux exercices proposés.

Intéressante convergence de procédures, l'une « personnelle » et l'autre « experte », la première risquant de paraître inaperçue dans des cas tels que **3** 2 + 5 **3** ou **5** 1 + 4 **5**, et même, lorsqu'il y a des retenues, pour **4** 9 + 7 **4** ou **8** 3 + 4 **8.**

Nous avons là un exemple particulièrement frappant de la façon dont, à défaut de sens, la règle confie *tout* le travail à un seul sens, ici celui de la vue. Ce qui rend le *à revoir* de la maîtresse involontairement ironique et tout aussi involontairement injuste, puisque ce modèle qui involontairement lui aussi piège le regard, Anne-Lise ne l'a que trop regardé.

Une autre interprétation, beaucoup plus répandue, de la règle-à-voir-ou-à-revoir, est celle qui incite à remédier au navrant désordre que représenterait le calcul, posé en colonnes, par exemple, de 72 + 56, ou 36 + 423. Dans le premier cas, un des termes du total *déborde*, dans le second c'est un des termes de la somme. Comment, de ce fait, disposer les nombres tels qu'ils se sont jusqu'alors montrés ?

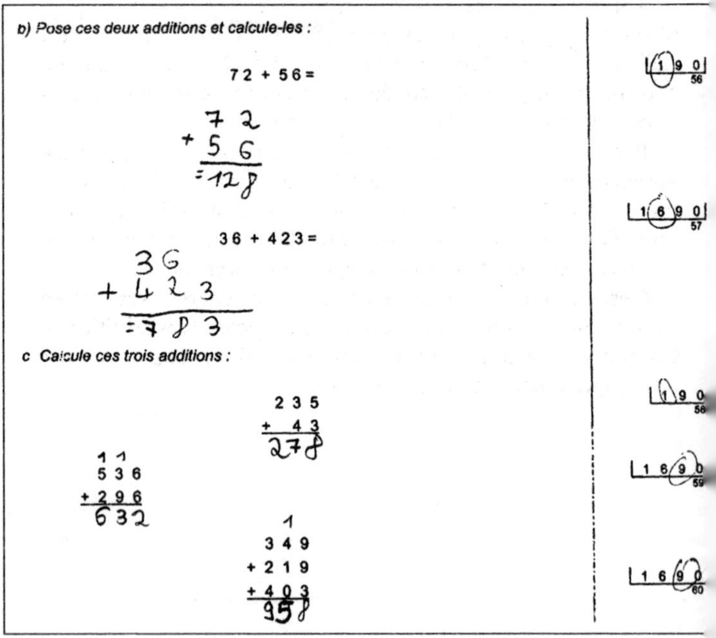

On le voit. Le 2 central squatte littéralement l'espace dont, par hasard, il peut disposer. Les apparences sont sauves. Aucun chiffre n'outrepasse les barrières aussi efficaces qu'invisibles des colonnes qui ont soutenu deux années durant le savoir-additionner[2].

Pour ce qui est de la « pose » du second calcul, il est classique au point que sa codification par Casimir[3] en « réponse erronée » est prévue, et sous-tend une analyse que voici : il s'agirait, dans la rubrique « erreurs liées à une mauvaise maîtrise de la numération » d'un

> problème de pose d'opération (essentiellement quand les nombres sont de longueur différente).

Apparemment, la tarification du premier calcul — nonobstant la place plus qu'ambiguë du 2 de 128 — n'est nullement hypothéquée par la très claire absence de sens du suivant. Réponse juste, codée 1, qui entrera dans les statistiques nationales sous la rubrique « réussite ».

Il apparaît ainsi qu'entre l'erreur de calcul et sa totale absence de sens, c'est la première qui l'emporte en importance. Que 2 et 2 ne fassent pas 4 est une vraie offense à toute l'idéologie de l'école primaire ; en revanche, ajouter des dizaines à des centaines est simplement « erroné ».

C'est qu'en effet, ce genre de chose se répare aisément en expliquant à l'enfant comment il doit « poser son addition ». Comme on peut le voir ici, en CM1, il ne s'agit, *somme* toute, que d'une bonne présentation :

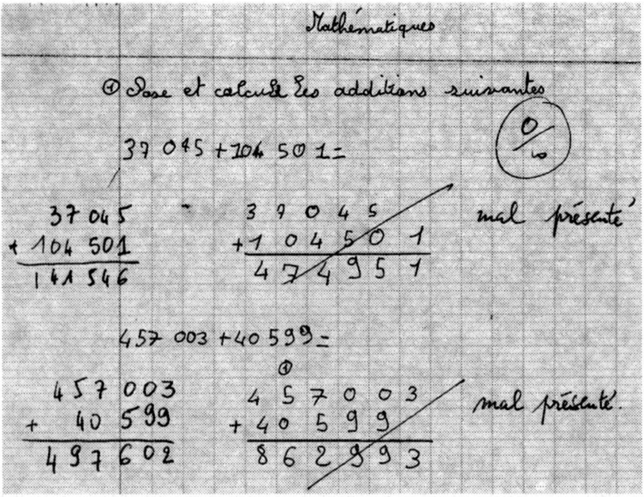

Faisons un petit tour par la soustraction.

Source de calculs parfois inconfortables s'il en est, dus à l'intolérance de nombreux petits élèves à ce que le nombre du dessous ait le dessus sur le nombre du dessus. Auxquels cas le calcul passe par des hauts et des bas, comme nous l'avons vu faire à Gilles, pourtant déjà grand, quand il a trouvé **-43** pour 37 – 74, et comme ici, en CE2 par Lucien déjà rencontré[4].

Il faut calculer 9 102 – 4 879, et puis 7 023 – 5 547. Ce sont les calculs barrés de croix. En dessous, c'est la correction.

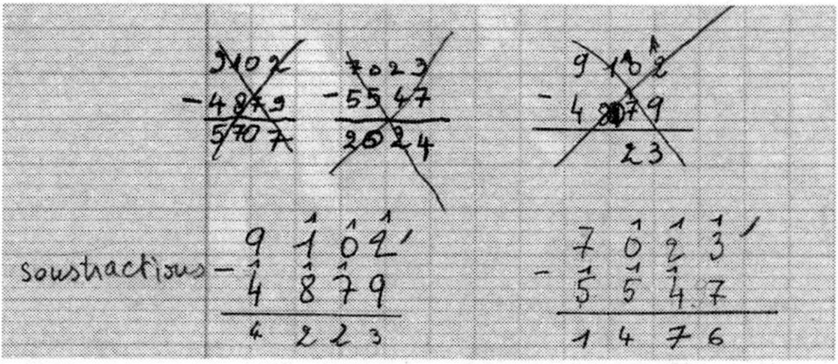

Lucien n'avait pas trouvé ces calculs trop difficiles. Et pour cause. Balayant l'inconfort de la disposition des chiffres pour ce qui est des trois premières colonnes — unités, dizaines et centaines —, il fait, pour la première : 9 **moins** 2, 7 ; la seconde 7 **moins** 0 (ou 0 moins 7), **0** ; 8 **moins** 1, 7 ; et enfin 9 moins 4, 5. Et ensuite, pour le second calcul : 7 **moins** 3, 4 ; 4 **moins** 2, 2 ; 5 **moins** 0 (ou 0 moins 5), **0** ; 7 moins 5, 2.

Évidemment ce n'est pas bon. Dommage, parce que c'est quand même plus propre que ce que propose la correction avec cette façon qu'elle a de hérisser les deux nombres en présence de petits 1 comme semés au hasard ; et poussés sur le papier de telle façon qu'on serait bien en peine de les interpréter une fois laissé à soi-même.

De toute façon, l'intolérance évoquée plus haut n'ayant d'égale que l'indifférence du sens dans lequel on soustrait, le tout se trouve être archi-courant chez les petits CE1, comme le montrent ces évaluations en début de CE2 :

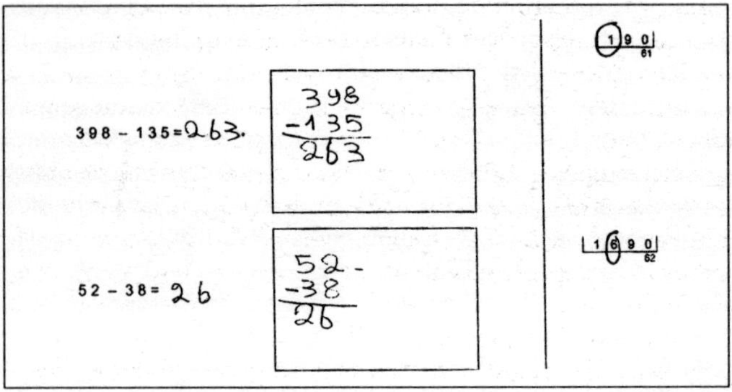

On remarquera que, à l'instar de l'addition rencontrée plus haut, Casimir comptabilise comme correcte la première soustraction, et la seconde comme seulement erronée, tributaire d'une simple

> « inversion des chiffres à soustraire lorsqu'ils nécessitent le recours à la retenue ».

Il ne faut, semble-t-il, pas s'inquiéter outre mesure, car, précise-t-il,

> « les techniques opératoires de la soustraction et de la multiplication sont en cours d'acquisition. La structuration de ces démarches et l'élaboration d'une technique opératoire standard se feront au cours du cycle 3 ».

Et il ajoute qu'

> « il faut insister ici sur le fait que certaines réponses erronées traduisent des techniques opératoires "personnelles" qu'il est nécessaire de faire expliciter pour les faire évoluer vers des procédures standard ».

Louable intention de prendre en compte les erreurs pour en instruire les enseignants ; mais je ne sais pas si la manière en est bien efficace.

La locution française pour « se tromper », c'est « *être* dans l'erreur ». On ne saurait mieux dire. Être dans l'erreur, c'est se trouver dans un *lieu* où on a été entraîné par des forces que par définition on n'identifie pas dans l'instant où elles vous ont *dévoyé.* C'est dans *ce* lieu-là, *tout de suite*, qu'il s'agit d'aller chercher l'enfant qui s'y trouve, redonnant son sens à la belle fonction du pédagogue : enseigner à un enfant en l'accompagnant sur la route du savoir, aller le rechercher derrière un buisson quand il a irrésistiblement suivi un papillon, le ramener avec son assentiment quand il s'est précipité dans des chemins de traverse ou des voies sans issue, bref être *avec* lui où que l'ait mené cette entreprise dans laquelle il est engagé. C'est bien pourquoi il est absurde de faire trouver à Jacques les erreurs de Kevin ou à Amélie celles de Mélanie, surtout quand Kevin et Mélanie sont des créatures inventées pour l'occasion. Et c'est pourquoi il est *nuisible* de proposer aux enseignants des « concepts » tels que « procédures personnelles » ou « techniques opératoires standard ». Curieux relâchement intellectuel, permettant de qualifier le non-compris de « personnel » ; d'octroyer au « standard » le statut d'une contrainte qu'il vaut mieux, pour ne pas le brimer, n'imposer à l'enfant que le plus tard possible ; de gommer la contradiction qu'il y a à l'accepter et s'en féliciter pour 398 – 135 = 263, procédure standard, notée « réussite », et considérer qu'il y a lieu d'en différer la mise en jeu pour 52 – 38 = **26**, procédure non standard — ou personnelle ? — « en voie d'acquisition » ?

Autant on peut comprendre que soit dite « personnelle » une *solution* apportée à un problème et différant dans ses modalités d'une solution classique, autant déclarer « procédure personnelle » un demi-standard fait partie de ces processus consistant à différer ou éviter la vraie confrontation aux raisons des erreurs, que j'appelle des *processus de fuite*.

Parce que la « procédure standard » n'est pas une « compétence exigible » en cycle 2, on pourra donc laisser l'élève dans sa « procédure personnelle » jusqu'en fin de CE1, et offrir au cycle 3 le soin de standardiser la compétence en question. Sans s'interroger sur la *manière* dont le standard ou non-standard sont produits par les élèves.

Sur quoi compte-t-on en CE2 pour avancer sur la voie de l'acquisition ? Sur ceci, qui est un classique de l'explication de la soustraction ?

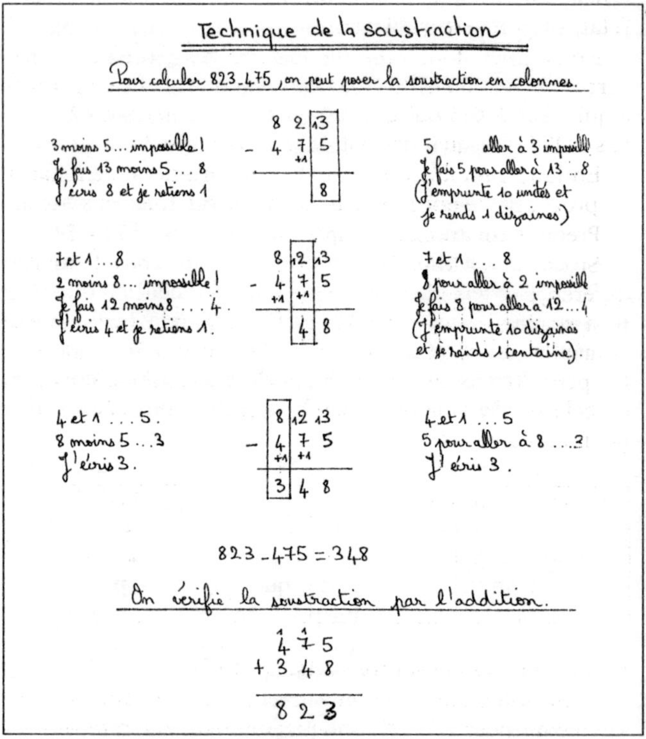

Alors qu'est tenté ici un louable essai d'élucidation de la « technique de la soustraction », c'est-à-dire de la justification de la règle, quel est donc cet emprunt qui magiquement rend possible l'« impossible » ?

Il se trouve d'abord qu'emprunter puis restituer est supposé mettre en jeu *un seul* protagoniste, celui qui prête, puis qui rentre dans son bien. Emprunter à Pierre pour rendre à Jacques est une étrangeté que pourraient justifier des liens entre Pierre et Jacques, justification qui serait ici complètement hors sujet. Il se trouve ensuite qu'emprunter puis restituer annule toute la procédure. Donc laisse les choses en l'état, ce qui n'est pas le cas.

Nous voici donc dans la logique du chaudron[5] : est-il percé, oui ou non ? Alors ici ces 10 unités sont empruntées à qui ? Pas à 823 puisque, au contraire, il devient 823 + 10 ; pas à 475, puisqu'il devient 485. Alors à qui ?

En fait, il semble qu'il y ait ici, amalgamées, deux façons de procéder, ce qui n'est pas fait pour clarifier les choses.

Prenons un exemple simple : soit à calculer 73 – 38.

Si on prend le parti, *mathématique*, de considérer cette différence comme le nombre qui, ajouté à 38 donnera 73, on peut se dire, dans la langue pittoresque de l'école, que « 8 pour aller à 3 » n'étant pas possible, c'est qu'il s'agit de 13. On peut donc *redresser* ce 73 en 60 et 13, grandement aidés en cela par la langue numérale, qui dit bien *soixante-treize* pour 73. Ainsi :

au lieu de	on a donc
7 3 – 3 8 ———	6 ~~7~~ ₁3 – 3 8 ———

ce qui rend les choses tout à fait possibles.

Il est, bien sûr, analogue mais moins *parlant*, de faire de même pour 53 – 38 ; cinquante-trois sera remplacé par

« quarante-treize », qui ne se dit pas mais qui se pense aisément, surtout si on y a été entraîné[6]. Cette transformation, qui n'attente en rien à l'intégrité du nombre, peut, à la rigueur, avoir pour analogue un emprunt puis une restitution. Mais c'est vraiment vouloir satisfaire au principe de Gribouille : « Pourquoi faire simple quand on peut faire compliqué ? »

La deuxième façon de procéder, *mathématique* elle aussi, consiste à remplacer un calcul incommode par *un autre,* lui plus confortable, mais qui aura évidemment le même résultat que le calcul initial.

Reprenons l'exemple de 823 – 475. Comme une différence ne change pas si l'on ajoute le même nombre à ses deux termes, en ajoutant 110, c'est-à-dire 1 *cent* et 1 *dix* à 823 et à 475, mais ventilés différemment pour le nombre du haut et celui du bas, on ne change rien au résultat.

au lieu de	soit de	on fait donc
8 2 3 – 4 7 5	8 *cents* 2 *dix* 3 *uns* – 4 *cents* 7 *dix* 5 *uns*	8 *cents* **12** *dix* **13** *uns* – **5** *cents* **8** *dix* 5 *uns*

En haut, 1 *cent* égalant 10 dix, au lieu de 2 dix, on en a 12 ; 1 *dix* égalant 10 *uns,* au lieu de 3 uns, on en a 13 ; en bas, au lieu de 4 *cents,* on en a 5, au lieu de 7 *dix,* on en a 8.

Ce qui est amusant, c'est donc qu'en réalité on a remplacé le calcul de 823 – 475 par celui de 933 – 585 ; lequel nécessiterait, s'il conservait cette forme, d'être remplacé par celui de 1 043 – 695 ; lequel exigerait d'être supplanté par 1 153 – 805 ; lequel…

Bien sûr, ces vertiges ne sont pas indispensables à la compréhension de la retenue ; celle du processus, en revanche, est parfaitement à la portée des enfants ; surtout s'il vient remplacer une façon de faire intelligente mais plus délicate à mettre en œuvre, qui est celle que nous avons vue plus haut, et puis que comme tout algorithme, il permet de mécaniser le calcul.

Il est incroyable que la tradition véhicule la « technique de la soustraction » entourée de l'obscurité dans laquelle elle se trouve toujours. Emprunts et restitutions constituent autant de détournements d'une notion simple par des histoires compliquées mettant en jeu de la possession de l'argent. Et s'il était demandé pourquoi faut-il restituer ce qu'on a emprunté[7] ? Passage par la morale. *Mais si c'est un pauvre qui emprunte à un riche ? Si c'est Robin des bois ?* Passage embarrassé par l'évocation d'une justice qui jugerait du bien-fondé des biens, précisément. *Mais alors si on est juste, pourquoi, des fois, il faut rendre plus qu'on a emprunté ?* Passage encore plus embarrassé par une évocation du système capitaliste. *Et si...*

L'amalgame des deux processus en une formulation plus qu'incertaine, le parasitage par les emprunts font de la retenue un des innombrables et précoces traumathismes[8] de la scolarité. S'ajoutant aux consignes muettes tout aussi traumatisantes et encore plus précoces de l'addition, cela fait pour nombre de petits CP, puis CE1, un bien mauvais départ. Chose unanimement reconnue, à ceci près que ce mauvais départ est attribué à la fragilité de l'enfant, et non à ce qui a été imposé à l'élève.

J'ai assisté un jour à la réaction hautement désapprobatrice d'un parterre d'inspecteurs de l'école élémentaire à l'encontre d'un très distingué mathématicien qui avait ironisé sur ce qu'il avait vu dans les cahiers de sa petite fille. Mais peut-être faut-il calmement faire face à la réalité. Incontestablement, il y a un fossé entre le savoir que l'on croit être suffisant pour « enseigner des mathématiques » à l'école, fussent-elles celles du 2 et 2 qui font 4, et celui qui permettrait d'apporter aux petits un bagage suffisamment ancré dans du sens pour leur permettre, ayant grandi, de suivre aisément les programmes de collège. Mais peut-être faut-il aussi se demander, sans que soient mises en accusation des *personnes*, quels sont les vices d'un *système* qui fait que cette situation perdure. *Tous* les enseignants de l'école élémentaire avec lesquels j'ai travaillé, au cours de très nombreux stages de formation effectués en France ou à l'étranger, m'ont confié à quel point ils étaient peu à l'aise en mathématiques, et comment ils faisaient de leur mieux avec ce qu'on leur avait appris, enfants, et qu'ils essayaient de transmettre. Il est donc bien entendu que ne sont mis en cause ni la conscience professionnelle, ni le travail de la maîtresse qui a de sa main écrit le document précédent, l'a reproduit pour chacun de ses petits élèves, et a peut-être essayé de l'expliquer. Et à ce propos, autre remarque, redoutable, qui m'a si souvent été faite à propos de telle ou telle question : « Comment voulez-vous que nous expliquions ce que nous n'avons jamais compris nous-même ? On sait faire, alors on leur apprend comment il faut faire. Il y en a qui réussissent, d'autres non. »

Justement, ce sont ceux-là qui nous intéressent. D'abord pour eux, ensuite pour les autres, et puis pour l'École, et pour le pays tout entier.

Il faut donc le redire : on ne peut pas avoir enseigné quelques années sans que l'inégalité constitutive des petits sujets humains ne s'impose dans les faits quotidiens, et sans être confronté à l'impossibilité qu'il y aurait à vouloir l'abolir. Sans parler des riches et des pauvres, des climats familiaux paisibles ou exécrables, aller en classe ne transformera pas qui est petit ou malingre en grand ou costaud. Mais entre celui ou celle qui attrape au vol une consigne, retient une règle pour l'avoir lue une fois, et celui ou celle qui a besoin qu'on y revienne plusieurs fois, il y a un écart que l'école peut grandement atténuer. Or c'est le contraire qui se produit.

Ces enfants effectivement fragiles si vite envoyés chez le psychologue ou en rééducation, ou simplement mal dans leur peau, ce dont on s'aperçoit ou non à la maison, sont des enfants fragilisés. Des consignes qu'ils ne comprennent pas, des règles qu'ils sont obligés d'appliquer en étant dans le noir, selon leur histoire singulière, les rendra mutiques ou indifférents ou agités ou angoissés. En tout cas malheureux. Quelle que soit l'origine de leur fragilité, parfois simplement due à une sensibilité ou une intelligence plus exigeantes qu'il ne faudrait, il apparaît comme impossible, face à leur vouloir-comprendre originel, que soit vécues sans dommages des prescriptions incompréhensibles. Dommages aux conséquences sans commune mesure avec ce qui semblerait être simplement : « Apprendre à savoir faire. »

On peut mettre en avant tout ce que l'on voudra de vrai, aux conséquences vraies : la vie dans les cités, l'état de la société, le délabrement des familles, le chômage, le goût et le règne de la violence généralisée. Dans ces zones déclarées difficiles, les enseignants sont de véritables missionnaires, qui ont à faire face à tout ce qui précède. Mais en convenir et chercher à y remédier n'annule en aucune façon le fait que, sans que personne, évidemment, n'en ait le moins du monde l'intention, des blessures intellectuelles sont infligées aux petits, *à tous les petits*, quels que soient les lieux où ils seront amenés à appliquer des règles sans les comprendre. Et c'est alors qu'apparaît l'inégalité fondamentale dont je parlais. Du fait de la constitution propre de l'*enfant*, ou de son environnement familial ou social, l'*élève* disposera ou non de modes de protection. Encore une fois, il ne faut pas les réduire à son environnement. Combien se trouve-t-il d'élèves en situation d'échec dont les parents, ménage uni, de classe moyenne ou aisée, ont tout fait pour qu'ils ne s'y trouvent pas ?

Peut-être faudrait-il, une fois pour toutes, que l'on comprenne que ce qui est à éradiquer, ce sont les raisons de cette souffrance dans laquelle se trouvent des milliers d'enfants, une *souffrance de l'intelligence*, qui n'apparaît dans les analyses macroscopiques qu'à travers les conséquences qu'elle engendre, l'angoisse de la mauvaise note, la dévalorisation due à l'étiquetage « élève-en-difficulté » s'aggravant d'année en année, pour connaître une inévitable explosion au collège. Avec, bien entendu, l'amplification que ne peuvent pas ne pas leur conférer les milieux dits « défavorisés ».

On ne sait pas pourquoi Jean-Charles s'en tire mieux que Jean-Mathieu, pourquoi Marie-Caroline est en difficulté alors que Marie-Jeanne ne l'est pas. On croit savoir pourquoi Jean-Charles s'en tire mieux que Djamel, et pourquoi Mériam est en difficulté alors que Marie-Jeanne ne l'est pas. Mais comme pour Jean-Mathieu et Marie-Caroline il sera fait ce qu'il faut pour les tirer de là, la seule interrogation qui pourrait amener à se poser la question de fond tombe d'elle-même, et c'est seulement des années plus tard, quand les situations sont pratiquement irréversibles, qu'il sera fait des constats qui, naturellement, confirmeront ce qu'on aurait quasiment pu prévoir.

Pour Karim, par exemple, en classe de 3e. Le collège, il ne veut plus y aller[9]. Il n'aime pas ; ça ne passe pas. On lui demande ce qu'il faudrait pour qu'il aime aller en classe. Expression désabusée :

> « Les profs, y nous découragent. Comme y nous parlent ! *Ça, c'est niveau 4e, ça c'est niveau CP.* Et ce matin, y nous a dit *niveau maternelle* ! »

Et les copains et copines derrière Karim, de confirmer en chœur :

> « Ce matin, il a dit *niveau maternelle* ! »

On pouvait « espérer » que c'était de français ou de dessin qu'il s'agissait. Mais le suspens sera bref. Aussitôt après le répons du chœur, Karim enchaîne :

> « Y dit *maternelle*, et y nous sort les factorisations... »

La caméra ne s'attarde pas, mais ceux qui ont entendu l'ont bien compris : le mot « maths » n'a pas été prononcé, mais c'est bien d'elles qu'il s'agit.

Sans doute y a-t-il d'autres façons de manifester son découragement. Car il n'en faut pas douter, ce professeur décourageant est un professeur découragé. Entre le niveau effectif d'élèves de collège en général, et de 3e en particulier, et celui, officiel, même tel qu'il se voit allégé d'année en année, il arrive, en effet, que l'écart soit tel, qu'amener certains d'entre eux à factoriser puisse se comparer à les faire escalader l'Everest équipés en tout et pour tout de sandales et de lunettes de soleil.

Interrogés dans le reportage, conseillère d'éducation et principaux responsables sont formels, comme le seraient sans doute leurs homologues dans d'autres collèges, d'autres lycées : la désaffection de l'institution scolaire est principalement due aux problèmes familiaux et à l'échec scolaire. « *Parmi les bons élèves, il n'en est pas d'absents.* » Or, si l'institution ne peut rien contre la misère sociologique ou psychologique des familles, elle peut, elle doit réagir contre la misère scolaire. Il faut comprendre que si nombre d'enfants n'ont pas, au collège, le « niveau CP », c'est qu'ils ne l'ont pas eu en CP non plus. Et que ce n'est pas de leur fait.

CHAPITRE IV

Comment et pourquoi advinrent les malheurs d'Amélie

Il y a presque vingt ans de cela, j'ai rencontré une petite fille pétillante d'intelligence et de malice, que l'on m'avait amenée parce que déjà, au bout de quelques mois de CE1, elle avait été déclarée « en-difficulté ». Elle incarnait avec tant d'évidence le fait que c'est dans l'apprentissage de la numération que tant d'enfants tout juste devenus élèves sont contraints de faire bon marché de leur exigence de sens, qu'en décrivant *les malheurs de Sophie*, j'espérais convaincre de la nécessité absolue de revenir sur l'archaïsme de cet enseignement, sous peine de voir nombre d'entre eux, quelques années plus tard, donner naturellement l'âge du capitaine[1].

En deux décennies, l'évidence s'est malheureusement enrichie d'innombrables incarnations et d'un paradigme de plus dans l'illustration de cet abandon du sens. Si aujourd'hui, on peut supposer que 7 pourrait être égal à 0, les causes n'en ont pas changé. Elles se sont seulement aggravées par l'occultation qu'en font de supposées améliorations qui sont autant d'obscurités ou de régressions. Après les malheurs de Sophie, voici donc aujourd'hui *les malheurs d'Amélie*, qui est en CP, et qui pourrait être sa fille.

Avec ses résultats en dents-de-scie, que personne ne comprend, Amélie est un mystère pour ses parents et sa maîtresse. Tantôt elle a « bon », et tout le monde se réjouit, et tantôt elle a faux, et tout le monde se désole. Un petit film de quelques-unes de ses performances va nous aider à comprendre.

L'année commence. On a découvert les quatre premiers nombres : 0, 1, 2, 3. Déjà, quelque chose est « non compris » ; tiens, c'est le rôle de zéro, ce zéro qui a déjà dévasté les premières années de Sophie et qui continue à persécuter de son agressive nullité tous les enfants de France et de Navarre. Là où les lignes tracées par Amélie sont barrées de deux petits traits, c'est faux ; l'absurdité de l'exercice est telle que la mission consistant à comprendre, soi, ce qu'a pu y comprendre une petite fille qui a dû jusqu'alors compter des bonbons ou des poupées, ou ses doigts, est impossible. Elle a raccroché 0 + 1, 0 + 2, 0 + 3, et 1 + 0 à un rond vide, vide de sens, qu'il ne fallait relier qu'à 0 + 0.

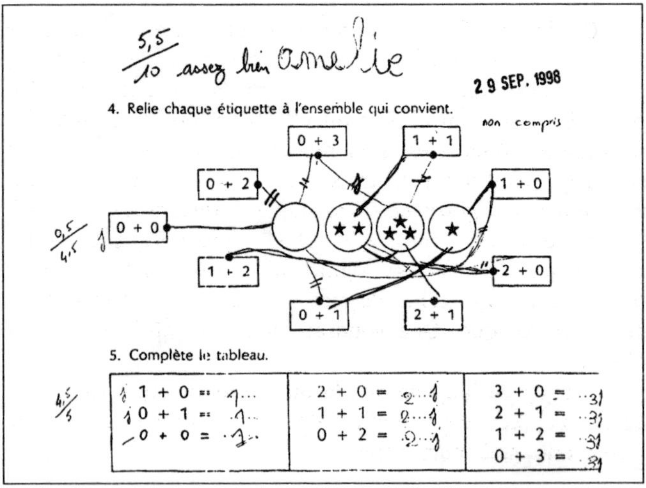

Et regardez donc le 0 + 0 = 1 du dernier exercice : il n'a d'autre effet pour l'instant que d'enlever un demi-point à Amélie ; ce demi-point, il évalue quoi ? Il s'adresse à qui ? Est-il là dans l'intérêt d'Amélie, qui n'a dans son bagage que 0, 1, 2, 3, pour lui faire comprendre qu'il lui manque là le dixième de la compréhension requise ? S'ajoutant aux 4 points perdus dans les espaces peuplés, plutôt que d'étoiles, de trous noirs où s'engouffre le sens, il lui reste tout de même 5,5 points ; c'est-à-dire la moyenne ; et la moyenne, c'est *assez bien*. C'est-à-dire que cette petite fille porte à six ans et demi l'écrasant poids de l'absurdité sans faille du système : exercice absurde, noté de façon absurde, qui légitime l'absurdité du précédent, et y enferme l'intelligence d'une enfant, tout en endormant la vigilance des parents. La moyenne ! En CP ; en début d'année ; en début de vie.

Mais, deux mois plus tard, voici de quoi se réjouir : un 10/10 assorti d'un *tb*. Méritoire, en effet, quand on pense qu'Amélie a su déchiffrer ce qu'on lui voulait lors d'une dictée de « chiffres », et d'une écriture de « chiffres avant et après ».

« Chiffre » au lieu de « nombre » est un abus de langage qui, s'il a sa justification dans ou par la langue courante, n'est pas admissible à l'école, où il est plus que répandu. On parle, bien sûr, du chiffre du chômage, ou du chiffre des naissances. Mais il est non moins sûr qu'il n'est point de savoir qui n'ait à construire sa langue, et ce, dans ses commencements, *à partir* de la langue courante, soit en accord, soit en désaccord avec elle[2]. Il est impératif que chiffre prenne ici d'emblée sa signification restreinte à « signe d'écriture », sous peine de très vite rendre inintelligible la chose numérique. Que voudrait dire « un chiffre de trois chiffres » ?

Cet abus de langage que la maîtresse ne soupçonne évidemment pas, c'est malheureusement Amélie qui va le payer, quelques jours après.

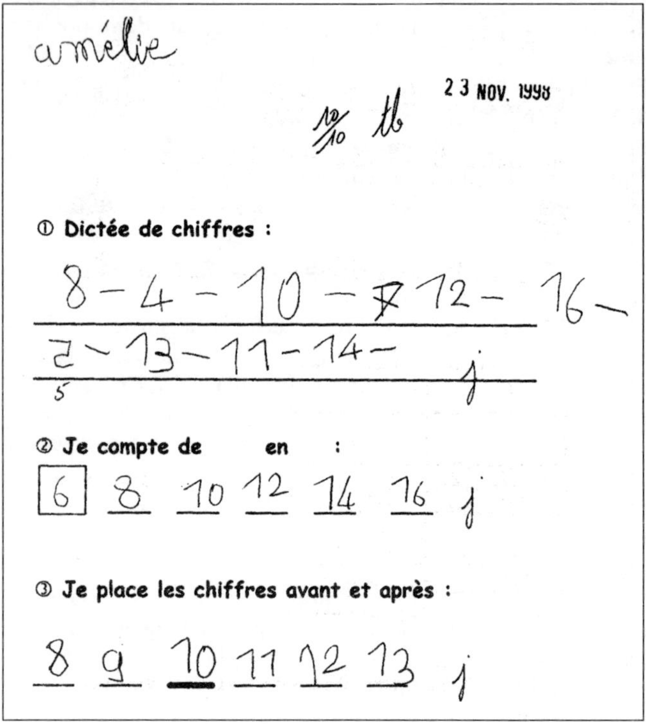
amélie

23 NOV. 1998

10/10 tb

① Dictée de chiffres :

8 – 4 – 10 – 12 – 16 –

5 – 13 – 11 – 14 –

② Je compte de en :

6 8 10 12 14 16

③ Je place les chiffres avant et après :

8 9 10 11 12 13

« Colorie en bleu le chiffre des unités et en rouge le chiffre des dizaines ».

Or Amélie a repéré que les unités, c'est à droite, les dizaines à gauche. Elle colorie donc en bleu le *nombre* de droite, 41, et en rouge le *nombre* de gauche, 15.

Puis, docilement, et malgré le modèle qui dissocie soigneusement unités et dizaines, elle remplit le tableau qu'on lui demande de remplir ; qui se trouve, en effet, plein à ras bord.

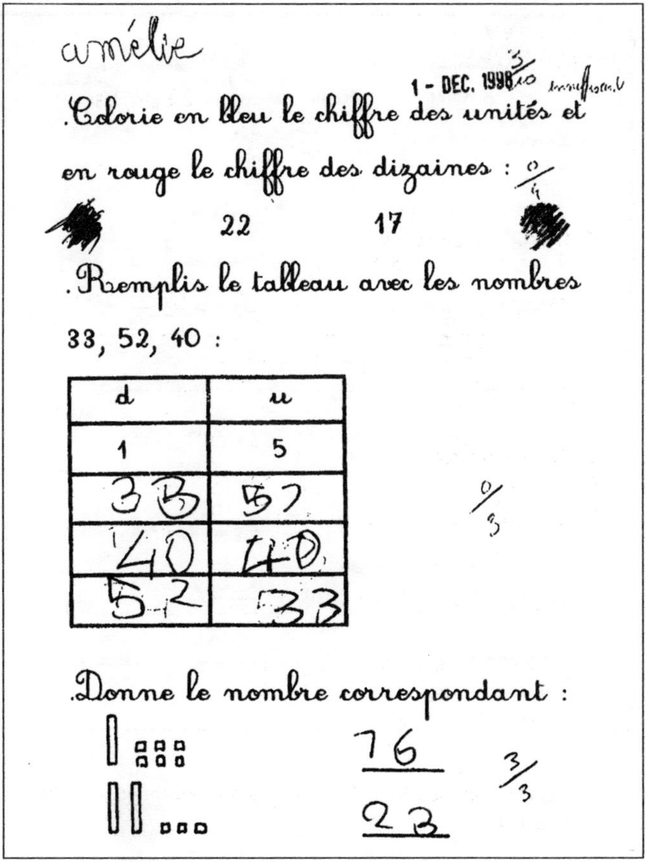

amélie

1 - DEC. 1998 3/10 insuffisant

.Colorie en bleu le chiffre des unités et en rouge le chiffre des dizaines : 0/4

22 17

.Remplis le tableau avec les nombres 33, 52, 40 :

d	u
1	5
33	57
40	40
52	33

0/3

.Donne le nombre correspondant :

76

23

3/3

Il est clair qu'Amélie est complètement perdue.

Des dessins de baguettes et jetons vont pourtant lui permettre d'obtenir 3 points sur 3, mais qui, plongés dans les 10 points globaux, la renvoient à un 3/10 déclaré *insuffisant* qui préoccupe quelques jours maîtresse et parents.

Nom: amélie 6,5/10 assez bien - 8 DEC. 1998

Contrôle d'opérations- 2° période

1- Calcule

2 + 2 = 4	4 + 2 = 6	
3 + 3 = 6	3 + 2 = 5	
4 + 3 = 7	6 + 3 = 9	5/5
1 + 5 = 6	1 + 2 = 3	
7 + 0 = 7	2 + 5 = 7	

2 - Complète non acquis . à revoir

1 + 5 = 4	5 + 15 = 10	
6 + 12 = 6	3 + 10 = 7	0/1,5
2 + 6 = 3	4 + 12 = 8	

3 - Trouve des additions différentes

2+3 = 5	3+4 = 7	
2+3 = 5	3+4 = 7	1,5/3

4- Entoure la bonne solution consigne non comprise

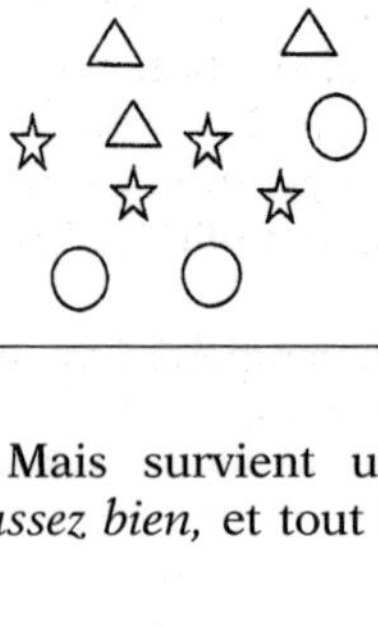

2 + 1 + 3

4 + 6

4 + 3 + 3 0/0,5

7 + 7

1 + 1 + 1

Mais survient une semaine après un 6,5/10 qualifié d'*assez bien,* et tout le monde reprend espoir.

Suivons cependant l'invitation à revoir les « non-acquis » (exercice 2). L'addition, nous l'avons vu, est présente d'emblée, sans sa signification d'*opération*, c'est-à-dire sans nécessité ni justification, uniquement dans la visée du calcul, le « ça fait » ; ce « ça fait » mécaniquement obtenu en comptant. Ici, la mécanique fonctionne pour le premier exercice, 5/5, mais pas pour le second, connu dans les petites classes sous l'aimable rubrique d'« addition à trou ».

Un trou c'est quoi, ou c'est dans quoi ? Si c'est dans le tissu d'une phrase, il peut à la rigueur être à l'origine d'une question. Mais quel petit CP verrait une phrase dans l'affirmation que deux et deux sont quatre ? Seul le calcul importe, tropisme qui fera durant des années tendre toute énergie vers le seul « quatre », ou son équivalent. La vue de deux nombres, d'un signe +, et d'un signe =, déclenche donc pour Amélie des « ça fait » qui remplissent les trous par des sommes consciencieusement et correctement calculées, sauf pour 6 qui n'égale pas 2 plus 3. L'exercice enlève un point et demi à Amélie, ce qui ne serait pas grave si, en même temps, il n'attentait aussi précocement et gravement à l'intégrité du signe =, qui connaît ainsi ses premières substantielles tribulations.

Il faut ensuite trouver des « additions différentes ». On serait, comme elle, bien en peine : comment trouver du différent pour *l'addition* ? Un autre signe ? D'autres objets ? En fait, ce sont des *sommes* différentes qu'il faut trouver, et comme le mot manque, et avec lui la distinction possible entre deux sommes distinctes, par exemple 2 + 3, ou 1 + 4, Amélie reste engluée dans le magma opération/calcul et remplace le différent par le même, pour remplir les lignes. Encore un point et demi de perdu.

Et puis enfin cet exercice, pourtant supposé être une merveille d'ingéniosité, qui laisse Amélie coite :

« Entoure la bonne solution. »

Sans doute Amélie ne voit-elle pas comment elle peut apporter une solution, bonne ou mauvaise, à un problème inexistant, puisqu'il n'est pas énoncé.

« Consigne non comprise »

est-il commenté, qui pourrait plus exactement être remplacé par « consigne non *devinée* » ; et voici encore un demi-point de perdu.

Si vous n'avez pas non plus trouvé la bonne solution, ce qui se conçoit, c'est 4 + 3 + 3 qu'il aurait fallu entourer. — *Pourquoi* ? — Vous ne devinez pas ? — *Non*. — C'est parce que sont dessinés des triangles, des étoiles et des ronds. — *Et alors* ? — Alors, c'est simple, il faut les compter. — *Eh bien* ? — Eh bien, il y a 3 triangles, 4 étoiles, et 3 ronds. — *Mais si c'est ce que vous venez d'énoncer, il faudrait le traduire par 3 + 4 + 3. Leur a-t-on parlé de la commutativité ?* — La commutativité ? Ce sont des enfants, ne l'oubliez pas ! Vous pensez bien qu'il n'est ici que fort peu question de *parler*, il faut leur donner à voir ! — *Pourquoi ici* ? — Mais parce qu'on est en mathématiques, voyons ! C'est bien trop difficile pour des enfants ! Je vous le répète, il faut leur donner à voir ! — *Alors, si c'est le regard qui est sollicité, en allant de haut en bas, et de gauche à droite on voit 2 triangles, 1 étoile, 1 triangle, 1 étoile, 1 rond, 2 étoiles, puis 2 ronds, ce qui fait comme bonne solution 2 + 1 + 1 + 1 + 1 + 2 + 2. Or je ne la vois nulle part. Et si c'est...* — Non ce n'est pas possible, vous mélangez tout, les triangles, avec les étoiles, avec... — *Je mélange tout ! Parce que peut-être tout n'est pas mélangé avec ce 4 + 3 + 3 ! Et pourquoi faudrait-il commencer par les étoiles ? Mais au fait, et de toute façon, quel sens ça a de compter des triangles avec des étoiles et des ronds* ? — Il était grand temps que vous vous en aperceviez... Toujours, cette logique du chaudron...

Mais tout ça ne fait rien, puisque Amélie a obtenu ce 6,5/10 et que c'est *assez bien* ; un assez bien qui tombe bien, pour que les vacances de Noël se passent sans inquiétude particulière.

Et en effet, après les vacances de Noël, voici dictée de *chiffres*, écriture de *nombres*, classement et comptage tous réussis, qui valent 10/10, assorti d'un *tb* et d'un « bravo Amélie » qui rassérènent tout le monde : on voit combien la maîtresse s'attache à encourager cette petite fille, elle-même pleine de bonne volonté. Tout le monde s'emploie à édifier un monde où les bonnes notes viennent récompenser le travail des petits et des grands. Regardez cependant (page suivante) la décomposition de 14 en *u* et *d* (exercice 5).

Car, très vite, c'est de nouveau l'inquiétude : 3/10. Comparer ce que propose Amélie à dix jours d'intervalle est en effet impressionnant. Le 21 janvier dans la « dictée de chiffres », elle a dû oublier le zéro de 30, rajouté par la maîtresse (et marqué d'une croix) ; estimé à deux dixièmes de point, ce zéro manquant ramène la valeur du premier exercice à 1,8/2. Je rappelle si besoin était qu'Amélie est en CP et qu'elle n'a pas encore sept ans.

Le classement dans l'ordre, réussi dix jours plus tôt, est complètement raté ; même le comptage par 10, généralement absorbé comme le comptage tout court, ne dépasse pas 20, ce qui ampute à nouveau la note, cette fois d'un point deux dixièmes. L'exercice 4 a une consigne si vague que je ne sais pas ce qui prive Amélie d'un point six dixièmes. Quant au dernier, c'est le bouquet, l'explosion du sens : la décomposition en *u* et *d* montre clairement que rien ne s'est composé dans la tête d'Amélie, qui puisse se décomposer.

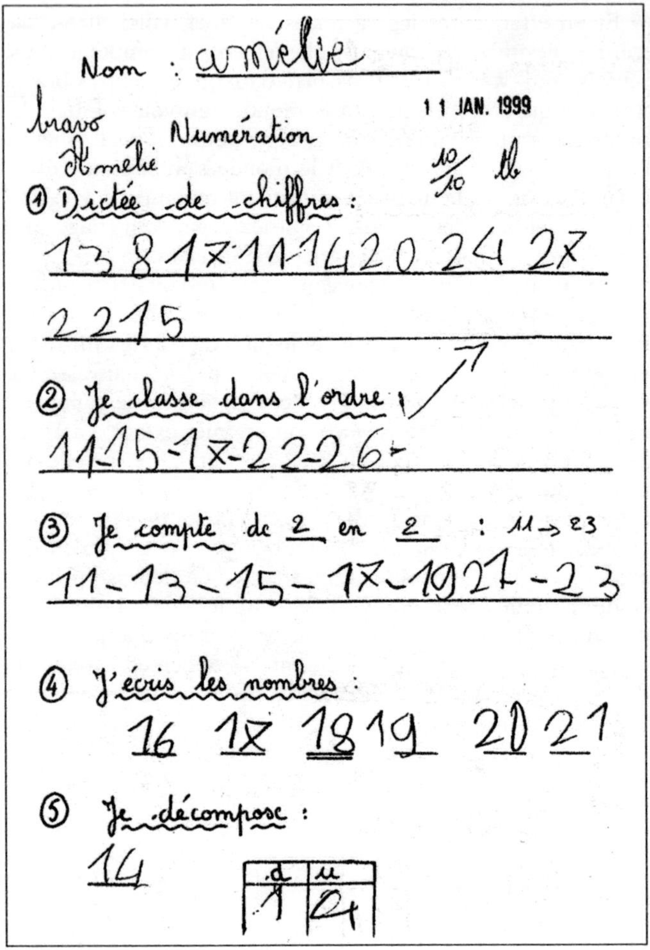
Nom : amélie

11 JAN. 1999

bravo Amélie

Numération

10/10 tb

① Dictée de chiffres :

13 8 17 11 14 20 24 27

22 15

② Je classe dans l'ordre :

11-15-17-22-26

③ Je compte de 2 en 2 : 11 → 23

11 - 13 - 15 - 17 - 19 21 - 23

④ J'écris les nombres :

16 17 18 19 20 21

⑤ Je décompose :

14

d	u
1	4

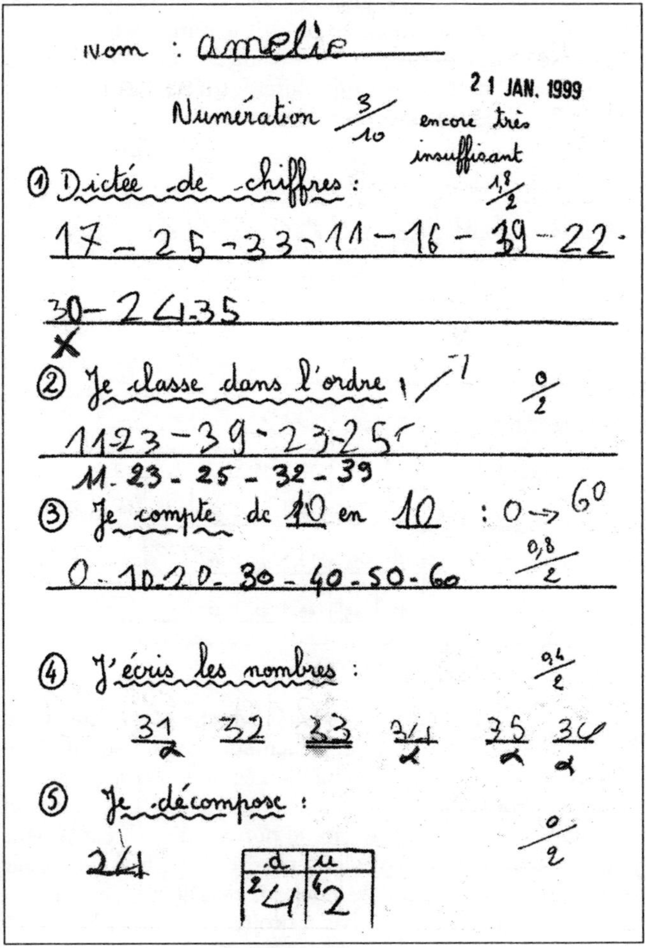

Nom : amelie

21 JAN. 1999

Numération 3/10 encore très insuffisant

① Dictée de chiffres : 1,8/2

17 – 25 – 33 – 11 – 16 – 39 – 22 –

30 – 24 – 35

② Je classe dans l'ordre : 0/2

11 – 23 – 39 – 23 – 25

11 – 23 – 25 – 32 – 39

③ Je compte de 10 en 10 : 0 → 60 0,8/2

0 – 10 – 20 – 30 – 40 – 50 – 60

④ J'écris les nombres : 0,4/2

31 32 33 34 35 36

⑤ Je décompose : 0/2

24

d	u
4	2

Et pourtant si ; il y a, gloire de l'école, le comptage. 5 est après 4, 11 après 10, 13 après 12... Et le remplissage de quelques cases vides — jusqu'à 50 — vaut de nouveau à Amélie un 10/10 accompagné d'un *tb*, différant à nouveau la nécessité de devoir s'interroger sur de pareilles « acquisitions »...

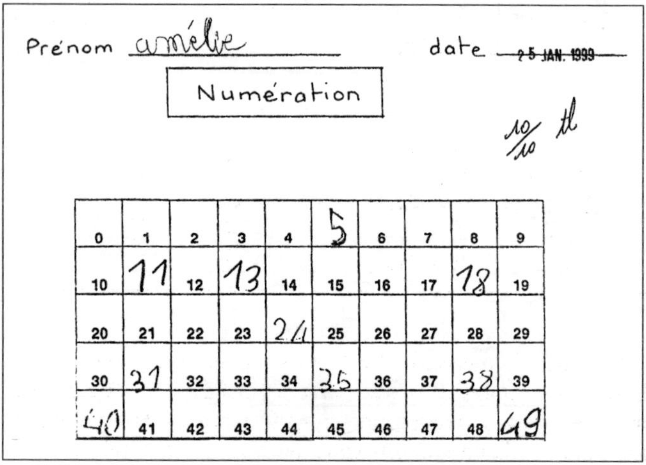
Prénom amélie date 25 JAN. 1999

Numération

10/10 tb

0	1	2	3	4	5	6	7	8	9
10	11	12	13	14	15	16	17	18	19
20	21	22	23	24	25	26	27	28	29
30	31	32	33	34	35	36	37	38	39
40	41	42	43	44	45	46	47	48	49

Qu'en est-il des étapes suivantes ? Fiche d'opérations. En fait, il ne s'agit que de calcul, bien sûr. Lequel serait, semble-t-il, acquis aux quatre cinquièmes — le 8/10, en haut à gauche, assorti d'un *b* — puis à moitié, le 5/10, *ab*, en haut à droite — moitié acquis, moitié non acquis —, car Amélie persiste : un nombre, un signe plus, et c'est le total qu'elle met dans le trou ; puis de nouveau de l'acquis aux quatre cinquièmes, le 8/10, *b*, en bas à droite.

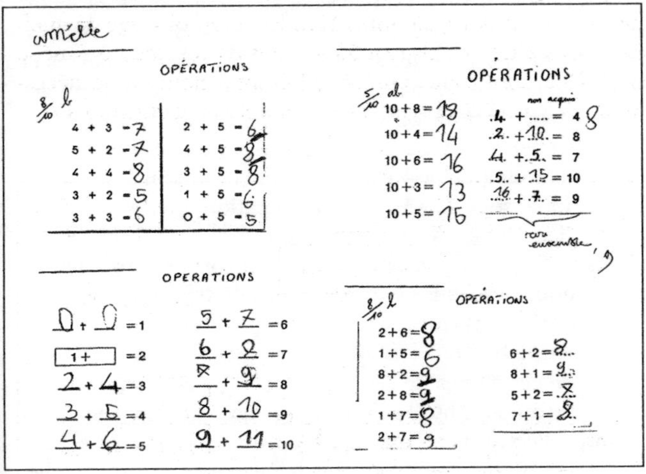

Et, enfin, la merveille. En bas à gauche. Parce que, quand ils sont à ce point privés de sens, les enfants se vengent. Et proposent à nos yeux étonnés les fabrications d'une logique poétique ou d'une combinatoire de formes, destinée à délivrer leur intelligence de la souffrance qui lui est infligée. L'absence de note et de commentaire est-elle due à une insuffisance de la photocopie, ou au fait que la maîtresse est restée sans voix, on ne le saura pas. Le modèle à reproduire est dans le cadre, qu'il y a d'abord à compléter, normalement par un 1 ; il se peut que dans la tête d'Amélie, ce soit un 3, comme les autres fois ; et qu'en observant les colonnes de droite qui proposent la suite des nombres, elle ait reproduit par colonnes les mêmes suites de nombres : sous le 1, elle poursuit de 2 à 9, chiffres de gauche, sous le 3 pensé, elle poursuit de 4 à 11, chiffres de droite.

Et trônant par-dessus le tout, 0 + 0 = 1.

Et maintenant. Est-ce que vous voyez comme moi un « 7 = 0 » pointer son nez là, sur les bancs du CP ?

C'est depuis toujours que l'école se trompe dans sa façon d'enseigner la numération, les opérations, les calculs. Ce n'est pas l'offenser ni nier ses considérables mérites passés et présents que de reconnaître une situation de fait, de mettre en perspective son histoire. Ce que révèle ce qu'on appelle un « enseignement de masse », c'est précisément cette inadéquation subie, puis folklorisée par tous ceux qui s'en sont sortis, ont continué, sont passés aux mathématiques, en sachant ou non, de leur table de multiplication, à la fois l'« air et les paroles ». Et puis il y a ceux qui ne s'en sortaient pas. On en parlait moins, ça ne les empêchait pas de trouver du travail, il y en avait. Et parfois, sans avoir fait d'études, on finissait par avoir une bonne situation, ou même, par faire fortune !

Loin de ces contes de l'école d'antan, il y a les mécomptes de celle d'aujourd'hui, aux conséquences individuellement comme collectivement autrement graves. Et il y a ces échecs en mathématiques qui hypothèquent scolarité, vie de famille, vie et avenir du pays. Tout cela mérite qu'on se penche sur les inerties, ignorances, idées reçues de l'ancienne école, dont est tributaire celle d'aujourd'hui.

Les enfants d'aujourd'hui vivent dans un monde saturé de signes dont, pense-t-on avec raison, l'illettrisme les exclut ; si lutter contre l'illettrisme consistait à donner accès à la signification de *tous* ces signes, sans que soient bannis de ceux qui content ceux *qui rendent des comptes*, on se dirait que quelque chose a été compris en haut lieu de la nécessaire cohérence d'un projet d'enseignement. Or ce n'est pas le cas. Avec une institution qui croit bien faire en exigeant deux heures et demie de lecture par jour, sans se douter un seul instant que l'urgence de l'apprentissage de la lecture/écriture des nombres en est au moins contemporaine, ainsi que celle du sens des opérations et de la nécessaire fluidité des calculs, les choses ne sont pas près de s'arranger. Il n'est pourtant pas si difficile de comprendre les risques que l'on fait courir aux jeunes enfants quand ils sont plongés dans une opacité numérique comparable à celle dans laquelle se débattent tous ceux que nous avons rencontrés. La non-coïncidence entre écriture chiffrée et langue parlée, responsable de l'opacité de tout ce qui touchera au numérique, peut très bien, par contagion, étendre son manteau sur ce qui se dit, s'écrit, se pense. Car si dès l'enfance on apprend à renoncer à ce que *des* choses aient du sens, on peut arriver à renoncer à ce que *les* choses aient du sens ; en mathématiques ou ailleurs.

Je propose que, face à l'illettrisme dont personne aujourd'hui ne songe à nier l'existence, soit pris en compte ce considérable déficit dans l'accès aux chiffres, donc aux nombres, que vivent explicitement depuis au moins trois décennies des générations d'élèves ; déficit qu'en raccourci nous pourrions appeler l'*innumérisme*[3].

Il est étonnant de constater que la façon d'enseigner la numération aujourd'hui n'est guère différente, à quelques regrettables modernismes près, de celle des débuts de l'école. On ne proposait pas autrefois aux enfants de décomposer 1 en 0 + 1 ou 1 + 0, voire 0 en 0 + 0. Le pouvoir de nuire de zéro/0 se traduisait à l'école surtout dans les ajouts ou suppressions qui s'en faisaient mal à propos, et se prolongeait au collège dans des opérations où son statut de « rien » amenait logiquement à penser, par exemple, que multiplier ou diviser 3 par 0 conservait à 3 son intégrité. Mais les « maths modernes » sont passées par là, et sur des pensers anciens peu assurés n'ont pas réussi à enraciner l'esprit des nouveaux. On a donc vu l'« ensemble vide » produire des ensembles vides de poupées, vides de ballons, vides de souris, mais qui enfantaient néanmoins zéro poupées, zéros ballons, zéros souris ; on a vu le zéro élément neutre de l'addition, objet théorique à produire quand la nécessité s'en fait sentir, se répandre partout, justement sans aucune nécessité, et se retrouver dans les décompositions de « quelque chose » en « quelque chose et rien ». Bref, aux traditionnelles incompréhensions du zéro/chiffre se sont ajoutées, dès l'école, celles du zéro/nombre[4].

Il est plus étonnant encore, modernismes mis à part, de présumer que l'enseignement de la numération ne diffère sans doute que bien peu de celui d'il y a sept cents ans, quand, après une bataille de trois siècles, l'écriture décimale arrivait à s'imposer, sans supplanter encore complètement celle en chiffres romains. Et en effet, ils subsistèrent longtemps dans les Cours des comptes, jusqu'à la fin du XVIIIe siècle, sous le nom d'« écriture financière ».

On a beau traverser les siècles, tout se passe comme si l'apprentissage de cette écriture décimale continuait de se doubler d'une justification de sa pertinence à être, comme ce fut sans doute le cas quand il fallut démontrer son plus de commodité face à celle que des siècles avaient enracinée dans les mœurs, les pratiques marchandes, les livres. Or l'étrangeté de ces dix figures est tout de même totalement dépassée. Eh bien, apparemment, l'école ne s'en doute pas, et s'agrippe au « passage de la dizaine », puis de la centaine comme s'il s'agissait d'une initiation ésotérique, arrive à grand renfort de colonnes et de tableaux aux mille ou plus, révère les zéros comme s'ils étaient encore ces extravagants signes muets porteurs d'« ombre et encombre ». Or, si

> « dans l'histoire de la civilisation, la découverte du zéro restera toujours comme une des œuvres individuelles les plus considérables de la race humaine[5] »,

il est certain que pour l'instant, telle la langue d'Ésope, ce même zéro peut être à l'école la pire des choses.

Il n'est guère possible de recenser en détail les erreurs pédagogiques qui sont faites sur la numération. En nous mettant, par jeu, sous le signe de zéro, essayer de comprendre cette dualité du meilleur et du pire nous amènera à nous confronter à quelques évidences niées depuis toujours par des pédagogies bien intentionnées, mais qui se trompent à la fois sur la nature des mathématiques et sur les capacités des enfants.

CHAPITRE V

De quelques langues qui comptent dont la nôtre

Il semble communément admis que les relations du jeune enfant au nombre sont de deux sortes : celle, préscolaire, des comptines en maternelle, et, une fois abordé le CP, celle de la véritable initiation, qui identifiera le « compter » de l'école — le tiers de sa devise — à son écriture chiffrée.

L'attitude que les adultes ont le plus souvent face au « marabout-de-ficelle... » numéral qu'est le un-deux-trois-quatre... de la maternelle va de l'attendrissement parental à l'indulgence enseignante pour ce qui n'est encore que jeux d'enfants. En revanche, il en va tout autrement aussitôt qu'entrent en jeu les signes d'écriture, bien souvent confondus avec les objets qu'ils transcrivent. Comme si seuls 36 ou 100 ou 1 000 donnaient du sens à « trente-six », « cent » ou « mille ». Comme si le sentiment du nombre n'existait qu'à partir de son écriture chiffrée.

Cette écriture elle-même n'est supposée acquérir sa légitimité que si 36 ou 100 ou 1 000 ont été comptés et recomptés, et donc *matérialisés*. Il est implicitement posé et entendu que les conditions d'une pédagogie efficace impliquent que pour concevoir trente-six, cent, ou mille, il faut les voir, ou les toucher, et en tout cas les compter, au risque, sinon, que manque l'essentiel : à savoir, pour un nombre, l'étroite relation qu'entretiennent son importance et sa longueur. Une insistante compassion maintes fois exprimée en public à propos des effets que peut avoir sur les enfants ce genre d'exercices, supposé tester la

> « connaissance des nombres au cycle des apprentissages fondamentaux »

a peut-être contribué à les faire disparaître des circuits officiels.

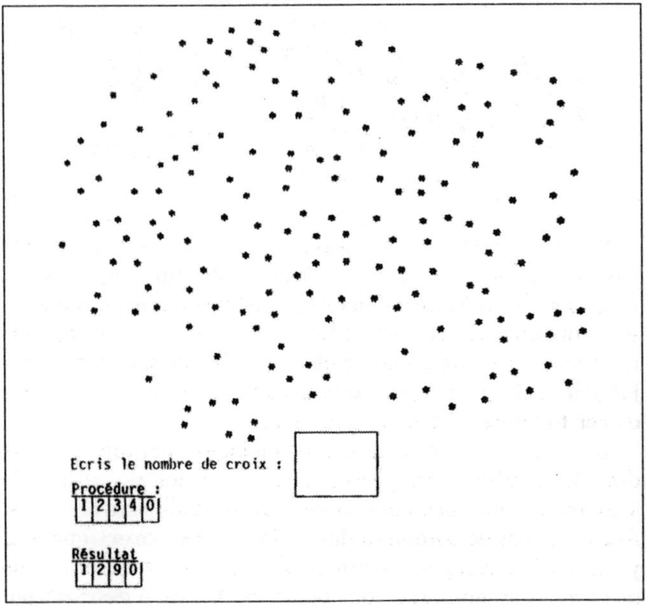

Que de précieuses minutes de vie perdues à une activité obsessionnelle souvent vide de sens.

Mais pas des livres, des fichiers...

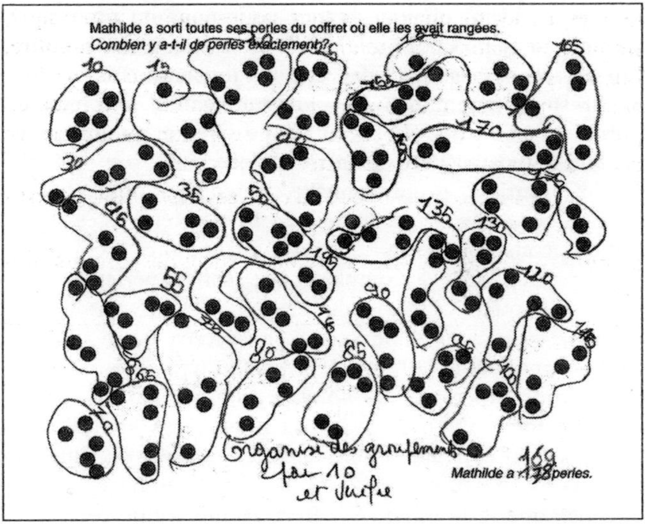

Savoir compter est important, certes, mais cela va très vite. Les petits, quand ils se vantent de savoir compter... jusqu'à cent !... jusqu'à deux cents !... jusqu'à trois cents !... sont toujours très étonnés d'apprendre que ce n'est une performance qu'en apparence, puisqu'il suffit de savoir compter jusqu'à neuf[1] ; et qu'après, quelques mots de plus permettent d'aller toujours de plus en plus loin[2].

Il se trouve, de plus, qu'à part quelques quantités d'objets dont le nombre n'est jamais bien élevé, les nécessités de « compter loin » des collections non organisées sont rares. Aucun enfant ne comptera des étoiles ou des perles quand il y en a « beaucoup ». Aucun adulte ne comptera non plus *jusqu'à...* des nombres considérables. La cassette d'Harpagon est remplacée par son compte en banque, et là, il faut savoir lire.

La relation que, dans le quotidien, nous avons à la quantification est surtout dans ce que nous entendons, lisons, ou apprenons, ayant quelque intérêt pour nous ou pour ceux qui nous sont proches ; informations chiffrées, donc, résultant de comptages déjà faits, et nous touchant d'assez près pour rester momentanément ou définitivement en mémoire. C'est ainsi qu'à partir du savoir dont dispose et que continue d'acquérir tout au long de sa vie chaque sujet, par exemple par une pratique professionnelle, la manière dont chaque écoute/lecture/écriture singulière triera et agrégera ces informations constituera son *expérience* du nombre. Expérience aussi particulière et complexe que son expérience tout court, celle qu'on dit être « de la vie ».

Emprisonnés, et donc seulement perçus entre cinq et sept, ou trente-cinq et trente-sept, six, ou trente-six, n'apportent aucune expérience du nombre. Compter est un bagage singulièrement chétif quand il est réduit à sa littéralité, et c'est pourtant lui qui donne à élèves et maîtres l'illusion d'un savoir en lieu et place du lire/écrire le nombre.

L'idée que le nombre se mérite par un tribut de temps, d'énergie, d'ennui — voire d'angoisse[3] — consacré au comptage, et qu'il croît en grosseur quand il croît en longueur, a pour corollaire immédiat le respect, la révérence, que dis-je, le culte qu'il convient de porter au zéro.

« Passage », donc, de la dizaine, « passage » de la centaine, « passage » du millier... On se doute bien que ce sont autant de miracles qui, sous les yeux médusés des enfants, s'accomplissent rituellement en leur lieu et heure. Pensez que lorsqu'on est arrivé à 9, un petit 1 de plus et voici 10 ; et puis, après bien des aventures, nous voici à 99 ; un petit 1 de plus, à nouveau, et ce sont *deux* zéros que l'on voit éclore. Pour ne pas griser les enfants plus qu'il ne faut, on traîne un peu avant d'atteindre 999. Et voici que le petit 1 produit cette fois la merveille de *trois* zéros ! Et pour frapper un grand coup, voici ces miracles décimaux et successifs coagulés en une seule page :

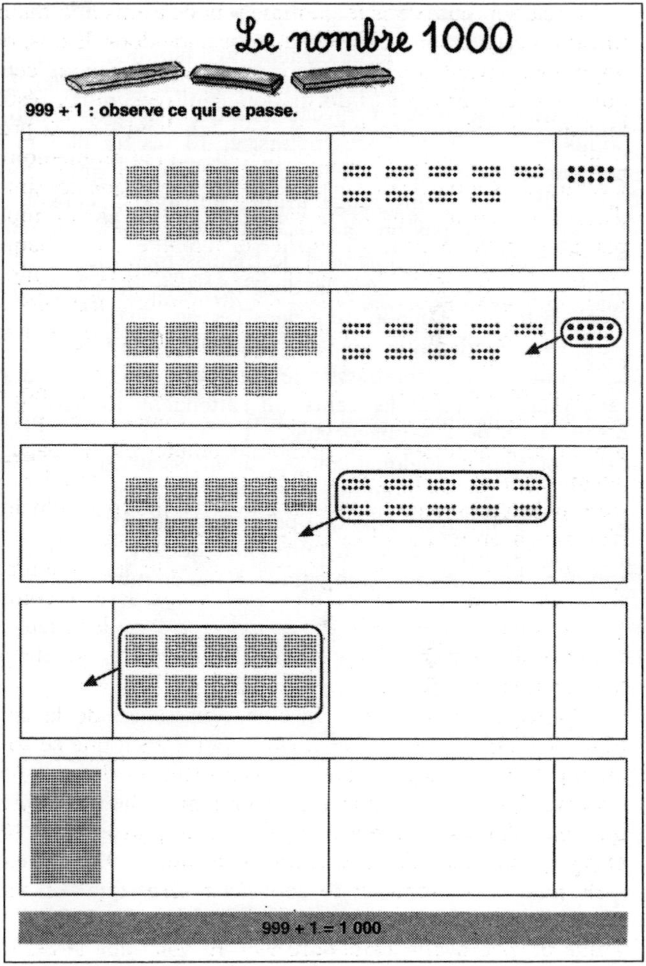
Le nombre 1000
999 + 1 : observe ce qui se passe.
999 + 1 = 1 000

« 999 + 1 : observe ce qui se passe. »

L'ingéniosité du procédé est telle qu'il faut quelque temps pour comprendre comment on pourra en émerveiller les petits CE1. Le premier niveau montre 9 fois *cent* petits points, 9 fois *dix* plus gros points, et 10 fois *un* plus gros point encore, dont le dernier est rouge, c'est celui qui va tout déclencher : ce point rouge ayant contribué à constituer 1 dizaine, nous passons au second niveau ; alors que les 9 *cents* attendent paisiblement, le frémissement des 9 dizaines est perceptible ; aussi la dixième, devenue provisoirement cartouche, s'engouffrant dans l'espace qu'on lui a préparé, va engendrer une nouvelle centaine ; cette fois ce sont les centaines qui frémissent : le cartouche de 1 cent va se faire phagocyter par les cents qui l'attendent. Remarquons qu'au cours de ces phagocytages, les « uns » des cases de droite perdent — logiquement — leur épaisseur, et le dernier « cent » sa forme. Ce qui fait que ce fameux mille, qui aurait dû être grisant, n'est plus que petit rectangle grisé, dont on serait bien en peine de lui faire jouer quelque rôle que ce soit dans la compréhension d'un système de numération.

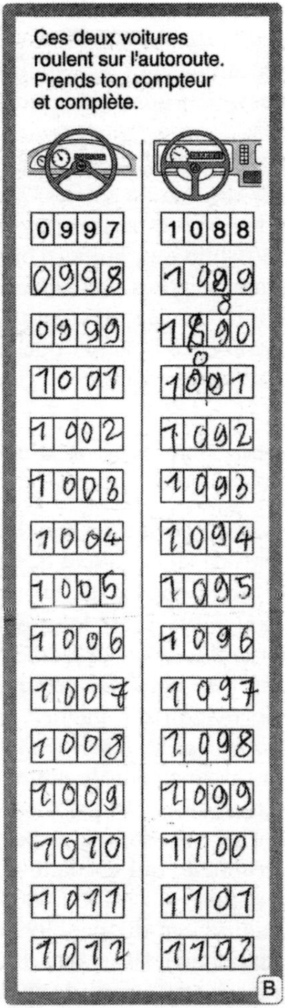

Plus banal est le recours à la voiture, dont le rôle en pédagogie a suivi l'essor économique. Ce moment privilégié, cet instant suspendu entre deux bornes kilométriques, où un compteur de voiture voit tous ses 9 transformés en zéros, peut se savourer sur les bancs de l'école, à ceci près qu'il faut le mériter. Il faut donc remplir des listes jusqu'à ce qu'adviennent les zéros tant souhaités.

Révolte, ironie, pied de nez au mille tant attendu ? On ne le saura pas, mais il est assez amusant de constater que ce petit CE1 — excellent élève par ailleurs — ne s'en laisse pas conter par la prescription compteuse. « Mille », apparemment, ça ne l'impressionne pas ; sans doute l'a-t-il au moins mille fois entendu. Donc s'extasier devant les trois zéros qui se devraient de faire irruption après 999 et précédant 1 001, ce moment fort de la séquence, a purement et simplement été « zappé ». Bel acte manqué, qui pourrait paradoxalement signifier aux pédagogues que ce fameux « mille » posé en frontière d'un savoir exigible au bout de deux années d'école est un archaïsme datant du temps où « mille » représentait un nombre si considérable qu'une « mille et unième » nuit pouvait dire la même chose que « jamais[4] ».

Depuis, le monde a pris d'autres dimensions, y compris pour les enfants. Tout le monde le sait. Les concepteurs des programmes, non ?

Je ne peux, pour ma part, que m'étonner de la persistance d'une conception datant d'une dizaine de siècles. J'ai longuement analysé cette question de l'arrêt à mille[5] à partir des réponses révélatrices d'un jeune Bruno qui, aujourd'hui, est peut-être père de quelques enfants exposés aux mêmes erreurs pédagogiques que celles dont il a pâti. En combinant l'initiative du mathématicien arabe[6] qui décida que la segmentation dans la lecture des nombres serait de trois chiffres, parce que

> « c'est la manière la plus convenable de s'exprimer et la plus conforme à la nature des choses[7] »,

avec la conception que l'École des origines avait des besoins pratiques de ceux qui ne dépasseraient pas le certificat d'études primaires, on obtient les programmes d'aujourd'hui.

C'est ainsi que l'écriture chiffrée s'allonge au long des années, gagnant laborieusement ses millimètres supplémentaires au fur et à mesure que l'enfant, lui, gagne des décimètres. Il a le temps de s'ennuyer, de manquer à gagner en grandissant cette expérience du nombre qui lui ferait *déchiffrer* ce qu'il voit autour de lui, qui lui permettrait de donner du sens à ce qu'il entend, et de le capitaliser. Et puis, surtout, il peut carrément perdre pied, car, avec tout le respect dû à dix et à cent, l'organisation décimale, qui est faite de réitérations, ne peut pas lui apparaître. « Mille/1 000 » venant après « neuf cent quatre-vingt-dix-neuf/999 » acquiert avec ses zéros le même statut que 10 et que 100 alors qu'il ne l'a pas. Les « dix » et les « cent » sont des *places*, les « mille » sont une *classe.* On connaît bien dans l'enseignement spécialisé *et* ordinaire les erreurs que font les élèves qui écrivent, par exemple

251734

pour vingt-cinq mille sept cent trente-quatre

ou 3 000 534

pour trois mille cinq cent trente-quatre

parce qu'on ne leur a jamais appris à *lire* le « mille » de « vingt-cinq mille sept cent trente-quatre » comme un simple marqueur, et qu'on ne leur a jamais dit non plus que ce n'étaient pas les zéros qui faisaient de « 3 000 » « 3 mille », mais sa place, qui était *la même* pour 3 534 et bien d'autres. Pour « mille », qui s'écrit « 1 000 » une fois sur... mille, c'est bien pis, le « 1 » ne s'énonçant pas, donc ne s'entendant pas. Tout est donc en place pour rendre « mille » mille fois trop obscur, et source d'innombrables erreurs. Lesquelles pourraient donner à réfléchir. Mais apparemment on tient une meilleure explication en pensant que c'est l'élève qui est en difficulté.

Le mille/frontière répand d'autres méfaits. Il donne l'illusion que le nombre peut se donner en spectacle, cette fois aussi en relief, pour peu qu'on s'avise que cent est le *carré* de dix, et mille son *cube.* En combinant cette trouvaille avec la recherche éperdue au cours du temps de remèdes susceptibles de pallier l'incapacité où sont les jeunes enfants de *se rendre compte* et de *rendre des comptes,* et en y ajoutant ce qui fut le grand espoir de la réforme des années 1970, à savoir faire faire des mathématiques à de tout jeunes enfants, et non plus du simple calcul, on obtint un composé pédagogique redoutable dont les effets se font sentir aujourd'hui.

Faire faire des mathématiques à de tout jeunes enfants, consistait, par exemple, à récuser l'impérialisme de la base dix, jugée nocive si elle était seule en jeu. Il me fut donc expliqué par une enseignante enthousiaste qu'après avoir exploré l'écriture en plusieurs bases, on apprenait aux enfants que, chez nous, en France, on écrivait en base dix. Comme cependant les enfants étaient des enfants, on les préparait à cet événement par un matériel approprié dit *multibases*, constitué de petits cubes, baguettes, plaques et gros cubes ; il apparaissait alors que « compter » en base deux, trois, quatre ou plus, était à proprement parler un jeu d'enfant.

Le théoricien[8] qui fit école en ces temps troublés explique par exemple que, en base cinq, on remplace cinq petits cubes par une barre, cinq barres par une plaque, et cinq plaques par un gros cube[9] ; et que, s'il est un fait qu'on remplace des formes par d'autres, on garde néanmoins le même volume de bois, volume

> « qui devient une mesure, et dans ce cas, l'unité de mesure est l'"unité" ».

Et voici, un petit problème.

> « Soit par exemple un groupement du troisième type en base cinq, et soit à lui ôter une "unité". En d'autres termes, comment ôter un "petit cube" d'un "gros cube" ? Naturellement nous ne voudrions pas le découper à la scie dans le gros cube. Ce que nous ferions est alors de construire le gros cube de telle sorte qu'il devienne possible d'en ôter le petit. Nous devons utiliser ici notre relation d'équivalence *autant que* afin de construire un autre cube *ayant autant de bois que le premier*[10] mais construit différemment. Nous pourrions par exemple mettre ensemble quatre "plaques", quatre "barres" et cinq "unités[11]". Nous pouvons maintenant ôter l'"unité" et il nous reste une fois cela effectué quatre "plaques", quatre "barres" et quatre "unités". Nous pouvons donc écrire :
>
> 1 000 – 1 = 444 »

Que l'on ne s'affole pas ! Nous étions en base cinq.

Mais ce serait la même chose en base dix. En mettant les choses à plat, cela équivaudrait à enlever le gros point rouge précédent du rectangle grisé. Il suffit donc de repasser le film à l'envers. Et si l'on préfère une version en relief, pour enlever un petit cube (un) d'un gros cube (mille) sans recours à la scie, il suffirait de remplacer le gros par neuf plaques, neuf barres, dix unités, ce qui permettrait d'accéder à cette — plus rassurante — écriture

$$1\,000 - 1 = 999$$

Processus d'une évidence si confondante que, comme on le verra plus bas, il est recommandé, encore aujourd'hui, dans les instructions officielles.

On sait ce qu'il en fut des résultats de cette expérience stéréo/conceptuelle[12] de l'apprentissage de la numération. Mais sait-on seulement pourquoi ? Le douloureux camouflet subi par la réforme se devait d'être oublié. On mit le tout sur le compte paradoxal à la fois de l'excès de zèle et de l'impréparation. Et on n'en parle plus. Ce qui fait que pour n'avoir pas été analysées avec justesse, les monumentales erreurs épistémologiques et donc pédagogiques que constituait un tel « apprentissage du nombre », pourtant rendues voyantes par le contraste entre les idéaux affichés et la manière proposée, ne semblent avoir d'autre conséquence que de se perpétuer.

Ces questions occultées, je tenterai de les poser ici, l'extrémisme des exemples précédents pouvant être particulièrement éclairant. Quelle est la nature de ce que l'on veut évoquer par des plaques, petits ou gros cubes, choses quelconques, ou représentation de choses, et qu'il paraît difficile de nommer « nombre » ? À quelle *matière* renvoie tout ce matériel ? Quelle relation y a-t-il entre cette matière et les écritures supposées lui correspondre ? Quelles sont les notions mises en jeu dans la visée d'un apprentissage par de jeunes enfants ? De quelle *manière* s'y prend-on pour les transmettre ? En résumé : de quoi peut-il bien s'agir dans les « activités numériques » proposées, hier comme aujourd'hui, au jeune enfant ?

Commençons par là. Puisqu'il est semble-t-il question d'un apprentissage de la numération, on peut succinctement dire qu'une numération — il n'est pas encore question de *système* — consiste à *organiser* et *nommer* une multiplicité. Aucune opération, aucun échange. On voit mal ce que pourrait être l'une ou l'autre face, par exemple, à un monceau de coquillages à dénombrer. Il s'agit d'abord de la constitution d'une *langue* qui, avec son génie propre, s'est débrouillée pour que l'on puisse, grâce à des *mots,* garder le souvenir de quantités. En supposant que l'on veuille réinventer un mode de conservation en mémoire du « combien de coquillages », on les ferait défiler *un par un,* on attribuerait une désignation à chacun des tas successifs ainsi formés ; c'est ce qui s'appelle compter. Pas d'addition, seulement des juxtapositions réitérées d'une nouvelle unité au tas précédemment formé et nommé[13].

Mais très vite une rationalisation sera obligatoirement mise à l'œuvre : si nommer consiste à garder en mémoire, il n'est guère possible de demander à cette mémoire, précisément, de conserver autant de noms que de groupes distincts. Un nécessaire principe d'économie apparaîtra en chaque langue, une *ethno-économie* linguistique qui, selon les besoins, la culture des peuples qui la parlent, inventera des paliers successifs à partir de tas divers, les recomptera, et quand il y en aura suffisamment de recomptés, fera de plus gros tas, les nommera, et ainsi de suite. Pas d'addition, pas non plus de multiplication[14]. La traduction en termes d'opérations intervient dans les versions savantes de ce qui est par essence un simple processus d'enregistrement.

La variété, l'ingéniosité des modes de numérations parlées, puis écrites sont proprement éblouissantes[15]. Dans l'extraordinaire somme des modes de comptage recensés par Menninger, il s'en trouve qui sont proches du nôtre, mais d'autres plus ou moins surprenants. Par exemple ce qu'il appelle « comptage à rebours » — *back-counting* — qui fait dire en latin pour « dix-neuf » : *undeviginti* — un de vingt —, pour « quatre-vingt-dix-neuf » : *undecentum* — un de cent ; pour « cinquante-huit » : *duodesexaginta* — deux de soixante — en latin, *dyoîn déontes hexêkonta* en grec ancien — qui aurait besoin de deux, ou auquel deux serait nécessaire pour avoir soixante ; façon de s'exprimer qui intervient donc pour des nombres terminés par huit ou neuf, dont on aurait envie de dire qu'ils égalent vingt, trente, quarante, etc., à *une unité près,* ou *à deux unités près*. Menninger décrit aussi ce qu'il appelle un « comptage au-delà » — *overcounting*. Par exemple, au lieu de vingt-quatre, ou de quatre et vingt, ou de quatre et deux dix, on dira « quatre de la troisième dizaine ». En vieux norrois — îles Orcades et Shetland —, pour cent deux, on a « deux dans la onzième dizaine »... Autre exemple, les Aïnus[16] qui pour six disent « quatre de dix » — quatre pour atteindre dix — pour sept, « trois de dix », pour huit « deux pas vers le bas », pour neuf « un pas vers le bas ». Pour les « grands » nombres, les Aïnus ont porté l'*overcounting* au sommet de véritables pyramides humaines. *Hot* veut dire « entier », sous-entendu un homme entier, soit encore « vingt ». Les comptages se font par vingt, *un* vingt, *deux* vingts, *trois* vingts, etc. Les nombres impairs de dizaines anticipent sur la nouvelle vingtaine à venir : trente se dit « dix pour *deux* vingts », cinquante, « dix pour *trois* vingts », soixante-dix, « dix pour *quatre* vingts », quatre-vingt-dix, « dix pour *cinq* vingts », cent dix, « dix pour *six* vingts »... Il n'y a pas de mot pour cent ni pour mille, qui empilent des vingts... Quant aux Danois, leur « moitié de trois vingts » ou « moitié de quatre vingts » ne veulent dire ni trente ni quarante, mais cinquante — on a compté jusqu'à la moitié de la troisième vingtaine — et soixante-dix — jusqu'à la moitié de la quatrième vingtaine. En breton, cinquante se dit *hanterkant,* soit une moitié de cent, alors qu'avec un mot pour vingt, *ugent,* quarante, soixante, quatre-vingts se disent en multiples de vingt.

On le voit avec ces quelques exemples pris sur des centaines d'autres, la variété des énonciations, c'est-à-dire des groupements et des façons d'y accéder, est extraordinaire. Pour ceux qui penseraient qu'ils se limitent à des appuis sur les dix et les vingts, un dernier exemple pris à Menninger est éclairant. Il donne l'organisation de dix-huit dans quelques langues.

langue	expression	traductions
allemand	*acht-zehn*	huit-dix (8’ 10)
français	*dix-huit*	dix-huit (10’ 8)
grec moderne	*okto-kai-deka*	huit et dix (8 et 10)
grec	*deka-okto*	dix-huit (10’ 8)
latin	*decem et octo*	dix et huit (10 et 8)
latin	*duodeviginti*	deux de vingt (2 de 20)
lithuanien	*astuno-lika*	huit au-delà de dix (8 au-delà de 10)
irlandais	*ocht-deec*	huit deux-cinq (8’ 2’ 5)[17]
breton	*tri-ouch*	trois six (3’ 6)
gallois	*deu-naw*	deux neuf (2’ 9)
mexicain	*caxtulli-om-ey*	quinze et trois (15 et 3)
finnois	*kah-deksan-toista*	deux dix deuxième (2’ 10’ 2e)[18]
aïnu	*tu-pesan-ishama-wan*	deux pas en bas ajoutés à dix

Pourquoi, pour ce nombre-là, « *deux* neuf » ? Pourquoi « *trois* six » ? Savoir pourquoi ces langues ont traité — éphémèrement — neuf, ou six, comme de nouvelles unités supposerait de se demander de quels us et coutumes ils sont la trace. Ce qui nous amènera à nous interroger sur la nature de ce qu'expriment ces mots. Mais en attendant, faut-il vraiment plus insister sur le fait que, à la question « combien », les réponses sont apportées en *mots,* mots qui se parlent comme les autres mots de la langue, qui s'apprennent aussi naturellement que les autres, et dont l'ensemble constitue ce que j'appellerai la « langue numérale ». Ni les enfants lithuaniens, ni les enfants finlandais n'ont besoin qu'on leur donne des leçons de lituanien ou de finnois pour dire « dix-huit ». Aussi profondément enracinée en chacun que la langue tout court, la langue numérale n'a, à la limite, pas besoin d'être apprise à l'école. Elle se constitue pour un sujet donné comme elle s'est constituée dans l'histoire, en fonction des besoins. Supposons que cet enfant qui vous explique qu'il a trois ans *et demi* soit empêché d'aller à l'école. Il arrivera un moment où le sens de ce *demi* d'une année, dont il ne saurait comprendre ce qu'il représente ni à quatre, ni à cinq ans *et demi*, lui apparaîtra, pour avoir rencontré celui d'une *demie* baguette achetée, d'une *demie* heure de retard. Si l'on veut que l'école apporte un plus par rapport à la maison, la rue, les commerces, elle doit impérativement s'appuyer sur la langue numérale pour parfaire et dépasser ce que celle-ci porte déjà en elle de savoir.

Car — on me pardonnera, j'espère, de le rappeler — notre langue numérale est déjà constituée. Le travail du temps a fixé des organisations et des désignations. Il n'est donc plus à refaire[19].

Mais il y a mieux encore.

Si un mode de numération consiste à organiser et nommer une multiplicité au hasard de l'arbitraire d'une langue et de son histoire, un *système* de numération, lui, reproduira *systématiquement* un mode unique d'organisation à partir d'un même nombre de base. Très théoriquement, les groupements peuvent être quelconques, par exemple, en base quatre, de quatre (*une* « quatraine »), puis de quatre groupes de quatre (*une* seizaine), puis de quatre groupes de quatre groupes de quatre (*une* « soixante-quatraine »), etc. Seulement il se trouve que ces groupements *ne se parlent pas*, et que pour essayer de les donner à entendre, donc à comprendre, j'ai dû recourir à une langue déjà constituée, le français.

Considérons donc ce qu'il en est *pour nous* de cette langue française, issue du latin, lui-même appartenant à la grande famille des langues indo-européennes. À quelques irrégularités près, la décimalité est déjà dans la langue. Face au monceau de coquillages, s'il avait fallu compter jusqu'à **trois** cents **cinq**uante **quatre**, c'est parce que bien avant que nous soyons nés, une organisation en « cents » — il y en a **trois** —, en « dix » — il y en a **cinq** — et en « uns » restants — il y en a **quatre** — a été adoptée.

Voyons maintenant ce que l'on considère généralement comme la véritable initiation à la numération, c'est-à-dire le chiffrage du nombre d'objets d'une collection. Imaginons l'humanité déjà munie de l'écriture. Une langue étant donnée, ses mots numéraux sont les seuls à en avoir potentiellement deux, ou plus : le mot parlé « table » ne s'écrit que d'une seule façon ; le mot parlé « quatre » s'écrit « quatre », mais aussi 4, et, si on veut, IV. Couramment, donc, deux écritures : celle, ordinaire, du mot lui-même et celle utilisant des signes spécifiques, les *chiffres*.

Dès lors qu'elle est inventée et utilisée, l'écriture chiffrée fournit d'appréciables abréviations[20] : des lectures plus facilement globalisantes, qui permettront d'établir des relations, de procéder à des calculs.

Or l'ethno-économie qui correspond au génie propre de chaque langue se manifeste aussi par son écriture chiffrée. Depuis l'enregistrement d'un nombre d'objets par « trois encoches trois anses de panier trois cordes enroulées trois fleurs de lotus[21] », c'est-à-dire trois *mille* trois *cents* trois *dix* trois *uns*, jusqu'à son écriture avec nos chiffres usuels, beaucoup de temps s'est écoulé, qui a vu évoluer la science de la quantité dans deux domaines distincts : celui des échanges sociaux et celui des mathématiques. Ils ont cependant en commun ce qui nous occupe, c'est-à-dire précisément le mode usuel d'expression et d'écriture des nombres.

Si les chiffres égyptiens étaient transcrits en romains, on obtiendrait MMMCCCXXXIII ; c'est la même correspondance terme à terme avec des groupes organisés : un mille, un mille, un mille, un cent, un cent, un cent, un dix, un dix, un dix, un, un, un. La difficile pénétration des « chiffres arabes » sécrétera cependant tardivement et en certains lieux une sorte d'écriture de position transitoire telle que, par exemple, elle traduirait le nombre précédent par $III^{M}III^{C}III^{X}III$.

Tant est familière pour nous l'écriture « 3 333 », que nous sommes peu conscients de son extraordinaire économie, mise au service de l'intelligibilité du nombre, donc de l'intelligence. Un même signe qui signifie différemment du fait de sa place, c'est l'idée essentielle d'une numération de position. Une fois théorisée, cette écriture s'explicitera par « $3 \times 10^3 + 3 \times 10^2 + 3 \times 10^1 + 3 \times 10^0$ » ; et une fois lancée, l'imagination se portera au-delà du langage et de l'écriture, ce qui lui permettra d'évoquer cet infini du nombre qui, depuis la nuit des temps, le distingue de tout autre objet de réflexion, sauf, peut-être, de la métaphysique.

L'assujettissement de l'écriture des nombres au système décimal et les extraordinaires bénéfices qu'en tira la race humaine sont une longue, difficile, et passionnante aventure. La première étape est celle des nombres entiers, la seconde celle des fractions décimales, c'est-à-dire de ce qu'on appelle traditionnellement « les décimaux ». Si donc, pour l'instant, nous ne nous occupons que des premiers, à partir du français qui a déjà organisé et nommé les groupes de uns, les dix, les cents, les mille, les dix mille, les cent mille, les millions, etc., on ne peut que se demander — question naïve — comment le système décimal *chiffré* a mis si longtemps à traduire cette organisation déjà présente dans l'énoncé d'un nombre, et pourquoi il a rencontré une telle résistance. Comment comprendre que nos **trois** cents **cinq**uante-**quatre** ne se sont pas écrits plus tôt comme ce qui s'y disait, « trois cinq quatre », soit, en attribuant un chiffre à trois, cinq et quatre, par exemple, 354[22].

Toujours est-il que se servir de « la base utilisée en France » équivaut à chiffrer un parler français. Il y a seulement à attribuer une deuxième écriture à la langue numérale, puisque la première, en mots, restitue ce qui va se lire, se dire. Sauf... sauf quand il n'y a rien à lire ou à dire. Ce qui nous ramène à zéro.

Car, avec zéro, parler est une chose, chiffrer une autre. Si vous avez la chance de devoir énoncer le montant d'une certaine somme dont vous disposez, vous direz, par exemple : j'ai trois mille cinq euros. Si vous voulez *représenter* cette somme sur un abaque, vous laisserez deux colonnes vides, de même que dans un tableau **udcm**.

m	c	d	u
3			5

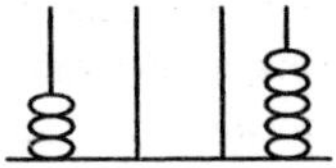

Mais si vous ne voulez avoir recours qu'à de l'écriture, vous écrirez « 3 *00* 5 ». Le zéro n'intervient *que* si l'écriture chiffrée est livrée à elle-même, sans prothèse pour la soutenir. Quand on parle, on annonce ce qu'on a. Quand on chiffre — dans un système de position —, on recense ce qu'on a, *et tout se passe comme si* on recensait aussi ce qu'on n'a pas.

Le zéro/chiffre est un signe d'écriture, qui marque une place vide dans un système de position. On ne l'entend pas, on ne le parle pas, il n'est matérialisable en aucune façon. L'étonnante somme de contresens qu'il génère est visible ici, sur cette première ligne donnée en modèle.

A faire à la maison

3 dizaines 0 unité	30 + 0	30	trente
~~trente~~	30 + 6	36	
3 dizaines 9 unités	. + .	..	

Si le nombre est proposé à partir de son analyse, 3 dizaines suffisent grandement. Pourquoi parler de « 0 unité » ? S'il est proposé à partir de sa « décomposition », pourquoi lui additionner un nombre absent d'unités ? On est dans une sorte de bégaiement où la distinction entre le zéro/chiffre et le zéro/nombre, l'équivalence entre énonciation et position sont rendues inaudibles à l'entendement.

Zéro, c'est donc bien la grande affaire, mais pas comme on le croit d'habitude. Il n'est nocif que si on lui fait un sort comme nous l'avons vu faire ; encore une fois, il ne l'est que si on fait croire aux enfants que trois cents, c'est 3 suivi de deux zéros, que trois mille, c'est 3 suivi de trois zéros. Et alors pourquoi

trois mille cinq

ne s'écrit pas « 3**000**5 » ?

Trente, trois cents, trois mille s'écrivent *avec* un 3. Une fois qu'il est écrit, on attend. Si on entend — ou on lit — quelque chose après, c'est-à-dire s'il n'y a pas de place(s) vide(s) —, on écrit ce quelque chose, et 3 prend naturellement sa place. Si on n'entend rien, ou qu'aucun mot n'est écrit, alors il faut remplir les places vides avec ces zéros qu'on n'entend ou ne lit pas.

Je n'ai nulle part vu que soient mises en évidence pour les enseignants et donc pour leurs élèves les ressemblances *et* les disparités entre la langue numérale et sa traduction chiffrée, que, par abus de langage, j'appellerai désormais « langue numérique », ou « numérique » tout court[23]. Dans son inventaire forcé d'unités successives, le numérique de position peut excéder en écriture le numéral ; en revanche, le numéral, nullement contaminé par la contrainte d'une écriture chiffrée devenue naturelle, ne perd pas son impassibilité, énonciatrice de seulement *ce qui est*. On ne voit pas Leporello atténuant la cruauté de son *mille tre* en précisant à Elvire qu'en Espagne les conquêtes de don Juan sont « *mille*, zero cento, zero dieci, *tre* ». Et personne ne songerait à se demander si Shéhérazade pourra conter durant « mille *zéro cents zéro dix* et une » nuits.

Avertis de l'aptitude des zéros à signifier dans la plus parfaite discrétion, et l'oreille aux aguets, en plein fracas des dictées de nombres, les enfants adorent réinventer ces zéros qu'on n'entend pas, ces « chiffres du silence ».

À vrai dire, ils raffolent de ces jeux qui s'instaurent entre chiffres et mots, entre mots et chiffres. Les mots rendent compte de la chair du nombre, c'est-à-dire de son incarnation dans la langue, avec ce que cela met en jeu de leur histoire, de leur étymologie, de leur orthographe, des évocations qui leur sont liées ; les chiffres rendent compte d'une construction *a posteriori*, à la logique froide, indifférente à sa propre histoire. Mais, à la chair du nombre/mot peut se substituer — et se substitue pour futurs mathématiciens, ou simples amateurs — la chair du nombre/chiffré dans un système de numération, décimal en particulier. Dans la très abondante littérature ayant trait aux particularités, propriétés, attraits des nombres, les bonheurs dus aux écritures des simples entiers tiennent une place de choix[24] : palindromes[25], « *rep-units*[26] », factorielles[27], etc.

Quel peut bien être l'attrait d'un nombre qui, après avoir été chanté dans des comptines, entendu alentour, paré des prestiges de la parole des grands, sera débité en unités-dizaines-centaines ? Cette langue numérale qui se parle autour de lui, et qu'il parle à son tour, l'enfant ne la reconnaît simplement pas quand on la lui apprend à l'école. Qui a jamais dit à son enfant : « Ça fait *trois dizaines six unités* fois que je te demande de te laver les mains ! » Quel enfant a jamais entendu : « Il y a *sept unités de mille trois centaines cinq dizaines six unités* habitants dans cette petite ville »… Et si cette langue n'est pas sa langue maternelle, on peut prévoir le désastre que ce serait, s'il n'y avait pas la rue, les commerces, qui le contraindront à l'apprendre. *Madame, je voudrais des bonbons*. — Combien ? — *Trois dizaines cinq unités*. — Comment ?

Unités, dizaines, centaines, vocabulaire d'apprentissage désuet, qui met une distance parfois infranchissable entre une écriture et sa signification. Ces mots sont une analyse de l'écriture et non un renvoi à ce qu'elle signifie. Elle ne prend de sens qu'à partir du moment où, face à de grands nombres, la nécessité d'utiliser un nombre fini de mots pour les énoncer amène cette organisation en *classes* et *places* que nous connaissons[28]. Il pourrait être raisonnable de penser qu'une analyse ne vaut qu'à partir du moment où il y a quelque chose à analyser. Ce quelque chose, ce serait un nombre comportant suffisamment de classes pour qu'apparaisse l'organisation en places, donc au moins un nombre de millions. L'intelligibilité du vocabulaire est à ce prix. Or on est, de toutes les façons, loin du compte. Pendant deux années — tout le cycle 2 —, il ne sera abordé que des unités dizaines, puis unités dizaines centaines. Puis mille. Tout seul. Aucune chance que l'élève puisse donc, au moins par lui-même, établir une relation entre une énonciation et une écriture chiffrée.

Le mal est aussi profond qu'ancien.

Supposons qu'on y ajoute des consignes à la mode d'aujourd'hui. Par exemple, celle-ci, à la concision austère : « 2*d* et 3*u* : continue[29]. »

La petite CE1, un temps perplexe, avait néanmoins continué : 3*e* et 4*v* ; 4*f et* 5*w* ; 5*g* et 6*x* ; 6*h* et 7*y* ; 7*i* et 8*z*, et s'en était tenue là, à court de ressources alphabétiques[30]...

En voici une autre, plus riante, puisqu'elle s'exprime avec des fleurs.

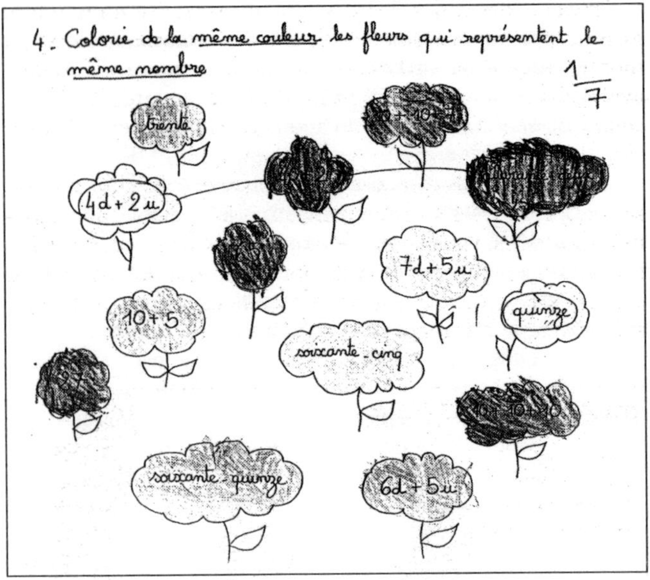

Anne-Lise manquait-elle de crayons de couleur ou n'est-elle que victime de ces fleurs déjà carnivores de sens ? Toujours est-il que cet apprentissage de la numération, nous l'avons vu, ne lui réussira pas dans des additions en *d* et en *u*.

Or, précisément, que vient faire l'addition dans la numération ? Il faut le dire et le redire : organiser et nommer une multiplicité — ou si l'on préfère, une quantité — ne suppose *aucune* opération. Ces opérations interviennent dès lors qu'on donne une version savante de l'organisation décimale. Plaquées trop tôt, et avec un parfait arbitraire théorique, elles occultent à la fois le sens des opérations — on ne fait aucune addition ou multiplication en recensant une collection d'objets — et celui de la numération.

Proposer des *c*, des *d* et des *u* pour lire/écrire un nombre, c'est un peu comme donner à lire/écrire une phrase en kit, à monter soi-même. « Trouver la phrase suivante : *verbe* : avoir ; *sujet* : soleil ; *complément d'objet direct* : rendez-vous ; *complément d'objet indirect* : lune ; *préposition* : avec ; *articles* : le, la[31]. »

Or, si le progrès technique n'a pas encore atteint les phrases en kit, des nombres en kit, eux, sont prêts à être tenonnés, mortaisés, vissés comme on peut le voir ici, dès le CE1. Les montages proposés ne démonteront que les paresseux. Et bravo pour ceux qui trouveront pile ce qu'il faut dans ce sidérant et bien improbable désordre.

Autant de détournements, de subterfuges, de trucs qui éloignent l'objet du savoir sous prétexte de le rendre agréable. À qui ?

Quant à commencer à apprécier le corps chiffré des nombres, il n'y a pas grand risque. Comment reconnaîtrait-on palindromes, nombres « rigolos[32] », successions de chiffres obéissant implicitement à une loi, quand ils sont découpés à la tronçonneuse par des colonnes isolant les chiffres ?

Les vrais plaisirs, ceux, spécifiques, de la matière numérique ou numérale, ceux donnant le sentiment qu'on maîtrise une écriture, ceux qui permettent d'entendre et déchiffrer ce qui se passe autour de soi, non seulement l'école ne les apporte pas, mais c'est bien involontairement qu'elle les compromet.

Que dire alors de ce que fut le désarroi de toute une population lorsque des enfants eurent à faire face à des exercices tels que celui-ci ?

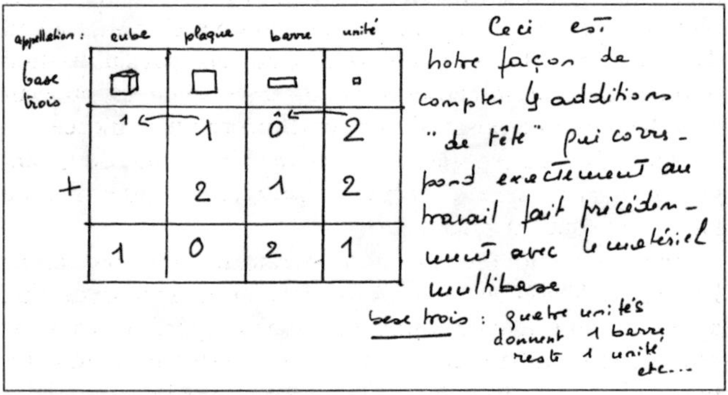

Ce document m'a été transmis par la maîtresse enthousiaste dont j'ai parlé plus haut. Alors qu'elle y croyait, qu'elle avait investi temps et patience dans une initiation qui en avait fait pâlir et se désespérer bien d'autres, combien avait-elle dû être déçue de la mise au rancart d'une méthode qui était supposée faire réussir tout le monde grâce, précisément, à un recours des plus avares au langage et des plus généreux au matériel ? À part la supposée féconde génération du système décimal par généralisation des systèmes à base deux, trois, quatre, etc., les tenants de la méthode avançaient que plus la base était petite, plus vite on arrivait à l'écriture des grands nombres. Ou plutôt, pardon, plus vite on arrivait à de grandes écritures de petits nombres, autrement dit encore, plus vite on arrivait à des rencontres du troisième type. Dont l'inquiétante étrangeté ne fut mise qu'au compte de la nouveauté, de la *modernité* ; personne ne s'avisant simplement que, par exemple, de quelque chose qui s'écrit « 212 », ajouté à quelque chose qui s'écrit « 102 », ce qui fait quelque chose qui s'écrit « 1 021 », *plus rien ne peut se dire.*

Recours avare ou inexistant au langage, recours généreux au matériel, ce sont la méconnaissance de l'essentialité du premier, de la nocivité du second qui avaient eu des effets plus que pervers. Tout s'était passé comme si, non content d'éloigner les enfants de la parole et du sens par l'utilisation traditionnelle des fameuses *unités dizaines centaines*, on avait cherché quoi interposer d'autre, et d'encore plus efficace.

Donc, d'abord du bois, puis une modernisation de la langue de bois en *unités, barres, plaques, cubes*, puis plus de langue du tout. Et plus de sens.

Apparemment, l'échec de cette réforme n'a pas donné lieu à la réflexion qu'on aurait pu espérer. C'est à partir d'un appui sur une langue familière, et d'une parfaite transparence, voire maîtrise de ce qu'est *notre* système de numération, qu'on peut, avec des enfants, par analogie extrapoler à une base quelconque[33]. Exercice qui, dès lors, peut avoir son efficacité. Comment cette conception des mathématiques et de la pédagogie a-t-elle pu faire croire à tant de personnes avisées[34] qu'on tenait là le moyen miraculeux de faire accéder les enfants au sens et à l'écriture des nombres ? À quoi sert la parole quand on ne peut plus parler le nombre ? À quoi sert l'écriture quand on la remplace par le travail du bois ? À quoi sert le travail du temps qui a fini par nous faire admettre ces signes d'abord jugés barbares ? Et ces échanges de plaques en cubes, de cubes en plaques, ils correspondent à quoi ? Qu'échange-t-on contre quoi quand on compte cent vingt personnes dans une salle ? Qu'échange-t-on contre quoi si on en fait sortir trente-six ?

Et à quoi sert le zéro ? Si j'ai trois barres et deux cubes, eh bien j'ai trois barres et deux cubes. Pourquoi irais-je annoncer que *je n'ai pas* de plaques, que *je n'ai pas* de petits cubes ? Pourquoi m'imposer un ordre d'inventaire ? Dans cet ordre ou un autre ? Pourquoi recenser la matière présente imposerait-elle d'évoquer de la matière absente ? Encore une fois, avec de la matière, ou de la représentation de matière, pourquoi le zéro ?

Toutes ces questions qui auraient dû être posées, et auxquelles il aurait fallu chercher à répondre, on peut encore les poser aujourd'hui, car elles sont d'une brûlante actualité. Mais ce n'est pas tout. Car hier comme aujourd'hui, on aurait dû non seulement reconsidérer la *manière* de faire, mais aussi la *matière* qu'on appelle « mathématiques » à l'école élémentaire.

CHAPITRE VI

Avatars de la quantité et aventures du nombre

À la question « qu'est-ce qu'un nombre ? », proposée par écrit à plus de mille deux cents enseignants de l'école élémentaire[1], il a été majoritairement répondu : *c'est une quantité*. La plus grande partie des autres réponses mettait l'accent sur l'écriture : *ce sont des chiffres*[2]. Pour ce qui est du nombre assimilé à « des chiffres », nous en avons vu les raisons[3], et les effets dévastateurs sur Amélie. Il sera donc tenté ici de savoir pourquoi il peut encore être répondu, *aujourd'hui*, qu'un nombre est une quantité : par exemple, cinq pommes, sept euros, trente personnes, trois mètres cinquante, cinq septièmes de tarte.

Peut-être qu'aujourd'hui, paradoxalement, étant donné l'étonnante extension de la notion de nombre, et ce qui apparaît de la vertigineuse inaccessibilité des fondements ultimes des mathématiques, il peut être dit que

« en dernier ressort on ne sait pas ce que c'est qu'un nombre ».

Propos de mathématicien, tenu au sommet, et tempéré d'humour, puisqu'assorti du constat que finalement, on se trouve contraint de

> « faire des mathématiques sans trop se soucier des problèmes de fondements[4] ».

Fort opportunément, on ne s'en soucie pas au collège non plus. On y doit cependant reconnaître, identifier des *nombres*, désignation dont il est même laissé entendre qu'elle est maintenant trop vague. Les nombres sont en effet répertoriés dans des *ensembles de nombres*[5], et c'est par l'adjectif substantivé qui les caractérise qu'ils sont désormais désignés. On dira : soit un *naturel* désigné par n, ou un *décimal* désigné par a, ou un *réel* désigné par x. Peu importe pour l'instant ce que sont les caractères distinctifs des nombres en question ; toujours est-il qu'il y a plus d'un siècle qu'un consensus s'est établi sur leur nature.

Un point de vue naïf sur ces ensembles de nombres dits usuels en mathématiques peut les faire considérer comme des réservoirs, ou des catalogues ; en cas de doute, il suffit d'aller y chercher si ce qu'on ne sait pas être ou ne pas être un nombre s'y trouve ou non. Comme on n'y trouvera ni cinq pommes, ni sept euros, ni trente personnes, ni trois mètres cinquante, ni cinq septièmes de tarte, on pourra en déduire que ce ne sont pas des nombres.

Alors pourquoi, à propos de nombre, l'école et *nombre* de ses maîtres sont-ils encore et toujours sous l'emprise de la quantité ? Pourquoi ne comprend-on pas qu'élevés dans la culture de la quantité en lieu et place du nombre, il est trop tard au collège pour que la plupart des élèves reviennent sur ce qui s'est inscrit dans les petites classes ? Là où une épistémologie rigoureuse — et transmissible dans l'œuf[6] — préserverait au présent et pour l'avenir tant la catégorie du nombre que celle de la quantité matérielle, leur indifférenciation les compromet toutes deux. Y compris pour les futurs professeurs d'école qui continueront à transmettre ce qu'on leur a transmis, et sur quoi un savoir nouveau n'accroche pas.

Les avatars du nombre/quantité sont portés par une longue histoire. Sans remonter trop loin de nous, une rapide mise en perspective des relations complexes qu'ont entretenues — et entretiennent toujours — le nombre et la quantité, puis la quantité et le nombre, peut nous aider à comprendre pourquoi l'école vit encore et toujours sous le poids d'une tradition, qui ne rend pas compte de l'état du savoir actuel.

Si on s'intéresse au premier exemple connu de *Dictionnaire de mathématiques*[7] en français[8], paru en 1691, on découvre celui de Jacques Ozanam, personnage fascinant parce que fasciné par les mathématiques qui le détournèrent du destin auquel on le vouait, et semble-t-il méconnu[9]. La partie numérique de son dictionnaire est partagée entre Arithmétique et Algèbre. Il n'observe pas l'ordre alphabétique, mais produit un exposé des savoirs de son temps, en utilisant

> « l'ordre & la méthode des Sciences »

de telle façon qu'on peut y voir

> « chaque Terme en sa place avec les Définitions des choses, leurs usages & leurs rapports, & que ce livre pourrait être en même temps non seulement un Dictionnaire, mais encore un Rudiment des Mathématiques, pour ceux qui sont bien aises de voir les choses dans leurs sources ».

Voici donc ses premières définitions :

> « L'ARITHMÉTIQUE est la Science de la *quantité discrète*, ou des nombres. Elle a deux parties, l'*Arithmétique commune*, & l'*Algèbre*, dont nous donnerons la définition par la suite.
> *Le* NOMBRE est l'assemblage de plusieurs choses de même genre. Le nombre est assez souvent de choses séparées de lieu, & leur assemblage ne se fait que dans nôtre esprit : tellement que

> NOMBRER, ou *conter* n'est autre chose qu'envelopper plusieurs unitez dans une seule idée.
> L'*Unité* est un nombre entier, par lequel nous disons qu'une chose est une sans la diviser, en la séparant de toute autre chose. Ainsi nous nommons la pierre *Une*, que nous prenons toute entière sans y considérer les parties, & que nous séparons par pensée de tout ce qui n'est pas pierre.
> Le *Nombre entier* est celuy qui signifie une ou plusieurs choses de même genre, sans sous-division d'aucune : comme 25 pains, sans aucune division d'un autre. »

Les deux premières opérations — ajouter, ôter — sont sans histoire. Multiplier, en revanche, amène entre autres produits *carrés* et *cubes* : 5 fois 5 feront 25, qui sera le carré de 5, inversement 5 est la racine carrée de 25 ; mais si l'on partait du carré ? Et s'il était de 24, ou de 18 ? À l'inverse de ces multiplications particulières que sont les puissances 2, 3, 4..., d'un nombre, voici donc à quoi nous expose l'extraction de racines carrées, cubiques ou autres :

> « Tout nombre proposé n'a pas une Racine telle qu'on la demande, & alors cette Racine est apellée *Nombre irrationnel.* Telle est la racine quarrée de 10, la racine cubique de 9, et cela se nomme *Asymmetrie*[10].
>
> Le nombre irrationnel est donc celuy qui ne se peut pas exprimer : comme la Racine quarrée de 18, qui est plus grande que 4, & moindre que 5, & elle ne peut point s'exprimer par quelque nombre moyen entre ces deux [...]. »

À l'« asymétrie » près, Ozanam s'exprime comme pourraient le faire nos collégiens : une racine « telle qu'on la demande », c'est une racine telle qu'ils la demanderaient, c'est-à-dire « qui tombe juste ».

Je ne crois pas avoir rencontré de « demande » plus extraordinairement révélatrice que celle-ci, où, en terminale, et avant la banalisation par les calculatrices de racines carrées ou énièmes, l'intolérance à ce qui ne peut pas *être* parce que non calculable, non exprimable se manifeste avec une attendrissante ingénuité : 7 devrait être 9. À quoi le professeur réagit en écrivant que 7 est le carré de sa racine carrée.

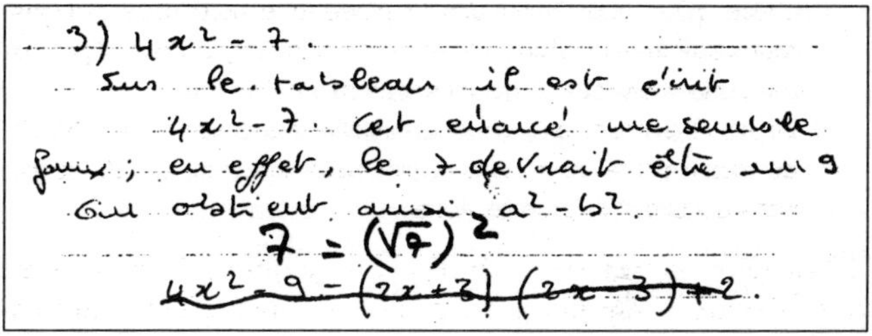
3) $4x^2 - 7$.
Sur le tableau il est écrit
$4x^2 - 7$. Cet énoncé me semble
faux ; en effet, le 7 devrait être un 9
On obtient ainsi $a^2 - b^2$
$7 = (\sqrt{7})^2$
~~$4x^2 - 9 = (2x+3)(2x-3) + 2$~~

Calculatrices ou non, les racines carrées résistent toujours. Les professeurs ne le savent que trop bien. Par exemple, on divise par 2 ce qui ne se supporte pas autrement.

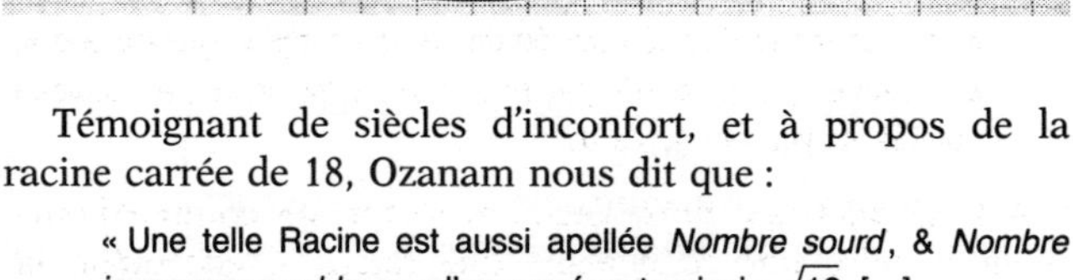
2) $u = a + b$ $v = a - b$
$u = \sqrt{17+12\sqrt{2}} + \sqrt{17+12\sqrt{2}}$
$u = \sqrt{17+12\sqrt{2} + 17-12\sqrt{2}} = \sqrt{17+17}$
$u = \sqrt{34} = 17$ Ah !

Témoignant de siècles d'inconfort, et à propos de la racine carrée de 18, Ozanam nous dit que :

> « Une telle Racine est aussi apellée *Nombre sourd*, & *Nombre incommensurable,* que l'on représente ainsi : $\sqrt{18}$ […].
> Le *Nombre rationnel*, ou le *Nombre commensurable*, est celuy qui se peut exprimer. Comme 2, 3, 5, 2/3, 5/6, &c. »

On ne saurait mieux dire. Ainsi les rationnels se peuvent exprimer, et les irrationnels non[11]. Seulement, Ozanam a beau nous dire que « le nombre » est « l'assemblage de plusieurs choses du même genre », justement, une chose en entraînant une autre, nous voici avec ces nombres sourds sur les bras, parce qu'il a fallu, aux côtés des carrés *parfaits* imaginer qu'il en était d'autres. Démarche typiquement mathématique, qui contraint de créer ou d'admettre des nombres qui ne tomberont sous le double mètre d'aucun jardinier, ou menuisier, mais embarras évident à se tenir à la définition du nombre telle qu'elle a d'abord été donnée.

Ozanam revient ensuite aux nombres entiers, dans un foisonnement de propriétés et de particularismes hérités des traditions médiévales les chargeant de significations ésotériques, datant pour certaines d'entre elles des pythagoriciens et déposées dans certaines qualifications : nombre *parfait, défaillant, abondant*[12]. Un nombre peut aussi être *pairement pair, impairement impair*[13] *; également égal, également égal également*[14], *inégalement inégal,* auquel cas il peut être *Barlong, Parallélogramme, & Oblong*[15] *; également égal abondant, également égal défaillant*, etc. ; *premier*. Puis, avec un plaisir évident consacre plusieurs pages aux nombres figurés, de *carré* à *eptagone*, (7 côtés), *pyramidaux*... Il y a aussi les couples de nombres *amiables*[16], *les triangles rectangles en nombres*[17]... Et puis :

> « Le *Nombre rompu*, ou *fraction*, est celuy qui représente une partie de l'unité[18] »

et une grande page sur les fractions...

L'entier, on l'a vu, est celui pour lequel l'accent est mis sur le fait qu'il n'y a aucune « sous-division » de pain, c'est-à-dire aucun morceau, autrement dit encore aucune fraction de pain. La grande affaire arithmétique, ce sera de *rompre* ce pain, ou toute autre *unité* sécable, autrement dit de faire des morceaux, des fractions ; ce qui sans doute ne se pourrait pas s'il était dur comme pierre, cette pierre qui est une, qui est *unité*, et sur laquelle se bâtit la cathédrale des nombres entiers.

Il semble en effet que, tout comme aujourd'hui, le maniement des fractions, tant dans leur pratique commune que savante, ne semble guère aisé à acquérir, paraissant aux pédagogues de même qu'à ceux à qui ils l'enseignent, nettement plus ardu[19]. Non sans raison, et on peut comprendre pourquoi en lisant ce qu'Ozanam donne en exemple de *Fraction de Fraction* :

> « Les deniers sont des Fractions à l'égard du sol, & des Fractions de Fractions à l'égard de la livre. Pareillement les Pouces sont des Fractions à l'égard des Pieds, & des Fractions de Fractions à l'égard de la Toise[20]. »

Demandez à un élève ce qu'est un dixième de dixième de mètre et vous verrez que, malgré l'inestimable avantage qu'apporte notre système métrique, les « fractions de fractions », même usuelles, semblent représenter pour nombre d'élèves un savoir inaccessible.

Mais revenons à Ozanam.

Au-delà du pittoresque des dénominations, il apparaît tout de même qu'il ne se préoccupe pratiquement que de l'aspect *mathématique* des nombres : lesquels sont donc soit purs, et assortis dans ce cas d'une foule d'épithètes ou d'attributs qui leur conféraient une personnalité, ou décrivaient les relations qu'ils entretenaient — et entretiennent toujours — avec d'autres nombres ; soit illustrant ou illustrés par des grandeurs proposées par la géométrie. Elle aura, entre entiers et fractions, fait irruption à partir de la multiplication, opération dont les produits réquisitionnent plus d'une grande page. C'est qu'en effet, des écus ou des pieds multipliés par 3 font toujours des écus ou des pieds ; des écus multipliés par des écus, cela n'a pas de sens ; mais des pieds par des pieds, oui, sauf que se trouve transformée la nature de l'objet produit. Nous l'avons éprouvé en parlant de carrés et de cubes. C'est ainsi que sont définis des nombres *composés* — c'est-à-dire non premiers — qui peuvent être *plans* — produits de deux nombres — et si ces nombres sont égaux, *carrés* ; ou alors *solides* — produits de trois nombres — et dans ce cas, *cubiques*, etc.

Mais justement, qu'en est-il de cet *et cætera* ?

Avec ses produits de *lettres*, qu'il n'est guère de raison de limiter à trois, c'est l'algèbre surtout qui engendre une extension tératologique des images géométriques, avec des *êtres* dont pourtant Ozanam ne prétend pas nous rendre dupes :

> « S'il y a plus de trois lettres, elles représenteront ensemble une grandeur plus élevée & d'autant de dimensions qu'il y aura de lettres, mais elle ne sera qu'*imaginaire*, parce que dans la nature on ne connoît point de quantité qui ait plus de trois dimensions. Cette Puissance ou *Grandeur imaginaire* est apellée *Plan-plan* quand elle est exprimée par quatre lettres[21], & quand ces quatre sont les mêmes, comme *aaaa*, se nomme *Quarré-quarré*, dont le côté est *a*. Cette même puissance est apellée *Plan-Solide*, quand elle est représentée par cinq lettres, & quand ces lettres sont les mêmes, comme *aaaaa*, ce Plan-Solide est apellé *Sursolide*, dont le côté est *a*. »

« Imaginaire » ! Voilà un mot qui résonne, ou raisonne de bien des façons. « Il n'est point de quantité qui ait plus de trois dimensions », nous dit Ozanam, ce qui fait qu'au-delà de la troisième puissance, les suivantes sont imaginaires.

Or le premier à employer ce mot fut, pense-t-on[22], Monsieur *Des Cartes* — comme l'orthographie Ozanam — dans sa *Géométrie*. Mais qu'on ne s'y trompe pas, il s'agit d'algèbre, et c'est à propos de la résolution d'équations et de l'existence de leurs racines[23] que survient le passage fameux et maintes fois cité :

> « Au reste tant les vrayes Racines que les fausses ne sont pas toujours reelles ; mais quelques fois seulement imaginaires ; c'est-à-dire qu'on peut bien tousjours en imaginer autant que iay dit en chasque Équation mais qu'il n'y a quelquefois aucune quantité, qui corresponde a celles qu'on imagine. »

Et correspondant à ce paragraphe, en marge, la petite vignette de commentaire ou résumé en petits caractères annonce :

> « Que les racines tant vrayes que fausses peuvent estre reelles ou imaginaires. »

Il y aurait bien là de quoi perdre définitivement toute idée, si l'on en avait encore une, sur la quantité : passée dans le sas des équations, elle pourrait donc en ressortir sous forme de racine *vraie* mais possiblement imaginaire, ou *fausse* mais possiblement réelle...

Ozanam nous explique tout cela : une racine est *véritable* quand sa valeur est « affirmée » (positive), *fausse* quand elle est « niée » (négative), ou *imaginaire,* lorsque

> « exprimée par la Racine quarrée d'une grandeur niée, comme $\sqrt{-3}$, $\sqrt{-aa}$, $\sqrt{-ab}$, &c ».

Finalement, à défaut de théorie et de définition du nombre, tout comme les mathématiciens l'on fait pendant des siècles, où racines fausses, imaginaires ou impossibles étaient impassiblement utilisées dans les calculs, jusqu'à aujourd'hui, où la théorie les a reconnues, Ozanam nous prouve l'existence de la marche en marchant.

Ce sont, en revanche, nos collégiens qui ont du mal à suivre. Fractions, nombres négatifs, racines carrées, et, plus tard, imaginaires, semblent en effet sous le coup d'une immense nostalgie, celle des entiers qui, finalement, sont les seuls à être *intègres*[24], de corps et d'esprit. Aussitôt que s'y ajoute un corps étranger, virgule, trait de fraction, radical, signe + ou –, et qu'il est alors nécessaire d'*interpréter* ce qui est dit ou écrit *à partir* des nombres qui ont servi à compter des pommes ou des billes, on observe ces écroulements dus en effet à autant de règles enracinées dans la quantité, et qui s'effondrent. C'est comme s'il fallait refaire tout le travail que le temps a déjà fait, puisque les difficultés avérées du collège commencent avec cette grande pourvoyeuse de créatures étrangères à l'idée que l'on peut se faire de la quantité, c'est-à-dire l'algèbre.

Il n'est guère possible ici d'aborder un sujet aussi vaste que la variété des objets qui se proposèrent à l'algèbre. À côté des vrais problèmes d'héritage, d'arpentage, d'intérêt, il y eut bien sûr, très vite, les problèmes pour s'exercer, pour s'entraîner à la « science des équations ». On trouve donc *au fil des âges* des problèmes tout aussi pratiques que celui-ci :

> Un collier s'est brisé au cours d'ébats amoureux : un tiers des perles est tombé à terre, un cinquième est resté sur la couche, un sixième a été retrouvé par la jeune femme, un dixième par l'amant, six perles sont restées attachées au cordon. Dites combien de perles comptait le collier[25].

celui-là :

> La cinquième partie de la troupe, moins 3, élevée au carré, était allée dans une caverne et un singe était en vue grimpé sur une branche. Dis combien ils étaient[26] ?,

ou que les tentatives des mathématiciens pour vaincre la résistance de la matière, savoir que faire des racines *impossibles*, ou *fausses*, ou *imaginaires* que leur apportaient, à côté de solutions *réelles*, la résolution d'équations de degré supérieur à 1.

L'avènement, grâce à François Viète[27], de l'écriture littérale[28], sa reprise adroitement désinvolte par Descartes allaient lentement contraindre les mathématiciens à s'affranchir des *choses* et des *grandeurs* géométriques. Descartes annonce d'entrée de jeu qu'il utilisera la terminologie en usage pour désigner les puissances d'une lettre, « quarré », « cube », « racine quarrée ou cubique », voire « quarré de quarré » ou « sursolide », « affin — dit-il — de me rendre plus intelligible ». Mais seules l'intéressent quantités connues et inconnues, et la possibilité de rapporter celles-ci à celles-là. Les équations deviennent réservoirs de solutions :

leurs attributs — *vraies, fausses, réelles, imaginaires* — paraissent lui être relativement indifférents, mais non leur nombre. Leur nombre, égal au degré de l'équation.

Il est évidemment bien difficile de prendre la mesure de la hardiesse intellectuelle que supposait le fait d'appeler « racines », c'est-à-dire solutions d'équations, des entités curieuses, ne correspondant à aucune réalité ou représentation connues ; et alors que passaient à la trappe sans autre forme de procès toutes ces solutions dont on ne savait que faire, Descartes partage avec Albert Girard[29], mathématicien lorrain et méconnu[30], le privilège d'avoir énoncé ce qui s'appellera le théorème fondamental de l'algèbre :

une équation de degré *n* a *n* solutions[31].

On pourra suivre dans l'encadré en fin de chapitre une sorte de résumé des entraînements auxquels incite ce qu'on pourrait appeler l'« *et cætera* mathématique », poussant à sans cesse vouloir étendre des domaines de sens jusqu'à ce que leurs limites soient avérées, limites provisoires ou définitives.

Mais l'histoire n'est pas allée si vite. Comme *l'Invention nouvelle*[32] précède celle de la *Géométrie*, et que la renommée de Descartes est sans commune mesure avec celle d'Albert Girard, l'occasion nous est peut-être donnée de découvrir un moment essentiel de cette démarche, et un mathématicien exemplaire[33], au style savoureux[34].

Certaines de ses explications seraient bien profitables aux collégiens d'aujourd'hui : les radicaux sont

> « inexplicables en nombres vulgaires » ;

il n'empêche que :

> « On appelle *un nombre*[35] tant les radicaux simples, comme est $\sqrt{2}$ ou $\sqrt{5\,071}$, que les multinomes comme les binomes $2 + \sqrt{5}$, item $7 - \sqrt{48}$, item $\sqrt{26} - 5$, comme les trinomes $4 + \sqrt{2} - \sqrt{17}$, et autres multinomes[36], car ce qui est lié par les signes soit + soit – ne font qu'un nombre[37]. »

Et pour qu'on comprenne bien, si

> « le bois et le fer ne se meslent pas »,

en revanche ajouter 2 à $\sqrt{3}$,

> « viendra $2 + \sqrt{3}$: c'est quasi comme qui dirait, adjoustez 2 francs avec 3 sols, il ne faut pas dire 2 & 3 font 5, mais bien la somme 2 francs & 3 sols, &c ».

Ici non plus, il ne faudrait pas se laisser aller à dire « 2 et 3 font 5 », et écrire que

$$\sqrt{2} + \sqrt{3} = \sqrt{5}$$

Or c'est bien souvent ce qui se passe quand sont abordées les racines carrées au collège, tant la seule façon de redonner un semblant d'humanité à ces entités qui ne se peuvent exprimer est de les traiter comme celles, familières, que l'on connaît bien. Par exemple, ici, où

$$\sqrt{77} + \sqrt{27} = \sqrt{104}$$

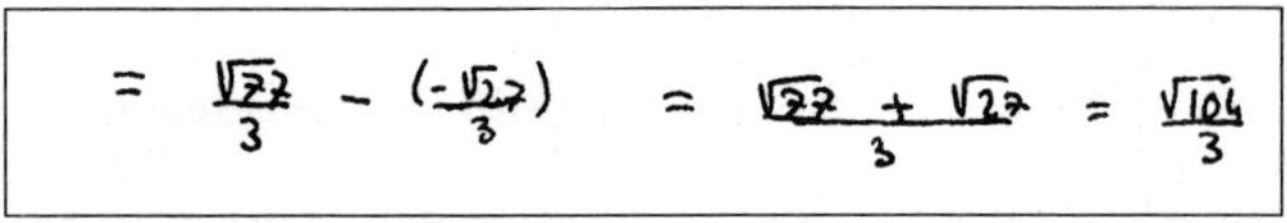

Mais revenons à Albert Girard, qui continue de nous expliquer qu'il n'est pas question de se laisser arrêter par des sentiments :

> « si on disoit ostez 7 de $\sqrt{48}$, il serait impossible : car $\sqrt{48}$ est moins que 7, toutesfois la solution est $\sqrt{48} - 7$. »

Il est bien entendu nourri des travaux de ses prédécesseurs, depuis Euclide, Diophante et Pappus jusqu'à ses contemporains, d'autant qu'il a, entre autres, lui-même édité des œuvres de Simon Stevin[38]. Ce qui lui permet, en remarquant que :

> « un bon arithmeticien se doit conduire selon les accidents, & prendre les facilitez lors qu'elles se présentent, & ce sans detriment des reigles generales »

de critiquer la manière dont, par exemple, celui-ci a résolu certaine équation ; bien que bonne, elle est beaucoup trop longue, et il nous explique comment faire

> « pour éviter beaucoup d'ouvrage ».

Il s'agit évidemment de cette épineuse question des équations du troisième degré,

> « chose fort difficile »,

ce pour quoi

> « se trouvent des autheurs fort empeschez ».

Par exemple, on rencontre souvent des binômes dont

> « on ne peut autrement extraire la racine cubique[39] qu'en apposant une marque & enseigne au devant, sans qu'il y ait de l'imperfection en cela, non plus qu'à la racine de 5, donnant pour solution $\sqrt{5}$ ».

Mais alors que certains de ses devanciers n'ont dans bien des cas

> « nulle autre solution que la petition de principe, mettant une marque devant »,

il dit, lui, apporter une

> « Reigle servant à l'extraction de la racine Cubicque des binomes » « n'étant encor inventée par personne » ; « il faut noter en passant que personne n'en a donné de meilleure, celle de Raphael Bombelle[40] ne vaut rien ».

Même François Viète,

> « qui surpasse tous ses devanciers en l'algebre »

ne trouve que deux solutions là où, lui, en trouve trois, et ceci

> « en beaucoup de lieu dans ses livres ».

Il explique donc — justifiant le titre de son ouvrage — qu'il n'intervient que là où il a du neuf à apporter. Des solutions non trouvées par d'autres, ou non admises, ou non distinguées quand elles sont multiples, bref, qui peuvent être

> « plus que rien ; d'autres moins que rien ; & d'autres envelopées comme celles qui ont des $\sqrt{-}$, comme des $\sqrt{-3}$, ou autres nombres semblables ».

Tout ce qu'il met en œuvre est donc destiné à « extraire » d'une équation un nombre de solutions égal à son degré ; et donc à pouvoir énoncer ce *théorème* :

> « Toutes les equations d'algebre reçoivent autant de solutions que la dénomination de la plus haute quantité[41] le démontre [...]. »

Et après avoir donné l'*explication* de son théorème, à partir d'exemples où apparaissent des solutions « impossibles », il donne ses « raisons » :

> « Donc il se faut resouvenir d'observer tousjours cela : on pourrait dire à quoy sert ces solutions qui sont impossibles, je respond pour trois choses, pour la certitude de la reigle generale, & qu'il n'y a point d'autres solutions, & pour son utilité : l'utilité est facile, car elle sert à l'invention des solutions de semblables équations [...]. »

Si l'on en croit Montucla :

> « Tout le monde sait ce que dit *Archimède* au roi *Hiéron* étonné des merveilles qu'il produisait par ses inventions mécaniques : *Da mihi ubi consistam, et terram loco dimovebo*[42]. »

On peut supposer qu'il le dit en grec, mais tout le monde sait, en effet, ce qu'il a voulu dire : « Donnez-moi un point d'appui, et je soulèverai le monde. »

Il semble que la métaphore d'Archimède convient particulièrement à notre sujet : avec le « théorème fondamental de l'algèbre » comme *point d'appui*, avec pour *levier*, deux siècles durant, les raisons d'y croire, et pour *mécaniciens* les mathématiciens dans leurs tentatives obstinées de le démontrer, c'est le monde des nombres qui émerge de celui des choses, qui se libère de la quantité.

Quelques remarques pour comprendre l'importance de la résolution des équations dans le cheminement de la notion de nombre

La lecture de ce raccourci pédagogique, et non historique, des obstacles que peut rencontrer l'interprétation des racines d'une équation en termes de grandeur est facultative. Le lecteur pressé peut directement passer au chapitre suivant[43].

Il s'agit d'un parterre de fleurs, de forme rectangulaire. On veut connaître ses dimensions. On utilise les désignations suivantes :
L : longueur l : largeur

$D = L + l$: demi-périmètre

$A = L \times l$: aire

I a) On connaît $D = 15$ m et on sait que L a 3 m de plus que l. Soient x et y les mesures de L et l, c'est-à-dire, pour nous, les *nombres* cherchés.

On a donc simultanément : (1) $x + y = 15$
(2) $x - y = 3$

En ajoutant, puis en soustrayant terme à terme ces deux équations, on trouve :

$2x = 18$, d'où $x = 9$ et $2y = 12$ d'où $y = 6$

soit $L = 9$ m et $l = 6$ m

qui répondent aux conditions indiquées.

b) Si, fatigués de recommencer le processus précédent dans chaque cas semblable, on voulait un procédé qui le généralise, en désignant par a et b la somme et la différence des nombres cherchés, avec :

$$(1) \quad x + y = a$$

$$(2) \quad x - y = b$$

on obtient :

$$\boldsymbol{x = \frac{a + b}{2}} \quad \text{et} \quad \boldsymbol{y = \frac{a - b}{2}}$$

Résolution qui est supposée n'entraîner aucune difficulté, car elle ne met en jeu que du *premier degré*. On est donc amené à penser que rien ne s'opposera au calcul de x et y. Sauf si...

c) Sauf s'il nous prenait l'idée saugrenue de vouloir donner à a et b toutes valeurs qui nous passent par la tête. Comme par exemple 10 et 12. Auquel cas on trouverait :

$x = 11$ et $y = -1$

soit encore $L = 11$ et $l = -1$ m

ce qui ne veut évidemment rien dire. Réponse *fausse*, problème *mal* posé, une *quantité* ne peut être négative.

II Cette fois on connaît le demi-périmètre $D = 10$ m et l'aire $A = 21$ m^2.

a) On a donc, en nombres :

$$(1) \quad x + y = 10 \quad \text{et} \quad (2) \quad x \,.\, y = 21$$

En remplaçant $y = 10 - x$ dans la deuxième équation, on obtient :

$$x\,(10 - x) = 21$$

soit, en effectuant les calculs, une équation du *second degré*[44] :

$$x^2 - 10\,x - 21 = 0$$

Résoudre cette équation n'a rien d'immédiat.
En fait, le problème peut être remplacé par un autre : s'il était possible de trouver des expressions du premier degré dont le produit a pour résultat $x^2 - 10\,x + 21$, il suffirait alors d'égaler l'une, puis l'autre à zéro.
Cette factorisation est ici possible, on peut vérifier par le calcul que :

$$(x - 3)(x - 7) \quad \text{égale bien} \quad x^2 - 10x + 21.$$

Auquel cas l'équation devient donc :

$$(4) \qquad (x-3)(x-7)=0$$

forme qui propose deux valeurs possibles pour x, soit 3 et 7, auxquelles correspondent deux valeurs de y, 7 et 3 ; comme x est la mesure de la longueur, la solution est donc :

$$x = 7 \qquad \text{et} \qquad y = 3$$

soit $L = 7$ m et $l = 3$ m

b) En remarquant que les « combinaisons » des nombres donnés se retrouvent dans les coefficients de l'équation, et en les désignant par S pour la somme et par P pour le produit, l'équation qui permet d'une manière générale de trouver deux nombres dont on connaît la somme et le produit s'écrit :

$$(5) \qquad x^2 - Sx + P = 0$$

En procédant avec S et P comme avec des nombres « en clair », on trouve les formules suivantes :

$$X_1 = \frac{S - \sqrt{S^2 - 4P}}{2} \qquad \text{et} \qquad X_2 = \frac{S + \sqrt{S^2 - 4P}}{2}$$

dont on peut vérifier qu'en remplaçant S et P par 10 et 21, elles permettent de retrouver les valeurs attendues.
Si la somme est un nombre pair, elles sont encore plus simples. En posant que $S = 2\,s$, elles deviennent :

$$X_1 = s - \sqrt{s^2 - P} \qquad \text{et} \qquad X_2 = s + \sqrt{s^2 - P}$$

Il nous est donc maintenant possible de faire varier S et P à volonté. Pour une somme de 25 et un produit de 136, on trouve 8 et 17 ; pour une somme de 42 et un produit de 437, on trouve 19 et 23. Etc.
Et nous voici à nouveau pris au très mathématique « piège » de l'*et cætera*.

— L'inconfort

Et si avec une somme égale à 10 on voulait un produit égal à 22 ? Voici que sous la racine carrée, « ça ne tombe pas juste », et que déboulent ces entités si inconfortables qu'on les a appelées « aveugles », « sourdes », « irrationnelles ». On trouve en effet que :

$$x_1 = 5 - \sqrt{3} \qquad \text{et} \qquad x_2 = 5 + \sqrt{3}$$

La chose étonnante, c'est que ces deux entités dont le calcul, de toute façon forcément approximatif, laissait légitimement présager le pire[45], s'unissent pour le meilleur : somme et produit tombent juste ! Mais ça fait quoi pour le jardinier,

$$L = (5 + \sqrt{3})\ \textit{mètres} \qquad \text{et} \qquad l = (5 - \sqrt{3})\ \textit{mètres}\ ?$$

— *L'impossible*

Et si, avec une somme toujours égale à 10, on voulait un produit égal à 26 ? Cette fois on est au-delà de l'inconfort. On peut penser, comme ce fut longtemps le cas, que c'est carrément impossible. On trouve en effet que :

$$s^2 - P = -1$$

Cette fois, tout lycéen, jusqu'en classe de première comprise, vous le dira : donner la racine carrée d'un nombre négatif est *impossible* !

Longtemps, les racines carrées de nombres négatifs ont été déclarées impossibles. Mais oublions notre parterre de fleurs, et *imaginons* qu'on invente une entité dont le carré égale – 1, désignée par une lettre, i, telle donc que $i^2 = -1$.

L'impossible se trouve alors étroitement infiltré de possible, et réciproquement, puisque la somme et le produit de ces deux hybrides correspondent bien aux données. En effet, avec :

$$x_1 = 5 - i \text{ et } x_2 = 5 + i$$

la somme : $x_1 + x_2 = (5 - i) + (5 + i) = 5 - i + 5 + i = 10$

et le produit : $x_1\, x_2 = (5 - i)\,(5 + i) = 5^2 - i^2 = 25 - (-1) = 26$

répondent bien aux conditions posées.

L'hybride, mélange de réalité et d'imagination, ou de réel et d'imaginaire, sera baptisé « complexe ».

— *Les multiplicités*

Et si avec une somme toujours égale à 10, on voulait un produit égal à 25 ? Il faudrait résoudre :

$$x^2 - 10\,x + 25 = 0$$

La factorisation proposerait :

$$(x-5)(x-5) = 0$$

$$\text{soit donc} \quad x_1 = 5 \quad \text{et} \quad x_2 = 5$$

Mais a-t-on affaire à *deux* racines ou à une seule ? Eh bien, il faut considérer qu'il y en a deux, puisque leur somme doit être égale à 10. On dira que l'équation a une racine *double*. Reprenant notre parterre, nous le trouvons carré, et

$$L = l = 5 \text{ m}$$

III « Solutions d'un problème » ou « racines d'une équation » ?

Ainsi, une équation peut avoir des racines, et le problème qui est à son origine, non. Il ne faut donc pas les confondre, à moins de considérer l'équation elle-même comme problème à résoudre. C'est ce qui est arrivé quand, au-delà du second degré, la résolution des équations en tant que telles a représenté un défi à part entière. Oublions donc à nouveau notre parterre.

— *La mixité*

Si on connaissait les racines a, b, c, d'une certaine équation du troisième degré, elle pourrait s'écrire avec ses racines bien en évidence :

$$(x-a)(x-b)(x-c) = 0$$

En effectuant les calculs, on obtiendrait la forme sous laquelle l'équation est généralement proposée, dont les racines ne sont plus lisibles. Mais certaines de leurs combinaisons le sont, en particulier leur somme S et leur produit P. Ainsi pour celle-ci, on aurait :

$$x^3 - (a+b+c)\,x^2 + (\ldots)\,x - abc = 0$$

soit $$x^3 - S\,x^2 + (\ldots)\,x - P = 0$$

Par exemple, les racines de l'équation :

$$x^3 - \mathbf{8}\,x^2 + 22\,x - \mathbf{20} = 0$$

ont pour somme 8, et pour produit 20.

Mais si l'on arrive à factoriser le premier membre, on trouve :

$$(x-2)\,(x^2 - 6\,x + 10) = 0$$

et en résolvant, on obtient une racine réelle, qui est 2, et deux autres, complexes. Les trois racines sont donc :

$$x_1 = 2 \qquad x_2 = 3 - i \qquad x_3 = 3 + i.$$

On peut vérifier que ce que « font » leur somme et leur produit correspond bien aux nombres donnés.

— *Tout l'un ou tout l'autre*

1) De même, si on connaissait les racines a, b, c, d, d'une certaine équation du quatrième degré, elle pourrait s'écrire avec ses racines « en clair » :

$$(\mathrm{x} - a)(\mathrm{x} - b)(\mathrm{x} - c)(\mathrm{x} - d) = 0$$

ce qui produirait cette fois

$$x^4 - (a + b + c + d)\,x^3 + (\ldots)\,x^2 + (\ldots)\,x + abcd = 0$$

soit

$$x^4 - S\,x^3 + (\ldots)\,x^2 + (\ldots)\,x + P = 0$$

C'est-à-dire que, par exemple, si on arrivait à factoriser

$$x^4 - \mathbf{10}\,x^3 + 35\,x^2 + 50\,x + \mathbf{24} = 0$$

ce qui est possible, et qui produirait

$$(x - 1)(x - 2)(x - 3)(x - 4) = 0$$

les quatre racines *réelles* sont

$$x_1 = 1 \qquad x_2 = 2 \qquad x_3 = 3 \qquad x_4 = 4$$

et elles ont bien pour somme 10 et pour produit 24.

2) Mais s'il s'agissait de

$$x^4 + \mathbf{1} = 0$$

la somme serait nulle, et le produit égal à 1. Factoriser le premier membre paraît hors de portée — exemple qui aurait déconcerté le grand Leibniz lui-même[46] — ; et pourtant il est factorisable[47].
On considère $x^4 + 1$ comme le début du carré de $x^2 + 1$:

$$x^4 + 1 = (x^2 + 1)^2 - 2\,x^2$$

et on peut donc factoriser cette différence de carrés, puis les deux expressions du second degré obtenues.
Il y aura cette fois quatre racines *complexes* :

$$x_1 = \sqrt{2}/2(1 - i) \qquad x_2 = \sqrt{2}/2(1 + i)$$

$$x_3 = \sqrt{2}/2(-1 - i) \qquad x_4 = \sqrt{2}/2(-1 + i)$$

— *En conclusion*

En ne s'intéressant qu'aux racines d'une équation, en comptant celles qui sont positives, négatives, irrationnelles, impossibles, multiples :

une équation de degré n a n racines.

Pour pouvoir l'affirmer, il a fallu se dégager de la quantité matérielle et *s'obliger* à accepter des « quantités » négatives, irrationnelles, impossibles. Du fait qu'elles se comportaient comme des nombres, au cours du temps, pratiquement d'abord, puis théoriquement, ces entités ont acquis le statut de « nombre ».

Ce théorème, dit « théorème fondamental de l'algèbre », a été définitivement démontré par Carl Friedrich Gauss (1777-1855) en 1799.

CHAPITRE VII

De quelques modes d'engendrement de l'innumérisme

Et pendant ce temps-là ?

Oui, pendant ce temps-là, et au-delà, où naissaient puis étaient entérinées par l'usage toutes sortes d'entités qu'on allait, en mathématiques, appeler « nombres[1] », que s'enseignait-il du nombre et de la quantité ?

Il est possible d'en avoir une idée en consultant une *Arithmétique*[2] parue en 1764, qui allait durablement influencer la plupart des arithmétiques scolaires à venir, et dans laquelle, de ce fait, il semble bien que s'enracine la tradition. L'auteur, Étienne Bézout, est connu des lycéens et étudiants pour deux théorèmes[3]. Mais ceux qui répondent qu'un nombre *est* une quantité ne savent pas qu'ils le doivent aussi à Bézout.

On trouve dans son *Arithmétique*, sous la rubrique « Notions préliminaires », un louable souci d'élucidation, voire de définition de la plupart des termes qui auraient à être utilisés par la suite. Ce sont ces notions, transmises presque telles quelles jusqu'aux mathématiques modernes, qui perdurent, pratiquement inchangées, dans les mentalités et donc les pratiques de l'école d'aujourd'hui.

Posée en première notion préliminaire, cette définition de la quantité :

> « On appelle en général *quantité* tout ce qui est susceptible d'augmentation ou de diminution. L'étendue, la durée, le poids, etc., sont des quantités. »

La notion de « quantité » ouvrira pratiquement tous les cours d'arithmétique durant deux siècles et demi. Il arrive que l'on trouve, dans des cahiers de cours, l'apport d'un maître. En voici un[4] qui s'ouvre sur la quasi sacro-sainte définition « on appelle grandeur ou quantité... », mais suivie de contre-exemples convaincants :

> *Grandeur mathématique* : « Toutes les grandeurs ne sont pas susceptibles d'être mesurées ; le dévouement, la gloire sont des grandeurs, mais on ne peut pas les mesurer, aussi toutes ces quantités ne sont-elles pas du ressort des mathématiques. »

Remercions ce maître anonyme de nous avoir délivré de la tentation de mesurer le dévouement ou la gloire ; il n'empêche que le champ de la quantité reste vaste : un monceau de pommes, une somme d'argent, une longueur de corde, un volume d'eau, le sinus d'un angle, sont des quantités. Le nombre peut donc s'y rencontrer. N'eussent été les exemples donnés, cinq pommes, sept euros, trente personnes, trois mètres cinquante, cinq septièmes de tarte, on pourrait se trouver contraint d'accepter la réponse nombre/quantité, sachant qu'elle péchait tout de même par omission. Quantité, oui, mais de quelle sorte ?

Bézout poursuit :

> « Tout ce qui est quantité est de l'objet des Mathématiques ; mais l'Arithmétique, qui fait partie de ces sciences, ne considère les quantités qu'en tant qu'elles sont exprimées en nombres. »

Voici un « mais » qui demande quelques éclaircissements

Le professeur Prince[5] en propose justement en notes : le foisonnement des sortes de quantités tant dans le monde de Bézout que dans le nôtre suppose qu'il y soit mis un peu d'ordre. Prince précise que :

> (1) Les quantités se nomment aussi *grandeurs*.
>
> (2) Les quantités sont *discrètes*[6] ou *continues*. Les premières sont celles qui offrent à l'esprit une collection de plusieurs choses, ou de plusieurs parties séparées ; on les appelle aussi *discontinues*. Les secondes nous présentent un tout sans distinction de parties. Les quantités discrètes, qui ne sont autre chose que les nombres, sont l'objet de l'Arithmétique ; les grandeurs continues sont du ressort de la Géométrie.

Cette distinction entre le discret et le continu, ajoutée au texte de Bézout, se retrouvera dans presque toutes les arithmétiques scolaires. Et alors que tant d'archaïsmes se sont maintenus, elle est malheureusement totalement négligée aujourd'hui.

Mais revenons au texte :

> « L'Arithmétique est donc la science des nombres ; elle en considère la nature et les propriétés ; et son but est de donner des moyens faciles, tant pour représenter les nombres que pour les composer et les décomposer, ce qu'on appelle *calculer*[7]. »

On a tout de même le sentiment d'une sorte de circularité entre Bézout et son commentateur : la « quantité discrète », ou nombre, est l'objet de l'Arithmétique ; l'Arithmétique est la science des nombres. Il semble donc que « nombre » évoque principalement les nombres entiers, ce qu'avait déjà annoncé Ozanam dans son *Dictionnaire* mais sans s'y tenir, et qui est encore extrêmement répandu dans le questionnaire évoqué au chapitre précédent.

Ce qui pourrait être la seconde raison du « mais » de Bézout, c'est que, depuis François Viète[8], à l'*arithmétique* s'oppose l'*algèbre*. Distinction encore intensément ressentie deux siècles plus tard : les problèmes d'arithmétique sont résolus au coup par coup, alors que l'algèbre, utilisant des lettres, tant pour les quantités connues que pour les inconnues, établissant des résultats permanents pour certaines catégories de problèmes, des lois, des formules, apparaît comme une science se caractérisant autrement que la science des nombres. Ce qui s'opposera à « la science des nombres » sera donc une « science des équations », où ce sont les lettres qui représenteront les... quantités.

Les nombres seraient donc :

1) attributs de quantités discrètes ;

2) « en clair ».

Mais poursuivons.

> « Pour se former une idée exacte des nombres, il faut d'abord savoir ce qu'on entend par *unité* »,

prévient Bézout, qui fort logiquement la définit :

> « L'unité est une quantité que l'on prend (le plus souvent arbitrairement) pour servir de terme de comparaison à toutes les quantités d'une même espèce ; ainsi lorsqu'on dit : un tel corps pèse *cinq* livres, la livre est l'unité, c'est la quantité à laquelle on compare le poids de ce corps ; on aurait pu également prendre l'once pour unité, et alors le poids de ce corps eût été marqué par quatre-vingts. »

Là encore, précision bien utile, et les petits élèves d'aujourd'hui auraient tout avantage à *entendre* dans ce mot « unité » autre chose que le premier terme de la fameuse trilogie « unité/dizaine/centaine », comme c'est généralement le cas à présent[9]. Mais saurons-nous enfin ce qu'est un nombre ? Eh bien voici :

> « Le nombre exprime de combien d'unités, ou de parties d'unité une quantité est composée. »

Voici le nombre enrichi de « parties d'unité ». Mais deux questions se posent néanmoins quant à sa nature :

Le nombre *exprime-t-il* le combien d'unités d'une quantité, ou *est-il* ce combien d'unités, auquel cas il se confond avec cette quantité ?

Qu'en est-il de cette unité elle-même ?

Commençons par celle-ci.

Il faut savoir que l'unité et son statut — est-elle ou non un nombre ? « un » est-il ou non un nombre[10] ? — ont, depuis au moins Euclide, suscité des débats qui, apparemment, n'étaient pas encore clos : Prince nous dit, en note, que :

> « On donne aussi à l'unité le nom de *nombre*. »

Près d'un siècle plus tard, voici que[11] :

> [1908] « L'unité est une quantité connue qui sert à mesurer ou à évaluer toutes les quantités de la même espèce qu'elle. Ex. : Si l'on compte les *tables de la classe*, les *arbres de la cour*, *l'unité* est une **table**, un **arbre**. »

Nous sommes loin des débats philosophiques sur l'Un et le Multiple. Car si l'unité est nombre, et que « table » est l'unité...

En revanche, pas de doute sur l'impossibilité à être de certaines unités, à méditer encore aujourd'hui, par exemple en psychologie :

> [1922] « Les grandeurs pour lesquelles on ne peut concevoir une *unité* ne sont pas du domaine de l'arithmétique. Ex. : l'intelligence d'un enfant, sa bonté, etc. »

Pour ce qui est de la nature du nombre, toujours dans le flou, nous ne pouvons encore nous prononcer. Alors, précédant dans une note la suite du texte de Bézout dans cette édition qu'il a décidément en effet « revue, corrigée et beaucoup augmentée », et sans doute pour aider le lecteur à analyser et synthétiser le riche contenu en 31 paragraphes de ces

Notions préliminaires
Sur la nature et les différentes espèces de nombres

de son illustre prédécesseur, le professeur Prince nous explique que de trois « points de vue » différents « naissent trois classes de nombres ». L'obscurité, pour nous, de ses commentaires, ajoutée à celle où l'on était déjà, est particulièrement éclairante de l'embarras où l'on est encore plongé en 1833 pour tenter de spécifier clairement les attributs du nombre.
Voici donc comment ces « classes » naissent de ces trois points de vue :

> — « la manière dont les nombres sont formés d'unités entières ou de parties d'unités » produit la première, subdivisée en trois espèces : « le *nombre entier*, la *fraction*, et le *nombre fractionnaire* [12] » ;
> — « la manière de les énoncer » produit la seconde, subdivisée en deux catégories, celle du *nombre abstrait* et celle du *nombre concret ;*
> — « leur composition d'une seule ou de plusieurs espèces d'unités » produit la troisième, subdivisée en *nombre incomplexe* et *nombre complexe*[13].

Étant donné la fortune qu'auront par la suite ces « points de vue », ils méritent quelques commentaires.

Pour ce qui est du premier — les trois sortes de nombres —, si l'expression « nombre fractionnaire » a disparu, il en reste néanmoins le sentiment, amplement partagé, que les vraies fractions « sont moindres que l'unité ». Pour ce qui est du troisième, il n'y a pas si longtemps que l'expression « nombre complexe » a disparu des programmes ; mais, comme on peut le voir, en date du 12 novembre 1996, pas de la langue scolaire.

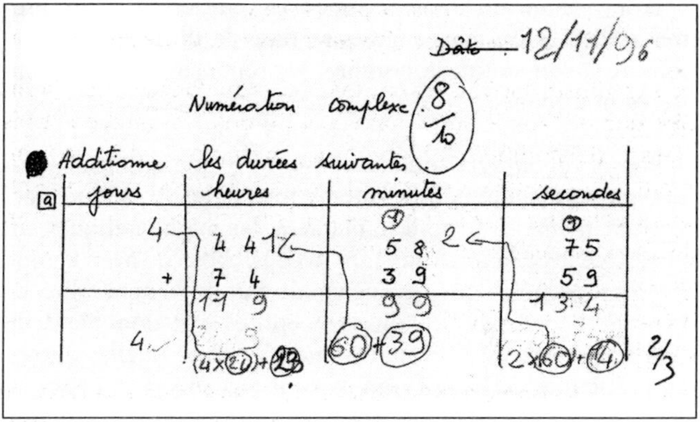

Par ailleurs, il aura beau être dit et redit que :

> [1886] « On appelle nombre l'expression qui indique combien il y a d'unités dans la quantité mesurée ou évaluée. »
>
> [1908] « Un **nombre** est le résultat obtenu en comparant une quantité à son unité. »

Il n'empêche que les exemples donnés confèrent à la quantité/*substance* le statut de nombre :

> [1886] Le nombre entier est un nombre qui ne contient que des unités, comme *trois francs, dix hommes.*
>
> [1922] On appelle *nombre entier* celui qui n'exprime que des unités entières.
>
> On appelle *nombre fractionnaire* celui qui exprime des unités fractionnaires. On lui donne particulièrement le nom de *fraction*, quand la quantité qu'il représente est moindre que l'unité.
>
> Par exemple, *cinq* mètres, *sept* heures sont des nombres entiers. *Cinq tiers* de mètres, *sept quarts* d'heure sont des nombres fractionnaires. *Deux tiers* de mètre, *trois quarts* d'heure sont des fractions.

D'où, venant du fond des âges, et indifférentes aux progrès effectués en mathématiques dans le difficile accès du nombre à son statut de nombre, les réponses aux questionnaires précédents.

Penser *aujourd'hui* que le nombre est une quantité substantielle équivaut à penser l'atome insécable, ou la lune inaccessible, même si, incontestablement, les mathématiques ont partie liée avec la quantité, tant avec la chose qu'avec le mot. Le *mot* a permis, nous l'avons vu, du fait de sa généralité, de désigner aussi bien les diverses entités qui donnaient du sens aux écritures algébriques que n'importe quelles autres. En particulier celles qui n'en avaient pas encore.

« Quantité » s'est donc trouvé être un vocable bien commode. Quand Albert Girard écrit « *Équation complette, est celle qui a toutes les quantitez* », il veut dire que tous les degrés de la variable y figurent[14]. Descartes parle de *quantités connues et inconnues* ; Euler, traduit du latin en 1796 par un professeur de mathématiques français, entame le premier chapitre de son *Introduction à l'Analyse infinitésimale* par ces définitions :

1. « Une quantité constante est une quantité déterminée, qui conserve toujours la même valeur. »
2. « Une quantité variable est une quantité indéterminée, ou si l'on veut, une quantité universelle, qui comprend toutes les valeurs déterminées. »
3. « Une quantité variable devient déterminée, lorsqu'on lui attribue une valeur déterminée quelconque ».

Si l'on avait jusqu'alors l'impression que « quantité variable » pouvait par exemple représenter un nombre d'écus, elle est vite dissipée avec l'explication qui suit, préludant l'*Introduction à l'Analyse infinitésimale* et riche de précisions significatives des précautions que nécessite pour le lecteur l'usage du mot « quantité ».

> « Elle peut donc le devenir d'une infinité de manières puisqu'on peut lui substituer tous les nombres imaginables. La signification d'une quantité variable ne peut être censée épuisée, qu'autant qu'on aura conçu en sa place toutes les valeurs déterminées. Ainsi une telle quantité comprend tous les nombres tant positifs que négatifs, les nombres entiers & fractionnaires, ceux qui sont rationnels, irrationnels & transcendants ; on ne doit pas même en exclure zéro, ni les nombres imaginaires. »

« Quantité » a donc été bien commode mais on n'en a plus besoin en lieu et place de « nombre » aujourd'hui ; celui-ci est lui-même « ventilé » en désignations qui précisent son appartenance ou son identité : on est supposé savoir *lire* — en fait, décrypter — à partir d'écritures telles que $n \in \mathbb{N}$, $x \in \mathbb{R}$, ou $z \in \mathbb{C}$ que n, x, z, désignent des variables, « naturelle[15] », réelle ou complexe ; ou bien, avec $m \in \mathbb{N}$, $a \in \mathbb{R}$ ou $a \in \mathbb{C}$ que l'on a affaire à des constantes, le contexte proposant des précisions supplémentaires si nécessaire[16].

Grandeur imaginaire, racine imaginaire, quantité imaginaire. Scandé par nombre de plaidoyers, tels parmi les plus connus l'*Essai sur une manière de représenter les quantités imaginaires dans les constructions géométriques*[17], ou *La Vraie Théorie des quantités négatives et des quantités prétendues imaginaires*[18], le combat que livrèrent au cours des siècles les mathématiciens pour donner « corps » aux nombres finit par aboutir. C'est bien un incontestable recours à l'imagination[19] qui a délivré ce ou ces corps des pesanteurs de la matière, et les nombres tant négatifs que complexes de la quantité.

Cette *folle du logis*[20] qui ne craint pas de contraindre les mathématiciens à la fréquentation de créatures en apparence aussi insensées qu'elle n'est finalement pas si folle que cela, puisque tout cet insensé a pris sens depuis, et que collégiens ou lycéens le rencontrent quotidiennement, y compris, pour les seconds, incarné en certains nombres dont on leur dira, par exemple, qu'ils sont des « imaginaires purs ». Mais comment s'y prend-on pour préparer cette double attribution ? Faut-il vraiment que soit refait tout le travail du temps, que soient édifiés des murs qu'il faudra ensuite abattre ?

Que fera le lycée une fois qu'il aura été décrété, en troisième, que $x^2 = -1$ est *impossible*, à moins que ce soit m^2 qui ne doit pas être égal à – 12/6 car — amende honorable exigée — « *1 carrée ne peut être –*[21] ». Et puisqu'il est dit dans les livres — ici de 3e — qu'« un nombre négatif n'a pas de racine carrée », comment faire accéder à l'existence ce qui, quatre années durant, aura été déclaré inexistant ?

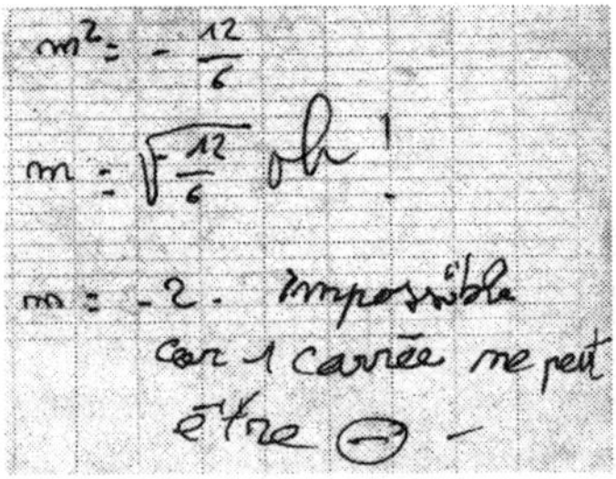

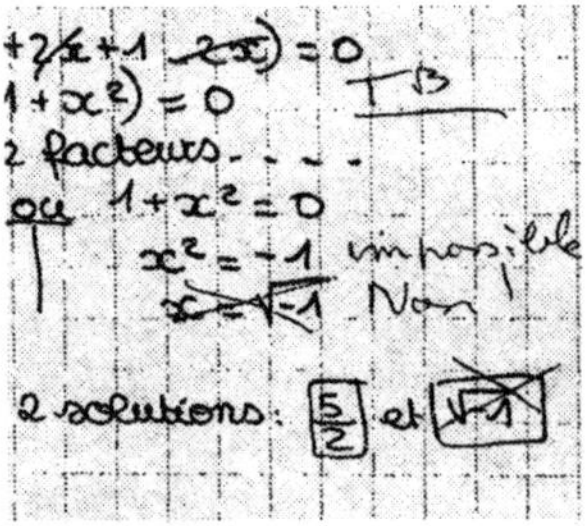

2.38 Un nombre négatif n'a pas de racine carrée !
Certaines des écritures suivantes n'ont pas de signification ; lesquelles ?
$\sqrt{-0,9}$; $\sqrt{(-0,8)^2}$; $(\sqrt{-0,8})^2$; $\sqrt{(-0,4)^2}$; $-\sqrt{0,25}$.
Pour les autres donnez une écriture plus simple.

Les phrases mettant en jeu « carré » ou « racine carrée », comportant « *ne peut pas* » ou « *n'est pas* », et quelques mots plus loin « négatif », additionnent involontairement deux négativités, soit au moins deux traumathismes. Celui au collège d'une confusion : entre la *détermination* positive de la racine carrée[22] qui est une convention, et l'absence *provisoire* de réponse quand on pense devoir « extraire » une racine carrée d'un nombre négatif ; confusion qui vient se greffer sur le traumathisme précoce de la défense de dire, d'écrire, de penser que « 2 – 5 » peut, quelque jour, avoir une existence. Ici, en CE2, la « consigne » étant sobrement exprimée par « *r3* », ce qui, je suppose, veut dire « retirer 3 », il faut compléter les tableaux : donc remplir les cases vides du bas en retirant 3 des nombres du haut, et celles du haut en trouvant le nombre auquel en retirant 3 on a trouvé le nombre du bas. Accessoirement : mettre « *une croix si impossible* ».

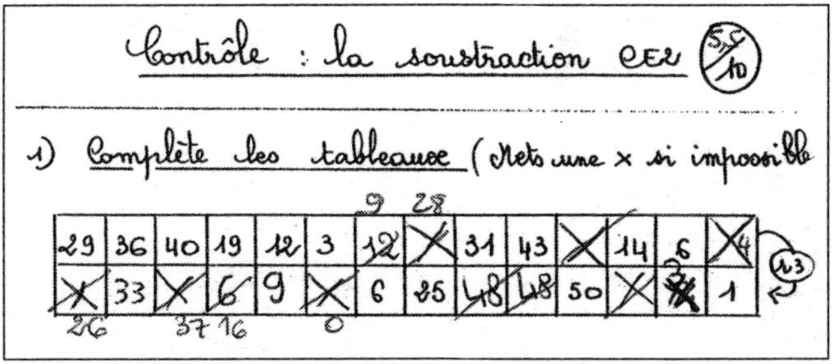

On ne sait pas très bien où gît l'impossibilité pour Claire, qui met une croix au-dessous de 29, 40, 3, 14, et pour ce qui est du processus inverse — donc ajouter 3, encore faut-il comprendre que c'est de cela qu'il s'agit — au-dessus de 25, 50, et 1. Le laconisme de la consigne mêlé à de l'impossible devient, comme souvent, le fourre-tout où difficultés minuscules et insoupçonnées des géants adultes que nous sommes cohabitent avec d'autres plus facilement repérables. Il n'est en effet guère de mot pédagogiquement plus dangereux en mathématiques qu'*impossible* : soit l'impossibilité est provisoire, et ce simple petit mot compromet l'avenir ; soit elle l'est « pour de bon », et la poser comme telle avant que de s'y être frotté ne met en jeu que la mémoire du permis ou pas permis[23], avec tous les glissements, toutes les assimilations que peuvent produire sentiments ou impressions. Ici, puisque quelque chose ayant trait à une racine ne peut être négatif, on va simplement remplacer un *nombre* négatif ($-\sqrt{25}$) par son opposé.

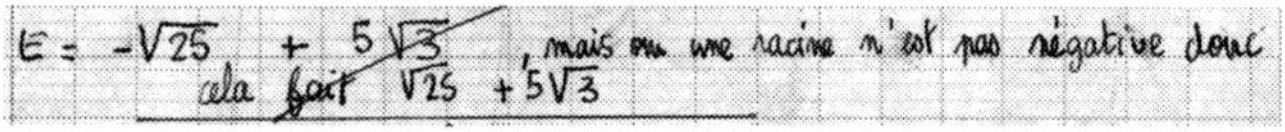

Au fur et à mesure qu'est supposé s'étoffer le bagage mathématique des élèves, ont-ils du mal, ne comprennent-ils pas, une question leur semble-t-elle hors de portée, eh bien, c'est « impossible » qui les tirera d'affaire[24]. L'inconfort de cette équation suffit à renvoyer ses solutions dans les limbes, assortie de cette fameuse impossibilité pour un carré à être négatif :

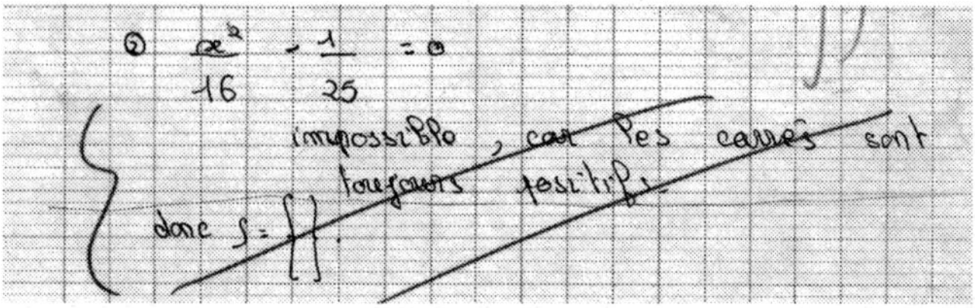

Mais revenons à Claire.

En 3), une consigne est enfin exprimée : *Pose et calcule les opérations possibles*[25], mais avec un vocabulaire combien archaïque, et de futurs nombres négatifs combien hypothéqués par ces impossibilités qu'il faudra rendre possibles !

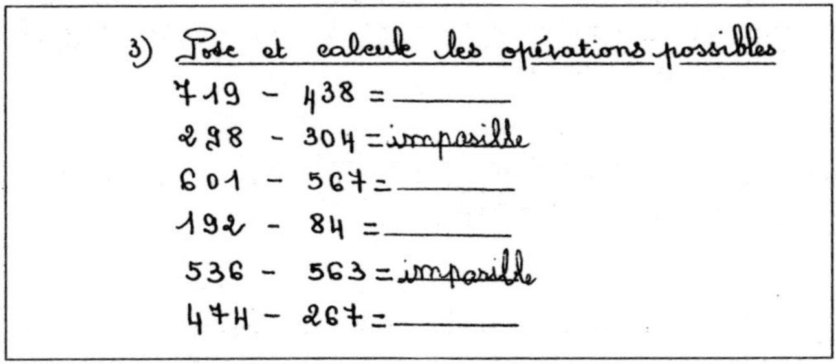
3) Pose et calcule les opérations possibles
719 - 438 = ______
228 - 304 = impossible
601 - 567 = ______
192 - 84 = ______
536 - 563 = impossible
474 - 267 = ______

La maîtresse n'y est évidemment pour rien, qui fait comme on fait depuis un siècle et quart, et le fait du mieux qu'elle peut.

— Mais... S'est-il jamais trouvé quelque écolier pour demander pourquoi « 2 – 5 » est impossible ? Après tout, il y a aujourd'hui des ascenseurs, des pays où il fait froid...

— Que voulez-vous dire ?

— Eh bien, que du 3e étage il n'est pas *impossible* de descendre de 5 étages si existent 2 étages de sous-sol, ou à la température de descendre de 5 degrés alors qu'il ne fait que 3 degrés au-dessus de zéro !

— Bien sûr ! Mais cela supposerait de libérer les enfants des liens qui, dans le domaine numérique, garrottent leur entendement, empêchent leur imagination de se déployer, leur initiative de se manifester...

— Comme vous y allez ! Croyez-vous vraiment que soit justifié ce tableau apocalyptique ? Et si oui, qu'est-ce qui crée cet état de choses ?

— Bézout.

— Vous n'allez tout de même pas lui reprocher de ne pas avoir su transmettre ce qui ne s'est trouvé qu'après lui, à l'instar de ceux qui s'indignent qu'on n'ait pas été dans les siècles passés au point où l'on en est aujourd'hui !

— Bien sûr que non. De toute façon, comme nous le verrons, il n'est pas tout seul en jeu. Il n'est donc nullement question de le rendre responsable de l'obscurité qui régnait à son époque sur la *matière* du nombre, mais sans doute, quand même, d'avoir quasiment instauré celle qui régnera sur la *manière* de l'enseigner.

Prenons la multiplication par exemple ; pas question pour Bézout de nombres barlongs, plans-plans, solides ou sursolides, aplatissement qui pourrait sembler constituer un progrès en libérant les nombres de la grandeur. Mais c'est seulement qu'il n'a d'autres soucis que donner à comprendre quelle opération faire quand on veut trouver

> « ce que doivent coûter 52 toises de bois, à raison de 36 livres la toise »

et expliquer comment calculer 52×36[26].

Stendhal[27] juge de façon très sévère le « plat cours de Bézout » en l'opposant au génie de Clairaut[28] :

> « Clairaut était fait pour ouvrir l'esprit que Bézout tendait à laisser à jamais bouché. Chaque *proposition* dans Bézout a l'air d'un grand secret appris d'une bonne femme voisine. »

Il est vrai qu'il n'est pas même question de nombres premiers dans le Bézout, ce qui est étonnant[29], et qu'on trouve surtout des règles sur la façon de faire, dans le style qu'adopteront tous les manuels à venir : *j'écris, je pose, je sépare par une virgule,* etc.

Gilles aurait-il été convaincu par ceci ?

> « *Pour diviser une fraction par une fraction, il faut renverser les deux termes de la fraction qui sert de diviseur, et multiplier la fraction dividende par cette fraction ainsi renversée.*
> Par exemple, pour diviser 4/5 par 2/3 je renverse la fraction 2/3, ce qui me donne 3/2 ; je multiplie 4/5 par 3/2, selon la règle donnée, et j'ai 12/10 ou 1 2/10 pour le quotient de 4/5 divisé par 2/3. »

Victor Hugo[30] n'était pas tendre non plus avec Bézout, dont il cite le nom à plusieurs reprises.

Enfin, plate ou non, son *arithmétique* était jugée comme

> « certainement une des meilleures, surtout par sa clarté ; aussi a-t-elle été mise au nombre des livres classiques[31] ».

Aussi a-t-elle longtemps conféré un statut classique à ses « points de vue » pédagogiques soulignés par le professeur Prince et mentionnés plus haut ; dont celui du milieu, dont il n'a pas encore été question.

Souvenez-vous. Trois « points de vue » d'où naissent trois « sortes » de nombres. Or, si l'archaïsme du premier et du dernier nous apparaît clairement aujourd'hui[32], peut-être, en revanche, faut-il être averti pour apprécier le caractère dévastateur du second. Celui qui n'en finit toujours pas de conférer à l'école le pouvoir d'empêcher l'accès au nombre proposé par le collège.

Que fait-on pour calculer 52 fois 36 alors qu'il s'agit de livres et de toises ? Eh bien, on oublie les livres et les toises. On fait de ces deux données des nombres *abstraits*. Qu'étaient-elles auparavant ? Des nombres *concrets*.

C'est donc aussi simple que cela :

> « Un nombre qu'on énonce sans désigner l'espèce des unités, comme quand on dit simplement *trois* ou *trois fois*, *quatre* ou *quatre fois*, s'appelle un *nombre abstrait* ; et lorsqu'on énonce en même temps l'espèce des unités, comme quand on dit *quatre livres*, *cent tonneaux*, on l'appelle *nombre concret*[33]. »

Alors qu'en avançant dans la résolution des équations, les mathématiciens se débattaient avec les questions que posaient à leur entendement les êtres numériques qui en surgissaient, la pédagogie venait de trouver ou d'officialiser une ornière confortable dans laquelle elle allait paresseusement s'enliser, celle du concret et de l'abstrait.

À vrai dire, la question avait été abordée plus tôt. Mais alors que les pratiques numériques différentes étaient différemment nommées au moins depuis les Grecs, selon l'historien des mathématiques D. E. Smith[34], l'opposition abstrait/concret est moderne. Au XVIe siècle, les auteurs de livres commencent à faire la distinction entre nombre pur et nombre auquel quelque attribution est attachée ; ainsi Trenchant[35], en 1566 :

> « L'absolu est celuy qui n'a aucune dénomination : comme 2, 7, 5, tel nombre est abstrét, & de forme nue se referant à la Théorique. »

Il n'est pas encore question ici de nombre « concret », mais seulement de celui « qui n'a aucune dénomination ». « Concret » ne semble apparaître que plus tard ; selon D. E. Smith, l'usage des deux termes mit du temps à s'imposer, ne valant que pour l'école élémentaire : autrement dit, n'ayant d'autre visée que pédagogique.

Et c'est bien la raison pour laquelle on pourrait en vouloir à Bézout. Même la merveilleuse *Encyclopédie méthodique*[36] un peu plus d'un siècle plus tard lui emboîtera le pas.

Tout d'abord — progrès oblige —, l'auteur de l'article NOMBRE cite Monsieur Newton[37]

> « qui définit plus précisément le *nombre* non pas une multitude d'unités comme Euclide, mais le rapport abstrait d'une quantité à une autre de la même espèce, que l'on prend pour l'unité ; d'après cette idée il divise les *nombres* en trois espèces, savoir *nombres* entiers, c'est-à-dire qui contiennent l'unité un certain nombre de fois exactement & sans reste, comme 2, 3, 4 &c, *nombres* rompus ou fractions, & nombres *sourds* ou incommensurables[38] ».

Ce qui, dans la définition du nombre, fait perdre sans grand dommage les « nombres fractionnaires » et les « nombres complexes[39] », et gagner les sourds ou incommensurables. Mais surtout, et alors que le nombre apparaît comme ce rapport *abstrait* de « quantité à quantité/unité » — et non de quantité dont on tairait la sorte d'unité — venant après les définitions de nombres *homogènes, hétérogènes..., parfaits, imparfaits...*, et précédant les nombres *barlongs*, déjà rencontrés, *circulaire* ou *sphérique, diamétral*[40], on trouve ceci, bien caractéristique du style d'un dictionnaire ou d'une encyclopédie.

Nombre *absolu*		***Absolu***
Nombre *abstrait*	**voyez**	***Abstrait***
Nombre *amiable*		***Amiable***
Nombre *concret*		***Concret***

Une fois la curiosité touchant à « absolu[41] » et « amiable » assouvie, nous voici donc devant :

> ABSTRAIT, adj. (*Arith.*) nombre *abstrait*, collection d'unités considérées en elles-mêmes, & qui ne désignent point de choses particulières & déterminées. Par exemple, 3 est un nombre *abstrait* ; 3 *fois* est aussi un nombre abstrait ; mais quand on dit 3 *hommes*, 3 *écus*, le nombre 3 est *concret*. *Voyez* CONCRET.

Espérant de « concret » qu'il concrétiserait les raisons pour lesquelles « hommes » et « écus » se voient décerner un attribut commun, on y court. Et hélas ! point d'article « concret ». Il faut donc tenter au hasard des articles, « mathématiques », « quantité », « grandeur », « calcul », « mesure », de se faire une idée claire de ce que sont le concret et l'abstrait. Entreprise qui n'est pas facile tant sont imbriquées des notions à peine mieux tranchées aujourd'hui. Il est donc question de mathématiques *pures*, qui considèrent

> « les propriétés de la grandeur d'une manière abstraite », et de mathématiques *mixtes*, qui ont « pour objet les propriétés de la grandeur concrète, en tant qu'elle est mesurable ou calculable ; nous disons *de la grandeur concrète*, c'est-à-dire, de la grandeur

> envisagée dans certains corps ou sujets particuliers. *Voyez* CONCRET ».

Il n'y a là rien à voir, nous le savons. Curieuse anomalie, dans cette superbe *Encyclopédie*, non de l'absence d'un mot dont le sens pourrait sembler aller de soi, mais d'un renvoi au moins deux fois défaillant, nous ne saurons jamais pourquoi.

Cela mis à part, cette encyclopédie remplit son office en proposant la somme de ce que « nombre » entraîne après lui de significations accumulées, fussent-elles contradictoires, voire erronées[42]. Celles recensées par Ozanam, instaurées par Newton, catégorisées par Bézout. Et ce sont bien entendu celles qu'on retrouvera dans les arithmétiques scolaires.

Par exemple, dans un livre du maître, un siècle après Bézout, quelques années avant la loi du 28 mars 1882 instituant à la fois l'obligation scolaire et la laïcisation des programmes. L'auteur, qui est un frère des Écoles chrétiennes, a été particulièrement fécond[43] et, comme Bézout, il annonce une *arithmétique* intemporelle, sans indication de niveau scolaire. Il s'agit donc d'une somme, principalement de règles de toutes sortes, qui commence par les fameuses définitions, dont celles-ci :

> [1869] « On appelle nombres *abstraits* ceux dont la nature de l'unité n'est pas déterminée, comme *six, huit*.
> On appelle nombres concrets ceux dont la nature de l'unité est déterminée, comme *six* francs, *neuf* mètres. »

Ou bien, toujours après les trois espèces de nombres

> [ap. 1893] « Un nombre est *concret* lorsque l'espèce de son unité est connue.
> EXEMPLE. — Huit mètres, douze francs,
> Un nombre est abstrait lorsque l'espèce de son unité n'est pas désignée.
> EXEMPLE. — Huit, douze. »

Ou encore ce cours d'arithmétique plus particulièrement destiné aux élèves de la classe de mathématiques, à la préparation de ceux qui se destinent à des écoles telles que Centrale, Institut agronomique, etc. Même à ce niveau, on trouve ceci :

> [1934] « À chaque collection d'objets est liée la notion d'un certain nombre d'objets. Ce nombre est *abstrait* lorsqu'on ne tient pas compte de la nature des objets qui forment la collection, il est *concret* dans le cas contraire. »

« Concret » n'apparaissant que sous forme d'exemples, le recours à Littré[44] nous apprend que c'est un « terme didactique », de grammaire, de philosophie, et d'arithmétique :

> « Nombre concret, nombre qui exprime l'espèce d'unité : dix soldats, cent moutons, sont des nombres concrets ; dix, cent sont des nombres abstraits. »

Rien de tellement neuf. Soldats et moutons viennent s'ajouter à hommes et écus. Passant à « abstrait », on lit ceci :

> « Nombre abstrait, nombre énoncé sans désignation d'aucun objet particulier, sept, neuf, etc., par opposition à nombre concret, sept pommes, neuf francs. »

Abstrait, concret ; concret, abstrait. Pas de doute, on ne les voit point l'un sans l'autre. Couple étroitement uni mais devenu infernal en pédagogie, en psychologie, avec les mathématiques comme terrain d'élection, et plus particulièrement encore, dans leurs commencements. Et c'est ainsi que depuis sans doute qu'il fut découvert par la pédagogie, ce couple abusif verrouille dans une étreinte étouffante, voire meurtrière, l'initiation au nombre des enfants.

— Quelle diatribe ! Je ne comprends pas pourquoi vous semblez à ce point en désaccord avec ces notions, qui tombent pourtant sous le sens : après tout « trois hommes », « cent tonneaux », ou « sept pommes », c'est quand même plus concret que « trois », « cent » ou « sept » ! Et puis, il est bien clair que calculer ne se fait effectivement qu'à partir de nombres abstraits, et chiffrés !

— Si clair qu'en débarrassant vingt-six moutons et dix chèvres de leur état de moutons et de chèvres, on peut trouver en additionnant 26 et 10 un nombre tout aussi « abstrait », dont il suffit, pour le rendre « concret », de lui faire exprimer l'âge du capitaine, ou tout autre chose, d'ailleurs... Que croyez-vous que font tous ces enfants qui additionnent ou soustraient des mètres et des litres, qui multiplient des euros par des euros, sinon opérer à partir de nombres abstraits ? Pour peu que leur calcul soit juste, sa vérité abstraite l'emporte et de loin sur la monstruosité concrète des chimères ainsi obtenues qui ne les effraie en aucune façon.

On peut donc se demander jusqu'à quand cette distinction obsolète et nuisible va encombrer les esprits de ceux qui tiennent en leurs mains les destinées de ce qui sera proposé aux petits écoliers, conçoivent les programmes, demandent aux professeurs d'école de partir du concret pour « aller » vers l'abstrait.

Et puisque c'est vous qui avez évoqué l'apocalypse, vous allez voir que s'il doit y en avoir une, elle a comme toute chose son origine dans le jardin d'Éden. Voici donc, proposée avec d'excellentes intentions, une illustration de la soustraction.

(22) Pour trouver la différence entre deux nombres, on utilise la soustraction.

5 - 2 = 3.

Pour écrire la soustraction on emploie le signe moins : –

7 - 1 = 6
sept moins un égale six

7 - 1 = 6
un ôté (enlevé) de sept égale six

On peut calculer :

$$\begin{array}{r} 6 \\ -\ 4 \\ \hline 2 \end{array} \qquad \begin{array}{r} 27 \\ -\ 13 \\ \hline 14 \end{array}$$

Attention :
2 - 5 impossible
car 5 > 2

— … ! Mais… Qu'est-ce que ça veut dire ?

— C'est clair, non ? Si, ayant cinq pommes, vous en mangez deux, il vous en reste trois.

— Et… ces… bobines…

— Ce ne sont pas des bobines, mais celles qu'affichent les fruits de l'arbre du bien et du mal une fois le péché consommé… Des trognons si vous aimez mieux. Ce qui fait que, tout en partant d'un bon naturel, le dessin empêcherait plutôt les nombres traduisant *vraiment* l'opération à garder le leur, ne croyez-vous pas ?

À vrai dire, on est ici perplexe : quels nombres, à votre avis, rendraient *compte* de cette soustraction ? Décimaux ? Rationnels ?

— Une façon de ne pas se tromper serait, à mon avis, de poser qu'il y a une forte probabilité pour qu'ils soient transcendants, ce qui serait en harmonie avec le parfum biblique de toute cette affaire...

— Je vois avec plaisir que vous commencez peut-être à pressentir que ces pommes, à l'instar de celles du jardin d'Éden, risquent fort d'être des instruments d'exclusion des « paradis[45] » numériques y attenant. Elles ne sont porteuses d'aucun savoir, et s'en gaver ne sert à rien, au contraire.

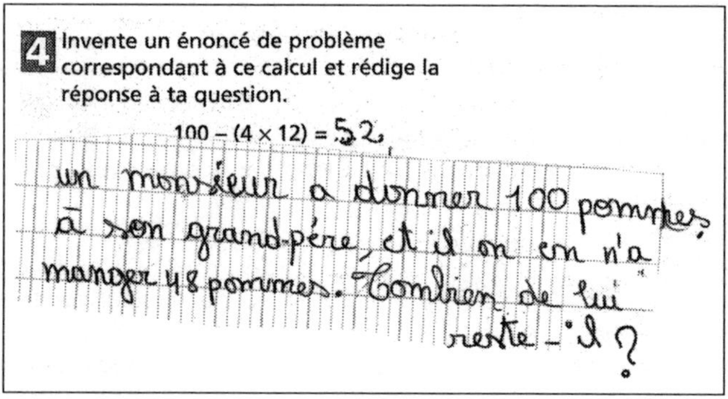
4 Invente un énoncé de problème correspondant à ce calcul et rédige la réponse à ta question.

100 – (4 × 12) = 52,

un monsieur a donner 100 pommes à son grand-père, et il on en n'a manger 48 pommes. Combien de lui reste-t-il ?

— Qu'est-ce encore que ça ?

— Une épreuve dans l'air du temps[46]. Ces pommes qui ne sont là que parce qu'il faut bien dire quelque chose de supposé consistant ne semblent tenir aucun compte de ce que pourraient être la dentition et l'estomac d'un grand-père[47]...

Vous voyez, manger 2 pommes ou 48 pommes ne rend sensible ni le résultat d'une soustraction, ni le sens d'un problème. Il est en tout cas évidemment impossible d'obtenir 5 trognons à partir de 2 pommes, c'est-à-dire impossible d'écrire « 2 – 5 », ce qui aura des conséquences qu'on pourrait dire « incalculables ». Car cet impossible le restera durant de longues années, rendant l'accès aux nombres négatifs très relatif.

Il faut revenir sur des distinctions maintes fois effectuées[48], et que nous retrouverons encore maintes fois : le monde des mathématiques est un monde d'idéalités ; le monde qui nous entoure est un monde de choses. Une quantité de choses ne peut en aucune façon être un nombre ; elle peut, à certaines conditions, se dire comme un nombre de choses.

Prenons l'exemple des nombres dits « naturels ». Si elle obéit à certaines conditions, en particulier de séparabilité et d'homogénéité des éléments qui la composent, une quantité discrète s'avère être comptable, c'est-à-dire exprimable. Et puisqu'il a beaucoup été question de pommes, s'il n'en est aucune de blette ou de pourrie, si elles sont à peu près de même gabarit, on peut *compter* cinq pommes, en particulier s'il s'agit de les acheter. Avec des pommes, on n'est pas « en » mathématiques. Et j'espère que vous n'allez pas me dire que, pour « entrer en mathématiques », il faudrait retirer de ces « cinq pommes » leur nature de pommes.

— Vos cinq pommes peuvent néanmoins donner l'idée de « cinq ».

— Il faudrait donc cent pommes pour avoir l'idée de cent, mille pommes celle de mille...

— On peut varier...

— Ah oui, c'est vrai... Avec des hommes ou des tonneaux. C'est bien ce que vous disiez tout à l'heure ? Que 3 hommes ou 100 tonneaux sont tout de même plus concrets que 3 ou 100. Voire. Dans sa signification moderne de « tangible, réel », « concret » s'est détaché de son sens originel[49]. Voudriez-vous me dire que pour s'assurer que 3 hommes ou 100 tonneaux sont concrets, il faudrait les convoquer, pour s'assurer qu'on peut les toucher ? Je suppose que non. Concret, après ce premier décrochement de son sens originel de « consistance solide, épaisse » à « tangible », a de nouveau changé d'état pour simplement signifier « que l'on peut se représenter ».

Sans doute est-il en mon pouvoir de me représenter « trois hommes » ; mais cent tonneaux, beaucoup moins : de quelle « taille » sont-ils ? Quelle place prennent-ils ? Quel volume contiennent-ils ? Et s'il y en avait mille ? Cela serait-il encore concret pour vous ?

> « Nous partîmes cinq cents ; mais, par un prompt renfort,
> nous nous vîmes trois mille en arrivant au port[50]. »

Ces cinq cents puis trois mille hommes sont-ils toujours concrets ? Rodrigue eût-il pu apprécier comment *un* unique et dernier homme fit passer sa troupe de deux mille neuf cent quatre-vingt-dix-neuf à trois mille ?

Considérons ces « nombres moyens » qui vont de mille au millième. Quel secours l'évocation de mille moutons, mille éléphants, mille grains de blé, mille lits, mille dictionnaires, mille fauteuils, mille kilomètres, mille hectares, mille tonnes, mille ans, mille étoiles, apporterait-elle à l'idée claire qu'on pourrait se faire de « mille » ? Quel secours l'évocation d'un millième de millimètre, de seconde, de millimètre carré, apporte-t-elle à l'idée que l'on pourrait se faire d'un millième ?

Est-ce que sont appréciables les trois grains de blé qui distinguent un tas de sept cent cinquante-cinq de celui de sept cent cinquante-huit ? Est-ce que mille kilomètres vous sont *sensibles* autrement qu'à être « convertis » en litres d'essence, en heures de voiture ou d'avion qui en font des quantités plus à votre portée ? Car c'est bien de cela qu'il s'agit. Se représenter, ou le croire. Ces « nombres concrets », aussitôt qu'on a dépassé un certain seuil, deviennent parfaitement abstraits. Auquel cas, hors pratique professionnelle, seuls des nombres très « moyens » d'objets très familiers nous *disent* quelque chose, parce que nous croyons nous les représenter. Mais à qui *parle* une quantité, grande ou petite, sinon à ceux qui ont l'habitude de cette sorte de quantité, parce qu'elle intervient dans une pratique, un métier ?

— Vous voulez donc dire que la quantité n'est d'aucun secours pour concevoir le nombre ?

— Ce n'est pas ce que je veux dire. En revanche, je peux affirmer que rien ne sera plus abstrait pour vous que le concret supposé de la quantité si elle est hors de votre champ de compétence. Les quantités dont vous pouvez donner des ordres de grandeur se situent dans des domaines qu'une socialisation et un savoir progressivement acquis rendent familières.

Et que peut vouloir dire « abstrait » quand, par exemple, un mathématicien comme Alain Connes dit « se cogner aux nombres premiers » ?

— L'image est frappante, mais il s'agit d'un mathématicien...

— Bien sûr, mais il s'agit aussi du fait qu'à quelque niveau que ce soit les idéalités mathématiques peuvent être rendues *sensibles,* et donc le devenir pour qui les pratique en tant que telles. Je peux vous assurer que des enfants de six ans sont amplement capables de donner forme et identité sensibles aux nombres : ils en connaissent des organisations, savent en découvrir par eux-mêmes, ils savent les caractériser soit par leur écriture, soit par leur « structure » et progressivement, sept ou cent leur parlent certainement plus que « sept hommes », lesquels égarent l'attention par l'anecdote — que font-ils ensemble, d'où viennent-ils, où vont-ils, comment sont-ils habillés... — ou que cent tonneaux...

Bien sûr, il n'est pas question d'éliminer la quantité, ou les pommes, d'un enseignement élémentaire. Mais nous voici confrontés à la vraie difficulté épistémologique de l'enseignement en question. Deux domaines distincts, aux définitions distinctes, utilisent de façon distincte un même matériau, les nombres entiers, et, au-delà, les fractions ; soit, dans la terminologie actuelle, les naturels, et les rationnels positifs. Or, si la quantité ne peut se passer du nombre, la réciproque n'est pas vraie. Et c'est bien ce que nous apprend Ozanam, popularisant une attitude et un savoir millénaires. Finalement le nombre est-il « assemblage de plusieurs choses », joliment « enveloppées dans une seule idée[51] », ou, justement, n'en est-il que l'idée ? Achète-t-on son pain, rompu ou non, en nombres abondants, déficients ou parfaits ? Achète-t-on un terrain plan ou non avec un nombre plan-plan d'écus ? Mesure-t-on ses dimensions en nombres oblongs, barlongs, triangulaires ou parallélogrammes ?

Une pédagogie qui prendrait en compte l'intelligence des enfants et celle qu'a déployée jusqu'à ce jour l'histoire des mathématiques devrait, non seulement ne pas confondre nombre et quantité, mais savoir traiter les deux, en rendant explicites leurs relations et surtout leurs oppositions. Les usages respectifs du nombre et de la quantité ne sont ni équivalents, ni symétriques, ni contemporains l'un de l'autre. On n'a pas, à six ans, les mêmes potentialités de compréhension d'un système socialisé de la *quantité,* qui ne s'acquiert lentement que par sa propre socialisation, et celles, considérables et méconnues, de l'acquisition d'un savoir porté par les sens, la lecture, l'écriture et l'imagination.

Pour que ces deux usages ne se neutralisent pas l'un l'autre, il y a bien longtemps que je propose de distinguer la quantité du nombre, et ce de la façon la plus simple qui soit, inscrite dans la langue, et déjà évoquée plus haut par quelques traits d'union inhabituels : un nombre n'est pas le même objet de pensée qu'un nombre *de* pommes, ou un nombre *de* personnes, ou un nombre *de* billes. Une quantité de choses n'est pas un nombre, mais un nombre-de-choses : distinction essentielle, qui s'avère particulièrement féconde dès lors qu'elle est effectuée avec les enfants. Dans de nombreux lieux, où on distingue « nombres » et « nombres-de », la distinction fait merveille : les enfants découvrent, par exemple, que si « deux et trois font toujours cinq », il n'en va pas de même en « nombres-de », qui supposent une autre analyse du sens, celle de la nature des objets en jeu. La nécessaire proposition d'une désignation, donc « identité » communes — lesquelles, pour pommes et poires, voitures et camions ? — est soumise à de nombreuses conditions dont les enfants adorent débattre, au sein d'une sorte de *parlementation* consistant à n'accorder aux cinq choses en question le statut de nombre-de-choses qu'à partir du consensus qui en aura été fait. Tous exercices libres de conclusion, dont *on sait* qu'ils sont hors mathématiques, et « ouverts », c'est-à-dire permettant de tomber d'accord *ou non* sur la désignation commune — 2 groseilles et 3 pastèques, 5 fruits ? 2 araignées et 3 éléphants, 5 animaux[52] ? — alors que sont généralement imposées dans les fichiers, des juxtapositions plus ou moins acceptables sans qu'il semble être envisagé que l'hétérogénéité des objets puisse choquer les enfants.

Penser que les nombres « abstraits » s'obtiennent par « abstraction » de quantités concrètes est une erreur scolaire historique, c'est-à-dire qui aura marqué l'histoire de l'école. Et des millions d'enfants en pâtissent aujourd'hui.

Gulliver, lors de son voyage à Balnibarbi, avait découvert auprès des professeurs du lieu une théorie pédagogique d'une parfaite pertinence[53] :

> « Puisque les mots ne servent qu'à désigner les choses, il vaudrait mieux que chaque homme transportât sur soi toutes les choses dont il avait l'intention de parler. »

En conséquence :

> « Nombreux sont cependant parmi l'élite de la pensée et de la culture ceux qui ont adopté ce nouveau langage par *choses*. Ils ne lui trouvent d'ailleurs qu'un seul inconvénient : c'est que lorsque les sujets de conversation sont abondants et variés, l'on peut être forcé de porter sur son dos un ballot très volumineux des différentes choses à débattre. »

On le voit, les meilleures théories ont leurs limites. Les avantages du concret s'arrêtent là où commencent ses inconvénients : comment faire intervenir des choses sans avoir à s'en encombrer ?

Par exemple, voici, proposé à une petite Céline, en CE1, l'énoncé d'un problème :

> Un soir, la famille Fontaine ouvre une boîte de 50 petits gâteaux et mange 38 petits gâteaux.
>
> *Combien de petits gâteaux reste-t-il dans la boîte ?*

Bien sûr, il n'est pas question de convoquer la famille Fontaine, cela coule de source. Pas question non plus de la faire jouer par des petits CE1 qui seraient pourtant ravis d'éprouver le sens concret du problème en dégustant 38 petits gâteaux. Mais alors comment faire concret ? Eh bien nous avons déjà rencontré la solution. Le dessin. Il suffira de remplacer les choses par des dessins de choses, ou si c'est trop difficile, ces dessins de choses par la représentation en bâtonnets ou pastilles de l'Unité primordiale. Et il ne restera plus qu'à, indéfiniment, compter.

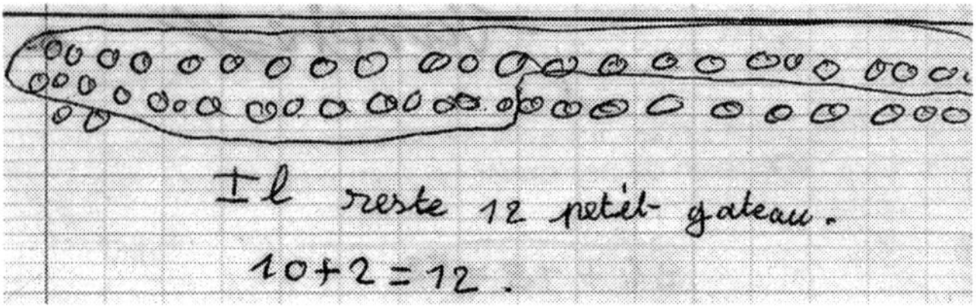

Une fois dessinés les 50 petits gâteaux, comptés et recomptés un par un, on recompte 38 petits gâteaux qu'on enferme dans un estomac symbolique, et on n'a plus qu'à compter les petits gâteaux restants. Il aura donc fallu au moins compter 100 choses. La récompense : il n'y a pas à réfléchir.

— Mais il n'est plus besoin de mathématiques non plus !

— En effet. Écriture des nombres, opérations, sont destinées à éviter de faire « en vrai » tant des manipulations qui seraient à portée de main, que celles qui ne le seraient pas. Parce qu'on croit les aider en leur demandant de dessiner, les enfants sont littéralement persécutés. Ont-ils la réponse au problème, parce qu'ils ont tout de même compris que l'écriture était là pour alléger le côté besogneux du comptage, eh bien non, on pense qu'il y a une « étape » concrète qui leur fait défaut[54].

Voici, toujours proposé à Céline, un lot de cinq énoncés.

> 1) Dans une classe, il y a 13 tables. À chaque table, il y a 2 élèves.
> *Combien d'élèves y a-t-il dans cette classe ?*
> 2) Dans une grande ferme, il y a 236 poules, 103 canards et 29 oies. *Combien d'animaux y a-t-il dans cette ferme ?*
> 3) Pour une fête, Nadine achète 10 paquets de 25 gâteaux.
> *Combien de gâteaux achète-t-elle ?*
> 4) Un jardinier a planté 85 tulipes, 69 de ces tulipes sont rouges, et les autres sont jaunes.
> *Combien de tulipes jaunes ce jardinier a-t-il plantées ?*
> 5) Monsieur Blanco achète 9 lots de 4 yaourts.
> *Combien de yaourts achète-t-il ?*

— Je vois bien les 26 élèves de la classe... (document page suivante) Mais en 2), quelque chose m'échappe... Qu'en est-il de tous ces volatiles ?...

— Ah oui... La petite Céline aura été découragée de devoir dessiner 236 poules, 103 canards et 29 oies. Mais comme il faut néanmoins dessiner quelque chose, il y a 2 valises d'oies, 3 boîtes d'oies, 5 oies toutes seules — au lieu, j'imagine, de 6 ; ensuite, une seule valise de canards...

— Attendez, j'aimerais comprendre. Que viennent faire ici ces valises et ces boîtes ?

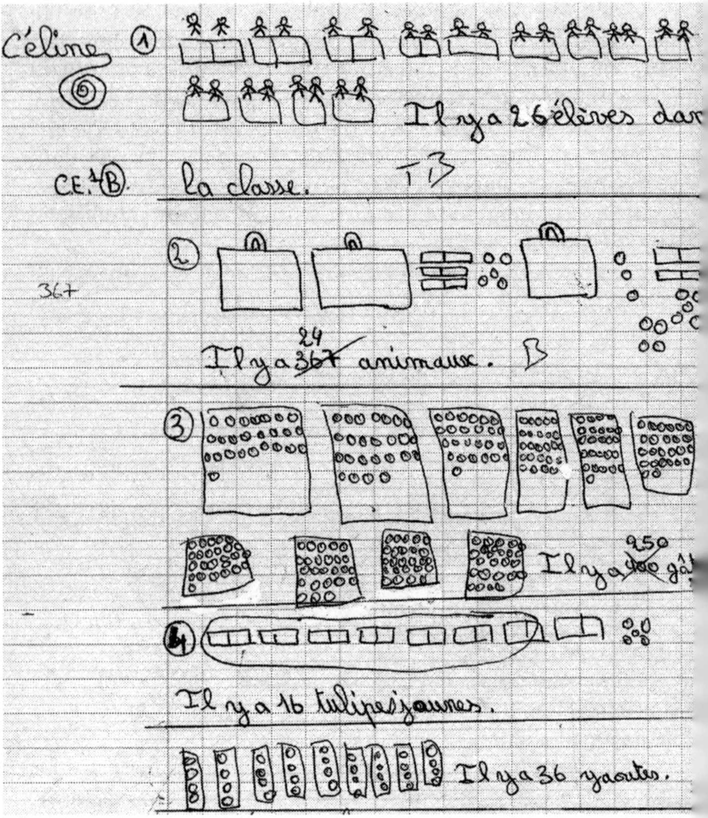
Céline
CE.1 B.
Il y a 26 élèves dan
la classe. TB
367
Il y a 24 animaux. B
Il y a 250 gâ
Il y a 16 tulipes jaunes.
Il y a 36 yaoutes.

— Je vais essayer de vous expliquer ce qu'on m'en a dit. Il s'agit d'un mode concret de représentation des nombres. On comprend aisément que les petites pastilles représentent des « unités ». On les met dans une boîte, et quand il y en a dix, la boîte est pleine, on la ferme en collant un couvercle (de papier). Quand on a dix de ces boîtes, on les met dans une valise, qu'on ferme en collant un couvercle (de papier).

— Vous voulez dire que ces boîtes et valises remplacent les dizaines et centaines ?

— Elles ne les remplacent pas, elles les précèdent. Il faut d'abord apprendre à répartir les nombres en boîtes et valises.

— Mais... Que deviennent alors opérations et calculs ?

— Eh bien, il suffira d'ouvrir ou de fermer boîtes et valises au gré des questions posées.

Par exemple, grâce à deux personnages qui ont l'un, 149 billes, l'autre 87 billes, et au « film » d'une « addition en colonnes », nous pourrons voir (page suivante) ce qu'ils auront ensemble.

La « nouvelle dizaine » née de 7 + 9 va venir remplir une boîte jusqu'alors vide, puis la « nouvelle centaine » née de 5 + 8 dizaines remplir une valise ouverte qui l'attendait... Vous ne dites rien ?

— J'avoue que...

— Soit.

Après l'addition, quelques soustractions.

Il n'en est pas une que réussit notre petite dessinatrice. Elle obtient quand même quatre points pour avoir identifié les dessins qui peuvent « l'aider », mais qui en réalité ne l'aident pas du tout. Est-ce parce qu'ils sont déjà faits, toutes boîtes fermées ?...

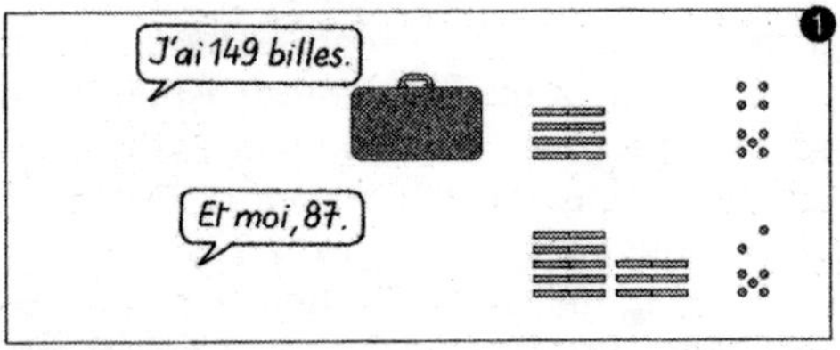

Reporte dans l'addition
ce que tu observes
sur les images.

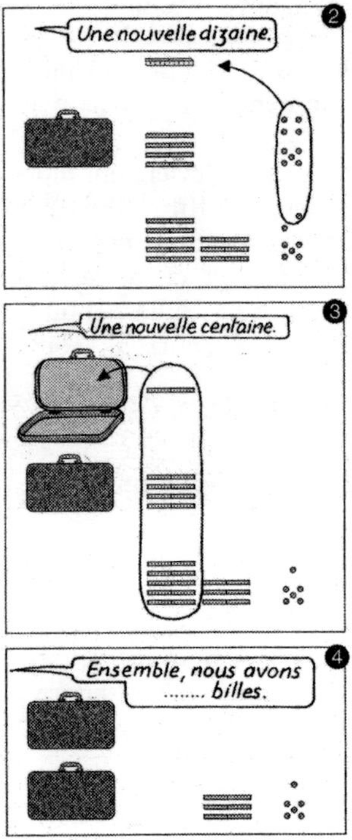


```
  149
+  87
-----
  236
```

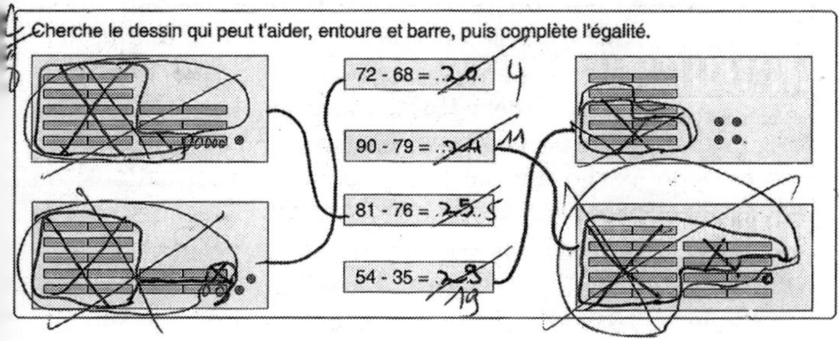

— Mais je ne comprends vraiment pas comment il faut procéder…

— Entourer ce qu'on enlève, et compter ce qui reste. Pour le calcul de 72 – 68, on ne sait pas très bien ce qu'a fait Céline pour trouver 20 (dessin du bas, à gauche). Mais voyez plutôt les corrections de la maîtresse. C'est la courbe extérieure qui est la bonne ; elle entoure six boîtes complètes, et « mord » sur la septième, faisant en sorte que la partie tranchée par la courbe corresponde à 8 unités…

— Mais… Rien ne dit que ce sont 8 unités qui disparaissent !

— Si, si ; ce qui le dit, ce sont celles qui apparaissent : affleurant donc au grand jour, les 2 unités restantes, s'ajoutant aux 2 qui étaient déjà à l'air libre, feront 4. Donc 72 – 68 = 4.

Il se trouve ici que les surgissements de pastilles unitaires dans les boîtes où elles n'étaient plus visibles sont toutes dues à la maîtresse, sauf pour le dernier calcul (« 54 – 35 », aidé par le dessin en haut à droite), où le 35 à enlever s'obtient par suppression de 3 boîtes, et de la moitié d'une, proprement tranchée en deux, ce qui fait qu'il reste une boîte entière, une demi-boîte, et 4, donc 19.

Pour calculer 81 – 76, il faut…

— Ah non ! S'il vous plaît... Si je comprends bien, à une époque où, par la parole ou l'écriture, on communique instantanément avec les antipodes, à une époque où on envisage d'aller sur la planète Mars, à une époque où la rapidité règne dans presque tous les domaines, où les enfants ont accès à un extraordinaire foisonnement d'informations, où le microscopique de la biologie comme le macroscopique des galaxies ne les étonnent pas, pour apprendre à calculer, il leur faudrait faire ou défaire des valises, ouvrir ou fermer des boîtes, et compter ce qu'il y a ou ce qui reste dedans ?

— Vous chantiez les louanges du concret...

— Je les retire... Il n'y a ici, constamment, qu'à compter...

— N'oubliez pas que c'est le tiers de la devise de l'école républicaine...

— Il faut l'entendre de façon emblématique !

— Ce serait nouveau. Parce que tant l'ancienne école que celle d'aujourd'hui ont toujours entendu ce « compter » dans son essence ordinale... Or, je puis vous garantir qu'un abord *cardinal* du nombre, entretenant avec l'*ordinal* des relations de bon aloi, lui confère cette intelligibilité qui fait le bonheur, déjà, de tout jeunes enfants. Aussitôt compris le principe d'une numération de position — autrement dit, aussitôt la langue et l'écriture chiffrée des nombres de deux chiffres élucidées et maîtrisées —, après, les choses vont étonnamment vite... Millions, voire milliards, et mille bien entendu confèrent à l'écriture décimale son sens, qui encore une fois ne peut pleinement se déployer qu'à partir de son aspect systématique... Mais... Qu'avez-vous ?

— Puisque vous évoquez millions et milliards, je voudrais savoir ce qui vient après les valises...

— Des caisses...

— Comment ?

— Vous m'avez bien entendue.

— Et au-delà ? Des containers ? Des camions ?

— Je ne sais pas. Mais c'est le prix de la cohérence. Un « système » pédagogique qui révère le comptage, la dizaine, la centaine, le concret, est amené à ces extrêmes.

Revenons donc à Céline (page 168). Elle a bien les 2 valises, 3 boîtes, et 5 (au lieu de 6) de 236, puis la valise et les 3 de 103, puis les 2 boîtes et le 9 de 29. Ce qui fait 3 valises, 5 boîtes, et 17, à reconvertir en 1 boîte et 7. Il y a donc bien 3 valises d'animaux, 6 boîtes d'animaux, et 7 animaux, soit 367 animaux. Et là, petit drame courant à l'école. La réponse de Céline est cohérente avec ce qu'elle a sous les yeux. Quel effet cela peut-il lui faire de la voir barrée, le tout fût-il assorti d'un *B* pour « bien » ?

— Et que veut dire le « 24 » rajouté par Céline au-dessus de son 367 ?

— Justement, on n'en saura rien.

Et maintenant, problème numéro 3.

— C'est consternant...

— Effectivement, ces cinq problèmes en engendrent un sixième. Combien de minutes de vie auraient pu être épargnées, si l'on comprenait mieux ce que sont les mathématiques et ce dont est capable un enfant. Qu'a pu faire Céline ? J'avoue ne pas avoir voulu perdre quelques minutes de mon propre temps à vérifier qu'elle a bien dessiné 25 pastilles dans chacune des 10 boîtes. Comment est-elle arrivée à 400 ?

Problème numéro 4 : il est remarquable que Céline en écornant une boîte ait *vu* la 16e tulipe jaune.

Problème numéro 5 : 9 lots de 4 yaourts soigneusement dessinés permettent de répondre qu'il y en a donc 36.

— Mais enfin, c'est la négation des mathématiques ! Il n'est besoin ni d'écrire, ni de lire, ni d'opérer, ni de raisonner, ni de comprendre de quoi il s'agit. D'ailleurs, on peut se demander pourquoi votre petite Céline n'a pas affronté les 236 oies, elle qui n'a pas craint de dessiner 250 petits gâteaux...

— Là non plus, je n'ai pas de réponse. Mais faisons un dernier petit décompte, forcément approximatif, avant d'abandonner Céline aux siens. Pour ces cinq petits problèmes, elle a dû compter :

n° 1 : 13 tables, puis des élèves de 2 en 2, 13 fois, puis recompter 26 élèves ; ce qui fait : 13 + 13 × 2, + 26 ; soit 65 en 39 dessins.

n° 2 : c'est plus économique, 24 dessins comptés deux fois, soit 48.

n° 3 : le plus terrible, 250 au moins deux fois (la deuxième pour avoir trouvé 400...), soit 500, en 260 dessins.

n° 4 : 13 dessins, comptés au moins deux fois, soit 26.

n° 5 : 9, puis 36 dessins, soit 45 ; comptés 4 par 4, puis jusqu'à 36 : donc 81. Soit en tout :

Les dessins : 39 + 24 + 260 + 13 + 45 = 381

Les objets comptés : 65 + 48 + 500 + 26 + 81 = 720

Saviez-vous que

> « En psychologie, on a donné le nom de CONCRÉTUDE n. f. (1951, d'après l'anglais *concreteness*) à l'inaptitude mentale à élaborer des idées sans recours à des idées concrètes[55] » ?

Ce qui permet de dire que comptage et concrétude sont des mamelles de l'innumérisme.

— Des... Il en est d'autres ?

— Mais oui. En tout cas, il y a déjà longtemps que je me bats pour tarir celles-là ; pour que cesse la chosification de ces objets de pensée que sont les idéalités mathématiques. Il semble qu'au cours des trois dernières décennies les choses soient allées en s'aggravant. Le déni de la langue, l'enfermement dans les dizaines, centaines, augmentés de la présence de contenants ou concrétisations en tout genre qui éloignent un peu ou beaucoup plus du sentiment que l'on peut avoir du nombre créent la situation catastrophique d'aujourd'hui.

— Mais enfin, personne ne s'émeut d'un pareil état de choses ! Que font les mathématiciens ? Sous prétexte que la réforme des années 1970 a tourné court, ceux qui s'y étaient impliqués n'ont plus l'ombre d'une ambition dans l'établissement d'un enseignement élémentaire *et* mathématique ?

— « On » s'en émeut... Mais quand il s'agit de tous ces enseignants « de base » que les instructions officielles et le « pédagogiquement correct » laissent perplexes, et qui font ce qu'ils peuvent comme ils peuvent chacun dans leur coin pour empêcher l'échec des enfants[56], cela ne risque pas d'émouvoir en haut lieu...

On peut se demander pourquoi durent et perdurent des notions et conceptions du nombre et de son enseignement périmées et nuisibles, contraignant le collège puis le lycée à procéder par désaveux successifs ; et peut-être serait-il temps qu'apparaisse dans sa vétusté cet enseignement qui fut destiné à être et rester *primaire,* et qui l'est toujours aujourd'hui.

On peut donc aussi s'interroger sur la pertinence des grands débats nationaux sur le collège unique alors que c'est à l'école qu'il est mis en danger. L'incidence de ses méthodes et des contenus de ses programmes dans la constitution ultérieure de la scolarité ne suscite d'analyses institutionnelles que de façon récente ; et, pour ce qui est des mathématiques, elles restent nulles, empêchées qu'elles sont de parvenir à l'existence par au moins deux raisons.

La première consiste à s'affairer autour de *l'illettrisme,* sans comprendre que *l'innumérisme* crée chez l'enfant des turbulences intellectuelles et psychologiques tout aussi dommageables ; la seconde, dépendant de la première, consistant à penser que pour assurer le « compter » de l'école, il suffit de savoir transmettre aux enfants des « savoir-faire », ou, slogan moderne, de leur « apprendre à apprendre ». Façons de ne pas prendre en compte dans leur tressage complexe et spécifique deux *langues,* la langue ordinaire des nombres et de leurs relations, non réduite à du « vocabulaire » et des « consignes », et celle d'un *savoir,* non réductible à des « savoir-faire ». Pouvoir indiquer au présent « comment on fait » pour « additionner » ou « soustraire » ne constitue ni un passé d'*expérience* ni un avenir à court ou long terme dans la construction d'un savoir.

La seconde est due aux archaïsmes, impropriétés, imprécisions, confusions et manques tels quelques-uns de ceux que nous avons rencontrés, constituant une sorte de capital de caractères acquis que le collège puis le lycée ont du mal à remplacer par d'autres, et qui n'ont plus qu'à se retransmettre aux enfants par ceux qui auront choisi de ne pas aller au-delà de ces mathématiques-là.

Que fait l'institution pour identifier ces difficultés, qui ne sont pas celles des enfants ? Que fait-elle ne serait-ce que d'un point de vue épistémologique élémentaire pour identifier certaines confusions traditionnelles qui sont à l'origine de tant de réponses à l'âge du capitaine ?

Prenons l'exemple de la nécessité de distinguer nombres et nombres-de.

Un début de prise de conscience tardive semblait perceptible dans des projets de nouveaux programmes pour l'école[57], malheureusement doublement hypothéqué par une erreur, et par un mouvement de réaction. Il y était dit :

> « Ce sont les manipulations de "nombre de" qui permettront de dégager progressivement le concept de nombre. »

Or il ne s'agit pas de « dégager » progressivement un concept d'une manipulation, mais de distinguer une *idéalité* — le nombre — d'une *quantité* matérielle, et de veiller à leur coexistence pacifique.

Et, pour ce qui est de la réaction, nombre et nombre-de ayant sans doute été jugés trop simples, on a préféré dans la mouture finalement proposée par le groupe d'experts, à propos, fort logiquement, de ce qu'ils ont appelé des « procédures expertes de résolution de problèmes » :

> — Déterminer la quantité (ou la valeur) obtenue à la suite d'une augmentation ou d'une diminution.
> — Déterminer la quantité (ou la valeur) obtenue par réunion de deux quantités (ou de deux valeurs) connues.

— Déterminer la quantité (ou la valeur) obtenue par réunion ou itération de plusieurs quantités (ou valeurs) connues, dans le cas où ces quantités (ou ces valeurs) sont identiques.

Allons ! Imprécision, confusion et quantité ont encore de beaux jours devant elles. Quelle langue parle-t-on ici ? Celle du nombre, mais alors combien vague (valeur), ou des ensembles (réunion), ou de la matière (quantité) ? On peut se demander ce que sont des « quantités identiques » qui, par définition ne peuvent point l'être ; on peut se demander ce qu'il en est de leur « réunion » s'il s'agit de populations séparées par quelques centaines ou milliers de kilomètres (employés d'une même firme, par exemple), et de quelle réunion il peut bien s'agir si on veut trouver, justement, le nombre de kilomètres d'un aller-retour Paris-Marseille... « Et vois-tu, mon petit, tu feras attention en réunissant deux quantités à te demander si tu as bien une augmentation de la quantité obtenue, et pour cela ne te trompe pas en additionnant leurs valeurs ; comme tu sais, on peut toujours trouver une valeur en additionnant deux valeurs, mais pas toujours une quantité en additionnant, soustrayant ou multipliant deux quantités... » Évident...

Tant que l'on ne comprendra pas non seulement la nécessité d'une *refondation* des mathématiques de l'école, mais aussi l'absolue nécessité de penser à la *façon* dont il est possible de la mener à bien, sans violence aucune ; autrement dit, tant que des analyses justes n'amèneront pas une réflexion radicale sur *matière* et *manière*, on continuera sans doute à confondre nombre et quantité, numération et comptage ; on continuera de dire « calcule ton opération », on présentera la multiplication comme « addition répétée », la division comme « soustraction répétée », comme dans les arithmétiques d'il y a cent cinquante ans. Et pour le matériau de base, l'écriture du nombre, vous avez vu ce qu'il en est. À quoi on peut ajouter cette autre erreur dans laquelle l'école est emprisonnée, consistant à imposer la monnaie comme « objet d'étude ».

— Qu'est-ce encore que cette chose-là ?
— Voici ce que disent les programmes :

> « Le recours à la monnaie (en euros) comme support d'activités, notamment pour la pratique d'échanges, favorise à la fois un travail sur la compréhension de la numération, et la connaissance des pièces et billets en usage »,

et leurs documents d'application[58] :

> « Le travail avec la monnaie offre en fin de cycle un contexte favorable à une première pratique des échanges, en particulier "dix contre un" (10 pièces de 1 € contre 1 billet de 10 €, ou 10 pièces de 1 centime d'euro contre 1 pièce de 10 centimes d'euro). Pour aider à la compréhension de l'idée d'échange, d'autres situations sont proposées (5 pièces de 1 € contre 1 billet de 5 €, par exemple). »

Le contresens est d'importance. Je ne sais pas ce qui peut faire croire que la monnaie aide à comprendre la numération. D'une part, la numération, encore une fois, ne met aucunement en jeu des échanges, et, d'autre part, la monnaie n'est pas organisée en système. Qu'est-ce donc que cet entêtement dans l'*échange* ? Personne ne passe son temps à *échanger* du dix contre un, on ne *joue* pas au banquier, on l'est ou non ; on peut penser, de plus, que ses préoccupations sont d'un autre ordre qu'échanger des pièces contre des billets.

L'erreur est, là aussi, historique. L'initiation à la monnaie par l'école pouvait trouver sa justification lorsque, remplaçant livres, sols et deniers[59], elle était devenue — en partie — décimale, et donc d'un maniement « nouveau[60] ». On trouve dans l'*Arithmétique* de Bézout, dans un chapitre[61] intitulé « Précis du nouveau système des poids et mesures », ceci :

> « L'unité monétaire est une pièce d'argent du poids de 5 grammes, contenant 9/10 d'argent pur et 1/10 d'alliage. Elle s'appelle *franc*. Le franc vaut 10 *décimes*, et le décime 10 *centimes* ; les multiples du franc n'ont point reçu de noms. »

Ô nostalgie ! Mais, de toute façon, décimes et centimes, c'était un peu court pour supporter le poids conceptuel d'un système. Et aujourd'hui que ne sont plus nommés que des euros et leurs centimes, ça l'est encore plus. Et de toute façon, ce très peu que la monnaie a de décimal est depuis longtemps digéré par la société. On ne voit donc pas comment l'argent peut éclairer un enfant sur la numération.

Si on ajoute à cela que l'enfance en général est non réductible à la condition adulte, avec ce qu'elle implique d'attitude par rapport au maniement de l'argent ; si l'on prend acte des disparités entre les enfants, sociales ou comportementales vis-à-vis de l'argent ; si l'on sait le brouillage qu'entraînent les affects que met en jeu l'argent : on est alors à même d'imaginer que c'est vraiment le dernier des supports à utiliser pour aider à comprendre la numération. Il y a même en ceci une inadéquation structurelle dont l'enfant fera les frais. Nous verrons comment elle se manifeste dans certains des « problèmes » abordés au chapitre suivant.

On pourrait l'introduire par ceci, qui aura l'avantage de nous mettre en présence d'un mathématicien qui, semble-t-il, chaque fois que l'occasion lui en est donnée, proteste énergiquement contre les ratés ou inadéquations du « système ».

Il s'agit d'André Revuz, reprenant dans un article intitulé « Calculs élémentaires[62] », l'histoire précédemment évoquée dans le même bulletin

> « d'une serveuse de restaurant, qui sait utiliser sa calculette lorsqu'il s'agit de francs, mais plus quand il s'agit d'euros ! »

qu'André Revuz commente ainsi :

> « Pour la serveuse, les francs, ça représentait quelque chose, ça faisait partie de son univers, mais les euros ne représentent encore rien pour elle ; alors elle s'est trouvée face à des nombres "purs" et elle ne savait plus quoi faire. Elle sait manipuler un "nombre de choses", mais pas le nombre en lui-même. »

Et plus loin :

> « Il faut donc résister à la demande naïve de rester dans le "concret" et bien comprendre que réfléchir, si peu que ce soit, c'est automatiquement "abstraire" !
> Il y a plus de vingt siècles, Aristoxène de Tarente constatait que les pythagoriciens avaient "élevé l'arithmétique au-dessus des calculs des marchands" ! Les siècles passent, le message de Pythagore n'a pas encore été entendu partout ! »

On ne saurait mieux dire...

CHAPITRE VIII

De l'obligation de tenir à l'école les comptes de monsieur Dupont

« Arithmétique, science des nombres. » Oui, mais lesquels ? S'agit-il des mêmes objets de pensée dans les deux problèmes que voici :

> 1) « Le nombre "$2^{1398269} - 1$" est-il premier[1] ? »
>
> 2) « On a assez souvent besoin de prendre les quatre deniers pour livre, d'une somme proposée[2] : cela se réduit à en prendre d'abord le vingtième, comme il vient d'être dit ; puis prendre le tiers de ce vingtième. Ainsi, pour avoir les quatre deniers pour livre de 8 762 livres, j'en prends le vingtième, qui est 438 livres 2 sous, dont le tiers 146 livres 0 sou 8 deniers forme les quatre deniers pour livre de 8 762 livres[3]. »

Et pourtant, dans les deux cas, on aura pu parler d'« arithmétique ».

On pourrait situer le premier problème dans le foisonnement de ces *et cætera* mathématiques issus de questions et de réponses sur la nature et les propriétés du nombre, réponses engendrant à nouveau des questions, *et cætera* ;

matériau particulier d'une pensée dont il nous est dit qu'elle fut « initiée » par les pythagoriciens : depuis Euclide qui démontra leur infinitude, le questionnement sur les nombres premiers, éventuellement assisté d'ordinateurs, se poursuit[4].

Mais si nous songeons à ce que nous rapporte Ozanam des nombres parfaits, figurés, barlongs, sphériques, amiables, et autres... Que penser aujourd'hui des spéculations qui ont charmé ou passionné tant de mathématiciens ? Comme le dit Jean Itard :

> « Nous appelons *Arithmétique* l'étude élémentaire des propriétés des nombres entiers et des nombres rationnels, établie avant le XVIIIe siècle, et *Théorie des nombres* les développements nés des recherches précédentes à partir de ce XVIIIe siècle[5]. »

Ainsi, avant que le travail du temps *en mathématiques* finisse par donner le même statut tant aux bons et braves entiers familiers qu'aux rationnels usuels, aux négatifs et autres entités « inexprimables » ou imaginaires, une arithmétique savante s'était intéressée au nombre en tant que tel : le nombre, *idée,* ou idéalité. Dans la continuité d'une pratique qui ne s'intéresse qu'à sa nature, à ses propriétés, aux relations qu'il entretient avec d'autres nombres, pratique quelque temps appelée « arithmétique supérieure », cette science du nombre, devenue aujourd'hui « théorie des nombres » tend à reprendre le nom d'« arithmétique », en même temps qu'elle reprend progressivement, de façon élémentaire, une place dans les programmes.

Si certaines catégorisations, préoccupations, peuvent aujourd'hui sembler désuètes — par exemple les nombres oblongs, ou barlongs —, la pérennité de la plupart des problèmes issus de cette arithmétique, dite parfois « désintéressée », autrement dit sans utilité apparente dans la vie quotidienne, n'en est pas menacée pour autant.

On ne peut pas en dire autant de l'autre arithmétique, vieille comme l'humanité : celle des échanges, de la gestion de biens, impossible pourtant à caractériser par un quelconque *et cætera* tant les problèmes qu'elle propose sont représentatifs d'un état de société, et donc éphémères à l'échelle de l'histoire. Les « quatre deniers pour livre » de Bézout sont aussi périssables dans leurs modalités que le fut la dîme seigneuriale ou que l'aura été notre TVA quand elle sera remplacée par autre chose. Ici, les « problèmes » qui furent ceux d'une société donnée ne sont pas désuets, mais périmés. Pas d'*et cætera* donc, mais des invariants dont on pourrait être embarrassé de devoir rappeler les évidentes raisons d'être.

Depuis la nuit des temps, le boire et le manger sont fort légitimement supposés devoir être en certaine *quantité* pour une espèce animale donnée, afin qu'il y ait survie, ou vie ; hormis cet invariant quantitatif, *se nourrir, se vêtir* et *s'abriter,* sont aujourd'hui pour l'animal humain autant de fonctions à un nombre considérable de variables : depuis le pain quotidien en passant par la poule au pot jusqu'au caviar acheté au kilo[6], on se doute que se nourrir n'a les mêmes caractères ni dans le temps, ni dans l'espace, cet espace fût-il restreint à celui d'un pays, d'un département, d'une ville ou d'une rue ; on se doute aussi que se vêtir qui peut aller des fringues à la haute couture, se loger qui peut aller de la chambre où l'on s'entasse à plusieurs jusqu'à l'hôtel particulier, sont autant d'expressions vides de sens[7] pour en avoir trop.

Énoncer ces évidences est donc seulement destiné à rappeler qu'*être* a toujours supposé des besoins vitaux, et que ces besoins ont toujours engendré le désir de mieux être, voire de bien être. Ce qui suppose la nécessité de disposer de *ressources,* d'*avoirs,* de *biens*. Il n'y a guère longtemps, ces biens destinés pour chaque individu à être ou à mieux être, étaient spécifiques d'une société donnée, et même d'une classe donnée de cette société. Mais du fait de ce que l'on appelle la « mondialisation », les désirs d'avoirs tendent à s'uniformiser, et seuls restent disparates les ressources, c'est-à-dire les moyens de les satisfaire. Par exemple, à une récente rentrée scolaire[8], les médias ont abondamment informé la population de la hausse des fournitures nécessaires aux écoliers, hausse qui a ému le ministre de l'Éducation nationale au point de faire voter une allocation spéciale de rentrée. Et l'on a entendu sur les ondes une mère de famille qui a sans doute elle aussi ému la France entière en racontant comment, ayant du mal à joindre les deux bouts, elle avait eu le bonheur de pouvoir offrir à son petit garçon, qu'elle élève toute seule, une paire de baskets, un cartable, et un blouson ; or, en y regardant de plus près, les baskets n'étaient pas plus confortables, le cartable pas plus léger, le blouson pas plus chaud que d'autres ; mais ils étaient tous griffés d'une marque qui avait avec panache absorbé l'allocation.

Dans son *Anthropologie des nombres*, Thomas Crump[9] dit que toute société, aussi primitive soit-elle, dispose d'un modèle numérique conscient ou inconscient. Ce que, pour ma part, j'appelle le « quantitatif » désigne *le produit de la quantité par une société donnée*, c'est-à-dire la façon dont une société dans son ensemble, et à travers les sujets qui la constituent, traite la quantité. Le quantitatif naît donc de l'obligation où sont les individus d'accepter, de connaître, et de pratiquer les modes de quantification que leur impose la société au sein de laquelle ils sont amenés à évoluer.

Deux pratiques « arithmétiques », donc, attestées *toutes deux* depuis la nuit des temps : d'une part, une « science des nombres », constituée d'un corps de résultats détachés des sujets qui les ont produits, devenus intemporels ; et d'autre part une « arithmétique de la quantité », des nombres-de, supposée utile à la vie de tous les jours, mais en fait étroitement et quadruplement dépendante d'un lieu, d'une époque, du mode de vie d'un sujet donné, au sein d'une société donnée ; au point qu'on pourrait dire qu'il n'est pas deux pratiques quantitatives pareilles.

— Cela m'a toujours paru convaincant ; la différence de nature, d'objets, de visée de ces deux arithmétiques ne semble pas devoir prêter à confusion, d'autant que les mathématiciens ont toujours proclamé, sous forme de boutade, que leur savoir ne leur servait souvent pas à grand-chose face à une feuille d'impôts... Y a-t-il vraiment lieu de revenir[10] là-dessus ?

— Vous allez en juger. Par exemple, ainsi que bien d'autres animés tout autant qu'elle des meilleures intentions, cette directrice d'école pense qu'il suffit d'ordonner aux enfants

> « à vos caddies »

pour que leur soit donnée ainsi l'occasion de faire

> « des maths pour de vrai ».

L'idée étant que le moindre maniement de marchandise ou de monnaie porte en soi une

> « occasion de mettre en pratique ses connaissances bien loin de l'ennuyeux problème de maths ».

Il faudrait, par exemple à l'occasion d'un anniversaire ou de courses hebdomadaires, faire découvrir à

> « nos enfants [qui] sont de hardis consommateurs » « les étiquettes fixées sur les rayons et qui révèlent toujours le vrai rapport poids au kilo, prix d'achat. À eux de comparer et de découvrir que le produit placé en tête de gondole pour en être attrayant n'est pas forcément le plus attractif. Il leur suffit maintenant d'entrer dans le vrai jeu de la consommation et d'utiliser la calculette afin de gérer au mieux le budget[11] ».

— ...

— Eh bien ?

— *Le* budget. Budget de qui ?

— De la famille, sans doute ?

— Alors en plus d'aller à l'école, d'apprendre leurs leçons et de faire leurs devoirs, il faudrait que les enfants obéissent à l'injonction « *à vos caddies* » ! Qu'ils fassent les courses et gèrent le budget familial, ce qui, en prime, leur ferait « *faire des maths pour de vrai* » ?

— Je partage votre désapprobation. Il y a là effectivement une méconnaissance qui pèse lourd sur le destin des mathématiques scolaires.

— Et sur les épaules des enfants ! Ce que j'éprouve va au-delà de la désapprobation, ce serait plutôt de l'indignation ! Rassurez-moi cependant. Cet exemple n'est-il pas un peu... extrême ?

— Il le paraît, comme chaque fois qu'apparaît en clair l'implicite d'une démarche.

— Oui, mais... on peut supposer qu'il ne s'agit que de démarches isolées... que, le moment venu, il peut être pertinent de donner une idée aux enfants de ce fonctionnement quantitatif qui les attend... mais de là à être précocement chargés de la comptabilité familiale...

— Je suis dans le regret de devoir vous détromper. La politique de l'institution scolaire va au contraire tout à fait dans le sens d'un quantitatif précoce.

— Mais enfin, je vois peu d'enfants, fussent-ils ces « hardis consommateurs » postulés par la proposition précédente, ce qui reste à démontrer, je les vois peu, donc, calculette en main dans les travées des supermarchés...

— Simplement parce que cet enfant poussant son caddie d'une main et tenant sa calculette de l'autre est un enfant idéal placé dans une situation idéale, telle que les pédagogues convaincus de ce que leur prêche le système pourraient le rêver.

Or à ce rêve pédagogique s'opposent deux réalités : celle de la pratique quantitative effective d'un enfant, ce qui nous obligera à revenir sur le postulat de son statut de consommateur ; et puis celle de la vie scolaire, qui, à défaut de pouvoir faire « faire des maths » aux enfants dans un « vrai » supermarché, transférera les temples de la marchandise dans livres et cahiers ; lesquels, d'ailleurs, ne limiteront pas le « vrai jeu de la consommation » aux grandes surfaces ni ses acteurs aux enfants. Sachant, bien entendu, que leur seront laissés en définitive les arbitrages, comptes et avis sur la pertinence de toute transaction.

— Des enfants juges de la pertinence d'une fiction économique ?

— Vous ne croyez pas si bien dire. Tenez, voici par exemple une scène qui, il y a seulement un quart de siècle, eût pu paraître impensable. Modernité oblige[12], c'est à *monsieur* Dupont qu'est dévolu le soin d'acheter des casseroles.

7. Monsieur Dupont souhaite acheter les ustensiles ci-dessous. Il dispose de 2 000 F.

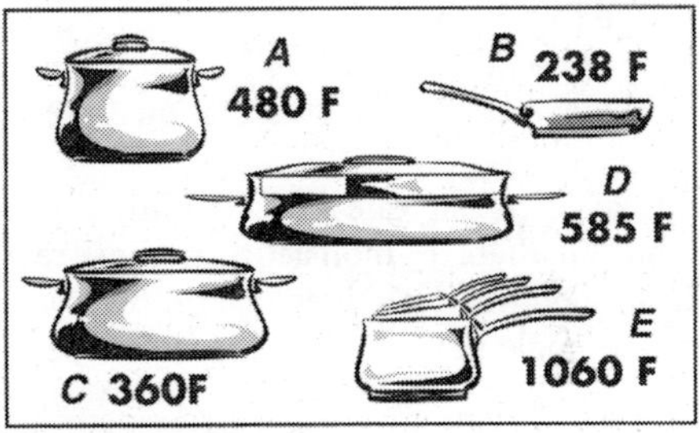

a) Peut-il tout acheter?
b) Sinon, que peut-il choisir? Il y a plusieurs solutions possibles, indique pour chacune d'elles, ce qui restera à Monsieur Dupont.

— Huit ustensiles d'un seul coup ! Apparemment, ou bien ce monsieur a pour mission de monter son ménage, ou alors à défaut d'idées précises sur la destination de chacun de ces objets, il est emporté par un enthousiasme de néophyte...

— Oui, mais imaginez la richesse « mathématique » du problème…

— Mais non, justement, je ne vois pas. Il s'agirait d'un problème de combinatoire *mathématique*, avec cinq nombres A, B, C, D, E donnés, et on devrait trouver *toutes* les possibilités que ces cinq nombres pris tout seuls, ou par deux, trois, quatre ou cinq, offrent pour constituer une somme inférieure ou égale à 2 000, on pourrait agripper une résolution qui pourrait être méthodique, rationnelle… Mais avec ce

« peut-il *tout* acheter ? »

exprimant l'intensité d'un désir dont

« sinon *que* peut-il choisir ? »

propose le deuil, avec ces affects qui viennent tout brouiller… Une fois mesuré l'écart entre le rêve de *tout* avoir et la réalité de seulement 2 000 francs pour le réaliser, comment procéder sereinement alors qu'on est en pleine frustration…

— Je vois avec plaisir que nous sommes bien d'accord. Effectivement, en théorie, monsieur Dupont, revenu de ses rêves totalisants pourrait n'acheter qu'un fait-tout ; ou qu'un fait-tout et une poêle ; ou que les casseroles gigognes.

— Sans doute pas, puisqu'il est dit qu'il souhaite « acheter *les* ustensiles ci-dessous ». Peut-être est-ce volontairement vague…

— Version optimiste. La personne qui m'a envoyé ce texte m'a dit d'une part que son fils s'y était noyé, et d'autre part ne pas avoir elle-même compris s'il fallait choisir comment avoir le plus possible d'ustensiles… ou bien comment dépenser le plus possible d'argent.

— Comment s'y prend-on, face à de petits élèves ?…

— En pareil cas, je ne sais pas.

— Au fait, quel âge ont-ils ?

— On est en CM2, ils ont donc dix ou onze ans…

— Je vois... Encore relativement dociles... Parce que justifier la nécessité de se glisser dans la peau de ce monsieur Dupont ne se ferait peut-être pas aussi aisément s'ils avaient quelques années de plus...

— Seriez-vous en train de prêcher la révolte ?

Du coup, je me demande ce que vous allez dire maintenant... Parce que monsieur Dupont...

— Encore ?

— C'est lui, ou un autre... Celui-ci veut acheter un réfrigérateur, ce qui ne semble lui poser aucun problème puisque son parti est pris ; le problème, c'est nous qui en avons hérité.

— *Nous* ?

— Oui. Une petite Odile, en CM2, et moi. Je vais donc essayer de vous rendre succinctement compte de ce à quoi Odile et des milliers de ses contemporains sont confrontés à travers ce genre de problème, supposé être « de mathématiques ». Vous me demandiez comment *on* s'y prend, je n'en sais rien pour ce qui est de parents ou de pédagogues. Quant à moi, c'est forcément au complexe enfant/élève/problème/sens que j'ai affaire, tâchant de lui donner quelque cohérence, tentative dont les modalités ne se peuvent définir à l'avance.

Imaginez donc une petite Odile qui lève ses grands yeux vers moi. Non seulement elle se sent coupable d'avoir « tout raté », mais, chose qui l'angoisse plus encore, elle n'a pas compris la correction.

— Pas facile de se retrouver dans ce maquis...

— Vous avez raison. J'ai encadré sur la copie les réponses d'Odile. Le reste est la correction qu'elle a faite en classe après coup. Prenons les choses dans l'ordre.

Il s'agit donc de monsieur Dupont qui paie son réfrigérateur en plusieurs versements et nous devons trouver à combien il lui revient. Soit. On pourrait, à la rigueur, considérer que c'est un jeu d'enfant, puisqu'il suffit d'additionner les versements successifs. Mais Odile n'a pas vraiment l'air de

4) Un réfrigérateur est affiché 3 250 francs. Une remise[1] de 190 francs est accordée pour un paiement au comptant[2]. Monsieur Dupont préfère le payer de la façon suivante : 1 300 francs à la commande, puis 3 versements successifs de 850 francs, 700 francs et 600 francs.

a) A combien lui reviendra ce réfrigérateur ?

b) Combien aurait-il économisé en payant comptant ?

[1] : *réduction* / [2] *: en une seule fois* *6 pts*

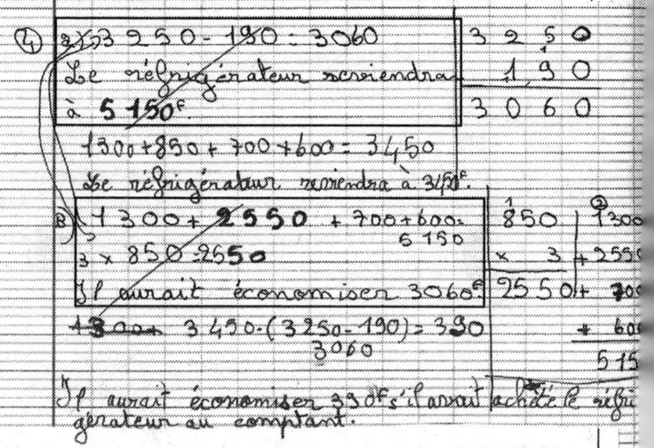

5) En rentrant de l'école, Quentin a 29 billes. Ce matin, il en avait trois fois plus.

Combien de billes Quentin a-t-il perdues ? 4/4 pts

s'amuser. Elle est manifestement sur une autre planète que celle où s'affiche ce réfrigérateur.

— J'avoue ne pas comprendre comment elle s'y est prise.

— Et pour cause ; je n'y serais pas parvenue non plus si je n'avais disposé de quelques explications données par Odile elle-même. Enfant docile, elle s'est conformée aux prescriptions de la maîtresse, qui avait dit qu'on écrit l'opération *d'abord*, et qu'on met *après* la phrase qui explique ce qu'on a fait, comme le montre la correction :

1 300 + 850 + 700 + 600 = 3 450
Le réfrigérateur reviendra à 3 450 F

— Mais... ces flèches...

J'y viens. S'avisant après coup qu'elle avait commencé par calculer l'« économie » — c'est-à-dire, selon elle, 3 060 francs —, mais que c'est une réponse à une question qui ne devait se trouver qu'en second, en petit **b**, elle met une flèche pour signifier que l'opération en question trouvera son explication plus bas.

a) 3 250 – 190 = 3 060	3 2 5 0	
Le réfrigérateur reviendra à 5 150 F	– 1 9 0	
	3 0 6 0	
b) 1 300 + 2 550 + 700 + 600 = 5 150		
3 × 850 = 2 550	8 5 0	1 3 0 0
Il aurait économisé 3 060 F	× 3	+ 2 5 5 0
	2 5 5 0	+ 7 0 0
		+ 6 0 0
		5 1 5 0

Autrement dit, sans les flèches, et une fois l'impulsion qui l'a poussée à d'abord soustraire dépassée, ce qu'Odile avait eu dans l'idée était ceci :

a) 1 300 + 2 550 + 700 + 600 = 5 150
3 × 850 = 2 550
Le réfrigérateur reviendra à 5 150 F
b) 3 250 – 190 = 3 060
Il aurait économisé 3 060 F

— Une économie de 3 060 F sur un réfrigérateur qui en vaut 3 250... Ça en dit long sur les relations de cette enfant à l'argent... Et comment trouve-t-elle ces 5 150 francs ?

— Cela mérite une petite parenthèse formelle : si vous remarquez dans l'énoncé le *3* de ces « *3* versements successifs de 850 francs », virgule, et la suite après, vous comprendrez la tentation à laquelle a cédé Odile en calculant 3 fois 850. Confuse, elle baisse les yeux. Là, elle a compris ce qu'elle n'avait pas compris. Mais moi, je ne comprends pas : étant donné l'opacité dans laquelle se débattent tant d'enfants, je ne comprends pas qu'une déontologie élémentaire ne distingue pas dans les énoncés de problèmes le « numéral » du « numérique[13] ». Les « *3* versements » sont en fait **trois** versements hétérogènes, avec un « trois » qui ne joue aucun rôle opératoire puisqu'il peut être purement et simplement supprimé : « ... puis des versements successifs de 850 francs, 700 francs, et 600 francs » ; alors que le « *trois* » de l'énoncé du problème donné juste en dessous de celui-ci rend compte de ce que Quentin (c'est le problème 5), dans le passé, mais tant pis,

« avait trois fois plus »

de billes que les 29 qu'il a à présent. Cette fois, ce « trois » qui ne pourra en aucune façon servir à écrire « trois × 29 » devrait donc s'écrire **3**. Comme l'énoncé est court et le « fois plus » transparent, Odile et sans doute ses camarades ont dû s'en tirer sans trop de dommages. Mais dans un énoncé touffu, ce *trois* qui devrait être un **3** serait passé inaperçu, alors que celui-ci, qui est *3* au lieu d'être **trois**, a fait de prévisibles dégâts[14]. Même l'écriture des nombres, inconsciemment sans doute, est là pour un peu plus piper les dés.

— Ils semblent l'être bien assez dans ce cas.

— Et dans la majorité des cas. Laissez-moi vous dire comment *nous* sommes parvenues à nous tirer de ce mauvais pas, pour l'honneur, puisque les 6 points alloués au réfrigérateur étaient, pour Odile, définitivement gelés.

Je l'ai d'abord félicitée pour la justesse de ses calculs — il ne faut pas oublier que c'est pour ça que sont donnés les problèmes, et qu'il faut donc d'abord régler les questions techniques afin qu'elles ne fassent pas écran — et la première question a vite été liquidée.

Restait la seconde ; et l'occasion de s'apercevoir que les explications généreusement proposées dans le texte — « remise » équivaut à *réduction* et payer « comptant », c'est payer *en une seule fois* — semblaient lui apporter autant de clarté qu'un lumignon dans d'épaisses ténèbres.

Le premier moment d'accablement passé, nous avons entamé un drôle de dialogue. Je lui ai demandé si elle savait ce que signifiait « économiser ». Oui, elle savait. Si elle économisait ? Oui un peu, mais moins qu'elle voudrait parce que son petit frère, lui, économisait beaucoup, alors c'était vexant de se retrouver avec moins d'argent que lui. Comment on économisait ? Dans une tirelire. Accessoirement, pour quoi faire ? Pour acheter des choses qu'on aimait et qu'on ne pouvait pas acheter du premier coup. Ça lui arrivait ? Oui. Allons, tant mieux, on était d'accord sur ce qu'était « économiser ». D'autant que cette signification, largement répandue dans les problèmes, avait déjà été portée à un haut degré d'abstraction par Odile elle-même, calculant ici le montant auquel *peut* s'élever l'économie d'un employé qui gagne — on est en octobre 2001 — 8 750 F par mois ; et qui dépense 7 500 F ; « pour » quoi et « par » combien ? On ne le dit pas.

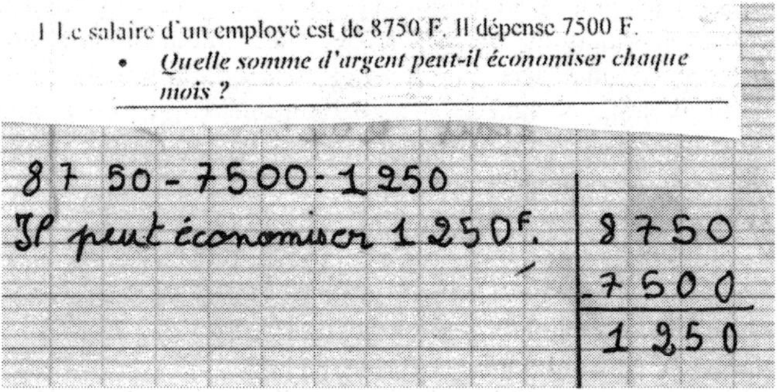
1 Le salaire d'un employé est de 8750 F. Il dépense 7500 F.
• *Quelle somme d'argent peut-il économiser chaque mois ?*

8750 - 7500 = 1250
Il peut économiser 1 250 F.

8750
-7500
1250

Tout est en ordre : le flou de la donnée, le quantitatif du mépris — économiser en gagnant 8 750 F par mois ! On espère d'Odile et de tous ses petits camarades une soustraction d'automathe et, victoire, on l'a.

Donc les économies c'était... de l'argent mis de côté ; il est par conséquent possible de les imaginer, Odile dans une tirelire, et nous, pour cet employé, dans une boîte à chaussures virtuelle, parce que des chaussures, on ne doit pas en acheter souvent en gagnant 8 750 F par mois, et en faisant des économies.

Ce qui devait suivre allait être nettement plus scabreux. Comme lorsqu'un ou une écervelé(e) qui ruine son ménage pour avoir dévalisé les boutiques en période de soldes doit expliquer qu'il ou elle a en réalité *gagné* un argent fou. Ce monsieur Dupont *aurait* économisé *si*... il avait acheté comptant. Une économie qu'on fait en dépensant, ça s'explique difficilement à partir de l'économie de la tirelire — ou même du bas de laine ! À grands renforts de « c'est comme si », et de rires, on comprend qu'ici « économiser », c'est une drôle de façon de mettre de l'argent de côté, puisque c'est justement le contraire, c'est-à-dire dépenser ; simplement, c'est dépenser moins que ce que dit l'étiquette. Ouf !

Rien de plus difficile que ce genre d'explication. Rien à voir avec équations, théorèmes, vecteurs, calcul intégral, qui se comprennent avec une aisance incomparable à la sorte d'impuissance où on est de mettre une petite fille de 11 ans dans la peau d'un monsieur Dupont contre lequel je n'aurais rien s'il ne nous obligeait à nous mêler de ses aventures électroménagères.

Et puis il y a la langue, dont l'impuissance à traduire la « situation » affecte gravement le tout. Avec le sens traditionnel, courant, du mot « économie », on ne *peut pas* parler d'économie sous prétexte qu'on paie un objet moins cher que son prix affiché. Alors ? Alors on paie moins cher et voilà tout. Voici des décennies que l'école utilise ce mot d'« économie » qui dans le commerce a peut-être un sens, mais qui ici n'en a aucun ; si cela devait durer, il faudrait assortir les programmes de formation des enseignants d'un cours d'« économies à visée pédagogique » ; ou comment faire comprendre à des enfants qu'elles ne sont que prétexte destiné à provoquer des additions ou soustractions avantageuses.

Mais revenons à nos Dupont-dépens. Tout ce qui précède n'était rien étant donné ce qui nous attendait par la suite. Une « économie », comme ils disent, c'était donc cette différence entre quelque chose qui aurait pu ou dû être — le prix sur l'étiquette — et quelque chose qui était — ce qu'on payait. Mais là ! Il aurait fallu trouver la différence entre quelque chose qui *ne pouvait pas* être, puisque ce monsieur Dupont *n'achetait pas* comptant, et quelque chose qui *allait être*, ce qu'il devrait payer.

Imaginons le contraire. Vous achetez un objet au comptant. On vous fait une remise de 97 euros (chiffres choisis pour la soustraction). Combien avez-vous « économisé » ? Si vous répondez sottement 97 euros, c'est que vous manquez de la plus élémentaire imagination. Et si vous aviez acheté cet objet à crédit ? En six mois ? Incontestablement, vous augmentez votre économie. En un an ? Elle devient appréciable. En deux ans ? Très intéressante. En cinq ans ? Vous avez économisé de quoi acheter un autre objet qui vous ferait plaisir... Et si vous l'achetiez tout de suite, cette machine à laver ultra-performante dont vous venez de gagner le prix en ne vous endettant pas ?

Ce que monsieur Dupont aurait économisé en s'épargnant de faire le compte d'une économie qui n'a pas de sens et que de toute façon il n'aura pas faite, c'est une bonne dose de masochisme. Et nous un temps précieux que nous aurions pu passer à faire autre chose ; des mathématiques, par exemple. Mais évidemment, nous serions passées à côté de cette remarquable utilisation des parenthèses en CM2. La réponse à **b** étant censée pouvoir s'écrire comme la différence du montant de **a** — soit 3 450 F — et d'une autre différence — le prix au comptant —, on obtient l'intéressante écriture de ce monstre issu d'une trésorerie insensée

$$3\,450 - (3\,250 - 190) = 390$$

Odile est sortie souriante ; nous nous étions bien amusées de son « économie » de 3 060 F — qui était simplement le vrai prix au comptant —, étant parvenues à la conclusion qu'elle n'avait pas osé répondre par une vérité de La Palice :

> Énoncé : Une remise de 190 francs est accordée pour un paiement au comptant.
> Question : Combien aurait-il économisé en payant comptant ?
> Réponse de La Palice[15] : 190 francs,

et qu'elle avait donc fait de l'activisme. Et toutes ces économies virtuelles à usage scolaire nous avaient bien fait rire. Mais moi j'étais épuisée, épuisée et en colère, comme chaque fois que je constate le gâchis de temps et d'énergie *dépensés* à vouloir donner du sens à ce qui n'en a déjà pas pour un adulte...

— ... Et *a fortiori* pour des enfants... Si je comprends bien, vous désamorcez l'absurdité en l'explicitant...

— Avec précaution... Il faut préserver l'école, mais aussi l'intégrité intellectuelle d'un enfant...

— Mais y en a-t-il qui parviennent à faire ce genre de problème ?

— Hélas, oui !

— Comment, hélas ?

— Eh bien oui. Les quelques-uns qui réussissent arrivent à occulter la grave question que devrait poser l'échec de tous les autres...

— C'est-à-dire ?

— C'est-à-dire celle qui coiffe l'ensemble de toutes les questions qui se posent dans toute entreprise d'enseignement et sur laquelle il me paraît donc nécessaire de revenir : la question du sens.

Du sens, présent ou absent, il n'a été ici question que de cela. Mais pour à la fois mettre en perspective ce qui précède et éclairer ce qui va suivre, je vais avoir recours à quelques catégorisations qui sont autant d'explicitations : les ayant longuement et souvent proposées antérieurement[16], je me contenterai d'en rappeler brièvement l'essentiel.

À constamment évoquer ou convoquer du sens, on m'a souvent mise au défi de définir « sens » ; ce qui serait éminemment risqué, sauf à ramener le mot « définir » lui-même à son étymologie. Définir : du latin *définire*, de *finis*, « fin », « limite ». Dans la visée elle-même limitative d'une entreprise d'enseignement, je vais donc essayer de « contenir » ce qu'il pourrait en être du sens à partir de ses frontières.

Si un élément de savoir est inconnu, par définition texte, discours, manipulations énoncés ou montrés à son propos sans autre forme de procès confrontent le sujet à ce que j'appelle du « **pas-de-sens** ». C'est-à-dire du sens qui existe, mais qui n'est pas accessible dans l'instant ; autrement dit encore, du sens en attente d'une traduction, ou d'une explication.

Élargissons ce pas-de-sens à deux modalités.

L'exemple banal de pas-de-sens, que tout le monde a sans doute rencontré, peut d'abord être celui d'une phrase énoncée dans une langue inconnue. Elle a du sens pour qui l'a formulée, mais elle n'en a pas pour la personne à qui elle s'adresse.

Mais il peut aussi se faire que la langue étant connue, c'est l'objet même du discours qui échappe à l'entendement.

— Des exemples, s'il vous plaît, au risque que votre « pas-de-sens » soit lui-même du pas de sens...

— J'y venais, et si l'on se restreint aux mathématiques, les deux modalités précédentes sont faciles à caractériser.

D'abord le pas-de-sens *de forme,* celui d'un texte opaque pour la personne qui s'y trouve confrontée, quelles que soient les raisons de cette opacité. Elle constitue en tout cas un barrage premier et absolu. Exemple :

> Soit E un espace affine. Un vecteur est une classe d'équivalence d'un bipoint de E pour la relation d'équipollence.

— J'admets volontiers qu'une telle phrase est du « pas-de-sens » pour le commun des mortels...

— Oui, mais si la nécessité ou le désir s'en faisaient sentir, elle prendrait du sens par l'apprentissage des notions permettant d'y accéder. Elle s'est d'ailleurs trouvée, presque sous cette forme, au programme du lycée, lors des années 1970, ce qui, théoriquement, voudrait dire qu'elle était supposée devoir prendre du sens pour quelques générations de lycéens...

— Et c'est le cas ?

— On y a en tout cas renoncé.

Mais il n'est pas besoin du terrorisme dont se plaignent souvent ceux qui se disent effrayés à la simple vue d'une page de mathématiques hérissée de mots, notations ou formules incompréhensibles. Sachez que de menus « objets non identifiés » peuvent opacifier un paragraphe, voire un texte entier...

— Je confirme... Il est courant qu'un mot inconnu, une notation non explicitée fassent obstacle au sens dans quelque discipline que ce soit...

— Allons à présent au-delà de l'opacité de la forme, et supposons-la transparente : c'est seulement alors que peut être identifié un pas-de-sens *de fond*, qui suppose que le propos, dans son ensemble, échappe à l'entendement de celui ou de celle à qui il s'adresse. Ce qui fait, par exemple, que le sens d'un texte apparemment limpide se dérobe parce qu'on ne comprend pas ce dont il s'agit, ou bien où l'interlocuteur veut en venir.

— Ces fameuses démonstrations où il est dit « on pose », « il apparaît que », etc., propositions une par une claires, mais dont l'ensemble est déconcertant parce que n'apparaît pas la finalité de tous ces gestes...

— Par exemple, en effet. Mais aussi très simplement quand la teneur d'un propos, même simple ou clair, est totalement étrangère aux préoccupations, ou dispositions d'esprit de la personne qui s'y trouve confrontée... Ainsi peuvent être anéantis des pans entiers de discours, parce qu'on a décroché, à un moment donné, ou pour de bon, d'un discours qu'on n'a pas pu suivre.

— Je suppose que votre déontologie vous interdit de mentionner l'ennui, ce dissolvant universel...

— Mettons-nous d'accord sur une chose. En admettant que l'état premier de la rencontre d'un sujet et d'un savoir le confronte à du pas-de-sens, de forme, ou de fond, ou des deux ; et en supposant, si on a l'amour des formules, que faire accéder un sujet à un savoir n'est pas autre chose que parvenir à lui donner les moyens de métamorphoser un pas-de-sens initial en sens : à ce moment-là, je crois très sincèrement pour ma part qu'en conjuguant la curiosité naturelle des enfants, l'obligation scolaire et l'intérêt intrinsèque des mathématiques, on peut suffisamment impliquer de jeunes puis moins jeunes élèves dans le travail, voire l'effort nécessaire pour que nombres, figures, et problèmes prennent du sens, et soient donc source d'intérêt, voire de plaisir.

En revanche, ma déontologie ne m'impose en aucune façon de vouloir rendre possible l'impossible...

— Vous allez me parler des Dupont...

— Évidemment. Le récit de leurs « problèmes » dissoudrait l'attention de n'importe qui... Mais il y a pire. C'est que les enfants par définition *ne peuvent pas* les comprendre. Je vais y revenir. Mais en attendant, accordez-moi que, par exemple, il soit possible à du pas-de-sens d'être resté en l'état, pour petits ou grands élèves : leçons apprises mais non comprises, correction faite mais non digérée, etc.

— Le réalisme le plus élémentaire me contraint de vous l'accorder. Et alors ?

— Alors j'en viens à mon autre frontière du sens.

Considérons donc que, nonobstant une tentative d'apprentissage, le pas-de-sens initial soit resté du pas-de-sens ; et qu'il faille *à partir* de cette absence de sens produire du sens, c'est-à-dire répondre en contrôle ou en devoir sur table à des exercices ou des problèmes. L'entreprise est ardue.

Certains y arrivent : *les* sens — la vision, l'ouïe —, par la possibilité qu'ils offrent de reproduire du vu ou de l'entendu, peuvent donner les moyens, de manière parcellaire, mais relativement efficace, à partir du non-compris de créer l'illusion *du* sens. Ce sont les producteurs d'*automathismes*, ou *automathes*, déjà rencontrés.

Mais il est bien évident que ces systèmes de reproduction ne tiennent pas sur la durée ou le nombre des confrontations exigées par le rythme scolaire des interrogations, contrôles ou compositions. Les créations obtenues par une combinatoire auditive, visuelle, ou les deux, d'éléments qui sont restés du pas-de-sens est un montage qui cette fois n'a plus *aucun* sens. On se trouve alors face à du **non-sens**, qui n'est plus du sens en attente d'une traduction, mais un « texte » auquel aucune traduction ne pourra donner du sens. Par exemple, avec ses définitions à reproduire, la géométrie est un terrain d'élection pour des non-sens qui fleurissent du simple fait de remplacer un mot par un autre[17].

Ces non-sens qui émaillent les copies et désolent les professeurs de mathématiques sont faciles à identifier comme tels au collège ou au lycée. Nous avons rencontré dans le domaine numérique, celui, inaugural, du « si 7 égale 0 » qui avait si fort scandalisé Laurent Schwartz ; voici au hasard d'une de ces résolutions d'équation — qui sont d'inépuisables pourvoyeuses de non-sens — un intéressant exemple, en 3ᵉ, d'automathismes qui pourraient, si l'on s'était limité à un contrôle sur la factorisation, c'est-à-dire aux trois premières lignes du deuxième exercice, faire illusion.

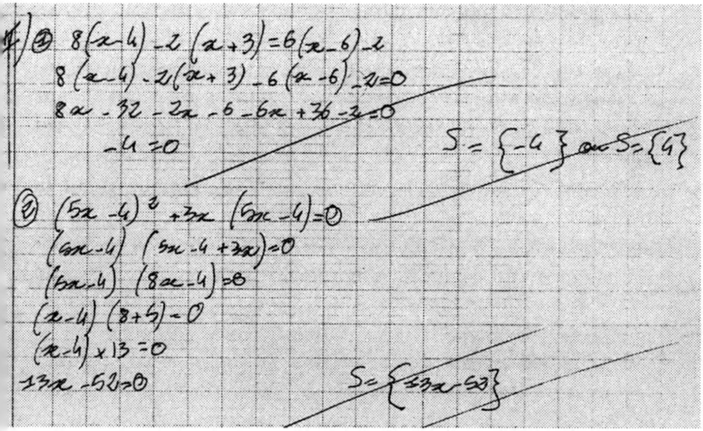

Mais l'étonnante mixture qui leur succède, augmentée de l'encore plus étonnante solution qui s'ensuit, rend l'existence du non-sens, si je puis dire, éclatante[18]. Sans compter, en 1), ce « – 4 = 0 » qui engendre comme « solutions » – 4 ou 4...

— Au point de décourager toute tentative de correction...

— Effectivement. On est si loin du compte que ce sont ces sortes de non-sens qui remettent en question la pertinence du collège unique, c'est-à-dire de « mathématiques pour tous ».

Il y a longtemps que je propose de chercher le sens des erreurs, fussent-elles des non-sens, pour la simple raison qu'elles sont les remarquables révélateurs de ces pas-de-sens restés en l'état. Elles permettraient donc, idéalement, de comprendre *ce que* les élèves n'ont pas compris, et, si on voulait bien considérer ceux-ci comme de possibles sujets du savoir qu'on cherche à leur transmettre, *pourquoi* ils n'ont pas compris. Nous aurons évidemment à revenir sur cet aspect essentiel de toute pédagogie en général et de celle des mathématiques en particulier.

Pour l'instant, on est bien forcé d'admettre qu'à partir d'un certain volume de pas-de-sens accumulés, comme nous venons de le voir, ou comme nous l'avons vu avec Gilles ou d'autres, la tâche se révèle, en classe, être quasiment impossible.

Mais nous nous intéressons ici aux enfants des écoles. Pour nous en tenir à eux, on peut dire qu'additionner des moutons et des chèvres pour donner l'âge d'un capitaine est un parfait non-sens. À quoi on pourrait objecter que le non-sens est déjà dans l'énoncé. C'est vrai. Mais pour Lucien, antérieurement rencontré, qui trouve qu'il « lui » manque 121 550 F pour acheter un appareil photo de 425 F, et ce en multipliant des francs par des francs, on ne peut pas en dire autant. C'est à un énoncé supposé être sensé qu'il est censé répondre. Et auquel il répond par du non-sens.

Toute spécificité de la matière abordée mise à part, les non-sens que proposent les écoliers ont clairement quelque chose en commun avec ceux du collège ou du lycée ; ce que Laurent Schwartz avait exprimé en disant à propos de « si 7 = 0 »,

> « ça correspond à la même chose que l'"âge du capitaine", mais à la puissance je ne sais pas combien... ».

C'est à « cette puissance je ne sais combien » qu'on doit les désastres actuels. Car ce qui croît de façon exponentielle depuis l'école jusqu'au lycée, en passant par le collège, avec tout ce qu'on lui connaît comme modalités de désordre, ou de violence, c'est bien la chose la plus grave qui soit pour des êtres doués de raison, et alors même qu'il est question de les initier à un savoir supposé être le comble de la rationalité.

— Et c'est ?

— C'est de devoir renoncer au sens.

Dialogue que j'ai au moins une fois avec chacun de mes élèves :

— Est-ce que ce que tu écris a du sens pour toi ?

— ... *Non...*

— Alors pourquoi veux-tu que ça en ait pour moi ?

Je l'ai déjà dit à propos de Gilles. Je ne m'habitue pas aux conséquences de cet incroyable tribut que tant d'élèves croient devoir payer au système, de cette souffrance de leur intelligence, vécue dans l'angoisse, la révolte ou l'indifférence. Il est effarant de constater les nuisances en cascade que cela entraîne d'abord pour l'intégrité intellectuelle d'un sujet, qui au mieux circonscrira son renoncement aux mathématiques, au pire le laissera gagner du terrain et déborder ailleurs. Et je ne parle pas ici des conséquences que l'échec ne peut manquer d'entraîner dans sa vie scolaire, donc dans sa vie tout court, dans celle de sa famille, de son école, de son pays.

— Quels remèdes à cela ?

— Les remèdes ? Essayer, dans la mesure du possible, de restaurer cette rationalité mise à mal par le renoncement au sens.

— « Dans la mesure du possible »... Ce n'est pas ce que vous disiez il y a deux décennies...

— Ne vous méprenez pas. Je pense toujours, puisque c'est la question qui m'est ou est régulièrement posée, que tout le monde est à même de comprendre et de réussir en mathématiques élémentaires. Mais il y a une situation *de fait* dont nous avons déjà vu que, pour l'instant, il n'est guère possible que la classe en arrive à bout.

Mais justement, et comme dirait ce même La Palice qui en certaines occasions est une autorité à laquelle on n'a pas assez recours, puisque cette situation est *devenue* celle-là, il faut se demander comment elle pourrait *devenir* autre, et donc s'interroger sur le possible et l'impossible.

On peut toujours penser possible de bien, de mieux enseigner une discipline qui a du sens. C'est le cas des mathématiques. La matière ayant un intérêt intrinsèque, dans de nombreux lieux, on réfléchit à la manière de le susciter chez les élèves, et parfois, ou souvent, on y parvient. Et si on n'y parvient pas mieux que cela, c'est que le terrain est déjà compromis par quelques années d'école, surtout consacrées à tenir les comptes des Dupont.

— Allons, vous exagérez, il n'y a tout de même pas dans les livres ou fichiers que des messieurs Dupont...

— Vous avez raison. Il y a des mesdames Dupont ; des petits Dupont ; des parents des Dupont ; des amis des Dupont. Les préoccupations de cette galaxie Dupont sont remarquablement homogènes. En gros, ils achètent, de préférence au meilleur prix, et veulent savoir ce qui leur reste ; et dans ce but, ils somment les enfants des écoles de tenir des comptes que des adultes trouveraient déjà arbitraires, artificiels, fastidieux...

Pour justifier cet abus de pouvoir, on a utilisé un concept sans doute créé à d'autres fins : « situation-problème », alliance de mots ambiguë, qui fait aujourd'hui plus penser à « tiroir-caisse », « grande surface », « supermarché », qu'à des mathématiques...

Vous pensez vraiment qu'il y aurait des situations quantitatives qui renverraient les enfants à des problèmes ? Des « situations » ?

Vous allez pouvoir en juger.

> (2) Pour fêter son anniversaire, Elodie achète un gâteau à 18,29 € chez le pâtissier puis, au supermar-ché 5 bouteilles de jus de fruit à 1,30 € l'une, 4 paquets de biscuits valant 1,68 € pièce et 3 paquets de bonbons à 1,07 € l'un, Elle disposait de 45,73 €

Élodie achète, achète et achète. Elle a bien de la chance de disposer pour cela de 45,73 euros très exactement. Et l'histoire s'arrête là.

— Mais... où est le problème ?

— Je vous parlais d'un abus de pouvoir. Ici, il est patent. Sans doute pour mettre en avant le naturel de la situation, les petits CM2 sont priés de trouver eux-mêmes la question qui *se* pose. Or, précisément, il ne s'en pose aucune. Vous voyez une question *se* poser, vous ?

— Mais...

— J'espère que vous n'allez pas me répondre, en *automathe,* à coup sûr respectable, mais néanmoins bien dressé, qu'il importe de savoir combien il reste d'argent à Élodie...

— C'est-à-dire que...

— Je vois. Je vois que vous ne voyez pas non plus la *fausseté* de cette situation. Je ne parle évidemment même pas de la virtualité d'Élodie se promenant toute seule chez le pâtissier et au supermarché, alors qu'elle en est à l'âge des bonbons. Je ne parle pas non plus de la probabilité que, dans tous les CM2 de France et de Navarre, on se reconnaisse dans les relatives largesses dont bénéficie Élodie pour fêter son anniversaire. Je parle très simplement de la bribe de sens qui pourrait sauver la crédibilité de la soustraction vers laquelle tend toute cette situation.

— Sauver la soustraction ?

— Vous voudriez savoir, une fois vos achats effectués, ce qui vous reste comme argent, qu'est-ce que vous feriez ?

— Je regarderais dans mon porte-monnaie...

— À la bonne heure ! On ne voit pas pourquoi Élodie, qui a su recenser jusqu'au moindre centime dont elle dispose, ne saurait plus le faire après ses achats.

— La soustraction souhaitée n'aurait donc de sens, selon vous, que pour une quantité absente : il me reste tant, combien ai-je dépensé ?

— Évidemment ! Ou, à la rigueur, si l'on a gardé tous les tickets de caisse, j'ai dépensé tant, combien *devrait-il* me rester ? etc. Faute de mettre au moins l'opération[19], sinon l'élève, en situation, on la vide de son sens.

— Je n'y avais jamais pensé.

— C'est ce que m'ont dit nombre d'enseignants qui du coup écartent les problèmes de soustraction qui ne respectent pas un minimum de vraisemblance... Un des exemples les plus significatifs que j'ai rencontrés de l'artifice de ce qui est proposé dans ces problèmes de soustraction est l'énoncé suivant :

> Le livre que lit Sandra a 305 pages. Il lui reste à lire 137 pages. Combien en a-t-elle lues ?

— En effet...

— Une des principales raisons pour lesquelles l'absurdité de ce genre d'énoncé n'apparaît pas aux adultes, c'est qu'ils n'y voient, comme les y encourage la tradition scolaire, que le prétexte d'une belle « soustraction à retenue », c'est-à-dire, en fait, d'un calcul.

— Et les autres ?

— Les autres raisons ? On a affaire à des enfants. Ils n'en sont pas à s'interroger sur le sens de ce qu'on leur fait faire, et on ne le fait pas pour eux. En revanche, on évaluera ce qu'ils auront fait à l'aune de ce qu'on aurait voulu qu'ils fassent. Cela occupe tout le monde, rassure quand l'élève se plie à ce qu'on attend de lui, inquiète quand ce n'est pas le cas, et évite qu'on aille voir plus avant dans les raisons qui tétanisent l'intelligence des enfants.

Mais avec Élodie, armée de ces euros fraîchement débarqués qui avec tous leurs centimes sont pain béni pour les prétextes à additions, multiplications, soustractions, un pas de plus est franchi. Dans son histoire, aucune question ne *se* pose. Le texte est clos. Pourquoi faudrait-il *inventer* une question ? Et à ce moment-là, pourquoi *celle-là*, dont nous avons vu qu'elle était parfaitement absurde ? Pourquoi ne pas se demander, au choix, si le gâteau est ou non à la crème, le jus de fruits gazeux ou non, l'achat de bonbons justifié, si transporter seule tout ça est possible...

Nous rencontrons là ce qui va sévir dans nombre de problèmes et qui apporte, s'ajoutant aux catégories de sens précédemment rencontrées, une variété supplémentaire, bien dans le goût du jour. Mais, pour plus précisément encore la caractériser, face à cette Élodie de papier, je me réserve de vous faire rencontrer une petite CM1 en chair et en os, qui résumera pour nous à elle seule trente années d'immobilisme de la matière et d'innovations dans la manière.

— Comment en est-on arrivé là ?

— Bonne question. On n'y est pas *vraiment* arrivés... on y est *presque* retournés...

— Qu'est-ce que ces « vraiment » et « presque » veulent dire ?

— Qu'il ne s'agit pas d'une évolution, mais d'une révolution, à prendre dans son sens propre de retour à une position presque initiale.

Pour ce qui de la matière, une énorme partie du programme des cinq premières années d'école propose à peu de choses près les sujets auxquels étaient confrontés les petits écoliers des débuts de l'école.

— Vous voulez parler du mélange des genres... et dire qu'on appelle maintenant « mathématiques » ce qui autrefois s'appelait « arithmétique » au sens de Bézout...

— En effet. Il s'agit d'une erreur épistémologique récente. Les arithmétiques scolaires de la quantité et du quotidien ne prétendaient pas être des mathématiques ; elles se voulaient strictement utilitaires, trouvaient leur couronnement dans le programme du Certificat d'études, et de toute façon n'étaient pas destinées à être prolongées par des études théoriques. Les mathématiques commençaient *après*, dans le secondaire.

— Je vous avoue me souvenir de la façon dont nous nous gonflions d'importance au lycée dès lors qu'il s'agissait de « faire » de l'algèbre, avec des x et des y, ou de la géométrie, avec des démonstrations...

— Algèbre et géométrie étaient en effet aisément reconnaissables tant par leur matière que par leur mode d'exposition.

— Que s'est-il donc passé pour que la confusion s'installe ?

— Entre autres causes, il s'agit, en particulier, d'une bien paradoxale conséquence de cette fameuse réforme des mathématiques modernes.

— Le paradoxe doit être de taille... Parce que je me souviens tout de même aussi que c'est à peu près vers le milieu du siècle dernier que l'on a commencé à critiquer les antiques problèmes de ce certificat d'études primaires.

— En effet. Les critiques dont vous parlez étaient de deux sortes. Elles remettaient en question d'abord ces problèmes de prix d'achat, de vente, bénéfices ou autres taux d'escompte, jugés « utiles », mais confrontant trop précocement l'enfant à une réalité d'adulte ; ensuite ceux du genre baignoires qui fuient alors qu'on les remplit, ou trains qui se rencontrent ou se poursuivent sans autre raison que celle de l'horaire assigné à chacun d'eux, problèmes cette fois jugés hautement improbables, et donc parfaitement « inutiles » puisqu'en pratique, il aurait suffi de consulter un horaire des chemins de fer ou de faire appel à un plombier.

— Tout ça n'était en effet guère cohérent...

— Je ne suis pas de cet avis. Ces tendances apparemment contradictoires étaient en réalité parfaitement cohérentes. Les arithmétiques qui avaient encore cours dans les années 1960 devaient, comme aux débuts de l'École, d'une part initier les petits écoliers au fonctionnement socialisé de la quantité : écriture décimale, quatre opérations ou quatre règles, système métrique, mesure des grandeurs et du temps, monnaies, mélanges, alliages, traites, rentes, etc. ; et d'autre part au *raisonnement*, d'où, en particulier, les trains et les baignoires, casse-tête sophistiqués qu'on aimait parfois, plus tard, résoudre simplement par l'algèbre, quand on avait la chance de poursuivre des études.

— Vous deviez m'expliquer comment cette réforme, qui voulait que tout ça change, est responsable de ce que rien n'a changé...

— On pourrait dire en simplifiant que se sont conjuguées deux sortes de raisons : par défaut et par excès.

L'échec de la réforme apporte les évidentes raisons par défaut. Ces mathématiques qu'allait enfin inaugurer l'école devant disparaître avec celles du collège et du lycée, on se retrouvait face à du vide. Alors que collégiens et lycéens, après une parenthèse de réunions, intersections, bijections, injections, espaces vectoriels, etc., pouvaient revenir à une tradition de mathématiques classiques, l'école n'avait rien d'autre à offrir que son ancienne arithmétique. Aussi, ignorant résolument tout ce qui en avait été dit, en particulier sur la nécessité de ne plus considérer des enfants comme des adultes en réduction, s'y est-elle remise comme avant.

Et mieux qu'avant, digérant les excès d'une idéologie qui, au lieu de lui être contraire, paradoxalement la confortait.

— Si vous pouviez m'éclairer...

— Tout ce qui s'est dit pour préparer, défendre et tenter de maintenir cette réforme tendait à faire croire que les mathématiques étaient partout, et que de ce fait nul ne pouvait s'en passer : l'action la plus anodine, la pensée la plus immédiate traduisaient du mathématique ou pouvaient être traduites en mathématique. *La* mathématique, majestueusement unifiée dans sa matière par l'article défini, féminin, singulier, tendait à englober, homogénéiser le quantitatif quotidien en un tout également mathématique. Comme si l'on avait souhaité faire croire à la population qu'en achetant son pain, remplissant un chèque, consultant un relevé de compte, achetant un objet en solde, elle « faisait » des mathématiques.

— Je ne peux pas croire que ça a marché...

— Ça a marché, en tout cas à l'école. Mais ça ne rend service ni aux mathématiques, ni à ce quantitatif qui, lorsqu'il est vrai, apparaît pourtant clairement comme d'une essence différente de ce que sont les mathématiques, quand on en « fait », fût-ce au seul niveau du collège ou du lycée... Que viendraient faire irrationnels ou imaginaires dans la vie quotidienne ? Quant aux négatifs, à part ce qui s'en entend au sujet des températures, il ne semble pas que ce fameux « moins par moins », qui troublait si fort Stendhal, coure les travées des supermarchés.

— Je comprends à présent. Dans les temps post-réformistes, on a donc re-pratiqué à l'école la plus traditionnelle des arithmétiques, et gardé « mathématiques » dans l'intitulé des programmes, livres et fichiers...

— En effet. Seulement, trente ans plus tard, les choses ne peuvent pas se donner de la même façon. À défaut d'avoir réussi à changer la matière, à côté des énoncés les plus traditionnels qui soient, des changements sont intervenus dans la manière, dont vous avez déjà eu un échantillon avec la fausse Élodie et sa question à inventer.

Comme je l'ai dit[20], l'école qui fut si profondément secouée par la réforme le fut aussi par un second séisme d'ampleur non moindre et aux effets bien plus durables, je veux parler de l'épisode désormais dit de l'« âge du capitaine », aux conséquences à l'époque aussi imprévisibles qu'elles sont aujourd'hui regrettables.

Des pourcentages inquiétants d'enfants parfaitement normaux ayant donné, avec le plus grand naturel, des réponses à des questions volontairement absurdes, on se préoccupa donc du sens, qui devint la visée phare du problème. Mais comment une institution comme l'école allait-elle pouvoir analyser les raisons complexes des non-sens produits par les élèves ? Il semble que celle qui lui parut la plus importante fut qu'ils avaient été piégés par surprise, bonne foi, et confiance en la chose proposée et en ceux qui la proposaient. Alors, de même que ce père qui, dit-on, enjoignit à son fils de sauter du haut d'une armoire, arguant face à la frayeur de l'enfant que, n'avait-il pas confiance, il le rattraperait, et qui ne le rattrapa pas, certain qu'à partir de cette « leçon inaugurale » cet enfant n'aurait plus jamais confiance en personne, l'école a entrepris face au problème une gigantesque offensive de déstabilisation.

Ainsi, au lieu de comprendre et accepter qu'il s'était agi pour les enfants d'un renoncement au sens, lui-même dû au pas-de-sens, forme, ou fond, ou les deux, de la matière qui leur était proposée, on s'est ingénié à la leur re-présenter, mais autrement. Pour que plus jamais aucun élève des écoles ne se laisse prendre à quelque piège que ce soit, c'est l'école qui se chargerait de les lui tendre, pour son bien ; ce qui aurait comme bénéfice supplémentaire d'aguerrir son esprit et de l'armer pour le difficile combat de la vie.

Et puis, en sus des pièges, on introduirait quelques raffinements : multiplier les informations dont certaines seraient inutiles ; passer sous silence certaines données indispensables ; mélanger des énoncés ; inventer les questions, finales ou intermédiaires ; inverser...

— Vous aviez évoqué un séisme...

— S'il n'a pas la même envergure que celui des mathématiques modernes jugé « catastrophe internationale[21] » par nombre de mathématiciens et de physiciens, c'en fut un en effet, à l'échelle de la France, qui vint s'ajouter au précédent. Dans la sorte de fuite en avant destinée à surtout éviter de faire front à la réalité que vivaient les élèves, les pédagogues ont rivalisé d'inventivité. Il en est résulté un corpus de problèmes proposé aujourd'hui à l'école, profondément marqué par ce qu'on pourrait appeler l'« effet âge du capitaine », qu'en raccourci j'appellerai l'« effet âdécé ».

Or, en prêtant quelque attention à ce que produisent les élèves, on est amené à se demander si l'effet âdécé, conjugué avec la plus traditionnelle des arithmétiques quantitatives, n'a pas engendré des remèdes pires que le mal. Il est donc temps que vous fassiez la connaissance de Capucine, petite fleur contrainte de pousser sur ce terreau composite, et qui aura le plus grand mal à ne pas y perdre ses couleurs.

CHAPITRE IX

De l'effet âdécé, et des solutions qu'il inspire à Capucine

Nul n'est plus sujet de l'Histoire et d'une histoire qu'un petit écolier. En l'occurrence, il s'agit d'une petite écolière de 9 ans, intelligente et malicieuse. Parcourir son cahier[1] où coexistent vocabulaire, orthographe, conjugaison, géographie et autres merveilles que l'école obligatoire et laïque propose depuis presque un siècle et demi à tous les enfants de France et de Navarre, c'est l'attendrissement garanti.

Qu'en est-il des mathématiques[2] ? Nous avons vu qu'à part la parenthèse des mathématiques modernes la tradition n'avait jamais été vraiment remise en cause dans un apprentissage de la numération ou des règles de calcul. Comme tous ceux que nous avons rencontrés, Capucine vit précisément dans un monde où tout est règle, tout algorithme, tout déplacement de virgule, toute manipulation de fractions, tout tableau de conversion... Règles, donc, qui lui restent ou non en mémoire, et qui s'appliquent ou non à bon escient.

Après avoir, quelques jours auparavant, travaillé sur l'identification de multiplications bien ou mal posées, c'est-à-dire où le décalage des chiffres des produits partiels est correctement effectué, arrive l'épineuse question du zéro intercalaire dans le multiplicateur. Voici donc deux personnages, Flavie et Rodolphe — qui accompagneront les enfants toute l'année — en compétition à propos d'une même « opération », autrement dit d'un même calcul.

« Qui a été astucieux ? Pourquoi ? »

Nous aurons du mal à nous faire une opinion.

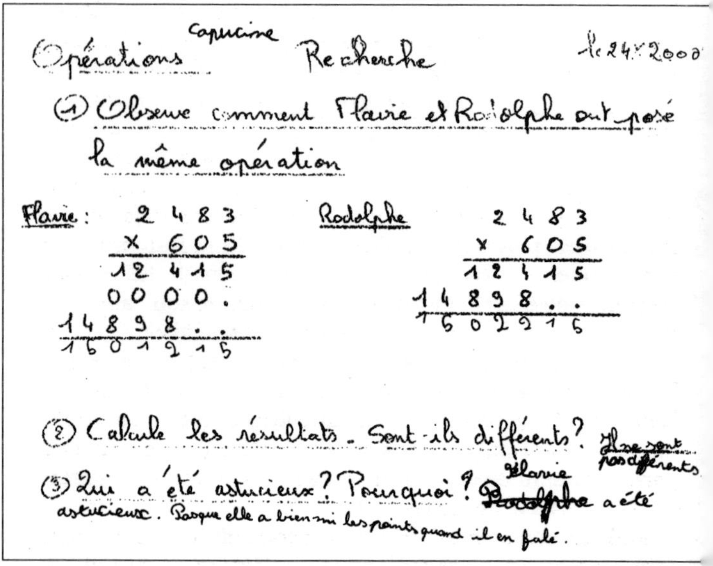
Opérations Capucine Recherche le 24.X.2000

(1) Observe comment Flavie et Rodolphe ont posé la même opération

Flavie : 2 4 8 3
× 6 0 5
1 2 4 1 5
0 0 0 0 .
1 4 8 9 8 . .
1 6 0 1 9 1 5

Rodolphe 2 4 8 3
× 6 0 5
1 2 4 1 5
1 4 8 9 8 . .
1 5 0 2 9 1 5

(2) Calcule les résultats. Sont-ils différents ? Ils ne sont pas différents

(3) Qui a été astucieux ? Pourquoi ? Flavie ~~Rodolphe~~ a été astucieux. Parque elle a bien mi les points quand il en falé.

Il semblerait que — guidée par la grammaire ? — Capucine ait d'abord penché pour Rodolphe. Mais en le remplaçant par Flavie, et en donnant des raisons qu'elle ne semblait pas avoir perçues d'emblée — l'écriture de la deuxième phrase est d'une encre et d'un format différents —, il paraît clair que c'est bien à Flavie qu'elle attribue la palme de l'astuce, à sa façon :

Pasque elle a bien mis les points quand il en falé.

Quelques jours plus tard, deux calculs analogues à ceux de Flavie, avec ligne de zéros et **points quand il en falé** sont justes, et sanctionnés d'un *b* par la maîtresse. A-t-elle donné raison à Flavie, sa ligne de zéros joue-t-elle le rôle d'un garde-fou jugé « astucieux » ? Était-ce le but de ce travail dit de « recherche » ? Capucine n'a pas su me le dire, comme elle ne pouvait, d'ailleurs, pas me dire grand-chose des raisons pour lesquelles on met des points, on décale, etc.

Cette opacité numérique dans laquelle vivent la plupart des élèves pour lesquels, à n'être fondé ni sur la langue ni sur du sens, l'arsenal de règles devient vite trop lourd, s'est progressivement dissipée pour Capucine. Mais les problèmes ! Un « mais » qui allait se révéler être de taille, les problèmes étant ce sur quoi elle semblait durablement n'avoir aucune prise. Peut-être parce que justement, l'air du temps, lui, en avait trop : une extraordinaire inventivité issue de l'effet âdécé a placé l'année scolaire durant cette petite fille, qui ne demandait pas mieux que d'apprendre à raisonner à partir d'objets de pensée consistants, face à des inconsistances sans cesse renouvelées.

Tout ça commence comme ou avec une fête. Dans cette jolie histoire, il faut ne garder que les « informations utiles ».

Capucine

NIVEAU II Fiche 45	INFORMATIONS UTILES INFORMATIONS INUTILES	Savoir réécrire un énoncé en ne conservant que les informations utiles.

Réécris le plus simplement possible cet énoncé :

Le 12 mai, Marie a organisé une fête pour son anniversaire. Elle invite ses 8 amis chez elle au N° 16 de la rue des orangers.

Elle a attendu tout le monde dès 14 heures. Pour cette occasion, elle avait préparé une cruche d'orangeade avec laquelle elle a rempli, au cours du goûter, 14 verres de 15 cl chacun.

Sa maman avait aussi prévu 3 kg de mandarines, 16 petits gâteaux et 2 boîtes de chocolat.

Lorsque tout le monde est parti, vers 18 h, il est resté quelques gâteaux et 20 cl d'orangeade dans la cruche.

Marie est tellement heureuse qu'elle se promet de recommencer l'année prochaine...

Quelle est la capacité de la cruche ?

Question : quelle est la capacité de la cruche ?

— Si vous permettez, je répondrais tout de suite : infinie.

— Il va falloir, comme on l'exige des enfants, justifier votre réponse.

— Voici : cette cruche est capable d'agréger en elle et hors d'elle une masse d'informations telle qu'on peut indéfiniment l'augmenter sans dommage. Elle se trouve ainsi être un modèle d'infini potentiel.

Il se trouve que c'est aussi — vous me pardonnerez de le dire de cette façon — celui d'une absurdité pédagogique, elle, sans fond ni fondement, que rien ne semble devoir endiguer.

— Commenceriez-vous à partager les « problèmes » que vivent les enfants ? En tout cas, même si les jugements que vous portez peuvent sembler exagérés, Capucine se trouve faire la preuve de cette... inadéquation pédagogique, à ses dépens.

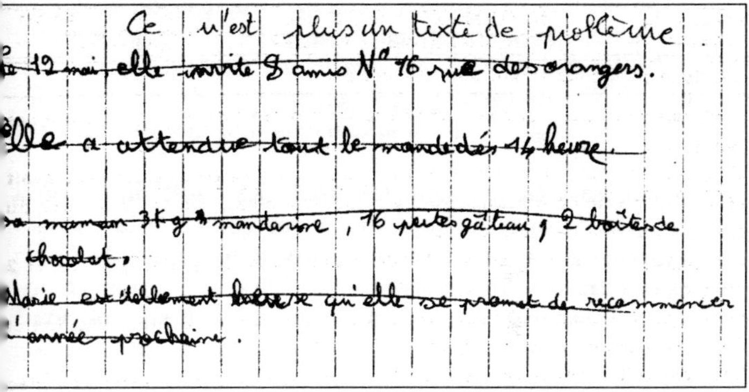
Ce n'est plus un texte de problème

~~Le 12 mai elle invite 8 amis N° 16 rue des orangers.~~

~~Elle a attendu tout le monde dès 14 heure.~~

~~Sa maman 3 kg 1 mandarine, 16 petits gâteau, 2 boîtes de chocolat.~~

~~Marie est tellement heureuse qu'elle se promet de recommencer l'année prochaine.~~

Ce n'est plus un texte de problème, commente la maîtresse ; oui, mais cela l'a-t-il jamais été ? Parce que, pour ma part, en essayant avec elle de ne garder que l'utile, il a, en contrepartie de ses dérives littéraires, fait apparaître de graves carences. En ne conservant, en effet, que

> ... cruche d'orangeade... 14 verres de 15 cl chacun... il est resté
> ... 20 cl d'orangeade dans la cruche,

le problème est infaisable.

— À votre tour de vous expliquer.

— Parce qu'il faudrait savoir *comment* ont été remplis ces verres de 15 cl. À ras bord ? Au risque de tacher la jolie nappe — tiens, il n'en est pas question — et d'embarrasser ses 8 amis ? Si oui, il s'est sans doute perdu du liquide ; si non, on ne sait pas ce qu'il y a *exactement* dans chaque verre. Dans tous les cas, Marie vivant dans un monde où les verres sont étalonnés et les cruches graduées, et où les graduations sont régulièrement consultées, on ne peut être sûr que d'une seule chose : des 20 cl restant dans la cruche.

— Et c'est cette conclusion qu'avec Capucine...

— Non, bien sûr. Nous sommes allées au-delà. Tant que les problèmes seront fabriqués à partir de pseudo-situations de réalité, réalité totalement artificielle mais dont le statut prétendument authentique écrase les enfants, je mets en évidence avec eux l'artifice, qui permet alors de faire apparaître ce que le monsieur ou la dame qui ont fabriqué l'énoncé attendent d'eux.

Mais ça, c'est bon pour les problèmes traditionnels, où il suffit de dégager les prétextes à opérations de la pseudo-nécessité suscitée par l'histoire, et de s'en amuser. Je l'avais déjà évoqué. Sourire ou rire ensemble d'une histoire fabriquée de toutes pièces pour additionner, multiplier ou soustraire, libère l'enfant de la chape de plomb que l'opinion commune dans et hors l'école se fait des problèmes, supposés mettre en jeu l'« esprit logique ». Mais il est aussi surtout question de préserver l'école, la classe, les relations avec le maître ou la maîtresse, qui de toute façon pensent œuvrer pour le bien de l'enfant.

— Ce ne doit pas être simple...

— Face aux problèmes issus aujourd'hui de l'effet âdécé, cela apparaît rétrospectivement comme simple : il faut voir que la docilité intellectuelle requise pour se glisser dans le moule de l'automathe postmoderne est décuplée. Cette fois, on a vraiment envie, comme vous sembliez y tendre tout à l'heure, de prêcher la révolte. Mais, bien sûr, on ne le fera pas. L'année est devant nous, elle doit apporter son lot de réussites pour préparer celle d'après, qui elle-même mènera au collège.

Alors, courage Capucine !

Après ceux qui pèchent par excès, les énoncés qui pèchent par défaut. Toujours en début d'année, et alors qu'on ne lui demande simplement que de « compléter un énoncé », un gribouillis montre son indécision pour le premier ; quant au second...

Ecris dans les cases les parties manquantes des énoncés :

La capacité d'une cuve est de 8660 l.
De cette cuve pleine, on retire le contenu de 16 tonneaux identiques.

Quelle quantité de vin reste-t-il dans cette cuve ?

~~Combien de tonneaux possède~~/ ~~[illegible]~~
~~[illegible]~~

Dans une cantine, l'économe prévoit un pain pour 3 personnes, un litre de vin pour 4 personnes et 2 mandarines par personne.

Trouve la liste complète des achats de l'économe pour la journée ?

~~[illegible]~~ les plats principeaux.

Jne classe de 28 élèves part en séjour à la neige dans un autocar de 55 laces avec 3 accompagnateurs.
es frais de séjour s'élèvent à 156 F par personne (enfant ou adulte) et par our .
a commune prend en charge 60 % de la dépense totale, le reste étant à la harge des familles.

La question, la durer.

— Je ne comprends pas.

— C'est parfait, vous êtes en situation. Demandez-vous ce qui vous manque pour...

— Mais il me manque *tout* ! Ce problème doit être complété qualitativement ou quantitativement ? On doit dire qu'on ne peut rien dire si *on ne connaît pas* le nombre de personnes, ou *donner un nombre* de personnes, qui cette fois peut varier de zéro — si c'est un jour férié — à plusieurs centaines, pour rester crédible...

Et si c'est oui, il faudrait savoir si on a le droit de proposer n'importe quel nombre de personnes, allant ainsi au-devant de tiers de pains et de quarts de vin ou s'il faut donner un nombre multiple de 3 et de 4, c'est-à-dire de 12 ?

— Voyez comme est riche votre commentaire...

— Vous vous moquez ?

— Bien sûr, je me moque... Pas de vous, mais de cette mode incroyable faite pour désorienter les enfants...

Capucine ne peut, elle, qu'y opposer son solide bon sens : quel économe, fût-il économe, nourrirait ceux qu'il a en charge uniquement de pain, de vin et de mandarines ? Capucine réclame donc de savoir ce que sont les plats **prinsipeaux**[3].

Le troisième énoncé met encore un peu plus à l'épreuve, si possible, la capacité — non, non, pas de la cruche ! — de poser ou de se poser des questions.

Avec une histoire qui met tout le monde devant des faits accomplis, vous voyez, vous, la nécessité qu'il y a à la « compléter » ? Compléter quoi, et pour quoi faire ? Il faut vraiment produire des commentaires ? Eh bien... On se félicite de la contribution de la commune. Et puis ? Et puis qu'il y ait 28 élèves qui vont pouvoir faire des batailles de boules de neige. Et puis ? Et puis... Capucine, qui sait qu'elle doit mettre quelque chose dans le cadre, propose de compléter l'énoncé par *la durer*, ce qui est méritoire.

Quant à savoir ce qu'elle veut dire par *La question*...

— Que la question a trait à la durée ?

— Peut-être.

Mais puisque vous voici au fait des déchiffrements requis par la pratique des problèmes, ce sont à présent des énoncés à farcir.

— ... ?

— Capucine a pour tâche de devoir s'identifier au « je » du

« je trouve les 2-3 questions nécessaires pour résoudre chaque problème ».

Suivent deux textes.

> 1) Je trouve les 2/3 questions nécessaires pour résoudre chaque problème.
>
>) Les 247 élèves d'une école partent au bord de la mer. Ils voyageront en car de 54 places. La location d'un car coûte 1875 francs. Chaque enfant paie son pique-nique 18 francs.
>
> Maman achète pour Noël, 12 serviettes, une nappe et un bougeoir pour chacun de ses 3 enfants.
> Une nappe coûte 206 francs, un bougeoir 54 francs, une serviette 15 francs.

— Mais... où sont les problèmes ?

— Pour ma part, je trouve comme vous qu'il n'y en a pas. Les enfants sont cependant entraînés à en trouver...

— Mais ces textes sont l'un comme l'autre pleins comme un œuf ! Pas la moindre place pour la moindre interrogation !

— Je n'ose pas imaginer les notes que vous auriez...

— La note, je ne sais pas, mais je vais vous dire, moi, ce que ce problème *a* m'inspire :

> Les 247 élèves d'une école *partent* en bord de mer. Ils *voyageront* en car de 54 places. [...] Chaque enfant *paie* son pique-nique 18 francs.

Ces enfants *partent*, *paient*, et *voyageront*. Autant de temps implacables, présent de l'indicatif, garant d'actions en train de se faire, futur de l'indicatif, affirmant une action qui se fera. Pas le moindre doute, le moindre conditionnel, qui permettrait de glisser une question. Au sens propre, il n'y a pas de problème. Comment trouver les questions *nécessaires* pour résoudre un problème inexistant ?

— Encore une fois, c'est compter sans le dressage auquel sont soumis les enfants sommés de trouver librement des problèmes là où il n'y en a pas. Capucine demande d'abord

combien de car à était utile,

mais ne cherche pas à aller plus avant, manquant l'essentiel, du moins on l'imagine : qu'est-ce que ces locations de cars vont coûter ?

Mais se doutant probablement qu'il faut caser une dépense quelque part, elle demande

quelle est la dépense total du pique-nique des enfants ?

et apparemment sa question est considérée comme pertinente.

— J'aimerais bien qu'on me justifie sa *raison* d'être...

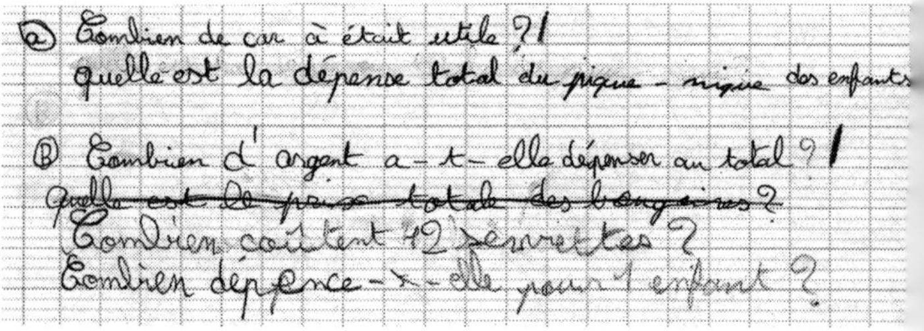
(a) Combien de car à était utile ?!
quelle est la dépense total du pique-nique des enfants
(B) Combien d'argent a-t-elle dépenser au total ?!
~~Quelle est le prix totale des baguettes ?~~
Combien coûtent 12 serviettes ?
Combien dépence-t-elle pour 1 enfant ?

Les 247 fois 18 francs ne peuvent s'ajouter à rien : la dépense de transport ne se mélange pas à celle du pique-nique puisque chaque entité, administration d'une part, enfants d'autre part, paie de son côté. Il faudrait trouver une dépense totale ? Pour qui ? Pour quoi ? Des statistiques ? Par ailleurs, ces 247 fois 18 francs ne se soustraient non plus de rien. Pas le moindre traiteur à l'horizon — forcément, à ce prix-là ! — qui exigerait un montant dont on se demanderait si on y arrivera avec 18 francs par enfant... Rien. « Quelle est la dépense totale du pique-nique des enfants ? » est une question qui n'a d'autre finalité qu'elle-même...

— Tel que vous venez de le décortiquer, ce texte cache en effet *deux* supposés « problèmes » qui ont du mal à coexister : a) dans la visée d'un débours par l'administration, celui du prix de la location des cars, qui suppose *une seule* question intermédiaire, leur nombre ; b) quant à celui du prix total du pique-nique, qui ne suppose *aucune* question intermédiaire, il n'a, comme vous venez de le dire, d'autre finalité que lui-même.

En faire *un seul* problème où a) et b) seraient les deux *intermédiaires* d'une question ultime pèche gravement contre toute logique, fût-elle scolaire ; donner statut de problème à un texte non seulement creux, mais d'une désespérante absence d'intérêt, pèche contre toute pédagogie, fût-elle moderne... Alors qu'il est patent que l'on est confronté à du pas-de-sens de fond, et qui est destiné à le demeurer, le dressage consiste à faire donner *par* les enfants l'illusion que l'on travaille avec du sens...

Plus intimiste maintenant, le problème *b* mettant en jeu *Maman,* qui achète pour Noël les mêmes consternants cadeaux à ses 3 enfants :

> 12 serviettes, une nappe et un bougeoir.

— 12 serviettes, une nappe et un bougeoir ! Mais dans quel monde vit-elle ? Quel âge a-t-elle ? Et ses *enfants* ? Qui sont-ils ? Quel âge ont-ils ?

— Questions qui ont l'avantage de se poser d'elles-mêmes ! Mais ce ne sont pas les bonnes... À tout hasard, sachant qu'en posant une fois de plus une question du genre « combien ça coûte ? », « à combien se monte la dépense ? », ou « combien a-t-elle — ou a-t-il — payé en tout ? », on a neuf fois sur dix des chances de tomber juste, Capucine propose en final

Combien d'argent a-t-elle dépenser au total ?

et en intermédiaire

Quelle est le prix totale des bougoires ?

question qui lui paraît sans doute devoir être particulièrement éclairante.

Mais non. À la correction, il apparaît qu'il y a lieu d'abord de trouver

combien coûtent 12 serviettes,

et ensuite

combien dépence-t-elle pour 1 enfant ?

ce qui rend recevable l'évidente question du total de la dépense, donnée en premier.

Que peut bien imaginer Capucine en lisant « maman » ? Doit-elle imaginer *sa* maman, et ses frères et sœurs, tous affublés de *12 serviettes,* d'*une nappe et* d'*un bougeoir* ? Ou alors imaginer *une* maman et *des* enfants qui, s'ils ont son âge, c'est-à-dire autour de 9 ans, se demanderont ce qu'ils vont bien pouvoir faire de *12 serviettes, une nappe, et un bougeoir* ? Les enfouir dans un tiroir en attendant de monter leur petit ménage ? Une nappe et des serviettes à laver et repasser sont-elles vraiment des cadeaux à l'époque du papier jetable et des sets de table qu'un coup d'éponge suffit à nettoyer ? Le bougeoir. Reste le bougeoir. À 54 francs, il a de bonnes chances de faire partie de ces cadeaux que l'on ne sort que lorsqu'on reçoit ceux qui vous les ont offerts. Mais dans le doute, abstenons-nous de tout commentaire désobligeant. Simplement, on est en droit de penser qu'à l'âge de Capucine, un bougeoir n'a pas grand-chose de spécialement évocateur des possibles bonheurs d'une intimité aux chandelles. Et que *rien* de ce qui est évoqué là, *maman,* ses *3 enfants, 12 serviettes, une nappe et un bougeoir* n'a l'ombre du début d'une consistance, qui serait celle de l'identification, de la crédibilité ou du désir.

— Cette fois, c'est vous qui semblez irritée...

— C'est le moins qu'on puisse dire... Que l'on continue à infantiliser des enfants en peuplant les « problèmes » de « mamans » et de « papas » qui se livrent à des activités qui sont doublement d'un autre âge est d'un archaïsme déjà suffisamment irritant. Mais, de plus, si nous faisons le calcul, « maman » aura dépensé 440 F par enfant, et 1 320 F pour les 3. Et cette « maman », si elle était monoparentale ? Si elle était érémiste ou érémaste ? Elle consacrerait, à Noël, 1 320 F, soit 201 euros et des centimes, pour offrir à chacun de ses enfants *12 serviettes, une nappe, et un bougeoir* !

— Personne ne trouve à redire à cela ?

— Je ne sais pas. Pour ma part, j'ai tenté de montrer, voire de démontrer ce qu'était le poids écrasant de cette tradition de problèmes plongeant l'enfant dans un faux univers quantitatif. Leur inadéquation à un enseignement de mathématiques, qui plus est dans la société d'aujourd'hui, est une des raisons majeures de l'abandon, du renoncement au sens auxquels parviennent en quelques années d'école des générations d'écoliers.

— Cette tradition s'enracinait peut-être autrefois dans une nécessité...

— C'est encore ce qui reste à voir et dont nous aurons apparemment à débattre. Ici, dans le problème des bougeoirs, elle compose avec l'esprit des temps nouveaux. Mais il arrive bien sûr qu'on la retrouve à l'état pur, et nous aurons forcément à en reparler.

Pour l'instant, nous allons continuer d'accompagner Capucine dans son parcours du combattant.

Immédiatement après les bougeoirs, sur la page qui leur fait face, voici, toujours à propos de Noël, ce qui lui est proposé mettant en scène Rodolphe :

② Je retrouve et réécris l'énoncé du problème dont voici la solution.

Après Noël, quelle somme possède Rodolphe ?
250 + 100 + 45 = 395
Il possède trois cent quatre-vingt-quinze francs.

Peut-il s'acheter un baladeur à 519 francs ?
Non, il ne peut pas.

Combien lui manque-t-il ?
519 - 395 = 124
Il lui manque cent vingt-quatre francs.

— Cette fois, je ne comprends vraiment pas.

— Essayez donc à nouveau de prendre à votre compte le « je » de la première phrase :

> *je* retrouve et réécris l'énoncé du problème dont voici la solution.

— *Je* ne comprends toujours pas.

— Un petit effort, que diable ! Vous disposez de la *solution* d'un problème dont il vous reste à *retrouver* la donnée. Par chance, vous disposez même des questions auxquelles répondent les réponses. Exemple :

> Après Noël quelle somme possède Rodolphe ? (c'est la question)
> 250 + 100 + 45 = 395 (c'est la réponse à la question).

— …

— Mais enfin essayez d'être un peu *moderne* ! Imaginez que l'énoncé de ce problème se soit perdu et qu'on vous laisse le soin de le retrouver…

— Mais… c'est, une fois de plus, vertigineux…

— Mais non, vous allez voir ; les aventures de Capucine vont vous éclairer. D'abord, sagement, elle tente une première histoire :

Avant Noël Rudolphe avait 250F. Pour Noël sont papa lui donne 100F et sa maman 45F.

Mais attention Capucine, cette histoire ne va pas du tout ; recommence !

Et Capucine recommence.

Pour Noël Rodolphe a reçu 145F. Il a reçu 100F de son père et 45 de sa mère. Il avait 250F avant Noël. Combien d'argent a-t-il maintenant ?

Voyons Capucine ! Cette histoire ne va pas mieux que l'autre, d'ailleurs c'est la même.

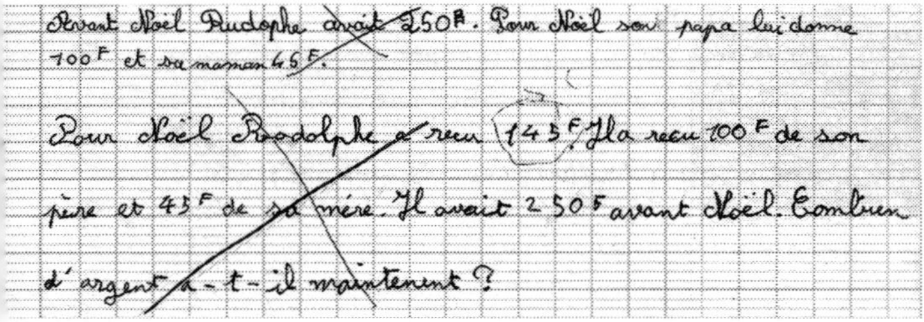

Avant Noël Rudolphe avait 250F. Pour Noël son papa lui donne 100F et sa maman 45F.

Pour Noël Rodolphe a reçu 145F. Il a reçu 100F de son père et 45F de sa mère. Il avait 250F avant Noël. Combien d'argent a-t-il maintenant ?

Et Capucine, ayant probablement épuisé ses capacités rhétoriques, se résigne à prendre la correction.

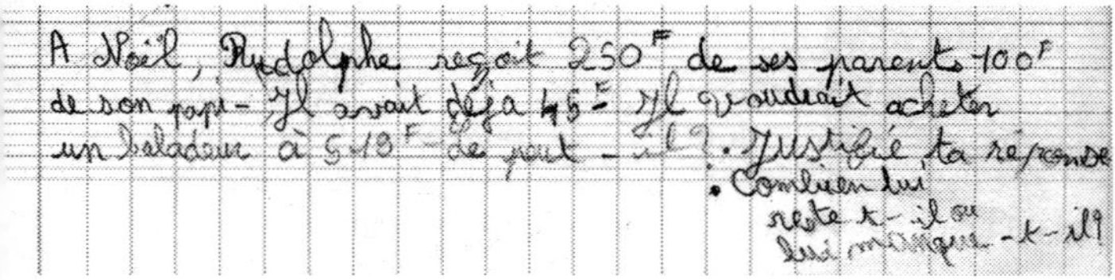

A Noël, Rudolphe reçoit 250F de ses parents 100F de son papi. Il avait déjà 45F. Il voudrait acheter un baladeur à 518F de prix. Justifie ta réponse. Combien lui reste-t-il ou lui manque-t-il ?

Ce qu'il fallait « retrouver », c'était donc l'énoncé suivant :

> À Noël, Rodolphe reçoit 250 F de ses parents, 100 F de son papi. Il avait déjà 45 F.

Et continuer de la façon suivante :

> Il voudrait acheter un baladeur à 519 F. Le peut-il ? Justifie ta réponse. Combien lui reste-t-il ou lui manque-t-il ?

Vous voyez, ce n'était pas plus compliqué que ça.

— Cette fois, j'avoue trouver le procédé proprement inacceptable ! Pourquoi les solutions de Capucine ne convenaient-elles pas ?

— Il suffit pourtant de raisonner un peu. Il ne convenait pas que Rodolphe ait 250 F dans sa tirelire avant Noël. Pourquoi ? Mais parce que cela l'obligeait à recevoir 100 F de la part de quelqu'un et 45 F de la part de quelqu'un d'autre. Mais 45 F ! Vous n'y pensez pas ! Personne ne peut donner 45 F à personne, et encore moins à Noël ! Ça ne se fait pas ! Alors n'y pensons plus.

Donc, les sommes étant ce qu'elles sont, et Rodolphe étant pour ses parents ce qu'ils ont de plus cher au monde, les 250 F, c'est eux, en bloc. Auprès de ces 250 F, 100 F font un peu pâle figure, mais bon ! pour un papi ou une mamie qui ont déjà beaucoup donné à leurs enfants parmi lesquels, justement, le père ou la mère de Rodolphe, c'est très bien. Quant aux 45 F, leur aspect informe ne peut que leur conférer le statut de reliquat. Cette fois, on la tient, l'histoire. Elle est en béton.

— C'est purement et simplement du dressage ! Ils doivent même reproduire le « justifie ta réponse » !

— Eh oui. Vous venez de voir ici explicitement en action l'un des plus redoutables dévoreurs de sens, donc d'intelligences, de l'école primaire : borné, rigide, cannibale, autophage, c'est celui que j'appelle le **le-sens**.

Le « le-sens », c'est cette sorte de sphinx qui, sous menace de les faire dévorer par des zéros, oblige les petits voyageurs chargés d'énigmes et déjà contraints de cheminer dans des paysages arides, à prendre une voie unique et étroite alors que l'on peut prétendument en choisir nombre d'autres. C'est-à-dire les contraindre à n'être, dans un pseudo-espace de liberté, que de petits automathes entraînés à dire ce qu'on veut qu'ils disent de la seule façon dont il faut le dire.

— Et pour dire quoi ? Que l'on soit contraint à de la rigueur dans l'utilisation d'une langue de savoir à propos d'objets de savoir me paraît évident. Mais là ! En quoi Rodolphe et sa petite famille seraient-ils objets de savoir ? Je commence à trouver tout ça carrément inquiétant !

— Malheureusement, je ne crois pas être en mesure de vous rassurer, sauf à vous parler de la belle santé de Capucine, qui au milieu de tout cela, tient bon. Et même, entre deux devoirs, l'un de grammaire, l'autre de vocabulaire, elle réussit trois petits exercices.

Il se trouve qu'ils sont pris — découpés, collés — dans un lot de six énoncés dont la consigne est : répondre « impossible » si l'énoncé n'est pas celui d'un problème, et si c'en est un, « inventer » la question qu'il ne peut manquer de susciter.

Il me paraît intéressant de comparer ce qu'ont fait Capucine et Laurent, celui-ci en CM2, avec une année et trois énoncés de plus sous effet âdécé[4].

Marie a 8 ans. Son frère pèse 2kg de plus qu'elle et il possède 150 F dans sa tirelire.

impossible

Dans un filet, il y a 3 kg d'oranges.
Dans un carton, il y a 10 filets.
Dans un camion, il y a 5 cartons.

impossible

J'ai acheté une veste à 650 F et j'ai mis 20 mn pour rentrer chez moi en autobus.

impossible

En 1987, Luc a eu 7 ans.

impossible

« Impossible » répond Laurent, anéantissant dans le gouffre du non-sens les quatre premiers énoncés.

Examinons le premier.

> Marie a 8 ans. Son frère pèse 2 kg de plus qu'elle et il possède 150 F dans sa tirelire.

— Impossible, pourquoi ? Qu'est-ce qui est impossible ? Les années, les kilos et les francs ne feraient pas bon ménage ? Mais c'est tout le chaos du monde qui nous entoure qu'il faudrait alors faire déclarer impossible aux élèves.

— Il est certain que pour qui rêverait de prélever par la vue, l'ouïe, le toucher, l'odorat, le goût, des parcelles de matériaux homogènes, qui s'assembleraient harmonieusement en énoncé de problème, le moindre inventaire de ce qui tombe sous les sens ne peut en effet que blesser l'entendement.

Ce n'est pas pour l'amour du paradoxe. Mais il semble bien que les seules *vraies* questions sont celles qui jaillissent des énoncés supposés n'avoir pas de sens, et précisément parce que la juxtaposition d'éléments hétérogènes constitue un espace dont, pour être à la mode, on pourrait dire qu'il est « ouvert ». Quoi de plus fermé, en revanche, que des oranges enfermées dans des filets enfermés dans des cartons enfermés dans un camion ? On a envie, accablé par la masse d'informations satisfaites de leur aptitude à saturer toute curiosité par l'usage immodéré de la forme affirmative, de dire une fois de plus : bien, et alors ?

On l'aura compris, la liberté, quand elle est vraie, peut donner le vertige, vertige qui est le contraire même de cette brutale fin de non-concevoir que contresigne cet « impossible » quatre fois répété.

— Mais... entraîner les élèves à déclarer impossible un texte seulement informatif, n'est-ce pas obtenir le contraire même de ce qu'on est supposé souhaiter ? À vouloir à toute force qu'une histoire contienne ou non un problème en ses flancs, on stérilise toute relation gratuite ou imaginative à un texte quelconque.

Et puis, je suppose qu'il y aura, toujours présente, et à la moindre résistance, la tentation de déclarer « impossible » simplement ce qu'on ne saura pas faire.

— C'est bien ce qui se produit. Il est « impossible » qu'un camion contienne des cartons lesquels contiennent des filets lesquels contiennent des oranges. Il est « impossible » que Luc ait eu 7 ans en 1987. Il est « impossible » que « j'aie acheté... ». Mais là, accordons une circonstance atténuante à Laurent, qui par ailleurs en répondant « impossible » a « bon ». Bien souvent les pronoms personnels rendent totalement invraisemblables les faits et gestes que les inventeurs d'exercices attribuent imprudemment à leurs lecteurs : et peut-être Laurent a-t-il pris à son compte l'impossibilité de s'acheter une veste à 650 F, ou bien de mettre 20 minutes pour rentrer chez lui.

— Comment sera interprété le fait que deux impossibles sur quatre sont « bons » ?

— Peut-être pensera-t-on que la notion d'impossibilité est à moitié comprise... ou « en voie d'acquisition »... Plus sérieusement, il me semble que ce qui est impossible, c'est de dire ce qu'a compris Laurent...

Et quant aux deux derniers problèmes, ils se répartissent exactement de la même façon : il y en aurait un bon, celui des places vides, alors que l'autre montre à l'évidence que fabriquer un problème à partir d'informations réduit les malheureux enfants soumis à ce supplice d'un nouveau genre à retenir qu'il faut formuler une question. Toutes ces histoires, je le répète, sont du pas-de-sens *de fond* qui n'a pour seule conséquence intellectuelle qu'un exercice grammatical : de la forme affirmative, on passe à l'interrogative.

Ce cinéma contient 600 personnes et à la première séance, il y a eu 472 personnes.

Combien reste-il de place vide ?

Avec les 150 F de ma tirelire, j'ai acheté trois voitures de collection à 45 F l'une.

peut-il acheté les trois voiture de collection ?

Se désolidarisant de l'acheteur de voitures qui a pourtant bel et bien fait l'action,

Peut-il acheté les trois voitures de collection ?
demande Laurent.

— Une « problématique d'invention de la question » qui met l'intelligence des enfants à la question...

— Vous ne croyez pas si bien dire... Comme ça marche une fois sur deux, on ne s'en émouvra pas... Parfois l'illusion est presque parfaite. Avant de revenir à Capucine, je voudrais vous montrer ce qu'a fait un petit Florent, mis en condition dès le CE1, d'une batterie de ces exercices destinés à « savoir inventer une question pour un énoncé ».

Invente une question pour chacun de ces énoncés :

**A) - Maman va au marché avec 235 F dans son porte-monnaie.
En rentrant, il lui reste encore 25 F.**

Combien à-t-Elle dépensé ? 10

B) - Maman a acheté une robe à 375 F et un chemisier qui coûte 160 F de moins que **la robe.**

~~Comme~~ Combien coûte le chemisier ?

**C) - Une fermière a ramassé 4 douzaines d'oeufs.
Elle casse 8 oeufs pour faire une omelette.**

Combien d'~~oefs~~ oeufs reste-t-il en tout ?

D) - Maman achète des fruits qui coûtent 28 F, des légumes valant 35 F et une baguette de pain.

On ne peut pas répondre

**E) - Anne possède une collection de 236 timbres.
Paul en a 52 de plus qu'elle.**

~~Com~~ Combien Paul an n'a ? possède-t-il de timbres ?

**F) - Je voudrais acheter un sac de sport à 286 F mais je n'ai pas assez d'argent.
Il me manque 27 F.**

~~combien le sac de sport coute ?~~

— *Maman*, encore ?

— Eh oui, qui achète, achète... Mais enfin, on est encore petit en CE1. Après avoir sagement répondu en A, B, C et D, vocabulaire et orthographe prennent Florent de court en E.

« Combien Paul *possède*-t-il de timbres ? »

est la correction ; il est bien improbable que Florent puisse, tout seul, reproduire un mot qui, tout en étant dans l'énoncé, est inhabituel (mis à part tous les mots ou expressions qui impliquent de l'argent, dépense, coût, reste, manque, etc., que leur fréquence dans les problèmes rend présents à l'esprit).

En revanche, est à sa portée, à partir de l'affirmation

Paul *a* des timbres,

la fabrication de l'interrogation correspondante,

combien Paul an n'a.

Et enfin en F, on a la révélation de l'essentiel de ce qui a été compris par Florent. Deux affirmations donnant la possibilité de constituer deux phrases interrogatives, laissant donc le choix entre « combien coûte le sac de sport ? » et « combien me manque-t-il ? », il choisit la première, formulée à sa façon :

combien le sac de sport coûte ?

— *Marquise, vos beaux yeux me font-ils mourir d'amour* ?

— Je n'ai pas souvenir de...

— Ce n'est pas une citation. Je transforme la passion de Monsieur Jourdain en problème.

— Peut-être êtes-vous tout de même un peu en avance sur l'avenir de cette passion. Toujours est-il que vous voici aussi apte que Capucine à créer un problème là où il n'y en a pas, et à réussir là où Laurent a échoué.

Sagement délivrée par la maîtresse de la possibilité de l'impossible, elle a en tout cas compris qu'à partir de cette accumulation d'affirmations, il faut qu'elle pose une question.

Combien toutes les voiture on t-elle couté ?

ne suppose que des mises en garde orthographiques (les petites zébrures sont en rouge), de même que

Quelle ages à luc maîtenant ?

(zébrures, et correction au stylo vert) ; en revanche, un peu perplexe devant la disparité des conditionnements d'oranges, elle ne se compromet pas trop avec

Combien il y a d'aubegé en tous ?

« Aubegé » est d'abord l'objet d'une correction nécessaire, mais non suffisante, puisqu'il faut que soit donc correctement levé le flou qu'il recouvre. D'où la correction, en vert.

Mais il semble qu'il y ait là de quoi prendre espoir, imaginer que quelque chose de l'essence du problème est enfin acquis par Capucine.

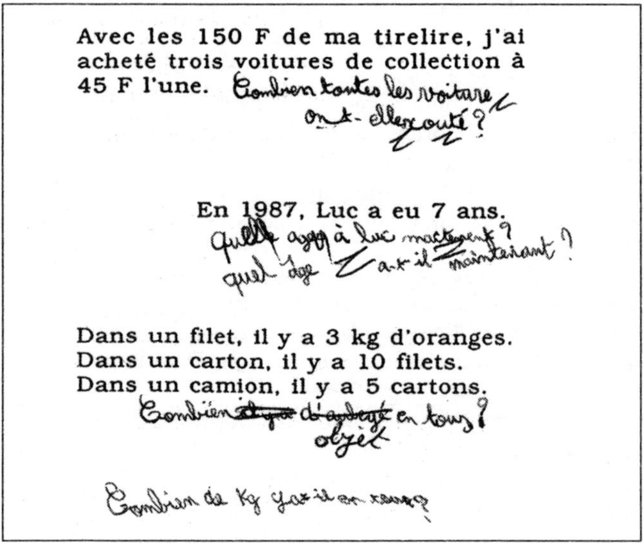
Avec les 150 F de ma tirelire, j'ai acheté trois voitures de collection à 45 F l'une. Combien toutes les voitare ont-elles couté ?

En 1987, Luc a eu 7 ans. Quelle age à luc maintenant ? quel âge a-t-il maintenant ?

Dans un filet, il y a 3 kg d'oranges.
Dans un carton, il y a 10 filets.
Dans un camion, il y a 5 cartons.
Combien ~~il y a~~ ~~d'aubegé~~ en tous ? objet

Combien de kg y a-t-il en tout ?

D'autant que le travail se poursuit. Il va maintenant porter sur les structures spécifiques d'un problème, avec l'analyse fine des mouvements de la pensée lorsqu'elle est supposée se livrer à des « recherches » face au matériau composite de questions réponses.

En voici un exemple. À remarquer : l'austérité des « données », dont le contraste avec la profusion des questions qui jaillissent de toutes parts, rend éclatante la richesse d'une démarche de « recherche ».

Capucine.

Cet entraînement va t'aider dans tes recherches. Lis attentivement ce qui est inscrit dans ce cadre. Ne cherche pas, pour le moment, à cocher les cases. Tu dois tout d'abord répondre aux 11 questions qui suivent.

Données numériques:	*Situations proposées:*
110 personnes	○ a. Des passagers prennent le train Paris-Marseille.
2 autocars	⊘ b. Un groupe de touristes se rend au Mont-Saint-Michel.
	⊗ c. La classe du CM2 part à la montagne.

☐ **1. On te propose le texte d'un problème.**
○ oui ⊕ non /

☐ **2. Tu dois écrire le texte du problème.**
○ oui ⊗ non /

☒ **3. Tu dois mettre une croix devant la situation qui te permettrait d'écrire un problème en te servant des données proposées.**
⊗ oui ○ non /

☒ **4. Les données numériques proposées sont:**
○ a. des nombres seulement.
⊗ b. des nombres suivis d'unités. /
○ c. des unités seulement.

☒ **5. Quelles sont les données numériques proposées dans cet exercice?**
110 personnes /
2 autocars /

☐ **6. Les personnes dont on parle se déplacent en:**
○ avion ⊗ autocar / ○ train

☐ **7. Est-il possible de choisir la phrase *a*?**
● oui ⊘ non

☐ **8. Est-il possible que 110 touristes prennent place dans 2 autocars?**
⊗ oui / ○ non

☐ **9. Est-il possible de choisir la phrase *b*?**
⊗ oui / ○ non

☐ **10. Une classe de CM2 peut-elle compter 110 élèves?**
○ oui ⊗ non /

☐ **11. Est-il possible de choisir la phrase *c*?**
● oui ⊘ non

Retourne maintenant au cadre et mets une croix devant la bonne situation.

▶

Capucine déclare avoir eu presque tout bon, « sauf »... Sauf en 7 et 11 où elle répond « oui » au lieu de « non », et dans le cadre conclusif où elle coche « *c* » au lieu de « *b* ».

De voir qu'elle avait coché « autocar » en 6 et choisi la phrase « *a* » en 7, le « non » en 10 et le « oui » en 11, avec pour synthèse l'apothéose d'une classe de CM2 comportant 110 personnes qui partent en 2 autocars avec la possibilité qu'il s'agisse du train Paris-Marseille, m'a paru un tel pied de nez à la « méthode » que je n'ai pas pu m'empêcher d'éclater de rire. Vaguement inquiète, Capucine a fini par s'amuser aussi de ce qui lui apparaissait maintenant au vu de ses réponses : que, finalement, bonne fille, étant données les trois situations traduites par les trois phrases du cadre, comme elle n'avait rien contre ni la phrase *a*, ni la phrase *b*, ni la phrase *c*, il apparaissait que ces « situations » semblaient toutes lui convenir tout autant.

— Quelque chose me chiffonne.

— Vraiment ?

— C'est, en 8, une question qui me paraît indécidable.

Est-il possible que 110 touristes prennent place dans 2 autocars ?

Mais comment diable le saurait-on ?

— Il s'est avéré, en effet, qu'à défaut de savoir combien de places il y a dans chacun des autocars, pas plus Capucine que moi ne savions répondre... Mais voilà. La différence entre Capucine et moi, c'est que elle, elle est obligée de répondre « oui » ou « non ». Or, si elle répondait « non », ce serait la ruine de toute cette savante construction. Donc, elle a répondu « oui ». Le seul ennui, ce sont donc ces coches mal placées[5] — en 7, 11 et, désastreusement, dans le cadre c — qui, telles des verrues, monopolisent l'attention, empêchant de jouir du beau travail qu'aurait été, coches aidant, le lent mais sûr cheminement d'une pensée chargée de convoyer 110 touristes au mont Saint-Michel.

— ...

— Je profite de votre silence pour continuer.

Puisque « problème » égale « recherche », et pensant que deux recherches valent mieux qu'une, voici comment continuent les aventures de Capucine.

Ce puzzle cache 2 problèmes. Pour les reconstituer :
– découpe les 19 étiquettes ;
– trie-les, selon leur appartenance à l'un ou l'autre des deux problèmes ;
– colle-les dans l'ordre suivant : énoncé, question, opération(s), solution.

1 Devant l'école, et avant de se rendre au CES où se trouve son terminus, le car dépose 36 élèves.

2 Dans un car de transport scolaire,

3 La société de transport facture 2 euros par kilomètre parcouru.

4 24 + 7 + 12 = 43

5 La facture comptabilisera les 172 kilomètres parcourus à l'aller et au retour.

6 Combien d'élèves descendront au terminus du CES ?

7 sept élèves montent au deuxième arrêt,

8 43 - 36 = 7

9 Quel sera le montant de la facture ?

10 Le jour du départ, sept enfants sont absents,

11 Il y aura sept élèves qui descendront au terminus.

12 344 x 2 = 688

13 les 38 élèves de la classe CM1-CM2 qui vont à Paris.

14 et douze élèves montent au troisième arrêt.

15 Un car a été loué pour emmener, lors d'une sortie scolaire,

16 mais cela ne change rien au tarif forfaitaire demandé par la compagnie qui loue le car.

17 172 x 2 = 344

18 vingt-quatre élèves montent au premier arrêt,

19 L'aller et le retour coûteront 688 euros.

Découpage, soit. Après tout, le travail manuel a sa noblesse. Avec, au présent, l'avantage non négligeable qu'on peut être relativement tranquille le temps pendant lequel les enfants découpent leurs étiquettes.

— Mais quel salmigondis ! Imagine-t-on seulement les possibilités combinatoires de 19 éléments numérotés !

— Ça, c'est la théorie ! En pratique, pour des enfants entraînés à des travaux de recherche, ayant procédé à des identifications de problèmes, de questions, de réponses, à l'endroit, à l'envers, ce devrait être un jeu !

Il est vrai que Capucine est restée quelque peu interloquée face à l'étreinte de ces deux problèmes étroitement imbriqués l'un dans l'autre. Elle s'est contentée de recopier la solution, qui finalement en revient assez platement à devoir exposer « énoncé, question, opération(s), solution » *dans cet ordre*. Et bien entendu, l'intérêt de l'un comme de l'autre de ces énoncés reconstitués saute aux yeux[6].

— ...

— Cette fois, vous ne dites vraiment plus rien.

— Si, si, je dis. Tout ça est accablant.

— Je vous épargne pourtant d'autres inventions, d'autres innovations, toutes destinées à éviter ce qui non seulement n'est pas évité, mais s'est aggravé.

Au bout d'un trimestre de toutes sortes de travaux de « recherches », Capucine, ici à la poursuite d'un énoncé perdu qui aurait dû représenter une tâche routinière, ne récolte en fait qu'un rappel à l'ordre.

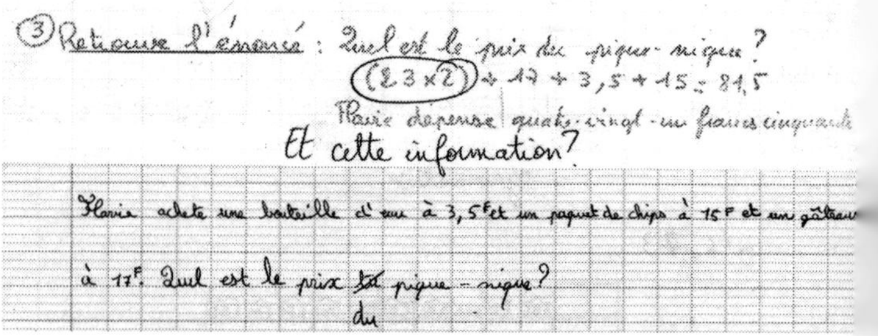
③ Retrouve l'énoncé : Quel est le prix du pique-nique ?
(23 × 2) + 17 + 3,5 + 15 = 81,5
Flavie dépense quatre-vingt-un francs cinquante
Et cette information ?
Flavie achète une bouteille d'eau à 3,5F et un paquet de chips à 15F et un gâteau
à 17F. Quel est le prix ~~ta~~ du pique-nique ?

Et cette information ? demande la maîtresse. Apparemment Capucine ne sait qu'en faire. Après avoir imaginé Flavie achetant de l'eau, des chips et un gâteau, il est clair que ce (23 ×2), qu'elle lit sans doute[7] 23 *fois* 2, ne va plus avec le reste parce que supposant le prix de 23 quelque chose. D'où sans doute son passage à la trappe. Dois-je vous dire que, dès que l'occasion s'en présentera, Capucine, à sa façon, donnera l'âge du capitaine ; et qu'elle ne sera pas la seule dans son cas.

— Au-delà du sentiment d'accablement dont je faisais état tout à l'heure, j'aimerais tout de même comprendre. Comment le vice logique profond qui est à l'œuvre dans cette pédagogie, je veux dire celle de ces problèmes assujettis à ce que vous appelez « l'effet âdécé », n'apparaît pas aux enseignants, aux parents, à tous ceux qui ont en charge l'intelligence des enfants ?

— Que voulez-vous dire par « vice logique profond » ?

— En supposant que chacune des « difficultés » que l'on fait surmonter aux enfants ait quelque consistance : être à ce point enkystée dans une simple anecdote à entériner ou reconstituer ; renvoyer à ce point à la psychologie de Flavie, Rodolphe, de leurs équivalents ou de leurs proches ; contraindre à ce point à apporter aux enfants des précisions sur des situations dont chacune se distingue de la précédente et de la suivante par un élément de « réalité » qui n'en a aucune pour eux ; tout cela fait qu'il est *impossible* de les faire accéder à des processus de pensée généralisables, autrement dit de les entraîner à raisonner.

— Une fois un problème résolu ou sa correction prise, ils pourraient peut-être, en effet, remplacer des oranges par des pommes, le mont Saint-Michel par la rade de Brest, maman par papa, et ainsi de suite. Mais je crois que comme ces problèmes n'ont *aucun* sens tant pour Capucine que pour des milliers d'enfants, résolus ou non, corrigés ou non, ils n'ont aucune postérité. Ou plutôt si. La notion même de problème rejoint dans leur esprit celle d'une activité hasardeuse et dangereuse, porteuse d'angoisse et de mauvaises notes[8].

— Je repose ma question. Comment tout cela n'apparaît-il pas aux enseignants, aux parents, à tous ceux qui ont en charge l'intelligence des enfants ?

— Question bien difficile. « Les parents » recouvrant une entité à trop de variables, je ne saurais vous répondre que pour quelques cas particuliers, ce qui n'a pas d'intérêt. Quant aux enseignants, pour ce que je sais de tous ceux avec lesquels j'ai travaillé, entre le fait qu'il y a des enfants qui réussissent ce genre d'exercice, leur propre obstination, voire leur dévouement à tenter de faire réussir les autres, leurs opinions dont ils disent eux-mêmes qu'elles sont peu assurées en mathématiques, le pédagogiquement correct du jour proposé ou imposé par la hiérarchie, le poids de toutes les autres tâches, on peut comprendre qu'il leur est peut-être difficile d'avoir le recul suffisant pour juger des méthodes à la mode tant en numération qu'en problèmes.

D'autant que tout ce pédagogiquement correct s'entoure, aujourd'hui comme hier et sans doute demain, d'un jargon plus ou moins décelable, ou prend des formes nouvelles à visées scientifiques. Tel cet organigramme[9] qui a pour ambition de coiffer la totalité des processus de pensée mis en jeu par un « problème ».

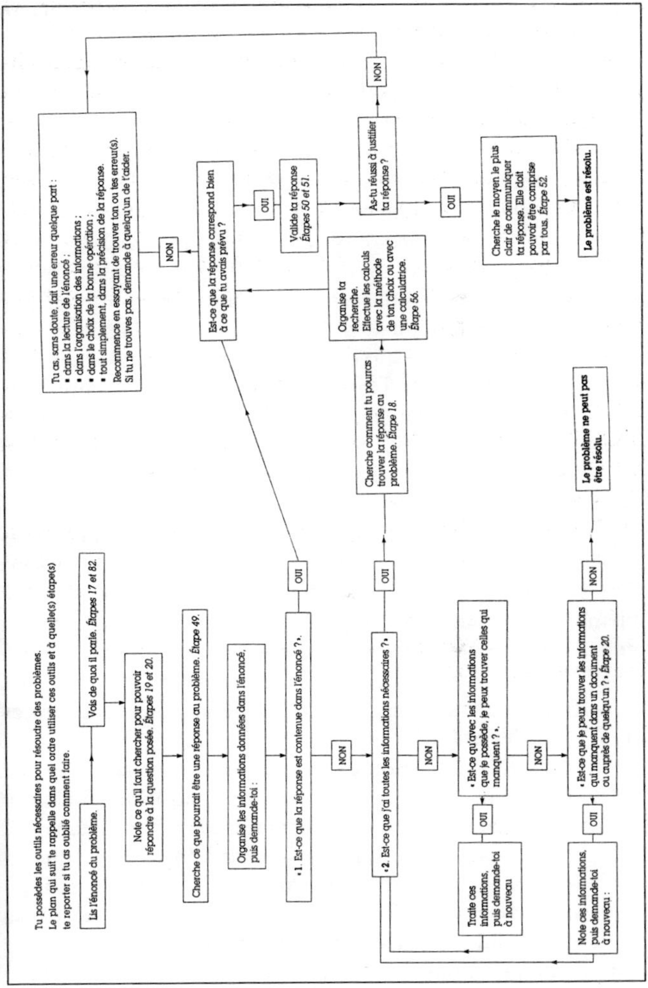
Tu possèdes les outils nécessaires pour résoudre des problèmes.
Le plan qui suit te rappelle dans quel ordre utiliser ces outils et à quelle(s) étape(s) te reporter si tu as oublié comment faire.
Lis l'énoncé du problème.
Vois de quoi il parle. Étapes 17 et 82.
Note ce qu'il faut chercher pour pouvoir répondre à la question posée. Étapes 19 et 20.
Cherche ce que pourrait être une réponse au problème. Étape 49.
Organise les informations données dans l'énoncé, puis demande-toi :
« 1. Est-ce que la réponse est contenue dans l'énoncé ? ».
OUI
NON
« 2. Est-ce que j'ai toutes les informations nécessaires ? »
OUI
NON
« Est-ce qu'avec les informations que je possède, je peux trouver celles qui manquent ? ».
OUI
Traite ces informations, puis demande-toi à nouveau
NON
« Est-ce que je peux trouver les informations qui manquent dans un document ou auprès de quelqu'un ? » Étape 20.
OUI
Note ces informations, puis demande-toi à nouveau :
NON
Le problème ne peut pas être résolu.
Cherche comment tu pourras trouver la réponse au problème. Étape 18.
Organise ta recherche. Effectue les calculs avec la méthode de ton choix ou avec une calculatrice. Étape 56.
Est-ce que la réponse correspond bien à ce que tu avais prévu ?
NON
Tu as, sans doute, fait une erreur quelque part :
▪ dans la lecture de l'énoncé ;
▪ dans l'organisation des informations ;
▪ dans le choix de la bonne opération ;
▪ tout simplement, dans la précision de la réponse.
Recommence en essayant de trouver ton ou tes erreur(s).
Si tu ne trouves pas, demande à quelqu'un de t'aider.
OUI
Valide ta réponse Étapes 50 et 51.
As-tu réussi à justifier ta réponse ?
NON
OUI
Cherche le moyen le plus clair de communiquer ta réponse. Elle doit pouvoir être comprise par tous. Étape 52.
Le problème est résolu.

— Programmer un cerveau d'écolier ! Vieux rêve pédagogique...

— L'effet âdécé lui a donné une nouvelle jeunesse, la nécessité de devoir apprendre aux élèves à organiser leur pensée semblant s'être généralisée.

D'abord, je n'en ai pas cru mes yeux. Puis j'ai pris peur, repensant à l'histoire du mille-pattes.

— L'histoire du mille-pattes ?

— La voici. « Le mille-pattes allait plutôt tranquille quand le crapaud pour plaisanter lui demanda : "Comment sais-tu quelle patte avancer ?" Il se concentra tant sur ce problème qu'il se retrouva dans le fossé, à se demander comment marcher[10]. »

Puis je me suis rassurée, me disant qu'aucun enseignant ne se lancerait jamais dans une entreprise de ce genre.

— Je suppose que les cerveaux des enfants se défendraient vigoureusement contre la paralysie qui les menace si quiconque, avec les meilleures intentions du monde, mettait des plans tels que celui-ci à exécution.

— J'en suis moins sûre que vous. C'est avec *plus ou moins* de vigueur que les enfants résistent et ne deviennent pas fous face à cette machine devenue folle et qu'on appelle « le problème » à l'école. Cela dépend des moyens de protection dont dispose leur intelligence, moyens qui ne sont pas réductibles, comme on aimerait le penser, au milieu socioculturel.

— Son importance est pourtant indéniable dans le succès ou l'échec des enfants...

— Il n'est pas question de la nier. Mais il ne faut pas que cette forêt en cache une autre, ou plutôt ce « champ dévasté[11] » que sont les « mathématiques du problème » à l'école ; nous avons eu quelques échantillons de ce que la modernité avait apporté à la manière ; je voudrais maintenant que vous vous fassiez une idée plus précise de la matière, ce qui va nous ramener dans ce domaine sur les lisières duquel nous nous sommes déjà trouvés en compagnie des Dupont, domaine que mine depuis bien longtemps ce corrupteur universel qu'est l'argent.

CHAPITRE X

De la meilleure façon de préparer des petits enfants à devenir de petits vieux

Dans une passionnante étude sur l'histoire de ce *certificat d'études primaires* qui cumule encore aujourd'hui attendrissements, condescendances amusées, désapprobations souriantes ou sèches de sa désuétude avérée, mais le plus souvent nostalgies d'une École révolue, au chapitre intitulé « Le monde merveilleux du calcul », l'auteur[1] donne des exemples emblématiques de problèmes pris dans chacune des rubriques suivantes : robinets et bassins, trains qui se croisent, économie et épargne.

Dans cette dernière catégorie, parmi les sujets issus de la vie quotidienne ou supposée telle de divers représentants de la population — une personne achète un jardin, une ménagère achète du calicot, une famille brûle du charbon qu'elle doit acheter, une ouvrière épargne —, l'auteur reproduit l'énoncé suivant :

> « *Une ménagère voudrait acheter une petite machine à laver dont le prix marqué est 76 500 francs*[2]. *Si elle paie comptant, le four-*

nisseur lui fera une remise de 3 %. Si elle demande du crédit, il lui sera demandé de verser 12 % de la valeur de l'appareil à la commande, le reste étant payé en 15 mensualités de 5 000 francs chacune. Comparer la dépense dans les deux cas. Pour bénéficier de la remise, elle achète comptant. Comme elle dispose de 10 000 francs, elle emprunte le reste qu'elle rembourse au bout de 15 mois avec l'intérêt escompté à 6 %. A-t-elle choisi la solution la plus avantageuse ? »

Et il constate qu'au-delà de sa fonction explicite, ce sujet apporte une information :

« dans la Marne de 1957, apparaît ainsi la machine à laver ».

Que l'arithmétique de l'école ait l'ambition de faire « vrai » — vraisemblable — est incontestable et ne date donc pas d'aujourd'hui. L'auteur souligne

« combien l'étude du certificat d'études peut apporter à l'historien de la vie quotidienne, de la consommation, de l'innovation technique et sociale dans la France du XXe siècle. De quelle manière par exemple, l'école a-t-elle fait sa place à la télévision ? On notera dans les énoncés qui suivent[3], cette "veillée" ou ce délicieux "sans vanité" qui en dit long sur le poids des représentations sociales dans le geste de consommation.

"On vient d'installer chez vous un appareil de télévision. Vous écrivez à un camarade pour lui annoncer cette nouvelle et lui dire, sans vanité, les avantages ou les inconvénients de cette installation, les modifications qu'elle apporte à votre vie et au travail de tous ainsi qu'à leurs loisirs" (Bouches-du-Rhône) [4]. »

Sans doute s'agit-il de l'épreuve de rédaction, et ce « sans vanité » est en effet « délicieux ». Mais peut-on trouver la même saveur aux énoncés de problèmes ? En tout cas, pense l'auteur :

« Au-delà des robinets, des trains et des caisses d'épargne, il est remarquable de voir combien les problèmes du certificat, et de l'année qui le précède, ont pu, dans les années 1950, familiariser les élèves avec la société de la consommation et du crédit. »

Cette *familiarisation* des élèves avec la consommation et le crédit semble être portée... au crédit de l'enseignement élémentaire. Ainsi :

> « Le lecteur pourra vérifier : la ménagère a été bien avisée de préférer l'emprunt au crédit proposé par le vendeur. »

— Avez-vous vérifié ?

— La lectrice que je suis a évidemment vérifié comme vous pourriez le faire aussi. Mais, en supposant que l'ingéniosité de la ménagère *me* soit ou *vous* soit accessible, l'aurons-nous *apprise* pour autant ?

— Que voulez-vous dire ?

— Simplement, que cette histoire, comme le dit l'auteur, est bien de l'ordre d'un *récit*,

> « une sorte de rédaction chiffrée, dont les articulations sont autant de résultats partiels sur lesquels il faut s'appuyer pour arriver en toute sécurité à bon port, tout comme l'épargnant, dans la vraie vie ou dans l'énoncé, est invité à capitaliser, somme après somme, pour régler un achat, assurer ses vieux jours, pourvoir ses enfants d'un viatique minimal ».

Qu'apprend-on d'un récit ? Si l'on apprend quelque chose, est-ce de l'ordre d'un savoir, ou même d'un savoir-faire ? Que propose en 1957 cette héroïne de la Marne...

— Il ne faut pas vous moquer...

— Mais je ne me moque pas le moins du monde. Au contraire. Tout récit met en jeu ce qu'on appelle « les héros » d'une histoire, voire même comme ici d'une histoire qui aurait ses entrées dans l'Histoire. Mais que puis-je, moi, avoir appris de cette histoire ? Ou vous ? Supposons que ce soit moi et que, contemporaine de cette ménagère, je veuille moi aussi acheter une machine à laver. Les données chiffrées, sociologiques, économiques, n'auront pour la ménagère et pour moi rien de comparable, pour la bonne raison qu'en matière de quantitatif il n'est pas deux situations qui le soient ; quant aux composantes psychologiques qui interviennent si fort dans la consommation, vous vous doutez que je pourrais avoir envie d'utiliser l'argent « dont je dispose » — les 10 000 francs — autrement, ou ne pas trouver de banquier qui me fasse confiance 15 mois durant, ou préférer payer comptant et ne pas me lier par du crédit...

Discussion qui tombe d'elle-même si... par malheur... je n'ai simplement pas les moyens d'acheter cette machine...

— Allons, vous savez bien qu'il ne s'agit pas de cela, mais d'un exercice sur les pourcentages !

— Justement, non, il s'agit de bien plus que cela.

Je pense que tous les adjectifs de notre auteur ont leur importance. Il confirme que cette ménagère est effectivement *avisée* : il pense qu'il s'agit là comme ailleurs d'un récit qui propose une démarche sur laquelle « *il faut s'appuyer* pour arriver en toute sécurité à bon port, tout comme l'épargnant, *dans la vraie vie* ou dans l'énoncé ». La « vraie vie », cela ne vous rappelle rien ?

— Les enfants aux caddies[5]...

— Ceux pour lesquels il suffisait « d'entrer dans le *vrai* jeu de la consommation » pour faire « des maths pour de *vrai* ».

— Autrement dit, en cinquante ans, rien ne semble avoir changé dans ce qu'on pense devoir être proposé par l'école...

— Sinon sa désignation, comme le pointe justement l'auteur quand il parle de cette

> « discipline qui a changé de nom au xxe siècle, ce qui ne saurait être un hasard, en passant de *calcul* à *mathématiques* (ou *maths*) ».

En revanche, je ne peux le suivre quand il ajoute, opposant passé et présent :

> « De nom, mais aussi d'objet : feu le calcul invitait à résoudre de vrais problèmes de la vie, quotidienne ou solennelle (lorsque de gros achats étaient envisagés, par exemple), alors que les mathématiques dites modernes s'installent dans l'abstraction d'un lan-

> gage sans application directe, au moins telle que les élèves peuvent l'apercevoir. »

— Ce commentaire me paraît pourtant juste...

— Vous pensez aussi que « feu le calcul » proposait les « vrais problèmes de la vie »...

— Peut-être y aura-t-il lieu d'en reparler, mais je pense surtout à ce qui est dit de cette « abstraction d'un langage sans application directe »...

— Effectivement, il s'agit de ces « maths modernes » dont notre auteur rappelle que

> « dans les années 1960 une génération de collégiens a reçu de plein fouet la vague des mathématiques modernes[6], cette langue morte pleine de hiéroglyphes qui a prétendu renvoyer dans l'archaïsme les problèmes de la veille. Peut-être l'ébahissement atterré de tant d'enfants devant cette discipline apte à distinguer le noyau des "forts en maths" du troupeau des perdants eût-il été semblable si l'on avait prétendu les initier aux caractères chinois ou au sanscrit ».

— Diable... Quelle violence feutrée... C'est pratiquement le discours de tous ceux qui en ont personnellement pâti...

— Il est bien possible que cela ait été le cas. Mais si cette indignation est juste, ce qui l'est moins, c'est d'ignorer que l'école adore à nouveau ce qu'elle avait prétendu brûler, et qui, pour être selon lui « un apprentissage concret, solide, rassurant » semble si fort regretté. La défense et illustration d'un problème donné en exemple et dont l'auteur dit qu'il est d'« épargne aussi exacte que vertueuse » se présente ainsi :

> « De tels problèmes reposent sur des données précises : le taux d'intérêt est le vrai, les dates renvoient au règlement des caisses d'épargne qui servent l'intérêt à partir du 1er ou du 16 de chaque mois ; l'élève apprend, chemin faisant, sur quatre plans : le raisonnement ; l'opération de calcul elle-même ; le fonctionnement de la caisse d'épargne, qui sera très probablement la "banque" de

sa vie d'adulte (mais non celle des bacheliers) ; le devoir même de l'épargne. »

— Et ?

— Et seul le quatrième point de l'argumentation, ce « devoir de l'épargne » me paraît à la rigueur défendable, et encore ; ce « devoir » est bien implicitement ou explicitement prescrit, mais non forcément appris...

— Vous faites allusion à une morale...

— En effet. La seule chose qui puisse passer de tous ces textes de problèmes, de tous ces récits, c'est simplement la description d'un mode de *comportement*, de comportement *quantitatif*, et l'encouragement à s'y conformer. Sans que l'on soit en aucune façon assuré qu'il sera celui de chacun, encore moins de toute une société.

En 1880 déjà, et dans son « ouvrage destiné aux écoles primaires » et intitulé *La Première Année d'arithmétique*, un professeur de mathématiques, par ailleurs délégué à l'Inspection générale de l'enseignement primaire et officier d'Académie, l'exprime d'une façon extraordinairement significative[7].

Sous le titre[8]

De l'économie et du bon emploi de l'argent

avec en exergue :

« Que la probité et le travail soient vos compagnons assidus »,

on lit :

« Souvenez-vous que l'argent est de nature à se multiplier par lui-même. *Huit sous* mis de côté par jour font cent cinquante francs au bout de l'année.

Lorsque vous avez emprunté de l'argent, ne le gardez jamais au-delà du terme où vous avez promis de le rendre, de peur qu'une inexactitude[9] vous ferme pour toujours la bourse de votre ami.

Les moindres actions sont à observer en fait de crédit. Le bruit de votre marteau qui, à cinq heures du matin ou à neuf heures du

> soir, frappe l'oreille de votre créancier, le rend facile pour six mois de plus ; mais s'il vous voit à un billard, s'il entend votre voix au cabaret, lorsque vous devriez être à l'ouvrage, il envoie chercher son argent dès le lendemain.
>
> Pour vous mettre en garde contre les surprises, tenez à mesure un compte exact tant de votre dépense que de votre recette. Si vous prenez la peine de mentionner jusqu'aux moindres détails, vous en éprouverez de bons effets. Vous découvrirez avec quelle étonnante rapidité une addition de menues dépenses monte à une somme considérable, et vous reconnaîtrez combien vous auriez pu économiser par le passé, combien vous pouvez économiser pour l'avenir.
>
> Tout, dans le chemin de la fortune, dépend de trois mots : *probité, travail, économie.* Sans probité, sans travail, et sans économie, vous ne ferez rien de bon. Celui qui gagne tout ce qu'il peut gagner honnêtement et qui épargne tout ce qu'il peut épargner sans avarice, ne peut manquer d'acquérir une petite aisance pour ses vieux jours. »

Il s'agit, vous l'avez bien entendu, de *La Première Année d'arithmétique, ouvrage destiné aux écoles primaires.*

— Attendez... Vous parlez d'une arithmétique de 1880...

— Je sais. Le désastre de la guerre de 1870, la Commune, les souffrances de tous ordres qui ne feront qu'accentuer cette *misère* que décrivait Victor Hugo[10], rendent urgente la nécessité de relever le pays. Et l'École qui sera bientôt obligatoire[11] aura pour mission d'y contribuer. En elle se concentrent les espoirs d'éducation de toute une population. Elle devra, tout en émancipant les individus, être le ciment de valeurs communes et de l'unité nationale. L'instituteur, encouragé à être le « suppléant du père de famille », devra donc tout à la fois transmettre une morale laïque individuelle, mais aussi républicaine, c'est-à-dire respectueuse du bien public.

— Y aurait-il à y redire ?

— Pas le moins du monde. De toute façon, on ne refait pas l'Histoire. Chaque époque a sa morale ou ce qui lui en tient lieu. Je ne sais pas si vous trouvez « délicieux » ce créancier qui exigera son argent s'il vous voit au billard ; mais il me semble simplement qu'il n'est pas à sa place en arithmétique, qui est supposée avoir d'autres objets de raisonnement.

Or, avec ce génie totalisateur que nous aurons maintes fois à lui reconnaître, l'école saura par exemple comme on pourrait le voir[12], en date du lundi 3 juin 1926, marier morale, arithmétique et économie dans une synthèse et une écriture exemplaires :

> Problème
>
> Pierre s'est enivré, et il a dépensé ce jour-là, les trois quarts de sa semaine payée 21 francs. En sortant du cabaret, il s'est cassé une jambe et est resté 6 semaines sans travailler.
>
> Combien cette faute lui a-t-elle fait perdre en tout, sachant que le médecin a fait 8 visites à 2 francs et que la note du pharmacien s'est élevée à 12 francs 50 ?

On voit comment l'Église et l'État, dont les relations en matière d'éducation furent pour le moins orageuses, pouvaient au moins se partager paisiblement la morale : en évaluant la faute, l'une en nombre de *pater* ou d'*ave* à réciter, l'autre en nombre de francs, ou de sous.

— Soit. Mais donc...

— Juste un instant. Regardez ce petit problème, cette fois tout à fait contemporain et donné en CM2[13], qui amène pour le moins à se féliciter de l'existence d'une institution qui a bien des soucis en ce moment.

— Vous voulez parler de la Sécurité sociale...

— N'existant pas au temps de Pierre, auquel elle aurait été d'un grand secours, ne trouvez-vous pas qu'elle permet de mettre en perspective sa faute, et de relativiser la morale de l'histoire ? Il est difficile aujourd'hui de parler comme

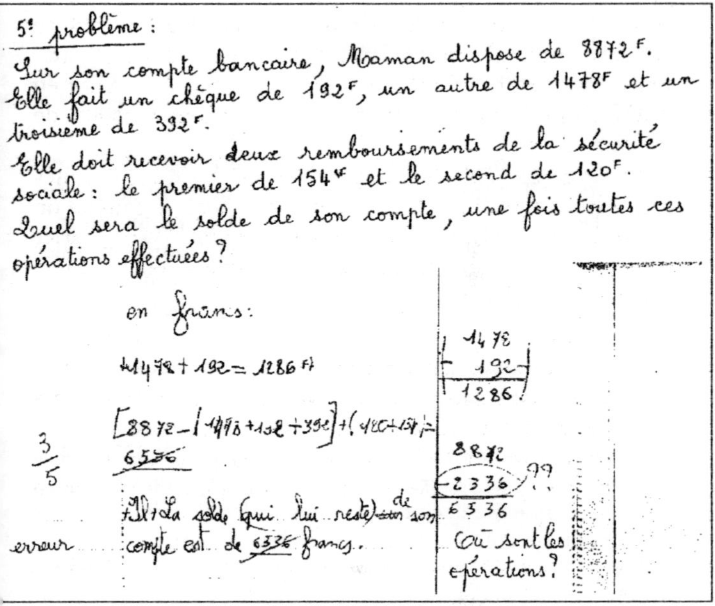
5e problème :
Sur son compte bancaire, Maman dispose de 8872 F.
Elle fait un chèque de 192 F, un autre de 1478 F et un troisième de 392 F.
Elle doit recevoir deux remboursements de la sécurité sociale : le premier de 154 F et le second de 120 F.
Quel sera le solde de son compte, une fois toutes ces opérations effectuées ?

en francs :

1478 + 192 = 1286 F

[8872 − (1478 + 192 + 392] + (120 + 154) =
~~6536~~

3/5

Il La solde (qui lui reste) ~~son~~ de son compte est de 6336 francs.

erreur

1478 + 192 = 1286

8872 − 2336 = 6536 ??

Où sont les opérations ?

hier du préjudice financier qu'apporte une jambe cassée. Beau sujet transversal pour pédagogues, non ?

En attendant, si l'on ne sait pas de quels maux « maman » a été affectée pour mettre à contribution la solidarité publique, ni les raisons pour lesquelles elle fait des chèques, l'essentiel semble être, et alors qu'elle paraît avoir recouvré la santé, de contrôler pour elle *le solde* de son compte.

— On comprend ça, quand on a dix ans ? Le mot et la chose ?

— Non, en général on ne comprend pas. Je suis heureuse que cela, enfin, vous apparaisse.

— Et ne comprenant pas, comprend-on que l'on doit de toute façon se résigner à faire des additions et des soustractions qui ne sont soutenues d'aucune nécessité ?

— Je vous vois à nouveau prêchant la révolte. Mais vous avez raison. La première opération — à la technique opératoire d'ailleurs réussie — qui tombe sous la plume du petit Alain, « 1 478 – 192 »[14], n'a *aucun sens* qu'il puisse justifier, exprimant par là même le pas-de-sens absolu du problème dans son ensemble. Alors, se ravisant, et abandonnant cette soustraction à ses parenthèses[15] — se ravisant à partir d'un conseil, ou d'un coup d'œil sur le voisin, on n'en sait rien — il se lance dans autre chose : une suite d'opérations qui, semble-t-il, n'a pas plus de sens pour lui que la précédente. C'est la somme indifférenciée[16] de 1 478, 192, 392, 154, et 120 — qui « fait » donc 2 336 — qu'il retranche de 8 872, privant doublement cette « maman » des acquis sociaux si durement obtenus par des décennies de luttes syndicales. Mais son calcul, juste, à partir d'opérations qui ne le sont pas, n'intéresse plus personne.

Les conséquences intellectuelles et psychologiques de ce genre de problèmes n'attenteraient pas gravement à l'intelligence et à l'avenir scolaire des enfants, que je m'amuserais bien des discours ambiants sur le concret et l'abstrait. Les chèques que « maman » signe ou doit encaisser, ce serait donc du « concret » ! Cette construction archi-abstraite où *rien* ne soutient pour Alain, et pour tant d'autres, la nécessité de faire des comptes est plutôt un « conte » tragique dont La solde de 6 636 francs solde surtout la parfaite et absolue absence de sens de l'ensemble du problème.

Et vous voulez savoir ce qu'est l'épargne exacte et vertueuse à partir de laquelle l'élève d'autrefois apprenait tant de choses ?

— Au point où on en est.

— Voici.

> « Au 31 décembre dernier, le montant du livret de caisse d'épargne d'une ouvrière s'élevait à 3 000 francs. À la fin de janvier suivant, elle a fait un nouveau versement des 3/4 du salaire du mois, qui s'élève à 480 francs. Calculez le montant du livret au 16 avril, l'intérêt étant de 3,50 %[17]. »

— Il n'est rien dit de l'héritage ?

— L'héritage ? Quel héritage ?

— Eh bien, celui qui lui permet de vivre en mettant les 3/4 de son salaire à la caisse d'épargne...

— Je croyais qu'il ne fallait pas se moquer... Il est certain que la plupart des enseignants ou des parents ne pensent que rarement à la crédibilité d'un énoncé supposé dire « le vrai » de la vie quotidienne, tendus qu'ils sont vers le calcul que devraient savoir faire leurs élèves ou enfants des 3/4 ou des 3,50 % de quelque chose !

Il ne s'agit, comme vous vous en êtes légitimement indigné, que de prétextes à calculs. Et on peut présumer que les automathes du temps jadis, ayant appris à les reproduire, par exemple pour « le taux d'intérêt vrai » de 3,50 %, ne sauront peut-être pas s'y prendre pour 2,25 % ou 4,25 %[18]. Je n'en veux pour preuve, datant de 1958, que cette

> « enquête par sondages sur le niveau des connaissances des enfants de onze ans. L'enquête a porté sur 4 860 élèves de 397 écoles primaires réparties dans 84 départements. Nous indiquons ci-dessous quatre questions posées avec les pourcentages de réponses exactes :
>
> 195 + 205 : 84 %
>
> 170 – 0,5 : 62 %
>
> 25 % de 8 000 : 30 %
>
> 1/8 + 1/4 + 1/2 : 17 %[19]. »

— C'est impressionnant...

— Oui. Ce n'est pas par hasard qu'il a été question de réformer un système qui suscitait tant d'échecs. Quels sont ceux qui auront appris à *raisonner*, *calculer* et *expliquer* le fonctionnement de la caisse d'épargne à partir de ces énoncés d'« économie et d'épargne » ?

— Autrement dit, les élèves ne pourraient rien apprendre de ce qu'on souhaite leur faire apprendre...

— C'est exactement de cela qu'il s'agit dans ce domaine précis ; celui d'une *impossibilité* depuis longtemps reconnue et dont il est fait bon marché face à la nécessité d'occuper les enfants.

Cette inadéquation de la matière proposée par l'école à des *enfants* a de tout temps produit des critiques, voire des révoltes qui sont le contraire de ce qui est dit de

> « cette sérénité, cette sécurité essentielles que l'on trouve dans les règles de la morale et de l'orthographe, la comptabilité des fautes dans la dictée, l'accumulation des dates, des caps et des sous-préfectures dans l'histoire-géographie, l'imparable progression dans la résolution des problèmes[20] ».

Citée comme témoin de ce « côté "lisse", en quelque sorte, de l'école primaire », Nathalie Sarraute témoigne en effet de ce que furent pour elle les bonheurs de l'école-refuge, de l'école qui donnait « un sens à son existence », dont elle vivait si intensément les règles, les normes, parce qu'elle aimait la langue, qu'elle se plaisait en la compagnie des mots, qu'elle aimait réciter, et... écrire ; elle raconte comment cette orthographe si terrible pour tant d'autres n'avait jamais comme pièges pour elle que des tentations telles que par exemple mettre deux *p* à « apercevoir » ; « faute » bénigne, maîtresse bienveillante, qui sait tout, qui peut tout corriger, arranger :

> « — Écoute mon petit, tu sais ce que tu dois faire, tu vas écrire vingt fois : "Je n'aperçois qu'un *p* au verbe apercevoir".

> C'est "pour mon bien", comme tout ce qu'on fait ici, qu'on s'efforce d'introduire dans mon esprit ce qui est exactement à sa mesure, prévu exprès pour lui[21]. »

Sauf... sauf ces problèmes de certificat d'études qui, eux, ne paraissaient vraiment pas faits à la mesure de son esprit. Il fallait le secours d'un père, qui n'y arrivait pas toujours du premier coup. Et qui ne pouvait s'empêcher de commenter :

> « Quelle idée de faire résoudre de tels problèmes par des enfants[22] ! »

Pour les bons élèves, ceux qui, grâce à ce fameux certificat d'études, s'élevèrent « au-dessus de leur condition », l'École était ressentie comme n'ayant d'autre but que leur faire découvrir le monde, ne voulant autre chose que leur bien. Dans le livre d'or des miracles qu'elle accomplit, il y a l'histoire de cette petite sauvageonne nommée Malvina, pensée simplette par la population d'un village de Corrèze où, en 1913, une jeune institutrice nommée Cécile, à force de ténacité, de foi en sa mission, de force de caractère qui la fait tenir bon face au curé et aux bigotes qui l'injurient, la traitant de suppôt de Satan en jupons — forcément *la laïque*, une école sans Dieu —, l'arrache à sa condition en arrivant à la présenter au certificat d'études... qu'elle obtient, après une belle frayeur due au problème.

Les problèmes ? Alors que s'ordonnent petit à petit pour Malvina les écritures, les mots, les savoirs... Elle se souvient :

> « Régulièrement, irrémédiablement, j'achoppais sur certains problèmes. Celui que Cécile me donna à résoudre à la mi-février [...] je l'ai gardé en mémoire. [...]
> *Quel capital représente une rente de 195,50 F en 4,5 % au cours de 92,75 % ? Quelle sera l'augmentation que recevra le capital si le cours de la rente s'élève à 95 % ? En d'autres termes, quel bénéfice réalisera le prêteur s'il vend ses titres de rente au cours de 95 F*[23] *?*

Et alors que Cécile — à laquelle elle voue une véritable dévotion — exige la solution en décrétant que ce problème était très facile :

> « Je détestais l'arithmétique et je haïssais Cécile. Passe encore pour les histoires de trains, de robinets, d'étoffes. J'imaginais des objets précis, des situations, des gestes familiers. Mais une rente ! Ces spéculations qui m'étaient totalement étrangères me faisaient perdre pied. Une porte de fer tombait entre moi et le problème et il n'existait pas de Sésame qui pût la faire se relever. Je relisais l'énoncé, le ressassais du bout des lèvres et me heurtais à cette maudite porte de fer, les oreilles bourdonnantes, les mains moites, un vertige d'impuissance dans la tête[24]. »

— Je sens que vous avez en Malvina une alliée de choix.

— Elle dit admirablement ce que j'essaie, à longueur de temps, de faire comprendre aux parents, aux enseignants, qui ne *voient pas* cette « porte de fer » dont elle parle, et contre laquelle se blesse l'intelligence des enfants ; elle distingue si justement ces problèmes de robinets ou de trains, qui sont des problèmes de *raisonnement* auquel il est toujours possible d'accéder, et dont il est même possible de s'amuser, de ces problèmes de placements et d'intérêts, qu'il est *impossible* d'espérer faire comprendre parce qu'il faudrait à la place d'un ou d'une enfant avoir en face de soi un rentier un peu chauve et déjà ventripotent tirant une grosse montre d'un gilet qui bride...

— Vous exagérez... Tous ceux qui prennent soin de leurs intérêts n'ont pas la panse du Rentier balzacien[25] !

— Oui, mais ce ne sont plus des enfants ! Si vous préférez, je vais vous citer Rousseau :

> « L'enfance a des manières de voir, de penser et de sentir qui lui sont propres. Rien n'est moins sensé que d'y vouloir substituer les nôtres, et j'aimerais autant exiger d'un enfant qu'il eût 5 pieds de haut que du jugement à 10 ans[26] ! »

Il est assez incroyable d'observer que ce constat fait et refait de l'inaccessibilité d'un quantitatif adulte pour des enfants qui, aujourd'hui plus encore qu'hier, sont des enfants plus longtemps, ne dérange nullement l'institution qui a en charge de jeunes intelligences qu'elle continue de contraindre à des tâches impossibles.

Dans un livre précieux[27] qui recense programmes officiels et tendances éducatives dans l'enseignement du premier degré de 1887 à 1962, les auteurs[28] proposent un panorama des « principes et techniques des méthodes actives à l'école primaire » et des mouvements qui les précédèrent. On peut ainsi constater que :

> « Deux conceptions de l'enfance correspondant à deux conceptions générales de l'éducation se sont en fait livré bataille de façon constante au cours des siècles. [...]
> **D'un côté une conception adulte de l'enfance**, une conception qui supprime la notion même d'enfance pour lui substituer celle d'un **homme fait en miniature**. L'adulte assimile tout à sa propre nature et recompose l'enfant à son image. Son idéal d'éducateur consiste alors à substituer à la nature enfantine des soucis et des désirs d'homme. [...]
> **D'un autre côté et à l'opposé nous trouvons une conception toute libérale celle-là, de l'enfance et de l'éducation.** »

Les auteurs proposent alors des textes illustrant les deux conceptions, la seconde étant à l'origine des méthodes actives[29] ; mais la première, qui a un long passé, a maintes fois suscité des protestations, parfois violentes, comme celle-ci qualifiée de « pittoresque » d'un « ancien professeur parisien[30] » disant de l'école que :

> « À la liqueur d'enfance, elle mêle le jus de la sénilité. Elle fait, des enfants, de petits vieux, faussant ainsi d'un seul coup, la nature de l'enfance et la nature de la vieillesse, offensant également la naïveté de l'enfance et la dignité de la vieillesse[31]. »

— Nous n'en sommes plus là.

— Vous partagez ce que fut l'optimisme d'un certain monsieur Blum qui, dans un rapport présenté à Genève en 1904 à l'occasion d'un congrès pour l'Éducation nouvelle, affirmait ceci :

> « En réalité, **l'enfant n'est point un homme en raccourci**, et la correction de cette erreur traditionnelle exercera sur la pédagogie future assez d'influence pour que les éducateurs comprennent enfin que, s'il est utile d'élever l'enfant pour ce qu'il sera dans l'avenir, il est d'abord nécessaire et légitime de l'élever pour lui, enfant qu'il est, avec sa nature et ses droits d'enfant[32]. »

Je peux vous affirmer qu'en un siècle, non seulement les choses ne se sont pas améliorées, mais qu'elles se sont aggravées. Voulez-vous rencontrer des petits vieux ? Ils se bousculent dans les livres et les fichiers. Ils arrachent papier et crayon des mains d'un directeur d'école, d'un épicier, d'un marchand de légumes pour établir des barèmes, des factures à leur place ; ils conseillent, vous l'avez vu, les Dupont dans leurs aventures consommatrices. Souvenez-vous d'Odile, qu'il a péniblement fallu métamorphoser en petite vieille à propos de l'achat d'un réfrigérateur[33]. État heureusement instable, puisqu'elle a très vite retrouvé sa nature d'enfant, laquelle apparemment lui colle à la peau ; ce qui hélas continue de la pénaliser, puisque à peine remise des coûteuses économies de monsieur Dupont, se présentait à nouveau un profit à faire ; toujours en francs, bien qu'entretemps l'année avait changé de millésime et nous de monnaie[34].

Mais ce petit problème vaut pourtant qu'on s'y arrête, tant il montre comment pour les élèves peuvent s'ajouter les effets négatifs de la modernité à ceux de la tradition ; celle-ci, présente dans l'énoncé sous un abord patelin et apparemment simple, illustre à merveille cette *mentalité adulte* omniprésente, et par définition inaccessible à qui ne l'est pas. Il s'agit donc d'un achat de cahiers par un directeur d'école.

> « Toutes les fois que l'on achète 9 cahiers, le dixième est gratuit. Un cahier coûte 5 F. Combien paiera le directeur de l'école s'il commande 80 cahiers ? »

Décidément peu portée sur les occasions de faire des économies, Odile avait tranquillement fait payer au directeur les 400 F de sa commande. Et bien sûr, elle a faux. Et comme d'habitude, elle est confuse, malheureuse, et persuadée de son insuffisance intellectuelle en mathématiques.

— Je suppose qu'il ne fallait pas payer 80 cahiers. Laissez-moi réfléchir. 80 cahiers constituent 8 tas de 10 ; or on peut avoir 10 cahiers en n'en payant que 9 ; on obtient donc ces 80 cahiers pour le même prix que 8 × 9 cahiers, soit 72. D'où la réponse pour ce que le directeur doit payer, soit 72 × 5 F = 360 F.

J'imagine que vous allez trouver que je vous donne une réponse de « petit vieux », et plutôt justifier la réponse d'Odile.

— Mais bien sûr ; c'est celle qui tombe *sous le sens*. Quant à votre réponse, pardonnez-moi, mais elle est plutôt celle d'un *automathe* bien dressé qui fait ce qu'on attend qu'il fasse, en dépit de la plus élémentaire logique, si on considère qu'il y en a une dans un discours sensé.

Qu'en est-il de ce qu'on apprend *en classe*, en grammaire ou en conjugaison ? Le directeur *commande*-t-il, oui ou non, 80 cahiers ? Ce verbe « commander » est-il oui ou non au présent de l'indicatif, troisième personne du singulier ? Si sa commande *est* de 80 cahiers, ne doit-il pas payer ces 80 cahiers ?

Et que se passera-t-il alors ? Eh bien, si l'énoncé tient ses promesses, il aura droit à des cahiers gratuits. Combien ? Intéressant problème de division euclidienne. Sur chaque tas de 9, on lui en posera un dixième, *gratuit*. Combien peut-on faire de tas de 9 avec 80 ? Réponse, 8, et il reste 8. Donc il aura 8 cahiers de plus que ses 80 cahiers.

Mais alors c'est bête, parce qu'en raison des 8 cahiers restants, il lui suffirait d'en commander 1 de plus pour en avoir 1 de plus. Si, en raison d'un naturel désintéressé, il n'y pensait tout seul, il se trouverait sûrement quelqu'un pour lui suggérer de commander 81 cahiers qui, une fois payés, lui donneraient droit à 90 cahiers, aubaine non négligeable pour une administration toujours à court de moyens.

— Si je comprends bien, vous me reprochez d'avoir fait bon marché du sens effectif au profit d'une manœuvre artificiellement plaquée pour amener la solution souhaitée...

— Comme les parents d'Odile, et comme sans doute bien d'autres l'auraient fait, vous avez *anticipé* dans le nombre de cahiers nécessaires ceux qui seraient gratuits. Mais je ne vois pas alors que vous ayez à *commander* ceux qui vous seront offerts. Il y a là un déni — ou, pardonnez-moi, un mépris — de la signification vraie des mots, au profit d'on ne sait quoi... Me direz-vous que c'est apprendre à raisonner que de commander 80 cahiers, et de payer autre chose que 80 fois leur prix ?

Si ce sont vraiment ces 360 F que l'on veut obtenir, et puisque récit il y a, peut-être fallait-il formuler la question adéquate en bon français, respectueux des modes de narration. Par exemple : combien de cahiers *suffirait-il de commander* pour en recevoir 80, et combien le directeur les paiera-t-il ?

— J'en conviens.

Mais pourquoi avez-vous parlé de « modernité » ? On ne fait pas plus traditionnel...

— C'est parce que, prise à partie — avec bienveillance — tant par la maîtresse que par ses parents, Odile s'est vu reprocher d'avoir « négligé une information ». Pourquoi n'avait-elle pas tenu compte des cahiers gratuits ? Pourquoi ? Parce qu'on ne lui demandait rien à leur propos. Mais alors cette phrase de l'énoncé, à quoi servait-elle ? Eh ben, à rien. À rien ? Comment est-ce possible ? Très simplement. Ne lui avait-on pas expliqué que nombre d'énoncés comportaient des « informations » inutiles ?

— ... ou comment l'« effet âge du capitaine » se retourne contre ses inventeurs...

— Eux ne m'inquiètent point. C'est plutôt l'enfance des enfants pour laquelle j'ai une compassion infinie, le découragement des enseignants qui face à l'échec des enfants remettent en cause la qualité de leur travail, le désarroi des parents... Parce qu'elle ne veut rien savoir de ce que, depuis plus d'un siècle, on *sait* être inadapté à des écoliers, l'institution cautionne des contenus désastreux et des méthodes absurdes. Aujourd'hui, imposés par le changement de société et la persistance des échecs en mathématiques, des remaniements incessants sont de mise dans les programmes du collège ou du lycée ; en particulier, et sans aller vraiment au-delà des apparences, on a supprimé maintes notions qui ne passaient pas. Or ce n'est pas forcément *parce qu'*elles ne passaient pas qu'elles ne *pouvaient pas* passer.

En revanche, et alors qu'à l'école l'inadéquation de la matière non seulement crève les yeux, mais que de plus elle ne peut résister à des analyses mettant en jeu la spécificité des mathématiques et celle de l'enfance, on continue d'imposer aux enfants de faire ce qu'ils ne peuvent pas faire. Ce qui ne peut, au mieux, que leur *faire doublement* perdre leur temps.

Pour vous en convaincre...

— Mais je suis convaincu...

— Non, non, il faut savoir ; trop d'enjeux majeurs sont compromis par l'école. Les enseignants ne comprennent pas pourquoi, avec l'amour de leur métier, leur conviction, leur bienveillance pour les enfants, il y a tant d'échecs. Trop d'éléments viennent empêcher la prise de conscience générale *des raisons* d'un état de fait désastreux.

On peut, en classe, en toute bonne foi, penser *l'élève* « en difficulté » ; attitude encouragée par l'institution, qui met en place des « dépistages » précoces ; penser que l'élève a du mal avec *la* logique, lui proposer d'aller en *soutien* permet de ne pas se retourner sur l'illogisme quasi absolu de ce qui lui est servi, forme et fond. Combien ai-je assuré de séminaires de formation intitulés « Troubles du logico-mathématique », qui ont eu pour conclusion la reconsidération par les enseignants de cette supposée « logique mathématique » qui serait contenue dans les problèmes, dont une analyse même sommaire montrerait qu'ils ne sont *ni* logiques *ni* mathématiques !

Avant de penser l'élève en difficulté, l'école devrait *se* penser elle-même en difficulté dans la matière qu'elle propose d'enseigner. Or elle fait tout le contraire. Elle encourage le « concret » supposé « utile », elle pense la « vie quotidienne » pourvoyeuse de mathématiques, ce qui est faux ; au lieu de donner aux élèves les moyens de lire le monde à partir de vraies notions mathématiques, claires, portées par une langue rigoureuse, spécifique, qui mettrait en place des notions exprimées *en français* mais universelles, elle les noie dans l'anecdote, exprimant de façon approximative le fouillis d'un faux quotidien qui ne leur est rien ; au lieu de proposer l'apprentissage d'un savoir qui ne se rencontre ni dans la rue ni dans les supermarchés, et que les enfants n'auront plus *jamais* l'occasion de rencontrer dans les mêmes conditions, au lieu de se consacrer à ce qui ne se ferait ni sans elle ni hors d'elle, elle croit « utile » de doubler artificiellement et prématurément une pseudo-expérience de la vie qui de toute façon se fera ailleurs, plus tard, et autrement.

Et le mouvement s'accélère. On trouve par exemple, en commentaire d'un exercice donné lors des évaluations nationales de 1995, consistant à « exploiter un document "brut" » et destiné « à vérifier l'aptitude des élèves à rechercher des informations sur un document et à les interpréter », le commentaire suivant[35] :

Suggestions pour des prolongements ultérieurs

On doit insister sur l'intérêt d'utiliser des documents réels pour ce type de travail.

Suggestion entendue. Voici ce que m'envoie une maman, d'une toute première évaluation de *mathématiques* en classe de CE1 que venait d'intégrer sa fille, Camille...

— Mais... ce document, puisque document il y a, est illisible !

— C'est celui que la petite a rapporté à la maison. C'est à un document aussi lisible, ou illisible, que les enfants ont eu affaire.

— Je ne comprends déjà pas ce que représente l'illustration...

— C'est que le concret ne se laisse pas faire comme on voudrait ! À défaut de disposer pour chaque enfant des objets réels, ils sont ici en *représentation,* c'est-à-dire dans l'abstraction : de l'un on ne voit qu'une tranche — le paquet de *sablés* — de l'autre, dans l'encadré, que trois faces — le *cœur de céréales*.

— Il faut vraiment le savoir !

— On peut imaginer que la maîtresse l'a peut-être dit.

Quant aux questions, vous pouvez les lire comme moi. Je vous préviens que pour comprendre, « il faut s'accrocher » comme on dit, que c'est pénible et ennuyeux.

LECTURE D'EMBALLAGES DE PRODUITS ALIMENTAIRES

1- Combien y-a-t-il de *sablés* dans un paquets ?..........................

....

2- Jusqu'à quelle date peut-on manger ces ~~*sablés*~~ cœurs de céréales ? ....

....

3- Entoure en rouge le poids de l'ensemble des *cœurs de céréales*.

4- Entoure en bleu les ingrédients avec lesquels sont faits les *sablés* et en vert ceux avec lesquels sont faits les *cœurs de céréales*.

5- Entoure en bleu le prix des *sablés* et en vert celui des *cœurs de céréales*.

(Combien y-a-il de sablés dans un paquets ?)

1) Il y a 20 sablés dans un paquet.

2) jusqu'à : ~~X~~ juillet 2002

1) Combien y a-t-il de sablés dans un paquet ?

Camille a bien lu 20, ce qui lui vaut un *tb*.

2) Jusqu'à quelle date peut-on manger ces cœurs de céréales ?

Comme vous le voyez, « cœurs de céréales » remplaçant à la main « sablés », le « ces » n'a plus de raison d'être ; quant à la date de péremption — juillet 2002 — lue le jour de l'évaluation — 21 octobre 2002 — elle signifie qu'on ne peut *plus* les manger. Qu'en est-il de la formulation de la question ?

Ensuite : les entourages en rouge, bleu et vert du poids des cœurs de céréales, et des ingrédients constituant l'une et l'autre sorte de produits ayant été réussis — méritoirement, parce qu'il fallait lire ce poids sur l'étiquette *Danone Conseils*, et les ingrédients sous *Petit pain grillé au froment* — il restait le cœur du problème : les prix. Ça, Camille n'a pas su faire, et c'est la maîtresse qui les a entourés de rouge. Je laisse la parole à la maman[36] :

> « Le pompon : "entourer en vert le prix des cœurs de céréales" : chères petites têtes blondes, ne cherchez pas ces facétieux cœurs de céréales sur le ticket de caisse... vous ne les trouverez pas, car ils apparaissent sous un autre nom : "nature et équilibre" !
>
> Et pour rendre la chose plus difficile (il faut bien, c'est une évaluation !) ils ne sont pas listés tous les trois à la suite, le Nutella étant venu s'intercaler entre les deux derniers paquets. »

— Que croit-on apporter aux enfants avec de pareilles... occupations ?

— La maîtresse — dont la maman dit que « par ailleurs » elle « fait des choses passionnantes avec les enfants » — se trouve être « fraîchement sortie de l'IUFM », ce qui laisse présumer que les occupations en question ont sûrement leur contrepartie théorique.

Mais ce « par ailleurs » résume à lui seul l'infortune de cet enseignement. Alors que les enfants sont captivés par tant et tant de ces bonheurs que l'école est seule à pouvoir leur apporter, on est ici dans une sorte de marécage d'ennui et d'inconsistance intellectuelle. Quel est donc le bénéfice qu'apporte aux enfants cette « lecture d'emballage de produits alimentaires » ? Dirons-nous qu'ils ont *appris* des prix ? des combinaisons d'ingrédients ? Le temps passé là-dessus leur a-t-il donné l'occasion d'exercer leur jugement ? Quels sont les principes qui permettent de raisonner ? La maîtresse avait barré de rouge des indications chiffrées qui auraient peut-être pu tenter les enfants pour poids... de ce que vous savez. Comment interviendrait le principe de tiers exclu ou de contradiction pour dissuader en effet de donner 801 comme réponse[37] ? C'est précisément ce pour quoi on leur apprend à *lire*, dira-t-on. Parce qu'il est entendu qu'à 8 ans, ils empliront en effet les caddies de la famille et vérifieront par eux-mêmes dates de péremption, poids et prix des denrées ?

À quelle occasion de « la vie quotidienne » Capucine aurait-elle l'occasion d'apprendre à écrire toutes ces phrases merveilleuses qu'on trouve dans son cahier ?

> On ne *sait* pas s'il *s'est* perdu dans *ces* bois mais on a retrouvé *ses* affaires.

Dans quelle boutique ou supermarché serait-elle amenée à distinguer formes déclaratives, impératives, exclamatives qui affinent l'intelligence d'un discours ? Voyez ce qu'entre les étrennes de Rodolphe et les bougeoirs de Flavie j'ai aussi trouvé :

> *Ah ! Quel beau matin que ce matin des étrennes,*
> *Chacun, pendant la nuit, avait rêvé des siennes,*
> *Dans quelque songe étrange où l'on voyait joujoux,*
> *Bonbons habillés d'or, étincelants bijoux...*

Quelle vraie confiserie, fût-elle des beaux quartiers, pourrait offrir à Capucine ces « étincelants bijoux »...

Et quelques mois plus tard :

Un œuf qui n'a pas de coquille
Qui n'a pas de jaune,
Qui n'a pas de blanc,
Qu'on donne aux petites filles
Aux petits garçons
Une fois par an...

Touchantes traditions que celles qui scandent l'année par ces célébrations s'adressant à ces *petites filles* et *petits garçons*... Peut-être, dus aux « changements de société », s'en ajoutera-t-il d'autres... Mais de toute façon, c'est tous les jours que *petites filles* et *petits garçons* ont des événements grands ou petits à raconter au maître ou à la maîtresse, qui, précieux témoins de l'enfance, la rendent ainsi consubstantielle de l'école.

Alors pourquoi faut-il, en se fondant sur les prescriptions d'une société depuis longtemps disparue, où la table des 2 pouvait être illustrée par des paires de sabots, que le seul domaine où l'on veut oublier que des enfants sont des enfants soit celui de l'argent, du quantitatif, hier de l'épargne, aujourd'hui de la consommation, et le tout au sein d'une éducation prétendument mathématique ?

— Soit. Mais... sans parler de mathématiques, pourquoi l'école n'initierait-elle pas à l'argent ?

— Parce que nous ne sommes plus en 1880 ! Parce qu'il n'est nul besoin de l'école pour s'initier à l'argent ! Parce que ce ne sont pas ses affaires ! Parce que cette initiation ne peut se faire pour chaque enfant que dans son propre processus de socialisation, et qu'elle se fera, *en situation*, ce qui veut dire dans la *réalité quantitative* de sa famille.

— La « réalité quantitative » ?

— Si vous vous en souvenez[38], en posant que le « quantitatif » d'une société donnée naît de l'obligation où sont les individus évoluant au sein de cette société d'accepter, de connaître, et de pratiquer les modes de quantification qu'elle leur impose, il s'ensuit pour chaque individu une relation singulière à ces modes de quantification. Disons qu'au sens premier, elle est confrontation obligée entre ses désirs de possessions de biens — comprenant les invariants élémentaires assurant sa survie ou sa vie — et les possibilités qu'il a de les assouvir ; et qu'au sens large il s'y ajoute des savoirs spécifiques de la quantité — poids et mesures, commerce, industrie, science — généralement portés par une expérience dans un domaine donné, ou par une pratique professionnelle.

C'est cette constante tension entre besoins, désirs et possibilités de les satisfaire qui caractérise la réalité quantitative de chaque sujet, réalité dont il peut d'ailleurs être conscient ou non. Si l'on imagine bien qu'elle n'est pas la même pour P-DG et chômeurs, on ne veut pas savoir qu'elle n'est pas non plus comparable pour deux personnes quelconques appartenant à une même tranche d'imposition, dans la mesure où, en mettant de côté les éléments de survie, besoins et désirs forment en chacun un complexe singulier.

— Malgré l'uniformisation, la globalisation de nos sociétés de consommation ?

— Heureusement, oui ; tant d'éléments parfaitement irrationnels interviennent, dans ce jeu du possible et de l'impossible des désirs que voudraient rationaliser les économistes... C'est pourquoi Vilfredo Pareto[39] aurait, paraît-il tardivement, reconnu l'économie comme n'étant autre qu'« une vaine tentative de raconter la psychologie[40] ». Mais c'est une discussion qui nous entraînerait trop loin.

Ce qui est essentiel, et qui me paraît évident au point qu'il est gênant de devoir le rappeler, c'est que les enfants ne sont pas en prise sur une *réalité* quantitative, quelle qu'elle soit, dans la mesure où, en principe, on subvient à leurs besoins ; ils n'ont donc à composer qu'avec leurs désirs d'avoir.

Venons-en à l'argent, puisque c'est surtout de lui qu'il s'agit. Le pôle unique du quantitatif enfantin étant celui des désirs, l'inexistence du pôle opposé — du moins dans nos sociétés où la législation interdit le travail des enfants — fait que pour les enfants, la réalisation de leurs désirs ne s'oppose pas à la possibilité qu'ont ou que n'ont pas les parents d'y souscrire, mais à ce qu'ils croient être leur bon vouloir. Ce qui confère à l'argent une abstraction d'abord absolue.

Après... après, il n'est simplement pas possible d'énoncer des généralités... À l'infinie diversité des attitudes qu'ont les parents en fonction des revenus dont ils disposent, de leur manière d'élever leurs enfants, de la conception qu'ils ont d'un argent de poche qu'on donne ou non, qu'on fixe ou non, qu'on fait dépendre de la conduite ou du travail ou non, s'ajoute cette chose apparemment curieuse : au sein d'une même famille, la plus grande disparité existe quant aux dispositions des enfants à s'intéresser à l'argent. Rien de plus inégal que le rapport *réel* qu'ils *ont* à la manière dont il s'obtient, dont il circule, dont on peut, chez soi, en disposer, et du fonctionnement social de la consommation. Je m'en étais plus d'une fois rendu compte dans mes relations avec parents et enseignants, quand, conférence ou colloque, on me reprochait avec véhémence d'ignorer tous ceux pour qui un sou est un sou, précisément en raison du manque ; ou de faire fi de tous ces enfants qui se débrouillent admirablement avec leur argent de poche, sachant exactement où ils en sont de leurs économies, et de ce qu'il leur faut économiser encore pour s'acheter tel objet de désir. C'était pourtant on ne peut mieux abonder dans mon sens, en me persuadant un peu plus qu'il n'est rien de plus disparate que la réalité quantitative des familles et, dans chaque famille, rien de plus hétérogène que la relation de chaque enfant à cette réalité.

Parler d'argent, imposer son omniprésence dans les moindres exercices d'addition, soustraction, multiplication ou division, généralement construits sur un appétit de consommation effrénée, c'est donc renvoyer les tout-petits à une pure abstraction, et quand ils grandissent, vers 8, 9 ou

10 ans, à des histoires individuelles complexes voire douloureuses qui pénalisent suffisamment une trop large part de la société pour que s'y ajoutent des pénalisations dues à l'école, et ce, dans les meilleures intentions du monde.

— À la réflexion, il semble bien en effet que l'on devrait peut-être réexaminer la place de l'argent à l'école. Mais c'est probablement le genre de révision que l'on dit « déchirante »...

— Et combien ! Imaginons que soit brutalement interdite l'utilisation de l'argent dans la pratique des mathématiques scolaires. Il est bien évident qu'une catastrophe s'ensuivrait. On ne saurait plus enseigner, on n'aurait plus rien à se mettre sous la dent, que deviendraient les problèmes, et même, comment donnerait-on à comprendre les opérations ?

C'est cette peur du vide qui, probablement, amène l'institution à nier des évidences. Je n'ai pas l'habitude de vous noyer sous les chiffres, mais pour une fois nous allons en regarder quelques-uns.

Dans les évaluations nationales de 2002 à l'entrée en CE2, deux exercices (12 et 13) mettent en jeu l'argent. Un commentaire préalable à l'exercice 13 — à l'intention des maîtres — semble synthétiser l'attitude que l'on peut avoir par rapport à la question, et donc par rapport aux éventuelles réponses que feront les enfants. Commentaire que nous allons commenter à notre tour.

Cela commence par une remarque de bon sens :

> « La compréhension de l'usage social de la monnaie s'effectue très progressivement et peut n'être pas maîtrisée complètement en fin de cycle 3, en particulier si les élèves ont peu l'occasion d'utiliser la monnaie en dehors de l'école. »

On imagine que la suite s'accordera à ce début.

> Le premier obstacle à franchir est la prise de conscience de la « valeur d'échange » de l'argent.

Une « prise » là où justement il n'en est pas ? S'agit-il d'une initiation au rôle de l'argent, terme transitif entre travail et biens ? Mais pas du tout :

> « La valeur d'un ensemble de pièces et de billets n'est pas liée de manière directe au nombre de pièces et de billets.
> Tout au long du cycle 2, des pratiques répétées d'échanges, à l'aide de monnaie fictive, permettent de :
> — matérialiser l'équivalence entre un billet de 5 € et cinq pièces de 1 € ;
> — comparer les valeurs sans être influencé par le nombre d'éléments : avec un billet de 5 €, une pièce de 2 €, et une pièce de 1 €, [3 objets], on est plus riche qu'avec six pièces de 1 €, [6 objets].
> Les pratiques sociales légitiment les échanges dans les deux sens. »

Il semble bien que ce dont on cherche à instruire l'enfant, ce n'est pas de la *fonction* de l'argent, mais de ce qu'un billet peut être remplacé par des pièces. Et ce à l'aide de *monnaie fictive*. Voyons ce que produit cette fiction d'une abstraction.

L'item 32 consiste à déterminer la valeur représentée par un ensemble de pièces et de billets. Il y a donc dans un cadre, répartis de façon aléatoire, des euros sous forme de :

— quatre rectangles : deux de 10 € et deux plus petits de 5 € ;

— sept rondelles : cinq de 2 € et deux plus petites de 1 €.

Question posée aux enfants :

> « Combien y a-t-il d'euros ? »

Les commentaires des réponses obtenues font état d'un taux d'échec important — 52,2 % — mais suivi de considérations rassurantes :

> « Le taux d'échec important de l'item 32 semble résulter d'une organisation défaillante. »

C'est l'organisation mentale *des enfants* qui ne serait pas arrivée à bout de la désorganisation dans la présentation des « billets » et « pièces », dont certains parfois recomptés, ou non comptés.

Vient ensuite l'item 34 :

> « Un enfant compte son argent de poche. Il a 2 billets de 10 €, 4 pièces de 2 €, 7 pièces de 1 €. Combien de billets de 5 € lui donnera-t-on en échange de tout cet argent ? »

L'échec, ici, est de 68,9 %, mais n'appelle aucune remarque. On retrouve le texte proposé plus haut, ventilé cette fois en « commentaire et analyse des réponses » pour les deux premiers paragraphes et « suggestions » pour ce qui en reste. Autrement dit, ce qui au vu des résultats est « suggéré », c'est que :

> « Tout au long du cycle 2 des pratiques répétées d'échanges, etc. »

Vous ne dites rien, vous non plus ?

— Quel âge ont les enfants « tout au long du cycle 2 » ?

— Il commence en grande section de maternelle, et ils ont six ans un an plus tard en CP. Mais souvenez-vous... C'est déjà à propos de la numération qu'on les plonge dans ces « pratiques répétées d'échanges » qui sont bien la chose la plus difficile à défendre pour quelque raison que ce soit.

Souvenez-vous aussi d'Amélie. Parce qu'« Amélie n'a pas encore acquis l'utilisation de la monnaie », ce qui veut dire que la monnaie fictive traduisant les fortunes de Clara, Rémi et Fanny n'a pas encore prise sur sa conscience, ce qui lui vaut zéro, la maîtresse lui propose, accompagnant le 2/10 que vaut une nouvelle tentative quelques jours plus tard : « Joue beaucoup à la marchande. » Commentaire écrit de la maman : « elle déteste ça !... quand il faut compter sérieusement. »

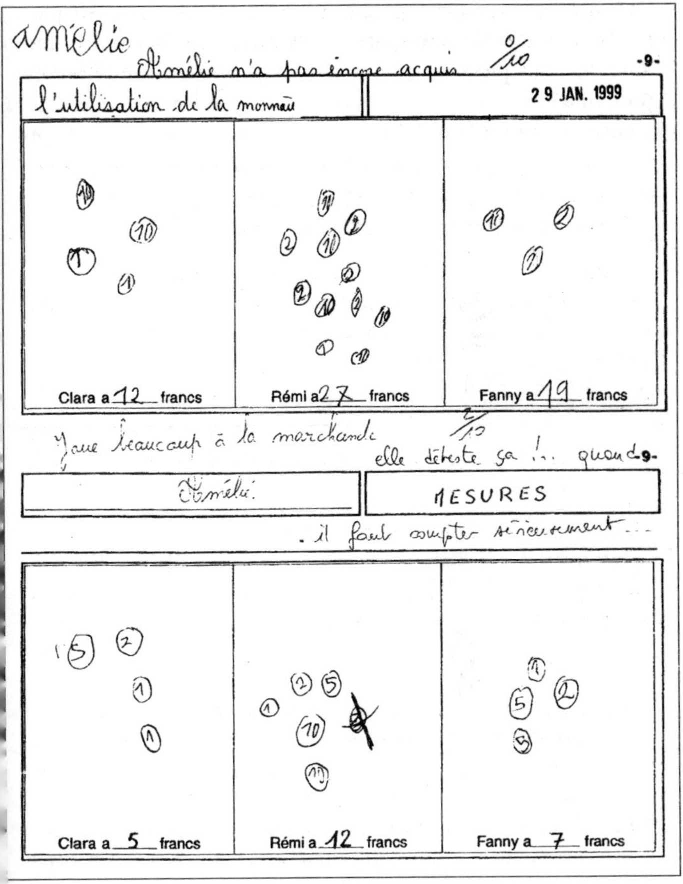

Combien de mamans m'ont dit que leurs petites filles qui *adoraient* jouer à la marchande n'y jouaient plus à partir du moment où elle se transformait en auxiliaire pédagogique, l'argent, d'abstraction poétique permettant des jeux de rôles se transmutant en plomb.

— Revenons à cet item 34, et à cette « valeur d'échange » préconisée par le commentaire... Il n'est nullement question de celle que propose effectivement l'argent, permettant au boulanger d'acheter des souliers, au cordonnier d'acheter son pain. Que peut-il bien se passer dans la tête d'un enfant quand on lui demande : « Combien de billets de 5 € lui *donne*-t-on *en échange* de *tout* cet argent ? »

C'est à ça que servirait « tout cet argent » ? À obtenir à sa place des billets de 5 € ? Qu'on nous « donne » ? Pour quoi faire ? On les collectionne ?

— Nous sommes bien d'accord. On voit que lorsqu'il est fait état ici d'échanges, ils se font en circuit fermé, ce sont des échanges si j'ose dire « gratuits », comme lorsqu'on a besoin de faire de la monnaie, ce qui double si possible l'incompréhension que de si jeunes enfants ont du rôle des pièces et des billets... Être persuadé qu'avec deux billets on peut être aussi *riche* qu'avec des pièces... Ou aussi pauvre ? Cet argent « de poche », dans quelles poches de quels enfants le trouve-t-on ?

Et puis, que veut-on dire par : « les pratiques sociales légitiment les échanges dans les deux sens » ?

— C'est mystérieux. On a le sentiment qu'une justification profonde est à l'œuvre, mais cela veut peut-être simplement dire qu'on peut échanger *beaucoup* de pièces contre *peu* de billets, mais tout aussi bien, faire le contraire...

— Ah...

— Plutôt que comprendre les effets sur les enfants de notions qui ne sont pas à leur portée, des pratiques répétées sont conseillées tout au long du cycle 2 à l'aide de monnaie fictive, ce qui correspond à un forçage...

— Ce monsieur Blum... qui espérait que la correction de l'erreur traditionnelle consistant à voir dans l'enfant un homme en raccourci exercerait sur la pédagogie une action féconde, c'était ?

— Il y a un siècle.

— Pensez-vous qu'il en faut un de plus pour que cette correction se fasse ?...

— Vous passez décidément d'un optimisme généreux à un pessimisme désabusé... Voir la situation dans sa réalité n'est pas destiné à vous décourager, mais à vous éclairer. C'est bien pourquoi nous n'en avons pas fini avec les problèmes que posent aux enfants, comme à la plus grande partie de la population, ces questions d'argent.

CHAPITRE XI

D'une initiation aux bonnes affaires qui à l'usage se révèle être un mauvais calcul

Deux pratiques arithmétiques, nous l'avons vu, ont coexisté à travers les siècles. Mais quels qu'aient pu être leurs liens par le passé, et quelles que soient les éventuelles passerelles, elles sont séparées aujourd'hui où parler à un expert-comptable d'équations diophantiennes aurait sans doute autant d'étrangeté que de proposer à un mathématicien de débrouiller les raisons d'une faillite. Il n'y a donc plus lieu de confondre l'arithmétique quantitative, celle de la gestion des biens, avec l'arithmétique mathématique, science du nombre.

Ces deux pratiques ont chacune un corpus de problèmes, qui se proposent aux chercheurs de l'un ou l'autre savoir, ou qui sont proposés pour en instruire. Ce sont ceux-ci, bien sûr, qui nous intéressent puisque depuis le scribe sumérien inventoriant des greniers de sacs d'orge ou le disciple de Pythagore convaincu de l'harmonie des sphères, des problèmes ont été inventés dans la visée d'une initiation, que nous dirions aujourd'hui être un enseignement.

Ce qui fait qu'on pourrait, en schématisant, caractériser les deux traditions de problèmes issues de ces deux arithmétiques en disant que l'une, mathématique, a toujours été destinée à *servir les nombres*, et l'autre, quantitative, s'est constituée pour que *les nombres servent*.

Ce qui est évidemment commun aux deux traditions est l'existence d'un *récit*, d'une intrigue porteuse. Dans le premier cas, pour augmenter les chances d'intéresser le néophyte à la science des nombres et du raisonnement, elle est caractérisée par la volonté d'être amusante, voire cocasse, en tout cas stimulante pour l'imagination ; dans le second, parée des attributs de « la vie quotidienne », elle est supposée bénéficier des vertus de l'utile.

Pour ces textes prétendument récréatifs, mais qui sont l'essence des problèmes destinés à servir les nombres et la méthode mathématique, il faut, évidemment, connaître les règles du jeu. *Chaque* renseignement a en effet son importance, et doit être pris en compte dans le raisonnement.

Voici un petit exemple facile et classique, qu'on trouve dans de nombreux livres de mathématiques du collège, l'intrigue variant selon les adaptations qui en sont faites :

> Lucie demande à Julie l'âge de ses trois frères et sœurs ; celle-ci répond : la somme de leurs âges est égale au tien, et leur produit à 36. (Bien sûr, il s'agit de nombres entiers d'années.)
> Bien, dit Lucie, qui prend un papier et un crayon, mais qui au bout de quelques minutes s'interrompt, et dit : je ne peux pas répondre. Ah, c'est vrai, dit Julie. Je ne t'avais pas dit que l'aîné fait du judo.
> Lucie est dès lors fixée. Comment a-t-elle procédé ?

Ce n'est pas difficile.

Il suffit de chercher comment se décompose 36 en produit de trois nombres. Comme c'est un petit nombre, on n'a pas de mal à trouver toutes les possibilités qu'il offre. Par exemple :

$1 \times 1 \times 36$; $1 \times 2 \times 18$; $1 \times 3 \times 12$; $1 \times 4 \times 9$; $1 \times 6 \times 6$;
$2 \times 2 \times 9$; $2 \times 3 \times 6$
$3 \times 3 \times 4$.

Lucie n'a plus qu'à choisir celle de ces combinaisons qui est la bonne, c'est-à-dire telle que la somme des facteurs égale le nombre de ses années, puisqu'elle connaît évidemment son propre âge. Mais justement, elle dit ne pas pouvoir. Pourquoi ?

Si nous effectuons toutes les sommes possibles à notre tour, nous trouvons respectivement, 38, 21, 16, 14, 13, 13, 11, 10, et comprenons que, deux de ces sommes étant égales, l'incertitude de Lucie provient de ce qu'elle a précisément 13 ans, et ne peut donc décider lequel des deux cas — qui tous les deux impliquent des jumeaux — correspond à la situation : 1, 6, 6, ou 2, 2, 9.

Comme il y a *un* aîné — qui fait du judo — c'est donc le second cas qui est le bon.

Plus difficile, plus tragique, est cette « prédiction du kabbaliste[1] », qui en plus de sa spécialité, a celle des nombres.

Un voisin d'une cinquantaine d'années le consulte, voulant connaître la date de sa mort. D'abord réticent, le kabbaliste finit par lui dire qu'il mourra avant d'avoir cent ans et le jour où le carré de son âge pourra s'écrire avec deux chiffres seulement. La prédiction s'accomplit. À quel âge mourut le voisin ?

Nous cherchons un nombre compris entre 50 et 100, donc un nombre de deux chiffres ; son carré est un nombre de quatre chiffres, mais qui *s'écrit* avec deux chiffres seulement, comme 3 355 ou 6 446, ou 7 474.

Appelons a et b ces chiffres. Le carré du nombre cherché sera de la forme

$$a\,a\,b\,b \qquad a\,b\,b\,a \qquad a\,b\,a\,b$$

Examinons le premier cas : il faut que $a\,a\,b\,b$ soit un carré ; donc que

$$1\,000\,a + 100\,a + 10\,b + b = N^2$$

donc $1\,100\,a + 11\,b = N^2$

Le premier membre est un multiple de 11 puisqu'il s'écrit

$$11(100\,a + b)$$

et comme il égale un carré, il faut donc que le facteur $(100\,a + b)$ comporte à la fois un facteur 11, et un carré ; donc soit de la forme $11\,n^2$

d'où $100\,a + b = 11\,n^2$.

Comment faire apparaître « du 11 » dans le membre de gauche ?

$$99a + a + b = 11\,n^2$$

d'où $a + b = 11\,n^2 - 99\,a$

$$a + b = 11\,(n^2 - 9\,a)$$

Puisque $a + b$ égale 11 fois quelque chose, il faut donc que ce soit un multiple de 11 ; comme a et b sont des nombres écrits avec des chiffres « allant de 1 à 9 », la somme $a + b$ ne peut être égale qu'à 11 lui-même. Ce qui contraint le second facteur $(n^2 - 9a)$ à égaler 1 ; et puisque

$$n^2 - 9\,a = 1$$

$$n^2 - 1 = 9\,a$$

$$(n + 1)(n - 1) = 9\,a$$

Comme $(n + 1)$ et $(n - 1)$ sont différents — ils diffèrent de 2 unités — que a est un nombre écrit avec un des chiffres de 1 à 9, et que ce ne peut être 9, c'est donc que

$$n + 1 = 9.$$

Par conséquent $n = 8$ et $a = n - 1 = 7$.

On en déduit $b = 11 - 7 = 4$

Le carré du nombre cherché s'écrit 7 7 4 4 ; c'est le carré de 8 8. En utilisant les formes *a b b a* ou *a b a b* on s'apercevrait qu'elles ne peuvent être celles de nombres carrés.

On pourrait aussi savoir combien d'hommes et combien de femmes composent une caravane sachant qu'au cours d'une halte dans une auberge chaque homme dépense 19 sous, chaque femme 13 sous, et que la recette de l'aubergiste est de 1 000 sous[2] ; on peut aussi, sachant que Pierre aura en 2010 un âge égal à la somme des chiffres de son année de naissance, trouver cette année, et son âge[3] ; on peut...

Nombre de mathématiciens se sont eux-mêmes amusés à constituer des énoncés supposés enrober de chair appétissante des énoncés qui autrement pourraient paraître squelettiques. Or il faut savoir que, même réduits à eux-mêmes, de secs énoncés mathématiques sont d'efficaces moteurs de recherche, tant pour les mathématiciens que pour tous ceux, nombreux, qu'on appelle des *amateurs*. La dramaturgie impliquant un kabbaliste et la finitude humaine est certes impressionnante, mais se demander sans autre forme d'énoncé quel pourrait être « un nombre de deux chiffres dont le carré s'écrit avec deux chiffres » est une incitation largement suffisante pour qui aime cette sorte de défi.

Pour ce qui est du premier, demander simplement une décomposition en facteurs premiers de 36, ou la liste de ses diviseurs, ou celle de tous les produits de trois nombres qui égalent 36 est évidemment plus austère que la saynète jouée par Lucie et Julie. À défaut d'y suffire, il faut pour aimer ça, et dès l'âge le plus tendre, être en prise sur les nombres pour eux-mêmes.

Et voici qu'on retrouve la nécessité d'une intelligence du nombre, d'une transparence de son écriture, d'une conscience sensible de ses organisations. C'est là que le capital de sens porté par la langue, plus une circulation féconde entre nombres et nombres-de font merveille.

— Comment cela ?

— Vous conviendrez que, portée par la langue numérale, l'organisation décimale chiffrée d'un nombre est dotée de toutes sortes de propriétés *lisibles,* en particulier de divisibilités. Rien qu'avec leur aptitude à être pairs, impairs, multiples de, divisibles par, premiers ou non, c'est constamment qu'ils vous amènent à dire : *puisque, c'est donc que*. Dialogue qui peut s'instaurer tout de suite, fondé sur une pure argumentation logique, permettant d'être convaincu(e) et de convaincre : on vous le disait, « c'est mathématique »...

— Mais pourquoi nombres et nombres-de ?

— Je vous pose un petit problème, classique d'une fin de CP, ou d'un début de CE1. Un pâtissier confectionne des tartelettes qu'il garnit chacune de 3 fraises. Combien lui faudra-t-il de fraises pour garnir 5 tartelettes ?

— ...

— Il n'y a pas de piège. Alors ?

— Eh bien mais... 15.

— 15 bien sûr ; mais comment y arrivez-vous ?

— Comment ?... en disant « 5 fois 3 ».

— Bien. Accepteriez-vous que l'on vous réponde 3 fois 5 ?

— 3 *fois* 5 ? Non. Ça fait 15 aussi, mais ça ne rend pas compte de ce que vous appelez l'organisation, c'est bien cela ?

— En effet. Imposeriez-vous qu'il soit répondu « 3 *multiplié par* 5 » ?

— L'imposer, non, pourquoi ?

— Parce que la plus grande confusion règne à l'école à propos de la multiplication. J'ai dit ailleurs comment le « croissez et multipliez » biblique semble régner sur une pédagogie magique, qui assimile la multiplication à une création de matière, à grand renfort de fées ou de magiciens. Ensuite, une tradition... archaïque l'« introduit » comme addition répétée, et une « règle » non moins archaïque, non observée partout, mais encore en de trop nombreux lieux, impose le « multiplié par » comme seule énonciation possible.

Regardez ces deux exercices pris parmi cinq, tous pareils, proposés à la petite Anne-Lise, que nous avons déjà rencontrée :

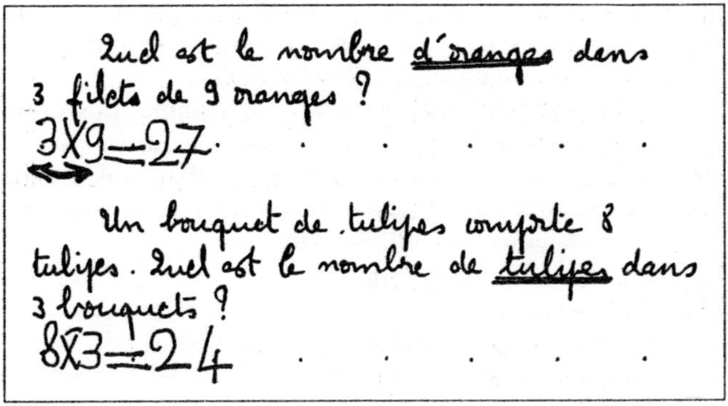

Quel est le nombre d'oranges dans 3 filets de 9 oranges ?
3X9=27

Un bouquet de tulipes comporte 8 tulipes. Quel est le nombre de tulipes dans 3 bouquets ?
8X3=24

Oranges et tulipes sont soulignées, pour montrer, comme aux débuts de l'école, que, constituant le multiplicande, elles doivent figurer en premier et le multiplicateur en second. Anne-Lise n'a pas « bon » pour les oranges — ni pour trois autres exercices pareils —, la double flèche indiquant qu'il faut intervertir les termes du produit, et, par un hasard curieux a « bon » pour le dernier.

Voyez aussi ce oui et ce non renvoyant l'enfant à une langue amputée de sa — grosse — moitié...

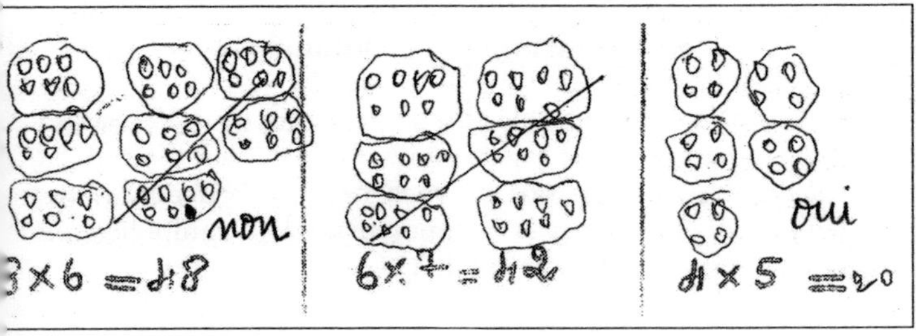

Il fallait constituer 8 ×6, 6 ×7, 4 ×5, seul le dernier est accepté.

— Mais je ne comprends pas. Comme ici il n'est rien dit de la nature de ce qui est chiffré, pourquoi cet ostracisme ?

— C'est encore comme ça, je vous le disais, dans bien des lieux. Lors d'une de mes conférences, et comme j'avais soulevé la question de la lecture du signe « × », j'ai vu environ deux cents enseignants séparés en deux clans qui avaient manqué d'en venir aux mains tant les uns étaient pour dire « fois », et les autres « multiplié par »...

— J'imagine que vous exagérez...

— Oui, oui, j'exagère, mais à peine... Les passions sont vite exacerbées en matière de pédagogie. Alors disons un mot pacificateur. Je ne vois pas, pour ma part, pourquoi une formulation serait imposée plutôt qu'une autre, pourvu que celle qui aura été utilisée *rende compte* de la situation ; avec, pourtant, une constatation d'évidence : il est plus naturel de dire « fois », que « multiplié par ».

Comme le signe « × » a deux lectures possibles, il convient, en période d'apprentissage, de lui adjoindre un petit quelque chose qui lève l'incertitude où l'on est de sa signification. C'est ainsi qu'en un certain nombre de classes on apprend à caractériser, par exemple le nombre de fraises, par :

$$\mathbf{5 \underset{f}{\times} 3} \textbf{ avec f pour « fois »}$$

ou bien

$$\mathbf{3 \underset{m}{\times} 5} \textbf{ avec m pour « multiplié par »}$$

Les enfants adorent décider de la forme qu'ils choisiront pour caractériser une organisation donnée : l'une, l'autre, ou les deux[4]. Ceux qui ont du mal, ce sont évidemment les adultes, obnubilés par la commutativité de la multiplication et par le fait que seul le résultat compte.

Or, accepter une formulation inadéquate, c'est faire perdre son sens à cette notion si fondamentale de l'existence ou non de diverses organisations pour un même nombre, qui est essentielle dans un apprentissage arithmétique. Et cette nécessaire rigueur dans la formulation s'impose en nombres-de. Accepter que pour exprimer le périmètre d'un carré de 9 mètres de côté un enfant réponde « 9 fois 4 », c'est accepter un *automathisme* qui vide l'opération de son sens. « 9 fois 4 » ce pourrait être le périmètre d'un nonagone régulier de 4 mètres de côté ; ce qui n'est pas la même chose.

La confusion entre « fois » et « multiplié par » atteint des sommets avec les fameuses « multiplications » par 10, 100 ou 1 000, qui ont de tout temps représenté une difficulté, et ce n'est pas par hasard. On peut lire aujourd'hui, dans un fichier,

> « 132 multiplié par 10, c'est 132 dizaines, c'est 1 320 »,

ce qui est faire vraiment bon marché de la langue et du sens. « 132 multiplié par 10 », c'est un nombre organisé en 10 paquets de 132. C'est par un travail, distinguant nombres et nombres-de, qu'on peut justifier la métamorphose de 10 paquets de 132 en 132 paquets de 10. Or, pour illustrer ce 132 *multiplié* par 10, on voit, soigneusement dessinées, 132 boîtes supposées contenir 10 quelque chose, qui ne peuvent illustrer que 132 *fois* 10.

Ailleurs — en CM1 — la confusion est verrouillée par des prescriptions, intitulées *comment lire et calculer une multiplication*. « **Calculer une multiplication** » est déjà une incitation à confondre l'opération et le calcul, confusion qui est, nous l'avons vu, à la source de tant d'incompréhensions. On y dit que, par exemple, 7 × 100 se lit 7 *multiplié par* 100, mais se calcule facilement sous la forme 7 *fois* 100. Ce qui est vrai, mais embrouille d'autant plus qu'en résumé, il est donc prescrit, à la première personne :

> « J'emploie le mot **multiplié** pour lire l'opération ; j'utilise le mot **fois** soit pour dire comment je la calcule soit pour réciter les tables. »

Si je pouvais donner un équivalent des difficultés que suscitent ces formulations chez nombre d'enfants, ce serait, par exemple, comme si on leur demandait, pour une phrase telle que

Jacques croque une pomme

de la *lire*

Une pomme est croquée par Jacques

mais de l'*analyser* telle qu'elle est.

Donc, avoir sous les yeux une forme se présentant comme forme active, la lire comme une forme passive, la penser comme forme active, le tout sans autre forme de procès...

— On peut imaginer que le flou de la notion parasite la compréhension des problèmes...

— Mais pas seulement... Les fameuses tables qui sont traditionnellement le cauchemar de tant d'enfants — et à l'origine de nombre de débats sur les bienfaits ou méfaits du « par cœur » —, quand elles sont apprises à partir des propriétés spécifiques des nombres ne se traitent pas de la même façon. On n'apprend pas les tables des puissances de 2 — 2, 4, 8 — comme celles de 3, 9 ou 5. Or savoir ses tables est tellement essentiel que je trouve étrange qu'il y ait même à y revenir[5]. Les compositions ou décompositions des nombres qui interviennent sans cesse dans une arithmétique mathématique élémentaire supposent de savoir ses tables. On n'imagine pas ce que sont ne serait-ce que des simplifications de fractions quand rien n'est vu de la nature des nombres en présence. Et quant aux problèmes, vous avez, bien sûr, tout à fait raison...

Vous vous souvenez de Lucien à qui il manquait 121 550 F pour acheter un appareil photo à 425 F, en n'ayant que 286 F dans sa tirelire[6]. Le voici de nouveau avec ce petit problème classique de division euclidienne :

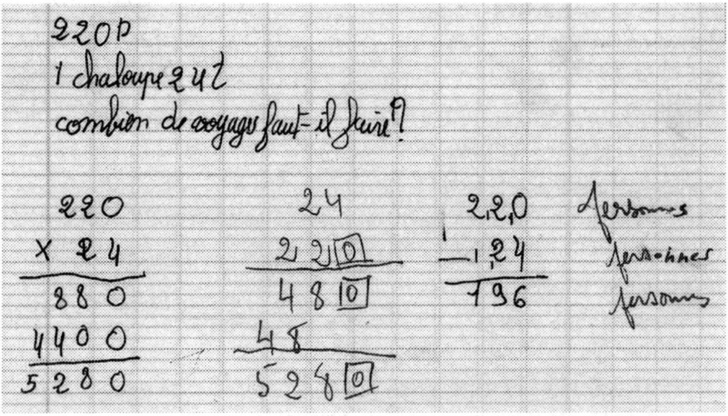

Après avoir noté comme il se doit les données et la question — pour faire traverser un fleuve à 220 touristes, combien de voyages doit effectuer une chaloupe qui peut en transporter 24 à la fois ? —, il « pose » donc 220 × 24, et trouve qu'il faut faire 5 280 voyages pour transporter ces 220 touristes ; puis me regarde pour voir l'effet de sa réponse, aussi placidement que lors des 121 550 F.

Très tranquillement aussi, je lui demande pourquoi il a cherché 24 fois 220. Alors, pris d'une illumination subite, il me dit qu'il s'est trompé, et qu'il fallait plutôt faire 24 *multiplié* par 220... Pour gagner du temps, je lui dis qu'on va le faire ensemble, et je « pose » le calcul — en expliquant quand même au passage pourquoi on n'allait pas s'encombrer du zéro —, et une fois retombés sur 5 280, se confirme la propriété des produits d'être indifférents au sens dans lequel on les effectue... Le calcul était donc juste. Et je repose alors ma question...

Subodorant qu'il faut passer à autre chose, il me propose une soustraction... Pensant que peut-être voyage après voyage, il allait « épuiser » ses 220 touristes de 24 en 24, je prends évidemment le risque. Mais pas du tout. Il trouve

196, et s'en tient là. Cette fois je confirme tout de suite la justesse du calcul. — Et donc, d'après toi, ça fait 196 voyages ? — *Oui*.

Vérifiant alors la nature de 220 — *il s'agit bien de 220 personnes* ? Oui — et de 24 — *il s'agit bien de 24 personnes* ? Oui — il apparaît qu'on ne peut, à l'arrivée, que trouver 196 personnes (les « personnes » sont de ma main). Mais là, et une fois admis que soustraire n'est pas ce qu'il fallait faire, c'est terminé, il n'a plus rien à me proposer.

Or, ce n'est pas par conviction que Lucien renonçait à sa multiplication. À ses yeux, comme à ceux de tant de ses contemporains, la justesse d'une démarche étant légitimée par un calcul juste, le sens de l'opération est bien la dernière chose qui importe. Le mot « fois », si fréquent dans la langue commune, si évident dans son acception courante, est parfois à ce point vidé de son sens, que lorsqu'un petit élève répond par exemple « 3 fois 5 » pour les fraises, il m'arrive de lui demander de taper *trois fois* dans ses mains. L'enfant ébahi se rend compte alors que, oui, le « trois fois » mathématique a bien la même signification que celle qu'il lui donne d'habitude...

Je voudrais mettre l'accent sur la nécessaire rigueur des énonciations. Une fois de plus, la distinction opération/calcul apparaît toujours fondamentale. Loin d'être du « vocabulaire », les mots « somme » et « produit » sont des instruments de pensée. Or, même quand il est posé et reconnu que ces mots doivent faire partie du savoir des élèves, il y a du flou sur leur nature.

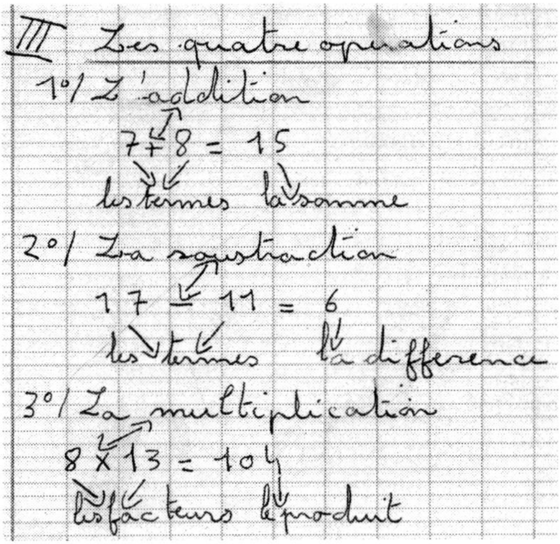

Dans ces « quatre opérations » — ici en 6e — je n'ai gardé que les trois premières[7]. La somme de 7 et de 8 *n'est pas* reconnaissable dans 15 — qui peut être obtenu d'une infinité de façons — mais dans « 7 + 8 », *forme* somme ; de même pour 104, qui pourrait être obtenu par le *calcul* de 4 × 26, ou 2 × 52 ; la *forme* produit est donc 8 × 13.

Ces formes qu'on aura indéfiniment besoin de savoir reconnaître doivent être identifiées précocement, pour permettre aux élèves de collège de supporter l'existence de « $2\,x^2 + 3\,x$ », ou de « $\sqrt{2} + \sqrt{3}$ », ou de « a + b » ou de « 2 x + 5 » sans que cela débouche sur un résultat compacté en un seul paquet. Un des plus beaux César d'erreurs de ce genre que j'avais noté est donc

$(a + b)^2 = \mathbf{a^2 + b^2 = 2\,a + 2\,b = 4a\,b.}$

— Traditionnellement, il est dit en effet « fais », ou « pose l'opération » au lieu de...

— Oui, au lieu de : « calcule », ou mieux encore, « calcule cette somme », ou « ce produit », ou « cette différence », ou « ce quotient », quand ce sont des formes simples ; et non « calcule ton opération ». Il sera fort difficile, après avoir des années durant entendu ou lu « calcule ton addition », ou « ta division », etc. — consignes qui vident opération et calcul de leur sens — de construire, au collège, une langue qui permettra de penser les formes. L'école, traditionnellement, insiste lourdement et longuement sur les « décompositions » des premiers nombres appris. Nous l'avons vu avec Amélie. Voici, ici, avec le secours des euros et des zéros, comment se décomposent après quelques semaines de CP les nombres 6 et 5.

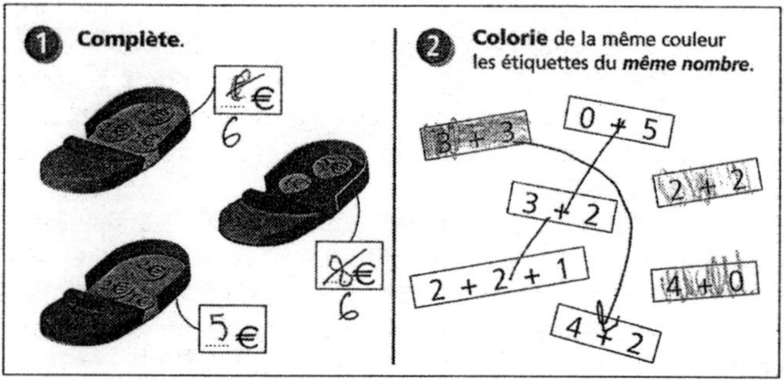

— Des euros et des zéros ! Belle allitération !

— Et précoce *altération* du sens... pour aller dans votre sens. Tout, ici, semble fait pour empêcher la compréhension des enfants, alors qu'on croit évidemment faire le contraire. Appeler « étiquette » une somme, faire croire à toute force que « 0 + 5 » est le *même nombre* que « 2 + 2 + 1 », on a du mal à en croire ses yeux. La confusion entre des nombres d'euros — euros dont la juxtaposition dans le porte-monnaie est supposée déclencher une addition, pourquoi ? — et des nombres dont l'addition cette fois effectuée laisse pourtant perplexe quant à la raison de choisir zéro comme terme d'une somme, représente une telle accumulation de poisons dont personne ne semble avoir conscience, qu'on se demande par quel miracle un jeune estomac y résisterait.

De plus, comme la multiplication n'est abordée que bien plus tard, et qu'on s'empêtrera dans « fois » et « multiplié par », ce qui restera prégnant c'est du « plus », avec comme recours le comptage.

C'est très vite que les organisations d'un même nombre doivent pouvoir se donner en sommes, ou surtout en produits, sachant que ce sont surtout les secondes qui amènent les notions essentielles de multiples, diviseurs, nombres premiers, etc. Quand les enfants ont compris qu'une opération est « quelque chose qui se passe dans la tête », quelque chose d'évanescent — idée, intention — qui une fois mise à exécution ne laisse d'autre trace sur le papier que son *signe*, quand ils savent *parler* les formes — parler, et non réciter...

— Plutôt qu'à parler, il y a me semble-t-il surtout à écrire, en mathématiques...

— L'écrit peut être ou est un contrôle, il est la nécessaire confrontation de la réflexion solitaire et de son résultat sur la feuille de papier. Mais jusqu'au moment où les signes d'écriture parleront d'eux-mêmes, c'est par la parole que cette langue mathématique — dans un français rigoureux — doit s'acquérir. Voyez par exemple ce bon exercice proposé en CE2 : la présentation en est claire et la finalité louable. Seulement, la multiplication se déduisant d'additions successives, la notion de multiple a du mal à se faire une place conceptuelle. À défaut de pouvoir intégrer dans *sa* propre langue le mot « multiple » avec ce qu'il veut *dire*, ce qu'on peut *dire* de 18 n'est pour Camille que ce que lui disent ses yeux :

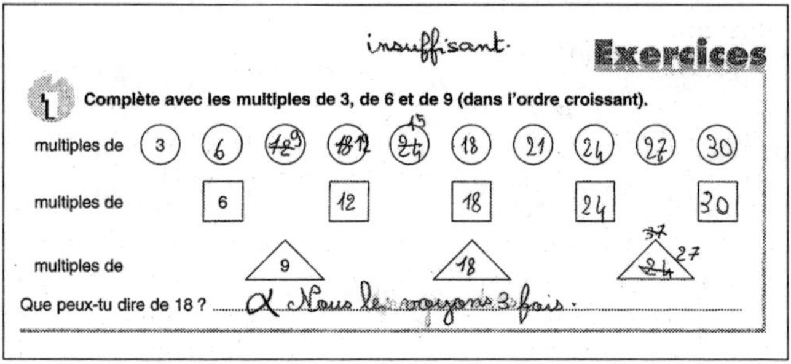
insuffisant.
Exercices
1 Complète avec les multiples de 3, de 6 et de 9 (dans l'ordre croissant).
multiples de 3 6 ~~12~~ 9 ~~18~~ 12 ~~24~~ 15 18 21 24 27 30
multiples de 6 12 18 24 30
multiples de 9 18 ~~24~~ ~~37~~ 27
Que peux-tu dire de 18 ? Nous le voyons 3 fois.

— Cela fait du moins *un* sens qui fonctionne...

— Votre humour est un peu sombre... Quand on sait ce que sont les bonheurs *du* sens pour les enfants, et la façon dont ils relancent une curiosité en principe constitutive de leur condition d'enfant, on se dit que cette réduction du sens à *un* sens est un dommage qui n'est pas forcément circonscrit aux seules mathématiques...

Les mathématiques se parlent dès les premiers apprentissages, numération transparente, opérations qui se raisonnent, calculs qui se justifient... C'est seulement alors qu'une expérience du nombre peut se constituer au cours du temps.

— Sinon ?

— Sinon, non. Sinon c'est, au collège, pour la moitié de 28 : « Je peux prendre ma calculette ? » Sans parler de la moitié d'un demi qui même au lycée plonge certains dans des gouffres de perplexité. Sans parler non plus de la possibilité que 7 égale 0 sans dommage majeur...

Nous semblons nous être éloignés des problèmes, de l'argent et de tout ce dont nous débattions. Il n'en est rien. Je voulais en arriver à ceci que, pourvu que les moyens leur en soient donnés, ce qui est tout de suite à la portée des enfants, c'est une arithmétique *mathématique*, avec des problèmes de mathématiques, ayant en particulier pour finalité celle que la tradition leur associe depuis toujours, à savoir raisonner.

Raisonner à partir d'une logique binaire — vrai, faux — qui musclera les processus de déduction, d'induction, etc., mais à partir de problèmes « honnêtes », qui ne soient pas ces marécages où s'embourbent les enfants dès le CP. Apprend-on à marcher dans un marécage ? La fiabilité des données est essentielle à la mise en mouvement de la pensée, alors que savoir qu'il y a lieu de s'en méfier la paralyse.

L'échec de la réforme, et ce qu'il imposait comme recherche d'une démarche plus accessible et plus adaptée que les calculs en base 3, ou les « machines qui changent la forme, ou la couleur », etc., auraient dû mener à des analyses permettant de comprendre pourquoi ni la tradition arithmétique ni la modernité n'étaient désormais possibles. Entre les deux arithmétiques, c'est malheureusement le mauvais choix qui a été fait, c'est-à-dire celui s'adressant à cet « homme en raccourci », à cet être difforme que serait « un enfant de 5 pieds de haut ». On a donc fait le choix d'une matière dont on *sait* qu'elle est hors de portée de jeunes élèves.

Et aujourd'hui où l'effet âdécé ajoute ses dégâts à ceux d'une tradition qui n'est plus en prise sur la société actuelle, on va vers une catastrophe absolue. Je vous mène à la rencontre de quelques petits vieux classiques, avant de voir les habits dont les affublera la modernité.

En voici d'abord issus d'un énoncé donné dans un collège parisien des beaux quartiers[8] :

> Paul a acheté un sac de 15 billes pour 10 F.
>
> Gilles a acheté un sac de 36 billes pour 48 F.
>
> Noyelle a acheté un sac de 40 billes pour 30 F.
>
> **a)** Donner l'écriture fractionnaire irréductible du prix d'une bille dans chacun des cas.
>
> **b)** En déduire celui qui a fait la meilleure affaire.

Selon Roselyne, c'est Noyelle qui est **celui qui fait la meilleure affaire, car c'est elle qui a payé le moins.**

Pour obtenir les 3,25 points de l'exercice, il aurait donc fallu qu'en s'identifiant à ces improbables acteurs d'une improbable histoire, Roselyne ait été piquée par l'aiguillon de la nécessité de savoir qui avait fait « la meilleure affaire ». Ce qui l'aurait, à coup sûr, menée à donner « l'écriture fractionnaire irréductible du prix d'une bille », c'est-à-dire à constituer, puis simplifier, 10/15 de franc, 48/36 de franc, 30/40 de franc ; l'intéressante confrontation de la bille à 2/3 de franc pour Paul, à 4/3 de franc pour Gilles, et à 3/4 de franc pour Noyelle l'aurait alors convaincue que c'était Paul qui avait fait la meilleure affaire.

— « Faire la meilleure affaire » ? Pour des billes ? Des billes vendues par 15, 36 ou 40 ?

— Je peux garantir qu'à l'opacité numérique des fractions, patente pour nombre de collégiens, s'ajoute ici le pas-de-sens absolu de ce genre de problème, où plus rien n'est même vraisemblable.

Voici un autre énoncé, au détour cette fois encore d'un livre de 5e [9] :

> Arthur achète une plaque en chocolat de 200 g à 0,96 €, une demi-livre de beurre (250 g) à 1,25 €, et une boîte de 6 œufs à 1,20 €.
>
> Pour préparer une mousse au chocolat il prend 125 g de chocolat, 3 œufs, et 50 g de beurre.
>
> **a)** Quelles fractions de la plaque de chocolat et de la demi-livre de beurre a-t-il prises ?

b) À quel prix lui revient le chocolat de la mousse ? le beurre ? les œufs ? À quel prix lui revient la mousse au chocolat ?

Là où vous pourriez présumer que la première urgence pour Arthur aurait été d'éprouver la consistance et le goût de sa mousse, c'est à des questions inconsistantes et amères qu'il doit s'affronter.

À moins que... À moins qu'il ne prenne goût à ces questions et trente ans de plus par la même occasion. Et que de questions alors... Avait-il intérêt à la faire lui-même ou à l'acheter toute faite ? Et si oui, ne serait-il pas intéressant d'en faire plus encore ? De les vendre ? Avec quel argent a-t-il acheté tous ces ingrédients ? Si c'est celui de ses parents, c'est tout bénéfice, et ne pourrait-il alors être placé dans une de ces banques que son argent intéresse ? N'y aurait-il pas lieu ensuite de monter son entreprise ? D'écraser la concurrence ? De...

Ah, mais pardon, j'oubliais : Jacques n'est tout de même qu'en 5e ; à cet âge, on aime encore faire marcher sa tête et son corps, jouer, rêver, déguster un dessert sans se demander le prix de revient d'une cuillerée. Pardon, encore pardon.

— Vous êtes, vous, bien amère...

— Il y a de quoi. Je dénonce depuis trente ans la perte de temps *intégrale* de ce genre d'exercice. Articles, lettres ouvertes à des ministres, rien n'y fait. On continuera de s'interroger sur le collège, alors que le mal est déjà fait — sans que, faut-il le dire et le redire, personne ne l'ait jamais voulu —, alors que c'est à l'école qu'on devrait s'interroger sur la manière dont on *occupe* les enfants.

Perdre son temps n'est pas neutre pour les élèves. Tant qu'ils sont petits et dociles, le dommage se traduit par de l'ennui et de la fatigue. Mais deviennent-ils plus grands que tous ces dommages accumulés génèrent de la révolte. En 5e, on est peut-être capable de trouver le prix de revient d'une bille, ou d'une mousse au chocolat. Mais l'inanité de ce genre de question ne risque vraiment pas de faire apprécier les mathématiques et de justifier le temps passé à essayer de comprendre et de faire ce genre d'exercice. Les enseignants non plus ne sortent pas indemnes d'une pratique dans laquelle ils mettent tout ce qu'ils peuvent pour que réussissent les enfants. À l'école, certains trouvent des « trucs », des « astuces » pour les faire progresser, leur apprendre leurs tables, les aider à retenir des règles... Il est d'autant plus dommage que l'énorme travail que tout cela demande — documents à préparer, tableaux à constituer, leçons à assurer, corrections —, travail tel qu'on ne voit bien souvent sortir un maître ou une maîtresse de sa classe que longtemps après que les enfants en sont sortis, n'ait pas sa contrepartie de succès.

C'est sur les fondements du travail que fait l'école dans le domaine de ce fameux « compter » qu'il y a lieu aujourd'hui de revenir. Si un enseignement de la numération et du nombre, si le modèle de problème hérité du certificat d'études ont eu quelque pertinence il y a un siècle, ils ne l'ont plus et ne mènent qu'à cet innumérisme dont souffrent tant d'élèves.

En particulier, charger l'école de prôner l'économie et l'épargne a pu, à la rigueur, nous l'avons vu, avoir eu ses raisons historiques ; mais cela ne justifiait pas pour autant que ce soit l'arithmétique qui ait à s'en occuper, la morale était au programme ! Mais, deuxième supposition, en posant que les récits tenant lieu de problèmes pouvaient avoir quelque crédibilité pour une fraction restreinte de la population adulte, ils n'en ont plus du tout. Ils sont devenus des coquilles vides où les prétextes à calculs divers sont scandaleusement grossiers.

Voyez cette facture parmi toutes celles que l'on est quotidiennement amené à remplir à 8 ou 9 ans, et l'habileté pédagogique consistant, par une navigation entre prix unitaire, quantité, prix à payer et total, à utiliser « les quatre opérations ».

4) Complète cette facture rédigée par un papetier : 3/ *6 pts*

désignation	prix unitaire	quantité	prix à payer
classeur grand format	3,50 €	5	17,50 €
dictionnaire	16,25 €	8	130,00 €
boîte de compas	12,65 €	4	50,60 €
cahiers de travaux pratiques	4 €	32 €	128 €
stylos-plumes	10 € ~~86,52 €~~	2	20 € ~~173,05 €~~
		TOTAL	346,10 €

Les choses se gâtent dès lors qu'il faut trouver les prix des stylos par soustraction des quatre prix précédents du total de 346,10 €, et division par 2.

— On ne voit pas comment a été trouvé ce 173,05 €...

— Me feriez-vous croire que vous n'êtes pas sensible aux chiffres ? 173,05 est la moitié de 346,10 ; ce qui montre bien que tous les calculs précédents — justes, et bien menés comme celui-ci — sont dus à des opérations d'automathe : en classe, on fait la division. Le 2 des stylos-plumes déclenche donc deux divisions par 2, ce qui fait des stylos à 86,52 €. Autre résultat significatif, ces 32 **euros** qui trônent en lieu et place d'une *quantité* de cahiers : le calcul de 128 divisé par 4 est juste, mais son *sens* ? Et c'est là qu'intervient la confusion nombre/quantité, plus ce que je vous disais de l'inconsistance de ce genre de problèmes. L'argent est le rouleau compresseur qui écrase toute recherche de crédibilité : prix, quantité, tout est euros. Qu'est-ce qui empêche des stylos de coûter 86,52 € ? Quelle logique peut amener à revenir sur ce qu'on a trouvé ici ?

— Celle des ordres de grandeur...

— Bien sûr, pourvu qu'on ait une vision globale du total, de ses parties, etc. Mais un ordre de grandeur des prix ! De plus, *quel* papetier aurait à remplir une facture telle que celle-ci ? Il ne sait pas ce qu'est le prix d'un des stylos qu'il vend ? Si remplir ces cases vides est soutenu par une quelconque logique, ce n'est en tout cas pas celle d'un enfant.

Par exemple, quel est l'intérêt, le défi intellectuel que représente ce problème ?

Exercice 6

À la boucherie, Mme Duval a acheté un rôti de bœuf de 850 g à 14 € le kg et 5 parts d'un plat préparé à 2,95 € la part. Elle a payé avec un billet de 50 € et une pièce de 5 centimes.
Combien lui a-t-on rendu ?

On lui rend ce qu'on lui rend, à Mme Duval, et hormis elle, ça n'a d'intérêt pour personne.

— Pourquoi les 5 centimes ?

— J'imagine que c'est pour savoir si les petits 6e à qui ce problème est destiné — petits 6e dont nombre de professeurs parlent avec tendresse parce qu'ils sont justement encore petits — sauront écrire 50,*0*5 €. Et voici de quoi les y entraîner :

> Nicole prend toutes ses économies, c'est-à-dire 32,5 € et elle achète des paquets de bonbons à 3,4 €. « Le plus possible », dit-elle.
> 1) Combien de paquets de bonbons peut-elle s'offrir ?
> 2) À combien s'élèveront ses économies après ces achats ?
> 3) Combien d'argent lui manque-t-il pour acheter un paquet de plus ?

En voilà une qui ne pense pas à ses vieux jours. En faisant opérations et calculs requis, on trouve qu'elle peut acheter 9 paquets, ce qui fait une dépense de 30,6 € de bonbons ! Et qu'il lui restera (32,5 – 30,6) € — belle « soustraction à retenue » ! — soit 1,9 € d'*économies* ; économies qui ne le resteront pas longtemps puisqu'aussitôt disposant du complément — soit (3,4 – 1,5) €, autre belle « soustraction » — elle se précipitera pour acheter un 10e paquet !

Ce qu'on peut constater, au fur et à mesure que les techniques opératoires, autrement dit les calculs, prennent de l'ampleur, c'est à quel point le champ de la consommation s'élargit. On manie plus d'argent, on achète plus de choses. En fait, rapidement on achète de tout, de la viande, des tomates, des pommes de terre, des légumes, des fruits, du tissu, des livres, des disques, de l'essence, des voyages, des séjours en montagne, des magnétoscopes, des téléviseurs, des meubles de jardin... On n'en finirait pas de faire l'inventaire des marchandises auxquelles les livres et fichiers de l'école primaire servent d'éventaires. On n'en finirait pas de recenser les mamans, les papas, dont on découvre que lorsqu'ils ne sont pas à la maison, c'est qu'ils dépensent leur argent. Sans compter Pierre, Paul et Jacques qui en font autant, les Dupont, les Dubois, et soi, entraîné(e) de gré ou de force par une utilisation immodérée du « je » dans les énoncés de problèmes.

Est-ce au nom de l'égalité inscrite sur le fronton des petites ou grandes mairies de France qu'il est proposé à *tous* les petits Français de s'identifier à un voyageur de commerce qui hésite, qu'il faut aider, et pour commencer, en lui expliquant ce que sont les problèmes nés du choix de sa villa ?

Monsieur M....... vient de choisir les plans de sa villa. Il veut commander également une voiture, mais il hésite. Voyageur de commerce, il aimerait choisir un modèle qui ne consomme pas trop d'essence... Monsieur M....... se rend compte qu'il a beaucoup de problèmes à résoudre ! Quels sont ses problèmes ? De quelles données a-t-il besoin pour les résoudre ?

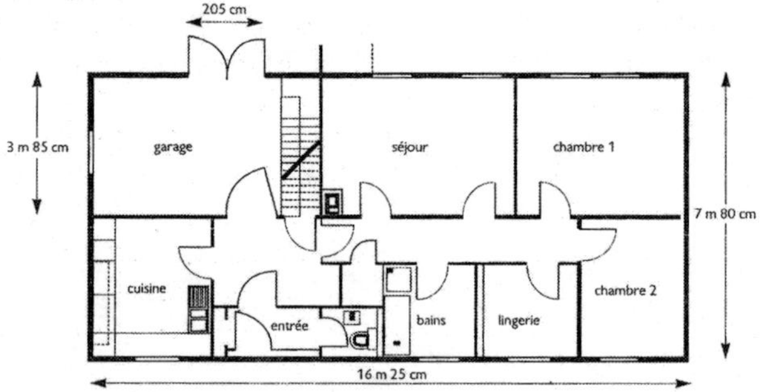

Plan de la villa

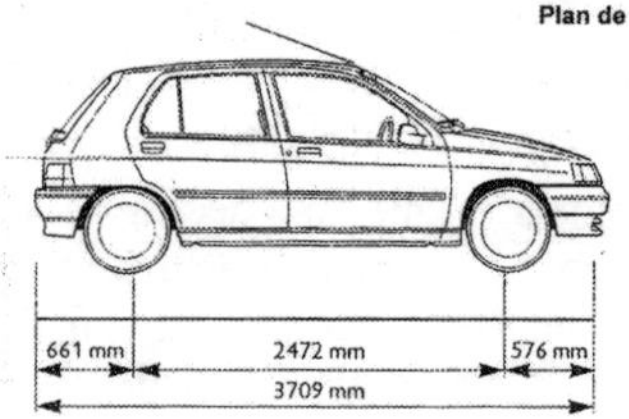

Dimension de la voiture

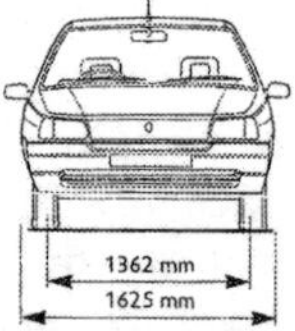

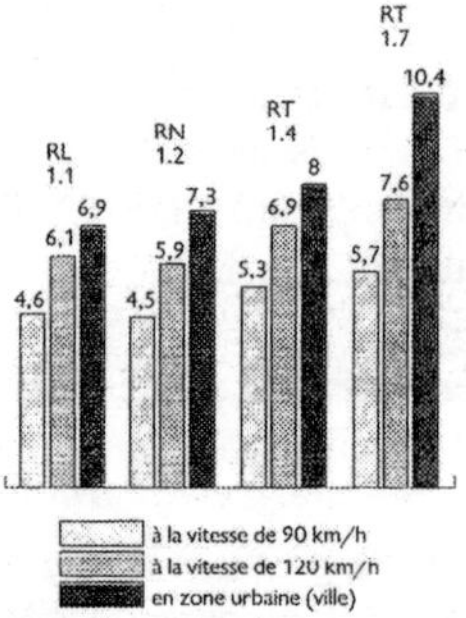

Consommation de la voiture en litre pour 100 km

Vous voyez comme le tout, à 10 ans, est marqué du sceau de l'évidence. Le choix de la voiture ? Mais bien sûr, en s'aidant d'une étude — à faire — sur sa consommation d'essence et sur son encombrement compatible ou non avec le garage. Et la piscine ? Et le terrain de tennis ? Non ? Mais pourquoi pas ? Parce qu'il ne faut pas exagérer ? On ne peut pas avoir tout ça avec le RMI ? Et en économisant ?

— J'ai peine à croire que ces problèmes sont effectivement proposés à des enfants de dix ans...

— Même s'ils ne le sont pas, ils sont le paradigme de ceux qui, en grand ou en petit, sont inspirés d'un quantitatif supposé devoir servir *plus tard* aux enfants. Mais auxquels ?

Alors, vraiment, et sans l'ombre d'une démagogie... À quoi pense-t-on en inondant les livres et les fichiers d'achats de toutes sortes ? Cet argent qui coule à flots, où les enfants des 3 700 000 pauvres de France le trouveront-ils ? Lesquels auront des parents, grands-parents, oncles, tantes ou cousins qu'il faudrait conseiller sur l'achat d'une villa et d'une voiture ? Lesquels d'entre eux achèteront ne serait-ce que pour 30,6 € de bonbons ? Même ces simples rôtis et plats cuisinés, quel goût ont-ils dans les problèmes quand manger de la viande tous les deux jours n'est pas assuré[10] ?

Je ne le dirai jamais assez : la relation au quantitatif est une relation singulière et *intime*. Elle aurait quelque justesse dans certains énoncés de problèmes — ce qui n'est pour l'instant jamais arrivé —, que de toute façon *on ne pourrait pas* apprendre à des enfants des *comportements* qui sont supposés — par quel ukase ? — devoir devenir le leur *plus tard*. Que dire alors quand, par-dessus ce marché, il faut qu'ils s'identifient tous à 8, 9 ou 10 ans à d'inexistants petits bourgeois en situations irréelles, qui sur le papier sont des pantins dont une supposée pédagogie de la vie quotidienne tire les ficelles ?

Outre l'indécence que peut avoir cet étalage marchand[11], la difficulté à faire entrer des enfants dans cet univers poisseux, corrompu par l'argent, est parfois telle, que moi aussi je finis par éprouver des haut-le-cœur. En l'occurrence, mission impossible. Voici l'énoncé :

> Ma mère hésite pour un achat : « Est-il plus avantageux d'acheter 3 paquets de 4 collants pour 9,12 €, ou bien 2 paquets de 5 collants pour 8,40 € ? »
> Aide-la à répondre à la question. Explique les résultats. Tu peux faire un schéma.
> N.B. : Les collants sont de même taille et de même qualité.

Deux semaines auparavant, il avait fallu s'occuper d'une famille de 4 personnes qui passait ses vacances à la montagne : TGV, location de chalet, nourriture et loisirs. La semaine d'avant, sa « mère » avait déjà acheté grille-pain et mixeur. Alors, quand pour un troisième mercredi on se trouve confronté à un « problème » tel que celui-ci, qu'on a affaire à un jeune garçon d'une intelligence remarquable, qui est déjà triste parce qu'il périt d'ennui, qu'il ne comprend rien à ce qu'on lui veut, que, de plus, personne ne comprend que c'est parce qu'il est intelligent que sa confrontation à l'absurdité est douloureuse, que peut-on faire ?

Je peux garantir que c'est un Mozart qu'on assassine. Le père de Mozart était peut-être abusif, mais il n'a eu de cesse que s'exprime le génie de son fils. Que dire de cette mère qui occupe fils ou fille à la conseiller sur un achat de collants alors qu'ils devraient être à l'école ou en train de jouer ? Des *collants* ! Que cherche-t-elle ? À verrouiller l'œdipe de son fils, à exacerber la rivalité mère/fille ? Je ne vois pas autre chose qui puisse naître d'une situation aussi scabreuse qu'insupportablement fausse. À moins que ce « ma mère » soit à mettre dans la bouche de l'auteur de ce texte, auquel cas imaginer cette dame d'un âge certain en collants n'est pas forcément du dernier stimulant pour l'imagination. « Tu peux faire un schéma. » Lequel ? Toujours est-il que dans un évitement significatif de ces collants, Victor, dont l'imagination fait merveille en *mathématiques*, s'en tire ici comme font souvent les opprimés : par la poésie.

Solutions
(4) (D) A1 Nombre de collants dans la première hésitation :
3 X 4 = 12 col
Nombre de collants dans la seconde hésitation.
2 X 5 = 10 col
Le plus avantageux est de 3 X 4 collants parce qu'il y en a plus, et le prix ?
à revoir dans la correction

1
non ce n'est pas l'explication

Voyez comment sa lecture transcende le texte en l'assortissant d'une dramaturgie qui pourrait décoller des collants pour atteindre n'importe laquelle des questions qui agite le sujet humain : *nombre de collants dans la première hésitation, nombre de collants dans la seconde hésitation* ; remplacez collants par « arguments » ou « objections », et cela tient du pari pascalien.

Mais qu'est-ce que le système peut bien faire de ces anti-automathes, qui ne se laissent pas sagement engluer dans le monde poisseux du « il n'y a pas de petit profit » ? Parce que si vous voulez tout savoir, c'est la *seconde hésitation* qui n'a pas lieu d'être. Dans le premier cas, un collant revient à 8 centimes d'euros de moins.

Petit problème : à combien revient à la dame le temps qu'elle passe à faire ses calculs, ou à essayer de les faire faire à un enfant ? Deuxième question. À combien revient le temps que les maîtres passent à essayer de faire faire des économies virtuelles à des enfants ? Troisième question. À combien revient l'aide apportée à ceux qui, ne pouvant comprendre, ne comprennent pas ? Quatrième question. Que fait-on, au nom de calculs futurs qu'ils ne feront jamais, du précieux temps d'école, du précieux temps de vie de jeunes enfants ?

Question de plus, que je pose donc depuis plus de trente ans. **Jusqu'à quand** va-t-on s'acharner à faire comme si des enfants devaient comprendre ce que, majoritairement, *ils ne peuvent pas* comprendre mais seulement imiter comme de petits automathes bien dressés ? Parce qu'il est tout de même sidérant de constater, comme je le fais depuis plus de trente ans, que le système élimine des *enfants* au lieu d'éliminer ce qui les empoisonne. À la rigueur, ceux qui sont en prise sur la réalité de l'argent ne seront pas trop pris au dépourvu. Mais ils servent sans le savoir d'écran à l'absurdité de ce qui est proposé à tous les autres : ils servent de cache au gâchis, ils évitent que l'on soit contraint de réfléchir sur cette évidence : l'école ne *peut pas* préparer les enfants au quantitatif, pas plus qu'elle ne peut les préparer à la vie amoureuse, ou affective. Avec des problèmes justes, les enfants perdraient leur temps car rien de ce temps ne se garde pour de l'avenir ; mais comme de plus ils sont faux, ils le perdent *deux fois*, parce qu'ils perdent aussi leur temps au présent.

C'était, n'est-ce pas, ce que je devais vous démontrer.

Et maintenant, pour dissiper cette atmosphère un peu lourde, nous allons retrouver un peu de fraîcheur avec Capucine, dont l'engagement à mener des recherches auprès de monsieur et madame Dupont n'affecte pas la belle santé.

Monsieur d'abord. Il a tant de choses en tête que c'est Capucine qui doit l'aider à savoir quelle somme il a dépensée en essence.

Cette fois, il faut savoir trier entre

nombres utiles au calcul,
nombres inutiles au calcul.

Cet entraînement va te préparer à tes recherches. Lis d'abord ce qui est écrit dans ce cadre. Pour le moment, ne cherche pas à compléter les cases, ni à résoudre le problème. Il te faut d'abord répondre aux 5 questions qui suivent.

Le 13 février, monsieur Dupont fait à Paris le plein de sa voiture. Il paye 190 F pour 38 l d'essence. Après avoir parcouru 498 km, il met de nouveau 37 l d'essence pour 196 F. Monsieur Dupont arrive vers 21 heures à Perpignan après avoir parcouru une distance de 875 km.

Quelle somme monsieur Dupont a-t-il dépensée pour l'essence?

nombres utiles au calcul

190 + 196

nombres inutiles au calcul

38-37-21-31-13

☐ **1. Dans l'exercice encadré, il faut classer les nombres qui permettent de trouver la réponse et ceux qui ne sont pas utiles.**

⊕ oui / ○ non

☐ **2. La question du problème e..:**

⊗ a. Quel prix monsieur Dupont a-t-il payé pour l'essence lors de son voyage de Paris à Perpignan? /

○ b. Combien de litres d'essence monsieur Dupont a-t-il mis dans son réservoir?

☐ **3. Pour calculer la dépense de monsieur Dupont pour l'essence, il faut connaître:**

a. la date de départ

○ oui ⊗ non /

b. l'heure de départ

○ oui ⊗ non /

c. l'heure d'arrivée

○ oui ⊗ non /

d. la distance parcourue

⊗ oui ⊗ non

☐ **4.** a. **Combien de fois monsieur Dupont met-il de l'essence dans sa voiture au cours de son voyage?**

2 fois /

b. **Combien dépense-t-il pour faire le plein la 1re fois?**

190 F /

c. **Combien monsieur Dupont paye-t-il son 2e plein d'essence?**

196 F /

☐ **5. Quelle opération va te permettre de connaître la dépense totale?**

⊕ addition / ○ multiplication
○ soustraction ○ division

Retourne au cadre et complète les 2 cases.

Après avoir correctement répondu aux questions 1 et 2, en 3 Capucine coche le « oui » du petit *d*, subodorant que l'essence qu'aura consommée monsieur Dupont est fonction de « la distance parcourue ». Eh bien, pas du tout, pas ici ; les 498 et 875 km sont des « nombres inutiles au calcul » ; à la correction, elle coche docilement le « non ». Il n'y a plus qu'à espérer qu'il ne s'imprimera pas dans sa tête qu'une consommation d'essence n'a rien à voir avec les kilomètres du compteur, la préparant ainsi à une impréparation budgétaire future.

Les réponses aux questions 4 et 5 étant correctes, on peut se demander pourquoi Capucine n'a pas su faire l'essentiel de ce qu'on voulait qu'elle fît, c'est-à-dire remplir les cadres permettant de séparer le bon grain de l'ivraie. Ils le sont au crayon vert, preuve que tout ce cheminement n'a de sens que pour ceux qui se demandent comment font les mille-pattes pour mouvoir leurs mille pattes, et qui croient avoir la réponse.

Même pris en correction, son cadre de « nombres inutiles au calcul » qui devrait comporter

13 – 38 – 498 – 37 – 21 – 875

est à la fois incomplet et surchargé. Incomplet puisqu'il ne comporte pas les 498 et 875 km qu'a parcourus monsieur Dupont : soit elle continue d'être heureusement persuadée que la consommation d'essence est fonction de la distance parcourue, soit elle n'a pas assez de place pour les écrire. Surchargé en raison d'un incompréhensible « 31 » qui ne se trouve nulle part.

— Si je comprends bien, cette montagne d'informations est supposée accoucher de la souris d'une addition !

— Il fallait bien redonner du piquant à ce qui déjà passionnait les enfants : savoir ce que coûte à l'automobiliste cette essence qui ne cesse d'augmenter, grevant son budget, compliquant...

— Soit. Mais il y a bien des domaines où le calcul d'une dépense peut être légitime...

Cet entraînement va t'aider dans tes recherches. Lis attentivement ce qui est inscrit dans ce cadre. Ne cherche pas, pour le moment, à cocher l'un des 3 cercles ni à résoudre le problème. Tu dois tout d'abord répondre aux 9 questions qui suivent.

Madame Dupont achète 1 kg de tomates 11 F et 5 kg de pommes de terre. Combien va-t-elle payer?

- ○ a. Le commerçant lui rend 27,75 F.
- ● b. Les pommes de terre coûtent 75 c le kg.
- ○ c. Le kg de tomates coûte 11 F.

☐ **1. Après avoir lu le texte du problème, tu dois faire un choix parmi des phrases. D'après toi, on te propose:**

- ○ a. la réponse au problème.
- ● b. un renseignement qui permet de trouver la réponse au problème. /

☐ **2. Madame Dupont achète:**

- ● a. des tomates. /
- ○ b. des fraises.
- ● c. des pommes de terre. /

☐ **3. Pour savoir ce que Madame Dupont va payer en tout, il est utile de connaître:**

a. le prix des tomates achetées.
○ oui ● non /

b. le prix des pommes de terre achetées.
● oui / ○ non

☐ **4. Connaît-on le prix des tomates achetées?**
● oui / ○ non

☐ **5. Quel est ce prix?** ..11F /..........

☐ **6. Connaît-on le prix des pommes de terre achetées?**
○ oui ● non /

☐ **7. Connaît-on la quantité de pommes de terre achetées?**
● oui / ○ non

☐ **8. Quelle est cette quantité?** ..5kg. /

☐ **9. Pour connaître le prix des 5 kg de pommes de terre, il te manque:**

- ● a. le prix de 1 kg de pommes de terre. /
- ○ b. la somme que le commerçant rend à madame Dupont.
- ○ c. le prix de 1 kg de tomates.

Retourne maintenant au cadre et coche le cercle correspondant au renseignement qui permet de trouver la réponse au problème.

Vérifie tes réponses en te reportant au corrigé p. 124.

▶ **Tu peux passer au 2e essai à la page suivante.**

— Bien sûr. Voici qui nous donne l'occasion de rencontrer madame Dupont, au cœur d'une situation/problème cette fois brossée à grands traits : elle ne fait qu'acheter des tomates et des pommes de terre, et on veut, bien sûr, savoir ce qu'elle va payer.

Mais comme ça, on ne le peut pas. On pourra seulement, au terme d'une série de questions numérotées de 1 à 9 — dont certaines sont décomposées en deux ou trois sous-questions — prendre conscience d'une donnée manquante, et ô bonheur, au moment même où on prenait conscience qu'elle vous manquait, et où on est amené à cocher le petit *b* du cadre initial, but ultime et apothéose de la réflexion, voici qu'elle s'offre à vous, dans sa toute simple nudité :

> Les pommes de terre coûtent 75 c le kg.

Cette fois, les quinze « pattes » allouées à la recherche du problème ayant été fermement guidées de façon à être mues une par une, victoire ! Capucine y est arrivée.

— Vous voyez...

— Je vois quoi ? Que là où d'autres s'insurgent, refusent d'être traités en débiles ou en machines programmables, Capucine, elle, est restée désireuse de bien faire. Fort heureusement, cette sorte de tribut à payer à l'école avec des activités qui seraient à coup sûr plus profitables si on les désactivait en siestes ou en récréations, n'entame pas ses capacités de questionner pour de vrai et de s'émerveiller de comprendre. Non, pas les Dupont, mais le peu de mathématiques que nous arrivons à sauver de leur fréquentation obligée.

Parce que pour le reste, Capucine comme des milliers de ses contemporains, et du fait que les mêmes causes — surtout quand elles s'aggravent — produisent les mêmes effets, continue de donner l'âge du capitaine.

Ou plutôt, ici, le salaire du cousin de Flavie :

> Flavie récolte 425 kg de carottes et 3 fois plus de navets. Elle les range par cagette de 5 kg. Son cousin l'aide le matin. Combien gagne-t-il ?

— J'ai peine à croire que des enfants sensés répondent à ça...

— Vraiment ? Vous voulez donc dire que sont insensés tous ceux qui, il y a une vingtaine d'années avaient donné l'âge du capitaine ? Que sont insensés tous ceux qui, aujourd'hui plus qu'hier, en donnent l'équivalent ? J'aurais alors manqué ma démonstration de ce qu'ils sont, tout simplement, rendus *encore plus* indifférents au sens que par le passé.

— Non, non, j'en conviens. Vous n'avez pourtant pas répondu à ma question sur la possibilité d'évoquer les questions d'argent à l'école...

— Je vais y répondre, bien sûr. Mais il faut absolument comprendre que nous sommes au bout d'une tradition épuisée, à bout de souffle et de sens, si elle en avait jamais eu au sein d'une école républicaine supposée cimenter une nation autour des mêmes *valeurs*.

Des trois termes de la trilogie précédemment rencontrée, *probité, travail, économie,* le premier dépendant du deuxième et le deuxième étant rien moins que sûr, c'est le troisième qui continue d'imprimer sa marque sur les problèmes d'arithmétique, devenue « mathématiques ». Il était déjà entendu que l'économie et l'épargne étaient des qualités universellement recommandables pour tous, pauvres et bourgeois. À quelque classe qu'on appartînt, il était prescrit d'économiser, prescriptions qui avaient envahi ce « monde merveilleux du calcul » :

> « On peut brocarder cette morale de la prudence et de la petite accumulation. N'a-t-elle pas pourtant éduqué des générations à une bonne maîtrise du crédit[12] ? »

Sans la brocarder, je n'y crois simplement pas pour hier, et je la pense scandaleusement déplacée aujourd'hui. Aujourd'hui, à quelque classe qu'on appartienne, l'assomption du capitalisme par « sociétés de consommation » interposées prescrit d'être de son temps, de faire du profit, de savoir tirer parti de son argent et de celui des autres ; et d'économiser. Mais, s'il y a un siècle, on économisait en épargnant, aujourd'hui on économise en dépensant. Les soldes sont des événements nationaux, on voit des gens dormir devant le rideau de fer des magasins, s'arracher des objets qu'ils montreront triomphalement devant les caméras en se vantant de les avoir eus « au meilleur prix ». Ce qui fait que, de toute façon, aujourd'hui comme hier, on pratique la même religion, celle de l'argent ; laquelle, comme toutes les religions, n'est pas vraiment le domaine d'une rationalité ordinaire, et encore moins mathématique. Qu'elle soit plus que jamais imposée dans les écoles d'une société éclatée, diversifiée, dont les enfants, des ZEP aux beaux quartiers n'ont en commun que leur enfance, est proprement scandaleux.

Si cette religion de l'argent avait jamais eu sa place à l'école *laïque* où elle ne pouvait de toute façon que diviser plus que rassembler, il faut qu'elle s'en sépare aujourd'hui. Elle n'a que faire ni *en mathématiques*, ni *en enfance,* ni dans la constitution de *valeurs* communes qui ne peuvent être édifiées qu'à partir de *savoirs* communs.

Le savoir commun édifié par les problèmes est pour l'instant celui dont je faisais déjà état[13] il y a longtemps, à propos de cette petite 6e arrivant avec une leçon sur le « pavé », et qui à chaque question que je posais — un pavé, c'est quoi ? un rectangle, c'est quoi ? et un cercle, c'est quoi ? espérant « c'est un volume », « c'est une surface », « c'est une ligne » — répondait invariablement : *des francs.* La pente naturelle vers laquelle entraînent la plupart des problèmes à l'école étant ce que ça coûte, ou ce que ça pourrait coûter, ou ce qu'on gagne, ou ce qu'on perd, ou ce qu'on économise, elle répondrait aujourd'hui : *des euros*.

Rien d'étonnant donc, dans tout ce pas-de-sens, que soit demandé ce que gagne le cousin de Flavie, et qu'on soit naturellement amené à y répondre.

Vous voulez connaître la réponse de Capucine ?

— Je crois la deviner. Il est vrai qu'il y a quatre possibilités : 3 × 425, 5 × 425, 3 × 5, ou 3 × 5 × 425...

— Réponse rationnelle s'il en est... Vous oubliez d'autres possibles, additions, soustractions, qui pourraient intervenir, sans compter leurs combinaisons...

— ...

— Consolez-vous. Capucine a choisi *votre* rationalité : 425 × 5, qu'elle a, à la correction, anéanti sous trois biffures aussi énergiques que penaudes ; n'ayant évidemment pas conscience qu'en fait, grâce à elle, sous les coups de quelques chiffres, c'est un système entier qui s'effondre.

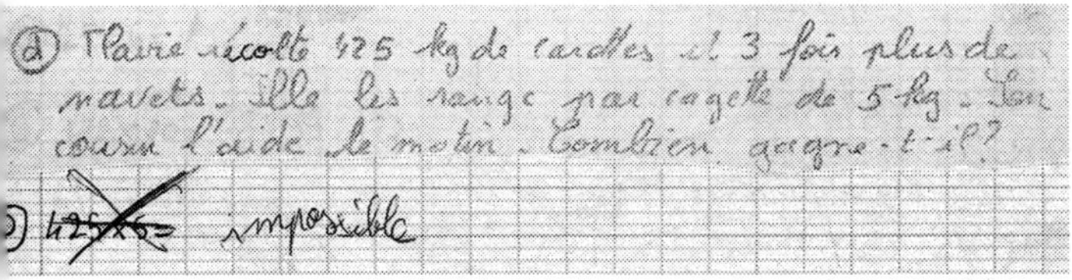
d) Marie récolte 425 kg de carottes et 3 fois plus de navets. Elle les range par cagette de 5 kg. Son cousin l'aide le matin. Combien gagne-t-il ?

b) ~~425×5=~~ impossible

« Impossible » était la réponse. Quand est-ce que cet impossible sera entendu pour ce qu'il est ?

CHAPITRE XII

Du traitement des grandeurs dans la grande et la petite histoire

Franchir le seuil d'une école expose le visiteur à d'inévitables émotions, dont celle que produit un univers miniaturisé, à la mesure des petits qui vont y débuter une vie en société ; miniaturisation et donc émotion portées à leur comble dans les classes maternelles, ces merveilleuses maternelles que le monde, à juste titre, nous envie ; et où, par exemple, après avoir appris à accrocher son manteau à un portemanteau à sa hauteur, l'enfant s'assied sur sa petite chaise d'enfant, à sa petite table d'enfant, joue à des jeux d'enfant ou fait des dessins d'enfant...

Que va-t-il se passer une fois sorti de ce giron *maternel* que propose l'école trois années durant ? Il semble bien que les centimètres acquis par cet enfant durant les vacances séparant la grande section du cours préparatoire n'opèrent pas de transformation brutale dans la *vision* qu'on a de lui ; et donc tables, chaises, et portemanteaux restent accordés à sa nature d'enfant.

Mais en est-il de même de son entrée officielle dans le monde du « lire, écrire, compter », ces apprentissages premiers si bien nommés ? Il est vrai qu'il accède cette année-là à un âge dit « de raison » ; mais est-ce une raison pour l'abandonner dans la forêt des grandeurs, petit Poucet qui pour ne pas se perdre ne peut avoir recours qu'aux seuls cailloux des nombres entiers ?

Car quelle relation y a-t-il entre ces cailloux du calcul et les grands mystères qu'ont représentés depuis toujours l'espace et le temps ? Qu'en est-il, en mathématiques, du mesurable par rapport au comptable ? Discret et continu, on le sait, très vite n'ont pas fait bon ménage, engendrant le scandale de l'incommensurable.

Mais bien sûr, les nombres irrationnels ne sont ni l'affaire du menuisier, ni celle de l'agriculteur qui mesure son champ ; pas plus que milliards d'années ou nanosecondes ne sont d'usage quotidien. Il n'empêche que même s'agissant des grandeurs courantes communément mesurées par entiers et fractions, leur abord par les adultes socialisés que nous sommes n'a pas grand-chose à voir avec celui des enfants. Témoin cette histoire qui me paraît être à plus d'un titre significative de la surprise accompagnant la découverte de cette rationalité autre, celle de vies à leurs débuts dont il est toujours surprenant pour nous de constater à quel point nous en sommes éloignés.

Un jeune enseignant, Alain, me racontait récemment qu'il avait donné à ses élèves de CM2 un problème classique s'il en est, dans le droit fil de la signification « concrète » d'une différence, puisqu'il s'agissait de celle de la taille d'un jeune garçon nommé Thibault et de son père. L'idée était donc évidemment de susciter une soustraction, avec des nombres soigneusement choisis pour mettre à l'épreuve un savoir-calculer puisque *Thibault mesure 1,39 m, et son papa mesure 1,81 m* (d'où un *9 ôté de 11,2 et je retiens 1,* etc.). Puis après m'avoir assuré que tout avait été décortiqué, expliqué, ce dont je ne doutais pas une seconde, Alain me prépare à ce qui va suivre, comme lorsqu'on veut annoncer une nouvelle désagréable à quelqu'un mais avec ménagement. Et j'apprends donc qu'un enfant a donné comme réponse au problème : 42 ans.

Évidemment, j'éclate de rire, en ajoutant : Quelle merveille ! — *Comment ?* dit Alain, un peu étonné... — Mais oui, cette histoire est superbe ! — *Superbe ?* répète Alain, regardant autour de lui l'effet de mes réflexions et se demandant si j'étais bien cette « spécialiste » dont on lui avait parlé. — *Comment superbe ? 42 ans ! Ça ne tient pas debout !*

— Voyons, Alain, dites-moi exactement comment vous avez posé ce problème. Alain reprend l'histoire sous forme humoristique en la commentant... — Alain, s'il vous plaît, ce n'est pas le contenu du problème qui m'intéresse, mais les *mots* que vous avez utilisés qui sont importants. Alors ? — *Alors voici comment se présentait cet énoncé :*

> Thibault mesure 1,39 m, et son papa mesure 1,81 m. De combien doit-il grandir pour atteindre la taille de son papa ?

— Vous avez demandé « de *combien* doit-il *grandir* pour... » ? — *Mais oui,* répond Alain, un peu déconcerté par ce questionnement. — Eh bien, qu'est-ce que veut dire « grandir » pour les enfants ? Qu'appellent-ils, en général, « les grandes personnes » ? Celles qui ont des pouvoirs qu'ils n'ont pas parce qu'ils n'ont *que* 8, ou 9 ou 10 ans, etc. Un enfant devient grand avec des *années*. Il vous dit avec fierté : « J'ai quatre ans, mais après j'aurai quatre ans et demi. » Ce qui est porté par le langage enfantin, c'est la non-équivalence entre « grande personne » et « personne grande ». Donc, rien d'étonnant à ce que cet enfant ait répondu en années, d'autant — ai-je ajouté gentiment — que ce « combien », qui ne précisait pas « combien de quoi », laissait éventuellement la nature de la réponse souhaitée dans le vague...

Le grand, le petit, pour qui sont-ils grands ou petits ? Il a beau envoyer des sondes sur Mars, l'homme reste la mesure de toutes choses[1]. L'homme, pas l'enfant. L'identité quantitative des groupes sociaux est évidemment celle des adultes qui les ont d'abord constitués, celle de leurs relations au monde de la quantité. C'est par référence à ce qu'il peut porter, atteindre, évaluer, à partir de *ses* forces, de *sa* taille, de celle de *ses* bras, de *ses* mains ou des instruments les prolongeant que l'homme a d'abord eu le sentiment de la quantité : témoins de cet anthropocentrisme ces quelques alluvions d'une langue de la quantité disparue, pieds, pas, coudées, pouces ou empans[2], « fauchées », « hommées », « poignées », « pincées », « charrée »[3], etc. ; et, aussi, évidemment, sinon ce sentiment serait bien limité, celui qu'il peut avoir en faisant appel à son imagination ou à son savoir.

L'enfant aussi a une identité quantitative, ou plutôt *des* identités successives, car elles changent tout le temps ; et donc, fort logiquement, ne se constituent avec une certaine stabilité qu'au cours du temps.

Pourquoi faut-il que, dans le domaine scolaire de ce qu'on appelle les « mesures », on se dépense, sans mesure justement, à vouloir à toute force lui faire acquérir ce rapport adulte au monde des grandeurs, qu'il ne pourra avoir qu'adulte, et qui, d'ailleurs, hormis une plus ou moins vague appréciation de ce que pèsent, mesurent, coûtent, durent des objets d'usage commun, ou de ce que sont des distances communes, n'atteindra à quelque précision qu'en fonction d'une compétence dans un domaine donné.

Exemplaire en ceci est la séquence de ce beau film[4] où l'on voit Olivier[5], formateur dans une école technique, division menuiserie, aux côtés de Francis, qui vient, à dix-sept ans et demi, de passer cinq ans en prison[6]. Ce qui se joue entre ces deux personnes dépasse infiniment la simple formation professionnelle, et pourtant repose entièrement là-dessus. C'est tout le sens, donc, de cette scène.

Ils mangent, l'un un sandwich, l'autre un cornet de frites, dans le bruit de la rue. Tout est lent, chargé, tendu. Francis, après un long silence :

— C'est marrant comme vous avez pu dire ce que je mesurais, rien qu'en me regardant...
— C'est l'habitude.

Du silence, encore, quelques frites calmement mâchées, puis dans une sorte de défi tranquille :

— Du pavé blanc, jusqu'au pneu de la voiture rouge y a combien ?

La caméra montre l'instrument de mesure qu'est devenu le regard d'Olivier :

— Trois mètres... cinquante et un...

Francis sort son double mètre de sa poche, le temps est suspendu... puis il annonce :

— Trois mètres cinquante-deux !

Légère détente d'Olivier ; il mord dans son sandwich. Mais Francis n'en a pas fini de sa mise à l'épreuve :

— ... et... de mon pied droit à votre pied gauche, combien y a ?
— Quatre mètres dix... dix, onze... Quatre mètres onze.

Lentement, la caméra suit le mètre de Francis. Ce qui se joue là est un quitte ou double existentiel : quitte, Olivier sera pour Francis un de ces adultes comme il en déjà côtoyé quelques-uns, étiquetés « moyens », et qui apparemment n'ont pas réussi à lui donner confiance en quiconque ou en quoi que ce soit ; double, ce sont deux vies qui continueront autrement : l'un s'autorisera enfin à s'en remettre à un autre, détenteur d'une *expérience* exemplaire, l'autre, dans cette tutelle consentie pourra connaître les prémisses d'une sorte d'apaisement.

Alors, après les quatre mètres, lentement les derniers centimètres...

— ... quatre mètres onze !... vous êtes vraiment très fort...

C'est fini. Au revoir, dit Olivier. *À demain,* répond Francis. Il n'y a rien à ajouter. Les fils sont noués.

— Qui, en dehors d'une pratique professionnelle aurait pu dire au centimètre près...

— C'est une fiction, vous le savez bien...

— Mais vous savez bien aussi à quel point les fictions peuvent dire le vrai. On m'a toujours dit que les plus frondeurs des apprentis savaient reconnaître une compétence et la respectaient.

Quoi qu'il en soit, vous m'accorderez que *l'expérience* est prépondérante en matière d'ordre de grandeur, que celle de l'équarrisseur n'est pas celle du pharmacien, qui n'est pas celle de la couturière, laquelle diffère de celle du pilote d'avion... L'expérience, l'habitude... Elles sont la noblesse des professions, déterminantes dans la confiance que l'on fait aux praticiens.

— Vous voulez dire que les enfants n'ont pas eu le temps d'accumuler cette expérience...

— Celle-ci bien sûr... mais même pas celle qui se constitue dans la confrontation quotidienne à la quantité... Vous voulez quelques exemples ? Ce sera un voyage au cœur de la dimension, tel que pourrait être celui d'un Gulliver[7] postérieur au système métrique.

Nous voici d'abord, par la grâce de l'effet âdécé, transportés à Lilliput :

L'héritage

Invente un énoncé de problème dont la solution serait :
chacun des enfants du roi recevra en héritage une terre de 27 hectares.
135 : 7 = 27

La largeure est de 7 cm et la longueur de 135

Avez-vous reconnu notre chère Capucine ? Quitte à inventer, elle invente, adaptant à sa façon l'adage bien connu selon lequel il convient de diviser pour régner... Les parcelles microscopiques qu'elle attribue aux fils du roi ne devraient pas être trop difficiles à gérer avec

une largeur de 7 cm et une longeure de 135 cm.

Et maintenant, filons à Brobdingnag. Dans ce pays où le moindre sommet est à 8 848 m, imaginez la longueur d'une salle de classe qui a déjà un hectomètre de large...

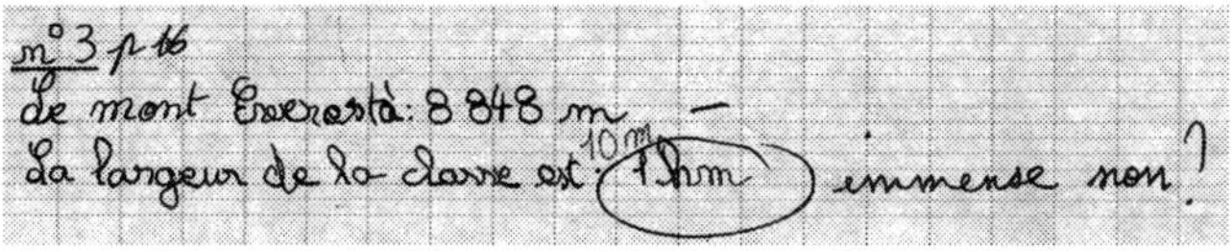

peuplée d'écolières de plus de deux mètres de haut.

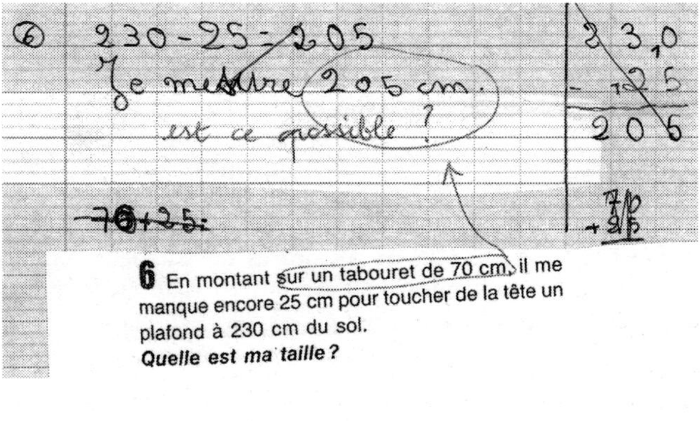

Et logiquement, la moindre sortie requiert un encadrement en proportion, par exemple 58 professeurs pour l'accompagnement de trois classes dans un musée

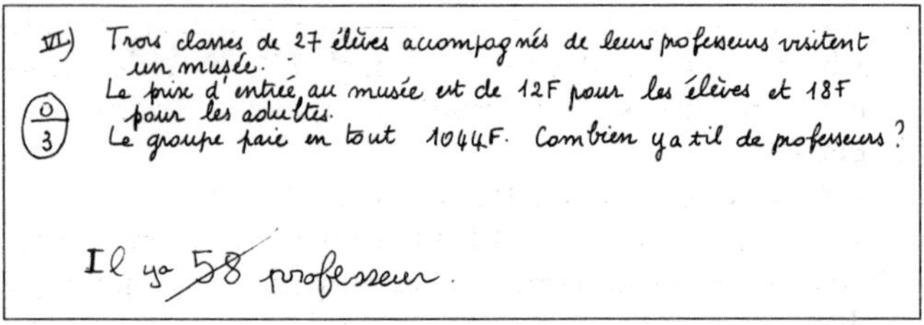
VI) Trois classes de 27 élèves accompagnés de leurs professeurs visitent un musée.
Le prix d'entrée au musée est de 12F pour les élèves et 18F pour les adultes.
Le groupe paie en tout 1044F. Combien ya til de professeurs ?

0/3

Il ya 58 professeur.

ou bien, dans un centre aéré 12 fois plus de moniteurs que d'enfants[8].

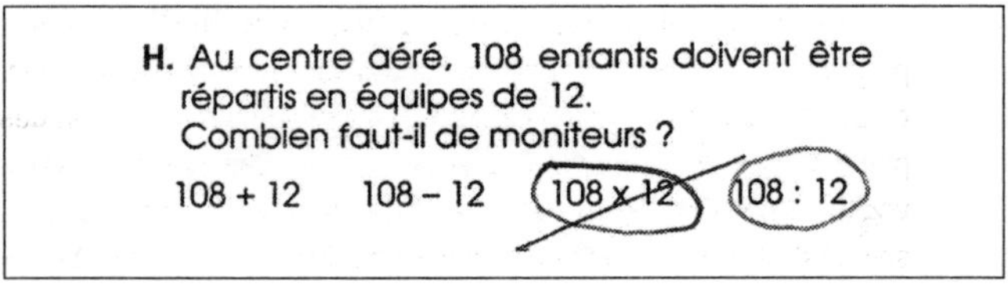
H. Au centre aéré, 108 enfants doivent être répartis en équipes de 12.
Combien faut-il de moniteurs ?

108 + 12 108 – 12 108 x 12 108 : 12

— On espère que le gouvernement a les moyens…

— Mais, sérieusement… les relations tumultueuses des enfants avec la quantité et ses ordres de grandeur rempliraient des bibliothèques… Chose qui ne date évidemment pas d'aujourd'hui et dont on a pu, *a posteriori*, penser qu'elle était due à la complexité des unités de mesure en vigueur sous l'Ancien Régime, au point de prophétiser que grâce au système métrique l'on pourrait

> « désormais apprendre en peu de temps, et même avec une intelligence médiocre, tous les calculs nécessaires aux usages ordinaires de la vie ».

— De qui est cette prophétie ?

— De ce professeur de mathématiques que nous connaissons bien, monsieur Prince, dans un chapitre intitulé « Nouveau système des poids et mesures », ajouté à l'*Arithmétique* de Bézout[9].

— C'est un *a posteriori* bien court...

— Vous avez raison, en 1833 le « nouveau système » était loin d'avoir gagné la partie... Mais on peut comprendre que mathématiciens et professeurs de mathématiques en aient vu les extraordinaires avantages avant qu'en fût persuadé un pays tout entier. Voyez ce que dit Pierre-Simon de Laplace[10] au moment même de son instauration, dans son cours à l'École normale, le 11 floréal de l'an III[11].

> « J'interromps aujourd'hui l'ordre des leçons de mathématiques, pour vous entretenir du système des poids et mesures qui vient d'être définitivement décrété par la Convention nationale. L'un des plus utiles objets qui vous occuperont, après être retournés dans vos départements, sera de faire connaître à vos concitoyens, et spécialement aux instituteurs des écoles primaires, ce bienfait des sciences et de la révolution.
>
> [...]
>
> Incomparablement plus simple que l'ancien, dans ses divisions et dans sa nomenclature, il présentera beaucoup moins de difficultés à l'enfance. Vous en éprouverez à le faire entendre aux instituteurs, qu'une longue habitude a familiarisé avec les anciennes mesures : il leur apparaîtra fort compliqué ; car l'homme est naturellement porté à rejeter sur la complication des choses, la peine que ses préjugés et ses habitudes lui donnent à les concevoir ; mais votre zèle éclairé surmontera ces obstacles[12]. »

Belle analyse qui peut indéfiniment être transposée dans d'autres domaines : la plasticité d'une intelligence d'enfant, à de tels moments de mutation de tout ou partie du fonctionnement socialisé de la quantité est de loin supérieure à celle d'un adulte.

— Vous ne craignez pas de vous contredire ? Si les enfants ne sont pas encore en prise sur la grandeur, comment pourraient-ils *mieux* faire que les adultes en cas de changement ?

— Mais, justement, en raison même de leur sorte d'indifférence à la grandeur mesurée. Le monde autour d'eux n'étant pas encore fixé par des évaluations fiables et stables, parler de pouces, pieds, mètres ou centimètres, qu'importe ?

— Je suppose que vous en diriez autant des francs et des euros...

— Évidemment... Leur appréciation des prix étant aussi floue en général, et précise en particulier sur certains objets de désir, qu'importe en quelle monnaie elle s'exprime...

Un enfant qui naît dans une société où les distances s'expriment en mètres et les prix en euros trouvera *qualitativement* la chose aussi naturelle que si, né en 1750, ils s'exprimaient en pieds et pouces, livres et deniers. Et cette langue qualitative, quelle qu'elle soit, deviendra quantitative au cours de l'histoire particulière de sa socialisation. Il est impossible de savoir mesurer, évaluer, disposer d'un ordre de grandeur si la langue de la quantité ne *dit* rien, ou si la *langue* de la grandeur devient une langue étrangère... Et c'est bien ce qui s'est produit lors du remplacement des anciennes unités de mesure par celles du système métrique.

Il n'est pas peu étonnant *pour nous* de découvrir ce qu'était ce quantitatif auquel tenaient tant les contemporains de Laplace, quantitatif dont la complexité — toujours *pour nous* — se révèle au moindre problème à résoudre. Nous allons en trouver un exemple parmi les centaines d'exercices que comporte le Bézout. Mais préalablement, examinons-en le principe à partir d'une question aussi simple — et classique — que celle-ci : une certaine longueur d'« ouvrage » ayant coûté un certain prix, à combien en revient l'unité de longueur ?

Vous êtes bien d'accord que si l'on disait avoir payé 854 euros pour 57 mètres, ou 854 livres pour 57 toises, qu'il s'agisse du prix de revient du mètre ou de la toise, c'est la même démarche simple consistant à diviser 854 par 57. S'il est question d'euros, on va, très simplement toujours, trouver 14,98 euros au centime près, qu'il paraîtra convenable d'arrondir à 15 euros.

En revanche, s'il s'agit de livres :

> Le premier reste, en *livres*, suppose d'être transformé en *sous*, par une multiplication par 20 ; puis le reste des *sous*, en *deniers*, par une multiplication par 12. Ce qui donne :
> 854 livres : 57 = 14 livres restent 56 ; 56 livres = 1 120 sous
> 1 120 sous : 57 = 19 sous restent 37 ; 37 sous = 444 deniers
> 444 deniers : 57 = 7 deniers restent 45.
> Et comme on ne connaît pas de subdivision décimale des deniers, le dernier reste à diviser par 57 restera sous forme de fraction.
> La réponse est donc :
> Une toise d'ouvrage revient à *14 livres 19 sous 7 deniers 45/57.*

— C'est bien compliqué...

— Pas tellement plus compliqué que ce qu'on ferait faire — ou qu'on essaierait de faire faire — à l'école si l'énoncé était, par exemple : on a passé 854 heures pour façonner 57 mètres d'ouvrage, combien de temps pour façonner 1 mètre ?

> Cette fois on aurait, du fait des divisions sexagésimales des heures et minutes, mais décimales des secondes :
> 854 heures : 57 = 14 heures restent 56 ; 56 heures = 3 360 minutes
> 3 360 minutes : 57 = 58 minutes restent 54 ; 54 minutes = 3 240 secondes
> 3 240 secondes : 57 ≅ 56,84 secondes
> Un mètre d'ouvrage a été façonné en *14 heures 58 minutes 56,84 secondes.*

— Vous essayez de me faire croire qu'il n'était pas plus difficile de travailler avec cette profusion anarchique d'unités de mesure dont Talleyrand dénonçait la « variété dont la seule étude épouvante », qu'avec notre merveilleux système décimal...

— Vous allez triompher avec l'exemple que donne Bézout dans la rubrique « Division d'un nombre complexe par un nombre complexe », et que voici :

> « 57 toises 5 pieds 5 pouces d'ouvrage ont été payés 854 livres 17 sous 11 deniers ; on demande combien cela revient la toise ? »

Comme *opération* une simple division, à nouveau. Mais pour les calculs, c'est une autre affaire, qui semble nécessiter à l'intention de son lecteur plus d'une page d'explications que je résume ici.

> Il faut évidemment « uniformiser » l'expression de la longueur ; une fois exprimée en pouces, soit 4 169 pouces, on pourra dire qu'elle est de 4 169/72 de toise[13].
> Il n'y a plus qu'à diviser les 857 livres 17 sous 11 deniers par 4 169/72. Si on se souvient que diviser par une fraction revient à multiplier par son inverse, on commence donc par multiplier le prix par 72 ; mais des deniers et des sous multipliés deviennent des sous et des livres ; et on se retrouve donc cette fois avec 61 552 livres 10 sous à diviser par 4 169.
> 61 552 livres : 4 169 = **14** livres, restent 3 186
> 3 186 livres = 63 720 sous.
> En ajoutant les 10 sous, cela fait 63 730. On poursuit donc avec :
> 63 730 sous : 4 169 = **15** sous, restent 1 195.
> 1 195 sous = 14 340 deniers
> 14 340 deniers : 4 169 = **3** deniers, restent 1 833.
> D'où la réponse :
> Une toise d'ouvrage revient à *14 livres 15 sous 3 deniers 1 833/4 169*

Je me suis amusée, en utilisant les tableaux d'équivalence que monsieur Prince a ajoutés, à faire les calculs en données métriques. Avec :

1 franc = 1 livre 3 deniers ou encore 80 francs = 81 livres
1 toise = 1,94904 m 1 pied = 0,32484 m 1 pouce = 0,027070 m

et en procédant aux arrondis « convenables[14] », le problème devient :

112,855 m d'ouvrage ont coûté 844,34 F.
À combien revient le mètre ?

En divisant 844,34 F par 112,855 on trouve 7,48 F au centime près.

— Gloire au système métrique !

— Gloire, bien sûr. Mais, encore une fois, si l'Ancien Régime était effectivement copieux en menus quantitatifs au point qu'on a pu dire qu'« il faut 200 pages dans un livre d'arithmétique pour expliquer uniquement les quatre opérations[15] ! », il faut voir que pas plus qu'aujourd'hui les gens « ordinaires » n'avaient besoin d'un savoir « pointu » sur la totalité des sortes d'unités qui s'y trouvaient. Car c'est en effet de cette multitude que ces arithmétiques étaient grosses ; le même problème, nous l'avons vu, selon qu'il mettait en jeu des masses, des longueurs, des durées, supposait un traitement différent, par exemple pour les restes dans les divisions. Mais le calcul en tant que tel d'un quotient euclidien[16] n'a rien de différent...

— Vous n'êtes quand même pas en train de me dire que ce quantitatif tel qu'au sein d'une même grandeur les multiples successifs pouvaient « aller par » 2, 3, 4, 6, 8, 12, 16, voire 24, ou par 20 et 12 pour la monnaie ; tel que, de plus, les grandeurs n'étaient pas reliées entre elles — les longueurs et les capacités par exemple ; et couronnant le tout, tel qu'à quelques lieues de distance, le pied, la livre, la toise, l'aune, l'once, la pinte, n'avaient pas la même valeur... que ce quantitatif donc est équivalent au nôtre !

— Je n'aurai garde de dire une chose pareille. Mais des équivalences dans les comportements, oui, il y en a. Les mêmes compétences qu'aujourd'hui dans chaque métier supposaient un savoir qui se transmettait muni des unités nécessaires à chacun, avec, bien sûr, coiffant uniformément le tout, l'argent, dont chacun, dans son domaine, connaissait la *valeur d'échange* entre travail et biens : qu'elles soient estimées au « gros[17] » ou au gramme près, le boulanger saura à quel prix vendre miche ou baguette de pain ; qu'il l'évalue en arpents ou en ares, un cultivateur saura ce qu'est le rendement d'une terre et à combien il devra vendre ce qu'elle produit... Et ainsi de suite...

Les raisons qui me font penser que les gens ordinaires n'étaient pas affectés dans la vie ordinaire par ce qui, encore une fois, nous semble, *à nous,* extravagant, sont donc principalement le fait que la langue maternelle de la quantité, d'emblée familière au jeune enfant qui l'entend dès le berceau, met néanmoins une bonne partie de la vie à se constituer définitivement, façonnant pour chacun une identité quantitative qui fait partie de son identité tout court ; indépendamment, donc, d'une pratique professionnelle dans laquelle s'enracine fortement cette identité, vaquer à des occupations quotidiennes ordinaires mettant en jeu le commun des besoins ordinaires, à l'amplitude modérée, ne nécessite guère de démarches tellement plus compliquées en aunes, pintes, ou deniers qu'en mètres, litres ou euros. En pareil cas, l'étrangeté de nouvelles mesures est donc vécue comme un mal, sans commune mesure avec le bien qu'il est supposé apporter : on n'a plus le même rapport au monde, on ne possède plus la même chose — pensez à la serveuse qui ne savait simplement plus taper sur sa calculette parce qu'on était passé des francs aux euros[18] —, on ne pèse plus autant, on n'atteint plus les mêmes objets de la même façon, bref, changer de système d'unités c'est passer — douloureusement — d'une identité quantitative à une autre.

On sait les difficultés que le système métrique eut à s'imposer et le temps qu'il fallut pour y parvenir définitivement. Or, si malgré leur admirable simplicité, leur extraordinaire facilité d'utilisation, la résistance aux nouvelles unités fut si forte, c'est bien que cette résistance a quelques raisons.

Il est d'ailleurs tout à fait intéressant de pouvoir assister « en direct » à une de ces mutations, « comme si nous y étions ». Avez-vous, entre bien d'autres anecdotes, entendu parler des « martyrs du système métrique » ?

— Non.

— Je vous lis l'article de presse qui rapporte les faits[19].

> Actualité internationale
>
> Grande-Bretagne
>
> Les « martyrs du système métrique » ne parviennent pas à convaincre la justice.
>
> LONDRES — Des commerçants ont perdu lundi leur bataille judiciaire pour avoir le droit d'utiliser le système de mesure britannique, basé sur la livre et l'once, au lieu du système métrique en vigueur dans l'Union européenne.
>
> Ils affirmaient qu'il existait dans la législation britannique un vide juridique et que les directives de l'UE demandant que les échanges commerciaux soient effectués dans le système métrique, basé sur le gramme, ne s'appliquaient pas à l'Angleterre et au pays de Galles.
>
> Les cinq commerçants, baptisés « les martyrs du système métrique » par la presse, refusent que « vendre une livre de banane soit un délit pour faire plaisir à Bruxelles ».
>
> Le juge a rejeté leur analyse.
>
> Les directives de l'Union européenne, que la Grande-Bretagne a rejointe en 1972, priment sur les législations nationales des États membres.
>
> Selon ces règles, les commerçants peuvent continuer à utiliser la livre (454 grammes) et l'once (28,35 grammes), à condition de fournir leur équivalent métrique, ce que les commerçants, s'appuyant sur un acte du Parlement britannique de 1985, refusaient de faire.
>
> Un acte du Parlement britannique peut être annulé par une « simple directive » édictée par « un rassemblement de bureaucrates

> non élus sur lesquels nous n'avons aucun contrôle démocratique », en a conclu le porte-parole des commerçants, Neil Herron. Leur échec représente rien moins que « la fin de la démocratie », estiment-ils. « Cela montre sans ambiguïté à quel point la nation et son peuple ont été trahis par l'élite politique », estiment les croisés du pouce et du pied, qui ont obtenu le soutien du comédien John Cleese (ex-Monty Python) et de l'ancien chef du Parti conservateur Norman Tebbit.

— Soit. On voit bien comment le politique, là, intervient, mettant en avant Bruxelles auquel un Royaume ne saurait s'inféoder... On aurait pourtant pu imaginer que dans la France de la Révolution, ce système de nouvelles unités, revendiqué dans les cahiers de doléances du royaume, puis passé dans les faits avec la République, l'emporterait sur les résistances par sa force symbolique. Il ne faisait pas moins qu'abolir le privilège des féodaux qui décidaient chacun et à son avantage des poids et mesures en usage dans son fief, que mettre donc à l'abri des abus et injustices, qu'établir une égalité quantitative pour tous, et que devenir un attribut de citoyenneté, et non des moindres, puisque les nouvelles mesures seront dites *républicaines*...

— Oui, mais une fois les privilèges des féodaux abolis, et bien que destiné à chaque citoyen, le bénéfice que devait apporter l'uniformité des poids et mesures ne pouvait être ressenti de façon convaincante qu'à une autre échelle qu'individuelle, celle par exemple d'un quantitatif commun : commerces entre provinces, entre pays, rendus inextricables par la disparité des unités, par le babélisme de la langue quantitative ; et puis, pour les scientifiques, celui de systèmes de mesures unifiés, rendant aisée la circulation des savoirs... Mais pour accomplir la tâche gigantesque consistant à faire de la somme disparate d'identités quantitatives distinctes une unique et nouvelle identité commune, *métrique* et *décimale*, il aurait fallu que volonté politique et mobilisation scientifique aillent de pair et tiennent bon sur la durée. Il s'est donc trouvé que la force symbolique d'un système d'unités universel a souffert des vicissitudes de la République[20]...

Imaginez, par exemple, qu'après avoir imposé par l'arrêté du 13 brumaire an IX[21] l'exécution du système métrique dans toute la France, le Premier consul, avec, en principe, l'intention de *propager avec plus de succès et plus de rapidité le beau système des poids et mesures*

> « freine de fait son implantation réelle en imposant, à la place des noms de la nomenclature méthodique, les noms traditionnels "français". Cette concession fait de l'*hectare*, "*l'arpent" métrique*, du *kilogramme*, la "*livre*" *métrique*, du *litre*, la "*pinte*", du *décamètre*, la "*perche*", du *décalitre*, le "*boisseau*", du *centimètre* le "*doigt*", du *décimètre* le "*palme*". Un conscrit de 5 pieds 6 pouces, soit 1,79 m, mesure désormais 17 *palmes* 9 *doigts*. Comme les valeurs restent métriques et décimales, et que le souvenir des anciennes mesures est très vif, la confusion s'accroît[22] ».

— Il est vraiment très étonnant que de telles décisions aient été prises par Napoléon, qui fut tout de même un homme des Lumières et de la Révolution, qui avait une réputation de scientifique, voire d'amateur de mathématiques[23], qui fut membre de l'Institut[24] auprès des plus grands savants, et membre assidu...

— La suite est encore plus étonnante. Si l'on sait comment Napoléon perçait sous Bonaparte, ce qu'on sait moins, c'est comment le temps qui passait amenait de plus en plus l'empereur à désavouer le général, lorsque par décret impérial du 12 février 1812, et « *pour faciliter et accélérer l'établissement de l'uniformité des poids et mesures dans notre Empire* » il porta une réelle atteinte au système décimal en permettant, à côté du système légal, que soient « tolérées » les mesures « usuelles », proches des mesures traditionnelles de Paris.

Un système mixte fut donc utilisé : chacune des mesures devait porter d'un côté les anciennes subdivisions, de l'autre la subdivision décimale. Ainsi, par exemple :

> « À côté du mètre sont autorisées la *toise* de 2 m divisée en 6 *pieds*, et *l'aune* de 1,20 m divisée en demies, quarts, huitièmes, seizièmes, trente-deuxièmes. De même apparaît un *boisseau* de 12 *litres* et demi, une *livre* de 500 g divisée en 16 *onces*[25]. »

Inutile d'évoquer ce que purent être les... indélicatesses de toute sorte que ce genre de chaos put entraîner puisque nous en avons connu l'équivalent — atténué — lors des changements monétaires, francs anciens et nouveaux, francs et euros... Figuraient, par exemple,

> « simultanément, la *livre poids-de-marc* de 489,5 g périmée mais encore bien dans les habitudes, la *livre métrique* de 1 kg, et la livre usuelle de 500 g[26] ».

Des siècles d'histoire avaient persuadé de la nécessité d'une uniformisation des unités, la Révolution avait eu le souffle, l'audace de vouer ses savants à cette tâche qui pouvait paraître impossible, dix années leur avaient été nécessaires pour concevoir, au prix de réajustements successifs, le nouveau système d'unités.

Mais, en raison des tribulations, régressions, confusions de tous ordres, sa mise en place aura duré un demi-siècle, n'étant devenu obligatoire qu'en 1840[27].

Par exemple, il se trouve que Laplace lui-même qui, lors de la présentation[28] des étalons prototypes du mètre et du kilogramme pouvait affirmer :

> « Nous possédons à présent le mètre de la nature pour les mesures linéaires, et le kilogramme vrai qui en résulte »

et ajouter :

> « Jamais l'ignorance et la férocité des peuples barbares ne les enlèveront à la vaillance, au patriotisme, aux vertus des Républicains et d'une nation éclairée sur ses intérêts, sur son honneur, sur ses droits[29] »,

curieusement, douze ans plus tard, proposait à Napoléon un système de mesures « napoléones » avec une *lieue impériale* de 5 kilomètres, une *livre impériale* de 500 grammes, subdivisée en 10 *onces* de 10 *gros*[30].

En douze ans, ni « barbarie » ni « férocité » n'eurent à intervenir — du moins pas dans ce domaine — pour « enlever » le « mètre de la nature » et le « kilogramme vrai » aux Républicains. Il se trouve que c'est la République qu'on leur enleva. La conjugaison du politique et du scientifique dont la conviction commune avait ébranlé une institution millénaire, qui avait entrepris une tâche à ce point écrasante qu'elle était réputée impossible, voyait un de ses termes chanceler. Ce n'est peut-être pas par hasard que Laplace, qui en 1795 défendait si ardemment ce « bienfait des sciences de la Révolution », proposait en 1811 des mesures *napoléones*[31].

Mais donc, s'il est aujourd'hui évident que

> « en acceptant d'abord la modification des noms, puis celle des valeurs, et en tolérant la fabrication de nouvelles mesures, Napoléon a affaibli inutilement le système métrique[32] »,

il est difficile, *pour nous,* de comprendre l'étonnante erreur de jugement d'une personne de sa stature. Erreur politique et scientifique qui mérite donc d'être interrogée.

— D'autant que sa relation privilégiée aux mathématiques aurait dû l'inciter à faire tout le contraire... N'y a-t-il pas, parmi les innombrables légendes qui courent à son sujet, la tentative de lui faire parvenir « son » Bézout à Sainte-Hélène, celui qu'il aurait annoté de sa main ?...

— C'est justement le moment de distinguer une compétence mathématique d'une identité quantitative. Mais laissons là les légendes, au profit de cette anecdote authentique, et significative : visitant à l'improviste la poudrerie d'Essonne, en 1805, Napoléon pose « une série de questions très serrées » à son directeur, qui est de plus « commissaire des poudres », et qui commente :

> « Je me servais, dans mes expressions, du mot kilogramme ; mais il me faisait revenir au poids de marc[33] et j'étais obligé de doubler toutes mes quantités pour arriver à cette mesure gothique. Cela me surprenait, car Bonaparte était assez bien instruit pour connaître le système des nouvelles mesures et en sentir tous les avantages ; mais sans doute il était guidé par l'habitude et le besoin de concevoir promptement. »

Nous y voici, enfin. Napoléon étendait-il à tous ses sujets ce que lui-même éprouvait quand se faisait sentir le « besoin de concevoir promptement » ? Et cette possibilité de concevoir promptement poids ou mesures est-elle autre chose qu'utiliser la langue maternelle de la quantité, celle dans laquelle on est né, on a grandi, en laquelle une *expérience* s'est constituée, toutes composantes constituant cette identité quantitative qui est autre chose que l'habitude... Celle-ci est, dit-on, une *seconde nature*, alors que l'autre est constitutive de la « nature », tout court, de chacun...

Pensez que dans le sillage des concessions napoléoniennes, le 21 février 1816 — sous la Restauration — un arrêté ministériel

> « *interdit* les mesures métriques pour le commerce de détail. Mais la raison des fonctionnaires, conscients du coût économique et culturel d'un tel abandon, ajoutée à la persévérance des savants et des enseignants, permet la survie du système[34] ».

Il a donc fallu cinquante années, une conjonction de volontés anonymes s'ajoutant à celles de politiques et de scientifiques pour que l'identité quantitative de chacun devienne celle, décimale, citoyenne, métrique, de tous.

— Cinquante ans, c'est-à-dire la disparition de tous ceux qui, nés dans les anciennes unités et devenus adultes au moment où fut proposé leur renouvellement, avaient résisté à un changement forcé d'identité quantitative...

— Et encore... En 1890, cette adresse d'un secrétaire de la chambre syndicale des poids et mesures au ministre du

Commerce, de l'Industrie et des Colonies montre à quel point elle peut, transgressant les lois, se transmettre de génération en génération :

> « Malgré les lois et les ordonnances en vigueur, l'on ne cesse d'entendre crier dans les rues des marchandises à la livre, au boisseau, des objets à un sou, à deux sous, etc. Notre pays promoteur du système métrique et qui le premier l'a adopté est certainement le plus en retard pour les réformes contre les anciennes dénominations. En France presque partout les prix sont affichés à la livre, tandis qu'en Italie par exemple, l'on ne vend plus qu'au kilogramme ou à l'hectogramme. Même pour les mesures agraires, l'on parle encore du journal, de l'arpent, de la perche, de l'ouvrée[35]... »

Il est temps que nous tirions les leçons de cette épopée[36]. L'identité quantitative, vous l'aurez constaté, a pour première composante cette langue si fort revendiquée dans tous ces retours en arrière... À croire qu'elle réside principalement dans des *mots*, ces mots qui, lorsqu'ils sont familiers, rassurent, et lorsqu'ils sont nouveaux produisent une inquiétude telle qu'elle peut faire pression sur un gouvernement pour qu'il revienne sur des décisions prises[37] !

Mais il n'y a évidemment pas que cela. Conjointement aux mots, il y a aussi, si j'ose dire, les choses. Si nous repensons aux « trois sortes de nombres » qui ont constitué la définition du « nombre » telle que nous l'avons rencontrée chez Ozanam et d'autres[38], on voit bien comment, effectivement, le quantitatif de l'Ancien Régime a imposé ses catégorisations au nombre/quantité : *le* nombre, par excellence, entier, intègre, rassurant, avec sa base *naturelle,* dix — comptable de veaux, vaches, cochons, couvées, personnes, tonneaux, etc. ; puis les fractions, qui, dans ce système d'unités, s'imposent d'elles-mêmes, avec leurs avatars de « nombres fractionnaires » ; nombres « complexes » enfin. On couvre ainsi tous les besoins du maniement quotidien de quantités.

Mais ce que nous pouvons aussi nous demander, c'est *comment* ces classifications nées des unités de l'Ancien Régime se sont maintenues plus d'un siècle après leur disparition. Je ne sais plus qui disait sous forme de boutade que, si l'on voulait préserver une notion de toute forme de changement, il suffisait de l'inclure dans le programme de l'école. L'école qui a tant fait pour que s'instaurent les unités décimales du système métrique a gardé pendant plus d'un siècle après son instauration des catégorisations qui ne correspondaient plus au nouveau quantitatif, et pas au nombre mathématique.

— Soit. Et quelles conclusions en tirez-vous ?

— Pour en revenir aux enfants, plusieurs.

Les raisons qui ont fait peser sur l'école républicaine une lourde et précoce initiation aux mesures ont disparu. Si, dans la France rurale de 1882, on n'était encore pas très loin des anciennes mesures, si localement certaines d'entre elles survivaient comme survivaient certains patois, ce n'est plus le cas aujourd'hui. Sans coercition aucune, la plus reculée des campagnes, le plus isolé des villages de montagne, les plus populeux ou beaux quartiers des villes parlent la même langue de la quantité.

La nécessité urgente pour l'école de familiariser toute une population à un mode de désignation dont elle est déjà familière n'a plus lieu d'être : ces *kilo*grammes ou *centi*mètres qui écorchèrent les oreilles un demi-siècle durant, passant pour être artificiels autant que barbares, sont entendus et pratiqués dans le quotidien sans le moindre sentiment d'étrangeté. Par ailleurs, il est inutile que les enseignants s'épuisent à vouloir *trop tôt* faire acquérir « le sens de la mesure » aux enfants, sens *qu'ils ne peuvent pas* acquérir sans avoir disposé d'une certaine quantité de vie qui les aura mis en relation avec des quantités diverses, accompagnées de leur expression en français.

— Mais alors, je ne comprends pas... Pas d'apprentissage des mesures à l'école ?

— Bien sûr que si, mais pas-trop-tôt. Il s'agit simplement de savoir quelle sera la saison d'école qui s'y prêtera le mieux.

Pour que puisse advenir une vraie relation à la grandeur, il faut d'abord que cette familiarité dont dispose l'adulte avec la langue de la quantité ait le temps de s'amorcer, c'est-à-dire que les mots de la quantité aient *qualitativement* du sens...

— Les mots auraient-ils du sens en dehors d'une relation à ce qu'ils représentent dans la réalité ?

— J'aimerais bien savoir quelle est *votre* relation à la réalité. Vous mettant tel objet en main, ou vous demandant de soulever tel autre, pourrez-vous me dire ce qu'il en est de la réalité de leurs mesures si elles sont en dehors de votre expérience habituelle ? Les milligrammes, les quintaux, quelle réalité ont-ils pour ceux qui n'ont pas à s'en servir, sinon dans leur relation *de sens* avec le gramme ou le kilogramme ? Deux cents mètres, devant vous, vous croyez savoir. Mais en hauteur ? Justement, le vertical n'a rien à voir avec l'horizontal. Même chose pour des capacités — telle citerne, là, combien ?

Pourquoi veut-on imposer à des enfants ce dont les adultes ne sont généralement pas capables ? Pourquoi ne veut-on pas savoir que ces mêmes enfants qui auront mesuré la classe, et sauront se souvenir de ses dimensions, ne seront pas pour autant empêchés, comme Capucine ou Odile, d'attribuer à choses ou gens des dimensions lilliputiennes ou gigantesques ?

Vouloir quantifier la grandeur ne sert à rien si cet enseignement ne vient pas s'inscrire dans une expérience qualitative de la langue quantitative...

— Je ne vois décidément pas ce que vous voulez dire avec cette « expérience qualitative »...

— Est-ce que vous vous comprenez quand vous parlez en gothique ?

— Quand *je* parle en gothique !

— Oui, vous, ou moi, ou quiconque parlant français... À l'imitation d'un petit texte intitulé *Vingt mille lieues sous les mers* que ses auteurs[39] ont avec beaucoup de talent construit à partir de ce qui survit dans notre langue de ces mots qui durent s'arracher du quantitatif, je pourrais par exemple vous dire que :

> Avec une *once* de bon sens, les gens ne s'aventureraient pas sur les routes ayant abusé de la *chopine* ; croire qu'après s'être payé une *pinte* de bon sang, on est à cent *coudées* au-dessus de l'automobiliste moyen, dédaigneusement *toisé* pour sa prudence, alors qu'il est à mille *lieues* de s'en douter, penser que l'on peut tout juger à son *aune*, sans céder un *pouce* de terrain, c'est vraiment n'avoir ni *scrupule* ni même un *sou* de cervelle... Vite quelques *grains* d'ellébore[40]...

Je suppose que vous avez tout compris ? Il reste à ces mots leur composante qualitative, leur *sens*...

Avec ceux d'aujourd'hui, si un enfant vous dit que son cartable est lourd parce qu'il pèse cent kilos, ou qu'il ne veut pas aller à l'école à pied parce qu'il faut marcher quarante kilomètres, il a déjà une expérience qualitative de la langue de la quantité. Condition nécessaire pour que puissent se constituer certains ordres de grandeur, ceux-ci dépendant d'autres conditions sur lesquelles nous aurons à revenir.

Mais on comprend encore mieux ce qu'est une expérience qualitative de la quantité par défaut... Par exemple, on est sûr de son inexistence quand, devant choisir entre

heure franc mètre litre gramme

cette enfant, parmi d'autres, propose une distance, qui, tels sans doute les coureurs, est en eau, toute cette perte de liquide se réparant en absorbant du jus de fruits au mètre...

— Mais... ces enfants ne comprennent pas le français !

— Je suis heureuse de vous l'entendre dire... Encore que cette affirmation soit à nuancer.

Les élèves devront :

- courir sur une distance de 400 [litre] ; — 1 9 0 (28)
- lancer un poids de 200 [gramme] — 1 9 0 (29)

La compétition commencera à 9 [heure] précises. — 1 9 0 (30)

Chaque participant recevra une bouteille d'un [mètre] de jus de fruit. — 1 9 0 (31)

Il peut s'agir d'enfants dont la langue maternelle n'est pas le français — ils sont en nombre aujourd'hui sur le sol français —, ou bien d'autres pour lesquels, et quelle qu'en soit la raison, il est évident que cette expérience qualitative de la langue de la quantité est inexistante... ; ou bien d'enfants qui, étant allés chercher chez l'épicier du coin un litre de lait, ayant entendu parler — radio ou télé — de la performance de tel sportif au 400 mètres, ont, en mathématiques, complètement renoncé au sens ordinaire des mots, de la même façon qu'ils peuvent renoncer au sens ordinaire des nombres. De toute façon, ce sont des enfants sur lesquels l'enseignement des mesures n'a pas pris et il convient, évidemment, d'en chercher les raisons.

Mais voyons maintenant ceux-ci... Vous penseriez donc à partir du même exercice, réussi[41], que la fonction des unités de mesure est comprise...

— On pourrait effectivement le penser...

— Eh bien, il ne faut pas se fier aux apparences.

Si on examine ce que propose ce même enfant quatre exercices plus loin, on trouve que :

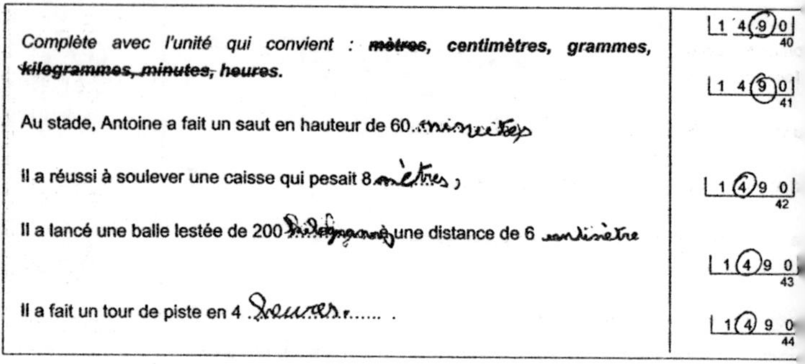

Complète avec l'unité qui convient : ~~mètres~~, centimètres, grammes, ~~kilogrammes, minutes~~, heures.

Au stade, Antoine a fait un saut en hauteur de 60 minuites

Il a réussi à soulever une caisse qui pesait 8 mètres,

Il a lancé une balle lestée de 200 kilogrammes une distance de 6 centimètre

Il a fait un tour de piste en 4 heures .

1 4 9 0	40
1 4 9 0	41
1 4 9 0	42
1 4 9 0	43
1 4 9 0	44

son Antoine, tel un cosmonaute en réduction, fait un saut en hauteur de **60 minutes** ; une fois redescendu, ses exploits s'enrichissent de l'arrachement à la pesanteur d'une caisse qui pèse **8 mètres** ; mais cette fois légitimement fatigué, il n'a lancé la balle de **200 kilogrammes** qu'à **6 centimètres**, autant dire qu'elle lui est quasiment tombée des mains. Harassé, il met **4 heures** pour faire un tour de piste.

— On imagine ce que peut être la part de hasard dans les bonnes réponses...

— Ou d'*automathismes*...

Voici un autre exemple, qui pourrait faire penser qu'une expérience qualitative de la quantité s'est constituée ; mais pour l'instant, on est encore dans le monde ensorcelé du quantitatif enfantin, loin des pesanteurs habituelles de la rationalité ordinaire. Cette fois, passant alternativement de Brobdingnag (B) à Lilliput (L), Antoine, après un saut en hauteur de **60 mètres** (B), réussit à soulever une caisse de **8 grammes** (L), puis lance une balle de **200 kilogrammes** (B) à une distance de **6 centimètres** (L).

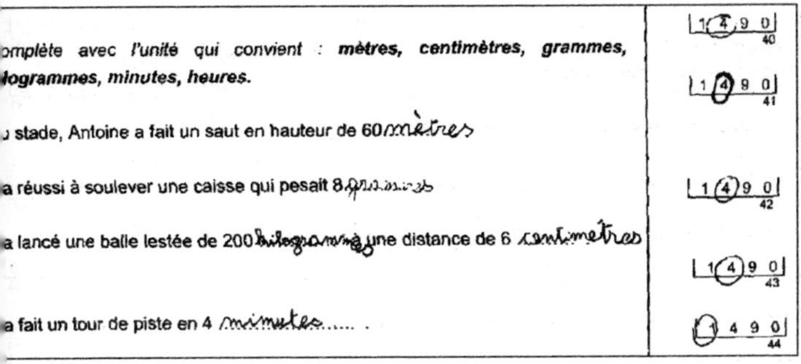

omplète avec *l'unité* qui convient : ***mètres, centimètres, grammes,***
logrammes, minutes, heures.

u stade, Antoine a fait un saut en hauteur de 60 mètres

a réussi à soulever une caisse qui pesait 8 grammes

a lancé une balle lestée de 200 kilogrammes à une distance de 6 centimètres

a fait un tour de piste en 4 minutes...... .

— Mais alors, comment s'y prendre pour passer de ce que vous appelez l'expérience qualitative de la quantité à son aspect quantitatif ?

— Mais nous n'en avons pas fini avec le qualitatif. Pour l'instant, peu importe *pour ce qui est de l'intelligence du système* que vous ayez du mètre une vision plus longue ou plus courte ; ce qui importe, c'est que vous entendiez dans *déca*mètre, dix mètres ; dans *déci*mètre, dixième de mètre ; dans *kilo*gramme mille grammes, dans *milli*gramme un millième de gramme ; dans *hecto*litre cent litres, dans *centi*litre un centième de litre ; l'intelligence de la langue voudrait que la reconnaissance des pièces de ce que j'ai appelé ailleurs un « meccano linguistique[42] » permette de savoir utiliser ces montages que sont les mots du système métrique, lequel, comme je le dis souvent à mes élèves, pour s'être calqué sur le système décimal est une merveille d'ingéniosité... Tandis que rien ne dit en effet comment sont entre eux le pouce et la toise, l'once et le grain, la pinte et la roquille[43].

Les préfixes métriques sont donc à connaître pour eux-mêmes, dans la succession que leur confère leur signification, *kilo*, *hecto*, *déca* pour les « gros » — grecs — *déci*, *centi*, *milli* pour les « petits » — latins —, avec, au centre, l'*unité* à laquelle ils renvoient. J'ai toujours trouvé étonnant de constater que les enfants apprenaient, à part, les multiples et sous-multiples du mètre, ceux du gramme, ceux du litre, sans rien *entendre* ni de l'identité de ces constructions, ni de la manière dont leur désignation révèle leur relation à l'unité... Quant aux conversions... Pour le moindre passage de mètres en centimètres, c'est : « Est-ce que je peux faire un tableau ? »

— Vous êtes contre les tableaux ?

— Ce sont des prothèses ! Les enseignants savent bien par eux-mêmes comment, en s'aidant d'un tableau, les enfants font, en toute légitimité croient-ils, proliférer des zéros, valser des virgules, parce qu'ils n'ont plus affaire qu'à une mécanique remplisseuse de colonnes, et qui, forcément, à un moment donné, se détraque... Ces tableaux archaïques étaient destinés à soutenir une étrangeté décimale qui était hors l'expérience commune... Aujourd'hui où ni mètre, ni litre, ni gramme ne nous offusquent, il suffit de connaître la suite précédente dans les deux sens — des « gros » vers les « petits » ou des « petits » vers les « gros » — pour apprécier cette fluidité merveilleuse calquée sur l'écriture des nombres et que les tableaux hachent, exactement comme ceux des unités-dizaines-centaines-milliers.

Car nous y voilà : si j'insiste sur la nécessité de l'expérience qualitative et du temps qui lui est nécessaire pour prendre forme, en revanche la relation aux nombres, elle, est, dans tous les sens du terme, fondamentale et fondatrice. Sans une numération décimale solide, comment voulez-vous qu'un système fondé sur ce décimal trouve sa légitimité ?

Que devient le « ça va de dix en dix », ou « de cent en cent », ou « de mille en mille » quand l'expression chiffrée de dix, cent, mille est un bloc quasi insécable ?

Voyez-en ici l'expression remarquable.

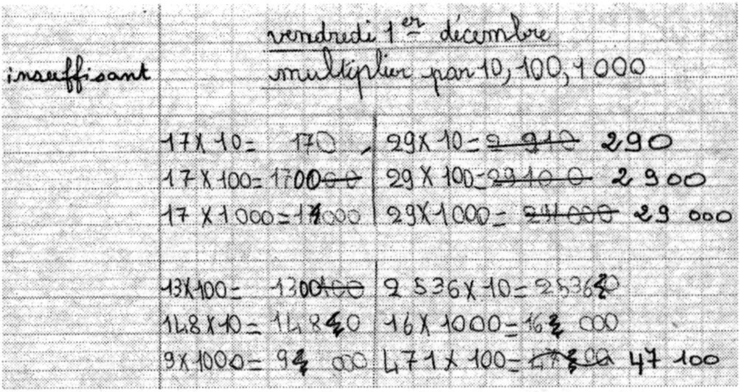
insuffisant
vendredi 1er décembre
multiplier par 10, 100, 1 000
17 x 10 = 170
17 x 100 = 1700
17 x 1000 = 17000
29 x 10 = 290
29 x 100 = 2 900
29 x 1000 = 29 000
13 x 100 = 1300
148 x 10 = 1480
9 x 1000 = 9 000
2 536 x 10 = 25360
16 x 1000 = 16 000
471 x 100 = 47 100

Un seul calcul — le premier, souvenir d'un exemple déjà vu ? — échappe au naufrage. Autrement, chacune des multiplications consiste en juxtapositions : 17 fois 100, **17 100**, 17 fois 1 000, **171 000**, etc. Les « 1 » des 10, 100, 1 000 sont barrés par la maîtresse, mais dans 471 fois 100, inopinément, parce que deux erreurs superposées ont donné un résultat juste. 47 100 est donc réécrit de sa main.

Et maintenant, après une année de tableaux et de règles de multiplications ou divisions par 10, 100, 1000, quelques conversions, que nous devons à Arnaud, en CM2.

Comme d'habitude, quand les corrections cherchent à rétablir un résultat faux en vrai, il est difficile de lire sur une reproduction ce qui a été produit par Arnaud. Donc voici ce qu'il a fait :

(1) 7,8 km = **780** m	(2) 98 cm = **9 800** m
(3) 2 520 m = **252 000** km	(4) 745 mm = **74 500** m
(5) 0,4 m = **00,4** cm	(6) 0,15 km = **000,15** m
(7) 9 cm = **90** m	(8) 14,2 hm = **140,2**
(9) 6 dm = **60** dam	

De pleines pages telles que celles-ci où nombre de conversions de toutes sortes d'unités sont abordées, exercices évidemment nécessaires mais malheureusement tous aussi opaques que ceux-ci, peuvent donner une étrange opinion d'Arnaud... À part le (1), relativement crédible, il est clair qu'il *ajoute* des zéros au lieu de « reculer » ((2) (3) (4) (7) (9)) et que quand il croit « reculer » — alors qu'il faut « avancer » —, c'est en ornant le nombre de zéros qui, sur sa gauche, ne sont d'aucune efficacité ((5) (6)). Mention spéciale pour le nombre « farci », en (8).

Juger ce « travail » à partir d'une rationalité acquise n'aurait aucun sens. On pourrait se scandaliser : comment, 2 520 *mètres* égalent **252 000** *kilomètres* ! Ou bien : « Comment peux-tu écrire que 6 *déci*mètres égalent **60** *déca*mètres ! »

On *peut* écrire ces choses, et bien d'autres, telles que « 7 = 0 » par exemple, quand il ne s'agit plus que d'appliquer des règles à des écritures qui n'ont aucun sens. Face à de pareilles « énormités », il n'y a plus qu'à espérer que c'est bien l'abandon du sens qui sera diagnostiqué et non l'incapacité ou le peu de dons mathématiques de l'élève. Souvenez-vous : on devrait « désormais apprendre en peu de temps, et même avec une intelligence médiocre, tous les calculs nécessaires aux usages ordinaires de la vie ». Je vous annonce donc tout de suite que l'intelligence d'Arnaud est plus que vive, et parfois d'une maturité quasi déconcertante.

Alors, au-delà de l'éventuelle drôlerie de ces réponses, j'en reviens à ce que j'ai déjà sans doute plusieurs fois évoqué, parce que je n'arriverai jamais à m'y habituer... Peut-on imaginer ce qu'est la souffrance de cette intelligence dans ces manipulations de zéros et de virgules sans l'ombre d'une signification... Je crains que personne n'y pense jamais, tant importent seulement les résultats, quelle que soit la façon dont ils sont obtenus...

— ...

— Car il faut simplement savoir que ces « déhème » (dm), « achème » (hm) ou « émème » (mm) ne *disent rien*. Ce qui fait que toutes ces conversions sont pure magie.

— Alors... Rien que l'« intelligence du système », sans aucun repère concret ?

— Apparemment, vous ne semblez pas avoir retenu que le concret de l'école ne peut guère être que du concret représenté. Comment donner le sentiment du kilomètre ? Dans une sortie à pied ? Ce sera transférer ce kilomètre en temps de marche, ou en fatigue...

— Mais le mètre, le décimètre, le centimètre ?

— Là vous avez raison, on peut arriver à les rendre concrets. Comme ici par exemple, pour une petite CE2.

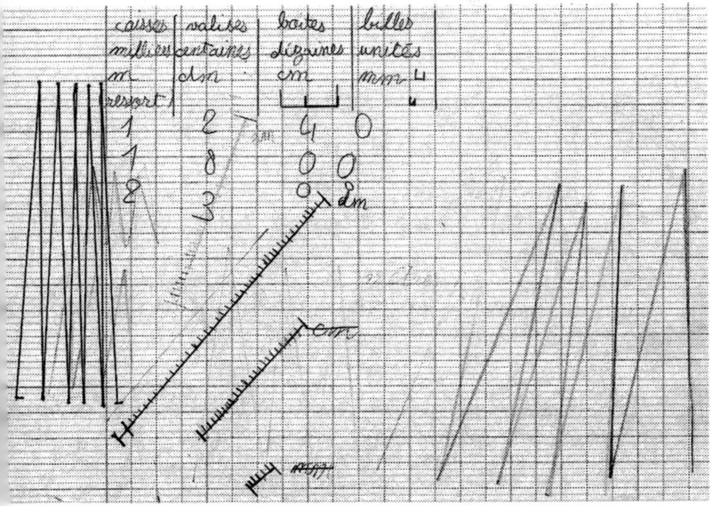

— Nous avons déjà rencontré ces valises et ces caisses[44]. Mais que viennent-elles faire ici ?

— Je vais essayer de vous expliquer ce que vous voyez. Mais, préalablement, il faut savoir ce qui se trouve sur la page du fichier qui propose l'exercice. On y lit, ou y apprend, que chaque fois qu'un certain personnage, que nous appellerons *monsieur d*, vous comprendrez tout à l'heure pourquoi,

> « *a* dix billes il les met dans une boîte, quand il *a* dix boîtes il les met dans une valise. Quand il *a* dix valises, il les met dans une caisse[45] ».

Or la deuxième partie de la même page annonce que chaque fois qu'un certain personnage, que nous appellerons cette fois *monsieur c*

> « *a* 10 mm, il forme un segment de 1 cm. Quand il *a* 10 cm, il forme un segment de 1 dm. Quand il *a* 10 dm, il forme *un ressort de 1 m*[46] ».

— Un ressort !

— Vous comprenez bien que l'espace de la page ne permettant pas au mètre de se déployer, il suffit de le « comprimer » en une ligne brisée de 10 segments de 10 centimètres. Pour donner un modèle de l'exercice auquel devra s'essayer la petite Aline, *monsieur c* figure à côté d'une ligne brisée de 21 décimètres — zigzag de 21 fois 1 dm — suivie de 3 centimètres, puis 5 millimètres, soit 2 135 millimètres que le dessin rend tous visibles. Et voici les questions :

> Combien la ligne brisée de *monsieur c* contient-elle de mm ?
> Pour chacun des nombres suivants, dessine sur ton cahier une ligne brisée comme *monsieur c*, et indique si le nombre est un multiple de 100 ou non : 1 240, 1 800, 2 300.

Ce qui vous explique la présence de ces nombres disposés comme ils le peuvent dans le tableau en raison de la place que leur ont laissée les dessins qu'a tentés Aline.

Des fantômes de segments dessinés, effacés, recommencés, trop courts, trop longs, n'ont finalement laissé comme traces qu'un *dm* trop court, un *cm* et un *mm* trop longs... La ligne brisée assurée est celle, à gauche — en rouge sur la copie — de la maîtresse qui donc a montré à la petite Aline comment on pouvait, déjà, dessiner 1 mètre, c'est-à-dire le 1 000 de 1 240 ou de 1 800.

— Il faut espérer qu'elle n'a pas eu à dessiner 24 mètres pour les 24 élèves de sa classe ! Mais il est question de dessiner des *nombres* ?

— Non, non, une ligne brisée, *pour chacun des nombres*. Mais justement, là se tient une vraie difficulté que cet exercice illustre à merveille. Difficulté structurelle à laquelle s'ajoute celle, conjoncturelle, de la méthode utilisée.

Commençons par celle-ci : dans le tableau, qui est supposé abriter chaque chiffre à sa place, les zéros se bousculent, le centimètre concrétisé dans sa colonne est trop long, le millimètre aussi[47]... Mais comment concrétiser dans leur colonne dm et m ?

— ...

— Vous vouliez du concret... On l'a deux fois plutôt qu'une, puisque, surplombant mm, on a « unités », et surplombant « unités », on a « billes » ; ça continue avec, surplombant cm, « dizaines », et surplombant « dizaines », « boîtes » ; puis ça continue avec surplombant dm, « centaines », et surplombant « centaines », « valises » ; puis...

— De grâce... Je n'ose pas penser au poids écrasant du kilomètre... Mais... cela m'apparaît tout à coup... les *centi*mètres sont dans la colonne des *dizaines* ! Les *déci*mètres dans celle des *centaines* !

— ... ou le système métrique à l'usage des enfants, et au mépris de cette merveilleuse « nomenclature méthodique » inventée par les savants de la Révolution. On les imagine éberlués face à ce « émème » devenu unité originaire... Celle d'après, ou « céhème », ne serait alors autre qu'un décaémème, le « déhème » devenant hectoémème », puis...

— De grâce, une fois de plus... Je vois ce que vous voulez dire quand, par volonté de concrétiser, on en arrive à de pareils excès... Comment les enfants s'y retrouvent-ils ? Et comment auraient-ils le sentiment du mètre dans cette laborieuse répétition de petits tracés à la règle ! Alors de l'air ! Et vive l'arpentage et la mesure de la cour et, pourquoi pas, une marche de 1 kilomètre, quand le temps et la longueur des jambes s'y prêtent...

— Vous avez raison, et nombre d'enseignants ont recours à des mesures « en vrai »... Compter des pas dans la cour, mesurer les dimensions de la classe, pourquoi pas ? Dessiner aussi, bien sûr. Mais il ne faut pas attendre de miracles de ces quelques mesures isolées, et si je dis cela, c'est parce que nombre d'enseignants ayant fait tout ce qui était *à la portée* d'une vie de classe se désolent dès lors que dans les problèmes les enfants continuent de proposer des ordres de grandeur farfelus !

Mais j'en reviens à ces millimètres pris comme *unités* ! Singulier abus de langage... Ou bien tout est unité, à savoir toute grandeur comptée pour « un » dans une mesure ; ou alors est emphatisée **l'**unité, et c'est à elle que se rapportent toutes les autres. C'était bien la peine que l'école se batte pendant plus d'un siècle pour imposer une terminologie transparente... J'aime bien, par exemple, ce témoignage recensant parmi d'autres les trésors de la communale :

> « Tout ça, ça s'appelle le système décimal parce que ça va de dix en dix, et c'est un magnifique système grâce auquel l'esprit humain marche à grands pas vers le progrès, c'est le maître qui l'a dit. Il y a aussi le système métrique qui va de dix en dix. Par exemple, dix mètres font un décamètre, mille litres font un kilolitre, et tout comme ça. Il y a un grand tableau au mur avec toutes les mesures, grandes comme en vrai. J'aime bien les tableaux. Ils donnent envie d'avoir toutes ces mesures à soi pour en faire collection[48]. »

Encore une fois, et comme dirait monsieur de La Palice, il n'est pas possible de disposer d'une *expérience* de la grandeur avant de l'avoir faite... Il est sûr que les anciens grands tableaux cartonnés[49] du système métrique qui le proposaient à partir de son essence. —

> « Toutes les mesures dérivent du mètre »

— pouvaient, grâce à certaines mesures « grandes comme en vrai », les imprimer dans les yeux. Mais elles proposaient aussi les *préfixes* à imprimer dans la tête, de kilo, à milli, voire de méga à micro. Et l'hectomètre n'étant pas plus représentable que le millilitre, il fallait mettre en jeu du savoir, lequel se doit, c'est une évidence, excéder la représentation.

Il est temps d'aborder ce que je vous disais être une difficulté structurelle qui nous éclaire aussi sur la résistance rencontrée par le système métrique... « Magnifique système grâce auquel l'esprit humain marche à grands pas vers le progrès », disait le petit écolier des années 1935, ajoutant : « Il y a *aussi* le système métrique qui va de dix en dix. » Cet « aussi », nous le savons, ne va pas de soi, et cette fois, dépassant l'aspect qualitatif, nous tombons dans celui, spécifiquement « quantitatif » du... quantitatif.

J'ai tout à l'heure souligné le verbe « avoir » dans *monsieur d* « *a* dix billes », et *monsieur c* « *a* dix centimètres » ; simplement parce qu'il y a une différence essentielle entre « avoir » des billes, et « avoir » des centimètres, ou des mètres...

— Qui est celle du discret et du continu... D'où *monsieur d* et *monsieur c*...

— Qui *serait* évidemment celle du discret et du continu, si, d'abord « **avoir des millimètres** » avait du sens. Il y a déjà là une confusion entre figures — portions de lignes ou segments — et grandeurs — millimètres. Un millimètre est une idéalité, il n'a aucune « matérialité ». On a des millimètres *de* quelque chose, fil, ficelle, voire d'une idéalité géométrique représentée par son dessin, par exemple une portion de ligne de 1 mm de longueur. Mais supposons donc que *monsieur c*, au lieu de dire qu'il **a 10 mm** affirme « avoir » dix *segments* de 1 millimètre. Segments de 1 mm et billes ne sont guère assimilables les uns aux autres, et c'est bien ce qui semble se produire en raison de la ressemblance des formulations, millimètre en lieu de bille, centimètre en lieu de boîte, décimètre en lieu de valise, et mètre en lieu de caisse...

Autant il est *naturel* de systématiser le « dix » dans un comptage d'unités discrètes[50], autant cela peut paraître artificiel, voire absurde dans le continu. C'est bien parce que nous sommes, à notre tour, *habitués* à des unités, de *dix en dix* fois plus grandes, ou plus petites, que nous ne voyons pas à quel point ce dix est, là, blessant pour le simple bon sens. Une unité, par exemple de longueur, est-elle trop grande pour ce qui reste à mesurer ? Eh bien, on en prend la moitié... Veut-on plus grand ? Eh bien, on en prend le double. Même chose pour les masses, pour les capacités... Quelque chose de cette logique métrologique nous est resté avec nos livres, demi-livre et quart de livre (qui sont des demi, quart et huitième de kilo), litre, demi-litre et quart de litre, mètre et double mètre...

Les choses s'aggravent, évidemment, avec les unités d'aire — « qui vont » de 100 en 100 — et de volume — « qui vont » de 1 000 en 1 000 ! Comment voulez-vous que cela s'accepte aisément quand on dispose de multiples et sous-multiples d'un maniement plus souple parce qu'ils vont par 2, 3, 4, 6, 12, 16, etc.

Il y a bien longtemps que, avec mes élèves, j'équilibre la merveilleuse facilité avec laquelle on peut simplement déplacer une virgule ou mettre un zéro pour changer d'unité par ce peu de naturel du décimal en matière de mesure, qui, rendu explicite, montre bien qu'il s'agit d'une conquête de l'esprit sur la matière...

— Quoi qu'il arrive, mettre une virgule et « pousser » aussi loin qu'on voudra n'aura jamais l'extravagance des « mille huit cent trente-trois *quatre mille cent soixante neuvièmes* » de deniers auxquels devaient arriver les écoliers de l'Ancien Régime !

— C'est la solution donnée par Bézout à un problème *scolaire*[51]... Avant ou après le système métrique, la tradition scolaire a ceci de particulier que pour entraîner à « ces calculs nécessaires aux usages ordinaires de la vie », elle les pousse à des extrémités extraordinaires. Souvenez-vous de ces problèmes de certificat d'études où un cultivateur qui connaît l'aire de son champ — en hectares — et sa longueur — en kilomètres —, mais pas sa largeur, veut justement savoir le prix d'une clôture nécessitant une triple rangée de fil de fer, sachant qu'il y a une porte dont la largeur est donnée en décimètres, et que le prix du fil de fer est de tant au décamètre, toutes les données étant des « nombres à virgule »...

— Folklore que tout cela. Attendrissant, du reste...

— Eh bien, voici de quoi attendrir ceux qui dans cinquante ans se pencheront sur les pattes de mouche d'Arnaud, notre petit CM2 convertisseur de petites unités en grandes, ou le contraire... Je ne sais pas ce que seront alors les modes pédagogiques, mais avec ce *papa* qui fait un cake, ce problème intemporel dans son principe de fabrication pourra être daté des années 2000 aussi sûrement qu'avec du carbone 14[52].

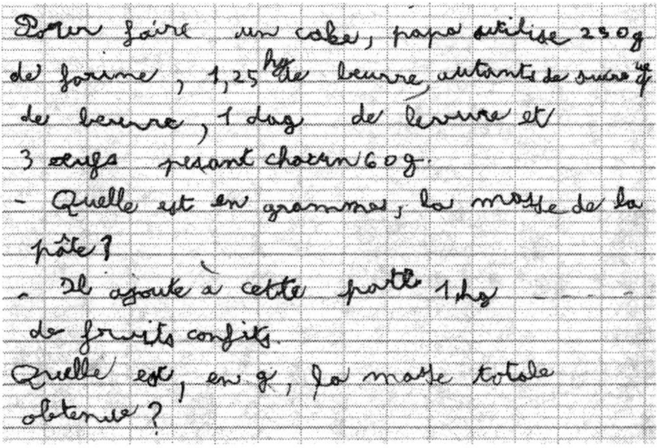
Pour faire un cake, papa utilise 250 g
de farine, 1,25 hg de beurre, autant de sucre
de beurre, 1 dag de levure et
3 œufs pesant chacun 60 g.
- Quelle est en grammes, la masse de la
pâte ?
- Il ajoute à cette pâte 1 hg
de fruits confits.
Quelle est, en g, la masse totale
obtenue ?

Je vous en résume l'argument :

> *Données :* farine, en *grammes* ; beurre en *kilogrammes* ; levure, en *décagrammes* ; fruits confits, en *hectogrammes.*
>
> *Question :* masse totale obtenue, en *grammes.*

— On ne peut pas s'empêcher de trouver ça drôle, et... je maintiens, attendrissant...

— Eh bien, figurez-vous que moi aussi, je trouve ça attendrissant et je sais, comme vous sans doute, que le *scolaire* est consubstantiel à l'école ; qu'on ne peut pas éliminer l'un sans nuire à l'autre. Mais enfin, tout est dans la manière... D'abord, on peut vraiment se passer de « papa ». On a beau être encore « petit » en CM2, il reste que le ridicule de la chose risque bien de faire sombrer l'entreprise... Laquelle, *explicitée* pour ce qu'elle est, c'est-à-dire prétexte à « conversions », *doit* apparaître dans sa drôlerie à tout le monde, c'est-à-dire à l'élève tout autant qu'à vous ou moi.

Car les conversions ont besoin, elles aussi, d'une explicitation que je propose aux enseignants de cette façon un peu provocatrice : « Supposez que vous demandiez à un élève de vous rapporter 10 centimètres de ficelle, et que cet élève, *vous prenant au mot*, vous rapporte 10 fois 1 centimètre de ficelle... Pourriez-vous lui reprocher quoi que ce soit ? » Tenez, imaginez que la façon dont on **a 10 MM** (ou plutôt 10 segments de 1 millimètre), soit celle-ci...

- - - - - - - - - -

— Ça me rappelle ces problèmes où il fallait dire de quelle longueur de corde disposait un alpiniste avec un rouleau de 3 décamètres, un de 250 mètres et un de 455 décimètres...

— Les unités du système métrique sont des idéalités, comme les nombres. Rien de choquant quand il va être dit que 1 mètre égale 100 centimètres. En revanche, je n'ai pas souvenir d'avoir réussi à faire comprendre à un élève, à quelque niveau que ce soit, ce qu'était une simplification de fraction ou une conversion — ce qui est la même chose — sans que, par opposition à une unité idéale et « continue », l'on se soit *amusés* de ces cent *centièmes* de tarte, ou mille *millièmes* d'un bout de ficelle, qui se laissent docilement rabouter pour magiquement ramener un objet à son état initial.

Mais s'amuse-t-on, quand on est enfant, de ce que l'école propose de scolaire, justement ? *S'amuser,* parfaitement[53]. De ses miracles accomplis sur tartes ou ficelles redevenues intègres, de ses héros ou héroïnes aux pouvoirs surhumains, telles, dans des genres très différents, Marie-Jo Perec *courant* un marathon de 42,195 km « à la même vitesse » que ses prestigieux 400 m[54], ou Charlotte lisant 155 mots à la minute, et se maintenant à ce régime 19 minutes durant[55]. Temps, matière, forces ont à l'école un comportement idéal, mais pourquoi n'en est-il pas fait état ? Pourquoi n'est-il pas aussi fait état de tout l'implicite qui sous-tend l'assimilation des « mesures » scolaires à des nombres « ronds »[56] ?

Une enseignante m'avait raconté que n'ayant jamais *cru,* du temps où elle était élève, que 1 000 centimètres cubes « faisaient » 1 litre, et étant amenée à l'enseigner, elle avait passé un dimanche entier à le vérifier...

— Mais comment ?

— Avec un compte-gouttes, je crois, et une bouteille de 1 litre.

— Ça l'a convaincue ?

— Comme c'était forcément approximatif, pas complètement... Et son angoisse s'est reportée sur les mille litres qui « ne pouvaient tout de même pas faire 1 mètre cube » !

Un petit problème que je propose souvent aux enseignants est celui-ci : on veut fabriquer un cylindre de 2 litres de capacité et de 20 cm de hauteur. Quel doit être le rayon du disque de base[57] ?

La mesure « exacte », au sens où elle est demandée aux élèves de collège, est, en centimètres, $10/\sqrt{\pi}$. Or, si on s'avise de vouloir réaliser le cylindre en question, il faut pouvoir exprimer cette mesure en unités usuelles ; et on s'aperçoit qu'avec

$$10/\sqrt{\pi} \cong 5,641895835$$

et une matière « ordinaire » supposant des arrondis convenables, par défaut ou par excès, on n'y arrivera *jamais*, en raison de ce *nombre* π, qui justement n'est pas raisonnable, de ce *nombre* qu'est sa racine carrée, qui ne l'est pas plus, de ce *nombre* qu'est le quotient de 10 par cette racine carrée.

Mais, si cet exemple frappe les esprits par sa mise en jeu de quelques attributs mathématiques du nombre, on ne se pose jamais de question sur le 20 de ces 20 centimètres « tout rond » de la donnée de la hauteur. Or « vingt » et « dix sur racine carrée de pi » ont exactement le même statut mathématique, et sont aussi improbables l'un que l'autre quand il s'agit de les décliner en nombres-de. On n'a pas plus 20 *vrais* centimètres de hauteur dans un matériau quelconque, que « dix sur racine de π » centimètres pour le disque de base. Aussitôt que de la matière entre en jeu — fût-ce celle du dessin —, on est dans le domaine de l'approximation, plus ou moins grossière, ou plus ou moins fine. Quels sont les champs dont on puisse dire qu'ils *ont* 450 mètres de long sur 245 mètres de large ? Quels sont les segments qui ont *exactement* tant de millimètres ? Pour ce qui est de leur mesure à la règle, l'égalité de statut entre le côté d'un carré et sa diagonale[58] me font irrésistiblement penser à cette phrase d'un mathématicien pour lequel j'ai une profonde admiration, Henri Lebesgue[59] : « Une mesure géométrique commence physiquement et ne s'achève que métaphysiquement[60]. »

Une alliance spectaculaire de métaphysique — dans l'intention — et de physique — dans la réalisation — est une illustration extrêmement ingénieuse du très fameux théorème de Pythagore[61], illustration qui m'avait à la fois intéressée et amusée par ce qu'elle mettait — involontairement — en évidence du « conflit » entre idéalité et matière. Un dispositif[62] de contenants « carrés[63] » d'un liquide coloré et disposés comme sur le dessin pivote de telle façon qu'à tour de rôle les « carrés » 1 et 2 se déversent dans 3, le remplissant complètement, et que, réciproquement, 3 se déverse dans 1 et 2, se vidant complètement en les remplissant.

Mais justement. L'amusant est que 3 ne se vide pas complètement, et que quelques gouttes restent toujours dans le creux du troisième « carré ». Cette jolie illustration met en jeu ce joli paradoxe qu'il ne faut pas être trop regardant dès lors qu'il faut prouver le nombre par la matière visible.

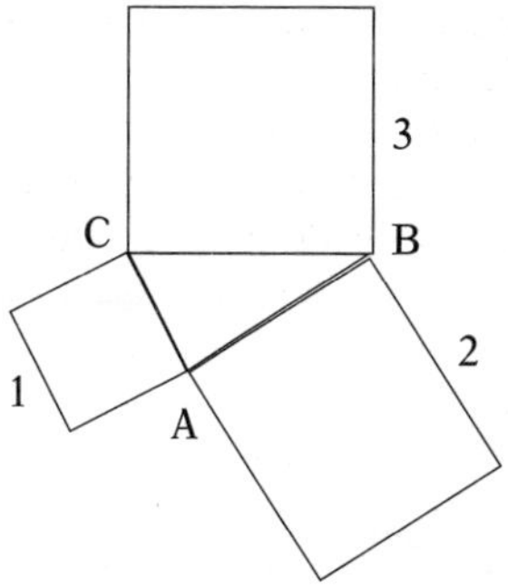

Imagine-t-on énoncer le théorème de Pythagore en annonçant que dans un triangle rectangle le carré de l'hypoténuse est *à peu près égal* à la somme des carrés des côtés ? Ces gouttes épistémologiques pourraient attirer l'attention sur le fait que le monde qui nous entoure *n'est pas* mathématique. Le quantitatif non plus. Le vrai service à rendre aux intelligences des petits comme des grands est d'expliciter les différences de statut qui rendent intelligibles l'une et l'autre pratique, celle, approximative, du quantitatif quotidien, et celle que met en jeu la théorie d'*idéalités* mathématiques du système métrique, fondée sur une « métaphysique » à base dix.

— Nous en étions à nous amuser de son aspect scolaire et vous voilà lancée dans la métaphysique...

— C'est la même chose... Il est très dommage en effet, de devoir convenir de

> « la triste histoire de ce mot : *scolaire*, devenu synonyme d'intellectuellement étriqué et conformiste[64] »,

parce que le scolaire est indissociable de l'école. Encore une fois, vouloir sa fin, c'est vouloir la fin de l'école. Depuis les scribes de l'Égypte ancienne, « inventant » pour leurs élèves des problèmes où par exemple il faut calculer

> « l'effectif d'un troupeau à partir du nombre de vaches qui ont servi à acquitter les taxes dues par son propriétaire[65] »

supposant une habileté qui devait faire un effet bœuf, jusqu'à celle qui entraînerait à chercher la petite bête :

> « Le pou mesure 2,5 mm. Il se fixe dans les cheveux et pique le cuir chevelu 3 fois par jour en pompant 0,005 ml de sang chaque fois. Quelle quantité de sang prélèvent 26 poux en 30 jours[66] ? »

une fantaisie débridée s'est de tout temps donné libre cours dans l'exercice d'un savoir réputé austère. Alors oui, du scolaire, pourvu qu'il s'agisse d'un « scolaire » qui sait se reconnaître comme tel, dans la nécessité comme dans le plaisir de l'excès, dans l'effort de l'appropriation du sens comme dans la facilité d'application de la règle. Imaginez un « petit » qui rentre à la maison et dit à sa famille médusée :

> *« La maîtresse elle a dit que dans le problème, le champ a 32 décamètres de long et 147,50 mètres de large, mais que les champs, ils ont jamais exactement les mesures qu'on dit, et qu'ils sont jamais exactement des rectangles. Mais elle a dit qu'il fallait faire comme si, et que c'était pour s'entraîner, pour savoir si on savait trouver le périmètre et l'aire, et faire tous les calculs... »*

Ce scolaire-là, évidemment étendu à toute question abordée, constamment réactivé par l'attention portée aux réactions d'un auditoire vivant, loin d'enfermer l'imagination, la sollicite au contraire, en fait la partenaire de cette « métaphysique » qui serait une exigence de sens au-delà des sens.

Si le mot « scolaire » n'est pas par essence destiné à devenir synonyme d'« intellectuellement étriqué et conformiste », mais le devient par routine ou toute autre raison, ce n'est pas le cas de « primaire », dont les « avatars[67] » ont à coup sûr une raison d'être historique. Cette arithmétique baptisée aujourd'hui « mathématiques », était, parce qu'elle le voulait, utilitaire, c'est-à-dire bornée au quantitatif quotidien. Il est de la plus élémentaire logique que, signant une *fin* d'études, elle ne soit en aucune façon une préparation à des études *secondaires*, et c'est cette inadéquation, dont je crois avoir donné un certain nombre d'exemples, que révèle un enseignement de masse. Un enseignement qui s'épuise au collège à tenter l'impossible, à dépasser ce « compter/mesurer » primaire qui n'est pas fait pour l'être.

Il faut, en mathématiques, repenser à ce que pourrait être une école *première*, qui dispenserait un savoir et une culture *scolaires*, c'est-à-dire un savoir et une culture que seule l'école peut dispenser : mais un savoir scolaire qui préparerait à des études *secondes,* études quelles qu'elles soient, secondaires ou professionnelles, les unes comme les autres ayant été soutenues par cette culture scolaire première, qui permettrait de se cultiver la vie entière. Il nous reste à aborder quelques-unes des conditions sans lesquelles cette nécessaire évolution serait impossible, ou si lente que trop d'*enfants du capitaine,* plutôt que d'aborder une adolescence « mathématiquement » sereine, sombreraient, encore, dans l'absurde de « 7 = 0 ».

CHAPITRE XIII

D'une école première qui convierait petits et grands à la fête du scolaire

Les prodigieux moyens de communication dont nous disposons aujourd'hui, qui ne passent même plus pour être des prodiges, permettent de trouver, sur quelque sujet que ce soit, documents, témoignages, comptes rendus d'expériences, de recherches, opinions, commentaires…

L'école et son enseignement ne font pas défaut à la règle. Tous ceux qui sont impliqués, ou qui s'impliquent dans ce qu'on dit aujourd'hui être un débat national, qui ont des questions, des réponses, qui contestent, réfutent, proposent ou disposent, sont en quelques articles, livres, ou clics, à la portée de qui le souhaite. Dans la mesure où travaux, innovations, recherches dans l'enseignement en général et mathématique en particulier constituent une abondante source de documentation, je ne ferai état ici que des propositions que je connais bien parce qu'elles sont les miennes, et que je souhaite ajouter à celles qui sont en débat.

Comparer en nombre de pages ce dernier chapitre avec celui des précédents serait une erreur d'appréciation qui est précisément à l'origine des difficultés actuelles. Il faut le redire ici : pour que des actions, qui sont des réactions à une situation dégradée soient justes, il faut qu'en soient proposées des analyses justes ; ce qui présuppose au moins l'existence des analyses en question.

De ce seul point de vue, on peut déjà constater qu'il n'est nulle part fait mention de cette approche « microscopique » du problème, dont j'espère avoir montré qu'en la négligeant, ou en renvoyant un élève à *ses* difficultés, on jette le bébé échaudé en gardant l'eau corrosive du bain. Or, à force d'additionner des élèves en situation d'échec, c'est bien l'échec d'un enseignement qu'on est amené à analyser ; celui d'un enseignement, non celui des enseignants. Je le disais déjà il y a trois décennies[1] : l'échec de l'enfant n'est pas le sien, pas plus qu'il n'est celui des enseignants ; c'est l'échec d'un *système* qui ne se regarde jamais au présent, mais reconnaît des erreurs passées. En attendant une fois de plus que notre présent soit reconnu comme erroné demain, combien d'enfants seront paralysés par des méthodes archaïques, tétanisés face à des énoncés absurdes, soupçonnés de manquer de logique ou de rigueur alors qu'artificiellement vieillis de dix, vingt ou trente ans, ils se meuvent dans un univers de règles aveugles et de quantitatif artificiel, exprimés dans une langue approximative. Combien seront malheureux, angoissés, dirigés vers des réseaux d'aide, adressés à des psychologues, ou iront en hôpital de jour...

On s'émeut de la situation actuelle de l'université, mais elle est issue du lycée ; on s'intéresse au lycée, mais il est issu du collège ; on s'intéresse au collège, mais il est issu de l'école. En amont de tout le flux, à sa source, l'école primaire. Seulement en regard des difficultés avérées de l'apprentissage de la lecture/écriture, les mathématiques de l'école sont considérées comme satisfaisantes ; parfois, on entend mollement affirmer qu'elles ont quelque importance. Puis on passe aux choses sérieuses, consistantes. Le collège, le lycée, l'université. Qu'irait-on dire, quand on se veut politique, ou qu'on l'est, d'une table de multiplication ou d'un problème de soustraction ? Laissons les didacticiens s'empoigner sur ces questions de détail et à nous les comparaisons planétaires, les discours sur la mission de l'École, sur les budgets, les augmentations-depuis-que-je-suis-à-la-tête-de-ce-ministère, les améliorations consenties aux enseignants, les projets pour venir en aide aux élèves en difficulté, les nouvelles technologies, les créations d'institutions, de commissions, de rénovations, de chartes, de tiers et de quart temps...

Après trois lettres ouvertes à des ministres, exposant les raisons des échecs et prédisant leur aggravation si rien n'était fait pour en réduire les causes[2], il me paraît qu'on ne peut espérer d'un ministre, sans doute empêché par sa condition même de ministre, de pouvoir ne serait-ce qu'imaginer ce que la seule opacité de l'écriture numérique peut déjà entraîner de conséquences démesurées en trois mois d'école...

Je m'adresse donc à tous ceux qui, sur le terrain, ont en charge ces enfants dont ils font des élèves ; tous ceux que j'ai rencontrés, avec lesquels ont eu lieu des échanges, des débats passionnés et pour moi féconds, tous ceux que j'ai vus à l'œuvre, et enfin tous les autres ; tous portés par l'amour de ce métier qui, depuis qu'est instaurée l'école républicaine, laïque et obligatoire, est « le plus beau du monde[3] ».

Il n'a jamais été facile d'exposer aux enseignants les éléments nocifs contenus dans l'enseignement qu'ils proposaient. Mais, face à l'irréfutable, c'est-à-dire à tant d'exemples se produisant de façon analogue en tant de lieux différents, en reconnaissant cela même à quoi ils se heurtaient dans leur classe, il apparaissait pourtant très vite à chacun ou chacune que nous poursuivions le même but : éviter les échecs. Faire régresser, voire disparaître, l'innumérisme. Comprendre comment et pourquoi des enfants normaux peuvent si vite renoncer au sens, malgré tous les remèdes supposés les dissuader de donner et redonner l'âge du capitaine. Et comme il n'était rien d'étonnant à ce que je puisse proposer des analyses auxquelles une pratique privilégiée de tête-à-tête, mais aussi de classes, m'avait permis de parvenir, au terme de discussions, de débats, une fois identifiées et admises les raisons de tant d'énergie perdue, de dévouement inefficace, une partie du chemin était faite ; restait l'autre : avec programmes et méthodes en cours, que faire dans sa classe et comment faire pour ne pas produire ces élèves-en-difficulté dont l'institution semble admettre le genre et le nombre comme allant de soi dans le monde où nous sommes.

Après toutes celles que j'ai déjà proposées, les analyses des raisons pour lesquelles Gilles, Anne-Lise, Amélie ou Capucine ont été *mis* en difficulté pourraient, devraient alerter enfin et irréversiblement sur l'action des éléments pathogènes présents à l'école ; ceux portés par la tradition comme ceux issus de la « modernité ». Le premier soin à procurer à une brûlure consiste à en éloigner l'agent. Un mieux naîtrait déjà de l'éviction de ce qui paralyse l'intelligence des enfants.

Mais ces analyses sous-tendent aussi l'existence d'une autre matière à proposer et d'une autre manière de procéder ; et ce dans l'état même d'impréparation dans lequel on se trouve aujourd'hui. Pas de réforme fracassante, pas de violence, mais, progressivement, profondément, des mentalités qui évoluent, des attitudes qui changent, un savoir qui s'acquiert. À deux reprises, le projet que j'ai proposé à l'Éducation nationale, et qui a — en partie — abouti à deux expériences menées en CP puis en CE1, avait pour intitulé *Mathématiques à l'école élémentaire : pour une révolution douce*. Malgré la nouveauté de certaines façons de procéder rien d'artificiel, donc rien de violent dans les propositions qui furent faites aux enseignants. Toutes sont issues d'allers et retours entre le terrain et la réflexion, de la lutte contre l'échec et de l'écriture d'articles ou de livres destinés à en rendre compte, de la découverte progressive du rôle des erreurs, de la fonction centrale, constitutive, essentielle, de la langue. Selon ce qui leur est apparu comme pertinent, ils ont pu aménager ces propositions ou inventer, ou innover. J'ai donc la certitude qu'étant au cœur du dispositif, disposant de l'affection et de la confiance de toute une classe, en s'interrogeant sur leur pratique, en ne renvoyant pas l'échec d'un élève à la situation psychologique ou sociologique de l'enfant, les enseignants, armés d'un certain nombre de principes, pourraient efficacement faire bouger les choses.

Mais il est bien évident que rien ne leur est possible si leurs inspecteurs ne sont pas convaincus de la même nécessité. Notre système est ainsi fait que le rôle prépondérant des inspecteurs leur donne le pouvoir du meilleur, et parfois du pire. J'ai connu ce meilleur par moi-même, et je salue ici les deux inspectrices qui ont été à l'origine du projet évoqué plus haut[4] et qui l'ont soutenu ; quant au pire, il m'a parfois été conté. Mais oublions-le, pour rêver d'inspecteurs qui, sachant qu'il faut du temps pour qu'une façon de penser nouvelle porte ses fruits, soutiendraient le désir d'un enseignant d'innover dans sa classe, seraient intéressés par une autre façon de présenter la numération, ou la multiplication, tout en étant attentifs, *en fin de compte*, aux résultats obtenus. Bien entendu, directeurs, directrices, conseillers ou conseillères pédagogiques ont un rôle éminent à jouer, et le jouent dans tout ce qu'on voit aujourd'hui éclore comme « projets d'école ». Seule une cohérence entre tous les acteurs de la vie scolaire peut donner la vie à un projet et le maintenir vivant.

Dans une monographie qu'on peut trouver depuis 2000 sur le site de l'INRP[5], je décris les principes sur lesquels s'appuie le projet de cette *révolution douce* conçu au départ pour accompagner une cohorte d'enfants du CP au CM2 et destiné à faire la preuve que la question des mathématiques du collège peut alors être différemment posée. Il se trouve que pour la seconde fois[6] l'expérience s'est arrêtée en fin de CE1. Mais ces quatre années très riches en confirmations de tous ordres ont suffi à établir la preuve de l'efficacité des propositions que je crois pouvoir faire.

On les trouvera minutieusement détaillées dans deux volumes qui relatent la façon dont ce projet s'est incarné sur le terrain, dans la vie des classes[7]. Ayant *presque* toute liberté pour mettre en œuvre un découpage et un mode d'exposition de la matière, ma présence hebdomadaire dans les classes étant suivie, avec les maîtres ou maîtresses, de séances de questionnements, discussions et commentaires contribuant à progressivement modifier la manière, c'est « rien que du positif » qui s'y trouve relaté. Outre l'exposé de ce qui a été fait, les très nombreux témoignages sur les réactions des élèves montrent de quelle façon des enfants vivants, imprévisibles dans leurs réponses, producteurs de sentences inédites, de justifications inattendues, d'explications surprenantes, imposent au jour le jour, à quiconque cherche à leur transmettre un savoir, la nécessité de *réfléchir* : réfléchir au sens de « penser à ce que l'on fait, pour lui donner des assises solides », mais aussi, inséparablement, au sens où une surface lisse réfléchit des rayons lumineux.

La surface lisse est celle d'un principe qui a soutenu tout mon travail, et dont la fécondité apparaît aussitôt qu'on essaie de l'adopter : il n'y a pas d'enfant en difficulté. Un cerveau d'enfant est programmé pour comprendre, pour découvrir, pour engranger, pour éprouver sur les adultes ce qu'il a capitalisé de significations, de mots nouveaux, de vie de l'esprit. J'ai dit à quel point était « inscrite dans le matériau humain l'inégalité des vingt-quatre petits sujets que l'école met côte à côte dans leurs premières années de confrontation au savoir[8] ». Mais dire « inégalité » ne doit pas, à l'aurore d'une vie, prédire « en-difficulté ». L'hétérogénéité des enfants, on le sait, a des causes multiples. En éliminant celles pour lesquelles l'école ne peut rien, il reste celles qui la mettent directement en jeu. Que fera-t-elle de la disparité des « programmes » dont sont pourvus les cerveaux des enfants, de la diversité de leurs comportements ?

Je voudrais à ce propos faire part d'une émotion, une des plus intenses vécues dans l'exercice d'un métier qui en est pourtant fécond. L'histoire se passe dans une classe de CP de la 11e circonscription. Les enfants y sont tous vivants, remuants, et pour être désignés quand il s'agit de répondre à la question posée à toute la classe, ils font en sorte de lever le doigt plus haut que le voisin, en gémissant plus fort que lui sous l'effet du désir de répondre. Tous, sauf un. À mon étonnement de voir cet enfant quasi mutique ne jamais lever les yeux pour regarder un adulte, il me fut répondu que, d'une part, on ne parlait pas français chez lui, et que, par ailleurs, le dialogue avec son père se bornait aux coups de ceinture que ne parvenait pas à lui éviter une mère soumise et débordée. Appelons-le Luca.

Dans les phases écrites alternant avec le travail oral, les enfants, là encore, se disputent la présence à leur côté de la maîtresse, et comme il en va dans les petites classes, l'appellent par son prénom, pour qu'elle voie si c'est bon, ou donne une explication supplémentaire, ou un exercice de plus, ou la permission de passer à autre chose parce qu'ils ont fini. J'avais donc droit aussi, les jours où j'étais là, à des « Stella ! » venant de toutes parts ; mais jamais, évidemment, de Luca. Voulant pourtant procéder avec lui comme avec les autres et voyant sur sa feuille des embryons de réponses aux exercices, je lui posais — à voix basse, comme pour les autres — des questions sur ce qu'il avait écrit, compris, ou pas compris, questions auxquelles, yeux baissés, il ne répondait pas. Au bout de quelques semaines, les choses avaient progressé : nous avions trouvé, de mon côté, un mode de questionnement auquel il était possible de répondre par « oui » ou par « non », et du sien, leur traduction par un hochement de tête vertical ou horizontal.

Et puis, il y eut ce jour, en milieu d'année, où me dirigeant vers un autre enfant et passant devant Luca, j'entendis murmurer mon nom. C'était lui.

Tous les enseignants connaissent des bonheurs du même ordre, et quand ils résultent comme ici de l'émergence d'une parole, d'une sorte de naissance à autrui, de la même intensité. Les difficultés de cet enfant, certes réelles, n'étaient pourtant pas celles de l'enfant-en-difficulté ; Luca ne parlait pas, mais il n'était pas sourd. Bien que n'ayant pas à assumer tous les malheurs du monde, l'école pouvait, ici, quelque chose pour atténuer, voire corriger un malheur qui n'était pas de l'ordre d'une inaptitude ; et cela du fait même de sa définition, qui est de donner du sens à un savoir, donc de permettre à un petit sujet muré dans le seul mode de défense qu'il pensait avoir à sa disposition d'accorder à un adulte une confiance en pareil cas salvatrice.

On ne dira jamais assez — Nathalie Sarraute l'a dit magnifiquement[9] — la force d'une relation qui se construit dans la transmission d'un savoir, et à quel point elle contribue à la constitution d'un sujet ; et dans le cas d'enfants accablés par une histoire lourde de malheurs, quels qu'ils soient, à quel point elle peut être l'étai qui les aidera à tenir en attendant de devenir grands. Un enfant malheureux chez lui n'a pas besoin de compassion, elle ne changera rien à sa vie. En revanche, savoir écrire un grand nombre, sa table de multiplication, résoudre des problèmes, cela, oui, la modifiera. C'est le savoir que dispense l'école à ses élèves, plus que ses murs, qui constitue le refuge et la protection qu'elle peut offrir aux enfants.

Bien sûr, il ne faudrait pas une classe faite de vingt-quatre Luca. Et si c'était le cas — non pour ce qui est des coups de ceinture, mais en raison d'une langue maternelle autre que le français —, la question de la langue, déjà essentielle, prendrait une dimension accrue, et j'y reviendrai.

L'inégalité des vingt-quatre petits sujets que l'école met côte à côte n'est pas inscrite que dans leur histoire et dans leurs comportements. Il n'est, pour s'en convaincre, que d'expliquer en classe une notion nouvelle et de proposer un exercice qui la met en jeu.

En supposant les enfants issus de milieux équivalents, sans singularités familiales particulières, on verra qu'untel aura tout de suite tout juste, que tel autre semblera peiner, qu'un troisième fera ses exercices tout faux, alors qu'il avait, à l'oral, tout juste, qu'un quatrième, tranquillement, qui n'avait rien dit, aura tout bon... Diversité de ressources langagières, de culture générale, d'expérience personnelle, et, par-dessus tout, de rythmes. Le drame des premières années d'école, ce sont ces étiquetages que les enfants se dépêcheront de justifier : il *est* lent, elle *est* distraite, il *ne peut pas* se concentrer, elle *n'est pas* intéressée, et ainsi de suite. Sera crédité d'un préjugé favorable l'enfant qui « participe à la vie de la classe », au contraire de celui qui, en retrait, sans pourtant se manifester bruyamment, n'est pas moins capable d'en tirer profit ; et par-dessus tout, tradition bien française, seront confondues intelligence et rapidité.

On rend essentiel ce qui n'est encore qu'accidentel, et, surtout, on ne se demande pas pourquoi le même qui se concentre sur le jeu d'échecs ne se concentre pas sur les problèmes de monsieur Dupont. On ne se demande pas si celui qui est lent n'est pas arrêté par les significations multiples d'un mot. Et quand une réponse attendue passe par-dessus la tête d'un enfant, on pense cette tête peu faite pour la logique, alors qu'elle n'est simplement pas à cinq pieds de haut.

Qu'on me comprenne bien : je ne crois pas donner dans l'angélisme. On voit dès la maternelle des enfants désagréables, voire odieux, qui se roulent par terre quand on leur refuse un objet, ou tapent à tour de bras sur leur petite voisine. Les enseignants ont beau jeu de pointer ce que sont alors les limites d'une socialisation que l'école seule aurait à supporter. Ils ont raison, et l'école ne peut qu'atténuer ce qui ressortit à une éducation ou à son absence, à partir de règles de vie en société dont on voit aujourd'hui à quel point elles sont remises en question parce que la société l'est aussi.

Il s'agit ici d'autre chose. Il y est question des *premières années* d'école, universellement reconnues comme décisives ; mais une fois cela dit, on l'oublie pour être immédiatement dans l'évaluation, le jugement, voire la prédiction. Or, s'il est nécessaire que normes ou préceptes régulent une vie en commun, il n'est pas possible qu'ils quadrillent, à l'avance, la vie de l'esprit, surtout quand il s'agit d'exercer et de développer des intelligences qui, de même que les corps, sont en devenir, souples, agiles, et s'ils sont correctement alimentés, programmés pour se développer.

On veut donner une cohésion à cette société diversifiée, bigarrée, foisonnante de particularismes familiaux, ethniques ou linguistiques qui est la nôtre. Où cette cohésion se ferait-elle si ce n'est à l'école, dès l'école ? Peu importent les différences de départ, nous sommes à l'origine non de l'histoire d'un enfant, mais de l'histoire d'un élève ; histoire qui n'a de sens socialisateur et citoyen que si cet enfant est un élève parmi d'autres élèves.

Imagine-t-on ce que c'est, pour un enfant, d'entendre dire à six ans qu'il est en difficulté et de construire à partir de cela son identité ? Imagine-t-on ce que c'est pour un enfant de se croire en difficulté, alors *qu'on l'a mis* en difficulté, mais qu'il n'a aucune possibilité de le prouver parce qu'il est un enfant ? Imagine-t-on ce que c'est que *de le sortir de la classe* pour lui fournir un *soutien* alors que les autres sont dans la fête des doigts levés, des réponses données en chœur, des copains qui font des commentaires, de la maîtresse dont le sourire ou même la réprimande donne le sentiment d'exister, d'être comme les autres ? Imagine-t-on que c'est en désignant du doigt dès leur petite enfance des forts et des faibles qu'on « n'exclura pas », qu'on « intégrera », qu'on obtiendra cette cohésion dont une société devenue aussi hétérogène que la nôtre a besoin ? Dans le but louable de vouloir prévenir pour guérir, l'institution officialise, voire pérennise des différences qui étaient solubles dans le nombre. À quinze ans, cette mise à l'écart se traduira par tout ce qu'on sait de marginalisation, de violence.

Ne jamais penser un petit enfant qui fait ses premiers pas dans le savoir comme un élève en difficulté, c'est au moins ne pas peser sur son avenir intellectuel ; c'est au mieux l'aider à se libérer de lourdeurs, de suspicions que son entourage fait peser sur ses capacités. Mais c'est aussi se constituer une véritable expérience professionnelle d'enseignant. Les interprétations et présuppositions expliquant ce qui ne va pas dans l'élève du fait de l'enfant tombant d'elles-mêmes, toute réponse non conforme, incongrue, hors sujet, est réfléchie sous forme de question : pourquoi ? Qu'est-ce que j'ai dit, comment l'ai-je dit, qu'est-ce qui fait que ce qui a été compris est autre chose que ce que je voulais donner à comprendre ?

C'est ce questionnement qui amorce la révolution douce dont je parlais plus haut. Vouloir comprendre ce qu'un élève n'a pas compris et pourquoi il ne l'a pas compris, c'est tout de suite avancer, soi, dans un double savoir. Celui, pédagogique, de l'infinie complexité des relations entre êtres parlants, en particulier quand il s'agit de transmettre un savoir ; celui, épistémologique, de la qualité du savoir transmis : que sont les mathématiques, en quoi se distinguent-elles d'une pratique commune de la quantité, en quoi cette pratique favorise-t-elle ou au contraire brouille-t-elle l'accès aux mathématiques ? Les identités remarquables, les racines carrées ont-elles quelque parenté avec les courses que l'on fait dans un supermarché ? En quoi tous ces problèmes sur lesquels on a éventuellement peiné au collège puis au lycée sont-ils préparés par les états d'âme de mamans ou de papas qui veulent s'acheter des collants ou préparer des cakes ? En quoi exerce-t-on une intelligence en donnant seulement des règles sans qu'elles soient fondées ? Qu'est-ce qu'une retenue ? Est-ce que cinq cent quarante-huit pommes, c'est concret ?

Au cours de ces deux expériences, j'ai travaillé avec des maîtres et des maîtresses aussi bien expérimentés que débutants, mais disposant tous auprès de leurs élèves de cette bienveillance supposée, à tort, n'appartenir qu'à une époque révolue dont l'évocation a attendri la France entière[10]. Il n'empêche que dans ses façons de se manifester, il y avait, pour tel maître, sa classe rangée en *forts, moyens et faibles*, ou, pour telle maîtresse, ce « *la prochaine fois réfléchis avant de lever le doigt* » adressé gentiment à un enfant ayant répondu de travers. Mais si, dans le courant d'une seule année, il ne fut pas possible de dissuader ce maître de l'idée qu'avoir identifiés et groupés les faibles, c'était les aider, en revanche, la première fois où j'ai vu cette même maîtresse marquer un léger temps d'arrêt après une réponse incongrue, sourire, puis dire à l'enfant : « *Ah ! c'est ça que tu as compris ? Attends, je vais te poser ma question autrement* », il me sembla que toutes les générations d'enfants à venir qui l'auraient comme maîtresse allaient bénéficier de cette sorte d'attention féconde, parce que la question posée *autrement* faisait affleurer une réponse, cette fois, juste.

Ayant eu récemment à faire devant enseignants et responsables du système éducatif le point sur mes recherches, j'avais exposé la façon dont s'était élaborée la « pédagogie de l'erreur », approfondie en « archéologie de l'erreur[11] » ; puis ajouté que *maintenant* le terme même d'« erreur » ne me paraissait plus adéquat, particulièrement au cours de premiers apprentissages, autrement dit de confrontation à des notions nouvelles. Il faut savoir au moins que des notions que l'on découvre, avant de se faire une place, généralement déstabilisent les anciennes, ou sont menacées par elles. Cela est valable à n'importe quel niveau — découverte des racines carrées, des logarithmes, mais aussi bien de la multiplication après l'addition —, mais est d'une importance cruciale les premières années. Face à ces *actions* que constitue toute entreprise d'enseignement, je n'ai même plus envie de qualifier des réponses non conformes d'« erreurs », mais de *réactions*. Comme celle de cet enfant qui vient d'apprendre que treize s'écrit XIII en chiffres romains et qui en déduit que cent trente s'écrira XIII0 : peut-on parler d'erreur ? N'est-ce point, à nouveau, une merveille issue du fonctionnement de l'esprit d'un enfant, matérialisant, au moins, l'existence de ses relations avec l'immatérialité de l'Histoire : alors que l'écriture décimale accompagnée de son zéro avait eu tant de mal à s'imposer, à remplacer la naturalité des chiffres romains, les barbares, maintenant, ce sont eux, avec leur mode d'accumulation grégaire.

Relisant par hasard la première de mes « lettres ouvertes au ministre de l'Éducation nationale », je me suis aperçue que le *maintenant* dont je croyais qu'il procédait de l'accumulation des années était déjà présent hier ou avant-hier, tel quel. Après avoir posé comme évidence que toute transmission d'un savoir mathématique supposait qu'il fasse l'objet d'une initiation :

> « C'est alors qu'il apparaît que les seules actions possibles d'un sujet que l'on initie aux mathématiques sont ses *réactions* et que la seule façon pour un enseignement d'être actif — et efficace — c'est précisément non seulement de les prendre en compte, mais de s'en servir[12]. »

Je ne pouvais, dans l'espace réduit d'une « lettre », développer les conclusions auxquelles l'analyse des erreurs — qui serait reprise en grand dans *L'Âge du Capitaine*[13] — ne pouvait manquer d'amener. Il n'empêche que cette lettre ouverte au ministre m'avait valu d'être reçue à son ministère par le directeur des lycées[14], qui après m'avoir assuré que l'on avait été très intéressé par son contenu, m'expliqua que bonne note avait été prise de mes propositions, mais que les mettre en œuvre à partir d'une aussi lourde machine que l'Éducation nationale était irréalisable.

Or, après avoir tenté de dégager les raisons pour lesquelles trop d'échecs venaient sanctionner le travail tant des enseignants que des enseignés, et montré comment toute tentative de réforme était illusoire si elle ne se fondait pas sur la réalité des phénomènes mis en jeu dans l'apprentissage d'un savoir, il était proposé ceci :

> « Pour commencer de tout changer, pour l'instant à bon compte, il suffit que "dès demain" soient recensées, de la maternelle à la terminale, les erreurs observées en "interro", en composition, au tableau, en devoirs, etc. ; que soient mises en place dans chaque établissement des structures très souples et a-hiérarchiques permettant des confrontations "horizontales" — responsables de classes de même niveau — et "verticales", celles-ci privilégiant en particulier les cycles contigus — les deux ordres du primaire, le primaire et le premier cycle, le premier cycle et le second ; que des tentatives d'analyse soient esquissées, proposées, comparées, des "filiations" repérées, que ces recensements accompagnés des réflexions qu'ils ont suscitées soient repris à des échelles de plus en plus vastes, villes, régions, dans des structures existantes — tels les IREM — ou à inventer ; et qu'enfin il soit créé à l'échelon national, un lieu pour que soit traité ce précieux matériau, particulièrement fertile en bienfaits, et riche d'informations. »

Il se trouve que quelques années plus tard étaient mises en place les évaluations nationales[15]. Outre qu'il serait présomptueux d'y voir quelque relation de cause à effet, leur mode d'effectuation, leur finalité, consistant « *à aider les enseignants à mieux identifier, en début d'année scolaire, les acquis et les lacunes de leurs élèves* » sont à l'opposé de ce que je proposais.

Le matériau « précieux » était celui qui aurait permis d'affronter la réalité des processus d'enseignement, pour que puissent être fondées des actions justes ; ne serait-ce qu'en distinguant les erreurs structurelles des conjoncturelles[16].

Les premières sont dues à la spécificité de la matière — pas de mauvais élève, pas de mauvais professeur quand malgré une *merveilleuse* leçon sur les identités remarquables, on trouve sur nombre de copies que $(a + b)^2 = a^2 + b^2$; les secondes aux... erreurs de la pédagogie, à ses imprécisions, voire ses contradictions, à la méconnaissance du rôle de la langue, et ainsi de suite. Identifiées, ce sont celles-ci qui devraient être réduites, et même disparaître. Attribuer les lacunes aux élèves, c'est évidemment se priver d'un moyen d'analyse essentiel, et tourner en rond. C'est officialiser et donc pérenniser les défauts de la pédagogie, son insuffisance en matière de numération, les nuisances de l'argent, les formulations pathogènes, les **écris en lettres, pose** — ou **effectue — ton addition, calcule ton opération**[17]. À défaut du travail qui aurait dû être fait à grande échelle et en douceur, on trouvera en annexe des indications sur ce qui devrait, au plus vite, être reconsidéré.

Sans doute une évaluation nationale peut-elle proposer à un moment donné une « photographie » de l'état du système éducatif. Mais cette grande machine, coûteuse en énergie et tout court, ne peut pas grand-chose pour le faire évoluer. Dans son rapport annuel 2002, le Haut Conseil d'évaluation de l'école[18] fait état d'avis qu'il avait antérieurement donnés sur *La question décisive : celle d'un usage effectif des évaluations*.

> « Il constatait tout d'abord que "l'évaluation du système éducatif français se présente sous la forme d'un foisonnement de travaux et de dispositifs variés qui se sont ajoutés les uns aux autres, sans constituer véritablement un ensemble organisé et cohérent qui permette de répondre, à la fois et à tous les niveaux, aux deux objectifs de l'évaluation : rendre compte aux citoyens et aux 'usagers' de l'état du système éducatif, et donner aux responsables et aux acteurs les moyens d'une régulation et d'un pilotage". Il mettait surtout l'accent sur le fait que "la variété des dispositifs d'évaluation en place et la richesse de leurs résultats contrastent

> avec la faiblesse de leurs usages" et que "la question majeure, aujourd'hui, est celle du très faible usage de ces évaluations". »

Il est moins faible qu'il n'y paraît, puisqu'en début de CE2 et de 6e, parents et professeurs ont la chance de pouvoir apprécier l'étendue de tout ce que ne savent pas leurs enfants ou leurs élèves. Et d'être les uns déjà ou encore plus inquiets, les autres se demandant comment aborder la question des lacunes, et que faire d'une classe où apparemment la plus grosse partie de ce que sont supposés savoir les élèves est « en cours d'acquisition ». Quant aux responsables de tout ce remue-ménage, devant se débrouiller avec une étiquette collée à même la peau pour leur bien, et sous le coup d'une pression de plusieurs atmosphères plus ou moins respirables, les voici en position de coupables.

Ils ne sont pas seuls, tout le monde l'est, coupable, parce que tout le monde juge tout le monde. Les enseignants aussi sont évalués : où en sont progressions, programmes, qu'en est-il du pédagogiquement correct ? Et ce constat, commenté par le Haut Conseil[19] :

> « L'évaluation des personnels, qui mobilise une part importante de la force de travail des corps d'inspection et qui n'est ni assez homogène ni fondée sur les résultats, ne sert guère qu'à la notation "statutaire" de ces personnels et débouche rarement sur des infléchissements de leurs pratiques. »

Alors rêvons. Un inspecteur entre dans une classe, sans que sa qualité d'inspecteur tétanise les vingt-cinq personnes présentes, trouve maître ou maîtresse en plein travail, ne s'affole pas quand sans approuver ou désapprouver une quelconque réponse donnée par un élève, ce dernier passe s'en expliquer au tableau ; que, sans qu'il soit la risée de tous — d'ailleurs plusieurs pensaient ou ont fait la même chose — il apparaît que... ah, bon ! ce n'était pas ça ! Ou alors ça l'était, mais pour de drôles de raisons... Et qu'après cette « séquence » vivante, où l'on se sera disputé pour donner son avis, que cet inspecteur partage le travail d'accompagnement de l'écrit en se penchant au hasard des appels sur les réponses proposées par les enfants et leur demande — discrètement — le pourquoi de telle ou telle réponse... Surprises assurées et étonnements garantis...

Le « juste », le « faux », le « bon », le « mal », consacrés par l'école des origines, quel sens leur donner aux origines de l'apprentissage d'un savoir ? Et quel sens leur donner aujourd'hui, où les yeux et les oreilles des enfants sont pleins d'images, de sons, où leur tête est pleine d'histoires arrivées indifféremment à Harry Potter ou au fils des voisins, ou aux deux ? Mots nouveaux, anciens, contes, bulletins d'information, météo, matchs de football, publicités, jeux, propos des copains, une énorme masse visuelle et sonore s'abat en particulier sur les petits citadins, élevant la probabilité des associations d'idées, d'images ou de sons, à un niveau qu'elle ne pouvait guère connaître il y a cinquante ou cent ans. Hors école, en famille, on s'étonne : tiens, qui aurait cru qu'il — ou elle — avait repéré ça ! Ou on s'amuse d'un mot d'enfant. Or, en classe, quand une erreur est *fraîche*, il s'agit du même processus.

Lorsqu'il y a *éducation*, les parents font le tri dans le foisonnement de toutes ces choses vues ou entendues par leurs enfants, rattachant à leurs valeurs propres celles qu'ils ont retenues comme significatives ; se constituent ainsi des parcelles d'« expérience de la vie » autour desquelles viendront s'agréger d'autres, avec plus ou moins de cohérence, matériau composite à partir duquel le temps fabrique une histoire, celle de l'enfant.

Quand il y a *enseignement*, la vie psychique d'un enfant est mobilisée. Organiser et rationaliser tout ce qui se présente à son esprit quand, interrogé sur ce qu'il vient de voir ou d'entendre en mathématiques, il *réagit*, fait partie intégrante du travail. Ces parcelles d'« expérience du savoir » par accumulation, stratification, sublimation dans des concepts plus vastes, vont au cours du temps constituer son histoire d'élève. Comme les erreurs *fraîches* correspondent non à du vide, mais à du plein, non à du « rien compris » mais à de l'« autrement compris », elles sont d'abord des réponses ; mais puisque non conformes à celles que l'on attendait, elles deviennent des questions. Pourquoi ? Pourquoi ce que je croyais être la réponse à telle question, parce que..., et parce que..., n'est pas ce qu'il fallait répondre ?

Si ne sont pas élucidés les éléments mis en jeu par l'erreur fraîche, c'est-à-dire l'erreur réponse/question, elle se reproduit, devenant *automathisme* qui a perdu son sens originel, cent fois corrigé, cent fois reproduit, avec un sentiment de vérité plus vraie que le vrai, hallucinatoire. Une histoire d'élève se construit alors sur des mystères non élucidés, meublant les placards de la classe de questions mortes, rendant le savoir hostile.

Les erreurs repérées dans les évaluations nationales sont deux fois mortes. Trop loin du moment de leur production, elles ne disent rien des singularités non encore répertoriées ; et quand elles ont quelque intérêt statistique, elles ne remettent en question ni les *automathismes* qui accompagnent les résultats justes, ni, en conséquence, la façon de procéder : il est alors conseillé aux enseignants d'approfondir, de retravailler la question, de procéder à des remédiations. Oui, mais comment ? En apprenant par exemple que des erreurs faites dans les « additions » peuvent être

> « liées à la gestion spatiale et temporelle de la retenue »

dues à des

> « "théorèmes" d'élèves »

dont la liste est donnée[20] ?

Je ne connaissais pas le « théorème » bâti et utilisé par Arnaud[21] quand il a apporté, pas fier, cette « division euclidienne » notée zéro ; « en cours d'acquisition » l'année précédente, elle semble vouloir prolonger son statut cette année aussi.

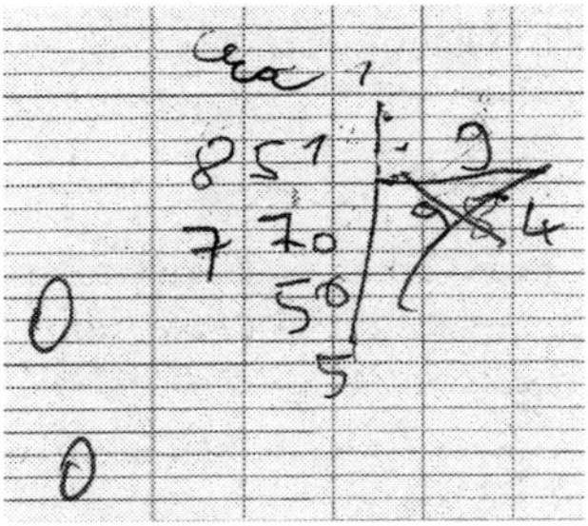

J'ai beau lui poser des questions sur ce qui a pu se passer dans sa tête pour qu'il en soit résulté ce qu'on voit là, il n'en sait rien. On essaie toutes sortes de combinaisons, et décidément, aucune ne marche : comment avec un premier 9 au quotient, qui est juste, trouve-t-il un reste de **77**, pourquoi abaisse-t-il ensuite un **0** introuvable ? — Mais enfin, c'est bien ta main qui a écrit ces chiffres ? — *Oui...* — Et tu n'as aucune idée des raisons pour lesquelles elle l'a fait ? — *Non.* — En plus, tu sais parfaitement ta table des 9... — *C'est celle que je sais le mieux.* — Et donc, en divisant 851 par 9 tu n'es pas étonné de trouver **984** ? — ... *Si.* — Alors ? — *Peut-être que si j'avais mon brouillon...*

Seulement voilà, il n'avait plus son brouillon, et toute chance de savoir ce qu'avait pu être « la gestion temporelle et spatiale » des quatre chiffres donnés semblait avoir disparu avec lui. Nous travaillons donc à refaire ce calcul, mais l'esprit manifestement occupé par ailleurs, moi parce que l'énigme restée irrésolue me tracasse, Arnaud parce qu'une fois parvenu à « 851 divisé par 9, ça fait 94 reste 5 », il veut poursuivre, mais se ravise et barre précipitamment le zéro et la virgule qui étaient sur le point de transformer ce 5 — moutons ou vaches[22] — en dixièmes.

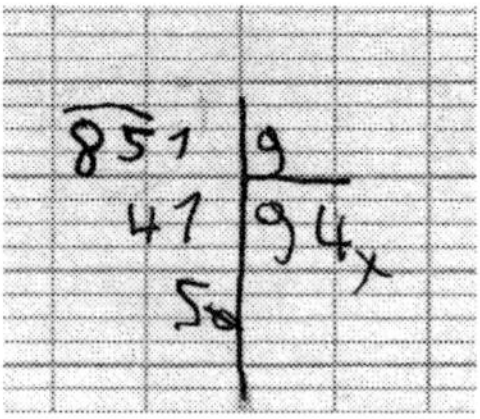

Et c'est comme si une digue s'écroulait ; les questions affluent et se bousculent : comment on fait quand il y a la virgule, quand est-ce que ça s'arrête et comment c'est quand ça s'arrête pas, et quand il y a des virgules des deux côtés... Manifestement la multiplicité des significations de deux opérations — division euclidienne, et division tout court[23] —, la complexité des calculs, la nature du quotient[24], représentent un embrouillamini qui nous fait aller un peu dans tous les sens. Et puis brusquement, il me demande comment on fait quand il y a deux chiffres au diviseur. Je pose, au hasard

7 8 4 9 | 31

et nous explicitons tous les processus qui amènent à dire « en 78 combien de fois 31 *ou* en 7 combien de fois 3 », on trouve que ça fait 2 fois. Et voulant mener le calcul à son terme, Arnaud dit alors : *2 fois 31 ça fait 62*, et poursuit : *49 moins 62*... — Quoi ? — ... — Qu'est-ce que tu as dit ? — ... — 49 moins 62 ? — *Oui*... — Mais ça y est, on a la réponse ! On sait comment tu as fait à ton contrôle !

Et reprenant :

8 5 1 | 9

Tu as dû dire normalement « en 85 combien de fois 9, 9 fois ; 9 fois 9, 81, *mais tu as ôté 81 de 851*... Vérifions :

$$\begin{array}{r} 8\,5\,1 \\ -\quad 8\,1 \\ \hline 7\,7\,0 \end{array}$$

C'est bien ça ; donc, ensuite, en 77 combien de fois 9, 8 fois, 8 fois 9, 72, ôté cette fois de 77, reste 5, j'abaisse le zéro, il y va 5 fois... Mais c'est quoi ce 4 ? — *Je me suis trompé, je pensais 5.* — Si de plus tu écris autre chose que ce que tu « penses »... Mais en effet, avec 5 au lieu de 4, il reste bien 5 :

$$\begin{array}{r|l} 8\,5\,1 & 9 \\ \cline{2-2} 7\,7\,0 & 9\,8\,4 \\ 5\,0 & \\ 5 & \end{array}$$

Malgré cette petite erreur qui dépare la belle cohérence du processus retrouvé, nous sommes émerveillés, ce qui ne m'empêche pas d'entourer le tout d'une belle couronne de piquants.

Comme toujours, une fois qu'on sait, tout est absolument évident, et même je m'en veux de ne pas avoir tout de suite vu la relation qu'il y a entre 851 et 770. Mais bien sûr, soustraire 9 fois 9 de 851, ou comprendre le 0 autrement que comme « abaissé » du dividende ne « viendrait pas à l'esprit » de quiconque est pétri de rationalité. Ça viendra dorénavant au mien, en attendant autre chose.

Il serait trop long, ici, de détailler les raisons pour lesquelles Arnaud a procédé de cette façon[25]. Ce qui est important, c'est que cette erreur se serait indéfiniment reproduite, alors que ce n'est *rien*, ou fort peu de chose que d'interroger celui qui l'a faite, au moment où elle s'est produite, sur ses raisons qui, à ce moment-là, sont mobilisables. Mais pour cela, il faut du travail gratuit, du travail pour lui-même, et du temps pour le mener à bien ; du travail qui n'est pas donné en pâture à la note, des contrôles qui ne sont pas, continûment, ceux des aptitudes à poursuivre des études

« théoriques », alors que, n'est-ce pas, les filières professionnelles ont aussi leur grandeur et leur dignité. Ce qui est vrai, mais qui serait encore plus grand et plus digne si elles étaient librement choisies.

Il se trouve que c'est une étonnante aventure vécue par un académicien qui est à l'origine des rencontres que nous avons faites de petits ou de plus grands écoliers en souffrance mathématique. Parmi tous ces êtres de chair, Gilles et Amélie, emblématiques des problèmes à résoudre aux deux extrémités d'un temps scolaire que nous allons imaginer être leur temps présent. On aura compris que Gilles est tributaire d'une situation de fait[26], que *ce qu'on peut faire* pour le tirer d'affaire, ou le remettre à niveau, est hors de portée de la pratique d'une classe ordinaire. Mais pour Amélie, qui en entrant en CP ne devrait avoir d'autre difficulté que les raideurs, préjugés, modernités inadéquates ou traditions vermoulues du système, la question se présente différemment. Seulement, autant pour éviter d'en arriver à la situation de Gilles, que pour construire un autre avenir à Amélie, il est évident qu'il faut travailler autrement.

Travailler autrement, penser autrement le juste et le faux, cela n'est possible que si se calme un peu le rythme des contrôles et évaluations de tous ordres qui assaillent dès la rentrée petits ou grands élèves. Si, même au collège, il se calme au point qu'entre deux notes/jugements/sanctions se passe assez de temps pour que reprenne pied celui ou celle que « peu de chose » sépare de la sacro-sainte moyenne, et qu'une mauvaise note malencontreusement survenue découragera malgré un début de rétablissement ; assez de temps pour que puisse se construire du sens et non des réflexes conditionnés. Au nom de tous ces élèves harcelés, vivant dans l'angoisse de l'interro du lendemain, du demi-point à regagner sinon..., on a envie de dire à l'institution : pouce, laissez-les respirer...

Pour qu'une évaluation ait du sens, il faut que le travail antérieur en ait eu aussi ; et pour cela, il faut que toute avancée dans le savoir s'accompagne d'un certain nombre de mises à l'épreuve gratuites, sachant qu'elles produiront chacune une nouvelle génération d'erreurs, à recenser alors qu'elles sont encore fraîches et à examiner collectivement : si dans la première génération ont été débrouillées les raisons pour lesquelles une partie de la classe a cédé à la tentation d'écrire

$$\sqrt{2} + \sqrt{3} = \sqrt{5}$$

peut-être ne retrouvera-t-on pas cette erreur dans la deuxième génération, mais qu'une autre s'invitera, comme celle-ci

$$\sqrt{75} = \sqrt{3 \times 25} = 3\sqrt{5}$$

et après elle, une autre encore, jusqu'alors inédite. Elles ne font que traduire l'étrangeté d'une notion nouvelle et la nécessité de lui faire une place aux côtés de celles qui l'ont précédée, et qui d'ailleurs s'en trouvent fréquemment elles-mêmes menacées.

C'est ce type même d'erreurs que j'appelle « structurelles », c'est-à-dire procédant d'invariants dus à la matière — souvenons-nous, à propos de ces « radicaux inexplicables en nombres vulgaires » des mises en garde d'Albert Girard[27], il y a trois siècles et demi de cela. Or « contrôler » par une note ces remaniements « normaux » — au sens où Gaston Bachelard parlait d'« erreurs communes et normales[28] » — c'est remplacer le bonheur du corps à corps avec un savoir par sa tarification. Tout le monde y perd. Les élèves, bien sûr, mais les professeurs aussi, qui s'épuisent, comme celui qui s'adresse à un élève dont le sort nous importe, puisqu'il s'agit de Gilles.

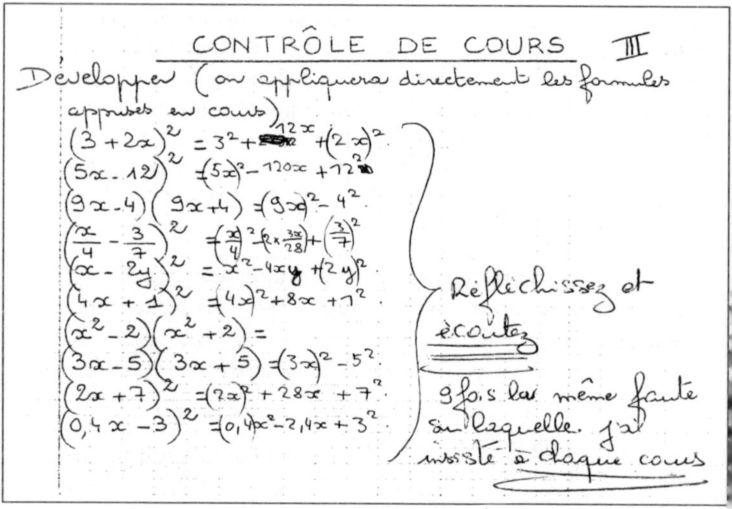
CONTRÔLE DE COURS III

Développer (on appliquera directement les formules apprises en cours)

$(3+2x)^2 = 3^2 + 12x + (2x)^2$

$(5x-12)^2 = (5x)^2 - 120x + 12^2$

$(9x-4)(9x+4) = (9x)^2 - 4^2$

$\left(\frac{x}{4} - \frac{3}{7}\right)^2 = \left(\frac{x}{4}\right)^2 - \left(2 \times \frac{3x}{28}\right) + \left(\frac{3}{7}\right)^2$

$(x-2y)^2 = x^2 - 4xy + (2y)^2$

$(4x+1)^2 = (4x)^2 + 8x + 1^2$

$(x^2-2)(x^2+2) =$

$(3x-5)(3x+5) = (3x)^2 - 5^2$

$(2x+7)^2 = (2x)^2 + 28x + 7^2$

$(0{,}4x-3)^2 = (0{,}4)x^2 - 2{,}4x + 3^2$

Réfléchissez et écoutez

9 fois la même faute sur laquelle j'ai insisté à chaque cours

Le jour où il s'est trouvé demandeur à propos des « identités remarquables », il n'avait pas fait état de ce contrôle, noté 1/20, et où pourtant les « formules » avaient été scrupuleusement appliquées. Seulement des formules, si elles ne sont que « lettres », sont lettre morte. Elles proposent alors, pour un « petit 2 » mis en haut et à droite d'une parenthèse contenant petit a et petit b, de mettre le même petit 2 aux lettres extrêmes du « résultat ».

$$(a + b)^2 = a^2 + 2\,ab + b^2$$
$$(a - b)^2 = a^2 - 2\,ab + b^2$$

C'est bien ce qu'a reproduit Gilles. Et comme la correction se fait par surcharge d'un texte erroné, elle ne sert à rien. Nostalgie archaïque encore cultivée par l'école d'une copie propre, dont la justesse immédiate rendrait compte de l'excellence de l'enseignement prodigué. Toutes les erreurs faites étant masquées[29], on ne voit pas de quoi il pourrait être parlé ; et comment la correction pourrait donner à comprendre pourquoi ce qui marche parfois ne marche pas tout le temps. Gilles a fait pour 3 la même chose que pour 2x (ligne n° 1), pour 5x la même chose que pour 12 (n° 2), pour 9x la même chose que pour 4 (n° 3), pour x/4 et 3/7 (n° 4) la même chose que pour a et b dans la formule, etc.[30].

De tout cela, il ne retient que sa note, assortie d'un sentiment d'injustice : on ne peut pas dire qu'il ne sait pas ses formules ; on ne peut pas parler de paresse, ou de mauvaise volonté. Neuf points se sont envolés parce que ce qui a été compris à travers la formule n'était pas ce qu'il fallait comprendre : 9 points perdus pour une seule et unique erreur de lecture ? Sans compter que l'énergie consacrée par le professeur à « insister » sur « la même faute à chaque cours » et l'amertume ressentie à la voir renaître de ses cendres sont toutes deux perdues, car un cours, aussi bien fait soit-il, une mise en garde, aussi exhaustive soit-elle, ne suffisent pas ; c'est le fonctionnement de l'esprit qui est en jeu, il faudrait quand même le savoir en ce début de XXIe siècle.

« Voici plus de vingt ans que je propose de *noter la note* », écrivais-je il y a presque... dix ans[31].

Des notes, il en faut, mais il faut qu'elles aient un sens. Il faut qu'elles soient justes, au sens où on peut le dire d'une note de musique, et justes, au sens des attendus d'un jugement. Justesse, et justice. Or le système est aussi peu fait pour l'une que pour l'autre, et singulièrement, paradoxalement, en mathématiques.

Pour qu'il y ait justesse, il faudrait que puissent être éliminées des réponses des élèves le hasard, les automathismes, et les contradictions. Or ce sont surtout celles-ci qui minent la crédibilité de la note.

La notion même de moyenne est un non-sens. Deux exercices justes sur quatre, on a la moyenne. Mais on a tout fait de la même façon. Quel est le sens de la note ? Pour calculer une somme et un produit de fractions, on réduit au même dénominateur ; qu'a-t-on compris ? Pour résoudre deux équations 3 + x = 7, ou 3 x = 7, on « passe 3 de l'autre côté », un coup c'est bon, un autre pas. Qu'a-t-on compris, quel est le sens de la note ? Comment s'étonner qu'avec une « moyenne » masquant cinq années durant l'inexistence du sens réussissent leur entrée au collège puis au lycée ces indésirables que sont l'innumérisme puis l'éventualité que sept égale zéro ? Comment s'étonner de la façon dont elle a pu masquer les malheurs d'Amélie, et donner à sa maîtresse et à son entourage l'illusion d'une existence du sens, alors qu'il aurait fallu enquêter sur sa disparition ?

Et pour ce qui est de la justice, que peut-on faire quand une erreur de calcul a compromis l'ensemble d'une démarche correcte ? Que doit-on faire quand c'est *la même erreur* qui se reproduit 9 fois ? 1 point de moins, ou 9 ? Que doit-on penser des découragements de Gilles, dont la bonne volonté ou les progrès se sont progressivement noyés dans un système de notation aveugle à la raison de ses erreurs et sourde à ses progrès ? Que doit-on faire quand du travail, manifestement, est compromis par des erreurs dues à ce qui a été appris antérieurement[32] ? Mises à part les copies de ceux auxquels on peut attribuer 20/20, corriger les autres, où sont inextricablement mêlés tous les éléments évoqués plus haut, est un casse-tête dont chaque professeur se tire à sa façon, selon sa propre vision du monde.

Des notes, il en faut, mais il faut qu'elles aient du sens tant pour ceux qui les attribuent que pour ceux qui en sont les destinataires ; justesse et justice. Une bonne note pour quelques automathismes réussis ce jour et qui seront ratés demain est une offense à la rationalité autant qu'une mauvaise note pour quelques ratés intermédiaires ou terminaux est une offense à la justice. En mathématiques, quand un exercice est juste, et qu'on ne sait pas ce que cache cette justesse, le noter est hasardeux. Mais quand un exercice est juste, et que celui qui le jouxte fait *la preuve* qu'automathismes et hasards se sont conjugués avec bienveillance pour produire la justesse en question, lui attribuer les points qui lui sont alloués est carrément nuisible. On n'y peut rien, c'est la spécificité de la matière qui veut que le ver de la contradiction gangrène le fruit de l'évaluation.

C'est le cas en particulier des évaluations nationales où aucune grille ne sera jamais assez fine pour éviter une interprétation trop optimiste des « acquis », et trop approximative des processus réellement utilisés. Comme le dit le Haut Conseil de l'école,

> « la création des conditions propres à permettre le développement des usages des dispositifs d'évaluation actuels est aujourd'hui un enjeu au moins aussi décisif, en termes de progrès, que la recherche d'une amélioration de la qualité de ces dispositifs. Il est indispensable de mettre l'accent — et de faire porter les efforts — sur ces conditions[33] ».

Des conditions, on peut en proposer tout de suite. Au moins des conditions numéro zéro : donner du sens à tout ce qui se fait en classe, notes comprises. Et pour cela travailler autrement. Pour l'instant, c'est la note qui est le verrou d'un système à bout de souffle. Elle est un tenant lieu du sens ; elle déporte l'attention sur elle, elle encourage la simulation du sens. Elle est la gardienne d'un conservatisme pédagogique qui peut propager durant des décennies ou des siècles des idées approximatives ou fausses, pourvu qu'elles coexistent avec des idées justes ; ce qui fera une moyenne... Elle est l'arme de l'institution, la terreur des élèves quand, étant restés dans du pas-de-sens, il va leur falloir produire du sens... Interrogés dans une langue qu'ils ne comprennent pas sur des questions qu'ils ne comprennent pas, et répondre juste ! Par quel miracle cela peut-il arriver, sinon celui d'une leçon apprise par cœur la veille, dégurgitée le lendemain pour la note, et oubliée aussitôt après ?

Évidemment, pour pouvoir prendre en compte dans sa réalité le fonctionnement de l'esprit en mathématiques, il faut du temps, et les professeurs de mathématiques en réclament désespérément. Avec plus d'heures pour affronter la « situation de fait » des collèges ou lycées, en particulier ceux où le « cours de maths » se rétrécit en « quart d'heure utile », les chances de pouvoir travailler autrement seraient accrues, et quelques-uns de ces élèves « restant sur le carreau » ne s'y trouveraient peut-être plus. Avec du temps, on pourrait ne plus être seulement contraint de faire digérer un programme en lambeaux, on pourrait apprendre à chercher un exercice ou un problème en classe même ; « éduqués » dans l'idée que l'erreur n'est pas infamante, on pourrait dans une discussion collective éprouver son pouvoir positif : porteuse de contradiction, elle impose une vérification, oblige à réexaminer les fondements d'une démarche, en redynamise une autre. Avec du temps, qui sait, l'incarnation de quelques noms propres, certains connus et d'autres complètement ignorés montrerait que les mathématiques sont nées de problèmes posés et résolus par des personnes, qu'il y circule des idées, que les unes comme les autres ont une histoire. Comme le dit Dominique Bénard, « en forçant le trait, on pourrait avancer l'idée qu'un enseignement de mathématiques ne saurait se concevoir qu'imprégné d'histoire[34] ».

Cette situation idéale, où l'on travaillerait pour le bonheur de savoir, de raisonner, de faire marcher sa tête, si elle est compromise pour Gilles et tous ceux que le système a déjà abîmés ou meurtris, pour qu'elle soit possible pour les Gilles à venir, c'est *aujourd'hui* qu'il faut, *à l'école*, travailler autrement. C'est dans l'œuf que ce « travailler autrement » doit être mis en place. D'autres écoliers écloraient qui se transformeraient en d'autres collégiens.

J'ai souvent proposé que l'on réfléchisse à ceci : si on notait les enfants quand ils apprennent à parler, à marcher, on serait bientôt une nation de bègues et de paralytiques. Or l'innumérisme, c'est cela même : bégaiement et paralysie là où il faudrait apprendre à parler clair et s'avancer assuré(e), fût-ce pour affronter tous ces risques que font encourir l'usage de la marche et de la parole.

Que peut être l'apprentissage de la rationalité s'il n'a pour fondements justesse et justice ? Ces deux premières années d'entrée dans le savoir proprement dit — voire trois en comptant le CE2 où l'on est encore petit — sont des années d'apprentissage ; on y apprend tout, la vie en société, les diverses disciplines, la confiance, la défiance, l'« âme humaine », ses affections, ses trahisons ; et on y découvre la bienveillance, ou non, de l'institution, cette entité qui transcende les personnes, les lieux. Aimer l'école, c'est ressentir que ce qui s'y édicte, s'y fait, est « pour son bien[35] ». Au-delà de la gentillesse de la maîtresse, comment Amélie pourrait-elle comprendre ces « insuffisant », « consigne non comprise », « non acquis », « encore très insuffisant » qui la laissent tout autant dans le noir que les « bien » ou « très bien » ? Que peut-elle imaginer que lui veulent ces quarts ou huitièmes de points énigmatiques et menaçants ? D'emblée, la note est là, épée suspendue sur des têtes qu'elle empêchera de s'emplir.

Il est donc temps de savoir maintenant si les millions d'élèves de l'enseignement obligatoire sont pris en charge par une Éducation nationale qui veut *vraiment* leur bien, et qui veut vraiment celui des mathématiques, dont les mésaventures scolaires s'étendent maintenant sur trop de décennies. Pour Amélie et ses semblables tout ce qui a été dit plus haut devrait être immédiatement mis en chantier. Ce n'est pas elle qui est en difficulté, c'est l'école. À part un certain nombre d'améliorations qu'on peut adopter tout de suite[36] — des concepts plus clairs, une langue rigoureuse, une progression cohérente —, c'est un changement de mentalité auquel il faut parvenir.

Il ne faut pas noter en période d'apprentissage, il faut travailler *avec* les réactions des enfants ; c'est seulement quand deux ou trois « générations d'erreurs » auront été examinées, discutées, *parlées* que le juste et le faux prendront vraiment du sens. Et quand donc on aura tout fait, « en son âme et conscience », pour débusquer les hasards, les associations d'idées légitimes mais indésirables, les automathismes, les contradictions, lorsqu'une authentique relation au savoir aura été proposée, éprouvée, consolidée, une évaluation aura sans doute du sens.

Ce qui, en classe, ne peut se faire qu'en accueillant *toutes* les réponses à une même question, à un même problème, avec la plus parfaite sérénité, c'est-à-dire en leur donnant à toutes le statut de réponses. On a alors affaire à une matière vivante, qui vit de la vie de l'esprit des enfants, ici et maintenant, dans les conditions instantanées de température et de pression. Travailler à partir de cette matière, c'est travailler *avec* les enfants ; la laisser de côté, pour seulement renvoyer à la norme, à la règle, à la « consigne non comprise » ou « non observée », c'est travailler *contre* les élèves, c'est les *mettre* en difficulté.

Au collège où l'« état de fait » est lourd, les conditions de travail difficiles, il faut aussi, pour tendre vers justesse et justice, desserrer l'étau de la note ; tenter de redonner sa dignité au travail de l'esprit en lui laissant la possibilité de s'exercer pour lui-même, avec la richesse qu'apportent pour ceux qui y sont encore sensibles, et pour eux qui pourraient encore l'être, tentations, hypothèses, chemins de traverse, inductions, déductions, bref le mouvement de l'intelligence. Et avoir du temps pour le faire.

Quand ils sont petits, les enfants parlent beaucoup, et l'on est très content qu'ils s'expriment. Mais comment ? Quelle langue utilisent-ils ? Une « expression spontanée » telle qu'elle est décrite dans les textes officiels ?

> « Au cycle 2, l'usage des mots précède celui des symboles mathématiques : ils sont à la fois plus proches du langage des élèves et plus à même d'exprimer le sens des notions. La mise en place nécessaire d'un langage élaboré et du symbolisme conventionnel, spécifique aux mathématiques, doit être réalisée avec prudence, à mesure qu'elle prend sens pour les élèves dont elle ne doit pas freiner l'expression spontanée[37]. »

Je suis désolée de devoir dire que la prudence est le contraire même de la générosité nécessaire pour favoriser le mouvement des intelligences. Dans le domaine qui nous intéresse, *les langues* sont essentielles : la langue mathématique, et la langue commune, l'une par la façon dont elle dessine le champ de ses objets, structure ses modes de pensée, l'autre par la façon dont elle parle de la première, dont elle dit le sentiment, les étonnements, les confirmations, les infirmations qu'en a le sujet, justement, parlant ; dont elle donne des équivalents, qui sont autant de tremplins de sens. *Soit trois entiers consécutifs... — Je sais pas ce que ça veut dire...* — Si je dis : il a plu pendant trois jours consécutifs... — ... *qui se suivent.* — C'est pareil. Donne-moi un exemple d'entiers consécutifs. — *Douze, treize, quatorze.* — De nombres pairs consécutifs. — *Trente-deux, trente-quatre, trente-six...*

Une langue pour parler d'une autre, pour que par l'expérience de la première (lc), la seconde (lm) trouve sa spécificité[38]. Il faut pouvoir demander à des petits d'organiser (lc) un nombre en somme ou en produit (lm) ; à de plus grands, d'interpréter (lc) la solution provenant d'un même quotient euclidien (lm[39]) ; ou bien de préciser quel est le critère (lc) leur permettant d'affirmer que telle fraction est irréductible (lm) ; à de plus grands encore, quel est ou n'est pas le statut (lc) d'un vecteur (lm). Transversalités constantes, qui n'ont pas besoin, comme il est à la mode de l'affirmer, de faire travailler « ensemble » professeurs de mathématiques et de français. Enseigner les mathématiques suppose de savoir les mathématiques et de savoir parler sa propre langue. Parler et faire parler en passant explicitement de l'une à l'autre se fait par nécessité, en situation, à partir du désir, et de la possibilité de transmettre du sens.

À l'école, parler est fondamental. Les deux langues par leur rigueur, leur précision, mais aussi par leur fantaisie, leurs sonorités, la façon dont elles font appel à l'imagination, dont elles jouent avec le sens, dont on peut jouer avec elles sont le ciment d'une collectivité qui se construit dans la rationalité. Loin de penser l'une comme l'autre en termes de lexique dont il faudrait parcimonieusement distiller les vocables, c'est au contraire un matériau d'idées qu'elles permettent de brasser. Ce que l'école offre dès la maternelle à tous les petits Français, c'est-à-dire un bain de langue, c'est avec encore plus de générosité[40] qu'il faut l'offrir dans les années suivantes, en particulier à tous ceux dont la langue maternelle n'est pas le français. Et rien ne remplace la parole, parole qui fait partie intégrante de soi, parole et non récitation, parole et non « trou » à remplir avec le terme adéquat.

Ne pas disposer des mots pour parler un savoir, c'est se forger un outil qui a la même efficacité que ce fameux couteau sans lame auquel il manque le manche. Sur quoi s'accrocherait une signification, sinon sur une expression qui puisse être reproduite dans un questionnement, une généralisation, une discussion, bref de la parole ?

On avait fort heureusement adjoint « parler » à la devise de l'école : parler, lire, écrire, compter. Mais les credo républicains sont à ce point trinitaires que ce quadruplet ne semble pas avoir pris ; ce qui tombe très bien, parce que « parler » est essentiel, et qu'on n'a pas besoin de « compter ». De la trilogie de l'école, il faut oublier l'archaïque « compter », primaire s'il en est, qui, pris à la lettre, a le tort de faire croire qu'une mécanique décervelée équivaut à une discipline proposant un épanouissement de l'esprit.

Parler, lire, écrire, est une devise qui, si elle tenait ses promesses, donnerait à tout écolier les moyens d'entrer dans quelque savoir que ce soit : à partir d'une langue première, celle de ce pays, parlée, lue, écrite par tous, enrichie autant que faire se peut de mots, de figures propres à exprimer l'émotion la plus ténue comme l'événement le plus considérable, pourraient alors se constituer par particularisations, spécifications, épistémologisations, toute langue de savoir. A-t-on jamais pensé à prendre pour devise de l'école, « lire, écrire, géographiser » ou « lire, écrire, historiser », ou encore « lire, écrire, scientiser » ? Alors pourquoi, encore aujourd'hui, ce « compter » qui maintenant bride, infantilise, primarise ? Sans doute a-t-il eu sa justification quand dans la France illettrée du XIXe siècle finissant des petits paysans ne savaient pas que ce qui venait après 99 était 100, ou après 999, 1 000. Mais grâce à l'école, précisément, on n'en est plus là. Les avatars du « compter » d'autrefois qui avait peut-être ses bienfaits sont au présent l'étrécissement du nombre et l'innumérisme.

C'est maintenant un autre savoir qu'il y a lieu d'inculquer à une population qui, telle la société tout entière, en a besoin. Il s'appelle les « mathématiques », et à l'école, « compter » en est une composante importante, mais parmi tant d'autres : opérer, calculer, raisonner, comparer, organiser, prévoir, et ainsi de suite.

Se constituer les bases communes d'une culture commune, cela s'est toujours inscrit dans les idéaux de l'école. Pourquoi les mathématiques en ont-elles toujours été absentes ? On veut une culture mathématique pour tous, citoyenne, comment est-elle possible si du début à la fin du cursus scolaire sont désignés les faibles, les « manuels », les inaptes au théorique ? Si sont mis de côté « pour leur bien » les enfants en difficulté ? Si sont notés des enfants en CP par demi, quart ou huitième de point ? Si le mérite est assimilé à la note ? Si règne un sentiment d'injustice ? Si une langue approximative empêche tout vrai travail de la pensée ? Si s'industrialisent les contrôles de toutes sortes, QCM, textes à trous, maximum d'« opérations » à faire en une ou deux minutes...

Une culture mathématique commune : j'ai cru la voir se profiler en lisant dans un quotidien l'alerte supplique d'une lectrice excédée par le tapage fait autour d'une question de société[41], quand, affirmant avoir « les mêmes références que pas mal d'entre vous », elle cite, entre parenthèses

« (Casimir, Voltaire, Tintin, les identités remarquables, la Bretagne) ».

Les identités remarquables, références de « pas mal d'entre nous » ! Quelle victoire ce serait déjà, si le boulanger s'en servait pour calculer très vite 37 fois 43 grammes, le menuisier pour le carré de 41 cm, voire le comptable pour 39 fois 390 euros[42]. Je crains pourtant, hélas, que ces identités ne dispensent leurs charmes et bienfaits qu'à bien peu de monde, quelques « micros-trottoirs » suffisent pour s'en assurer ; quant à la lectrice, et voilà qui dit tout, elle est elle-même *ingénieure*.

La scolarité *obligatoire* dispensatrice d'une culture mathématique commune ! Tous ceux qui enseignent les mathématiques rêvent de laisser dans la tête de ceux de leurs élèves qui s'en tiendront au bagage du collège ou du lycée méthodes d'approches de problèmes de tous ordres, modes de raisonnement, esprit de géométrie non dépourvu pour autant de finesse, et surtout, surtout quelques traces de résolutions d'équations, d'études de fonctions, de manipulations de vecteurs, quelques théorèmes ; simplement parce que l'effort couronné de plaisir d'avoir, en leur temps, vaincu la difficulté, relevé le défi, aura laissé une inscription restée vivante[43].

Je ne crois pas qu'il fut jamais « un monde merveilleux du calcul[44] » ; sans doute n'a-t-il existé et n'existe-t-il pour l'instant que par la grâce du monde merveilleux de l'école, chaque fois que maître ou maîtresse, dans les difficiles conditions des enseignements élémentaires du nombre et des grandeurs arrivent à faire aimer « opérations » et problèmes, et y réussir.

Il faut donc comprendre que le « primaire » a fait son temps. C'est maintenant une école *première* qui peut et doit sortir de cette extraordinaire mutation sociale que nous vivons. Une école où le « parler, lire, écrire » est le ciment d'une nouvelle façon d'être ensemble, tolérante et rigoureuse, bienveillante et juste, de justesse et de justice, offrant à tout petit élève une expérience de la pensée qui lui permettra d'accéder à celle que l'on dit *secondaire* ; une école où l'âge du capitaine serait « donné » seulement pour rire et où « 7 = 0 » n'effleurerait l'esprit que dans un monde où les mathématiques n'auraient que faire[45].

J'évoquais en introduction ces émotions qui affluent lors de ces journées portes ouvertes, quand l'occasion est donnée aux parents d'entrer dans une classe. Je voudrais que se referme ce livre comme se ferment provisoirement les portes de l'école, quand la fête de fin d'année met un terme à une année de travail. Dans un film récemment vu[46], une scène, celle d'une fête scolaire, me fournit l'occasion d'évoquer une fois de plus ce monde merveilleux de l'école. Quand on se demande pourquoi, à voir ces tout-petits s'empêtrer dans des costumes ou des mots trop grands pour eux, faire *les* gestes en se regardant les uns les autres pour être bien sûrs qu'ils font tous pareil, chanter à l'unisson, et pour les plus grands, dire Marivaux comme si leur vie en dépendait, quand on se demande donc pourquoi, au lieu de sourire et de se divertir tout simplement, on a les larmes aux yeux, on comprend bien qu'on est pris dans une métaphysique du scolaire : car bien sûr, ça n'est jamais que notre histoire que nous voyons sur scène. Nous avons été cet enfant à l'orée de la vie, nous avons été embrassés par les maîtresses épuisées et heureuses d'avoir réussi à nous faire dire, chanter et danser ce qu'il fallait dire, chanter et danser ; nous avons été cet adolescent ou cette adolescente en proie au trac, mais avec des désirs ou des révoltes chevillés au corps ; et puis nous voici à regarder nos enfants ou nos petits-enfants avec cette enfance *en* nous, faite de tous ces mots, ces gestes, ces chansons, ces textes que l'école nous a appris.

Sans doute l'école serait-elle différente demain si, dès aujourd'hui, l'esprit des enfants était tous les jours à la fête du scolaire, celle qui leur offre ces mathématiques qu'ils ne trouveront nulle part ailleurs ; de telle façon que, des années plus tard, ils puissent reconnaître dans ces savoirs d'enfance, pérenne, intègre, l'enfance du savoir.

ANNEXE

Pour une révolution douce[1]

QUELQUES PRÉCISIONS SUR

1. La matière

« Le premier soin à procurer à une brûlure consiste à en éloigner l'agent. Un mieux naîtrait déjà de l'éviction de ce qui paralyse l'intelligence des enfants », disais-je au chapitre précédent. En conservant l'idéal d'une « révolution » qui améliore progressivement les choses, en douceur, il reste qu'il y a trop d'agents paralysant l'intelligence des enfants pour qu'ils soient passés sous silence. Des distinctions, des clarifications de tous ordres sont à apporter, dont certaines particulièrement *urgentes*. Il y a donc beaucoup d'habitudes à abandonner, ce qui semblera au premier abord produire un vide ; mais il s'est confirmé que la réflexion qui prend alors sa place amène les enseignants à *créer*, à trouver par eux-mêmes à partir d'une problématique de sens des réponses à des questions qu'ils ne s'étaient jamais posées. Le travail qu'ils font est considérable ; réfléchir à une façon de lui permettre de porter les fruits auxquels ont droit tant les professeurs des écoles que leurs petits écoliers en vaut la peine.

Il n'empêche que se défaire d'habitudes, de routines, de préjugés, est difficile. Tous ceux qui ont conscience de l'impasse où se trouvent actuellement les « mathématiques » à l'école, qui constituent dans leur coin, à partir de leur propre réflexion leur propre matériau ont toute mon admiration.

2. La manière

La classe est à tout le monde, ce qu'elle propose aussi. Le travail oral s'adresse à tous. Mais pour les passages à l'écrit qui scandent toute confrontation au savoir, l'idéal est de ne pas être seul(e) à devoir répondre aux demandes des enfants.

Il ne faut pas sortir les enfants de la classe, mais plutôt y faire rentrer ceux qui veulent les aider : psychologue, maîtres d'AIS[2], quiconque peut être là à l'heure de mathématiques — stagiaires d'IUFM — rendra possible la nécessaire attention à porter au travail écrit et aux questions de chacun, de façon à ne pas laisser s'enkyster des questions sans réponses ou des réponses justes pour de mauvaises raisons. Les plus rapides feront plus d'exercices que d'autres, c'est toute la différence. Il suffit de les prévoir.

3. La question des cycles et des effectifs

a) La répartition par cycle, peu observée, est plus que souhaitable. Elle permettra une progression raisonnée de la matière et une transformation progressive de la manière.

Il n'est ici question que du cycle 2.

b) Faire de tous les enfants d'une classe des élèves à part entière suppose d'en réduire l'effectif. Vingt paraît en être le maximum dans le deuxième cycle.

A — La matière

I - LES CONCEPTS

Le maître mot de l'enseignement du nombre est son *organisation*.

1. La question du nombre

Les objets

Distinction épistémologique essentielle : nombre, et nombre-de[3], distinction qui sera à l'origine de jeux, de raisonnements, de discussions.

Un nombre est une *idée*, un nombre-de une *quantité*, soit effective, soit représentée. Le monde qui nous entoure nous met en relation avec le *nombreux*, le monde mathématique avec le *nombre*.

C'est cette distinction qui permet de mettre en jeu du sens. Un nombre-de répond à la question *combien-de ?* Or si, en nombre, l'on peut toujours compter « un, deux, trois », en nombre-de, trois *quelque chose*, cela se mérite : par un abandon de la singularité des objets au profit de leurs ressemblances, ou par un abandon tout court quand trop de dissemblances obligent tout simplement à renoncer.

On peut toujours dire que « deux et trois sont cinq » ; mais pas deux pommes et trois euros, qui ne *sont* cinq rien-du-tout.

Distinguer nombre et numéro. Bien souvent « numéro » est assimilé à « nombre ». On n'additionne pas des numéros d'autobus, ou des numéros de joueurs de football.

Distinguer des « démarches » cardinale (avoir d'emblée la perception de cinq) et ordinale (compter jusqu'à cinq). On découvrira la supériorité de la représentation organisée, qui permet de très vite dire/écrire le nombre (démarche cardinale) sur celle qui ne l'est pas, et oblige à compter (démarche ordinale).

Les objets et les représentations d'objets

Distinguer la représentation d'un nombre-de — dessin de cinq pommes, dessin de treize moineaux — de leur réalité effective : si des pommes se laissent « être cinq », il n'en va pas forcément de même pour moineaux, souris, ou baleines.

Distinguer la représentation d'un nombre-de d'une représentation de nombre : points ou barres sont des représentations de « uns » qui ont l'âge des mathématiques. Les uns comme les autres se laissent organiser selon les propriétés des nombres : nombres polygonaux, etc.

À partir de deux chiffres, les nombres sont *d'abord* organisés par la langue, à quelques irrégularités près. Ils peuvent, évidemment, être organisés en sommes, parfois en produits, parfois non ; ils peuvent aussi être organisés en mixtes, sommes de produits, produits de sommes, etc. (voir plus loin).

Les référents

Distinguer le mathématique, domaine du nombre, du quantitatif, domaine des nombres-de ; distinction qui est occasion constante de transversalité. On ne fait de mathématiques qu'à partir d'objets mathématiques, définis comme tels : élémentairement, nombres et figures. Les pommes, les voitures, les champs, ne sont pas des objets mathématiques.

Signifiants et signifiés

Distinguer chiffre et nombre. Nous avons vu les effets désastreux de leur confusion : on ne peut agir sur la langue ordinaire qui les confond, mais on le peut en langue mathématique.

Vu récemment, en CE2 : des **nombres romains**, et des **nombres arabes**, confusion jusqu'alors inédite. C'est dire le flou qui règne encore entre la nature d'un concept et l'écriture des mots qui l'expriment, en numérique, ou numéral (*undevingiti*, **nombre romain** ?).

Distinguer numéral et numérique. Il est essentiel que soit *ressentie* l'étonnante particularité qu'ont certains mots de la langue de disposer de *deux* écritures, ou plus[4] : ces *mots* qui sont dans le système de la langue, et expriment des nombres, peuvent être écrits avec des signes qui sont hors d'elle, les chiffres. Nombres *dits* grâce à la parole en *mots*, reproduits grâce à l'écriture comme ce qu'ils sont, soit toujours des *mots* — c'est l'écriture numérale —, soit en *chiffres* — c'est l'écriture numérique.

Il faut absolument abandonner ce « **écrire en lettres** » qui a pour origine « écrire en *toutes* lettres », et qui, privé de « toutes », n'a aucun sens, et induit des analogies intenables entre lettres et chiffres.

Tous étonnements, émerveillements, provenant des comparaisons entre les deux écritures, des particularités de chacune, de leurs proximités ou disparités sont les bienvenus : l'écriture est banale, parce que comme nous, l'enfant vit entouré de signes ; mais en même temps en découvrir l'usage par soi-même produit de profonds remaniements dans l'organisation qu'induisait jusqu'alors l'oralité[5] ; c'est dire que *deux* écritures pour un ou plusieurs même(s) mot(s) supposent qu'on s'y attarde, et s'assure qu'il y a pour les *neuf* premiers nombres[6] une parfaite cohérence entre le *vu*, le *lu*, le *su*, et l'*entendu*.

2. La question de la numération

Il a été vu au chapitre V ce qu'est un système de numération : un mode d'organisation systématique du nombre : en se restreignant aux entiers, il consiste à *grouper*, et *nommer* ;

et c'est tout. En plus de cela, c'est un travail qui n'est pas à re-faire ; il l'est déjà, inscrit dans la langue. L'apprentissage de la numération est donc celui d'un lire/écrire le nombre, l'une comme l'autre action supposant l'existence du sens.

Pour cela les nombres d'un chiffre se doivent d'être longuement étudiés. Pour justifier comptage et écriture, j'ai imaginé de partir d'un « nombreux » suffisamment consistant — ce qui n'est pas le cas de « un ». En s'intéressant d'abord à cinq/5, puis en tournant autour : cinq, six, sept, puis quatre, trois ; puis les extrêmes : huit, neuf, et enfin, deux, un, et en remettant enfin tout dans l'ordre, se constitue une sorte de république des nombres d'un chiffre, que l'on aura chacun découvert et apprécié pour lui-même, avec sa personnalité propre. C'est sur eux que repose tout l'avenir numérique de l'élève, il est donc indispensable de les rendre sensibles :

— à l'oreille, comme mots de la langue, pour pouvoir les entendre dans la constitution et les mots des dizaines ;

— à la vue : en diverses représentations qui vont diversement se proposer pour le calcul mental ;

— à la lecture/écriture : en numéral, et numérique.

Cette relative « lenteur » des débuts a étonné les enseignants qui ont participé à l'expérience. Puis ils ont tous confirmé que cet enracinement dans la langue, le sens, les formes, contenait en germe la possibilité de comprendre et de faire mieux et plus rapidement la suite du programme.

Pas d'échanges ; pas de décompositions ; pas d'opérations avant de parfaitement savoir lire et écrire tous les nombres jusqu'à 69. Il y a beaucoup à faire, on ne s'ennuie pas le moins du monde.

« 4 + 3 » *n'est pas* une « écriture » de sept/7 ; c'est celle de la somme de 4 et 3 ; « 5 + 0 » *n'est pas* une écriture de cinq/5, c'est une écriture qui hors exposition d'une théorie de l'ensemble ℕ est destinée à faire perdre son sens à la raison d'être de l'addition.

Pas d'unités, dizaines, centaines avant les grands nombres : il est essentiel, pour que soit perçue la signification des chiffres que *rien* ne vienne s'interposer entre l'énonciation du nombre et son écriture chiffrée. 37 s'écrit *avec* un **tr**ois qui vaut **tr**ente et un sept qui vaut... sept ; 55 s'écrit *avec* un **cinq** qui vaut **cinq**uante, et un cinq qui vaut... cinq ; 43 avec un **qua**tre qui vaut **qua**rante et un trois qui vaut... trois.

Avec des représentations de nombres reproduisant l'organisation des doigts[7], on ne compte que des « dix » et des « uns » : un deux trois, **trente**, et puis sept, « trente-sept » ; un, deux, trois quatre cinq, **cinquante**, et puis cinq, « cinquante-cinq ».

tr*ente*	sept	**cinq***uante*	cinq	**qua***rante*	trois
3	7	**5**	5	**4**	3

Des nombres où la répétition d'un chiffre met en évidence son aptitude à signifier différemment selon sa place ont été appelés par les enfants des « nombres rigolos ».

Le plus rigolo des rigolos de deux chiffres, 22 (il est écrit avec deux 2) ; de trois chiffres, 333 (écrit avec trois 3) ; de quatre chiffres, 4444, etc. On peut les appeler comme on veut, mais leur spécificité plaît aux enfants, qui sont donc capables de dire :

> « Trois cent trente-trois s'écrit *avec* un 3 qui vaut trois cents, *avec* un 3 qui vaut trente, et *avec* un 3 qui vaut... trois (variante, « qui dit la vérité »[8]) ».

Lire, écrire un nombre de deux chiffres — ou plus, plus tard — devient un jeu d'enfant. Pour deux chiffres, les nombres figurent en vraie grandeur — il y a effectivement 37, ou 55, ou 43 bâtonnets — et puisque leur organisation est déjà dans la langue, leur représentation n'a qu'à suivre l'ordre de l'énonciation ; le fastidieux comptage un par un de quantités inorganisées disparaît.

Savoir compter consiste alors à comprendre comment s'organise la suite parlée des nombres : en gros, il suffit de savoir compter jusqu'à neuf, et de tisser le cardinal et l'ordinal.

C'est à partir des grands nombres qu'on pourra parler de dizaines, centaines (voir plus loin).

Le zéro

Responsable de dégâts considérables.

Distinguer — d'abord pour les enseignants — zéro/chiffre de zéro/nombre. Proposer de calculer 3 + 0, ou de « décomposer » 5 en « 5 + 0 » repose sur cette confusion. Si on considère zéro comme « premier entier naturel » — dans cette expression trois défis au sentiment naturel du nombre, *a fortiori* pour un enfant —, il importe de théoriser sa nature d'élément neutre pour l'addition. Et je suppose que pour l'instant personne n'y tient en début de CP.

De plus, les allers et retours entre nombres et nombres-de, les représentations des uns comme des autres, enlèvent tout sens à un zéro/nombre qui, *élémentairement* ne peut se penser que dans une sorte d'« extrapolation », d'« extension » de la notion de nombre « naturel ».

C'est à partir de la soustraction qu'on pourra lui donner du sens tant en nombre-de qu'en nombre : avec cinq pommes dans un compotier, si on en prend trois, il en reste deux, si on en prend quatre il en reste une, si on en prend cinq... *il n'en reste pas*. Dire qu'il reste des pommes et que ce reste se dit « zéro pomme » est à la fois traumatisme et forme de pensée fréquente en mathématiques, mais qui supposent tous deux d'être explicités. En nombre, on aurait donc :

$$5 - 3 = 2,\ 5 - 4 = 1 \text{ normalement, et } 5 - 5 = 0$$

pour *prolonger* la signification des différences.

Dans un premier temps, zéro ne prend donc de sens qu'à partir du moment où sont abordés les nombres de deux chiffres, comme marque d'une place vide. C'est ce chiffre qu'on n'entend pas, le « chiffre du silence ».

Dans les calculs de :

$$\begin{array}{r} 4\ 3 \\ +\ 2\ 0 \\ \hline \end{array} \quad \text{ou de} \quad \begin{array}{r} 4\ 5\ 0\ 7 \\ +\ \ 2\ 3\ 1 \\ \hline \end{array}$$

dire « trois plus zéro » n'a pas beaucoup de sens ; on le dit quand même, mais en toute rigueur, on devrait simplement reporter le 3. Il faut bien comprendre que ce zéro/chiffre n'est là que pour marquer une place vide, et que tout se passe comme si on avait par exemple :

$$\begin{array}{r} 4\ 3 \\ +\ 2\ * \\ \hline \end{array} \quad \begin{array}{r} 4\ 5\ *\ 7 \\ +\ \ 2\ 3\ 1 \\ \hline \end{array} \quad \text{ou mieux encore} \quad \begin{array}{r} 4\ 3 \\ +\ 2\ . \\ \hline \end{array} \quad \begin{array}{r} 4\ 5\ .\ 7 \\ +\ \ 2\ 3\ 1 \\ \hline \end{array}$$

3. La question de l'abstrait et du concret

Il s'agit là d'un changement de mentalités.

Concret devrait être remplacé par « représentable », « sensible » ; et dans « sensible », il y a « sens ». Il est bien évident que le nombre 7, supposé abstrait, est bien plus sensible que « cent quarante-six pommes », nombre-de supposé « concret » ; mais, de plus, le nombre « cent quarante-six » est lui-même plus sensible que « cent quarante-six pommes », nombre-de, tas informe, ou imaginé par cageots, mais de combien, etc. Si c'est pour aider à comprendre la numération, l'aspect anecdotique du nombre-de fait exactement le contraire, puisqu'il éloigne de son sens. Ce n'est donc pas sur lui qu'il faut fonder un apprentissage du nombre.

Les nombres-de inorganisés obligent justement à compter ; il suffit de s'assurer qu'on sait le faire, en le vérifiant sur des « tranches » comportant des passages délicats. Quand le nombre n'est pas trop grand, le tissage entre cardinal et ordinal est d'un effet saisissant : on peut « voir » quarante-trois tout de suite : on aura compté un, deux, trois quatre, *quarante*, et *trois*, « quarante-trois ». Puis on recommence, cette fois de un en un en pointant chaque « un » : et comme les enfants adorent compter, on les fait compter en chœur jusqu'à quarante-trois...

On peut aussi insister, à partir d'un même nombre, et selon les occasions qui en sont données, sur la disparité qualitative de ses diverses incarnations en nombre-de : place occupée par quarante-trois éléphants, ou souris, lourdeur de quarante-trois citrouilles, ou grains de sable, etc., beaux exercices de langage, voire de transversalité.

Pas de bottes de radis, de perles, de billes, de boîtes, de valises, de caisses. Tout l'incroyable attirail qui, depuis l'école, est supposé « concrétiser » les nombres, et qui ne fait qu'en éloigner, tout ce qui met une distance entre l'énonciation et l'écriture, tout ce qui oblige à des comptages obsessionnels doit tomber dans les archives de l'Histoire. C'est cet aspect *primaire* qui englue les intelligences dans une concrétude qui s'est aggravée depuis que déjà, dans *Échec et maths*, j'en dénonçais les effets dévastateurs ; une relation *première* au nombre doit pouvoir donner au nombre naturel de l'enfance le même statut que tous ceux qu'il rencontrera dans des études *secondaires* ou énièmes.

Jean-Pierre Terrail[9], dans le constat qu'il fait de la permanence voire de l'aggravation de l'inégalité scolaire, rapporte, les observations qu'Amandine Bebi[10] a collectées dans une enquête ethnographique sur une ZEP de la banlieue parisienne. Deux institutrices, particulièrement attachées à tirer les enfants de leurs difficultés, à les faire réussir, « pratiquent de façon convaincue ce que l'on pourrait appeler *une pédagogie du concret* ». Plus elles s'empêtrent avec un petit Oumar en CE1, auquel il est demandé « dans 37 tu as combien de billes, de boîtes et de valises ? », plus elles cherchent encore à concrétiser : ce sont alors des chaussettes dans les tiroirs à chaussettes, des pulls dans les tiroirs à pulls... Et c'est à grandes enjambées de bottes prises dans le placard des bottes de trente-sept lieues que s'échappe le sens...

Pour la suite, on pourra voir *Comptes pour petits et grands*[11]. On entre à proprement parler dans le *système* décimal quand on sait que dix « dix » font une nouvelle unité qui est « cent », parce que c'est seulement alors qu'apparaît la *répétition* du procédé. Et là, plus de représentations. Rien ne donnera l'idée de cent, qui en nombre-de est trop hétérogène — cent maisons, cent poussins, cent kilomètres, cent personnes, cent points, cent pastèques. L'important est désormais de savoir lire/écrire un nombre, l'essentiel étant d'avoir compris la merveille qu'est la numération de position, qui consiste à *interpréter* un même signe selon sa position.

S'arrêter à « mille » est absurde. Savoir lire un nombre de trois chiffres permet de les lire tous. Les « mille » sont une nouvelle classe de nombres, et non la « prolongation » des « unités dizaines centaines », vocabulaire qui n'a de sens qu'avec l'analyse des grands nombres. « Dizaine » prend son sens si on peut parler de dizaines de mille, de millions, de milliards, etc. À ce moment-là, « dix » peut apparaître comme une dizaine particulière, une dizaine de « uns ». Même chose pour les centaines, les unités. Maîtriser la numération suppose de comprendre sa double organisation systématique — en classes, et places — et seuls les grands nombres le permettent vraiment.

Par ailleurs, la « rétention d'information » sur les nombres de plus de quatre chiffres empêche qu'une expérience du nombre se constitue vraiment, à moins d'obliger le monde qui nous entoure à s'y limiter.

Remarque importante

La question de l'*interprétation* abordée plus haut de manière rigolote avec les nombres « rigolos » est primordiale. Il faut comprendre que ces neuf nombres

1 2 3 4 5 6 7 8 9

ne sont « fiables » que comme cela, tout seuls, ou en dernière position d'un entier (quand ils disent la vérité). Autrement, il faut les interpréter : ce même 3 familier, qui vaut 3 « uns » ne voudra plus rien dire de tel aussitôt qu'il sera pris dans des écritures telles que :

37 : 0,0**3** ; 5^3, 5/**3**, – **3**, $\sqrt{\mathbf{3}}$, etc.

Le *premier* exemple que les enfants ont de l'aptitude du signe/chiffre à signifier différemment selon la façon dont il s'inscrit dans l'écriture est celui de la numération. C'est dire s'il est important qu'il y ait un lien direct entre repérage de la position et énonciation. Il faut pouvoir dire que le « 3 » de 47 538 649 vaut « trente mille », le « 5 » « cinq cent mille », etc., *sans intermédiaire* chosifié ou prothétique (tableau).

4. La question des opérations et des calculs

a) *Distinguer* opération et calcul : distinction majeure[12], puisque son absence hypothèque toute possibilité de permettre à l'élève de distinguer raisonnement, et « techniques opératoires » — qui sont donc plutôt des techniques calculatoires ; elle empêche aussi tout travail fécond sur les erreurs.

Une *opération* est la mise à exécution d'une décision qui ne laissera sur le papier qu'une trace, son signe : +, ×, –, signes respectivement de l'addition, de la multiplication, de la soustraction.

La décision est prise en réponse à une question posée, faisant intervenir deux nombres — ou nombres-de — à partir desquels sera constitué un troisième, qui sera leur somme, leur produit ou leur différence.

Il est indispensable que chaque opération soit accompagnée de sa raison d'être, de son sens, qui n'est jamais expliqué aux petits ; quitte pour cela à devoir expliciter l'artifice du prétexte scolaire : on invente que *deux classes, l'une de 24 élèves, l'autre de 18 élèves partent en pique-nique, combien faut-il prévoir de petits pains* ? etc. On s'exerce, on apprend à utiliser des outils à partir de fictions plus ou moins vraisemblables, mais une fois compris leur usage, il se trouve qu'ils sont prêts à servir dans la réalité, quand elle se propose sous forme de problème à résoudre.

En attendant, il faut que les enfants s'habituent à considérer qu'écrire :

$$24 + 18,$$

c'est avoir *fait* quelque chose, qui s'appelle une addition, et que le temps nécessaire à la *faire* se limite à celui qui a servi à tracer le signe « + » ; en revanche, la réflexion qui a précédé cette décision consiste à avoir cherché comment répondre à une question préalablement posée ; une fois décidé qu'il faut « vingt-quatre *et* dix-huit » petits pains, la traduction mathématique en sera « 24 + 18 » qui s'appelle une *somme*, et qui est un nombre parfaitement fixé, qu'on pourrait livrer tel quel au boulanger : « Monsieur, nous voudrions "vingt-quatre plus dix-huit" petits pains. »

Le *calcul* de cette somme, qui pourrait être confié à une machine, consiste à donner à 24 + 18 la forme habituelle d'un nombre écrit dans le système décimal ; soit 42.

Donc, on opère d'abord, on calcule ensuite. Il importe de savoir très tôt qu'on peut opérer sans calculer — le demi-périmètre d'un rectangle s'écrira L + l, somme des dimensions qu'on a additionnées.

C'est pourquoi il vaut mieux n'aborder la première opération qu'est l'addition que lorsqu'on sait écrire des nombres de deux chiffres, de façon que la résistance de la matière permette de distinguer opération et calcul.

b) Addition et multiplication sont des opérations *directes*, soustraction et division des opérations *inverses*. Il y a lieu de distinguer ce qu'elles impliquent comme démarches de pensée (voir plus loin § II, pour la langue, B pour la progression).

Il est bien évident qu'il ne faut pas avoir recours aux calculatrices.

c) La distinction entre calcul mental, qui se fait dans le sens de l'énonciation, et calcul écrit, qui se fait en sens inverse, faisant perdre aux chiffres leur signification, est essentielle.

Mentalement le calcul de 37 + 38 se fera en disant : trente et trente *soixante*, sept et huit *quinze*, donc « soixante-quinze », qui, justement se dit et s'écrit 75 ; 27 + 38 donnerait « cinquante-quinze », qui ne se dit pas, et se rétablit en soixante-cinq/65.

Mais par écrit, on dira : sept et huit quinze, je pose le cinq et je retiens *un* ; puis

deux et *trois, cinq*, et *un*, *six*,

je pose le *six*, d'où 65. Or tous les mots numéraux qui sont en italique ne « disent pas la vérité » : on ne perçoit plus qu'il s'agit de « je retiens dix », et non plus de

« vingt et trente, cinquante, et dix, soixante ».

Le fait de passer sous silence cette distinction fait que la majorité des enfants font du pseudo-calcul mental, c'est-à-dire du calcul écrit non posé, et marmonnent « ... et je retiens 1, puis deux et trois ... », etc.

5. La question de l'argent

À proscrire en cycle 2 ! S'il le faut absolument, que l'argent ne soit abordé qu'en fin de CE1, *à partir d'une initiation* : expliquer ce que représente l'argent, un échange — pas entre pièces et billets ! —, mais entre travail et consommation de biens. Moyennant quoi on souhaite du plaisir aux maîtres ou maîtresses qui ont des élèves pauvres, ou dont les parents sont chômeurs, etc.

Le mieux est de laisser la question de côté jusqu'au cours moyen, où quelques problèmes de « vie quotidienne » pourront mettre à l'épreuve ce que l'élève aura appris, d'une part de l'usage des opérations et problèmes, d'autre part d'un début d'« expérience de vie ».

6. La question des mesures

Pas de mesures en CP. Avant une maîtrise de la numération, tout se mêle et s'emmêle.

Distinguer discret et continu. On peut en début de CE1 commencer par utiliser le compas pour une relation *qualitative* aux longueurs, puis quantitative à partir d'une longueur de segment proposée comme unité. Comprendre qu'une règle *compte* des centimètres et nous laisse le soin de compter les millimètres n'est pas facile.

La mesure à la règle joue à l'école le même rôle que le comptage, elle semble être l'alpha et l'oméga d'un savoir élémentaire sur les relations entre des longueurs, donc sur les particularités géométriques de certaines figures : on reconnaît des carrés et des rectangles en regardant ou mesurant. La géométrie n'a pas été abordée ici, mais il ne faut pas s'étonner de voir des collégiens vouloir mesurer quand on leur demande de *démontrer* une égalité de segments, ou dire qu'elle se voit.

Il faut, évidemment, connaître *tous* les préfixes décimaux.

La question des masses n'est pas non plus facile : l'équivalence de masse entre un caillou et des unités qui *sont hors de lui* — alors que pour les longueurs elles s'inscrivent comme segments de longueur unité dans le segment à mesurer — a besoin d'explicitations.

7. La question des problèmes

a) Des problèmes honnêtes ! On apprend à raisonner sur du solide, avec des énoncés consistants, la règle du jeu étant précisément que *toutes* les informations de l'énoncé doivent servir à la recherche de la solution. Pas de pièges, pas d'informations surabondantes, manquantes, pas d'épousailles entre deux énoncés, pas d'interversions entre énoncés et solutions, pas de questions intermédiaires, pas d'énoncés à « inventer » qui sont de dérisoires reproductions de ceux qui ont été vus en classe. Pas de « tartines » de textes dans lesquels la question, quand il y en a une, se noie, ce qui fait dire que les enfants échouent parce qu'ils sont faibles en français !

Depuis que « l'effet âdécé » a fait proliférer toutes ces créatures tératologiques la situation n'a fait qu'empirer.

b) Pas de dessins qui remplacent une matérialisation des objets : ajouter vingt-cinq gâteaux à trente-six gâteaux en dessinant vingt-cinq et trente-six gâteaux reste du comptage mécanique : il faut alors compter 25, puis 36, puis le tout ; on aura donc compté 122, et relégué tout raisonnement pour quand on sera intelligent.

Les mathématiques sont un art du remplacement de la matière par des idées, des raccourcis. Avec des dessins « réalistes », on n'a pas besoin d'elles.

c) Pas de prise en charge des problèmes domestiques des Dupont ! À part périr d'ennui, ils n'apportent rien au présent, et donc, en conséquence, au futur. L'enfant n'est pas un adulte en réduction, cela fait plus de cent ans qu'on nous le répète.

Et je persiste à croire qu'il est parfaitement indécent de proposer des achats de superflu à qui n'a parfois même pas le nécessaire.

> « Dans une cité de Metz ou dans un abri de fortune à Thiais (Val-de-Marne), les enfants partagent les angoisses de fin de mois de leurs parents. »
>
> « Anaïs, 4 ans, regarde avec inquiétude sa maman noircir un livre de comptes[13]. »

Est-ce à cette enfant qu'on proposera quelques années plus tard de s'« acheter le plus possible de bonbons » avec son « argent de poche », à moins que pour s'occuper elle ne s'amuse à aller l'échanger contre des billets de 5 euros ?

Laïciser une pédagogie vouée à l'argent, qui ne contribue qu'à accentuer les fractures sociales sans aucun bénéfice de savoir paraît une urgence citoyenne.

II - LA LANGUE

a) Ce qui se conçoit bien s'énonce clairement, dit Boileau. On peut aider la réciproque à être vraie : ce qui s'énonce clairement contribue à bien concevoir, même si les mots pour le dire n'arrivent pas aisément. J'ai pu, sur des formations longues[14], constater à quel point l'habitude de certaines formulations inadéquates rend difficile une autre façon de s'exprimer.

On aura vu au courant des chapitres précédents à quel point il est pourtant indispensable de rendre salubre la langue utilisée dans les classes ; on peut pour cela essayer de se débarrasser progressivement d'un certain nombre d'expressions qui font régner du flou. Il faudrait donc :

Ne plus dire	mais plutôt	Dire
écrire **en lettres**		écrire en mots
dictée de **chiffres**		dictée de nombres
pose ton **opération**		pose ton calcul
49 + 23, c'est une **addition**		c'est une somme
49 × 23, c'est une **multiplication**		c'est un produit
49 − 23, c'est une **soustraction**		c'est une différence
calcule — ou compte — ton opération		calcule cette somme, ce produit, ou cette différence

En particulier :

* pour 49 + 23, qui est une *somme*, 49 et 23 sont les *termes* de la somme

* pour 49 − 23, qui est une *différence*, 49 est le *premier* terme de la différence, et 23 le *second*

* pour 49 × 23, qui est un *produit*, 49 et 23 sont les *facteurs* du produit : facteur vient du verbe faire, et sa signification en langue mathématique fait cruellement défaut au collège.

b) Il ne faut pas accepter, sous prétexte de commutativité en nombres, une formulation inadéquate pour un produit : « 3 fois 5 », c'est « 5 multiplié par 3 » : deux façons différentes de dire la même chose, de rendre compte de la même organisation. 3 piles de 10 assiettes ne sont pas disposées comme 10 piles de 3 assiettes ; n'allez pas dire à un restaurateur que c'est pareil, sous prétexte que dans les deux cas « ça fait 30 » ! Négliger la cohérence entre ce qui se voit et se dit, ou entre ce qui, dans un énoncé, est proposé comme organisation est un processus efficace de destruction du sens.

De plus, il n'y a aucune raison d'imposer ou de proscrire une formulation (chapitre XI).

On a vu (chapitre XIII) l'importance de la langue mathématique et de la langue courante pour parler et en parler. *Distinguer deux* langues permet de distinguer deux domaines d'effectuation de la pensée. Combien de résolutions de problèmes d'algèbre ne sont que traduction en langue mathématique d'une « histoire » exposée en langue courante ! L'accent porté sur la notion de traduction se fait dès le CP, les enfants adorent dire, quand c'est le cas, qu'ils parlent — ou écrivent — en langue mathématique.

B — La manière

1. En CP et CE1, il n'y a pas d'erreurs

Il n'y a pas d'erreurs, il n'y a qu'apprentissage et réactions des enfants. Je ne reviens pas sur tout ce qui en a été dit au chapitre précédent. Cette manière suppose bienveillance et patience infinies.

Pas de surcharge des réponses fausses en réponses justes : il faut mettre en évidence les erreurs, par le moyen qu'on voudra, et puisqu'il en sera sereinement parlé, les enfants n'ont plus la moindre honte à en faire état. Ils peuvent ensuite en prendre la correction, ou la correction peut figurer à côté.

Pas de repérage d'« erreurs » inventées par des adultes nostalgiques d'une seconde jeunesse. Il y a bien assez à faire avec les vraies, les vivantes produites par les enfants eux-mêmes.

Pas de « consigne ».

Pas de « regarde le modèle et fais pareil ».

Nous sommes en mathématiques : rien de ce qui se fait ne doit être rapporté à une règle sans avoir préalablement eu sa justification. Nombre d'enseignants m'ont confié qu'ils expliquaient *comment* il fallait faire, mais assez rarement le pourquoi. C'est le moment de s'interroger sur la raison d'être de quelque processus que ce soit demandé ou imposé aux enfants.

Pas de prime à la rapidité : j'ai sous les yeux une grille de 4 colonnes de 7 « opérations » — en fait des calculs — en CE2, intitulée :

« Effectue le plus d'opérations possibles en 4 minutes »,

une chance, car elle était initialement de 1 minute ! Sommes, produits et différences à calculer, ce devrait être un travail paisible. La question étant de savoir comment on va occuper ceux qui vont plus vite que les autres. Ils en feront plus, seront félicités, et ce sera très bien. Sans que cela pénalise les autres.

2. Progression

Numération : on aura pris le temps qu'il faut pour qu'elle soit solide, transparente.

Les opérations

a) Ce seront d'abord les opérations directes.

Aussitôt qu'on sait lire/écrire des nombres de deux chiffres, on peut aborder l'addition : sa signification en tant qu'opération, les modes de calcul, à partir de représentations, d'énonciations et d'écritures qui mettent très vite en jeu les deux sortes de démarches calculatoires.

Très vite la multiplication : opération à part entière, qui ne fait que *compter* des groupes contenant le même nombre d'unités. Il est inutile, et nuisible de passer par l'addition (on a 30 classes de 24 élèves, faudra-t-il écrire 24 + 24 + 24 + 24 + 24 + 24... ? ; on a 16 piles de 15 assiettes, faudra-t-il écrire 15 + 15 + 15 + 15 + 15 + 15... ?). Outre que la spécificité de l'opération disparaît, tout calcul de produit — et les fameuses tables de multiplication — est rapporté à des sommes, et donc encore et toujours à du comptage.

Addition et multiplication permettent de décrire toute quantité existante telle qu'elle se présente à l'école élémentaire : dans une classe, il y a cinq tables de trois élèves, et quatre tables de deux. Combien d'élèves en tout ?

Traduction de :

cinq fois trois et quatre fois deux :

$$\underset{f}{5 \times 3} \quad + \quad \underset{f}{4 \times 2}$$

Ou si l'on préfère :

trois multiplié par cinq et deux multiplié par quatre

$$\underset{m}{3 \times 5} \quad + \quad \underset{m}{2 \times 4}$$

Ces deux opérations directes, qui sont la matrice de toutes sortes de problèmes, décrivant, encore une fois, une quantité effective (même si elle est réponse à une question) apportent aux enfants la maîtrise d'une mathématisation du quantitatif.

On constate alors que des mixtes de sommes et de produits amènent des enfants de CE1 à se repérer dans des expressions où le mot « priorité » n'a même pas à être prononcé. Ils ont appris à lire.

b) Pas d'opération à trous. Elle n'a de sens que lorsqu'on aborde l'opération inverse dont elle est une expression.

Il faut rendre indissociables les écritures :

$$7 + ? = 12$$

et

$$? = 12 - 7.$$

C'est donc sous ce double abord que se présentera la soustraction.

En définitive

Ces quelques considérations ne sauraient être exhaustives. J'espère simplement qu'elles pourront aider celles et ceux qui le voudront à une reconsidération de la matière et de la manière, reconsidération qui partout où elle est tentée s'est avérée féconde. Je les dédie à tous ceux qui ont envie de faire reculer les échecs, et d'offrir aux petits des mathématiques qui contribueront à édifier celles qui leur seront proposées une fois devenus grands.

Notes

INTRODUCTION
Comment des lycéens parvinrent à « ébouriffer » un académicien

1. *Dictionnaire de mathématiques élémentaires*, Paris, Seuil, 1992 et 1995.

2. Henri Lebesgue (1850-1941), « grande figure des mathématiques », en même temps qu'« homme particulièrement attachant, et particulièrement attaché à son enseignement ».

3. Laurent Schwartz (1915-2002), médaille Field en 1950 (plus haute récompense internationale en mathématiques).

4. Débat organisé et animé par Antoine Spire, à l'occasion de la Semaine de la science, en janvier 1995, à Saint-Michel-sur-Orge, avec Alain Connes, professeur au Collège de France, et Michel Demazure, directeur du palais de la Découverte.

5. Au cours de la Journée des inspecteurs de l'Éducation nationale, à l'Institut de France, le 16 décembre 1997. Y intervenaient M. Marcel Duhamel, directeur des Écoles, MM. Gustave Choquet et Roger Balian, membres de l'Académie des sciences, Jean-Pierre Kahane, correspondant de l'Académie des sciences, et Laurent Schwartz.

6. Une cassette du débat me permet de restituer fidèlement les propos tenus.

7. Il s'agit évidemment de l'« automate en ma*th*ématiques », apparu dans *Échec et Maths* (Paris, Seuil 1973, plusieurs rééditions en « Points Sciences »).

8. Il s'agit d'une « expérience » tentée dans les années 1980 par des professeurs d'IREM (Institut de recherche pour l'enseignement des mathématiques).

9. Voir chapitre IX.

10. Colloque qui s'était tenu en mars 1993, organisé par François Kalavassis de l'Université d'Athènes, et qui comportait comme intervenants français Marc Fort, Georges Collonges, Dominique Glasman, et moi. Les actes,

rendant compte des communications des trente intervenants, sont parus en 1994, et en grec.

11. En grec les *frontistirion.*

12. En particulier Didier Dacunha-Castelle, *Peut-on encore sauver l'École ?*, Paris, Flammarion, 2000 ; Claude Allègre, *Toute vérité est bonne à dire,* Paris, Robert Laffont/Fayard, 2000, *Vive l'école libre !*, Paris, Fayard, 2000.

13. Selon une enquête réalisée par le magazine *Challenges* n° 197 du 20 mars 2003, sur 6 millions de collégiens et lycéens, un tiers environ font appel à une aide extérieure.

14. Claude Allègre, *Toute vérité est bonne à dire, op. cit.*, p. 248.

15. En particulier dans *L'Âge du capitaine* et *C'est-à-dire,* tous deux parus aux éditions du Seuil.

16. Nombreuses sont les publications déplorant un état de fait de plus en plus inquiétant, en particulier celles de l'Association des professeurs de mathématiques de l'enseignement public (APMEP), qui a fait circuler au début de l'année 2000 une pétition où elle « constate une dégradation alarmante dans les conditions de la formation en mathématiques des élèves de l'enseignement secondaire, s'alarme de la désaffection des jeunes pour les études scientifiques », et demande des moyens pour y remédier.

17. Voir *Comptes pour petits et grands*, Paris, Magnard, 2003.

CHAPITRE I

Des fractions selon Gilles ou des fractures du sens

1. Encore faut-il cependant prendre en compte les avertissements d'un certain nombre d'entre eux face à la situation actuelle. Par exemple Jean-Pierre Kahane dans une interview donnée à *La Citoyenneté*, en novembre 2000 : « Il n'y aura pas de médailles Field françaises dans 25 ans si on ne remonte pas le niveau actuel des mathématiques en France. »

2. Nathalie Sarraute, *Enfance,* Paris, Gallimard, 1983.

3. « La multiplication a priorité sur l'addition ou la soustraction », règle à apprendre pour éviter de penser que dans l'expression de $a = 10 - 3 \times 5$, « 10 – 3 » est effectuable, et que a égale donc 7×5 ; terminologie pathogène, et néanmoins en usage, qui amène, par exemple, certains élèves à croire qu'il faut commencer par 3×5, et que donc $a = 15 - 10$.

4. Ce n'est pas une faute d'orthographe, mais un néologisme, qui voudrait dire « une réponse automatique en réponse à une question de mathématiques ».

5. Lucien, par exemple (*cf.* introduction, p. 9) s'est trompé *d'opération*, ayant effectué une multiplication au lieu d'une soustraction ; mais le *calcul* du produit obtenu est juste.

6. La division est maintenant au programme du collège.

7. Mot que j'utilise pour distinguer les divisions/partages, des divisions euclidiennes, répartitions.

8. Il faudrait parler de quotient, produit et somme.

9. Je suppose que ce sont les « premièrement on renverse une fraction », puis un « *deux*ièmement », et « *trois*ièmement » qui m'ont « inspiré » les multiplications par 2 et 3 de cette « règle » improvisée.

10. Ce n'est, bien sûr, pas la première, mais la seconde qu'il faut « renverser ». La « théorie », évidemment, parvient très vite et très bien à montrer l'équivalence entre division et multiplication par l'inverse. Mais ici, pour rendre les choses sensibles, il suffit de constater qu'en réduisant 3/4 et 5/7 au même dénominateur, leur quotient n'est donc plus que celui de leurs numérateurs. *Tout se passe alors comme si* la première fraction se trouvait multipliée par l'inverse de la seconde.

11. Cela va parfois jusqu'à remplacer par exemple 3/8 par 1,5/4.

12. Sculpteur français, né en 1921, qui s'est rendu célèbre par ses « compressions ».

13. Le dernier signe « = » est de la main du professeur.

14. D'autres phénomènes se manifestent, tout aussi lisibles : la rétention de calculs, qui lui fait écrire, en A, un 7 qui ne « deviendra » 245 qu'une ligne trop tard, en B, un 1 qui « deviendra » 12, comme plus haut le 1/2 – 14 calculé tout seul, puis la suite. Traces d'une chronologie dans le calcul héritée, comme pour Gilles, des « petites » classes.

15. Accompagnement des programmes du cycle central, 5e, 4e.

CHAPITRE II

De quelques enchevêtrements des « quatre règles »

1. *Être et avoir* : documentaire de Nicolas Philibert, qui a, à juste titre, déclenché un débat sur la vision qu'il donne de l'école en général, et de la classe unique en particulier *(Télérama* n° 2755*)*.

2. Voir l'annexe.

3. Il s'agira ici de la première, soit de $(a + b)^2 = a^2 + 2ab + b^2$.

4. L'algorithme « mécanique » s'effectue en sens inverse de l'écriture, alors que la distributivité, numérique ou numérale, s'effectue dans le sens de l'écriture.

5. On peut, bien sûr, dans le « ab + ba » central rencontrer des turbulences, genre a^2b^2, ou autres.

6. J'ai coutume d'entourer une erreur, et de l'orner de « piquants », que je commente — gentiment — en expliquant pour quelle raison je le fais : la mettre en évidence pour pouvoir en discuter, en trouver les raisons, ce qui amène plus ou moins rapidement à ne plus avoir à s'y « piquer ».

7. Mais sans le point au bout de 37, qu'il va rajouter tout à l'heure.

8. Il se trouve que c'était un jeune garçon, lequel n'était autre que mon fils.

9. Voir Jean-Pierre Terrail (sous la dir. de), *La Scolarisation de la France,* Paris, La Dispute, 1997.

10. Propos tenus par un professeur d'université dont la grand-mère était institutrice, destinés à contester l'incidence du nombre d'élèves par classe sur l'efficacité des résultats.

11. De très jeunes enfants peuvent reconnaître l'invraisemblance d'un résultat : un nombre impair de fois 5 ne peut donner un multiple de 10, et 8 étant « trois fois pair » puisque égal à 2 × 2 × 2, il n'existe aucun résultat impair dans la table des 8.

12. On parle de l'élégance d'une démonstration, de la beauté d'une formule, sans compter, évidemment, les « objets » beaux par eux-mêmes, en analyse, en géométrie, etc.

CHAPITRE III
Ce qu'il advint d'une petite fille et d'un modèle

1. On définit ainsi une addition non commutative des plus réjouissantes. Si on veut qu'elle le soit, les conditions deviennent plus restrictives, il faut que les nombres aient les mêmes chiffres, mais intervertis, comme 35 et 53, ou 29 et 92 ; auquel cas la somme devient un multiple de 11, etc.

2. Nous savons qu'il ne s'agit pas de poser des additions — c'est déjà fait par les rédacteurs de l'énoncé — mais de calculer des sommes.

3. Logiciel d'aide à l'analyse des réponses aux exercices de l'évaluation nationale ; le code correspond aux réponses justes, qui sont comptabilisées en « réussites » (1 ou 2), ou fausses (9), « échecs » ; entre les deux, il y a les « erronées » ; (0), enfin, pour les non-réponses. Il s'agit ici d'exercices donnés lors d'évaluations nationales en début de CE2.

4. Voir l'introduction, p. 9.

5. Je rappelle cette histoire que raconte Freud dans *Le Mot d'esprit et sa relation à l'inconscient,* Paris, Gallimard, « Folio ». « A a emprunté un chaudron à B, et le lui rend avec un gros trou ; quand celui-ci le traduit en justice, A se défend : *Primo, je n'ai jamais emprunté de chaudron à B ; secondo, le chaudron avait déjà un trou lorsque B me l'a donné ; tertio j'ai rendu le chaudron en parfait état.* »

6. Pour une description détaillée de la manière dont on peut travailler cette question avec les enfants, voir Baruk, 2003, tome 2.

7. Que de fois dans les problèmes, des élèves posent par exemple 379 – 542, et, mis au pied du mur pour 5 ôté de 3, diront 5 ôté de 13 ; centaine « empruntée » qu'ils ne sont pas gênés de ne « rendre » à personne.

8. Orthographe voulue pour « traumatisme mathématique ».

9. « L'absentéisme à l'école », *Envoyé spécial*, France 2, le 19 avril 2001.

CHAPITRE IV
Les malheurs d'Amélie

1. *L'Âge du capitaine*, *op. cit.*, chapitre « Les malheurs de Sophie ».

2. Sans compter nombre de relations complexes, écarts, proximités, analogies, antilogies, etc.

3. Pour établir un parallèle avec l'« illettrisme », il faudrait parler d'« inchiffrisme » ; mais le mot sonne mal, et par ailleurs, la littérature anglo-saxonne dispose du mot *innumeracy*, pour dire la même chose.

4. Voir l'article « Zéro » du *Dictionnaire* (Baruk, 1995).

5. Tobias Dantzig, *Le Nombre, langage de la science*, traduit par G. Gros, Paris, Blanchard, 1974.

CHAPITRE V

De quelques langues qui comptent dont la nôtre

1. Il n'est pas que les enfants qui se vantent de savoir compter. Un père me racontait, ravi, que son fils savait compter jusqu'à mille, car il l'avait entendu le faire.

2. En prenant en compte, bien sûr, les irrégularités de la langue numérale, qui s'« ajoutent » aux mots désignant les unités successives du système décimal.

3. Il est avéré que face aux comptages d'étoiles ou de perles précédents, des enfants — ou des adultes — un peu anxieux s'y reprennent à plusieurs fois, trouvant chaque fois un résultat différent.

4. C'est ce qu'on appelle un nombre « marginal », Thomas Crump, *Anthropologie des nombres,* Paris, Seuil, 1995.

5. En 1977, dans *Fabrice ou l'école des mathématiques*.

6. C'est Al-Biruni (973-1048), « savant universel » d'origine iranienne, philosophe, astronome et mathématicien.

7. Cité par Geneviève Guitel, *in Histoire comparée des numérations écrites*, Paris, Flammarion, 1975.

8. Z. P. Dienès, *La Mathématique vivante, Nombres naturels entiers rationnels*, Paris, OCDL, 1972.

9. En base cinq, ce qui correspond aux dizaines est cinq, aux centaines, le carré de cinq soit vingt-cinq, aux milliers, le cube de cinq, soit cent vingt-cinq.

10. Les italiques sont de l'auteur.

11. Un cube de cinq plaques est donc remplacé par quatre plaques, la cinquième étant remplacée par cinq barres ; mais une de ces barres est à son tour remplacée par cinq « unités ». D'où à la place du cube quatre plaques, quatre barres, et cinq unités. Autrement dit : $5^3 = 4 \times 5^2 + 4 \times 5 + 5$, soit encore $125 = 4 \times 25 + 4 \times 5 + 5$

12. Du grec *stereos*, solide.

13. Certaines langues disposent de ce que Marcia Ascher appelle des « classificateurs », langues pour lesquelles sont liées quantité et qualité. Par exemple, « cinq montagnes » serait évoqué en un seul mot, différent de celui qui signifie « cinq fleurs ». Marcia Ascher, *Mathématiques d'ailleurs,* Paris, Seuil, 1998.

14. Si l'on voulait considérer que « sept cents », par exemple, c'est sept fois cent, il faudrait considérer que sept, tout court, c'est sept fois un. En fait « sept cents » est obtenu par comptage de cents, tout comme sept est obtenu par comptage de « uns ».

15. Voir Geneviève Guitel, *Histoire comparée des numérations écrites*, *op. cit.* ; Karl Menninger, *Number Words and Number Symbols,* Cambridge, MA, MIT Press, 1969 (original allemand 1958).

16. *Aïnu* signifie « homme ». Aïnus est le nom donné à diverses tribus de chasseurs et de pêcheurs d'origine paléo-sibérienne — en particulier des îles Sakhalin — qui n'ont pas d'écriture. Ils seraient en voie de disparition.

17. Le mot irlandais pour dix est *deec*, soit « deux cinq ».

18. Il s'agit de 2 pour aller à 10 dans la seconde dizaine. Tous les comptages de 11 à 19 se font en anticipant la dizaine supérieure.

19. Il m'a par exemple été demandé par des pédagogues bien intentionnés ce que je pensais de méthodes d'enseignement de la numération utilisant des comportements d'hommes primitifs, ne disposant pas encore des mots, et par exemple répétant un son autant de fois qu'il le fallait pour signifier un « nombre ».

20. À Athènes, avant l'utilisation des lettres de l'alphabet pour représenter les chiffres, certains sont l'initiale du mot numéral correspondant : on utilisait Δ pour dix (déca), H pour cent (hecto), X pour mille (khilo), M pour dix mille (myria).

21. Écriture hiéroglyphique égyptienne.

22. En fait, les raisons sont nombreuses.

23. Il y a évidemment longtemps que j'attire l'attention des uns et des autres dans mes enseignements ou publications.

24. Voir François Le Lionnais, *Les Nombres remarquables,* Paris, Hermann, 1983.

25. Nombres qui, lus dans les deux sens, gardent la même valeur comme 55, 161, 3773, etc.

26. Ce sont des nombres premiers uniquement écrits avec des 1 ; après 11, il y a ceux qui s'écrivent avec dix-neuf, vingt-trois, trois cent dix-sept « 1 » ; on ignore s'il y en a une infinité.

27. Par exemple, factorielle de 7, qui s'écrit 7 !, est le produit des entiers depuis 1 jusqu'à 7 ; soit donc $7 ! = 1 \times 2 \times 3 \times 4 \times 5 \times 6 \times 7$. Voir Baruk, 1995, article « Factorielle ».

28. Usuellement, ces classes sont celles des mille, millions, et milliards, dans lesquelles se reproduit une organisation en places, celle des « unités », des « dizaines », des « centaines » ; de plus, ce mot d'« unités » est sujet à toutes sortes de tribulations ultérieures — les unités du système métrique ou celles, arbitraires, d'un groupement quelconque. Pour toutes ces questions, voir Baruk 2003, vol. 1.

29. Il a été proposé à une petite élève de CE1. C'est sa maman qui a reproduit ses réponses et me les a apportées. Pour mon édification, elle avait ajouté cette indication, ne figurant pas sur la consigne : *d* : dizaine *u* : unité.

30. J'avoue pour ma part ne pas savoir très bien comment procéder à cette « continuation ». 2*d* et 3*u* étant supposé vouloir signifier 23, fallait-il continuer par 2*d* et 4*u* (24) ou par 3*d* et 3*u* (33), ou par 3*d* et 4*u*, 4*d* et 5*u*, hypothèse correspondant à l'interprétation de la petite fille.

31. Je ne suis pas sûre d'être « moderne » avec cette grammaire qui doit, elle aussi, dater...

32. Ceux qui s'écrivent avec un même chiffre qui se répète. Voir Baruk, 2003, vol 1.

33. À l'époque, il avait fallu, comme plus haut, « baptiser » les groupements avec leur valeur propre — *quatraine, seizaine,* etc. — pour arriver à faire comprendre ces systèmes muets.

34. En France, en Belgique, en Suisse...

CHAPITRE VI

Avatars de la quantité et aventures du nombre

1. Questionnaire que je propose depuis une vingtaine d'années dans presque toutes les formations d'enseignants que j'ai effectuées, et depuis une dizaine d'années par écrit. Les réponses sont anonymes. Voir Baruk, 2003, vol. 1.

2. Les réponses orales ou discussions sur la nature des nombres confirment cette répartition.

3. L'emploi courant de « chiffre » à la place de « nombre » a lui-même des raisons qui plongent leurs racines dans un passé très ancien.

4. Christian Houzel, « Qu'est-ce qu'un nombre ? », *in* « L'univers des nombres », *La Recherche*, hors-série du 2 août 1999.

5. Aujourd'hui ! Où « l'on présente des fondements des mathématiques sur la base de la théorie des ensembles. Mais c'est la phase actuelle des mathématiques », Christian Houzel, *art. cit.* La tentative de « fonder » au collège les ensembles numériques par axiomes et structures a éphémèrement duré ce qu'ont duré les « maths modernes ».

6. Voir Baruk, 2003.

7. Jacques Ozanam, *Dictionnaire mathématique ou idée générale des mathématiques,* Paris, Estienne Michalet, 1691, reproduit par IREM de l'université Paris-VII. Apparemment, le premier du genre.

8. Je reproduis les extraits de textes historiques avec leur orthographe.

9. Jacques Ozanam (1640-1717), professeur de mathématiques, est surtout connu aujourd'hui pour ses *Récréations mathématiques et physiques*, 1694, et, à son époque, pour son *Cours de mathématiques, qui comprend toutes les parties les plus utiles à un homme de guerre et à tous ceux qui veulent se perfectionner dans les mathématiques*, 1693.

10. De « *symmétrie* » (graphie conservée jusqu'à la fin du XVIIIe siècle), du latin *symmetria*, mot pris au grec composé de *syn* « avec, ensemble » et *metron* « mesure » : « symmétrie » veut dire « juste proportion », et « asymmétrie », « incommensurable ».

11. Les notions d'exprimabilité ou de non-exprimabilité remontent évidemment fort loin, sans recouper exactement celles de rationalité ou d'irrationalité. Voir en particulier les commentaires de Bernard Vitrac sur « La notion euclidienne d'inexprimabilité », Notice sur le Livre X, *in* Euclide d'Alexandrie, *Les Éléments,* vol. 3, traduits du texte de Heiberg (4 volumes). Traduction et commentaires par Bernard Vitrac, Paris, PUF, 1990-1998.

12. Respectivement quand tous les diviseurs d'un nombre — lui-même excepté — ont pour somme un nombre qui lui est égal, inférieur ou supérieur : 6 et 28 sont des nombres parfaits, 15 est déficient (la somme de ses

diviseurs égale 9, et lui est donc inférieure), 24 est abondant (il a 36 pour somme de ses diviseurs).

13. Respectivement : divisible deux fois par 2 — donc par 4 ; produit de deux nombres impairs.

14. Respectivement carré ou cube.

15. Il s'agit de nombres plans, aux « côtés » inégaux : *barlong*, s'ils diffèrent de 1 (comme 6 qui égale 2 fois 3, qui diffèrent de 1), *parallélogramme* s'ils diffèrent de plus d'une unité , comme 48, qui égale 6 fois 8, ou 2 fois 24, etc.) ; *oblong*, s'ils sont quelconques inégaux, comme 24, qui égale 3 fois 8, ou 2 fois 12, etc.

16. Deux nombres sont *amiables* si la somme des diviseurs de l'un égale l'autre : Ozanam donne en exemple les bien connus 220 et 284 ; mais aussi 18 416 et 17 296 (il est bien évident qu'on ne prend pas en compte dans l'ensemble des diviseurs le nombre lui même).

17. Ce sont les triplets pythagoriciens : par exemple, le fameux (3, 4, 5) pour lequel on a $3^2 + 4^2 = 5^2$.

18. L'expression « nombre rompu » serait une traduction de l'arabe *kasr* qui vient de *kasara,* « briser », Adolf Youschkevitch, *Les Mathématiques arabes,* Paris, Vrin, 1976.

19. Gilles et nombre de ses contemporains en font une démonstration convaincante au collège.

20. Un écu vaut 3 livres, 1 livre égale 20 sols (ou sous), 1 sol vaut 12 deniers. À Paris, 1 toise égale 6 pieds, 1 pied 12 pouces, 1 pouce 12 lignes, 1 ligne 12 points. « L'*Évaluation* d'une Fraction est la valeur de cette Fraction en livres sols & deniers. Ainsi on connoîtra que cette Fraction d'écu, 3/8, vaut une livre deux sols six deniers. »

21. Par exemple le produit *abcd* ; pour cinq lettres, *abcde.*

22. Dans IREM, 1987, chapitre 3, « Algèbre ».

23. Les racines d'une équation sont ses solutions.

24. Étymologiquement, « intègre » veut dire « entier » ; d'où « intégrer », « compléter », et *integer,* en anglais, qui veut dire « nombre entier ».

25. Problème tiré du *Lilawati*, traité indien du VIIIe siècle. Cité par Tobias Dantzig, *in Le Nombre, langage de la science, op. cit.* On vérifiera que le collier comptait 30 perles.

26. Problème tiré d'un recueil de Bhaskhara, mathématicien indien du XIIe siècle, *in Mathématiques au fil des âges,* Paris, Gauthier-Villars, 1987 ; n désignant le nombre de singes, il faut poser que $n - (n/5 - 3)^2 = 1$; on trouve deux solutions, 50 et 5, la seconde n'étant pas acceptable.

27. François Viète (1540-1603), magistrat et mathématicien.

28. On ne peut pas ne pas tomber sous le charme de François Viète, personnage hors du commun, auquel nous devons l'introduction de l'algèbre littérale, aux conséquences « incalculables ». Son *Introduction à l'art analytique* fut publiée à Tours en 1591. Quelques événements — dont en septembre 2003 le 400e anniversaire de sa mort organisé par la Commission Inter-IREM Épistémologie — tentent de perpétuer le souvenir de ce très grand personnage trop peu connu du « grand public » (voir dans Baruk, 1995, article « Viète »).

29. Albert Girard (1595-1632), né dans le duché de Lorraine. De religion réformée, il s'exile aux Pays-Bas où il sera considéré comme « ingénieur » ; « mais le seul titre qu'il se donne dans ses ouvrages est celui de mathématicien », Itard, 1984.

30. Peu de mathématiciens sont connus du grand public. Mais il en est, fort nombreux, d'encore plus méconnus que d'autres. C'est le cas d'Albert Girard, « homme merveilleux » selon Huygens (1629-1695, physicien, astronome et mathématicien hollandais), qui n'a les honneurs d'aucun dictionnaire de noms propres. Grâce à Jean Itard, historien des mathématiques, on dispose d'une notice biographique, Itard, 1984 ; et grâce à Jean-Pierre Le Goff, de l'IREM de Basse-Normandie, d'une précieuse édition critique — et disponible — de son *Invention nouvelle en L'ALGÈBRE*, publiée en 1998 par l'IREM de Basse-Normandie.

31. Réelles ou complexes, en acceptant les racines multiples.

32. Albert Girard, *Invention nouvelle en L'ALGÈBRE*, à Amsterdam, MDCXXIX (1629).

33. Privé de « mécène », chargé de famille, avec onze enfants, il aurait préféré une vie austère et difficile employée « à la recherche des plus beaux secrets des mathématiques » à celle que peut-être, il aurait eue en se consacrant à une activité plus rentable.

34. Il est question de fractions « primitives » (irréductibles), ou « derivatives » (simplifiables) ; on trouve les premières à partir des secondes par « abreviation », les secondes à partir des premières par « amplification » ; il explique à propos de deux entiers « que la plus grande commune mesure est la plus exquise », etc.

35. Cela veut dire un seul.

36. *Cf.* Jean Itard : « Essayer de retracer l'évolution sémantique des mots binome, apotome, monome, polynome ou multinome serait réécrire presque toute l'histoire de l'Algèbre élémentaire », Itard, 1984, note p. 34.

37. Il est certain que l'utilisation d'une expression telle que « binôme irrationnel » pour $\sqrt{3} + 2$ aiderait grandement les élèves à comprendre qu'on a affaire à *une* entité, et que ça « ne fait » ni **5** ni $\sqrt{\mathbf{5}}$.

38. Simon Stevin (1548-1620), mathématicien et physicien flamand, connu dans l'histoire des mathématiques comme étant l'inventeur des fractions décimales. En réalité il partage leur invention ou divulgation avec d'autres mathématiciens, dont François Viète.

39. Les solutions d'équations du 3e degré mettent en jeu des racines cubiques de nombres qui peuvent eux-mêmes être des binômes irrationnels, tels que — exemple donné par Albert Girard — « $72 + \sqrt{5\,120}$ » ; en extraire la racine cubique — qui est « $3 + \sqrt{5}$ » — n'a rien d'immédiat, d'où sa « reigle ».

40. Raphaël Bombelli (1522?-1572), mathématicien italien, qui s'est illustré dans la résolution d'équations du troisième degré, et qui fut un des premiers à « travailler » avec des racines carrées de nombres négatifs.

41. Le degré de la plus forte puissance de l'inconnue.

42. J. F. Montucla, *Histoire des mathématiques*, 4 vol. ; 1re éd., 1758 ; nouv. tirage, Blanchard, 1968. La citation : vol. 1, p. 230.

43. Pour un exposé à la fois historique et pédagogique, remarquablement clair, voir Jean-Pierre Friedelmeyer, « Recherche inconnue désespérément »,

et, avec Klaus Volkert, « Quelle réalité pour les imaginaires ? », *in Histoires de problèmes. Histoire des mathématiques,* par la Commission Inter-IREM Épistémologie et Histoire des mathématiques, Paris, Ellipses, 1993. Voir aussi par IREM, *Images, Imaginaires, Imaginations,* une perspective historique pour l'introduction des nombres complexes, Paris, Ellipses, 1998. Tout le volume, aux contributions variées, est passionnant. On peut aussi consulter dans Baruk, 1995, les articles « Algèbre », « Équation », « Équation de degré supérieur à 1 ».

44. Cette forme donnée à l'équation : « Somme composée de plusieurs termes partie connus, & partie inconnus, dont les uns sont esgaux aux autres, ou plutost qui considerés tous ensemble sont esgaux a rien » est tardive ; Descartes, *Géométrie,* 1637.

45. Avant les calculettes !

46. Nicolas Bourbaki, *Éléments d'histoire des mathématiques,* Paris, Hermann, 1969, p. 99.

47. Voir sa factorisation dans Baruk 1995, art. « Factorisation ».

CHAPITRE VII

De quelques modes d'engendrement de l'innumérisme

1. Quaternions d'Hamilton, pour lesquels la multiplication n'est plus commutative, nombres p-adiques, etc. Voir *art. cit., in La Recherche,* août 1999.

2. Étienne Bézout (1730-1783), *Cours de Mathématiques à l'usage des gardes du pavillon et de la marine* ; *Éléments d'Arithmétique,* Paris, MDCCLXIV. Je dispose de l'édition de 1833, « avec des notes nombreuses par Prince, professeur de mathématiques », Paris, Gauthier Frères, M.DCCC.XXXIII.

3. Les recherches d'Étienne Bézout portèrent principalement sur les équations algébriques, les polynômes (divisibilité), les courbes planes et leurs intersections, recherches qui lui valurent d'entrer à vingt-huit ans à l'Académie des sciences. Le théorème d'arithmétique qui porte son nom et que connaissent lycéens et étudiants en mathématiques est celui-ci : pour que deux nombres entiers a et b soient premiers entre eux, il faut et il suffit qu'il existe deux entiers u et v tels que $au + bv = 1$. Or il est dû à Bachet de Méziriac, mathématicien français (1581-1638).

4. Il s'agit d'un gros cahier d'arithmétique, d'algèbre et de trigonométrie ayant appartenu à un certain De Percin, entièrement écrit à la main d'une superbe écriture, et « terminé d'écrire le 24 avril 1861 à 4 heures ». Ce précieux cadeau m'a été offert par Jean-Pierre Olivier que je remercie ici.

5. *Cf.* note 2 de ce chapitre.

6. Du latin *discretus*, de *discernere*, « discerner ».

7. Il est précisé plus loin qu'on « compose » un nombre en plusieurs autres, par addition ou multiplication ; on le « décompose » par soustraction ou division.

8. Voir chapitre VI, note 29.

9. Ce qui est à l'origine par la suite de toutes sortes de perturbations aussitôt qu'il est question de changement d'unité, ou d'unités décimales, rationnelles, ou irrationnelles. Voir aussi Baruk, 2003, t. 1, p. 165.

10. On peut consulter à ce propos la très intéressante étude de Maryvonne Hallez et Nicole Nordon « "Un" est-il un nombre ? », *in La Mémoire des nombres,* Actes du Xe colloque Inter-IREM d'Épistémologie et d'Histoire des mathématiques (Cherbourg, 1994).

11. Les références de ces arithmétiques anciennes sont données en fin de bibliographie, et par ordre chronologique.

12. La « fraction » est supposée être inférieure à l'unité, le « nombre fractionnaire » composé d'un entier et d'une fraction.

13. « Cinq écus, trente toises sont des nombres incomplexes ; vingt livres, sept sous neuf deniers, quinze toises cinq pieds sont des nombres complexes. » Les programmes de 1925 de l'école primaire désignaient encore par « nombres complexes » les nombres d'heures minutes secondes pour les durées, ou de degrés minutes secondes pour les angles. Cette désignation s'est maintenue jusqu'au milieu du siècle dernier et au-delà, au grand dam des professeurs de mathématiques qui devaient, en terminale, donner aux « nombres complexes » une signification autre.

14. Il donne comme exemple ce que dans notre écriture nous exprimerions par $x^6 = 11x^5 + 13x^4 - 7x^3 + 6x^2 + 9x - 31$, équation du sixième degré qui comprend toutes les puissances de x, de 6 à 0.

15. Dans les études de suites numériques, en première et terminale, on ne parle pas de variable naturelle, ce qui est dommage, sinon pour « naturelle », du moins pour « variable », les élèves ne percevant souvent pas qu'en pareil cas *n* joue le même rôle dans la désignation u_n que *x* pour f(*x*).

16. Depuis Descartes, « quantités » connues et inconnues sont généralement désignées par les premières et dernières lettres de l'alphabet, au point que la notion de « connu » et « inconnu » est trop souvent implicite dans les exercices proposés aux élèves ; la notion « intermédiaire » de paramètre a pratiquement disparu au lycée. Voir Baruk, 1995, article « Lettres ».

17. Par R. Argand, paru en 1806 ; Paris, Blanchard, 1971.

18. Par C.V. Mourey, paru en 1828, reproduction par l'IREM de Dijon (1992).

19. Je rappelle le très riche IREM, *Images, Imaginaires, Imaginations*, une perspective historique pour l'introduction des nombres complexes, Paris, Ellipses, 1998.

20. L'expression est de Malebranche (1638-1715), philosophe et théologien français.

21. Le « oh ! » est professoral, et la correction de la main de l'élève, qui a entouré le « – » d'un rond.

22. On « décide » que la racine carrée de 25 est « seulement » 5, et non – 5, dont le carré égalerait aussi 25.

23. Évidemment, il faut que l'exercice soit à la portée de l'élève. Si non, il faut qu'il puisse apprécier la portée de cet « impossible ».

24. Nous retrouverons cela plus loin avec les problèmes.

25. Claire a posé les calculs des différences proposées et « possibles » sur une autre page, avec trois bonnes réponses sur les quatre.

26. Souci qui, avant l'avènement des arithmétiques scolaires peut se comprendre. Condorcet aura le même plus d'un siècle plus tard.

27. Henri Beyle (1783-1842), dans sa *Vie de Henry Brulard,* Paris, Gallimard, 1973.

28. Alexis-Claude Clairaut (1713-1765), astronome et mathématicien génial, en effet : il fut un enfant prodige et entra à l'Académie de sciences à 18 ans.

29. Une définition en passant.

30. Victor Hugo (1802-1885). En particulier cette citation, la plus connue, est tirée des *Contemplations* (XIII, à Horace) :

« Après l'abbé Tuet, je maudissais Bézout ;
Car, outre les pensums où l'esprit se dissout,
J'étais alors en proie à la mathématique. »

31. Commentaire du professeur Prince dans sa préface.

32. Nombre entier, fraction et nombre fractionnaire pour le premier point de vue, nombre complexe et incomplexe pour le second.

33. Bézout, *Arithmétique, op. cit.*

34. David Eugene Smith, *History of Mathématics,* 2 vol., New York, Dover Publications, Inc., 1958 (première éd. 1925).

35. Apparemment, on ne sait pas grand-chose de ce mathématicien lyonnais, né en 1525. Dans son *Arithmétique* qui fut plusieurs fois rééditée, on trouve aussi bien le calcul « par jetons » que « par chiffres ».

36. *Encyclopédie méthodique, Mathématiques,* par MM. D'Alembert, l'abbé Bossut, de La Lande, le marquis de Condorcet, etc. (1784-1789), 3 vol., réédition du Bicentenaire, ACL Éditions, 1987.

37. Isaac Newton (1642-1727), mathématicien, physicien, et astronome anglais.

38. Ce sont les irrationnels.

39. Au sens ancien de composé de plusieurs sortes d'unités.

40. *Circulaire* ou *sphérique*, telles que ses puissances successives se terminent par lui, comme 5 et 6, dont toutes les puissances se terminent respectivement par 5 et 6 ; *diamétral*, produit des deux « premiers côtés » d'un triplet pythagoricien, comme 12, produit de 3 et 4, « premiers côtés » du triplet (3, 4, 5).

41. C'est aussi devenu, dans une équation, le terme indépendant de la variable.

42. Dans aucune des *arithmétiques* citées ici je n'ai retrouvé que « 3 fois » est un nombre abstrait. On dit aujourd'hui que « 3 ×... » est un *opérateur.*

43. Arithmétiques, géographie, grammaire, recueils de problèmes, de lectures, et ouvrages édifiants.

44. Littré P.-E., *Dictionnaire de la langue française*, 4 vol., 1877 ; réédité par Encyclopaedia Britannica, Chicago, 1978.

45. Allusion à la phrase fameuse du mathématicien allemand David Hilbert (1862-1943), évoquant la théorie des nombres transfinis de Cantor (1845-1918), supposée être mise en péril par l'apparition de paradoxes. « Personne ne devrait pouvoir nous chasser du paradis que Cantor a créé pour nous. »

46. La question des problèmes est abordée plus loin. Ici, on est en CE2.

47. En supposant que ce soit lui qui ait mangé les 48 pommes, ce qui serait cohérent avec le fait qu'on lui en a *donné* 100.

48. Baruk, 1978, 1985, 1995.

49. « Concret », du latin *concretus*, qui signifie « qui a pris une consistance solide, fort, épais » ; sa signification, dans l'usage philosophique et courant au sens moderne de « tangible, réel » est attestée à partir du XVIIe siècle par opposition à « abstrait ». Le Robert, *Dictionnaire historique de la langue française*.

50. Corneille, *Le Cid*.

51. Ozanam, *op. cit.*

52. Pour la distinction nombre, nombre-de, voir en particulier Baruk, 1995 aux articles concernés, ainsi que « Addition », et Baruk, 2003, vol. 1 et 2, nombres, nombres-de, et addition vol. 2., chapitre I.

53. Jonathan Swift, *Les Voyages de Gulliver*, Paris, Gallimard, « La Pléiade », 1958.

54. Voir dans *Échec et maths* (Baruk, 1973) exactement la même « problématique » du retour en arrière avec du matériel en dur.

55. Le Robert, *Dictionnaire historique de la langue française, op. cit.*

56. Voir Jean-Pierre Terrail, *De l'inégalité scolaire*, Paris, La Dispute, 2002.

57. Bulletin officiel, n° 6 du 26 août 1999, spécial : *Documents d'application des programmes à l'école élémentaire*.

58. Le tout, applicable à la rentrée 2002.

59. 1 livre vaut 20 sols, 1 sol vaut 12 deniers.

60. La réforme monétaire est introduite par le décret du 17 frimaire an II (7 décembre 1793). La loi du 28 thermidor an III (15 août 1795) rappelle que l'unité monétaire portera le nom de « franc ».

61. Bézout, *op. cit.* Chapitre ajouté par Prince, professeur de mathématiques, puisque Bézout disparut en 1783.

62. « Calculs élémentaires », *in Chantiers de pédagogie mathématique*, décembre 2002, n° 115.

CHAPITRE VIII
De l'obligation de tenir à l'école les comptes de monsieur Dupont

1. Gérald Tenenbaum et Michel Mendès France, *Les Nombres premiers*, Paris, PUF, « Que sais-je ? », n° 571, 1997. La réponse est : oui. Ce « grand » nombre, qui est un nombre de Mersenne, c'est-à-dire de la forme $2^p - 1$ s'écrirait — dans le système décimal — avec plus de quatre cent vingt mille chiffres.

2. Une sorte de TVA ? 1 livre = 20 sous et 1 sou = 12 deniers.

3. Bézout, *Arithmétique, op. cit.*

4. Les records en matière de nombres premiers, ou de nombres premiers de Mersenne, tombent vite. En novembre 2001, Michael Cameron (Canada) aurait prouvé que $2^{13466917} - 1$ est premier ; il s'écrirait avec plus de quatre millions de chiffres.

5. Jean Itard, *Arithmétique et théorie des nombres,* Paris, PUF, « Que sais-je ? », n° 1093, 1973.

6. Rencontré dans des problèmes !

7. Ces catégorisations ont pourtant fondé certaines pédagogies — en particulier celle de Decroly. Elles étaient supposées à leur époque être révolutionnaires parce que susceptibles à partir de ces thèmes de « déduire » avec naturel tout le savoir scolaire, souffrant justement d'être scolaire.

8. La rentrée 2000.

9. Thomas Crump, *Anthropologie des nombres,* Paris, Seuil, 1995.

10. Voir Baruk, *Fabrice ou l'école des mathématiques* (1978), *C'est-à-dire* (1992), et aussi l'article « Quantitatif » du *Dictionnaire* (1995).

11. Document destiné à un projet pédagogique, dont il m'a été proposé de discuter en 1999.

12. Dans une édition de 1996.

13. Je rappelle que je désigne par « langue numérale » les expressions orales et écrites de la langue des nombres : trente-six est en numéral, 36 en numérique, c'est-à-dire en écriture chiffrée. Voir le chapitre V.

14. Je ne crois pas une seconde ceux qui me disent que c'est fait exprès. En fait, il s'agit, pour les « petits nombres » et même pour les plus grands, d'une méconnaissance de la distinction faite plus haut entre numéral et numérique.

15. Un La Palice qui accepterait que l'on puisse économiser en achetant.

16. En particulier dans *L'Âge du capitaine* (1985), évidemment, et aussi aux Actes VI des *Entretiens Nathan,* Paris, Nathan, 1996, dans l'introduction du *Dictionnaire de mathématiques élémentaires* et dans d'innombrables conférences.

17. C'est la différence entre des textes « de langue », où, pourvu que la syntaxe soit respectée, il est difficile de produire un non-sens « absolu » (énoncé anomal) et des textes scientifiques (voir en particulier la postface de *Doubles jeux,* 2000).

18. Il semblerait qu'à partir de pures sollicitations visuelles (5x – 4) ait été « calculé » à partir de « 5 – 4 = 1 », d'où (x – 4), et (8x – 4) à partir de « 8 – 4 = 4 », d'où (8 + 4).

19. La soustraction est une opération très riche de significations, selon qu'elle sépare, compare, etc. (Baruk, 2003, vol. 2).

20. Dans l'introduction.

21. Laurent Schwartz, cité par Benoît Rittaud dans *Faut-il avoir PEUR des maths ?,* Paris, Le Pommier, 2003.

CHAPITRE IX
De l'effet âdécé, et des solutions qu'il inspire à Capucine

1. L'année scolaire 2000-2001 en CM1.

2. Je rappelle que l'« effet âdécé » est le raccourci de l'« effet **â**ge **d**u **c**apitaine », qui règne depuis un peu plus d'une décennie sur les problèmes de l'école élémentaire.

3. Avec son orthographe, très personnelle, elle a commencé à écrire, puis barré, il manc (il manque).

4. Apparemment, les fiches en question circulent sans distinction de classe, puisque Capucine est en CM1 dans une autre école que Laurent, en CM2.

5. Quand il y a deux croix, c'est que la seconde, au crayon vert, est celle de la correction, faite par Capucine elle-même.

6. Pour ceux qui seraient intéressés, les solutions sont « 2-18-7-14-1-6-4-8-11 » et « 15-13-10-16-3-5-9-17-12-19 ».

7. Les possibles lectures du signe « × » interviennent de façon très importante pour ce qui est de son sens. Voir chapitre XI.

8. Voir M. Bacquet, *Le Tour du problème,* Paris, Calmann-Lévy, 1997.

9. Ce document s'adresse vraisemblablement à une fin de 3e cycle, c'est-à-dire CM1 ou CM2. Les dessins illustrant ce plan ont été supprimés (voir l'avertissement, p. 7).

10. Histoire datant de 1874, attribuée, dans la revue *Alliage,* n° 16/17, à Mrs Edmund Craster.

11. L'expression est d'une inspectrice du Val-d'Oise.

CHAPITRE X

De la meilleure façon de préparer des petits enfants à devenir de petits vieux

1. Lui-même historien. Patrick Cabanel, *La République du Certificat d'Études. Histoire et anthropologie d'un examen (XIXe-XXe siècles)*, Paris, Belin, 2002.

2. Il s'agit évidemment d'« anciens francs ».

3. Je n'ai gardé que le premier. Il a dû être donné dans les années 1950.

4. Patrick Cabanel, *op. cit.*

5. Chapitre VIII, p. 181.

6. En fait, les années 1960 n'ont vu que des expériences isolées ; la réforme n'a touché « de plein fouet » l'ensemble de la population scolaire qu'au cours des années 1970.

7. Il s'agit de M. P. Leysenne dont *La Première Année d'arithmétique*, Paris, Armand Colin, 1880, obtint une **médaille de bronze** de la Société pour l'instruction élémentaire, et une **médaille d'argent** de la Société des anciens élèves de l'École normale de Versailles.

8. Page 142, paragraphe 363.

9. Ici, l'exactitude veut dire la ponctualité, et l'inexactitude son contraire.

10. C'est en 1863 que Victor Hugo écrit *Les Misérables*.

11. En 1882.

12. Il s'agit d'une salle de classe vers 1920 reconstituée au musée de Trégarvan dans le Finistère. (Musée de l'École rurale de Bretagne, ancienne école, 29560 Trégarvan). Le texte du problème est calligraphié au tableau.

13. En 2001.

14. La surcharge du « – » transformé en « + » est due à l'enseignante. On ne dira jamais assez à quel point surcharger des écritures « fausses » pour

les rendre « vraies », est dérisoire en efficacité, et nocif pour l'analyse des erreurs. De plus, elle rend illisible une égalité numérique qui était juste.

15. Il est en effet inexplicable que la phobie des ratures à l'école donne à la mise « entre parenthèses » la signification d'une suppression.

16. Difficile de savoir à qui attribuer les parenthèses et crochets ; une seule chose est sûre : les cinq nombres mentionnés dans le texte ont été additionnés, et leur somme soustraite de 8 872.

17. Énoncé cité par Patrick Cabanel, *op. cit.*

18. Taux actuels à la Poste respectivement du livret A et du LEP (Livret d'épargne populaire).

19. Louis Duvert, « Les 75 ans de l'APM », *Bulletin Grande Vitesse de l'APMEP*, n°s 5-6, décembre 1985.

20. Patrick Cabanel, *op. cit.*

21. Nathalie Sarraute, *Enfance*, Paris, Gallimard, 1983.

22. *Ibid.*

23. Michel Peyramaure, *L'Orange de Noël*, Paris, Robert Laffont, 1982.

24. *Ibid.*

25. Du moins dans l'illustration qu'en fait Grandville dans *Les Français peints par eux-mêmes.*

26. Jean-Jacques Rousseau (1712-1778), *L'Émile*.

27. La date de parution ne figurant nulle part, il ne peut donc en être dit qu'elle est postérieure à 1962. Je dois ce livre à Jean-Pierre Delrieu, maître-formateur à Nouméa, que je remercie ici.

28. H. Gossot, F. Brunot, S. Herninière-Lebert, *L'Enseignement du premier degré. De 1887 à 1962. De la théorie à la pratique*, Paris-Strasbourg, Librairie Istra.

29. Sont présentées les œuvres de Pauline Kergomard, « créatrice de l'école maternelle française », Maria Montessori, le docteur Decroly.

30. Il s'agit de Edmond Gilliard (1875-1969) professeur et écrivain, qui fonda *Les cahiers vaudois* avec Ramuz.

31. E. Gilliard, *L'École contre la vie.*

32. *L'Enseignement du premier degré... op. cit.*

33. Voir chapitre VIII.

34. Les francs se sont maintenus quelque temps, celui nécessaire aux éditeurs de manuels scolaires pour établir la version euros.

35. Direction de l'évaluation et de la prospective, *Évaluation CE2-6*[e]. *Résultats nationaux septembre 1995*, mars 1996.

36. Avec son consentement, bien sûr.

37. C'est le 0801 qui jouxte Danone.

38. Chapitre VIII, p. 181.

39. Vilfredo Pareto, économiste et sociologue italien (1848-1923).

40. Cité par Bernard Maris, *Antimanuel d'économie*, Rosny, Bréal, 2003.

CHAPITRE XI

D'une initiation aux bonnes affaires qui à l'usage se révèle être un mauvais calcul

1. Jean-Pierre Alem, *117 jeux mathématiques*, Paris, Tchou. L'« amusement » provient de la manière dont le récit porte le problème, qui ne requiert que des savoirs encore élémentaires.

2. C'est un problème dû à Euler.

3. Problème facile si Pierre est né en 2000 et quelque, et un peu moins si c'est en 1900 et quelque.

4. Voir Baruk 2003, vol. 2, la multiplication.

5. J'ai longuement développé ailleurs le sens des opérations et les techniques de calcul — dont les fameuses tables. Voir note précédente.

6. En CM1. Il avait multiplié 425 par 286. Voir l'introduction.

7. *Les* divisions — division euclidienne, et division tout court — nous entraîneraient trop loin. Voir les articles correspondants dans Baruk 1995.

8. Il est vrai qu'il s'agit d'une classe de 5e (nous sommes en 2000). Les énoncés sont proposés sur des feuilles polycopiées où les textes sont écrits à la main. J'ai changé quelques noms dans l'énoncé.

9. Communiqué par une maman. J'ai changé le prénom.

10. Une enquête de l'INSEE intitulée *La Pauvreté chez les enfants* (réalisée par Fabien Dell et Nadine Legendre et Sophie Ponthieux) définit deux formes de pauvreté, monétaire, et en conditions de vie, qui ne se recouvrent pas forcément. En termes de « conditions de vie », il y a environ 1,4 million d'enfants pauvres (un des 21 items utilisés est « manger de la viande ou équivalent tous les deux jours », *INSEE Première*, n° 896, avril 2003.

11. Quelques jours après avoir écrit les lignes précédentes, paraissait dans la presse les résultats d'enquêtes faisant grand bruit sur la pauvreté des enfants. « En France, un million d'enfants vivent sous le seuil de pauvreté » titre *Le Monde* du 18 février 2004. Sont-ils ceux qui auront, grâce aux évaluations nationales, comme argent de poche, 2 fois 10 euros plus 4 fois 2 euros plus 7 fois 1 euro, à « échanger » contre des billets de 5 euros ?

12. Patrick Cabanel, *op. cit.*

13. Dans un article intitulé « Topo-logiques », et repris dans *C'est à dire, en mathématiques ou ailleurs*, Paris, Seuil, « Science ouverte », 1993.

CHAPITRE XII

Du traitement des grandeurs dans la grande et la petite histoire

1. Allusion à une affirmation de Protagoras, sophiste grec, dans le *Théétète*, dialogue de Platon.

2. Anciennes mesures de longueur, dépendant de la province où elles étaient utilisées.

3. Fauchée : mesure correspondant à la surface de pré qui pouvait être fauchée en un jour par un homme à la faux ; hommée : mesure de terre à vigne, autant qu'un homme peut en cultiver en un jour ; poignée : ce que la

main peut empoigner (pour médecins, pharmaciens, tonneliers ou vanniers) ; pincée : ce qui peut se prendre entre deux ou trois doigts ; charrée : étendue de terre nécessaire pour récolter un char de foin. R. E. Zupko, *French Weightsand Measures before the Révolution,* Bloomington et Londres, Indiana University Press, 1978.

4. *Le Fils,* réalisé par les frères Dardenne, 2002.

5. Joué par Olivier Gourmet, prix d'interprétation à Cannes.

6. Olivier sait qui est Francis, Francis ignore qu'Olivier est le père du camarade qu'il a tué au cours d'un vol d'autoradio qui a mal tourné.

7. Jonathan Swift, *Les Voyages de Gulliver,* Paris, Gallimard, « La Pléiade », 1965. Au cours de son premier voyage, Gulliver aborde à l'île de Lilliput, dont les habitants mesurent environ six pouces (environ 16 cm), et dans le second, au pays de Brobdingnag, dont les habitants sont des géants.

8. Capucine, toujours elle, a entouré le résultat barré, puis corrigé en entourant le « bon ».

9. « Nouveau système des poids et mesures », chapitre ajouté par Prince, professeur de mathématiques, à l'*Arithmétique* de Bézout, *op. cit.*

10. Pierre-Simon de Laplace, savant français (1749-1827). Anecdote biographique : il succéda à Bézout en 1784 comme examinateur au Corps royal d'Artillerie, ce qui lui donna l'occasion d'en faire passer l'examen avec succès, en 1785, à un jeune homme de seize ans, Napoléon Bonaparte.

11. La loi constitutive du système métrique fut décrétée par la Convention nationale le 18 germinal an III (7 avril 1795).

12. Cité par Pierre Dedron et Jean Itard dans *Mathématique et mathématiciens*, Paris, Magnard, 1959.

13. 1 toise = 6 pieds ; 1 pied = 12 pouces ; d'où 1 toise = 72 pouces et 1 pouce = 1/72 toise.

14. En particulier, la fraction de denier représente moins de 2 millièmes de franc ! (Il s'agit de francs de 1833.)

15. Marquet, Le Bouch, Roussel, *Le Système métrique hier et aujourd'hui,* ADCS, 1996.

16. Pour ceux qui savaient ou savent le faire ! Division euclidienne : en nombres entiers, et tel que le reste soit inférieur au diviseur.

17. Un « gros » faisait à peu près 4 grammes.

18. Voir chapitre VII.

19. Dans *Les Nouvelles calédoniennes* du mercredi 20 février 2002.

20. La République cède sa place au Directoire (1795-1799) suivi par le Consulat (1799-1804) puis l'Empire (1804-1814, 1815).

21. 4 novembre 1800. Un an auparavant (18 brumaire an VIII) avait eu lieu le coup d'État de Bonaparte, et débuté le Consulat.

22. Cité par Philippe Oulmont, auteur de l'« exposition-dossier » réalisée en 1995 à l'occasion du bicentenaire aux Archives nationales, et intitulée *Le Mal de changer : les Français et la révolution métrique.*

23. Un problème de géométrie élémentaire est dit « problème de Napoléon ».

24. « L'Institut compte en décembre 1797 une soixantaine de savants, les plus en vue de l'époque, et aucune nomination de faveur n'est tolérée. L'élection de Bonaparte, qui n'a pas d'œuvre scientifique à son actif, montre à quel

point il tient personnellement à porter ce titre. Elle montre aussi la communauté scientifique prête à certains compromis pour rester dans les allées du pouvoir. » Nicole Dhombres, *Les Savants en Révolution, 1789-1799,* Cité des sciences et de l'Industrie.

25. Philippe Oulmont, *op. cit.*

26. *Ibid.*

27. Par la loi du 4 juillet 1837, abrogeant celle de 1812.

28. Du 4 messidor an VII (22 juin 1799).

29. Discours prononcé à la barre des deux conseils du Corps législatif, au nom de l'Institut national des sciences et des arts, lors de la présentation des étalons prototypes du mètre et du kilogramme. Cité par Philippe Oulmont, *op. cit.*

30. « Notice historique sur le système métrique » par le général Morin, *Annales du Conservatoire impérial des Arts et Métiers*, publiées par les professeurs, n° 33, tome IX, Paris, 1870. La référence m'a aimablement été fournie par Denis Guedj.

31. Entre-temps, l'empereur l'avait fait comte d'Empire. Laplace fut un très grand savant, surnommé « le Newton français » en particulier en raison de ses travaux en astronomie. Les historiens des mathématiques le qualifient volontiers de génie en mathématiques, ce qu'il a incontestablement été, mais d'opportuniste en politique, et avide d'honneurs — raison pour laquelle Stendhal le tenait en fort petite estime. Alors que Bonaparte l'avait nommé au ministère de l'Intérieur après le 18 brumaire, puis fait comte d'Empire en 1806, il vota sa déchéance en 1814, et se rallia à Louis XVIII, qui le fit marquis et pair de France.

32. Philippe Oulmont, *op. cit.*

33. La livre poids-de-marc ou « livre de Paris », environ 489,506 grammes.

34. Philippe Oulmont, *op. cit.* (c'est moi qui souligne).

35. Signé Chameroy, Paris, le 12 décembre 1890. Cité par Philippe Oulmont, *op. cit.*

36. On lira avec profit les très riches — et tumultueuses — heures de l'histoire du système métrique dans Denis Guedj, *Le Mètre du monde*, Paris, Seuil, 2000.

37. On retrouve quelque chose de cette peur des mots nouveaux dans la réaction de rejet des maths modernes par une population installée dans ses « habitudes » ou traditions de mathématiques classiques.

38. Voir chapitre VI, les catégorisations d'Ozanam et des arithmétiques scolaires.

39. Anne-Marie Motais de Narbonne, Josette Alexandre, *Une mesure révolutionnaire : le mètre*, Observatoire de Paris, 1988.

40. Scrupule : 1/24 d'once ; grain : 1/24 de scrupule.

41. Pour les exemples suivants, le premier exercice est réussi de la même façon.

42. Voir Baruk, 1995, *Introduction*.

43. Une toise vaut 72 pouces (mesures de longueur), une once vaut 576 grains (mesures pondérales), une pinte vaut 32 roquilles (mesures de capacité).

44. À propos de la numération. Voir chapitre VII.
45. C'est moi qui souligne les *a*.
46. Je n'ai souligné que les *a*.
47. Dans l'original, ici réduit, les décimètres de la maîtresse sont en « vraie grandeur ».
48. *Sur les murs de la classe*, textes de François Cavanna et de nos auteurs de la communale, Paris, Hoëbeke, 2003. Cavanna est né en 1923, il décrit donc les années 1930-1940 de la « communale ». Les documents — magnifiques — de l'ouvrage datent de 1895 à 1970.
49. Ceux, par exemple, de la librairie Armand Colin.
50. C'est-à-dire rapporter le comptage aux dix doigts.
51. Page 326.
52. Le carbone 14, isotope radioactif du carbone, permet de dater des vestiges.
53. Même conseil donné aux parents. Voir plus loin...
54. *Marie-Jo Perec a couru 400 m en 48,26 s à Atlanta. En combien de temps courra-t-elle le marathon de 42,195 km (à la même vitesse) ?* (CM2).
55. *En une minute Charlotte lit 155 mots. Pour lire un conte elle a mis 19 minutes. Combien de mots a-t-elle lus ?* Problème proposé à Capucine, CM1.
56. Les mesures décimales peuvent toujours être exprimées en nombres « ronds » : 2,3 m = 23 dm, 6,25 l = 625 dl, etc.
57. J'ai traité cet exemple dans Baruk 2000, vol. 1, annexe.
58. La mesure du côté d'un carré étant désigné par *a*, celle de sa diagonale est $a\sqrt{2}$; ce qui fait que si, par exemple, l'une des deux est rationnelle, l'autre est forcément irrationnelle.
59. Henri Lebesgue, 1875-1941.
60. Henri Lebesgue, *La Mesure des grandeurs* (1931-1935), Paris, Blanchard, 1975. Henri Lebesgue évoque ici, par exemple, la notion d'incommensurabilité, qui exige, pour une mesure géométrique, telle en particulier que celle de la diagonale d'un carré rapportée à son côté, « une répétition indéfinie de l'opération » (on peut voir dans l'article Commensurable, incommensurable).
61. L'aire du carré construit sur l'hypoténuse [BC] du triangle ABC rectangle en A égale la somme des aires des carrés construits sur [AB] et [AC].
62. À la Cité des sciences de la Villette.
63. Il s'agit de parallélépipèdes creux et transparents, de faible épaisseur.
64. Patrick Cabanel, *op. cit.*
65. Exemple dû à James Ritter, « Entre le Nil et l'Euphrate. Les sources du nombre », *Le Courrier de l'Unesco*, novembre 1989.
66. CM2.
67. Patrick Cabanel, *op. cit.*

CHAPITRE XIII
D'une école première qui convierait petits et grands à la fête du scolaire

1. Dans *Échec et maths.*

2. En 1982 à M. Savary (« Lettre ouverte à M. le ministre de l'Éducation nationale », *Le Débat*, n° 18, janvier 1982) ; en 1988, à M. Jospin (« Lettre ouverte à M. le ministre de l'Éducation nationale », *Science et Vie,* « L'enfant et l'échec scolaire », n° 164) ; en 1992, à Jack Lang (« Dix ans après. Mathématiques, un enseignement problématique », *Le Débat*, janvier 1993). Elles sont réunies, avec d'autres textes, dans Baruk, 1993.

3. Il ne l'a pas toujours été. Lire par exemple le chapitre intitulé « Mon école », dans *Souvenirs entomologiques* de Jean-Henri Fabre (1823-1915), décrivant les difficiles conditions de vie tant des maîtres que des écoliers, et l'école qu'il connut enfant : « C'était à la fois école, cuisine, chambre à coucher, réfectoire, et par moments poulailler, porcherie. On ne songeait guère en ce temps-là aux palais scolaires : un misérable refuge suffisait. » Quant au maître, il était à la fois barbier, sonneur de cloches, présidait à la rentrée des foins... (*Souvenirs entomologiques,* sixième série, Paris, Delagrave, 1900).

4. Pour l'expérience de 1994-1996, Mme Tisseyre, inspectrice de la 11e circonscription ; pour celle de 1998-2000, Mme Petit, inspectrice de la 14e circonscription.

5. http://www.inrp.fr/primaire/monographies/baruk.htm

6. Les deux fois en raison de changements intervenus aux postes de responsabilité du projet (direction des Écoles, puis direction de l'INRP).

7. *Comptes pour petits et grands,* Baruk, 2003. Quelques-uns des principes soutenant cette façon d'aborder la question du nombre et des opérations sont donnés en annexe.

8. Dans l'introduction.

9. *Enfance, op. cit.*

10. *Être et avoir,* documentaire cité.

11. Titre en particulier du stage « Archéologie de l'erreur en mathématiques » organisé dans le cadre de la formation continue des inspecteurs de l'Éducation nationale du 24 au 28 mars 1997 à l'initiative de M. Patrick Bernard, IEN, alors chargé de mission auprès du directeur des écoles. Y intervenaient également Catherine Goldstein, chargée de recherches au CNRS et travaillant au Laboratoire d'arithmétique et de géométrie algébrique de l'université d'Orsay et James Ritter, maître de conférences en mathématiques et en histoire des sciences à l'université Paris-VIII.

12. Lettre ouverte..., 1982 (voir note 2 de ce chapitre).

13. Dont le sous-titre est *De l'erreur en mathématiques*, 1985.

14. M. Claude Pair, en novembre 1982.

15. En 1989.

16. Baruk, 1985, p. 50 et suivantes.

17. Évaluations nationales 2003, CE2.

18. Les avis du HCéé et les rapports qu'il fait établir sont consultables sur son site Web : http://cisad.adc.education.fr/hcee

19. Rapport 2002.

20. Évaluations 2002, CE2.

21. Celui du cake (p. 351) et des conversions (p. 343) ; cette fois il est en 6e, et la scène se passe en janvier 2004.

22. On appelle volontiers les naturels des nombres à moutons et à vaches.

23. La division euclidienne n'est pas une opération au sens mathématique du terme.

24. Le quotient peut *être* décimal, ou, sans l'être, s'*écrire* en décimal.

25. L'initiation aux « divisions à deux chiffres » s'est faite à partir de leurs « tables de multiplications » ; et le reste se trouvait donc par soustraction en une fois (exemple, pour 437 : 25, on fait une table des 25, on trouve que 17 × 25 = 425, et on soustrait directement 425 de 437, reste 12).

26. Dans l'introduction.

27. Chapitre VI.

28. Gaston Bachelard, *La Formation de l'esprit scientifique,* Paris, Vrin, 1970.

29. *Toutes* les parenthèses des seconds membres des égalités sont de la main du professeur.

30. Il faut en tout cas souhaiter à Gilles ou à ses semblables de ne pas tomber entre les mains de quelque « psychopédagogue » qui diagnostiquerait qu'il ne peut « isoler les nombres » parce qu'il a « des difficultés pour s'isoler dans sa chambre ». Il faudrait en effet que nous sachions que « racines, repères, parenthèses, énoncés de problèmes, nous parlent d'identité, de séparation, de perte ». Ce genre d'ineptie, et d'autres, qui fleurissaient il y a une trentaine d'années, ont repris du poil de la bête, alors qu'on aurait pu les croire éradiquées par leur propre ridicule.

31. « L'École et les automathes », *Libération*, « Rebonds », 18 avril 1996.

32. J'ai très souvent proposé le cas, exemplaire, de cet élève de 6e qui, devant donner un exemple de fraction non décimale avait proposé 200/10, parce que pour lui, comme sans doute pour les 99,99 % de la population, un nombre non décimal est un nombre entier.

33. Rapport 2002.

34. Dans une correspondance privée. Dominique Bénard et Évelyne Barbin sont responsables de la Commission inter-IREM Épistémologie et Histoire des mathématiques. La commission est composée de passionnés d'histoire des mathématiques qui font des merveilles dans leurs classes à partir de textes anciens, et qui proposent des travaux dont tout le monde peut s'inspirer. (Université du Maine, avenue Olivier-Messiaen, 72017 Le Mans Cedex.)

35. Nathalie Sarraute, *op. cit.*

36. Voir l'annexe.

37. Programmes 2002.

38. lc : langue commune ; lm : langue mathématique.

39. En division euclidienne, 27 : 6 a pour quotient euclidien 4 et il reste 3 ; s'il s'agit à partir de 27 joueurs de faire des équipes de 6, on n'en peut faire que 4 ; s'il s'agit de les transporter dans des voitures qui en prennent 6, il faut 5 voitures. Savoir qu'il y a lieu d'« interpréter » ce quotient met l'esprit critique en éveil.

40. C'est ce qui se fait dans un certain nombre de maternelles, en grande section, en projet d'école.

41. Dans la rubrique « Courrier » de *Libération* du 2 février 2004, sous la signature de Nasya Bennacer : « Qu'on me lâche avec cette histoire de foulard ! »

42. 37×43 peut se calculer sur le modèle de $(a - b)(a + b) = a^2 - b^2$: $(40 - 3)(40 + 3) = 1\,600 - 9 = 1\,591$; 41^2 comme $(40 + 1)^2$, et 39×390 comme 10×39^2 et 39^2 comme $(40 - 1)^2$.

43. Les tentatives de mettre les mathématiques à la portée du « grand public » se sont multipliées dans la dernière décennie. Au travail du groupe de la Commission Inter-IREM Épistémologie déjà cité, on peut en particulier ajouter les publications des Éditions Pole, dont des jeux mathématiques, l'aventure mathématique avec Tangente, les Itinéraires de découvertes en cinquième et troisième, etc. Voir la bibliographie.

44. Patrick Cabanel, *op. cit.*

45. L'« égalité » en nombres est incongrue ; mais une congruence modulo 7, certainement fort éloignée de l'esprit de notre lycéen, permettrait d'écrire $7 \equiv 0 \pmod 7$.

46. Il s'agit de *L'Esquive*, d'Abdelatif Kechiche, sorti en janvier 2004.

ANNEXE

Pour une révolution douce

1. Encore une fois, ne figurent ici que quelques idées, dont l'exposé complet a nécessité les deux volumes de *Comptes pour petits et grands*, Paris, Magnard, 2003.

2. Aide à l'intégration scolaire.

3. Chapitre VII.

4. *Cf.* chapitre V.

5. Voir à ce propos les très intéressantes analyses de Baudouin Jurdant, « La science, une écriture parlante », *in Alliage*, n° 37-38, 1998.

6. De un à neuf ; à propos de zéro, voir plus loin.

7. Avec les enfants, nous avons parlé de représentations de nombres « organisées en doigts ».

8. Proposée par les enfants, évidemment.

9. Jean-Pierre Terrail, *De l'inégalité scolaire,* Paris, La Dispute, 2002.

10. Amandine Bebi, *Le Traitement de la difficulté scolaire dans une école de ZEP,* mémoire de DEA de sociologie, université de Versailles-Saint-Quentin-en-Yvelines, 2001.

11. Si on sait lire/écrire un nombre de trois chiffres, on sait les lire/écrire tous (jusqu'aux milliards).

12. L'équipe *Mots* de l'APMEP (Association des professeurs de mathématiques de l'enseignement public) l'avait fermement recommandée en 1976, soit il y a déjà presque trente ans ! Il est vrai qu'étant couplée avec des initiations à des concepts de « mathématiques modernes », elle a dû souffrir de cette proximité.

13. *Le Monde* du mercredi 18 février 2004. Titre de l'article : « C'est épuisant d'être au centime près. Il faut que les gosses mangent à leur faim. »

14. Depuis plus de dix ans, j'assure une formation mathématique en trois années consécutives de rééducateurs et orthophonistes qui interviennent auprès d'élèves en difficulté à l'école, ou dans des institutions spécialisées.

Bibliographie[1]

Actes du Xe colloque Inter-IREM d'Épistémologie et d'Histoire des mathématiques, *La Mémoire des nombres,* Cherbourg, 1994.

D'ALEMBERT, l'abbé Bossut, de La Lande, marquis de Condorcet, etc., *Encyclopédie méthodique, Mathématiques,* 1784-1789, 3 vol., réédition du Bicentenaire, ACL Éditions, 1987.

ALLÈGRE Claude, *Vive l'école libre* !, Paris, Fayard, 2000.

ALLÈGRE Claude, *Toute vérité est bonne à dire,* Paris, Laffont/Fayard, 2000.

ARGAND Robert, *Essai sur une manière de représenter les quantités imaginaires dans les constructions géométriques* (1806), Paris, Blanchard, 1971.

ASCHER Marcia, *Mathématiques d'ailleurs,* Paris, Seuil, 1998.

BACQUET Michèle, *Le Tour du problème*, Paris, Calmann-Lévy, 1997.

BARUK Stella, *Échec et maths*, Paris, Seuil, 1973 ; réédition en « Points-sciences », 1977, 1981, 1986, 1991.

BARUK Stella, *Fabrice ou l'école des mathématiques*, Paris, Seuil, 1977 ; réédition en « Points-sciences », 1994.

BARUK Stella, *L'Âge du Capitaine. De l'erreur en mathématiques*, Paris, Seuil, 1985 ; réédition en « Points-sciences », 1992, 2002.

BARUK Stella, *Dictionnaire de mathématiques élémentaires*, Paris, Seuil, 1992, 1995.

BARUK Stella, *C'est à dire, en mathématiques ou ailleurs*, Paris, Seuil, 1993.

1. Les arithmétiques anciennes sont groupées en fin de bibliographie, par ordre chronologique.

BARUK Stella, « Cohérence du non-sens, cohérence du sens », *in L'École : diversités et cohérences*, « Entretiens Nathan », actes VI, Paris, Nathan, 1996.

BARUK Stella, « Le maître peut-il donner sa mesure au monde ? », *in L'École et ses maîtres*, « Entretiens Nathan », actes VII, Paris, Nathan, 1997.

BARUK Stella, « Dictionnaire de mathématiques à l'usage des parents », *in Profession Parents : guide de l'école maternelle et élémentaire*, ouvrage collectif, Paris, Nathan, 2000.

BARUK Stella, « Langue maternelle, langue de savoir : amies ou ennemies ? », postface *in Doubles jeux*, fantaisies sur des mots mathématiques par 40 auteurs, Paris, Seuil, 2000.

BARUK Stella, *Comptes pour petits et grands*, vol. 1, *Pour un apprentissage du nombre et de la numération fondé sur la langue et le sens*, Paris, Magnard, 1997, 2003 ; vol. 2, *Pour un apprentissage des opérations, des calculs, et des problèmes, fondés sur la langue et le sens*, préface de Jean-Pierre Kahane, Paris, Magnard, 2003.

BARUK Stella, *Pour une intelligence du nombre*, Paris, Seuil (à paraître).

BÉZOUT Étienne, *Cours de mathématiques à l'usage des gardes du pavillon et de la marine. Éléments d'Arithmétique*, Paris, MDCCLXIV. L'édition de 1833 est celle « avec des notes nombreuses par Prince, professeur de mathématiques », Paris, Gauthier Frères, MDCCCXXXIII.

BOURBAKI Nicolas, *Éléments d'histoire des mathématiques*, Paris, Hermann, 1969.

CABANEL Patrick, *La République du certificat d'études. Histoire et anthropologie d'un examen (XIXe-XXe siècles)*, Paris, Belin, 2002.

COLLETTE J.-P., *Histoire des mathématiques*, 2 vol., Ottawa, Édition du Renouveau pédagogique, 1973.

COMMISSION Inter-IREM Épistémologie et Histoire des mathématiques, *Histoires de problèmes, histoire des mathématiques*, Paris, Ellipses, 1993.

CRUMP Thomas, *Anthropogie des nombres*, Paris, Seuil, 1995.

DACUNHA-CASTELLE Didier, *Peut-on encore sauver l'École ?*, Paris, Flammarion, 2000.

DANTZIG Tobias, *Le Nombre, langage de la science*, Paris, Albert Blanchard, 1974.

DEDRON Pierre et ITARD Jean, *Mathématiques et mathématiciens*, Paris, Magnard, 1959.

DESCARTES René, *La Géométrie/The Geometry*, éd. bilingue français-anglais, établie à partir de l'original français (1637) et de sa trad.

latine par D.E. Smith et M.L. Latham, New York, Dover Publications, 1954.

DHOMBRES Nicole, *Les Savants en Révolution 1789-1799*, Paris, Cité des sciences et de l'industrie-Calmann-Lévy, 1988.

Dictionnaire historique de la langue française, Paris, Le Robert, 1995.

DIENÈS Z. P., *La Mathématique vivante. Nombres naturels entiers rationnels*, Paris, OCDL, 1972.

EUCLIDE d'Alexandrie, *Les Éléments*, traduits du texte de Heiberg, 4 volumes, traduction et commentaires par Bernard Vitrac, Paris, PUF.

FABRE Jean-Henri, *Souvenirs d'un entomologiste*, Paris, Delagrave, 1900.

GIOLITTO Pierre, *Abécédaire et férule. Maîtres et écoliers de Charlemagne à Jules Ferry*, Paris, Imago, 1986.

GIRARD Albert, *Invention nouvelle en l'algèbre*, Amsterdam, MDCXXIX ; publié en 1998 par l'IREM de Basse-Normandie dans une édition critique de Jean-Pierre Le Goff.

GOSSOT, H., BRUNOT F., HERNINIÈRE-LEBERT S., *L'Enseignement du premier degré de 1887 à 1962. De la théorie à la pratique*, Paris, Strasbourg, Librairie Istra.

GUEDJ Denis, *Le Mètre du monde*, Paris, Seuil, 2000.

GUITEL Geneviève, *Histoire comparée des numérations écrites*, Paris, Flammarion, 1975.

IREM, *Images, Imaginaires, Imaginations. Une perspective historique pour l'introduction des nombres complexes*, Paris, Ellipses, 1998.

IREM Groupe Épistémologie et Histoire, *Mathématiques au fil des âges*, Paris, Gauthier-Villars, 1987. Textes choisis et commentés par J. Dhombres, A. Dahan-Dalmedico, R. Bkouche, C. Houzel et M. Guillemot.

IREM Groupe Épistémologie et Histoire, *Histoires de problèmes. Histoire des mathématiques*, Paris, Ellipses, 1993.

ITARD Jean, *Les Nombres premiers*, Paris, PUF, « Que sais-je ? », n° 571, 1969.

ITARD Jean, *Arithmétique et théorie des nombres*, Paris, PUF, « Que sais-je ? », n° 1093, 1973.

ITARD Jean, *Essais d'histoire des mathématiques*, réunis et introduits par Roshdi Rashed, Paris, Blanchard, 1984.

LE LIONNAIS François, *Les Nombres remarquables*, Paris, Hermann, 1983.

LEBRUN, François, VENARD Marc, QUÉNIARD Jean, *Histoire de l'enseignement et de l'éducation de 1480 à 1789*, Paris, Perrin, « Tempus », 2003.

LITTRÉ Paul-Émile, *Dictionnaire de la langue française*, 4 vol., 1877 ; réédité par Encyclopaedia Britannica, Chicago, 1978.

MARIS Bernard, *Antimanuel d'économie*, Rosny, Bréal, 2003.

MARTINET André (sous la dir.), *Le Langage*, Paris, Gallimard, « La Pléiade », 1968.

MENNINGER Karl, *Number Words and Number Symbols* (1958), Cambridge, Mass., MIT Press, 1969.

MONTUCLA J.-F., *Histoire des mathématiques* (1758), 4 vol., Paris, Blanchard, 1968.

MOTAIS DE NARBONNE Anne-Marie, ALEXANDRE Josette, *Une mesure révolutionnaire : le mètre*, Paris, Observatoire de Paris, 1988.

MOUNIN Georges, *Dictionnaire de la linguistique*, Paris, PUF, 1974.

MOUREY, *La Vraie Théorie des quantités négatives et des quantités prétendues imaginaires* (1828), Dijon, IREM, 1992.

OULMONT Philippe, *« Le mal de changer » : les Français et la révolution métrique*, Archives nationales, Musée de l'histoire de Francek, n° 3, 1995.

OZANAM Jacques, *Dictionnaire mathématique ou idée générale des mathématiques*, Paris, Estienne Michalet, 1691 ; reproduit par l'IREM de l'université Paris-VII.

PEYRAMAURE Michel, *L'Orange de Noël*, Paris, Robert Laffont, 1982.

La Recherche, hors série, 2 août 1999.

RITTAUD Benoît, *Faut-il avoir peur des maths ?*, Paris, Le Pommier, 2003.

ROUCHE Michel, *Histoire de l'enseignement et de l'éducation du Ve siècle av. J.-C. au XVe siècle ap. J.-C.*, Paris, Perrin, « Tempus », 2003.

SARRAUTE Nathalie, *Enfance*, Paris, Gallimard, 1983.

SEIFE Charles, *Zero : The Biography of a Dangerous Idea*, Penguin Putnam Inc., 2000 ; trad. française de Catherine Coqueret, Paris, Lattès, 2002.

SMITH David Eugene, *History of Mathematics*, 2 vol., New York, Dover Publications, Inc., 1958.

STENDHAL, *Vie de Henry Brulard*, Paris, Gallimard, 1973.

SWIFT Jonathan, *Les Voyages de Gulliver*, Paris, Gallimard, « La Pléiade », 1958.

TENENBAUM Gérald et MENDÈS FRANCE Michel, *Les Nombres premiers*, Paris, PUF, « Que sais-je ? », n° 571, 1997.

TERRAIL Jean-Pierre (sous la dir.), *La Scolarisation de la France*, Paris, La Dispute, 1997.

TERRAIL Jean-Pierre (sous la dir.), *De l'inégalité scolaire*, Paris, La Dispute, 2002.

YOUSCHKEVITCH Adolf, *Les Mathématiques arabes (VIIIe-XVe siècle)*, Paris, Vrin, 1976.

ZUPKO RONALD Edward, *French Weightsand Measures before the Révolution*, Bloomington et Londres, Indiana University Press, 1978.

Arithmétiques scolaires[1]

1869, *Nouveau Traité d'arithmétique décimale, contenant toutes les opérations ordinaires du calcul, les fractions, l'extraction des racines, le système métrique*, par F.P.B, Tours, Alfred Mame et Fils, Paris, Pousielgue Frères.

1886, *Cours gradué d'arithmétique pour l'enseignement primaire*, par G. Bovier-Lapierre, professeur honoraire de l'Université, Officier de l'Instruction publique, membre de la Société de linguistique de Paris, ancien membre de la Commission des examens de l'Hôtel de Ville de Paris.

1886, *Degré supérieur, ouvrage conforme aux programmes officiels du 27 juillet 1882*, admis sur la liste des ouvrages classiques fournis gratuitement par la Ville de Paris aux écoles primaires communales, Librairie Delagrave, Paris.

Après 1893*, *Éléments d'arithmétique*, par S. M., Desclée & Cie Éditeurs, Lille, Paris, Lyon.

1908, *Leçons et devoirs d'arithmétique et de système métrique*, par V. Brouet, ancien directeur d'École communale, inspecteur primaire à Paris, et F. et A. Haudricourt, directeurs d'Écoles communales, cours moyen, Librairie Motteroz et Martinet, Paris.

1922, *Arithmétique*, par Maurice Royer, ancien élève de l'École normale supérieure de Saint-Cloud, ancien professeur d'École primaire supérieure et d'École normale, inspecteur de l'Enseignement primaire, Librairie Armand Colin, Paris.

1934, *Cours d'arithmétique à l'usage des élèves de la classe de mathématiques*, par G. Rousier, agrégé des sciences mathématiques, docteur ès sciences, et E. Guerby, agrégé des sciences mathématiques, Librairie Hatier, Paris.

Je n'ai pas reproduit les énumérations de contenus — cours, exercices, problèmes, etc. —, non plus que le numéro de l'édition.

1. De nombreuses arithmétiques n'ont pas de date de parution. On peut seulement, à partir d'indices divers, déduire qu'elles sont postérieures à une date donnée. D'où par exemple [ap. 1893] : après 1893.

Table

Ouvrage publié sous la responsabilité éditoriale de Gérard Jorla

Cet ouvrage a été transcodé et mis en pages
chez NORD COMPO (Villeneuve-d'Ascq)

Impression réalisée sur Presse Offset par

Brodard et Taupin La Flèche (Sarthe), le 16-08-2006

N° d'impression : 35976
N° d'édition : 7381-1765-X
Dépôt légal : août 2006

Imprimé en France